NOSOTROS CONTRA
TODOS

Otros títulos de Fredrik Backman

NOSOTROS CONTRA
TODOS

FREDRIK
BACKMAN

Traducción de Óscar A. Unzueta Ledesma

HarperCollins *Español*

Los libros de HarperCollins Español pueden ser adquiridos con fines educativos, empresariales o promocionales. Para más información, envíe un correo electrónico a SPsales@harpercollins.com.

Título original: *Vi mot er*

Publicado en sueco por Piratförlaget en Estocolmo, Suecia, en 2017

PRIMERA EDICIÓN EN ESPAÑOL

Traducción: Óscar A. Unzueta Ledesma

Este libro ha sido debidamente catalogado en la Biblioteca del Congreso de los Estados Unidos.

ISBN 978-0-06-293078-1

23 24 25 26 27 LBC 5 4 3 2 1

Para Neda.
Sigo tratando de impresionarte.
Sólo quería que lo supieras.

1

Alguien será culpable de esto

¿Alguna vez has visto a un pueblo derrumbarse? El nuestro lo hizo. En el futuro diremos que la violencia llegó a Beartown este verano, pero eso será una mentira, pues la violencia ya estaba aquí. Porque a veces es tan sencillo odiarse unos a otros que parece inconcebible que en alguna ocasión hagamos otra cosa que no sea eso.

Somos una pequeña comunidad en medio del bosque; la gente dice que ningún camino lleva hasta Beartown, los caminos sólo pasan por aquí. La economía tose cada vez que aspira profundo; la fábrica recorta su personal cada año como un niño que cree que nadie notará que el pastel en el refrigerador se va haciendo más y más pequeño si sólo toma una pequeña rebanada de cada lado. Si pones un mapa actualizado del pueblo sobre uno viejo, parece que la calle comercial y la pequeña franja conocida como «el centro» se encogieron como un trozo de tocino en una sartén caliente. Todavía nos queda una arena de hockey sobre hielo, pero no mucho más. Aunque, por otro lado, como la gente acostumbra decir por aquí: ¿Qué más necesitas, con un carajo?

Las personas que atraviesan el pueblo en sus vehículos dicen que Beartown sólo vive para el hockey, y en ciertos días puede que tengan razón. En ocasiones se debe permitir a la gente que tenga una razón por la cual vivir, para que pueda sobrevivir a todo lo demás. No somos tontos, no somos codiciosos; puedes decir lo que quieras de Beartown, pero la gente de aquí es dura y muy trabajadora. Así pues, construimos un equipo de hockey que era como nosotros mismos, del que pudiéramos sentirnos orgullosos, porque no éramos como ustedes. Cuando las personas de las grandes ciudades pensaban que algo parecía demasiado difícil, nosotros nos limitábamos a sonreír de forma socarrona y decíamos: «Se supone que debe ser difícil». No era fácil vivir aquí; por eso pudimos hacerlo, y ustedes no. Nunca retrocedíamos, sin importar cuáles fueran las condiciones climáticas. Pero entonces algo sucedió, y nos derrumbamos.

Hay otra historia que trata sobre nosotros mismos, que ocurrió antes de ésta, y por siempre cargaremos con la culpa de lo que pasó en esa otra historia. A veces, la gente buena puede hacer cosas terribles por creer que está tratando de proteger aquello que ama. Un muchacho, la estrella de nuestro club de hockey, violó a una muchacha. Y perdimos el rumbo. Una comunidad es la suma total de nuestras decisiones, y cuando dos de nuestros hijos dijeron cosas distintas, decidimos creerle a él. Porque eso era más sencillo, porque si la muchacha estaba mintiendo, nuestras vidas podrían haber seguido como de costumbre. Cuando descubrimos la verdad, todos juntos nos vinimos abajo y arrastramos al pueblo con nosotros. Es fácil decir que debimos haber hecho todo de una forma distinta, pero tal vez tú tampoco lo habrías hecho de otra manera. Si hubieras tenido miedo, si te hubieran obligado a escoger un bando, si hubieras sabido lo que tenías que sacrificar. Tal vez no serías tan valiente como crees. Tal vez no eres tan diferente de nosotros como quisieras.

Ésta es la historia de lo que ocurrió después, desde un verano hasta el invierno que lo siguió. Es acerca de Beartown y de Hed, su pueblo vecino, y de cómo la rivalidad entre dos equipos de hockey puede crecer hasta convertirse en una lucha frenética por el dinero y el poder y la supervivencia. Es un relato acerca de arenas de hockey y de todos los corazones que laten alrededor de ellas, acerca de personas y deportes y de cómo a veces se turnan para llevarse a cuestas entre sí. Acerca de nosotros, gente que sueña y que lucha. Algunos se enamorarán, a otros los destrozarán; tendremos días muy buenos y algunos días muy malos. Este pueblo se regocijará, pero también empezará a arder. Se oirá un terrible estruendo.

Algunas muchachas harán que nos sintamos orgullosos; algunos muchachos nos convertirán en algo grandioso. Unos jóvenes vestidos con colores diferentes pelearán a muerte en un bosque en tinieblas. Un auto atravesará la noche a exceso de velocidad. Diremos que fue un accidente de tránsito, pero los accidentes ocurren por casualidad, y sabremos que podríamos haber prevenido éste. Alguien será culpable.

Algunas personas que amamos morirán. Enterraremos a nuestros hijos a la sombra de nuestros árboles más hermosos.

2

Hay tres tipos de personas

Toc-toc-toc-toc-toc.

El punto más alto de Beartown es una colina al sur de la última edificación del pueblo. Desde ahí puedes ver todo el trayecto que va desde las enormes residencias en la Cima, pasando por la fábrica y la arena de hockey y las casas adosadas más pequeñas cerca del centro, directo hasta los bloques de apartamentos de alquiler en la Hondonada. Dos muchachas están de pie en la colina, contemplando su pueblo. Maya y Ana. Dentro de poco cumplirán dieciséis años, y es difícil decir si se convirtieron en mejores amigas a pesar de sus diferencias o gracias a ellas. A una le encantan los instrumentos musicales, a la otra le encantan las armas de fuego. Su aversión mutua a los gustos musicales de la otra es un tema de discusión casi tan recurrente como su conflicto de diez años sobre las mascotas. El invierno pasado fueron expulsadas de una clase de Historia en la escuela porque Maya murmuró «¿Sabes quién era amante de los perros, Ana? ¡Hitler!», a lo que Ana reviró con un rugido «¿Ah, sí? ¿Sabes quién era amante de los gatos? ¡Josef Mengele!».

Parlotean todo el tiempo y se quieren de forma incondicional, y desde que eran pequeñas ha habido días en los que han sentido que eran ellas dos contra el mundo entero. Desde lo que le pasó a Maya a inicios de la primavera, cada día se ha sentido así.

Junio acaba de empezar. Tres cuartas partes del año, este lugar está encapsulado dentro del invierno, pero ahora, durante unas cuantas semanas que parecen cosa de magia, es verano. El bosque a su alrededor se embriaga con la luz del sol, los árboles se mecen con alegría junto a los lagos, pero los ojos de las muchachas están inquietos. Esta época del año era, para ellas, una temporada de aventuras sin fin; pasaban todo el día afuera, en la naturaleza, y volvían a casa tarde por la noche, con la ropa hecha jirones y los rostros sucios y la infancia en sus ojos. Todo eso se terminó. Ahora son adultas. En el caso de algunas chicas, no es algo que eliges, es algo que te imponen a la fuerza.

Toc. Toc. Toc-toc-toc.

Una madre está de pie afuera de una casa. Está subiendo las cosas de su hijo a un auto. ¿Cuántas veces haces esto mientras crecen? ¿Cuántos juguetes levantas del suelo, cuántos equipos de búsqueda formas a la hora de ir a la cama para encontrar un muñeco de peluche, a cuántos guantes renuncias en el kínder? ¿Cuántas veces has pensado que, si la naturaleza en verdad quisiera que los humanos se reprodujeran, la evolución tal vez debería haber permitido que a los padres les crecieran unos brazos elásticos para alcanzar los objetos debajo de los malditos sofás y refrigeradores? ¿Cuántas horas pasamos esperando a nuestros hijos en un vestíbulo? ¿Cuántas canas nos sacan? ¿Cuántas vidas dedicamos a su vida? ¿Qué se necesita para ser un buen padre o madre? No mucho. Nada más todo. Absolutamente todo.

———

Toc. Toc.

En lo alto de la colina, Ana se vuelve hacia su mejor amiga y le pregunta:

—¿Te acuerdas de cuando éramos niñas? ¿Cuando todo el tiempo querías jugar a que teníamos hijos?

Maya asiente sin apartar la mirada del pueblo.

—¿Todavía quieres tener hijos? —pregunta Ana.

La boca de Maya apenas si se abre cuando contesta.

—No sé. ¿Y tú?

Ana se encoge de hombros con lentitud, a medio camino entre la ira y el pesar.

—Tal vez cuando sea grande.

—¿Qué tan grande?

—Quién sabe. Tal vez como a los treinta.

Maya guarda silencio por un buen rato, y entonces pregunta:

—¿Quieres tener niños o niñas?

Ana responde como si hubiera dedicado toda su vida a pensar en esto:

—Niños.

—¿Por qué?

—Porque a veces el mundo los trata muy mal. Pero a nosotras nos trata así casi todo el tiempo.

Toc.

La madre cierra el maletero, contiene las lágrimas, pues sabe que si se le escapa aunque sea una sola, jamás se detendrán. No importa qué edad tengan, nunca queremos llorar frente a nuestros hijos. Haríamos lo que fuera por ellos; ellos nunca lo saben porque no entienden la inmensidad de algo que es incondicional. El amor de un padre o una madre es insoportable, temerario, irresponsable. Son tan pequeños cuando duermen en sus camas y estamos sentados junto a ellos, hechos trizas por dentro. Es toda una vida de defectos que nos llevan al fracaso, de sentimientos de culpa; ponemos fotos felices por todos lados, pero nunca mostramos los huecos que hay entre cada imagen del álbum de fotografías donde se esconde todo lo que nos causa dolor. Las lágrimas silenciosas en los cuartos a oscuras. Nos quedamos acostados sin poder dormir, por el terror que nos causan todas las cosas que les pueden pasar, todas las cosas a las que están expuestos, todas las situaciones en las que podrían terminar como víctimas.

La madre rodea el auto y abre la puerta. No es muy distinta de cualquier otra madre. Ella ama, se asusta, se desploma, se llena de vergüenza, es insuficiente. Cuando su hijo tenía tres años se sentaba junto a su cama y permanecía despierta, observándolo mientras dormía y temiendo todas las cosas terribles que podrían sucederle, tal y como lo hacen todos los padres. Jamás se le ocurrió que tendría que temer exactamente lo opuesto.

Toc.

Ya está amaneciendo, el pueblo está dormido. El camino principal que sale de Beartown está desierto, pero las muchachas siguen con la mirada fija en él desde la cima de la colina. Esperan con paciencia.

Cuando duerme, Maya ya no sueña con la violación. Ya no sueña con la mano de Kevin sobre su boca, con el peso del cuerpo del muchacho que ahogaba sus gritos, con la habitación del chico y todos sus trofeos de hockey en los estantes, o con el piso donde el botón de su blusa rebotó al caer. Ahora sólo sueña con el sendero para correr detrás de la Cima; puede verlo desde aquí. Cuando Kevin estaba corriendo solo, y ella salió de la oscuridad

con una escopeta en las manos. Cuando la puso contra la cabeza
de Kevin al tiempo que él temblaba y lloraba y le pedía clemencia. En sus sueños ella lo mata, todas las noches.

Toc. Toc.

¿Cuántas veces hace reír una madre a su hijo? ¿Cuántas veces hace un hijo que su madre suelte una carcajada? Los hijos
ponen nuestro mundo de cabeza cuando por primera vez nos
damos cuenta de que lo hacen a propósito, cuando descubrimos
que tienen un sentido del humor. Cuando bromean, aprenden
a manipular lo que sentimos. Si nos aman, poco tiempo después aprenden a mentir, para no herir nuestros sentimientos,
fingiendo que son felices. Aprenden con rapidez qué es lo que
nos gusta. Podemos decirnos a nosotros mismos que los conocemos, pero ellos tienen sus propios álbumes fotográficos, y
crecen hasta convertirse en adultos en los intervalos que hay
entre cada imagen.

¿Cuántas veces habrá estado la madre de pie junto al auto
afuera de la casa, habrá visto la hora en su reloj y habrá llamado con impaciencia a su hijo por su nombre? Hoy no tiene que
hacer nada de eso. Él ha permanecido sentado en el asiento del
acompañante por varias horas, en silencio, mientras ella ha em-
pacado sus cosas. Su cuerpo, que alguna vez se encontrara tan
bien ejercitado, está flaco después de semanas en las que su madre tuvo que luchar para que comiera. Su mirada vacía atraviesa
el parabrisas.

¿Qué puede una madre perdonarle a su hijo? ¿Cómo es posible que ella lo sepa de antemano? Ningún padre o madre se
imagina que su muchachito crecerá y se convertirá en un delincuente. Ella no sabe qué pesadillas son las que él sueña ahora,
pero su hijo se despierta de ellas gritando. Desde aquella mañana

en que lo encontró en el sendero para correr, inmóvil por el frío, rígido por el miedo. Se había orinado encima, sus lágrimas de desesperación se habían congelado en sus mejillas.

Él violó a una muchacha, y nadie pudo jamás demostrarlo. Siempre habrá gente que diga que eso significa que él se salió con la suya, que su familia se salvó de ser castigada. Por supuesto que tienen razón. Pero su madre nunca sentirá que fue así.

Toc. Toc. Toc.

Cuando el auto empieza a moverse a lo largo del camino, Maya está de pie sobre la colina y sabe que Kevin jamás volverá aquí. Que ella lo destrozó. Siempre habrá gente que diga que eso significa que ella ganó.

Pero ella nunca sentirá que fue así.

Toc. Toc. Toc. Toc.

Las luces de los frenos se encienden por un instante; por el retrovisor, la madre lanza una última mirada a la casa que fue un hogar y a los residuos de pegamento en el buzón donde el apellido «Erdahl» fue arrancado letra por letra. El padre de Kevin está metiendo sus cosas en el otro auto, a solas. Él estuvo de pie en el sendero para correr junto a la madre del muchacho, vieron a su hijo yacer ahí con lágrimas en su suéter y orina en su pantalón. Sus vidas se habían hecho añicos mucho antes de que esto sucediera, pero fue entonces que ella vio por primera vez los pedazos. El padre se negó a ayudarla cuando ella se llevó al chico casi a rastras a través de la nieve. Eso fue hace dos meses. Kevin no ha salido de su casa desde entonces, sus padres apenas si se han dicho una sola palabra el uno al otro. La vida le ha enseñado a la madre de Kevin que los hombres se definen a sí mismos de formas más claras que las mujeres, y su esposo y su hijo siempre se han definido a sí mismos con una sola palabra: ganadores. Hasta donde ella puede recordar, el padre ha inculcado el mismo mensaje en el muchacho: «Sólo hay tres tipos de personas: los ganadores, los perdedores y los que miran».

¿Y ahora? Si no son ganadores, ¿entonces qué son? La madre quita el pie del pedal del freno, apaga el estéreo, conduce a lo largo del camino y dobla la esquina. Su hijo está sentado a su lado. El padre se sube al otro auto, maneja solo en la dirección opuesta. Los documentos del divorcio se enviaron por correo, junto con la carta dirigida a la escuela que anuncia que el padre se fue a vivir a otro pueblo y que la madre y el hijo se han mudado al extranjero. El teléfono de la madre está escrito al pie de la carta, en caso de que la escuela tuviera alguna pregunta, pero nadie va a llamar. Este pueblo va a hacer todo lo posible para olvidar que la familia Erdahl alguna vez fue parte de él.

Tras cuatro horas de silencio en el auto, cuando están tan lejos de Beartown que ya no se puede ver el bosque, Kevin le susurra a su madre:

—¿Crees que es posible convertirse en una persona diferente?

Ella mueve la cabeza de un lado a otro mordiéndose el labio inferior, parpadea con tanta fuerza que no puede ver el camino frente a ella.

—No. Pero sí es posible convertirse en una mejor persona.

Él extiende una mano temblorosa. Ella la sostiene como si él tuviera tres años, como si estuviera colgando al borde de un precipicio. La madre susurra:

—Jamás voy a perdonarte, Kevin. Pero jamás te abandonaré.

Toc-toc-toc-toc-toc.

———

Ése es el sonido de este pueblo, por todas partes. Tal vez sólo lo entiendes si vives aquí.

Toctoctoc.

En la cima de la colina, dos muchachas están de pie viendo el auto desaparecer. Pronto cumplirán dieciséis años. Una de ellas sostiene una guitarra, la otra una escopeta.

3

Como un hombre

La peor cosa que sabemos acerca de otras personas es que dependemos de ellas. Que sus acciones afectan nuestras vidas. No sólo las personas que elegimos, las que nos agradan, sino todos los demás: los idiotas. Ustedes, los que están delante de nosotros en todas las filas, ustedes, los que no pueden manejar un auto como es debido, ustedes, a los que les gustan los programas de televisión malos y hablan demasiado fuerte en los restaurantes y cuyos hijos contagian a los nuestros en el kínder de una enfermedad estomacal. Ustedes, los que se estacionan mal y se roban nuestros empleos y votan por el partido equivocado. Ustedes también tienen influencia sobre nuestras vidas, en cada segundo.

Dios santo, cómo los odiamos por ello.

* * *

En el pub La Piel del Oso, varios viejos silenciosos están sentados en fila. Se dice que están entrados en los setenta, pero fácilmente podría ser el doble. Son cinco, pero, entre todos, tienen al menos ocho opiniones distintas; se los conoce como «los cinco tíos», pues siempre están de pie junto a las vallas mintiendo y discutiendo, en todos los entrenamientos del Club de Hockey sobre Hielo de Beartown. Después se van a La Piel del Oso y, en lugar de hacerlo en las prácticas, mienten y discuten ahí. De vez en cuando, se divierten tratando de engañar a los otros tíos para hacerles creer que la demencia senil los alcanzó de manera sigilosa: en ocasiones, por las noches, cambian los números en las fachadas de las casas de los demás, y a menudo esconden las llaves de los otros cuando han bebido varios tragos. Una vez, cuatro de ellos remolcaron el auto del quinto y se lo llevaron de la entrada de su casa, y lo reemplazaron con un auto rentado idéntico, tan sólo para que el quinto tío sintiera pánico de que al fin fuera momento de irse a vivir a un asilo cuando a la mañana siguiente no pudiera encender el auto. Cuando van a los partidos pagan con billetes de Monopoly y, hace unos cuantos años, durante casi toda una temporada fingieron creer que estaban en los Juegos Olímpicos de 1980. Cada vez que avistaban a Peter Andersson, el director deportivo del Club de Hockey sobre Hielo de Beartown, le hablaban en alemán y lo llamaban «Hans Rampf». Esto hizo que el director deportivo poco a poco fuera perdiendo la razón, lo que hizo más felices a los cinco tíos que una victoria en tiempo extra. La gente del pueblo dice con frecuencia que es absolutamente posible que los tíos, todos y cada uno de ellos, ya tengan demencia senil de verdad; pero ¿quién carajos podría demostrarlo?

Ramona, la dueña de La Piel del Oso, pone cinco whiskeys en fila sobre la barra. Aquí sólo hay un tipo de whiskey, pero hay varios tipos de dolor. Los tíos han seguido al Club de Hockey sobre Hielo de Beartown todo el trayecto hasta la división más alta y hasta la división más baja del sistema de ligas de hockey. Todas sus vidas. Éste será el peor día que hayan tenido.

*   *   *

Mira Andersson está a bordo de su auto, camino a la oficina, cuando suena su teléfono. Está estresada por muchas razones diferentes. Se le cae su móvil debajo del asiento y empieza a soltar palabrotas, con esa clase de descripción anatómica del gobernante del infierno que el esposo de Mira asegura que ruborizaría a un grupo de marineros ebrios. Cuando Mira por fin recoge el teléfono, a la mujer del otro lado de la línea le lleva un par de segundos volver a concentrarse después de todos esos improperios:

—¿Hola? —espeta Mira.

—Sí, perdón, le llamo de parte de S Express. Ustedes nos enviaron un correo electrónico para pedirnos una cotización… —dice la mujer con timidez.

—De parte de… ¿Cómo dijiste que se llamaban? ¿S Express? No, deben haberse equivocado de número —afirma Mira.

—¿Está usted segura? Aquí dice en mis documentos que… —empieza a decir la mujer, pero entonces a Mira se le cae su móvil de nuevo, y estalla en una descripción espontánea sobre exactamente a qué tipo de genitales se parece la cabeza del diseñador del teléfono; para cuando Mira logra tomar su móvil de nuevo, la mujer del otro lado de la línea ya se ha hecho un favor a sí misma y ha colgado.

Mira no tiene tiempo para pensar mucho más sobre todo esto. Está esperando una llamada de Peter, su esposo, quien el día de hoy tiene una reunión con el ayuntamiento acerca del futuro del club de hockey, y la ansiedad que Mira siente por las consecuencias de la reunión es como una banda alrededor de su estómago que le aprieta más y más. Cuando deja caer el teléfono sobre el asiento del acompañante, la imagen de fondo, en la que aparecen su hija Maya y su hijo Leo, brilla por un instante antes de que la pantalla se apague.

Mira sigue manejando hacia su trabajo, pero si en vez de esto hubiera detenido el auto y hubiera buscado en internet «S Express», se habría enterado de que se trata de una compañía de mudanzas. En pueblos donde no les importa tanto su club de hockey, que alguien hubiera pedido una cotización de esta empresa en nombre de la familia Andersson tal vez habría parecido una broma inofensiva; pero Beartown no es ese tipo de pueblo. En un bosque silencioso, no necesitas gritar para ser amenazador.

Desde luego, Mira se dará cuenta de esto pronto. Es una mujer lista y ha vivido aquí el tiempo suficiente. Beartown es conocido por muchas cosas positivas: bosques abrumadoramente hermosos, una de las últimas zonas de territorio salvaje en un país donde los políticos que operan a escala nacional sólo quieren que crezcan las grandes ciudades. En este lugar hay gente amistosa, modesta, perseverante y trabajadora que ama la naturaleza y los deportes, un público que llena las gradas sin importar en qué división juegue el equipo, jubilados que pintan sus rostros de verde cuando acuden a los partidos. Cazadores responsables, pescadores competentes, gente fuerte como el bosque y dura como el hielo, vecinos que ayudan a cualquiera que lo necesite. La vida puede ser difícil, pero la gente sonríe y dice: «Se supone que debe ser difícil». Beartown es conocido por todo esto. Pero... bueno. El pueblo también es conocido por otras cosas.

Hace unos cuantos años, un viejo árbitro de hockey les contó a los medios acerca de los peores recuerdos de su carrera. En el segundo, tercer y cuarto lugar se encontraban partidos en las grandes ciudades donde aficionados enfurecidos habían arrojado a la pista de hielo empaques de tabaco masticable, monedas y pelotas de golf cuando no les gustaba una decisión arbitral. Sin embargo, en primer lugar, se encontraba una pequeña arena de hockey en lo profundo del bosque, donde alguna vez el árbitro castigó a un jugador del equipo local con una expulsión temporal, lo que dejó a su escuadra en inferioridad numérica en el último minuto de un partido. Entonces el equipo visitante anotó, Beartown perdió, y el árbitro alzó la mirada hacia la infame grada de pie en la arena reservada para «la Banda», un espacio que siempre estaba lleno de hombres con chaquetas negras cantando a un volumen ensordecedor y gritando de forma aterradora. Pero, en esa ocasión, no estaban alzando sus voces. La Banda se limitó a permanecer ahí de pie, en total silencio.

Fue el esposo de Mira, Peter Andersson, director deportivo del Club de Hockey sobre Hielo de Beartown, el primero en darse cuenta del peligro. Corrió a toda prisa hacia la cabina de control y, justo cuando sonó la chicharra que indicaba el final del partido, logró apagar todas las luces del lugar. En medio de la oscuridad, los guardias de seguridad guiaron a los árbitros fuera de la arena y se los llevaron de inmediato de ahí en un auto. Nadie tuvo que explicar qué habría sucedido si no se hubieran tomado estas medidas.

Por eso las amenazas discretas funcionan aquí. Una llamada a una compañía de mudanzas es suficiente, y Mira entenderá pronto la razón detrás de todo esto.

La reunión en el edificio del ayuntamiento aún no ha terminado, pero unos cuantos en Beartown ya conocen el resultado.

* * *

Afuera del edificio del ayuntamiento, siempre hay banderas ondeando: una con los colores nacionales y otra con el escudo de armas del municipio. Los políticos del gobierno municipal pueden verlas desde la sala de reuniones. Faltan unos cuantos días para las celebraciones por el inicio del verano, y ya pasaron tres semanas desde que Kevin y su familia se fueron del pueblo. Cuando lo hicieron, cambiaron la historia; mas no la historia que está por acontecer, sino la que ya sucedió. Pero no todos se han dado cuenta de ello aún.

Uno de los concejales tose nervioso, hace un intento valiente de abotonarse su chaqueta a pesar de que ya han pasado más o menos unos seis bufés de Navidad desde que esto era posible al menos en teoría, y dice:

—Lo lamento, Peter, pero hemos decidido que la región se vería más beneficiada si concentramos los recursos del municipio en un club de hockey, y no en dos. Queremos enfocarnos en... el Club de Hockey de Hed. Sería lo mejor para todos, inclusive para ti, si tan sólo pudieras asimilarlo. Considerando la... situación.

Peter Andersson está sentado al otro lado de la mesa. El darse cuenta de cómo ha sido traicionado hace que caiga sin control en un abismo oscuro, y apenas si puede escucharse su voz cuando logra decir:

—Pero... pero sólo necesitamos un poquito de ayuda por unos cuantos meses, hasta que encontremos más patrocinadores. Lo único que tiene que hacer el municipio es ser nuestro aval para un préstamo bancario...

Peter guarda silencio, avergonzado de inmediato por su propia estupidez. Es obvio que los concejales ya han hablado con los directores del banco; son vecinos, juegan al golf y cazan alces juntos. Esta decisión se tomó mucho tiempo antes de que Peter entrara a la habitación. Cuando los concejales le pidieron que acudiera, fueron muy cuidadosos en enfatizar que se trataba de una «reunión informal». No habrá ningún acta. Las sillas de la sala de reuniones son muy estrechas, lo que hace posible que los hombres con todo el poder se sienten en más de una silla a la vez.

El teléfono de Peter vibra. Cuando lo desbloquea, encuentra un correo electrónico que dice que el presidente del Club de Hockey sobre Hielo de Beartown ha renunciado. El presidente debe de haber sabido qué era lo que iba a pasar aquí, y es probable que ya le hayan ofrecido un trabajo en Hed en lugar del que tenía. Peter va a tener que recibir el golpe solo.

Los políticos al otro lado de la mesa se retuercen incómodos. Peter puede ver lo que están pensando. «No te pongas en ridículo. No supliques, no mendigues. Acéptalo como un hombre».

* * *

Beartown está situado junto a un enorme lago, con una franja estrecha de playa a lo largo de uno de sus márgenes. Esa playa pertenece a los adolescentes del pueblo en esta época del año, cuando hace tanto calor que casi puedes olvidar que el invierno aquí dura nueve meses. Un chico de doce años con lentes de sol está sentado entre el hervidero de pelotas de playa y hormonas. Su nombre es Leo Andersson. Pocos en la playa lo sabían el verano pasado, pero todos lo saben ahora, y no dejan de mirarlo de reojo como si fuera un cartucho de dinamita listo para explotar. Hace dos meses la hermana mayor de Leo, Maya, fue violada por Kevin, pero la policía nunca pudo demostrar nada, y por eso Kevin quedó en libertad. La gente del pueblo se dividió, la mayoría poniéndose del lado de Kevin, y el odio escaló hasta que intentaron obligar a la familia de Leo a que se fuera de la ciudad. A través de la ventana de su hermana, arrojaron piedras que llevaban escrita la palabra «PUTA», la acosaron en la escuela, convocaron a una reunión en la arena de hockey e intentaron hacer que despidieran al padre de Maya y de Leo de su puesto como director deportivo del Club de Hockey sobre Hielo de Beartown.

Entonces un testigo dio un paso adelante, un muchacho de la edad de Maya que había estado en la casa cuando todo sucedió. Pero eso no importó. La policía no hizo nada, el pueblo se mantuvo callado, los adultos no hicieron nada para ayudar a Maya. Hasta que una noche, poco después, sucedió algo más. Nadie sabe con exactitud qué fue. Pero, de repente, Kevin dejó de salir de su casa. Empezaron a circular rumores de que estaba mentalmente enfermo; y una mañana, hace tres semanas, él y su familia tan sólo se fueron del pueblo.

En ese entonces, Leo pensó que todo iba a mejorar. Pero, por el contrario, las cosas empeoraron. Tiene doce años, y este verano está aprendiendo que la gente siempre elegirá una mentira sencilla por sobre una verdad complicada, porque la mentira tiene una ventaja insuperable: la verdad siempre tiene que apegarse a lo que sucedió en realidad, mientras que la mentira sólo necesita ser fácil de creer.

Cuando los miembros del club de hockey votaron en esa reunión durante la primavera pasada y decidieron, por el menor margen posible, dejar que Peter Andersson permaneciera como director deportivo, el padre de Kevin se encargó de inmediato de que Kevin cambiara de club, de Beartown a Hed. Convenció al entrenador, a casi todos los patrocinadores y a casi todos los mejores jugadores del equipo júnior de que siguieran a su hijo. Cuando la familia de Kevin se fue del pueblo de forma repentina hace tres semanas, todo se puso de cabeza una vez más, pero, por extraño que parezca, nada cambió.

¿Y qué esperaba Leo? ¿Que de pronto todos los demás se dieran cuenta de que Kevin era culpable y se disculparan? ¿Que los patrocinadores y los jugadores volvieran a Beartown con la cabeza gacha? Pero por supuesto que no hicieron nada de eso, con un carajo. Nadie agacha la cabeza por estos rumbos, por la sencilla razón de que muchas de las peores cosas que hacemos son resultado de que nunca queremos admitir que estamos equivocados. Entre más grande sea el error y entre más terribles sean las consecuencias, más de nuestro orgullo perderíamos si damos marcha atrás. Así que nadie lo hace. De un día para otro, todos los que tienen poder y dinero en Beartown escogieron una estrategia diferente: dejaron de admitir que alguna vez habían sido amigos de la familia Erdahl. La gente empezó a murmurar, muy bajito al principio y después cada vez con mayor confianza, que «ese muchacho siempre había sido un poco raro» y que «cualquiera podía notar que su papá lo presionaba demasiado». Entonces, de manera imperceptible, la conversación evolucionó a comentarios del tipo «Esa familia nunca fue como… tú sabes… como nosotros. Para empezar, el papá no era de estos rumbos, se había mudado aquí».

Cuando todos se cambiaron al club de hockey de Hed, la historia consistía en que Kevin era «la víctima inocente de una acusación maliciosa» y estaba siendo «sujeto a una cacería de brujas»; pero ahora hay una versión distinta: de ningún modo los patrocinadores y los jugadores se fueron a Hed porque estuvieran siguiendo a Kevin, sino porque en realidad querían «distanciarse» de él. Han borrado su nombre del registro de miembros de Hed, pero aún consta en el registro de Beartown. De esta forma, todos pudieron alejarse lo suficiente tanto del violador como de la víctima, así que ahora los examigos de Kevin pueden llamarlo «sicópata», mientras de todos modos siguen llamando a Maya «puta». Las mentiras son simples, la verdad es difícil.

Tantas personas habían empezado a llamar al Club de Hockey sobre Hielo de Beartown «el club de Kevin», que de forma automática el club de Hed empezó a sentirse como su polo opuesto. Los padres de los jugadores enviaron correos electrónicos a los concejales del municipio que hablaban de «responsabilidad» e «inseguridad»; y cuando la gente se siente amenazada, tal amenaza se convierte en una profecía que esa misma gente termina por hacer realidad, un pequeño incidente a la vez: una noche alguien escribió «Violadores!!!» en una de las señales de tráfico en las afueras de Beartown. Un par de días después, un grupo de niños de ocho años provenientes tanto de Beartown como de Hed, que estaban en un campamento de verano, fueron enviados a sus casas tras una violenta pelea provocada por los niños de Hed que les cantaron «¡En Beartown son violadores!» a los niños de Beartown.

Hoy Leo está sentado en la playa, y a cincuenta metros de distancia están sentados los examigos de Kevin, muchachos de dieciocho años grandes y fuertes. Ahora tienen puestas gorras rojas del Club de Hockey de Hed. Fueron ellos quienes escribieron en internet que Maya «se lo merecía» y que obviamente Kevin era inocente porque «¿quién carajos va a querer tocar a esa zorra aunque sea con unas pinzas?». Como si Maya alguna vez le hubiera pedido a alguno de ellos que la tocara, con lo que fuera. Ahora, los mismos muchachos dicen que Kevin nunca fue uno de ellos, y van a repetir la misma mentira hasta que la gente sólo relacione a su excompañero con Beartown, porque no importa cómo se distorsione la historia, esos muchachos se pintarán a sí mismos como los héroes. Siempre ganan.

Leo es seis años menor que la mayoría de ellos, es muchísimo más pequeño y débil, pero de todos modos algunos de sus amigos le han dicho que él debería «hacer algo». Que alguno de esos bastardos «tiene que recibir su castigo». Que Leo debe «ser un hombre». La masculinidad es algo complicado cuando tienes doce años. Y a cualquier otra edad.

Entonces, se escucha un ruido. Las cabezas voltean hacia las toallas extendidas. Por toda la playa, los móviles empiezan a vibrar. Primero uno o dos, y luego todos a la vez, hasta que los zumbidos se fusionan convirtiéndose en una orquesta invisible que afina todos sus instrumentos al mismo tiempo.

La noticia está llegando.

El Club de Hockey sobre Hielo de Beartown ya no existe.

* * *

«Es sólo un club deportivo, hay cosas más importantes». Es fácil decir esas cosas si crees que los deportes son sólo una cuestión de números. Pero nunca lo son, y sólo puedes entenderlo si empiezas con la más sencilla de las preguntas: ¿Qué siente un niño al jugar hockey? Contestar esto no es tan difícil. ¿Alguna vez has estado enamorado? Así es como se siente.

Un sudoroso muchacho de dieciséis años corre a lo largo del camino a las afueras de Beartown. Su nombre es Amat. En un taller mecánico allá entre los árboles, un chico de dieciocho años, con la ropa sucia, ayuda a su papá yendo por herramientas y apilando llantas. Su nombre es Bobo. En un jardín, una niña de cuatro años y medio dispara discos desde un patio hacia la pared de ladrillos de una casa. Su nombre es Alicia.

Amat tiene la esperanza de algún día ser lo bastante bueno como para que el hockey se los lleve a su mamá y a él de aquí. Para él, el deporte es un futuro. Bobo tan sólo espera poder tener una temporada más de diversión, sin responsabilidades como jugador de hockey, pues sabe que cuando se acabe esa temporada cada día será como todos los días de su papá. Para Bobo, el deporte es el último juego de su vida.

¿Y para Alicia, la niña de cuatro años y medio que dispara discos en un patio? ¿Alguna vez has estado enamorado? Eso es lo que el deporte es para ella.

Los teléfonos vibran. El pueblo se paraliza. Nada viaja más rápido que una buena historia.

Amat, con sus dieciséis años, se detiene en el camino. Las manos sobre las rodillas, su pecho pesado alrededor de su corazón: toc-toc-toc-toc-toc. Bobo, con sus dieciocho años, mete otro auto al taller y empieza a sacar una abolladura de la carrocería a golpes: toc-toc-toc. Alicia, con sus cuatro años y medio, está de pie en el patio de un jardín. Sus guantes son demasiado grandes y el bastón es demasiado largo, pero de todos modos dispara un disco lo más fuerte que puede contra la pared: ¡toc!

Han crecido en un pueblo pequeño en medio de un gran bosque. Hay muchos adultos por aquí que dicen que es más y más difícil encontrar empleo y que los inviernos son cada vez peores, que los árboles en los bosques están más y más apretados y las casas cada vez más dispersas, que todos los recursos naturales podrán estar en el campo pero, aun así, todo el dinero termina en las malditas grandes ciudades. «Porque los osos cagan en el bosque, y todos los demás se cagan en Beartown». Es fácil para los niños amar el hockey, pues uno no tiene tiempo de pensar cuando está jugándolo. La pérdida de la memoria es una de las cosas más estupendas que los deportes pueden darnos.

Sin embargo, ahora llegan los mensajes de texto. Amat se detiene, Bobo suelta el martillo y, muy pronto, alguien tendrá que intentar explicarle a una niña de cuatro años y medio qué significa que un club de hockey «se vaya a la quiebra». Puedes intentar hacerlo sonar como que es sólo un club deportivo que está derrumbándose, aunque los clubes deportivos en realidad nunca hacen eso. Simplemente dejan de existir. Son las personas las que se derrumban.

* * *

En La Piel del Oso, la gente acostumbra decir que la puerta debe mantenerse cerrada «para que a las moscas no les dé frío». También acostumbra decir otras cosas: «¿Tienes una opinión sobre hockey? ¡Ni siquiera podrías encontrar tu propio culo con tus manos en los bolsillos traseros del pantalón!». O «¿Quieres hablar de estrategias? ¡Estás más confundido que una vaca en un campo de césped artificial!». O «¿Crees que nuestra defensa va a mejorar para la siguiente temporada? ¡No te orines en mi pierna y me digas que está lloviendo!». Sin embargo, hoy nadie discute, hoy todo está en silencio. Es algo insoportable. Ramona sirve whiskey en todos los vasos una última vez. Los cinco tíos, con sus setenta años de edad o tal vez más, alzan sus tragos en un efímero brindis. Cinco vasos vacíos aterrizan con fuerza en la barra. Toc. Toc. Toc. Toc. Toc. Los tíos se ponen de pie y se van, cada quien por su lado. ¿Se llamarán por teléfono mañana? ¿Para qué? ¿Sobre qué demonios van a discutir si no tienen un equipo de hockey?

* * *

En un pueblo pequeño hay muchas cosas de las que no se habla; pero cuando tienes doce años no hay secretos, porque a esa edad ya sabes dónde buscar en el internet. Leo lo ha leído todo. Ahora tiene puesta una camiseta de manga larga, a pesar del calor. Dice que porque tiene quemaduras por el sol, pero en realidad no quiere que nadie vea los arañazos. Por las noches no puede dejar de rascarse; el odio se le ha metido debajo de la piel. Nunca se ha peleado, ni siquiera en el hockey. Pensaba que tal vez es como su papá, que no es una persona violenta. Pero, ahora, desearía que alguien discutiera con él, que chocara con él por accidente, que nada más le diera una sola razón para tomar el objeto pesado más cercano y romperle la cara con él.

«Los hermanos deben cuidarse unos a otros», es lo que todo mundo dice cuando creces. «¡No discutan! ¡Dejen de pelear! ¡Los hermanos deben cuidarse unos a otros!». Se suponía que Leo y Maya deberían haber tenido un hermano mayor; tal vez él podría haberlos protegido. Su nombre era Isak y falleció antes de que ellos nacieran, a causa del tipo de enfermedad que hace imposible que Leo crea en la existencia de un dios. Leo apenas si entendía que Isak había sido una persona real, hasta que a los siete años encontró un álbum de fotografías que contenía imágenes de Isak con sus padres. Se reían tanto en esas fotos. Se abrazaban tan fuerte, se amaban tan infinitamente. Ese día, Isak le enseñó a Leo un número abrumador de lecciones sobre la vida, sin siquiera estar vivo. Le enseñó que el amor no es suficiente. Es terrible aprender algo así cuando tienes siete años. O a cualquier edad.

Ahora tiene doce, y está intentando ser un hombre. Lo que sea que eso signifique. Intenta dejar de rascarse hasta herirse la piel por las noches, intenta llorar en silencio acurrucado con firmeza debajo del cobertor, intenta odiar sin que alguien lo vea o se dé cuenta. Intenta apartar de su mente ese pensamiento que no deja de golpearle con fuerza en las sienes. Los hermanos deben cuidarse unos a otros, y él no pudo proteger a su hermana.

No pudo proteger a su hermana no pudo proteger a su hermana no pudo proteger a su hermana.

Anoche, se rascó el pecho y el estómago hasta que una larga herida se abrió en su piel y empezó a escurrirle sangre. Esta mañana se vio en el espejo y pensó que la herida parecía una mecha que llegaba hasta su corazón. Se pregunta si esa mecha estará ardiendo dentro de él. Y cuánta mecha le queda.

4

Las mujeres siempre son el problema

Las generaciones más antiguas llamaban a Beartown y a Hed «el Oso y el Toro», en especial cuando los pueblos debían enfrentarse en el hockey. Eso fue hace muchos años, y nadie sabe en realidad si Hed ya había elegido al toro como el emblema de sus camisetas por entonces, o si lo pusieron ahí después de haber recibido ese sobrenombre. En aquellos días había mucho ganado alrededor de Hed, y más campos abiertos, de modo que cuando las industrias llegaron fue más fácil construir fábricas ahí. La gente de Beartown era conocida por ser muy trabajadora, pero el bosque era más denso en ese lugar, y por eso el dinero terminó en manos del pueblo vecino ubicado al sur. Las generaciones más antiguas acostumbraban hablar en forma metafórica acerca de la lucha entre el Oso y el Toro y de cómo esto mantenía las cosas en equilibrio, impidiendo que uno de ellos concentrara todo el poder. Tal vez era distinto entonces, cuando aún había suficientes empleos y recursos para ambos pueblos. Ahora es más difícil, pues la idea de que la violencia alguna vez pueda ser controlada siempre es una ilusión.

* * *

Maya está en casa de Ana. Son los últimos minutos de paz y tranquilidad antes de que lleguen los mensajes de texto, los últimos momentos del periodo entre la partida de Kevin del pueblo y el instante en el que se desatará el infierno de nuevo. Tuvieron tres semanas en las que la gente casi pareció olvidar que Maya existía. Eso fue maravilloso. Y pronto se terminará.

Ana comprueba que el armario de las armas de fuego está cerrado con llave, entonces va por la llave y se asegura de que las armas que están dentro no estén cargadas. Le miente a Maya al decirle que va «a limpiarlas», pero Maya sabe que sólo hace eso cuando el papá de Ana ha empezado a beber de nuevo. La señal definitiva de que el alcoholismo de un cazador ha cruzado el límite es cuando se le olvida cerrar el armario o cuando guarda en él un arma cargada. Esto nada más ha ocurrido una sola vez, cuando Ana era pequeña y su mamá se acababa de mudar de aquí, pero Ana nunca ha dejado de preocuparse del todo.

Maya está acostada en el suelo, con su guitarra descansando en su pecho, y finge que no entiende la situación. Ana carga con el peso de ser hija de un alcohólico, y ésa es una lucha solitaria.

—Oye, idiota —dice Ana al final.

—¿Hmm? ¿Qué pasa, imbécil? —sonríe Maya.

—Toca algo —exige Ana.

—No me des órdenes, no soy tu esclava musical —resopla Maya.

Ana sonríe socarronamente. No puedes cultivar una amistad así, sólo crece de manera silvestre, en la naturaleza.

—¡Por favor!

—Eres una burra floja. Aprende a tocar.

—No necesito hacerlo, tonta, tengo una escopeta en las manos. ¡Toca o disparo!

Maya se ríe a carcajadas. Cuando el verano llegó, se habían prometido esto: que los hombres de este jodido pueblo no les iban a quitar sus risas.

—¡Pero que no sea deprimente! —agrega Ana.

—¡Ya cállate! Si quieres escuchar tu música estúpida y alegre con sus «pum-pum-pum-pum», consíguete una computadora —dice Maya entre risas.

Ana pone los ojos en blanco.

—¡O sea, todavía estoy sosteniendo un arma! ¡Si tocas tu música para drogadictos y me doy un tiro en la cabeza, en serio que va a ser por tu culpa!

Las dos sueltan una carcajada. Y Maya toca las canciones más alegres que conoce, incluso si en la opinión de Ana no son para nada alegres. Pero este verano, Ana acepta lo que le den.

Entonces las interrumpen dos zumbidos breves de un móvil. Luego dos más, seguidos de otros dos.

* * *

Ser director deportivo de un club de hockey no es un trabajo de tiempo completo. Es tres trabajos de tiempo completo. Cuando Mira, la esposa de Peter, ya no tiene fuerzas para esconder su enfado, acostumbra decir: «Tienes dos matrimonios, uno con el hockey y el otro conmigo». Omite agregar que la mitad de todos los matrimonios terminan en divorcio. No es necesario que lo haga.

Los políticos en la sala de reuniones van a restarle importancia a esta reunión, dirán que «sólo se trata de un deporte». La más grande mentira de la que se ha convencido Peter es que el hockey y la política no están relacionados. Siempre lo están, pero cuando la política nos beneficia a nosotros la llamamos «cooperación», y cuando beneficia a otros la llamamos «corrupción». Peter mira afuera, a través de la ventana. Siempre hay banderas ondeando frente al edificio del ayuntamiento para que los bastardos que trabajan aquí dentro sepan en qué dirección sopla el viento.

—El ayuntamiento… nosotros… se ha tomado la decisión

de que vamos a presentar nuestra candidatura para ser sede del Campeonato Mundial de Esquí. Beartown y Hed juntos —dice uno de los concejales.

Intenta verse como una figura de autoridad, lo que es difícil cuando al mismo tiempo estás pescando las migajas de pan que cayeron de tu boca al bolsillo de tu chaqueta. Todos saben que él ha intentado, durante años, conseguir financiamiento para la construcción de un hotel con salones para reuniones, y el Campeonato Mundial de Esquí le daría esa oportunidad. Por pura casualidad, el cuñado de ese concejal trabaja en la Federación de Esquí, y su esposa dirige una compañía que organiza expediciones de cacería y «cursos de supervivencia» en el bosque para empresarios ricos de las grandes ciudades que, a todas luces, no pueden sobrevivir sin un spa y un minibar. Otro concejal añade:

—Tenemos que pensar en la imagen que da la región, Peter. Los contribuyentes están preocupados. Toda esta publicidad negativa ha creado una sensación de inseguridad…

Lo dice como si la inseguridad fuera el problema. Como si EL PROBLEMA no fuera el problema. Le sirve café a Peter; otro tipo de hombre tal vez habría arrojado la taza contra la pared, pero Peter no es una persona violenta. Ni siquiera se peleó en una pista de hielo cuando era jugador de hockey. Por esa razón, estos hombres lo despreciaban a sus espaldas, pero ahora ya no se preocupan por ocultarlo.

Saben que el punto débil de Peter es su lealtad, que siente que está en deuda con este pueblo. Aquí, el hockey le dio todo, y sabe cómo recordárselo. En los vestidores de la arena hay un cartel en una pared que dice: «Se espera mucho de quien mucho ha recibido».

Otro concejal, que se jacta de ser el tipo de hombre que «dice las cosas como son», exclama:

—¡Beartown no tiene equipo júnior, y apenas si tiene un

primer equipo! Ya perdieron a todos sus mejores jugadores y a casi todos sus patrocinadores, que se fueron a Hed. ¡Tenemos que pensar en los contribuyentes!

Hace un año, el periódico local le hizo una pregunta en tono crítico al mismo concejal acerca de los planes del ayuntamiento para financiar una nueva y costosa arena de hockey. El concejal respondió sin un rastro de duda: «¿Sabes qué es lo que los contribuyentes de Beartown quieren? ¡Quieren ir a ver hockey!». Es tan fácil echarles la culpa, sin importar cuál sea tu opinión: los contribuyentes.

El mismo dinero va a terminar en los mismos bolsillos; es sólo que los bolsillos se están mudando de pueblo, a Hed. Peter quiere protestar, pero no es capaz de hacerlo. Siempre se han hecho amaños con el dinero del municipio destinado para los deportes, no sólo en la forma de «aportes» directos, sino también escondido como «préstamos» y «subsidios». Como cuando el ayuntamiento «rentó» los lugares de estacionamiento a un lado de la arena, a pesar de que el propio municipio era el dueño del terreno. O cuando el ayuntamiento pagó por «la renta de la pista de hielo de la arena para uso del público en general», en específico para todo el «público en general» que ansiaba poder patinar entre las 2 a. m. y las 5 a. m. cada miércoles. En algún punto, uno de los miembros de la junta directiva del club de hockey era, al mismo tiempo, parte de la junta directiva de la compañía inmobiliaria del municipio, e hizo que la inmobiliaria comprara costosos «paquetes de patrocinio» para partidos de hockey que nunca se jugaron. Peter supo de todo esto. La antigua administración del club de hockey siempre fue corrupta. En un principio, Peter se ponía a discutir al respecto, pero al final se vio forzado a aceptar que ésas eran «las reglas del juego». En un pueblo pequeño, los deportes no sobreviven sin el apoyo del ayuntamiento. Ahora no puede alzar la voz y hablar de corrupción, pues los concejales saben con exactitud cuánto es lo que él sabe.

Van a ajusticiar al club de Peter. Sólo quieren estar seguros de que va a mantener la boca cerrada.

* * *

Las gorras rojas de los fornidos muchachos de dieciocho años llevan el emblema de un toro embistiendo. Cada vez ocupan más y más espacio en la playa, expanden los límites para ver si alguien se atreve a intentar detenerlos. Leo, impotente, siente odio por ellos.

Cuando Kevin se fue del pueblo, la historia cambió, pero sus antiguos amigos se adaptaron con rapidez a las nuevas verdades. Todo lo que necesitaban era un nuevo líder. Y fue William Lyt, un delantero de la primera línea de ataque y exvecino de Kevin, quien alzó la mano y les dio la versión de la historia que habían estado anhelando. Había escuchado a sus padres repetir esa versión durante meses en la mesa de la cocina: «Nosotros somos las víctimas en todo esto, nos robaron la victoria en la final. ¡Si Kevin hubiera jugado, habríamos ganado! ¡Pero Peter Andersson insistió en convertir la situación en un asunto político! ¡Y entonces intentó culparnos A NOSOTROS de que ese sicópata violara a esa chica, a pesar de que nosotros no habíamos hecho ni una mierda! ¿Y saben por qué? Porque Peter Andersson siempre nos ha odiado. Todos lo escuchan nada más porque alguna vez fue jugador profesional en la NHL, como si eso lo hiciera moralmente superior. Pero ¿ustedes creen que le habrían impedido a Kevin jugar en la final si no se hubiera tratado de la hija de Peter? Si hubieran violado a una de nuestras hermanas, ¿creen que Peter habría llamado a la policía para que se llevaran a Kevin el mismo día de la final? ¡Peter es un hipócrita! Kevin sólo es una excusa, Peter nunca quiso tener muchachos de la Cima en el Club de Hockey de Beartown, ¿y saben por qué? Porque dio la casualidad de que algunos de nosotros nacimos en familias con dinero, ¡y eso no le conviene al mito de Peter Andersson como el gran salvador!».

Lo que sale de los labios de William es un eco de las palabras de sus padres. Cada temporada, Maggan Lyt, su madre, se molesta por el hecho de que el club promueva a chicos de las áreas pobres del pueblo como figuras destacadas, pero cuando se trata de pagar las cuentas, siempre se espera que sean los padres de la Cima los que abran sus carteras. La primavera pasada, cuando corrió la noticia de que el club echaría a andar una escuela de hockey para niñas de cuatro y cinco años, Maggan se quejó con cualquiera que pudiera escucharla: «¿Cuándo se va a cansar la gente de costear los experimentos sociales de Peter Andersson?».

Ahora, William ruge en la playa:

—¡Quieren un club de chicas!

Las palabras funcionan porque son fáciles de entender. Desde que Kevin violó a la chica, todos en el equipo de William se han sentido atacados e incomprendidos. Así que es un alivio escuchar que Peter Andersson los odia, porque la razón más sencilla para que ellos también lo odien es la convicción de que él empezó con todo esto.

* * *

Peter mira alrededor de la mesa. Se espera de él que acepte esto «como un hombre», pero ya no está seguro de cómo lo ven los concejales: ¿el chico que fue formado por el Club de Hockey de Beartown? ¿El joven que se volvió capitán del equipo y que hace veinte años guio a un moribundo club de provincia todo el trayecto hasta llegar a ser el segundo mejor equipo de todo el país? ¿O el jugador profesional de la NHL en quien se convirtió después? Antes de que lo convencieran de mudarse de vuelta a casa y asumir el cargo de director deportivo del club una vez que había descendido varias divisiones en el sistema de ligas de hockey, donde, contra todos los pronósticos, construyó uno de los mejores equipos júnior del país e hizo que el pequeño club fuera importante de nuevo. ¿Es él alguno de esos hombres?

¿O acaso ahora no es más que un padre? Porque es su hija quien fue víctima de una violación. Él fue quien la acompañó a la estación de policía esa mañana de marzo. Fue él quien estuvo de pie en el estacionamiento de la arena de hockey y vio cuando la policía bajaba a jalones del autobús del club al jugador estrella del equipo júnior, justo antes de que se fueran rumbo al partido más grande de sus vidas. Sabe qué piensan todos los hombres aquí dentro, lo que piensan los hombres en todas partes: «Si hubiera sido mi hija, habría matado al que le hizo eso». Y no pasa una noche sin que Peter desee haber sido ese tipo de hombre. Ser capaz de esa clase de violencia. Pero en lugar de ello, acepta la taza de café. Porque la masculinidad es algo difícil, a cualquier edad.

Uno de los concejales empieza a explicar, con un tono de voz que oscila entre la compasión y la condescendencia:

—Ahora tienes que comportarte como un jugador de equipo, Peter. Tenemos que actuar pensando en beneficio de todos los habitantes del municipio. Tener una buena reputación es vital para nuestras esperanzas de que nos otorguen la sede del Campeonato Mundial de Esquí. Vamos a construir una nueva arena de hockey en Hed, y ahí vamos a establecer la preparatoria orientada al hockey…

Peter no necesita oír el resto; ya ha escuchado antes esta visión del futuro para la región, estuvo presente cuando se redactó. Primero la arena de hockey y la preparatoria orientada al hockey, luego el centro comercial y mejores vías de enlace con la autopista. Un hotel con salones para reuniones y una competencia de esquí que se transmita por televisión. Y luego, ¿quién sabe? ¿Tal vez un aeropuerto? Los deportes son sólo deportes, hasta que alguien a quien el deporte le importa un carajo tiene algo que ganar con ellos; entonces se convierten de repente en una cuestión económica. Un club de hockey estaba destinado a salvar a todo el municipio, y ése sigue siendo el caso. Es sólo que ya no se trata del club de hockey de Peter.

Un hombre más, cuyo cerebro evidentemente ha estado de vacaciones desde hace al menos un par de horas, extiende los brazos a los lados.

—Pero, bueno, desde luego lamentamos la... situación. Con tu hija.

Eso es lo que dicen: «Tu hija». Nunca «Maya», nunca su nombre. Porque eso les permite insinuar lo que quieren que él piense en realidad: si hubiera sido la hija de alguien más, ¿habría dejado Peter que Kevin jugara en la final? Los políticos la llaman «la situación», pero los consultores de relaciones públicas que el ayuntamiento contrató lo llaman «el escándalo». Como si el problema no fuera que una chica fue violada, sino que dio la casualidad de que esto se volvió del conocimiento público. Los consultores les explicaron a los políticos que existen otras comunidades que «han sido afectadas por escándalos similares, que han impactado de forma negativa la imagen del pueblo». Eso no va a suceder aquí. Y la manera más fácil de enterrar el escándalo es enterrar al Club de Hockey de Beartown. Entonces, todos pueden referirse con orgullo a «la serie de medidas» y mostrar que están construyendo un mejor club en Hed, con «estándares morales más altos y mayor responsabilidad», sin tener que responder por el hecho de que son los mismos hombres de siempre los que lo están construyendo.

—Todos esos jodidos periodistas que llaman y llaman, Peter...

¡La gente está poniéndose nerviosa! ¡El municipio tiene que darle vuelta a la página!

Como si los periodistas no hubieran llamado a la familia de Peter. Ni él ni Maya han hablado con ellos. Han hecho todo de la forma debida, se han mantenido callados, pero eso no importa. No se mantuvieron callados lo suficiente.

* * *

Mientras William Lyt se ha dedicado este verano a armar su equipo en el Club de Hockey de Hed bajo el estandarte de un odio compartido hacia Peter Andersson, en otras partes del municipio han tenido lugar otras conversaciones. El padre de William es parte de la junta directiva del club de golf, juega con los directores del banco y los concejales y es popular no sólo porque conoce a la gente con dinero, sino también porque es de la clase de hombres que «dice las cosas como son». El ayuntamiento necesitaba el apoyo de la comunidad empresarial para presentar su candidatura al Campeonato Mundial de Esquí, por lo que la comunidad empresarial impuso una condición muy severa: un club de hockey, no dos. Dicen que es una cuestión de «finanzas responsables». Y enfatizan la palabra «responsables».

De modo que ahora, en la playa, unos cuantos días antes de la víspera del solsticio de verano, todos los teléfonos de los jóvenes empiezan a vibrar al mismo tiempo. Al principio, la playa guarda silencio; entonces, un grupo de fornidos jóvenes de dieciocho años estalla en carcajadas y alaridos estridentes y maliciosos. Nadie es más estridente que William Lyt. El muchacho trepa un árbol y cuelga dos banderas rojas del Club de Hockey de Hed, que se hinchan por el viento como heridas sangrantes sobre las hojas verdes, el color de Beartown.

Su equipo se agrupa en un semicírculo debajo de los árboles, a la espera de que alguien quiera pelear con ellos. Pero son demasiado grandes, demasiado fuertes, todos en la playa van a la misma escuela, así que nadie se atreve. Por ello, la playa le pertenece a Lyt, y se reparte de la forma en la que todos los mundos se reparten entre la gente: entre los que son escuchados y los que no.

Y los adolescentes en la playa que ven a esos muchachos y los odian, pero no pueden hacer nada, los que aman al Club de Hockey de Beartown pero no son lo bastante fuertes para desafiar a la pandilla de William Lyt, ahora deben encauzar su furia en contra de alguien más. Alguien más débil.

* * *

Maya y Ana leen los primeros mensajes de texto anónimos, y entonces apagan sus móviles. «Esto es tu culpa». «Si el club se muere tú también, perra!». «Tu jodido papá también nos las va a pagar!!». Ana y Maya saben lo que está pasando ahora, saben quiénes serán el centro del odio y las amenazas. Algunos opinarán que es culpa de Maya que el club de Beartown se esté yendo a pique, pues ella «debió haber cerrado la boca»; otros van a decir con una alegría malsana por el mal ajeno que «esto es lo que les pasa a las putitas mentirosas».

Maya va al baño y vomita. Ana está sentada en el suelo del pasillo que da a ese baño. Ha leído que los grupos de apoyo para las víctimas de violación se llaman a sí mismos «sobrevivientes». Porque eso es lo que hacen cada día, sobreviven a aquello por lo que tuvieron que pasar, una y otra vez. Ana se pregunta si existe alguna palabra para todos los demás: la gente que dejó que eso pasara. La gente siempre está preparada para destruir los mundos de los demás, sólo para evitar tener que reconocer que muchos de nosotros cargamos con pequeños fragmentos de una culpa colectiva por las acciones de un muchacho. Es más fácil si lo niegas, si te convences a ti mismo de que es un «incidente aislado». Ana sueña con asesinar a Kevin por lo que le hizo a su mejor amiga, pero sobre todo sueña con aplastar a todo el pueblo por las cosas a las que sigue sometiendo a Maya.

Los idiotas no van a decir que Kevin fue quien mató al Club de Hockey de Beartown, van a decir que «el escándalo» es lo que lo mató. Porque su verdadero problema no es que Kevin haya violado a alguien, sino que Maya fuera violada. Si ella no existiera, esto no habría pasado. En el mundo de los hombres, las mujeres siempre son el problema.

Maya y Ana empacan sus mochilas, salen por la puerta y se internan en el bosque, sin siquiera saber a dónde se dirigen. Porque cualquier lugar, el que sea, es mejor que estar aquí. Ana no se lleva su escopeta. Va a arrepentirse de ello.

* * *

Leo espera hasta que empieza a oscurecer. Se esconde él solo en el lindero del bosque, hasta que la playa está vacía. Entonces camina sin hacer ruido de regreso al lago, trepa el árbol y les prende fuego a las banderas rojas. Graba el momento en el que las llamas devoran las palabras y el logo del Club de Hockey de Hed arde. Después publica el video en internet de forma anónima, donde sabe que todos en la escuela lo verán.

En el futuro, la gente dirá que la violencia llegó a Beartown este verano, pero eso no será cierto, pues ya estaba presente. Porque la gente siempre depende de otras personas, y nunca podemos perdonarnos de verdad unos a otros por ello.

5

Todos somos cien cosas diferentes

Un joven con el torso desnudo y una mochila al hombro camina solo a través del bosque. Tiene el tatuaje de un oso en el brazo. Una abogada bien vestida está sentada en una oficina. Tiene fotos de su familia sobre su escritorio, y justo acaba de recibir otra llamada de una compañía de mudanzas sin entender por qué. Al mismo tiempo, una persona forastera conduce un Jeep a lo largo de una carretera, con una lista de nombres en la guantera.

Sus teléfonos vibran. Peter Andersson ni siquiera se ha ido de la reunión en el edificio del ayuntamiento, pero los concejales ya han filtrado la noticia de que el Club de Hockey sobre Hielo de Beartown se va a ir a la quiebra. Los onerosos consultores de relaciones públicas les han enseñado este tipo de cosas a los concejales: que deben «tener el control de la narrativa».

El joven en el bosque, la abogada en la oficina y la persona forastera en el Jeep revisan sus teléfonos. Todos están involucrados.

* * *

Todos somos cien cosas diferentes, pero, por lo general, a los ojos de otras personas únicamente tenemos la oportunidad de ser una sola de ellas. Mira Andersson es abogada, cuenta con educación superior en dos países distintos, tiene dos títulos universitarios, pero, aun así, en Beartown siempre será «la esposa de Peter Andersson» y nada más. Hay días en los que se odia a sí misma por odiar eso con tanta intensidad. Por sentir que eso no es suficiente para ella, el sólo pertenecer a alguien más.

Mira almuerza en su escritorio, rodeada de notas en Post-its rosas relacionadas con su trabajo, y de notas en Post-its amarillos con recordatorios de cosas que tiene que comprar y encargos que tiene que hacer para varios miembros de su familia. Junto a su computadora hay fotografías de Leo y de Maya. El sentimiento de culpa que le provoca la mirada de sus hijos podría haber aniquilado a Mira si no la hubiera interrumpido el sonido de pisadas fuertes en el pasillo.

Entonces, Mira casi sonríe, a pesar de este verano infernal, porque sabe cuál de sus colegas está a punto de entrar como un huracán. En parte porque es la única otra adicta al trabajo que todavía está en la oficina justo antes de las celebraciones por el inicio del verano, y en parte porque las puertas nunca se abren cuando ella entra a una habitación, se arrojan por sí solas para apartarse de su camino. La colega tiene una estatura de casi un metro con noventa, y hace tanto ruido como si midiera lo mismo de ancho. Es la peor perdedora que Mira haya conocido, y cuando alguien se queja del trabajo, su respuesta habitual es «¡Mantén el pico cerrado y envía la factura!». Como de costumbre, inicia la conversación a la mitad de una frase, como si esto hubiera sido culpa de Mira por tener la insolencia de no estar presente cuando ella empezó a hablar:

—¡… y entonces la pizzería estaba CERRADA, Mira! «Cerrado por las VACACIONES de verano». ¿Qué carajos? ¿Qué clase de gente se toma vacaciones en una PIZZERÍA? Debería estar clasificada como un servicio público de vital importancia, como… los hospitales y… las brigadas de bomberos y… ¡las tiendas de zapatos! Y yo que además pensaba acostarme con el chico que atiende en el mostrador, ése que siempre parece que está triste, ¡y los chicos tristes siempre son los mejores en la cama! ¿Qué estás comiendo? ¿Todavía te queda algo de eso?

Mira suspira como si estuviera por soplar las velas del último pastel de cumpleaños de su vida. Enseña el contenedor de plástico con su comida. La colega finge que vomita.

—Muy maduro de tu parte —dice Mira.

—¿Qué es ESO? —gimotea la colega.

Mira estalla en risas. No era su intención, lo que hace de esto algo maravilloso, unos cuantos segundos de normalidad. La colega tiene los hábitos alimenticios de una adolescente; nunca pregunta «¿Qué platillos son sabrosos?», sino sólo «¿Cuáles son más abundantes?». Lee los menús como si fueran una declaración de guerra. Mira hace un gesto con su tenedor, para animar a la colega a que coma de su almuerzo.

—Esto se llama «ensalada», ¿sabes? Es más o menos como la carne, aunque no tienes que matar a ningún animal. ¡Mira, pruébala!

La colega retrocede.

—¡Nunca en la vida!, huele como si lo hubieras sacado del trasero de un cadáver.

—¡Ay, por favor, estoy comiendo! —exclama Mira con asco.

—¿Qué? ¿Qué dije? —pregunta la colega, sorprendida.

—¡Te comportas como una niñita! —dice Mira.

—¡*Tú* te comportas como una niñita! ¡Mantén el pico cerrado y factura algo! —masculla la colega, y luego aterriza en una silla como si la hubieran lanzado desde el techo de una casa.

Mira está por responder algo, pero el timbre del teléfono en su escritorio la distrae. Cree que es una llamada de Peter, pero la voz al otro lado de la línea dice con tono alegre:

—¿Hablo con Mira Andersson? Le estoy llamando de Mudanzas Johansson, tenemos una orden a su nombre de cincuenta cajas nuevas para mudanza. ¿Podemos dejarlas en su jardín?

Mira ni siquiera escucha el final de la oración. Sólo se fija en que la colega abre su computadora portátil, lee algo y su rostro palidece. Un instante después, el móvil de Mira comienza a vibrar.

* * *

Peter se levanta de su silla. La mayoría de los políticos del otro lado de la mesa evitan humillarlo estrechando su mano y simplemente se marchan. Pero uno de ellos se detiene y dice con falsa generosidad:

—Fue muy impresionante, Peter, eso que ustedes lograron hacer con el equipo júnior la primavera pasada. Algo excepcional, de verdad, nuestros muchachos de nuestro pueblecito dándole pelea a los equipos grandes. Si tan sólo hubieran... ganado. Entonces tal vez... bueno, tú sabes.

Peter lo sabe. Demasiado bien. En un deporte donde los cuentos de hadas al estilo de la Cenicienta están en peligro de extinción, donde las escuelas orientadas al hockey de los grandes clubes se apropian de todo el talento que hay en los clubes pequeños, Beartown consiguió que sus mejores jugadores se quedaran y lucharan por el equipo de su pueblo natal. Avanzaron hasta llegar a la final, pero tuvieron que jugarla sin su más grande estrella. Y por eso estuvieron muy cerca de ganar. Pero eso no basta.

Beartown es un pueblo entregado al hockey, y los niños son educados bajo la filosofía de que «las estadísticas nunca mienten». O eres el mejor o eres como todos los demás, y los mejores no inventan excusas, encuentran una forma de ganar. Con todos los medios disponibles, al precio que sea. La gente habla de una «mentalidad ganadora», pues un ganador tiene algo que les falta a los demás, una mente especial que da por hecho que nació para convertirse en un héroe. Cuando un partido va a decidirse en los segundos finales, un ganador golpea el hielo con su bastón y les dice a gritos a sus compañeros que le pasen el disco, pues un ganador no pide ese disco, lo exige. Cuando miles de espectadores en las gradas se ponen de pie y vociferan a todo pulmón, la mayoría de la gente se vuelve insegura y se echa para atrás, pero un ganador da un paso adelante. Ésa es la clase de mentalidad de la que estamos hablando. Todos sueñan con llegar a ser el mejor, con ser el que hace el último disparo en los últimos momentos cruciales de la temporada, pero, de entre todos nosotros, son desesperantemente pocos los que sí se atreven a correr el riesgo cuando todo está en juego. Eso es lo que nos distingue.

Hace poco más de veinte años, el primer equipo de Beartown podría haber sido el mejor de todo el país. Durante la temporada completa, todos en el pueblo repetían la misma frase: «¡Beartown contra el mundo!». Los periodistas en las grandes ciudades opinaban que Beartown no tenía ninguna oportunidad. Sus contrincantes, jugadores muy bien pagados, subestimaban al equipo; pero cuando venían a Beartown, algo sucedía: cuando su autobús viajaba kilómetro tras kilómetro a través del bosque, cuando entraban a un recinto deteriorado y eran confrontados por tribunas que se habían convertido en muros verdes por todos lados que no paraban de rugir, los gigantes temblaban. Esa temporada, la arena de hockey fue una fortaleza, todo el pueblo marchaba y se congregaba ahí, el equipo jugaba con una comunidad entera respaldándolo. No importaba que los grandes clubes tuvieran el dinero, pues éste era el hogar del hockey. «Beartown contra el mundo».

Sin embargo, el último partido fue un juego de visitante, en la capital. En los segundos finales, le pasaron el disco a Peter Andersson. En lo profundo del bosque se encontraba toda una comunidad que iba a vivir o morir dependiendo de lo que Peter hiciera con su bastón… y ¿qué tan pequeños son los márgenes para un club deportivo en un momento como éste? La distancia entre la élite y los demás es astronómica, tratándose del hockey: los equipos en la división superior del sistema de ligas son los que obtienen todo el dinero que pagan las televisoras, los millones que aportan los patrocinadores, mientras que los que se encuentran más abajo tienen que aprender que «el mejor equipo siempre gana». Por ello, cuando Peter recibió el disco, se trataba de mucho más que un disparo, mucho más que un juego: era una oportunidad para el pequeño pueblo de derribar a un gigante. Qué historia tan fantástica habría sido ésa. Por una sola noche, después de toda la porquería por la que había tenido que pasar la gente en este bosque, Beartown por fin tenía la posibilidad de sentir que su turno había llegado. Habría sido el tipo de cuento que hace que todos amen los deportes: que los más grandes y los más ricos no siempre ganen.

Así que Peter disparó. Y falló. Un pueblo contuvo el aliento, y luego no pudo respirar. Sonó la chicharra que indicaba el final del partido, los contrincantes ganaron, en la siguiente temporada Beartown descendió de la división superior y nunca ha podido regresar.

Peter se fue a la NHL y se convirtió en jugador profesional, pero se lesionó. Su carrera pasó tan rápido como un sueño. Entonces volvió a casa, y contra todos los pronósticos armó un equipo júnior que llegó a ser el mejor del país. Casi.

El político en la puerta se encoge de hombros.

—Ganar lo cura todo, Peter.

Bien podría haber expresado en voz alta lo que quería decir: «Tú no eres un ganador, Peter. Porque los ganadores ganan. Así es como los reconocemos». Los ganadores anotan con ese último disparo. Los ganadores no mezclan lo que sucede fuera de la pista de hielo con lo que pasa dentro de ella. Los ganadores no le piden a la policía que baje a jalones del autobús del club al jugador estrella del equipo, antes de que partan rumbo al partido más importante. Los ganadores saben que, en este pueblo, ganar lo cura todo, pero un segundo lugar no cura nada.

El político le da unas palmadas en el hombro sin mucho entusiasmo.

—Oye, Peter, ¿no crees que podrías ver esto como una oportunidad? Podrías probar suerte con un trabajo diferente. ¡Y pasar un poco más de tiempo con tu familia!

Peter querría decirle que se vaya al carajo, pero en su lugar sale en silencio de la sede del ayuntamiento. Camina alrededor del edificio, se detiene debajo de una escalera y se inclina sobre una jardinera. Cuando está seguro de que ninguno de esos bastardos puede verlo ahí, solo, empieza a vomitar.

Su teléfono suena. Es Mira. Se da cuenta de que el rumor está esparciéndose, pero no tiene fuerzas para contestar. No quiere oír la decepción en la voz de su esposa, y teme que ella oiga el llanto en su voz. Mira llama una y otra vez hasta que Peter apaga su teléfono. El problema de vivir toda tu vida dedicado a un club de hockey es que no tienes una maldita idea de quién eres sin él. Peter se sube a su auto y empieza a conducir, sus dedos agarran el volante con tanta fuerza que la sangre comienza a brotarle por sus cutículas rasgadas.

* * *

Una persona forastera está sentada en un Jeep, observa el camino en silencio y expectante detrás de unos lentes de sol, le da una calada superficial a su cigarro y deja que el humo se despliegue a través de la ventana abierta. El Jeep está estacionado a la sombra de unos cuantos árboles, lo bastante oxidado y discreto como para que nadie le ponga atención. La lista de nombres está en la guantera. La encabeza «Peter Andersson». Cuando Peter se sube al auto y se va manejando, la persona forastera lo sigue.

6

Si no hay guerra, la empiezan

El hombre de dieciocho años en el bosque se quita su mochila, la deja en el césped y trepa un árbol. El verano ha vuelto su largo cabello más claro y su piel más oscura alrededor de su tatuaje de un oso. Su nombre es Benjamin, pero sólo su mamá y sus hermanas le dicen así, todos los demás lo conocen como Benji. Su nombre rara vez se relaciona con recuerdos de una buena infancia; ya desde el kínder se decía que ese muchacho terminaría en una prisión o en un cementerio. El hockey lo salvó y a la vez lo condenó, pues los peores rasgos de su personalidad fuera de la pista de hielo hicieron que la gente lo admirara cuando estaba dentro de ella. Kevin era la estrella, Benji su protector. Hermanos. El pueblo amaba las manos de Kevin, pero idolatraba los puños de Benji. Siempre que alguien en Beartown cuenta una vieja broma que dice «fui a ver una pelea, y de repente estalló un partido de hockey», está hablando de Benji.

Así pues, todo el pueblo cayó en estado de shock cuando Kevin fue acusado de violación, pero la gente quedó casi igual de impactada cuando Benji se puso del lado de Maya Andersson y en contra de su hermano. Además, permaneció en Beartown, en lugar de irse al Club de Hockey de Hed. Benji Ovich hizo lo correcto. Y todo, ¿para qué? Uno tras otro, le llegan mensajes de texto en tono de burla, enviados por remitentes anónimos que le dicen que su club ahora está muerto. Tomó la decisión equivocada. No le queda nada. Hace unos cuantos meses, jugaba al lado de su mejor amigo en uno de los equipos de élite del país. Ahora está solo en un árbol, colocándose con un porro, y está en camino de darles la razón a todos aquellos que han dudado de él: «Tarde o temprano, ese muchacho va a hacerse daño de verdad a sí mismo o alguien más».

* * *

Cada vez que Mira Andersson ha observado las fotografías de Peter, Maya y Leo sobre su escritorio durante este verano, se ha sentido profundamente avergonzada por el hecho de que mientras ella está aquí, en su trabajo, es más fácil imaginarse que son una familia normal. Que ninguno de los cuatro está ardiendo por dentro, que la casa que comparten no ha quedado en silencio porque a ninguno de ellos le quedan palabras por decir.

Maya le pidió a su familia que dejaran de hablar de la violación. Estaban sentados en la mesa de la cocina, a comienzos del verano, y ella dijo esto sin dramatismo alguno. «Ahora necesito dar vuelta la página». Peter y Mira intentaron sonreír y asentir, pero sus miradas perforaron el suelo de parqué. Debes brindar tu apoyo, no puedes agarrar a tu hija de los hombros y decirle a gritos que NECESITAMOS hablar sobre el tema una y otra vez, que son sus padres los que tienen miedo, y se sienten desamparados y… egoístas. Porque eso es lo que están siendo, ¿no es así? Egoístas.

Mira sabe que la gente no entiende cómo ella puede seguir trabajando, o cómo Peter puede seguir ocupándose del hockey, pero la verdad es que, a veces, sólo tienen fuerzas para dedicarles su atención a esas cosas. Cuando todo lo demás se derrumba, te sumerges en lo único que sabes que puedes controlar, el único lugar donde todavía sientes que sabes qué estás haciendo. Todo lo demás provoca demasiado dolor. Así que vas a trabajar y te escondes ahí, como un alpinista que cava hoyos en la nieve cuando una tormenta viene en camino.

Mira no es ingenua, pero es madre, ha intentado encontrar un camino para poder avanzar. Kevin se ha ido, la sicóloga dijo que Maya ha progresado en el tratamiento de su trauma, por lo que tal vez aún es posible que todo pueda estar bien. Es lo que Mira se había estado diciendo a sí misma. Peter se reuniría con el ayuntamiento, el club obtendría el dinero que necesita, todo se arreglaría por sí solo.

Pero ahora, Mira cuelga la llamada de la compañía de mudanzas que recibió una orden de cajas para empacar a su nombre. Lee el mensaje de texto que acaba de recibir. Es de un periodista: «Estamos intentando contactar a su esposo, para que nos comente respecto de la quiebra del Club de Hockey de Beartown». El siguiente mensaje proviene de un vecino que dice: «No sabía que iban a mudarse!». Junto con el mensaje mandó una captura de pantalla del sitio web de un agente inmobiliario, donde alguien puso en venta la casa de la familia Andersson. Las fotografías son muy recientes. Alguien estuvo en su jardín esta misma mañana.

Mira llama a Peter, pero él no responde. Ella sabe qué va a suceder ahora; si el club de hockey se viene abajo, no importa de quién sea la culpa en realidad, porque ciertas personas en este pueblo ya han empezado a buscar chivos expiatorios. Será culpa de Peter. Culpa de Maya. Del director deportivo. De la puta.

Mira llama a Peter otra vez. Otra vez. Otra vez. En su último intento, la llamada ni siquiera entra. La colega retrocede cuando Mira estrella su puño contra el escritorio con todas sus fuerzas; oye que sus dedos crujen, pero sigue golpeando con toda la furia que pueden reunir las cien mujeres diferentes que hay dentro de ella:

TOC. TOC. TOC-TOC-TOC.

* * *

Benji se acurruca, el humo se escapa por sus fosas nasales. Ha oído a otras personas decir que las drogas los elevan al cielo, pero para Benji son como el mar: él no vuela, tan sólo flota. Las drogas lo mantienen en la superficie sin que tenga que hacer ningún esfuerzo, mientras que el resto del tiempo siente como si tuviera que nadar por su vida en todo momento.

Cuando era niño le encantaba el verano, porque el follaje les permitía a los chicos esconderse en los árboles sin que pudieran ser vistos desde el suelo. Siempre ha tenido mucho de qué esconderse, como le pasa a cualquier persona que es diferente a los demás en un vestidor donde todos aprenden que deben ser una unidad, un clan, un equipo, para poder ganar juntos. Así que Benji se convirtió en lo que ellos necesitaban: el salvaje. Era tan temido que, en una ocasión, cuando estaba lesionado, su entrenador lo puso de todos modos en la banca. No jugó ni un minuto, pero aun así el equipo contrario no se atrevió a ponerle un solo dedo encima a Kevin.

Benji adquirió parte de esa dureza ejercitándose: trepaba árboles de una forma tal que su entrenador, entre risas, le decía que eso lo transformaba en «mitad tanque de guerra, mitad mono»; también cortaba leña en el criadero de perros de su hermana, y después golpeaba la pila de leña para darle forma, a fin de endurecer sus nudillos. Sin embargo, parte de la dureza simplemente ya se encontraba dentro de él, no podía ser inyectada ni extraída, y esto lo volvía alguien impredecible. Durante un invierno, cuando era pequeño, algunos de los niños en el equipo le decían «trineo», porque sus padres no lo llevaban en auto a los entrenamientos, sino que llegaba él mismo en su bicicleta, jalando un trineo en el que transportaba la maleta con su equipo de hockey. Siguieron usando ese apodo durante unos cuantos meses hasta que uno de los chicos fue demasiado lejos y Benji entró a los vestidores con el trineo en sus manos y de un golpe le desprendió dos de sus dientes. Después de eso, no hubo muchos apodos.

Ahora Benji está sentado en el árbol, inmóvil, pero dentro de él todo es un caos. Cuando unos niños se vuelven mejores amigos, es muy parecido al primer amor; quieren estar juntos todo el tiempo, y si se dejan es como si les amputaran algo. Kevin y Benji provenían de zonas del pueblo tan diferentes, que bien podrían haber pertenecido a especies distintas, pero el hielo se convirtió en su pista de baile. Kevin poseía la genialidad y Benji la violencia. Pasó una década antes de que todos descubrieran que también había un poco de genialidad en Benji, y mucha más violencia en Kevin.

¿Qué puedes perdonarle a tu mejor amigo? ¿Cómo es posible que lo sepas de antemano? Una noche de la primavera pasada, Kevin estuvo en el bosque no muy lejos de aquí y, temblando, le pidió a Benji que lo perdonara. Benji se dio la vuelta y se alejó de él. Jamás volvieron a cruzar una sola palabra.

Esa mañana de hace tres semanas, cuando Kevin se fue del pueblo, Benji estaba sentado en el mismo árbol que ahora. Golpeaba su nuca contra el tronco, cada vez con más fuerza. Toc. Toc. Toc. Está volado por las drogas, y siente un odio intenso; oye unas voces, y al principio no sabe si se las está imaginando. Entonces las oye de nuevo, se están acercando, puede verlas a través de los árboles. Sus músculos se tensan.

Va a hacerle daño a alguien.

* * *

Si quieres saber por qué la gente sacrifica todo por amor, debes comenzar preguntando cómo fue que se enamoraron. A veces no se requiere casi nada para empezar a amar algo. Sólo tiempo.

Todos los adultos saben, en lo más profundo de su ser, que el hockey es una fantasía, un juego inventado, pero cuando tienes cinco años tu corazón es muy pequeño. Así que tienes que amar con todo el corazón a la vez.

La madre de Peter Andersson estaba enferma, y su padre se emborrachaba a tal grado que gritaba como si su hijo no tuviera oídos, y lo golpeaba como si fueran perfectos desconocidos. Peter creció con la cabeza llena de voces que le susurraban que era un bueno para nada, y la primera vez que esas voces guardaron silencio fue cuando se puso unos patines. No le puedes dar a un niño lo que él encontró en las clases de hockey, y luego creer que puedes quitárselo sin que haya consecuencias. Llegó el verano, la arena de hockey cerró, pero el Peter de cinco años marchó a la casa del entrenador del primer equipo del club y llamó a golpes a su puerta. «¿Cuándo empieza el hockey?», exigió saber.

«En el otoño», dijo Sune, el entrenador del primer equipo, con una sonrisa. En ese entonces ya era viejo, y su estómago era tan redondo que sólo podía hablar usando argumentos circulares. «¿Cuánto falta para que llegue?», preguntó el niño de cinco años. «¿Para que llegue qué… el otoño?», gruñó el entrenador. «No sé leer la hora», dijo el niño de cinco años. «Faltan varios meses», masculló el entrenador. «¿Puedo esperar aquí?», preguntó el niño de cinco años. «¿Hasta el OTOÑO?», exclamó el entrenador. «¿Eso es mucho tiempo?», preguntó el niño de cinco años. Ése fue el inicio de una amistad para toda la vida.

Sune nunca le preguntó sobre los moretones, el niño de cinco años nunca habló de ellos; pero cada golpe que había recibido en su casa se reflejaba en sus ojos la primera vez que aprendió a disparar un disco en el pequeño jardín del entrenador. Sune era consciente de que el hockey no puede cambiar la vida de un niño, pero puede ofrecerle una vida distinta. Una vía de escape, una ruta de ascenso.

Sune le enseñó a Peter lo que es un club. No es algo a lo que culpas, ni es algo a lo que le exiges cosas. «Porque un club es nosotros mismos, Peter, el Club de Hockey de Beartown somos tú y yo. Las mejores y las peores cosas que el club haga muestran lo mejor y lo peor que hay en nosotros». También le enseñó a Peter otras cosas, como por ejemplo que hay que dar la cara tanto cuando ganas como cuando pierdes, y que los jugadores más talentosos tienen el deber de ayudar a los menos hábiles a que sean mejores, porque «se espera mucho de quien mucho ha recibido».

Esa primera noche, Sune llevó al niño de cinco años caminando a su casa. Se detuvieron a unos cuantos cientos de metros de donde vivía el niño, y el entrenador le dijo a Peter que, si al día siguiente iba a su casa, podría seguir practicando sus disparos. «¿Lo prometes?», preguntó el niño. Sune le extendió la mano y dijo: «Lo prometo. Y uno tiene que cumplir sus promesas, ¿verdad?». El niño estrechó su mano y asintió. Entonces, el viejo se sentó con el niño en una banca y le enseñó a leer la hora, para que pudiera contar los minutos que faltaban para el día siguiente.

A veces no se requiere casi nada para empezar a amar algo, sólo tiempo. El niño que Peter Andersson fue soñó con lo mismo cada noche durante varios años, el sonido de un disco que se despega de un bastón y vuela hasta chocar contra la pared de una casa:

Toc.

* * *

La madre de Benji Ovich rara vez habla del padre del muchacho, pero en las pocas veces que eso pasa, siempre cierra los ojos y susurra: «Algunas personas simplemente son así. Si no hay guerra, la empiezan».

A Benji le han dicho que se parece a él, a su papá, pero no sabe en qué. Tal vez más por dentro que por fuera. Él sabe que su papá cargaba con un sufrimiento, y un día ese sufrimiento fue tan grande que ya no lo pudo soportar. Los cazadores de por aquí nunca usan la palabra «suicidio», sólo dicen que «Alan tomó su rifle y se marchó al bosque». Benji siempre se ha preguntado si lo había estado planeando durante mucho tiempo o si lo hizo de repente sin más. Se hace esa misma pregunta cuando ve en las noticias imágenes de hombres solitarios que cometieron terribles actos de violencia: ¿Por qué justo ese día? ¿Por qué no otro? ¿Hiciste una elección, o tan sólo sucedió?

Benji sabe que el dolor y la ira pueden reprogramar un cerebro, tal y como lo hacen las sustancias químicas y las drogas. Tal vez hay una bomba de tiempo en la cabeza de ciertas personas, que sólo espera a que se active un interruptor. Tal vez su mamá tiene razón, algunas personas simplemente son del tipo que inician guerras.

Desde lo alto del árbol, ve a Maya y a Ana acercarse a través del bosque. Jamás podrá explicar lo que pasó en su interior en ese momento, sólo fue un instinto que se despertaba. Algo se apaga, algo más se enciende. Se baja del árbol, recoge su mochila del suelo, saca algo de ella y lo sostiene en su mano cuando empieza a moverse entre los árboles.

Las sigue a escondidas.

* * *

Maya y Ana caminan a través del bosque sin rumbo fijo; entre más se alejan, más lento avanzan. No hablan entre ellas; de cualquier forma, ya saben todo lo que la otra quisiera decir. Siempre han sabido que Beartown es un lugar en el que, si eres diferente, no es fácil crecer; y una de las peores cosas de llegar a ser adulto es empezar a darte cuenta de que tal vez no haya un solo lugar donde sí lo sea. Hay bastardos en todas partes.

Las dos jóvenes nunca han tenido en realidad mucho en común, la princesa y la hija de la naturaleza, la música y la cazadora. Se conocieron de niñas, cuando Ana sacó a Maya de un agujero en el hielo del lago. En ese entonces, Maya justo acababa de mudarse aquí, y Ana nunca había tenido una amiga, de modo que se salvaron la vida una a la otra. Ana se mofaba de Maya porque no podía caminar en silencio por el bosque, le decía que se movía como un alce con zapatos de tacón. Maya bromeaba afirmando que Ana era como era porque la mamá de Ana había tenido una aventura extramarital con una ardilla.

Maya dejó de decir eso cuando la mamá de Ana se mudó de Beartown. A cambio, Ana dejó de molestar a Maya por su adicción a estar conectada a un wifi. Por unos cuantos años fueron iguales, pero la adolescencia siempre cambia el equilibrio del poder en las amistades entre chicas. Cuando empezaron a ir a la escuela secundaria, los conocimientos de Ana sobre cómo sobrevivir en el bosque no valieron de nada; era Maya quien sabía cómo sobrevivir en los pasillos de la escuela. Pero ¿este verano? Ahora no están seguras en ninguna parte.

Ana camina por delante, Maya la sigue con la mirada fija en el cabello de su amiga. Con frecuencia piensa que Ana es la persona más fuerte y a la vez más débil que conoce. Su papá empezó a beber de nuevo; esto no es culpa de nadie, así son las cosas. Maya desearía poder desaparecer el dolor que Ana siente, pero no puede, al igual que Ana no puede desaparecer la violación que sufrió Maya. Ambas están cayendo en abismos diferentes. Maya tiene sus pesadillas, y Ana tiene sus propias razones para no poder dormir. Ella se acuesta junto a sus perros en las noches en las que su papá llega tarde a casa, en estado de ebriedad, y hace estragos por toda la cocina, como si fuera un enorme monstruo hecho de tristeza y de palabras no dichas. Los perros se acomodan formando un círculo protector alrededor de Ana, sin que ella se lo pida. Adoradas criaturas. Su papá jamás, ni siquiera por un instante, ha alzado la mano en contra de su hija. Pero, aun así, ella le teme cuando ha estado bebiendo. Los hombres no son conscientes de su propio peso, no entienden el terror físico que pueden infundir en alguien con sólo entrar por una puerta a los tropezones. Son huracanes que arrasan un bosque de árboles jóvenes a su paso cuando se levantan embriagados de la mesa de la cocina y van tambaleándose de habitación en habitación sin darse cuenta de lo que pisotean. A la mañana siguiente no recuerdan nada, alguien se ha llevado las botellas vacías y ha lavado los vasos en secreto, y la casa está en silencio. Nadie dice nada. Nunca deben ver la devastación que dejaron tras de sí, dentro de sus hijos.

Ana se detiene y se vuelve. Maya la observa y esboza una leve sonrisa. «Por Dios, te quiero tanto, boba», piensa ella, y Ana lo sabe. Entonces Ana le pregunta:

—¿Que te operen a la fuerza para que te implanten el hocico de un cerdo o para que te implanten su trasero?

Maya se ríe a carcajadas. Éste es su juego desde que eran pequeñas. «¿Qué prefieres, esto o aquello?».

—El hocico. Sería muy incómodo sentarme sobre la cola rizada de un marrano cuando toco la guitarra.

—¡Eres una tonta!

—¿YO soy una tonta? ¿Y qué hay de ti, oyes las cosas que salen de tu boca?

Ana resopla por la nariz. Pasea la vista entre los árboles.

—Okey, qué tal ésta: ¿ser infeliz y vivir cien años, o ser feliz un solo año y entonces morirte?

Maya reflexiona en silencio. No le da tiempo de contestar. Para cuando reacciona, Ana ya giró a su alrededor, con la mirada puesta en los árboles. Debió haberlo notado antes, pero Ana sólo está acostumbrada a rastrear y a cazar, no a que la acechen.

Un breve crujido, ramitas secas que truenan debajo de un cuerpo sólido. Están muy lejos del pueblo; éste es un lugar peligroso para encontrarse con un animal.

Y no fue un animal el que quebró esas ramas.

* * *

La arena de hockey de Beartown está cerrada y a oscuras cuando Peter llega ahí. No enciende las lámparas; hay papeles amarillentos sobre las paredes, y él sabe lo que dicen sin necesitar de una luz. Pequeñas palabras escritas con una fuerte voz: «El equipo antes que el individuo». Un poco más lejos: «La única ocasión en la que retrocedemos es cuando tomamos impulso». Encima de éste: «Sueña. Pelea. ¡Gana!». Y el más cercano a la puerta, escrito de su puño y letra: «La frente en alto cuando ganamos, la frente en alto cuando perdemos, la frente en alto sin importar lo que pase».

La gente que piensa de forma lógica podría creer que las notas como éstas son tontas, pero no te conviertes en el mejor en un deporte siendo lógico. Tienes que ser un soñador. Cuando Peter iba a la escuela primaria, una maestra les preguntó a los alumnos qué querían ser cuando fueran grandes. Peter dijo «jugador profesional de la NHL». Todavía puede recordar la forma en la que toda la clase se rio de él, y ha dedicado toda su vida a demostrarles que estaban equivocados. La gente que piensa de forma lógica entiende que es imposible que un niñito del pequeño Beartown pueda jugar con los mejores del mundo, pero los soñadores funcionan de forma diferente.

El único problema es que tu labor jamás termina, lo que demuestras nunca es suficiente, las personas que se ríen de ti simplemente mueven la línea que debes alcanzar. En una pared de los vestidores hay un reloj; está detenido, nadie se preocupa por ponerle baterías nuevas. Amar algo sólo requiere tiempo, pero matarlo requiere todavía menos: basta con un instante. El deporte es despiadado: una gran estrella se convierte en una vieja gloria durante una caminata de diez segundos de la pista de hielo a los vestidores, un club que ha sobrevivido por más de medio siglo es condenado a su destrucción en unos cuantos minutos en el edificio de un ayuntamiento. Peter se pregunta si ahora van a demoler la arena de hockey, y si van a construir el hotel con salones para reuniones o alguna otra porquería con la que sueñan los que tienen el dinero y el poder. Esa gente nunca ama nada, sólo son dueños de cosas. Para ellos, esto no es más que paredes y un techo.

Peter sube por las gradas, se detiene en el estrecho pasillo afuera de las oficinas en el piso superior. ¿Cuántos años de su vida se encuentran en este edificio? ¿Cuánto valen ahora? En la pared hay fotos enmarcadas de los momentos más grandes del club: desde su fundación en 1951, pasando por la temporada mágica de hace veinte años cuando el primer equipo llegó a ser el segundo mejor del país, hasta el equipo júnior que se llevó la plata la primavera pasada. Muchas de las imágenes son del propio Peter.

Con un solo movimiento iracundo de su mano, tira todas las fotos de la pared. Empieza en un extremo del corredor y arranca cada marco de cada clavo donde estaba colgado. Los vidrios se rompen en pedazos a lo largo del piso, pero Peter ya se está marchando de ahí. La arena sigue en penumbras cuando azota la puerta principal.

* * *

La persona forastera está sentada en las gradas, en la oscuridad, y ve a Peter irse. Cuando él arranca su auto en el estacionamiento, la persona forastera sube a las oficinas y contempla la destrucción. Observa las viejas fotos de Peter debajo de los trozos de vidrio, junto con las imágenes más recientes del equipo júnior. Dos jugadores aparecen en casi todas las fotografías. Aparta los vidrios con una de sus botas gruesas y se inclina sobre una imagen más antigua de los mismos chicos, mucho tiempo antes de que se convirtieran en las estrellas más grandes de todo el pueblo. Una ceremonia de premiación cuando tal vez tenían diez u once años, abrazándose como hermanos, sus números y sus apellidos en sus espaldas: «9 ERDAHL» y «16 OVICH».

Mejores amigos, un deporte que amaban y un equipo por el que dieron sus vidas. ¿De qué es capaz un joven si le quitas todo eso de una sola vez? La persona forastera dibuja con cuidado un círculo en su cuaderno alrededor del nombre «Benjamin Ovich», y luego camina de regreso descendiendo por las gradas y sale de la arena. Enciende un cigarro nuevo. Hace calor y no hay viento que sople, pero de todos modos protege la llama con su mano, como si se avecinara una tormenta.

* * *

Ana y Maya pueden oír los latidos de sus corazones al darse vuelta y ver a Benji caminando entre los árboles. Hasta hace poco, un muchacho que amaba a su equipo de hockey y a su mejor amigo; ahora, un adulto con ojos en los que las pupilas se han ahogado. Una de sus manos está cerrada en un puño, la otra sostiene un martillo.

Pregúntale a cualquiera en Beartown, y te dirán que ese muchacho siempre ha sido una bomba de tiempo.

7

Empezar por el almuerzo

En Hed hay un viejo dicho: «Dile a un extraño que odias Beartown, y tendrás un amigo para toda la vida». Los niños más pequeños en Hed aprenden de inmediato que es importante que le vaya bien al Club de Hockey de Hed, pero es todavía más importante que le vaya muy mal a Beartown. Esto es en parte broma, por supuesto. En las gradas, la gente profiere gritos diciendo que se odian y se van «a matar» unos a otros, pero, naturalmente, no es en serio. Hasta que de repente sí lo es.

Cuando describamos cómo fue que empezó la violencia entre estos dos pueblos, la mayoría de nosotros ya no se acordará de qué fue primero: las banderas en llamas que Leo, el chico de doce años, grabó y publicó en internet, u otro video que alguien más en Hed publicó casi al mismo tiempo. Porque nada viaja más rápido que una buena historia y, como es obvio, nadie que haya crecido en Hed amando a un equipo de rojo y odiando a un equipo de verde puede contener su alegría maligna por el infortunio de sus vecinos cuando el ayuntamiento, el dinero y el poder escogen un bando.

Así las cosas, un miembro del club oficial de aficionados de Hed detiene a una concejala que va camino a su casa desde el trabajo y se filma cuando le pregunta: «¡Oiga! ¿Qué se supone que debe hacer ahora toda la gente en Beartown a la que le gusta el hockey?». La concejala, una mujer nerviosa de mediana edad, parece no saber qué decir. A menos que lo sepa con exactitud, porque responde: «Podrían volverse aficionados del club de Hed, ¿no?».

Esa noche, la concejala se despierta por un ruido estrepitoso. Cuando, a la mañana siguiente, sale por la puerta de su casa, hay un hacha clavada en el capó de su auto.

Cuando va caminando rumbo a la parada del autobús, un auto con dos hombres a bordo que visten chaquetas negras pasa junto a ella. No es necesario que volteen a verla. Ella sabe de todos modos que la están vigilando.

* * *

El pub La Piel del Oso está donde siempre ha estado, en el centro de Beartown. Es la clase de pub que olía mejor cuando se podía fumar adentro. Ramona, su dueña, tiene un rostro que recuerda el entarimado del bar: la vida le ha dejado huellas como los bancos que han sido arrastrados de ida y vuelta demasiadas veces con el paso de los años, y los cigarros le han ganado el sobrenombre de «Mamá Marlboro», con el que la bautizaron los hombres jóvenes que han hecho de La Piel del Oso su segundo hogar, y a veces el primero. Ramona ya ha pasado la edad de jubilación, pero nadie que valore la forma de su propia nariz menciona esto en voz alta. Está sirviéndose un desayuno tardío en un tarro de cerveza, cuando entra la persona forastera. Ramona alza una ceja sorprendida.

—¿Sí?

La persona forastera mira con confusión a su alrededor en el interior del bar que está desierto.

—¿Perdón?

—¿Puedo ayudarte en algo? —pregunta Ramona con desconfianza.

La persona forastera tiene el cabello despeinado, pantalones de mezclilla, una chaqueta de chándal y calcetines gruesos debajo del tipo de botas que usas si consideras que las temperaturas sobre cero son anormales.

—Esto es un bar, ¿no?

Los labios de Ramona se curvan con cautela.

—Correcto.

—¿Es de sorprender que el bar tenga un cliente?

—Depende del cliente.

La persona forastera parece estar de acuerdo en que ésa es una observación válida.

—Tengo algunas preguntas.

—Entonces viniste al pueblo equivocado.

La puerta detrás de la persona forastera se abre. Dos hombres jóvenes entran al lugar.

Visten chaquetas negras.

* * *

Ana y Maya pueden sentir su propio pulso palpitar en sus cuellos. Nunca han visto a Benji como un enemigo; él fue uno de los pocos que permanecieron en Beartown cuando Kevin y todos los demás se fueron al Club de Hockey de Hed. Pero si Ana y Maya han aprendido algo, es que por estos rumbos las lealtades pueden cambiar en un instante, y nunca pueden fiarse de que un hombre no intente hacerles daño.

Sin embargo, Benji se detiene a unos metros de distancia, el martillo oscila con lentitud en su mano. Parece que está esperando a que ellas hagan algo. Siempre ha sido musculoso, pero este verano le ha dado algo más a su cuerpo, un aura de crueldad. Ana no trajo su escopeta, y ahora se arrepiente. Ha visto a Benji jugar hockey, sabe que lo que lo hizo ser mejor y más peligroso que los demás es que era impredecible. En las ocasiones en las que las cosas salían mal y él lesionaba a alguien, nadie lo había visto venir.

Sin embargo, su torso apenas si se mueve ahora. Cuando por fin abre los labios, las palabras brotan, en voz baja y entrecortadas, de una laringe que suena como si no hubiera sido usada durante semanas. Suelta el martillo, que cae con un golpe sordo frente a los pies de Ana, y dice:

—Van a necesitar eso. Tengo algo. Para ustedes.

Va a pasar un buen rato antes de que las jóvenes se den cuenta de que él traía el martillo, porque sabía que Ana y Maya necesitarían tener un arma en su poder para atreverse a seguirlo. Puede ser insoportable para alguien saber que los demás lo ven como un animal salvaje.

* * *

Los hombres con chaquetas negras se detienen junto a la puerta, habituados a que su sola presencia baste para hacer que un extraño de repente se acuerde de que dejó su ropa en una máquina de la lavandería o de que tiene que donar sangre en una clínica a quinientos o seiscientos kilómetros de distancia. Durante los meses siguientes, la persona forastera se dará cuenta de que hay muchas historias sobre la gente que acostumbra beber en La Piel del Oso; es sólo que hay muy pocas personas que quieran contarlas. Esa gente no detenta ningún símbolo, no tiene una página de internet; en los días en los que hay partido de hockey en Beartown, no hay manera de distinguirlos de los demás hombres que van camino a la arena. Sin embargo, la persona forastera aprenderá que «la Banda» se asegura de que nadie dirija su club de hockey sin su bendición o su maldición, y no te darás cuenta de cuántos son sino hasta que se hayan vuelto tus enemigos. La persona forastera parece ser o demasiado lista o demasiado tonta como para que le importe.

—¿Eres periodista? —pregunta Ramona.

No sabe si la persona forastera está ignorando su tono agresivo o si tiene algún tipo de condición que le impide notarlo. Así que Ramona añade:

—Hemos tenido unos cuantos periodistas por aquí antes que tú, con «preguntas», y siempre regresan a casa sin respuestas. Pero por lo regular terminan contratando un mejor seguro para sus viviendas.

La franca amenaza parece volar directamente por encima del cabello despeinado de la persona forastera, quien gira con tranquilidad en su banco y contempla la decoración, las paredes cubiertas de fotos y gallardetes y camisetas del equipo de hockey.

—¿De casualidad sirven almuerzos aquí?

Los hombres junto a la puerta no saben si esto es un insulto disimulado o una pregunta sincera. Pero, de repente, Ramona empieza a reír. Hace un gesto breve y los hombres desaparecen por la puerta.

—No eres periodista —declara Ramona a la persona forastera, con la cabeza apenas inclinada.

Entonces cambia con rapidez de tono, de nuevo a uno de disgusto.

—Entonces, ¿qué carajos estás haciendo en Beartown?

Las manos de la persona forastera se posan con cuidado sobre la barra.

—Pensé que podría empezar por el almuerzo.

* * *

Mira llama a Peter por teléfono de nuevo, pero no hay respuesta. ¿Es en serio? Había tenido la sensación de que pasaría algo así, de que el ayuntamiento encontraría una forma de ponerse en contra de Peter. Él es un romántico, pero Mira es abogada, y se había dado cuenta tiempo atrás de que la manera más fácil que tenía el ayuntamiento de enterrar el escándalo era enterrar al club.

Toda la familia Andersson, Peter y Maya y Leo y ella misma, acordaron al inicio del verano que iban a permanecer en Beartown. Iban a quedarse y a luchar. Pero Mira ya no está tan convencida. ¿Cuánto tiempo puedes seguir estando en un lugar que trata de expulsarte como si fueras un virus hostil? Y si Peter ya ni siquiera tiene un club aquí, ¿qué les queda?

La colega está sentada en silencio al otro lado del escritorio, pero desde luego que Mira puede recordar todas las cosas que ella ha dicho sobre Peter. «Es un adicto, Mira. Tal vez crees que los adictos siempre beben o se drogan o apuestan a los caballos, pero tu esposo no tiene un problema con el alcohol o el juego. Tiene un problema con la competitividad. No puede dejar de intentar ganar. No puede vivir sin esa emoción».

¿Cuántas veces se habrá quedado Mira despierta en su cama preguntándose si eso es verdad? Llama otra vez, otra vez, otra vez. Por fin, Peter le contesta. Enfadado, incluso si nadie lo notara en su voz. Excepto Mira. El más pequeño de los cambios en la forma en la que él dice su nombre. Ella susurra:

—He intentado llamarte, cariño, me… me enteré de lo que pasó…

Él no le contesta. Así que ella pregunta:

—¿Dónde estás?

Y entonces llega la respuesta:

—En la oficina, Mira. Estoy en una reunión. Hablamos luego.

Mira puede oír, gracias a los ruidos de fondo, que Peter va en su auto. Cuando era jugador, siempre hacía eso cada vez que perdía un partido, se subía al auto y manejaba por horas. Nunca hizo uso de la violencia contra alguien más, sólo contra sí mismo. Así que manejaba allá afuera en la oscuridad, sin pensar en que había alguien sentada en casa esperándolo, alguien que tenía mucho miedo de que ésa fuera la noche en la que el teléfono sonara y él no estuviera al otro lado de la línea. De que la voz de un oficial de policía le preguntara «¿Es usted la esposa de Peter Andersson?», y luego escuchara esa voz respirar hondo con un dejo de compasión cuando ella dijera en voz baja «Sí».

—No sé qué decirte, cariño. Lo siento mucho —dice Mira ahora.

—No hay nada que decir —responde él con brusquedad.

Mira oye los sonidos de fondo, se pregunta qué tan rápido estará manejando.

—Tenemos que hablar de esto…

—No hay nada que decir. Ellos ganaron. Querían exterminar al club, y encontraron una forma de vencer.

Mira respira una vez de forma cautelosa, de la forma en que siempre lo hace, como si ella hubiera hecho algo malo.

—Yo… tal vez… sé que se siente como si ahora fuera el fin del mundo, pero…

—No empieces, Mira.

—¿Cómo que «no empieces»?

—¡Sabes a qué me refiero!

—Sólo digo que ésta podría ser la oportunidad para que por fin podamos hablar sobre dedicarnos a… hacer algo diferente.

¿Cuántas veces le habrá preguntado eso? «¿Cuándo se acaba esto del hockey?». ¿Cuántas veces habrá dicho él «El año que entra»? El año que entra, Peter va a reducir el ritmo de sus labores; el año que entra, va a trabajar menos; el año que entra, será el turno de Mira para centrarse de lleno en su carrera. Ha estado esperando casi veinte años a que llegue el año que entra. Pero siempre pasa algo que vuelve a su esposo indispensable, una crisis que lo hace esencial y a ella una egoísta por exigir algo tan absurdo como un horario normal de oficina. Como que él maneje de regreso a casa.

En este momento es cuando Peter estalla. Tal vez no era su intención.

—¿Qué se supone que debo hacer, Mira? ¿Convertirme en amo de casa o qué?

Entonces ella se pone a la defensiva. Quizás tampoco fue su intención.

—¡Deja de desquitar tu frustración conmigo! Sólo digo que tal vez hay...

—¿Qué es lo que hay, Mira? ¡Este club es mi vida entera!

Peter no puede oír nada más que el sonido de la respiración de Mira. Ella se muerde una mejilla para no gritar. Él intenta serenarse y disculparse, pero todas las demás cosas que está sintiendo lo asfixian, así que lo único que sale de su boca es:

—Tú sabes a qué me refiero, querida...

¿Cuántos años ha entregado ella? Se mudaron a Canadá por la carrera de hockey de su esposo, se mudaron a Beartown por la misma razón; ¿cuántas veces ha pensado ella que él, de entre toda la gente, debería comprenderla? Todos los jugadores de hockey son motivados por la necesidad de descubrir qué tan buenos pueden llegar a ser, pero lo mismo sucede con los abogados. Después de que se mudaron a Beartown, hubo una noche en la que ella bebió demasiado vino y se le escapó la verdad de sus labios: «Quedarse a vivir aquí significa aceptar que jamás vas a alcanzar todo tu potencial». Peter pensó que Mira estaba hablando de él, y por eso se sintió herido. ÉL fue el que se sintió herido.

—¡Tú sabes a qué me refiero! —repite él ahora, y sí, ella lo sabe con exactitud.

Y ése es el problema. El hockey es su vida entera, así que ella cuelga la llamada.

La colega apenas si tiene tiempo de agacharse antes de que el teléfono se estrelle contra la pared.

* * *

La persona forastera pone una hoja de papel arrugada sobre la barra, una lista de nombres.

—¿Conoces a estas personas?

La vieja dueña del bar mira la hoja de papel sin tocarla.

—El almuerzo del día es carne con papas en salsa. Cuando termines de comer, puedes irte de aquí en cualquier dirección que tú elijas.

La persona forastera frunce la nariz.

—¿No tienes algún platillo sin carne?

Ramona empieza a soltar palabrotas y desaparece en la cocina. Un horno de microondas tintinea; Ramona regresa y deja caer de golpe un plato sobre la barra. Carne con papas en salsa.

—Sólo consumo comida vegana —dice la persona forastera, como si esto fuera del todo natural, y no algo por lo que una persona normal tendría que disculparse.

—¿Comida qué? —gruñe Ramona.

—Vegana.

—En ese caso tenemos papas en salsa —dice Ramona, quien toma un cuchillo y empieza a sacar del plato los trozos de carne y los pone directamente sobre la barra, como si fuera una madre enfadada.

La persona forastera observa este proceso, y luego pregunta:

—¿La salsa tiene crema?

Ramona se termina su cerveza de un trago, otra vez suelta una serie de palabrotas, agarra el plato con un movimiento rápido de su mano y se desvanece de nuevo en la cocina. Regresa con un plato distinto. No contiene otra cosa más que papas.

La persona forastera asiente sin inmutarse, y empieza a comer. Ramona contempla irritada la escena por un rato, antes de poner un vaso de cerveza en la barra junto al plato.

—La casa invita. Tienes que tomar algo nutritivo.

—No bebo alcohol —dice la persona forastera.

—¡Yo tampoco, ya lo dejé! —exclama Ramona; se sirve otra cerveza y, de inmediato, dice entre dientes y a la defensiva:

—¿Esto? ¡Ni siquiera tiene cinco por ciento de alcohol! ¡Prácticamente es leche!

La persona forastera parece querer preguntarle a Ramona de qué tipo de vacas obtiene su leche, pero decide no hacerlo. Ramona sirve dos whiskeys y se bebe uno de un solo trago. La persona forastera no toca el otro vaso.

—No es por el alcohol. ¡Es bueno para la digestión! —afirma Ramona.

Como la persona forastera sigue sin tocar su whiskey, Ramona también se lo bebe de una sola vez. Doble beneficio para la digestión. La persona forastera les echa un vistazo a los gallardetes y a las camisetas en las paredes.

—¿Siempre les ha gustado tanto el hockey en este pueblo?

Ramona da un resoplido por la nariz.

—Aquí no nos «gusta» el hockey. Esa gente de las grandes ciudades, con sus jodidas palomitas de maíz y sus malditos palcos VIP, a ellos sí les «gusta» el hockey. Y al día siguiente les gusta otra cosa. Este lugar no es una ciudad grande.

La persona forastera no reacciona. Esto fastidia a Ramona, ya que, por lo regular, puede leer mejor a la gente. La persona forastera termina de comer y se pone de pie, deja algo de dinero sobre la barra, mete la lista de nombres en su bolsillo y justo está saliendo por la puerta cuando Ramona le pregunta en voz alta:

—¿Por qué sólo hay hombres en esa lista?

La persona forastera se vuelve.

—¿Perdón?

—Si has venido a Beartown para hacer preguntas acerca del hockey, ¿por qué sólo tienes hombres en tu lista?

—No sólo tengo hombres. Tú también estabas en la lista.

La puerta se abre y se cierra. La persona forastera pasa entre los hombres con chaquetas negras que están afuera. Ramona permanece donde estaba, confundida. No es una sensación a la que esté acostumbrada, y definitivamente no es algo que le agrade.

8

Cuando una relación se termina

Durante su infancia, cuando los árboles habían reverdecido, Benji huía de su casa de manera constante y caminaba por horas antes de treparse a uno de ellos. Si el viento soplaba desde el pueblo, gritaba con todas sus fuerzas, expulsaba con sus alaridos todo lo que le causaba dolor. Si el viento venía de la dirección opuesta, se quedaba sentado, inmóvil, hasta que le entumía las mejillas a un grado tal que ya no podía sentir las lágrimas.

Fueron sus tres hermanas mayores quienes le enseñaron a cazar. No porque quisieran, sino porque, cuando su mamá se encontraba trabajando, el chico claramente no podía quedarse solo en casa sin que hiciera toda clase de diabluras. Lo único confiable en Benji ha sido siempre que no se puede confiar en él. Sin embargo, para sorpresa de todos, la naturaleza pudo entenderse con él donde las personas no lo lograron. Cuando aprendes a estar en el bosque siendo un niño, es como si adquirieras una lengua materna adicional. Aquí, el viento habla, y Benji comprende lo que dice. Es triste y salvaje.

Sus hermanas aprendieron a cazar gracias a su papá, y Benji las odiaba por ello, porque ellas podían recordarlo. Así que, cuando Benji conoció a Kevin, fue la primera vez que tuvo a alguien en su vida que era sólo suyo. Durante los veranos desaparecían y se iban a su lugar secreto, una pequeña isla cubierta de maleza en medio de un lago, a donde ni siquiera los cazadores iban. Los muchachos podían ser ellos mismos ahí. Nadaban desnudos y se secaban al sol sobre las rocas, pescaban su cena y dormían bajo el cielo estrellado, a veces sin decirse una sola palabra por varios días. El primer verano pasaron sólo una noche ahí, pero para cuando ya eran adolescentes, su estadía en la isla se había extendido a varias semanas, cada instante sin excepción hasta que los entrenamientos de hockey empezaran de nuevo.

Durante los primeros años de su amistad con Kevin, Benji todavía se orinaba encima cuando soñaba con su papá. Pero nunca en la isla. Una vez que había remado hasta ella, clavado una estaca en las rocas y amarrado el bote, los sueños no podían alcanzarlo ahí. Kevin era todo para Benji. Nuestros mejores amigos en la infancia son el amor de nuestras vidas, y rompen nuestros corazones de las peores maneras.

Benji guía a Ana y a Maya hasta la orilla del lago, que está forrada de matorrales enmarañados. No hay ningún muelle, pero Benji saca un bote de remos que estaba escondido debajo de los arbustos y arroja su mochila en él. Entonces se echa un clavado al agua y empieza a nadar.

Al principio, las muchachas no saben hacia dónde están remando, en medio del lago sólo hay unas cuantas rocas cubiertas de vegetación y algunos árboles no muy altos, y desde el agua ni siquiera parece posible desembarcar. Pero Benji aparece detrás de unas cuantas rocas enormes y jala el bote hacia la isla, las gotas de agua caen de sus brazos, y sus pies descalzos están plantados en el suelo con fuerza.

Ana encuentra unas estacas de metal en la mochila, usa el martillo que Benji le dio para clavarlas en una hendidura en las rocas y ata el bote. Maya se baja tras ella, y es hasta entonces que las muchachas se dan cuenta de lo que están mirando. En medio de la pequeña isla hay un rectángulo despejado en el césped, imposible de ver desde el agua, justo lo bastante grande para una tienda de campaña para dos personas.

—Es un buen lugar para esconderse —masculla Benji en voz baja, con la mirada en el suelo.

—¿Por qué nos lo muestras? —pregunta Maya.

—Ya no lo necesito —dice él.

Está mintiendo, ella puede verlo. Durante un breve instante, parece como si Benji estuviera a punto de admitirlo. Pero en vez de eso apunta hacia un lugar en el agua, casi con timidez, y añade:

—Si nadan por allá, no podrán verlas desde el bosque.

Maya y Ana no le preguntan con quién compartía la isla. Ahora les pertenece a ellas. Lo mejor de la naturaleza es que no es nostálgica; a las rocas y a los árboles no les importan sus dueños anteriores. Benji camina hacia el agua, pero justo antes de brincar desde las rocas, Maya lo llama en voz alta:

—¡Oye!

Él voltea. La voz de Maya se quiebra:

—Espero que seas de esas personas que tienen un final feliz, Benji.

El muchacho asiente con rapidez y se vuelve antes de que ella pueda darse cuenta de lo mucho que esto significa para él. Las chicas permanecen en la isla mientras él se zambulle en el lago y se aleja nadando.

Ana sigue con la mirada los brazos de Benji cuando rompen la superficie del lago, observa con los ojos entrecerrados su cuerpo tenso cuando sube al bosque, al otro lado del agua. Triste y salvaje. Ana se muerde el labio inferior, complacida. Cuando Maya la fulmina con una mirada de desaprobación, Ana gruñe:

—¿Qué? Sólo estaba pensando en que… no tenía por qué irse de aquí enseguida, ¿o sí?… Sabes, con gusto lo dejaría ver mientras me meto a nadar…

Maya se da unos golpecitos con el dedo índice en la sien.

—Tienes problemas mentales graves.

—¿Qué? O sea, ¿no viste sus brazos? Lo único que estoy diciendo es que con gusto puede verme cuando yo…

—¡Gracias, gracias! ¡Con eso basta! ¡Si sigues insistiendo con eso, no puedes quedarte en mi isla!

—¿Qué cosa? ¿Así que de repente ahora es TU isla?

Maya se echa a reír con ganas. Su mejor amiga es la persona más loca y más inteligente que conoce y, a su retorcida manera, Ana está luchando por hacer que todo vuelva a la normalidad: los chicos, el sexo, la vida, el mundo. Ella empieza donde siempre lo hace cuando se trata de sobrevivir: con el humor.

Ambas permanecen en la isla casi todo el verano. Ana se da vueltas por su casa de vez en cuando para ir por provisiones, pero, sobre todo, para limpiar de botellas vacías la cocina de su papá. Siempre regresa antes de que oscurezca, y siempre se asegura de que Maya tenga suficiente para comer hasta estar satisfecha. Cierta mañana, Maya despierta y se encuentra con que su amiga está desnuda en la orilla del agua, diciendo palabrotas mientras intenta atrapar un pez con las manos, todo porque había visto a algún idiota hacerlo en uno de esos programas de supervivencia en la televisión; a partir de ese momento, Maya se niega a llamarla de otra forma que no sea «Gollum». En respuesta, Ana observa a Maya la primera vez que se quita la ropa y, al notar las líneas de bronceado que le dejaron su camiseta y sus shorts, le dice: «Algún día vas a ser un papá genial. De entrada, ya tienes las clásicas marcas de bronceado de todos los papás que usan camiseta en sus vacaciones en la playa». Pasan un último verano cantando con fuerza y bailando de forma horrible, durmiendo sin tener pesadillas bajo el cielo estrellado. Maya toca la guitarra, en total tranquilidad y libertad. Todavía no lo sabe, pero dentro de diez años, una de las canciones que escribe aquí será la primera que toque en cada concierto cuando salga de gira. Para ese entonces tendrá un tatuaje en cada brazo, una guitarra y una escopeta, y dedicará la canción a su mejor amiga. Esa canción se llama «La isla».

* * *

Benji corre solo, en otra parte del bosque. Encuentra nuevos lugares para esconderse, ha tenido mucha práctica en ello a lo largo de los años. Se ha convertido en un hombre que no da nada por sentado, pues sólo los niños creen que ciertas cosas son obvias: que siempre tendremos un mejor amigo. Podremos ser lo que somos. Podremos amar a quien queramos. Ya nada es obvio para Benji; sólo sigue corriendo, internándose en el bosque, hasta que a su cerebro le falta oxígeno y ya no puede sentir nada. Entonces trepa un árbol. Y espera el viento.

* * *

Tienes que cumplir tus promesas. Es una de las primeras cosas que los niños aprenden cuando empiezan a hablar. Cuando Maya era pequeña, hizo que su papá le prometiera que ella podría llegar a ser astronauta, y Peter se lo prometió, porque eso es lo que hacen los padres. También le prometió todo lo demás: que nadie le haría daño. Que todo estaría bien. Aunque eso no fuera verdad.

Después de todo lo que pasó en la primavera, Peter le preguntó a su hija si quería mudarse de Beartown. Ella dijo: «No. Porque éste también es mi pueblo». Le preguntó qué podía hacer por ella, y su hija le respondió: «Construye un mejor club, para todos». Así que se lo prometió.

Peter nunca ha sido hábil con las palabras. Nunca ha sido el tipo de papá que podría decirles a sus hijos y a su esposa cuánto los ama, siempre ha esperado que bastara con demostrárselos. Pero ¿cómo podría demostrarles algo ahora? ¿Más allá de que es un perdedor?

Se detiene en un cruce peatonal. Un papá joven atraviesa el camino con su hija, que debe tener ocho o nueve años. Él la lleva de la mano, y la niña está dejando muy en claro que cree que ya está muy grande para eso. Peter tiene que contenerse para no bajar del auto y gritarle al papá que nunca la suelte. ¡Que no la deje ir! ¡Nunca!

Cuando Peter y Mira tuvieron a Isak, su primer hijo, Mira le aclaró: «Esto es lo que ahora somos. Todo lo demás viene después. ¡Primero que nada somos padres!». Peter ya lo sabía, desde luego. Todos los padres y todas las madres lo saben. No es un proceso voluntario, es un asalto emocional, te vuelves propiedad de alguien más la primera vez que oyes llorar a tu hijo. Ahora le perteneces a esa personita. Antes que a nadie. Por ello, cuando le pasa algo a tu hijo, nunca deja de ser tu culpa.

Peter querría saltar del auto y gritarle a ese papá: «¡Nunca la pierdas de vista, nunca confíes en nadie, no la dejes ir a esa fiesta!».

Cuando Isak falleció, la gente preguntaba: «¿Cómo puede alguien superar eso?». La única respuesta de Peter es que no lo superas. Sólo sigues con tu vida. Una parte de tu catálogo de emociones activa el piloto automático. ¿Pero ahora? Peter no lo sabe. Sólo sabe que cuando le pasa algo a tu hijo no importa de quién sea la culpa, porque de todos modos nunca deja de ser tuya. ¿Por qué no estuviste ahí? ¿Por qué no mataste a quien lo hizo? ¿Por qué no fuiste suficiente?

Peter querría gritarle al papá que está cruzando el paso peatonal «¡NUNCA LA SUELTES, PORQUE SI LO HACES, ESOS BASTARDOS VAN A ROBARLES SUS VIDAS ENTERAS!».

Pero, en lugar de eso, sólo llora en silencio, con las uñas clavadas en el volante.

* * *

La isla

Había llegado el verano
Y era nuestra la isla
El invierno había durado
Mil años y un día

Tú estabas tan rota
Yo estaba hecha trizas
Tú ataste la soga
Yo hice el nudo sin prisa

¿Cuántas veces nos dio tiempo de morir
Antes de cumplir dieciséis?
¿Cuántas canciones sobre despedidas
Que sólo tú puedes comprender?

Pero era el verano
Y era nuestra la isla
Y tú serás mía
Por mil años y un día

* * *

Mira solía quedarse dormida en el sofá cuando Peter llegaba tarde a casa. Una botella de vino sin abrir y dos copas sobre la mesa, un pequeño y silencioso dardo para provocarle remordimiento de consciencia, para recordarle que había estado esperándolo. Que, de hecho, lastimaba a alguien cuando no volvía a su hogar. Peter la levantaba con cuidado y se la llevaba cargándola hasta la cama, y luego se dormía, con su respiración sobre la espalda de su esposa.

Un matrimonio prolongado consiste en cosas tan pequeñas que cuando se pierden ni siquiera sabemos dónde empezar a buscarlas. La manera en la que ella lo toca, como sin querer, cuando él está lavando los trastes y ella prepara café, y el dedo meñique de ella se posa encima del de él cuando ambos ponen las manos en la encimera al mismo tiempo. Los labios de él, que peinan fugazmente el cabello de ella cuando pasa a su lado junto a la mesa de la cocina, ambos mirando en direcciones diferentes. A la larga, dos personas que se han amado el tiempo suficiente parecen dejar de tocarse de forma consciente, se vuelve algo instintivo; cuando coinciden entre el vestíbulo y la cocina, de alguna forma sus cuerpos se encuentran. Cuando pasan por una puerta, la mano de ella termina en la de él como si hubiera sido un accidente. Pequeñas colisiones, todos los días, todo el tiempo. No puedes fabricar algo así. Pero, cuando desaparecen, nadie sabe por qué. De repente, dos personas viven sus vidas de forma paralela en lugar de estar juntas. Una mañana no hacen contacto visual, sus dedos aterrizan a unos centímetros de distancia en la encimera. Pasan de largo en el vestíbulo. Ya no chocan.

Ya pasa de la media noche cuando Peter abre la puerta principal. Mira sabe que él espera que ella se encuentre dormida, así que finge estarlo. La botella de vino sobre la mesa está vacía, sólo hay una copa a su lado. Él no la levanta para llevarla a la cama, sólo la cubre de manera torpe con una manta, en el sitio donde está acostada en el sofá. Peter permanece ahí de pie por unos instantes, tal vez está esperando a que deje de fingir. Pero cuando ella abre los ojos, él ya está en el baño. Peter cierra la puerta, se queda mirando el piso; Mira sigue acostada en el sofá, se queda mirando el techo. Ya no saben si tienen algo que decirse. Todo tiene un punto de quiebre, y a pesar de que la gente siempre dice que «una felicidad compartida es doble felicidad», parecemos estar empeñados en creer que la tristeza funciona al revés. Tal vez eso no sea cierto. Tal vez dos personas que se están ahogando con pesas de plomo alrededor de sus tobillos no son la salvación una de la otra; si se toman de las manos, se hundirán dos veces más rápido. Para ambos, el peso de cargar con el corazón roto de la otra persona al final se vuelve insoportable.

Ambos se duermen fuera del alcance de las yemas de los dedos del otro. Sin labios posados en el cabello, ni respiración sobre la espalda. Y, noche tras noche, una sola pregunta va arraigándose lentamente, con más y más fuerza, en la mente de los dos: ¿Así es como empieza a suceder? ¿Cuando una relación se termina?

9

Esta noche va a necesitar a alguien con quien pelear

Todos los que aman los deportes saben que un partido se decide no sólo por lo que ocurre, sino también, y en la misma medida, por lo que no ocurre. El disparo que golpea en el poste, la mala decisión del árbitro, el pase que no llegó a su destino. Todas las discusiones sobre deportes desembocan, tarde o temprano, en mil «si hubiera» y diez mil «si no hubiera». Las vidas de algunas personas se quedan atascadas de una forma semejante, los años pasan, pero contamos la misma historia una y otra vez a personas que no conocemos, en la barra, cada vez más desierta, de un bar: un amor de juventud perdido, un socio deshonesto, un despido injustificado, hijos ingratos, un accidente, un divorcio. Una sola razón por la que todo se fue al carajo.

En el fondo, todos tenemos algo que decir sobre la vida que deberíamos haber tenido, en lugar de la que tenemos. Las ciudades y los pueblos operan igual. Así que, si quieres entender sus historias más grandes, primero tienes que escuchar las pequeñas.

* * *

El edificio del ayuntamiento se queda casi vacío después de las celebraciones por el inicio del verano, pues los políticos se van de vacaciones o se dedican a sus oficios habituales. Si quieres entender cómo se maneja el ayuntamiento, ahí es donde tienes que empezar: en este pueblo, la política es una ocupación de medio tiempo, y el salario de sólo unos cuantos miles de coronas al mes casi lo vuelve una obra de caridad si lo vemos en relación con el número de horas trabajadas. Por ello, la mayoría de los concejales cuentan con empleo en algún otro lugar, o poseen sus propias empresas, lo que significa que tienen clientes y proveedores y jefes y colegas. Como es lógico, todo ello hace difícil que uno pueda afirmar que es realmente «independiente», en una situación así, pero ningún ser humano puede valerse por sí mismo, mucho menos en la profundidad del bosque.

Sólo un concejal sigue trabajando dieciocho horas al día en el edificio del ayuntamiento durante todo el verano, y no le debe nada a nadie por aquí. Su nombre es Richard Theo, y está sentado a solas en su oficina, vestido con un traje negro, haciendo una llamada tras otra. Algunos lo odian, muchos le temen, y pronto cambiará el rumbo de un club de hockey y de dos pueblos.

*   *   *

Llegan varios días de lluvia, y entonces Beartown se convierte en un lugar diferente: el pueblo no está tan acostumbrado a este tipo de precipitación como lo está a la nieve. La gente permanece en sus casas, más callada e irritable de lo normal.

El Jeep viaja a través del lodo adentrándose en el bosque, y la persona forastera se detiene afuera de un pequeño taller mecánico, junto a una casa de apariencia deteriorada. Hay autos estacionados sobre el césped, a la espera de que los reparen. Es difícil no notar uno de ellos: tiene un hacha enterrada en el capó.

La persona forastera ve cómo un joven de dieciocho años, con puños del tamaño de lechoncitos, se sube de un brinco a la carrocería y saca el hacha de la placa de metal, con los hombros tan tensos que su cuello parece hundirse en su propio vientre.

Un hombre cuarentón de aspecto rudo, tan parecido al joven que es obvio que nunca ha habido especulación alguna que obligara al cartero a hacer una prueba de paternidad, camina hasta el Jeep y toca a la ventanilla.

—¿Llantas? —gruñe el hombre.

La persona forastera baja el vidrio y repite lo dicho sin comprender.

—¿Llantas?

El hombre patea una de las ruedas delanteras.

—Están tan desgastadas que casi están lisas, ésta tiene surcos tan profundos como los de un disco de vinilo, así que supongo que usted está aquí por eso, ¿no?

—Okey —dice la persona forastera.

—¿«Okey»? ¿Quiere llantas nuevas o no? —pregunta el hombre.

—Okey —dice la persona forastera, y se encoge de hombros como si le hubieran preguntado si quería más kétchup para su hamburguesa.

El hombre gruñe algo que no se alcanza a oír, y luego dice a gritos:

—¡Bobo! ¿Tenemos llantas para éste?

Como es obvio, la persona forastera no está aquí para que le cambien las llantas a su vehículo, sino para evaluar la calidad de un jugador defensivo. Pero si para ello se requiere un cambio de llantas, qué se le va a hacer. La persona forastera sigue con la mirada al joven de dieciocho años, Bobo, cuyos esfuerzos para sacar el hacha del capó del auto le parecen una versión de bajo presupuesto del rey Arturo. Bobo se mete en el taller, donde no hay fotografías colgadas en las paredes con mujeres ligeras de ropa, lo que hace que la persona forastera concluya que hay una mujer en la casa, a quien ni el padre ni el hijo quieren contrariar. Sin embargo, lo que sí hay son fotos, viejas y nuevas por igual, de equipos de hockey sobre hielo.

La persona forastera asiente en dirección a las fotos, y luego hacia Bobo cuando regresa con una llanta debajo de cada brazo. Entonces, la persona forastera le pregunta al papá:

—Ese hijo tuyo, ¿es buen jugador de hockey?

El rostro del papá se ilumina súbitamente, con esa clase de orgullo que sólo sientes si tú mismo has sido un defensa:

—¿Bobo? ¡Claro que sí! ¡Es el defensa más duro del pueblo!

Su elección de la palabra «duro» no sorprende a la persona forastera, pues tanto el padre como el hijo dan la clara impresión de que son de esos hombres que sólo pueden patinar en una dirección. El papá extiende una mano manchada de grasa, y la persona forastera la estrecha con el mismo entusiasmo de alguien a quien invitaron a que agarre una serpiente.

—La gente me dice Jabalí —dice el papá con una amplia sonrisa.

—Zackell —dice la persona forastera.

La persona forastera se va del taller con un juego de llantas de segunda mano en mejor estado, por un poco más del precio normal, y con una nota escrita en un pedazo de papel: «Bobo. Si puede aprender a patinar».

La hoja de papel no es sólo una lista. Es la alineación de un equipo.

* * *

Amat corre a solas a lo largo del camino, con su camiseta oscurecida por el sudor, hasta que le lloran los ojos y su cerebro está vacío de pensamientos.

Él es uno de los talentos más grandes en el hockey que este pueblo jamás haya visto, pero nadie se había dado cuenta de ello hasta la primavera pasada. Vive con su mamá en uno de los apartamentos de alquiler más baratos en el extremo más alejado de la Hondonada, en el lado norte de Beartown; siempre ha jugado con equipamiento de hockey usado, y le han dicho que es demasiado pequeño, pero nadie es más rápido con un par de patines que él. Sus mejores amigos acostumbran decirle: «¡Acaba con ellos!» en lugar de «¡Buena suerte!». Su velocidad es su arma.

Por estos rumbos, el hockey es el deporte de los osos; pero Amat aprendió a jugarlo como un león. El deporte se convirtió en su vía para entrar en la comunidad, y creyó que también podía ser su boleto para salir de ella. Su mamá trabaja como encargada de la limpieza en la arena de hockey durante el invierno y en el hospital durante el verano, pero Amat tiene la esperanza de un día llegar a ser jugador profesional y poder llevarse a su mamá de aquí. En la primavera recibió la oportunidad de integrarse al equipo júnior. Y la aprovechó. Les mostró a todos en este pueblo que él era un ganador; el camino hacia sus sueños se extendía frente a él. Fue el mejor día y la peor noche de su vida. Después del partido, lo invitaron a una fiesta a la que Maya Andersson también acudiría, y con lo único que Amat había soñado más que con poder jugar hockey era con poder besarla.

Amat estaba ebrio, pero aun así jamás olvidará cada detalle de cómo fue que, dando tumbos, recorrió una habitación tras otra, entre adolescentes borrachos y colocados que cantaban y reían; subió por las escaleras y oyó que Maya pedía ayuda a gritos. Amat abrió una puerta y descubrió que la estaban violando.

Cuando Kevin se dio cuenta de lo que Amat había visto, él y William Lyt y unos cuantos muchachos más del equipo júnior le ofrecieron a Amat todo lo que el chico había soñado —un lugar en el equipo júnior, un estatus como jugador estrella, una carrera en el hockey— a cambio de mantener la boca cerrada. El papá de Kevin le dio dinero y le prometió un mejor empleo para su mamá. Si alguien condena a Amat por haber considerado seriamente aceptar todo esto, esa persona vive una vida en la que la moralidad es una cuestión sencilla. Nunca lo es. La moralidad es un lujo.

Los padres de Kevin y los patrocinadores del club convocaron a una reunión, e intentaron echar al padre de Maya de la organización. Al final Amat fue a la reunión, se plantó al frente y les contó a todos lo que había visto hacer a Kevin. Peter ganó la votación y pudo conservar su empleo.

¿Y entonces, qué? Amat corre más rápido ahora, sus pies le duelen más, pues ¿qué carajos pasó después? Kevin nunca fue castigado. Nunca se le hizo justicia a Maya, y Amat se fue de esa reunión con cientos de enemigos. Lyt y sus amigos lo buscaron, lo encontraron y le dieron una paliza, y si Bobo no hubiera cambiado de bando en el último momento para defenderlo, lo habrían matado a golpes.

Ahora, ni Amat ni Bobo son bienvenidos en el Club de Hockey de Hed. Amat es un delator y Bobo es un traidor. ¿Y el Club de Hockey de Beartown? Dentro de poco ya no existirá. Amat está en camino de convertirse en una de esas personas sentadas junto a la barra de un bar, dentro de treinta años, con una historia en la que abundan los «si hubiera» y los «si no hubiera». Los ha visto en la arena de hockey, hombres desaliñados con una barba de tres días y una resaca de cuatro, que llegaron a la cumbre de sus vidas cuando aún eran adolescentes.

Amat podría haber llegado a ser jugador profesional, su vida podría haber cambiado, pero en lugar de eso está en camino de volverse una vieja gloria, a la edad de dieciséis años.

Su mirada está enfocada en su interior. Ni siquiera nota el Jeep a sus espaldas. Cuando el vehículo pasa a su lado, no sabe que es tuvo cincuenta metros detrás de él durante varios minutos, para que la persona forastera tuviera tiempo de anotar qué tan lejos está Amat de Beartown y qué tan rápido está corriendo. La persona forastera escribe: «Amat. Si su corazón es tan grande como sus pulmones».

* * *

Benji está sentado con la espalda apoyada contra la lápida de su padre. Su cuerpo está lleno de licor casero y de hierba, y esta combinación actúa como un interruptor. Benji se está apagando. De lo contrario, no puede soportarlo.

Benji tiene tres hermanas mayores, y puedes darte cuenta de las diferencias que hay entre ellas si mencionas el nombre de su hermano menor. Gaby tiene hijos pequeños, les lee cuentos para dormir, se acuesta temprano los viernes por la noche y todavía ve programas de televisión en una pantalla regular en lugar de en una computadora. Katia trabaja como barman en El Granero, en Hed; los viernes por la noche se dedica a servir cerveza y a guiar a borrachos de ciento cuarenta kilos a través de la puerta de salida, cuando esos borrachos se deciden a tratar de liberar de sus dientes incisivos a otros borrachos de ciento cuarenta kilos. Adri es la mayor, vive sola en su criadero de perros en las afueras de Beartown, acostumbra cazar y pescar y le gusta la gente que mantiene la boca cerrada. Así las cosas, si dices «Benji», Gaby exclamará con ansiedad «¿Le pasó algo?»; Katia suspirará y preguntará «¿Y ahora qué hizo?»; pero Adri te pondrá de espaldas contra una pared por la fuerza y te exigirá que le digas «¿Para qué carajos quieres a mi hermano?». Gaby se preocupa, Katia resuelve problemas, Adri protege. Así es como se han repartido las responsabilidades desde que su papá tomó su rifle y se marchó al bosque. Saben que no pueden educar a un corazón como el de Benji; tan sólo, en el mejor de los casos, podrían domarlo.

Por ello, cuando él vive como un nómada, quedándose a veces en casa de su mamá, a veces en el bosque, a veces con una de sus hermanas, las tres caen en los mismos papeles de siempre. Si él está en el hogar de Gaby, ella sigue levantándose en la noche sin hacer ruido para comprobar que Benji esté respirando, a pesar de que tiene dieciocho años. Cuando se ve con Katia, ella todavía lo consiente, lo deja que se salga con la suya demasiadas veces, por más líos que ocasione, porque no quiere que él deje de acudir a ella cuando tenga problemas. Y cuando se queda en el criadero de perros con Adri, ella duerme con la llave del armario de las armas de fuego debajo de su almohada. Para asegurarse de que su hermanito no haga lo mismo que hizo su papá.

Siempre ha habido adultos en este pueblo que creen que Benji es un rebelde. Sus hermanas saben que es todo lo contrario. Se convirtió exactamente en la persona que todos querían que él fuera, porque un muchachito que carga con un enorme secreto aprende pronto que, a veces, el mejor lugar para esconderse es donde todos puedan verlo.

De niño, Benji fue el primero en darse cuenta de que Kevin podía llegar a convertirse en una estrella. En Beartown, a esa clase de jugadores los llaman «cerezos», de modo que Benji se aseguró de que Kevin tuviera suficiente espacio en la pista de hielo para florecer. Benji podía dar y recibir tantas palizas, que los hombres en las gradas decían: «Ahí tienes a un jugador de hockey de verdad. Éste no es un deporte para maricas ni para debiluchos, ¡es para muchachos como Benji!». Entre más se peleaba, mejor creían conocerlo. Hasta que se convirtió en la persona que ellos querían que fuera.

Ahora tiene dieciocho años. Se pone de pie y se apoya en la lápida, y besa el nombre de su papá. Entonces da un paso atrás, cierra el puño con fuerza y golpea en el mismo lugar de la piedra con todo lo que tiene. La sangre gotea de sus nudillos cuando va por el camino a través del bosque, rumbo a Hed. El día de mañana habría sido el cumpleaños de Alan Ovich, y ésta es la primera vez que Benji va a conmemorarlo sin tener a Kevin. Esta noche va a necesitar a alguien con quien pelear.

Benji nunca ve el Jeep. Está estacionado debajo de un árbol. La persona forastera camina hacia la tumba a través de la lluvia, mira el nombre grabado en la piedra. De vuelta en el Jeep, escribe en su hoja de papel: «Ovich. Si es que todavía quiere jugar».

Benji. Amat. Bobo. Dentro de cada gran historia siempre hay muchas historias pequeñas. Mientras tres jóvenes en Beartown creían que estaban perdiendo su club, una persona forastera ya estaba construyendo un equipo con ellos.

* * *

Richard Theo, el político, es la única persona que queda en el edificio del ayuntamiento cuando empieza a anochecer. Aparenta menos edad que los cuarenta años que tiene, un resultado de sus propios genes que antes detestaba cuando inspeccionaba con indiferencia su piel lampiña en espera de que le llegara la pubertad; sin embargo, ahora está cosechando los frutos de esos genes, mientras sus contemporáneos se arrancan las canas de sus barbas y maldicen la ley de la gravedad cada vez que tienen que orinar. Theo lleva traje; sus colegas llevan pantalones de mezclilla y chaqueta cuando mucho, por lo que está acostumbrado a que se burlen de él porque «parece un ministro del gobierno nacional, a pesar de que sólo es un don nadie de la provincia». Esto no le molesta. Se viste para el puesto que quiere, no para el que tiene.

Theo se crio en Beartown, pero nunca fue uno de los chicos populares, nunca jugó al hockey. Se mudó al extranjero para estudiar y nadie se dio cuenta de que se había ido. Trabajó en un banco en Londres y estuvo fuera de su país por varios años antes de volver a casa de forma repentina con trajes costosos y ambiciones políticas. En ese entonces se unió al partido político más pequeño de la región. Ya no es el más pequeño.

No hace mucho tiempo, Theo era el tipo de rostro que sus antiguos compañeros de clase veían en las viejas fotos escolares y cuyo nombre no recordaban, pero esto cambió cuando el periódico local expuso sus ideas políticas de forma negativa. Sin embargo, a Theo no le importa cómo se aprendan su nombre. Siempre y cuando se lo sepan. Las opiniones pueden cambiar.

Él no estuvo presente en la reunión en la que le informaron a Peter cuál era el destino del Club de Hockey sobre Hielo de Beartown, pues Richard Theo no es parte de la clase dirigente. Todos los ayuntamientos tienen una élite política a la que perteneces o no perteneces, y aquí, la clase dirigente ha marginado a Theo. Como es natural, ellos afirman que se debe a las políticas de Richard, pero él está convencido de que la verdadera razón es que le temen. Él puede hacer que la gente se ponga de su lado. Le dicen «populista», pero la única diferencia entre él y otros políticos es que él no necesita banderas: ellos tienen sus oficinas en el último piso del edificio del ayuntamiento y juegan al golf con los líderes de la comunidad empresarial, mientras que Richard Theo tiene su oficina en la planta baja. Él consigue su información de las personas que perdieron su empleo en lugar de obtenerla de la gente que los despidió, de las personas que están enojadas en lugar de las que están felices; así que no necesita banderas para saber en qué dirección sopla el viento. Cuando todos los demás políticos corren en el mismo sentido, hombres como Richard Theo van en el sentido contrario. A veces, así es como ganan.

Alguien toca a la puerta de su oficina. Ya es tarde, nadie vio llegar a la persona forastera.

—¡Por fin estás aquí! ¿Eh? ¿Y bien? ¿Ya lo pensaste? ¿Vas a aceptar el empleo? —pregunta Richard Theo de inmediato.

Zackell está de pie en la entrada, y en su bolsillo está la hoja de papel con los nombres de los jugadores del equipo, pero su respuesta es tan apática que es difícil saber si es por falta de entusiasmo por el empleo o por la vida en general:

—Cuando me llamaste, me ofreciste el puesto de entrenador del primer equipo del Club de Hockey de Beartown. Pero el club va en camino a la quiebra. Y aunque no fuera así, ya tiene un entrenador. Y aunque no lo tuviera, sigues siendo un político y no el director deportivo del club. Así que, a menos que haya entendido muy mal el proceso democrático, podrías ofrecerme un trabajo de entrenador tanto como podrías ofrecerme un unicornio.

—Y, aun así, aquí estás —dice Richard Theo, confiado.

—Da la casualidad de que me encantan los unicornios —confiesa Zackell, de una forma que hace imposible saber si está intentando bromear o no.

Theo ladea la cabeza.

—¿Café?

—No tomo café. No me gustan las bebidas calientes.

Theo se estremece como si estuviera esquivando una daga.

—¿No tomas CAFÉ? ¡Vas a tener problemas para encajar en este pueblo!

—Este pueblo no sería el único lugar donde tendría esa clase de problemas —responde Zackell.

Theo suelta una risita.

—Eres una persona muy extraña, Zackell.

—Ya me lo han dicho.

Theo golpea su escritorio con las palmas de las manos y se pone de pie animado.

—¡Eso me gusta! ¡Y a los medios también les va a gustar! El puesto es tuyo; yo me ocupo del director deportivo del club. Espero con ansias poder colaborar contigo.

Theo parece estar considerando intentar chocar los cinco,

y por la apariencia de Zackell, eso no va a suceder en lo absoluto.

—Mi expectativa es que tú y yo nunca tengamos que «colaborar». Estoy aquí para dedicarme al hockey, no a la política.

Theo extiende los brazos a los lados con alegría.

—Yo odio el hockey, ¡con gusto puedes quedártelo!

Zackell mete las manos en los bolsillos de su chándal.

—Para ser alguien que odia el hockey pareces estar muy involucrado en él.

Theo entrecierra los ojos con satisfacción.

—Eso es porque, cuando todos los demás corren en el mismo sentido, yo voy en el sentido contrario, Zackell. Así es como gano.

10

¿Cómo les dices a tus hijos?

Las luces en la firma de abogados están apagadas, excepto en una oficina. Mira Andersson trabaja ahí, mientras la colega está acostada sobre dos sillones, buscando paquetes vacacionales en su computadora.

—¿Paquetes vacacionales? Ni siquiera te gusta tomarte tiempo libre —comenta Mira.

La colega se estira como un gato regañado.

—No, no me gusta. ¡Pero sería un crimen contra la humanidad no enseñar este cuerpo en un bikini al menos una vez al año, Mira!

Mira se ríe. Qué maravilloso es que la colega todavía pueda lograr que haga eso tan fácilmente. Qué maravilloso es tener una amiga como ella.

—Avísame cuando hayas hecho tu reservación, para llamar y advertirle al país en cuestión que encierre a sus esposos.

La colega asiente con mucha seriedad.

—Y a sus hijos. Y a sus padres, por si he bebido suficiente vino.

Mira sonríe. Entonces parpadea con lentitud y murmura:

—Gracias por estar aquí...

La colega se encoge de hombros.

—El wifi de mi casa está fallando.

Eso es mentira, por supuesto. La colega sigue en el trabajo porque sabe que Mira no quiere irse a casa temprano esta noche para sentarse en un hogar vacío a esperar a Peter. La colega no la juzga, no insiste en el tema, sólo se queda en la única oficina donde la luz sigue encendida.

Qué maravilloso es tener una amiga así.

* * *

«Nunca ames un club de hockey. Nunca podrá corresponderte». Eso decía la mamá de Peter. Ella era una persona más dulce que su papá, aunque, a veces, Peter piensa que su papá tal vez también era más dulce, antes de que ella se enfermara. «No creas que eres alguien especial», le decía su papá. Es evidente que Peter no escuchó a ninguno de sus padres.

Ha llamado a todas las personas que conoce. A todos con los que ha jugado. Les ha pedido consejo, les ha pedido dinero, les ha pedido jugadores para poder salvar al club. Todos comprenden su situación, todos sienten compasión, pero el hockey se fundamenta en estadísticas y números. Nadie te da algo sin pedir nada a cambio.

Suena su móvil: es Frac, su amigo de la infancia, dueño del supermercado y el último patrocinador real del Club de Hockey de Beartown. La voz de Frac tiembla cuando dice:

—Qué cosa tan jodida, Peter. Terriblemente jodida… Es… Publicaron algo…

—¿Qué? —pregunta Peter.

—Quise llamarte para que no dejes que tus hijos lo vean. Esos… Esos hijos de puta… hoy apareció una esquela en el periódico local. Con tu nombre.

Peter no dice nada. Entiende el mensaje. Puedes decirte a ti mismo cuantas veces quieras que «las críticas son parte del trabajo» y que «no debes tomártelo a pecho». Pero todos somos humanos. Si tu nombre aparece en una esquela, te lo tomas a pecho.

—Sólo ignóralos… —intenta aconsejarle Frac, aunque sabe que eso es imposible.

Tal vez podrías salvar un club de hockey en Beartown, incluso si no todos están de tu lado. Pero eso no es factible cuando todos están en tu contra.

Peter cuelga la llamada. Debería irse a casa, pero Maya está acampando con Ana, y Leo se quedó con un amigo a pasar la noche. Peter y Mira van a estar solos, y él sabe lo que ella va a decirle. Va a intentar convencerlo de que se rinda.

Así que Peter da vuelta al Volvo y conduce. Fuera de Beartown, alejándose por el camino, cada vez a mayor velocidad.

* * *

En la pared de la oficina de Richard Theo está colgada la imagen de una cigüeña. Theo ha estudiado estadística y sabe que la manera más sencilla de influir en la opinión de la gente es demostrar una conexión: una mala alimentación causa enfermedades, el alcohol provoca accidentes automovilísticos, la pobreza genera delincuencia. También sabe que las cifras se pueden modificar en todo momento para ajustarse a las necesidades de un político.

En el libro de un estadístico británico, Theo aprendió, por ejemplo, que hay estadísticas que muestran que el número de niños nacidos cada año es mucho mayor en pueblos donde hay muchas cigüeñas que en pueblos donde hay pocas. «¿Qué demuestra esto? ¡Que a los niños los traen las cigüeñas!», escribió el estadístico con sarcasmo. Desde luego, no es el caso; en realidad, hay más cigüeñas en los pueblos con muchas chimeneas, pues ahí es donde hacen sus nidos. Muchas chimeneas significa muchos hogares, lo que significa más gente, lo que significa más bebés.

Por todo eso, Richard Theo tiene la imagen de una cigüeña en la pared de su oficina, para recordarle todos los días que lo que suceda no es importante. Lo importante es cómo se lo explicas a la gente.

A Theo también le interesan otros animales, como los osos y los toros. Al igual que todos los demás niños de la región, creció sabiendo que ésos eran los nombres de los clubes de hockey; pero cuando empezó a estudiar economía en el extranjero, se enteró de una historia diferente. En Estados Unidos, y de manera específica en Wall Street, los corredores de bolsa llaman «*bull market*», que significa literalmente «mercado de toros», a un mercado optimista en el que los precios de las acciones suben; y al lento y despiadado movimiento descendente del mercado durante una recesión le dicen «*bear market*», es decir, «mercado de osos». La idea es que ambos son necesarios, que el conflicto entre toros y osos en el mercado es lo que mantiene la economía en equilibrio.

Richard Theo tiene la misma idea respecto de los clubes de hockey, pero su objetivo es alterar el equilibrio. Porque las elecciones políticas son algo simple: cuando todo va bien, cuando la gente está contenta, gana la clase dirigente. Pero cuando la gente está enfadada y enemistada entre sí, entonces ganan las personas como Richard Theo. Porque, para que alguien ajeno a la clase dirigente obtenga el poder, se necesita un conflicto. Pero ¿si no hay ningún conflicto? Entonces tienes que crear uno. Theo marca el número de un viejo amigo en Londres.

—¿Todos están conformes? —pregunta Theo.

—Sí, todos están de acuerdo. Aunque tú comprenderás que los nuevos dueños requieren ciertas… ¿garantías políticas? —dice el amigo de Londres.

—Van a obtener todo lo que quieren. Sólo asegúrate de que se

aparezcan por aquí y sonrían en las fotos para el periódico local
—contesta Theo.

—¿Y qué es lo que tú quieres?

—Yo sólo quiero ser su amigo —insiste Theo.

El amigo de Londres se ríe.

—Sí, claro, como de costumbre.

—Éste es un buen trato para los nuevos dueños —promete
Richard.

El amigo de Londres está de acuerdo.

—Un muy buen trato, sin lugar a duda, y no podría haberse
hecho realidad sin tus conocimientos especializados y tus contactos políticos. Los nuevos dueños aprecian tu ayuda. Aunque, ya
hablando en serio: ¿por qué estás tan interesado en esa fábrica?

La voz de Theo es suave.

—Porque la fábrica está en Beartown. La necesito porque va
a conseguirme un club de hockey.

El amigo de Londres se ríe de nuevo. Cuando Theo y él se
conocieron en la universidad en Inglaterra, Theo sólo tenía una
pequeña beca académica y dos bolsillos vacíos. Su madre era
maestra y su padre un obrero de fábrica, pero su papá era muy
activo dentro del sindicato, y se labró la reputación de ser un
negociador tan duro que, cuenta la leyenda, los directivos de la
fábrica le dieron un empleo como mando intermedio, tan sólo
para no tener que negociar con él. Su papá engordó y se volvió
perezoso, y poco tiempo después ya no era peligroso en lo absoluto. Esto le enseñó a Richard Theo lo que es posible hacer con el
poder. Así las cosas, cuando entró a la universidad, buscó de manera consciente un tipo específico de hombres: aquellos que provenían de familias adineradas pero que también fueran débiles y
víctimas de *bullying* y de baja autoestima. Theo era ingenioso y
gracioso, un buen amigo y excelente compañía en las fiestas, además de ser muy bueno para trabar conversación con las chicas.

En cualquier lugar, todas ésas son cualidades valiosas. A cambio, ganó amigos leales que pronto heredaron de sus padres dinero y poder. Eso le enseñó a Theo el valor de los contactos.

Cuando regresó a Beartown, podría haberse unido a cualquier partido político, pero eligió el más pequeño, por la misma razón por la que eligió empezar su carrera política en Beartown y no en una gran ciudad: en ocasiones, es más efectivo ser un pez grande en un estanque pequeño, que un pez pequeño en un estanque grande. Los colores y las filiaciones políticas no son importantes para él, podría haber estado tan a gusto en la extrema derecha como en la extrema izquierda. Algunas personas son impulsadas por sus ideales, pero Richard Theo es impulsado por los resultados. Los demás políticos dicen que es un «oportunista», con «respuestas simples a preguntas difíciles», es del tipo que en un instante se halla con hombres desempleados en el pub La Piel del Oso y les promete inversiones del municipio, y al siguiente se codea con los empresarios de la Cima y les promete bajar los impuestos. Busca chivos expiatorios simples cada vez que se comete un crimen en la Hondonada, de modo que pueda hacer propaganda en el periódico local a favor de que haya «más policías», mientras que al mismo tiempo critica a la clase dirigente por «no ceñirse al presupuesto del municipio». Se sienta en una habitación con ecologistas y les promete ponerle un alto a la influencia del cabildeo de los cazadores sobre la política local, pero, cuando le conviene a su agenda, se sienta en otras habitaciones y atiza las frustraciones de los cazadores en contra de los defensores de los animales en las grandes ciudades y de los funcionarios en las agencias gubernamentales que detestan las armas de fuego.

Desde luego que Theo es totalmente ambivalente respecto de las críticas, porque sólo es otra forma de decir que no necesita de banderas. La política se trata de estrategias, no de sueños. Así que, ¿de qué situaciones puede sacar provecho este verano?

Durante mucho tiempo han corrido rumores de que van a cerrar el hospital de Hed. Por otro lado, la fábrica en Beartown ha estado haciendo recortes de personal por varios años. Y ahora, además, el Club de Hockey sobre Hielo de Beartown está bajo amenaza de quiebra. Necesitas saber bastante sobre vientos para entender cómo puedes ganar algo de los tres.

—¿Un club de HOCKEY? Creí que no te gustaban los deportes —dice sorprendido el amigo de Londres.

—Me gustan las cosas a las que les puedo sacar provecho —contesta Richard Theo.

* * *

Dos mujeres, Fátima y Ann-Katrin, atraviesan el bosque a bordo de un pequeño auto. Sus hijos, Amat y Bobo, se volvieron compañeros de equipo en la primavera pasada, y los osos en las camisetas de hockey de los muchachos también unieron a las madres. Ann-Katrin trabaja como enfermera en el hospital donde Fátima está encargada de la limpieza durante el verano, de modo que empezaron a tomar café juntas, y se dieron cuenta de que, si bien los lugares de nacimiento en sus pasaportes pueden estar a una enorme distancia uno del otro, comparten la misma mentalidad: trabaja duro, ríe con ganas, ama a tus hijos con todo lo que tengas.

Como es obvio, al principio muchas de sus pláticas giraban en torno a los rumores de que iban a cerrar el hospital. Fátima le contó a Ann-Katrin que una de las primeras cosas que aprendió a decir en el dialecto de Beartown, cuando recién había llegado con un niñito en sus brazos, fue: «Se supone que debe ser difícil». Fátima amaba a la gente del pueblo porque no trataban de fingir que el mundo es sencillo. La vida es dura, nos provoca dolor, las personas lo admitían. Pero entonces sonreían abiertamente y decían: «Pero, qué carajos. Se supone que debe ser difícil. ¡De lo contrario, cualquier bastardo de las grandes ciudades podría vivir aquí!».

Ann-Katrin contaba sus propias historias. Acerca de sus padres que murieron cuando eran jóvenes, y de crecer en el bosque mientras la situación económica empeoraba, y de enamorarse de un enorme y torpe hombre a quien llamaban «Jabalí» porque jugaba hockey como un jabalí salvaje herido y sólo podía patinar en línea recta y a toda velocidad. Ann-Katrin nunca ha viajado, nunca ha conocido el mundo, nunca lo ha necesitado. «Los árboles más hermosos están aquí», le juraba a Fátima, y añadía: «Y los hombres tampoco son tan malos si tienes paciencia».

Jabalí y sus tres hijos, entre ellos Bobo, que es el mayor, han mantenido a Ann-Katrin ocupada. Se levanta temprano, les da de comer y los viste, y ayuda a Jabalí con el papeleo en el taller mecánico, luego se va al hospital donde trabaja por largos turnos en los que abundan los peores días en las vidas de otras personas. Luego regresa a su casa, donde hay «tareas escolares por hacer, un espacio por ordenar y lágrimas por secar de las mejillas de vez en cuando».

Pero en las noches, según le contó a Fátima, Jabalí se mueve con sigilo por la cocina, más silencioso de lo que un hombre de su corpulencia debería ser capaz. Y cuando él la sostiene, cuando ella se da vuelta junto a él y empiezan a bailar, con los dedos de los pies de Ann-Katrin encima de los pies de Jabalí, de manera que él levanta el cuerpo de su mujer en cada pequeño paso, entonces todo vale la pena. Ese baile se vuelve su mundo entero. «¿Te acuerdas de cuando los niños eran muy pequeños, Fátima? ¿Cuando llegabas al kínder y corrían hacia ti y literalmente se arrojaban a tus brazos? Se lanzaban con un completo abandono, porque confiaban en que los íbamos a atrapar; ése es mi momento favorito de entre todos». Fátima sonrió y dijo: «¿Sabes algo? Cuando Amat juega al hockey, cuando él es feliz, todavía me siento así. ¿Sabes a qué me refiero?». Ann-Katrin lo sabía con exactitud. Así fue como se hicieron amigas.

Cuando una tarde, hace unas cuantas semanas, Ann-Katrin sufrió un colapso en la cafetería del hospital, fue Fátima quien la atrapó. Ella fue una de las primeras personas a quienes Ann-Katrin les contó de su enfermedad. Fátima la acompañó a sus citas con los médicos, la llevó en auto a ver a especialistas en otro hospital para que Jabalí pudiera quedarse en casa y atender el taller. Ahora, ambas están a bordo del auto, muy cerca de casa, y Ann-Katrin sonríe con cansancio.

—Haces demasiadas cosas por mí.

Fátima contesta con firmeza:

—¿Sabes qué aprendí cuando llegué a Beartown? Que si no nos cuidamos entre nosotros, nadie más lo hará.

—«¡Los osos cagan en el bosque, y todos los demás se cagan en Beartown!» —dice Ann-Katrin con la voz de los viejos tíos borrachos de La Piel del Oso, y las dos mujeres se ríen a carcajadas.

Cuando detienen el auto sobre el césped frente al taller, Fátima susurra:

—Tienes que decirle a Bobo que estás enferma.

—Lo sé —solloza Ann-Katrin con el rostro entre sus manos.

Ella quería esperar hasta que empezara la temporada de hockey, para que Bobo tuviera dónde canalizar sus sentimientos. Pero no hay tiempo para eso. Entonces, ¿cómo lo haces? ¿Cómo les dices a tus hijos que vas a morir?

* * *

El Granero es una taberna en las afueras de Hed; tiene música en vivo y cerveza barata y, como todos los lugares de su clase, es un punto obvio de reunión para gente que intenta olvidar sus problemas, así como para gente que está buscándolos. Katia

Ovich está sentada en la oficina, encorvada sobre los libros de contabilidad, cuando uno de los guardias toca en el marco de la puerta.

—Sé que no querías que te molestaran, pero tu hermanito está sentado en la barra. Con su camiseta.

Katia agacha la cabeza y suelta un profundo suspiro. Entonces se pone de pie, le da unas palmaditas al guardia en el hombro y le promete que se va a encargar de ello.

En efecto, Benji está sentado del otro lado de la barra, lo que por sí solo no representa un problema. Prácticamente ha crecido en El Granero, cuando al bar le ha faltado personal ha estado detrás de la barra sirviendo cerveza mucho tiempo antes de que tuviera suficiente edad para comprarla él mismo. Pero, ahora las cosas son diferentes. Los parroquianos de El Granero son aficionados del Club de Hockey de Hed, pero han dejado que Benji venga aquí por tres motivos: 1) Katia les cae bien a los parroquianos. 2) Benji sólo ha sido jugador júnior en Beartown. 3) Siempre ha tenido la sensatez de usar manga larga.

Sin embargo, ahora tiene dieciocho años, y si juega hockey en el otoño lo hará en el primer equipo, y esta noche está sentado a la barra vestido con una camiseta de manga corta, para que todos puedan ver el tatuaje del oso en su brazo. Esto, en la misma semana en la que alguien publicó en internet un video mostrando banderas rojas del Club de Hockey de Hed en llamas, y en la que una política en Hed que habló en público sobre la posible quiebra del Club de Hockey de Beartown terminó con un hacha en el capó de su auto.

—¿Piensas ponerte un suéter? —pregunta Katia cuando llega detrás de la barra.

Benji sonríe.

—Hola, mi hermana favorita.

Ése era el truco que siempre usaba cuando era pequeño: el

punto débil de Katia era que nunca podía enfadarse, pues quería que él la amara más que a nadie. Ella suspira con tristeza:

—Por favor, Benji... ¿No podrías hacer esto en algún otro lugar?

Ella hace un gesto hacia el vaso de cerveza de su hermano. Katia sabe que no puede impedir que los miembros de su familia hagan lo que sea, aprendió eso a una edad temprana. Mañana habría sido el cumpleaños de su papá.

—No te preocupes, mi hermana favorita —dice Benji.

Como si Katia tuviera opción. Mira suplicante a su hermano.

—Termina tu cerveza y vente conmigo a mi casa, ¿te parece? Sólo tengo que terminar con la contabilidad, dame unos quince minutos.

Benji se inclina sobre la barra y besa a Katia en la mejilla. Su hermana quiere abrazarlo y a la vez darle un golpe, igual que siempre. Ella observa a su alrededor en el bar. Ni siquiera está lleno a un cuarto de su capacidad, y la mayoría de la gente, o es demasiado vieja o está demasiado borracha como para que le importe el tatuaje de Benji. Katia espera tener tiempo de poder llevárselo de aquí antes de que eso cambie.

* * *

Cuando a Amat ya no le quedan fuerzas en las piernas, da la vuelta y corre de regreso más despacio por la carretera. A medio camino rumbo a su casa se encuentra con un Volvo. Es el auto de Peter Andersson. Tal vez Amat debería haberse contenido, tal vez debería haber tenido un poco más de dignidad, pero empieza a brincar y a hacer señas de manera frenética con las manos. El auto frena, al parecer a regañadientes. Amat se asoma a través del hueco de la ventanilla, y las palabras emergen de su interior entre jadeos:

—Hola, Pe... Peter, sólo quería preguntarle... con todo lo

que la gente está diciendo del club, ¿habrá…? Quiero decir,
¿va a haber un equipo júnior en el otoño? Yo quiero jugar, tengo que…

Peter no debió haber detenido su auto, debió haberlo pensado
mejor antes de desquitar sus sentimientos con un chico de dieciséis años. Olvida por un instante lo que Amat hizo en la primavera, que la razón por la que este jugador júnior ahora no puede ir
a Hed es porque testificó a favor de Maya. Salvó el empleo de Peter. Pero, a veces, el dolor y la ira pueden consumir a un hombre
adulto de una forma tan absoluta que realmente no puede pensar
en el hecho de que otras personas también tienen sentimientos.

—Amat, tengo mucho en qué pensar, hablemos de esto en
otra ocasión…

—¿Cuándo? ¡No tengo ningún lugar donde JUGAR!
—responde Amat enojado y sin aliento.

Tal vez no era su intención sonar enfadado, pero Amat tiene
miedo. El remordimiento de conciencia que Peter siente amenaza
con asfixiarlo y, a veces, en ocasiones como ésta, el oxígeno no
llega a los lugares idóneos en nuestro cerebro, por lo que le responde con brusquedad:

—¿No me oíste bien, Amat? ¡ME IMPORTA UN CARAJO EL EQUIPO JÚNIOR! ¡¡¡Ni siquiera sé si todavía tengo
un CLUB!!!

Es hasta entonces cuando Amat ve que Peter ha estado llorando.
El muchacho retrocede despacio del auto. Peter se va manejando
de ahí, destruido por completo. Bajo la lluvia, no vio que las lágrimas también estaban corriendo por las mejillas del muchacho.

* * *

Un hombre está sentado junto a la barra de El Granero; debe
tener veinticinco años, tal vez veintisiete. Pantalón de mezclilla

azul y una camiseta tipo polo. Bebe cerveza y tiene un libro abierto frente a él. Cuando Katia regresa a la oficina, el hombre alza una ceja en dirección de Benji y le pregunta:

—¿Debería moverme de aquí?

Benji se vuelve hacía él, con esa clase de bailecito despreocupado en las comisuras de sus labios que resulta muy contagioso para los demás.

—¿Por qué lo dices?

El hombre de la camiseta polo sonríe.

—Parece que tu hermana cree que vas a meterte en problemas. Así que me pregunto si debería moverme de aquí.

—Depende de cuánto te gusten los problemas —responde Benji, y le da un trago a su cerveza.

El hombre de la camiseta polo asiente. Mira de reojo la mano de Benji y ve la sangre en los nudillos.

—He estado viviendo aquí por cuatro horas. ¿Qué tan rápido dirías que es razonable meterse en problemas?

—Depende más o menos de cuánto tiempo pienses quedarte. ¿Qué libro es ése?

La pregunta llega de forma tan inesperada que, por un instante, el hombre no sabe qué decir; entonces se da cuenta de que tal vez ésa era la intención. Benji tiene muchas formas de hacer que los demás se sientan inseguros.

—Era… quiero decir, ES una… es una biografía de Friedrich Nietzsche —dice el hombre de la camiseta polo y se aclara la garganta.

—¿El tipo del abismo? —pregunta Benji.

El hombre de la camiseta polo parece sorprendido.

—«Cuando miras largo tiempo a un abismo, también éste mira dentro de ti». Sí, ése es Nietzsche.

—Pareces sorprendido —observa Benji.

—No, no… —miente el hombre.

Benji bebe de su cerveza. Durante muchos años, su mamá aplicó una forma de castigarlo por haberse peleado en la escuela consistente en obligarlo a leer el periódico. No podía irse al entrenamiento de hockey sino hasta que su mamá le hiciera un examen oral sobre todas las secciones: editorial, noticias internacionales, cultura, política. Tras unos cuantos años, estos exámenes se volvieron demasiado fáciles para él, de modo que, en lugar del periódico, su mamá empezó a utilizar clásicos de la literatura. Apenas si podía leerlos ella misma, pero sabía que su hijo era más listo de lo que les hacía creer a los demás. Así que su castigo por mala conducta también era un recordatorio: eres capaz de ser mejor persona de lo que refleja tu comportamiento.

Benji resopla hacia el hombre de la camiseta polo.

—¿Esperabas que recitara «Lo que no mata me hace más fuerte» cuando mencionaste a Nietzsche? O tal vez ¿«En el cielo no hay hombres interesantes»? O... cómo carajos iba ésa... ¿«Aquellos que eran vistos bailando eran considerados locos por quienes no podían escuchar la música»?

—No creo que esa última sea de Nietzsche —objeta el hombre con cautela.

Benji toma un trago de su cerveza, de una forma tal que hace imposible que el hombre sepa si eso fue una equivocación o si lo puso a prueba. Entonces, Benji dice:

—Todavía pareces sorprendido.

—Yo... no... bueno, para ser honesto, no pareces ser alguien que citaría a Nietzsche... —dice el hombre entre risas.

—Hay muchas cosas que no parezco ser —dice Benji.

Las comisuras de sus labios bailan de nuevo.

* * *

Bobo y su mamá dan una larga caminata por el bosque al atardecer. Ella querría contarle lo difícil que es ser adulto, lo complejo que es el mundo, pero no sabe cómo. Mientras Bobo crecía, todo el tiempo trató de enseñarle que la violencia no es buena, pero en la primavera pasada, el muchacho se involucró en la peor pelea de su vida, y estuvo a punto de que lo lesionaran de gravedad; y su mamá rara vez ha estado tan orgullosa de él como en esa ocasión. Porque defendió a Amat. Le dieron una paliza por hacerle el bien a su amigo. Estuvo dispuesto a luchar por algo.

Durante muchos años se sintió feliz de que Bobo fuera tan dulce. Otros chicos se avergonzaban cuando sus mamás los besaban en la frente delante de sus amigos, pero no su hijo. Era el tipo de muchacho que decía: «Qué bonito se te ve el cabello hoy, mamá». Ahora desearía que él fuera más duro. Más frío. Quizás él hubiera podido manejar esto mejor.

—No estoy bien de salud, Bobo… —susurra ella.

Bobo llora mientras ella le cuenta todo, pero ella está llorando con más intensidad. Bobo ya no es el niño pequeño que se arrojaba a sus brazos, ahora es lo bastante grande como para que haya lugar en su pecho para el dolor más inmenso, y lo bastante alto y fuerte para levantar a su mamá y llevarla cargando a casa después de que ella le dijera que se va a morir. Su mamá susurra en el cuello de Bobo:

—Siempre has sido el mejor hermano mayor del mundo. Ahora vas a tener que ser todavía mejor.

Al anochecer, ella puede oír que Bobo les lee *Harry Potter* a su hermanito y a su hermanita. Esa noche, Jabalí prepara un té ligero, y Bobo entra a la recámara y sostiene el cabello de su mamá mientras ella vomita. Cuando está acostada en su cama, su hijo le seca las lágrimas y dice:

—¿Quieres oír algo tonto? ¿Te acuerdas de que siempre me dices que nunca voy a encontrar una novia porque soy demasiado exigente? Pues eso es culpa tuya. Porque quiero a alguien que me mire de la misma forma en la que tú y papá se miran.

Ann-Katrin presiona con firmeza la enorme y tonta cabeza de su hijo contra su frente. A ella le habría encantado ver a Bobo casarse. Convertirse en papá. A veces, la vida es tan, pero tan jodidamente difícil que apenas si es posible soportarla. Incluso si se supone que debe ser difícil.

* * *

Katia casi ha terminado con su papeleo, cuando el guardia entra corriendo. Ella sabe que ya es demasiado tarde. Ninguno de los clientes de El Granero tenía ganas de enfrentarse con Benji por su tatuaje, pero alguien llamó por teléfono a unos cuantos hombres que no son igual de tolerantes con la libertad artística. Uno de ellos tiene un toro tatuado en el antebrazo. Cuando entran por la puerta, Benji se vuelve hacia el tipo de la camiseta polo y dice:

—¡AHORA sería buen momento para que te movieras de aquí!

Benji sonríe con malicia cuando dice esto, como un niño travieso que puso un cojín de ventosidades en el asiento de una silla. Ninguno de los hombres en la puerta está cerca de tener una condición física tan buena como la de Benji, pero ellos son cuatro y él está solo. Con entusiasmo, se baja de su banco de un salto, como si estuviera contento de que sean tantos, para emparejar las cosas. No se abalanzan sobre Benji, es él quien camina directo hacia ellos, y esto los hace sentirse nerviosos justo el tiempo suficiente para darle una ventaja. El hombre con el tatuaje del toro agarra una botella vacía de cerveza de una mesa, por lo que Benji decide golpearlo a él primero. Pero no tiene oportunidad de hacerlo.

El hombre de la camiseta polo observa a Katia llegar a toda prisa desde su oficina y lanzarse hacia el grupo de recién llegados. Empuja al hombre con la botella de cerveza contra la pared y grita:

—¡Si intentas lanzar un solo golpe aquí dentro tendrás que beber en tu casa durante todo un año!

Entonces gira hacia donde está Benji, y puede ver una mirada en sus ojos que le resulta muy familiar. La misma mirada de su hermana mayor Adri, la misma mirada de su papá. Si no hay guerra, la empiezan.

—Benji… aquí no, hoy no, por favor… —susurra ella.

Katia pone sus manos en el pecho de su hermanito, siente el latido de su corazón. Su pulso está tranquilo, su respiración estable. Cuatro hombres hechos y derechos quieren matarlo a golpes y ni siquiera tiene miedo. Nada aterroriza a Katia tanto como esto.

Él la mira a los ojos. Son como los de su mamá, y no es muy frecuente que Katia le pida algo a su hermanito. Así que Benji le da un beso en la mejilla y se ríe con desprecio de los cuatro hombres en la puerta.

—¿Van a entrar o a salir? Yo me voy a mi casa, así que, si no están tan ocupados tocándose el pito entre ustedes, ¿podrían hacerse a un lado para dejarme pasar?

Los hombres miran de reojo a Katia y a los guardias, y al final dan un paso atrás. A pesar de todo, han dejado su punto en claro: ya no es aceptable venir a Hed con el tatuaje de un oso. Tal vez exista una «Banda» en Beartown, pero aquí también hay hombres que están preparados para enfrentarse a lo que sea.

Al tiempo que Benji sale por la puerta, suelta una carcajada. Los hombres que deja detrás de él están temblando de rabia. Uno de ellos le dice entre dientes a Katia:

—Tiene suerte de ser tu hermano. Acabas de salvarle la vida.

Katia le lanza una mirada fulminante al hombre.

—¿En serio eso es lo que crees? ¿Que le salvé la vida a MI HERMANO?

El hombre intenta sonreír proyectando seguridad en sí mismo, pero su boca está seca. Katia suelta un resoplido. Recoge sus cosas de la oficina y luego va por su auto, pero Benji ya se desvaneció allá afuera, en la noche, donde ella no podrá encontrarlo.

* * *

Todos los deportes son tontos. Todos los juegos son ridículos. Dos clubes, un balón, sudor y gruñidos, y ¿todo eso para qué? Para que finjamos, por unos cuantos momentos apremiantes, que eso es lo único que importa.

Esa noche, Jabalí y Bobo están limpiando el piso del taller. Nunca han platicado mucho como padre e hijo, y tal vez ambos estén preocupados por el hecho de que, ahora, podrían tomar la salida fácil. Hay botellas de bebidas alcohólicas en esa casa, como en las de todos los demás. Así que eligen una alternativa diferente: sacan los autos y mueven las herramientas y la maquinaria, hasta que el garaje está vacío.

Entonces van por sus bastones de hockey y una pelota de tenis. Juegan el uno contra el otro toda la noche, sudando y gruñendo, como si eso fuera lo único que importara.

* * *

Cuando la puerta se cierra detrás de Benji, se va caminando a solas unos doscientos metros bosque adentro. Entonces se detiene con las manos en los bolsillos y mira a su alrededor. Como si estuviera considerando ya sea tratar de encontrar otra forma de complicarse la noche o quizás escoger un árbol para treparlo y fumar hierba en él hasta quedarse dormido. La voz detrás de él resulta, a la vez, esperada e inesperada.

—Nunca he estado involucrado en una pelea en toda mi vida, así que no voy a ser de mucha ayuda si eso es lo que estás buscando. Pero con gusto tomaría una cerveza en algún otro lugar… —dice el hombre de la camiseta polo.

Benji mira por sobre el hombro.

—Entonces, ¿conoces algún buen club nocturno cerca de aquí?

El hombre se ríe.

—Como dije, sólo he estado viviendo aquí por las últimas cuatro horas. Pero... mi casa está disponible. Y tiene un refrigerador.

El hombre nunca había hecho esto antes, invitar a alguien de inmediato a su casa; las cosas nunca han funcionado de esa manera para él. Pero quizás Benji tiene una forma de motivar a la gente para que sea espontánea. Y osada.

Toman el sendero que atraviesa el bosque. El hombre está rentando una cabaña en un campamento a las afueras de Hed, en dirección a Beartown, lo bastante lejos para que no pueda ser vista desde ninguno de los dos pueblos. Se besan por primera vez en el vestíbulo. Cuando, a la mañana siguiente, el hombre despierta en su cama, Benji ya se ha ido.

El hombre encuentra su libro donde se le había caído en el suelo, entre la puerta principal y la recámara. Lo hojea hasta que encuentra la cita que estaba buscando: «Es preciso tener todavía caos dentro de sí para poder dar a luz una estrella danzarina».

* * *

No muy lejos de allí, en un cementerio, un joven dispara discos de hockey contra una lápida. Tiene heridas en sus nudillos, y peores cosas en el interior de su ser. Alan Ovich está muerto, Kevin Erdahl bien podría estarlo. Benji es un hombre que ama a otros hombres, y que pierde a todas las personas que ama.

Es difícil tener más caos adentro.

11

Una última oportunidad de ser ganador

Es imposible medir el amor, pero eso no nos impide idear nuevas formas de tratar de hacerlo. Una de las más simples es el espacio: ¿cuánto espacio estoy dispuesto a darle a la persona que eres para que puedas convertirte en la persona que quieres ser?

En una ocasión, Mira hizo un valiente intento de discutir esto con Peter, usando términos del hockey sobre hielo: «Un matrimonio es como una temporada de hockey, cariño, ¿okey? Ni siquiera el mejor equipo puede jugar a su máximo potencial en todos los partidos, pero es lo suficientemente bueno para ganar incluso cuando juega mal. Un matrimonio es igual: no lo mides con base en las vacaciones en las que tomamos vino antes del almuerzo y tenemos sexo fabuloso, y nuestros problemas más graves son que la arena está un poco demasiado caliente y que el brillo del sol se refleja en la pantalla de tu móvil cuando quieres jugar con él. Lo mides con base en la vida diaria, en casa, en nuestro nivel más bajo, por cómo hablamos el uno con el otro y cómo resolvemos nuestros conflictos».

Peter se enfadó, como si ella hubiera intentado provocar una discusión, y le preguntó qué pretendía. Mira le contestó que quería tener «una conversación adulta sobre nuestros problemas». Peter estuvo reflexionando sobre esto por un tiempo absurdamente largo, hasta que por fin dijo: «Para mí es un problema que siempre dejes dos gotas de leche en el envase y lo pongas de vuelta en el refrigerador, nada más porque te da pereza enjuagarlo y ponerlo en el cubo de reciclaje». Mira se lo quedó viendo y preguntó: «¿Crees que ÉSE es el problema más grande de nuestro matrimonio?». Él se sintió insultado y masculló: «Entonces, ¿para qué PREGUNTAS si de todas maneras sólo vas a criticar mi respuesta?». Ella se masajeó las sienes. Él azotó la puerta principal al salir y se fue a un partido de hockey. Tener una relación que funcione así no está exento de complicaciones.

Esta noche, Mira está sentada a la mesa de su cocina. Ha visto la esquela de su esposo en el periódico. La botella de vino frente a ella está sin abrir, hay dos copas junto a la botella. Hace girar su anillo de boda, vueltas y vueltas y vueltas, como si fuera una tuerca que estuviera tratando de ajustar. A veces se lo ha quitado, nada más para saber qué se siente. Frío, se siente frío, como si su piel se hubiera vuelto más delgada justo ahí.

Ya es tarde cuando Mira oye que el Volvo se detiene afuera. Es algo tonto, ella lo sabe, pero se para justo detrás de la puerta. Porque, cuando oiga los pasos de Peter allá afuera, quiere saber si él pone la llave en la cerradura de inmediato o si primero hace una pausa. Si titubea. Si tiene que quedarse de pie en el exterior de la casa y respirar profundo varias veces, antes de armarse de valor para entrar.

* * *

Peter se detiene con la mano en la perilla de la puerta. Apoya su frente con cuidado en la puerta, como si tratara de oír si la casa respira, si alguien está despierto ahí dentro. No hace mucho, cuando ella creyó que él estaba dormido, oyó que Mira hablaba por teléfono en la cocina con alguien: «Durante veinte años, él me ha dicho que el siguiente año por fin sería mi turno para centrarme de lleno en mi carrera. El siguiente año. ¿En verdad cree que sólo a él lo motiva la necesidad de descubrir qué tan bueno puede llegar a ser en algo?».

Durante veinte años, Peter se ha dicho a sí mismo que no hace esto por él, sino por los demás. Se convirtió en jugador profesional de hockey en Canadá para poder mantener a su familia. Tomó el empleo de director deportivo en Beartown porque su familia necesitaba un lugar seguro después de haber perdido a Isak. Luchó por el club porque estaba luchando por el pueblo. Porque el Club de Hockey sobre Hielo de Beartown era el orgullo de esta comunidad, la única forma que tenía toda esta región del país de hacer que las grandes ciudades se acordaran de que aún había gente viviendo aquí. De que aún podían darles una paliza.

Sin embargo, Peter ya no está tan seguro. Tal vez sólo está siendo egoísta. Intenta dejar de pensar en la esquela. Siempre ha sido propenso a sentir ansiedad, preocupado por todo de manera constante, desde las cuentas hasta si la cafetera está apagada; pero esta noche es diferente. Esta noche tiene miedo.

Justo ha metido la llave en la cerradura de la puerta, cuando un clic metálico hace que se estremezca. La puerta de un auto se abre detrás de él, en la oscuridad de la calle.

Un hombre vestido de negro se baja del auto y camina hacia él.

* * *

Dos autos viajan a través del bosque. Uno de ellos llega hasta el criadero de perros, y un hombre con una chaqueta negra, cuyo pecho musculoso hace imposible que pueda abrochársela, se baja del vehículo. Estrecha la mano de Adri, quien iba a la preparatoria con él hace media vida, y ella no tiene nada en contra de él, más que el hecho de que es menos perspicaz que un borracho intentando usar una cámara fotográfica desechable. Alguna vez, Adri tuvo que explicarle que el sur en el mapa no significa un declive en la vida real y, en otra ocasión, que las islas no flotan de manera libre en el agua, sino que están fijadas al fondo del océano. El árbol genealógico de este hombre no tiene muchas ramas. Ella nota que él tiene un tatuaje nuevo en su mano, una telaraña tan irregular que la obliga a preguntarle:

—Pero qué carajos… ¿Perdiste una apuesta o algo así?

—¿Qué? —responde él sin comprender, y se queda mirando su mano, claramente sin pensar en el hecho de que parece que quien lo tatuó hacía su trabajo en la oscuridad.

Alguien lo llamó una vez «Araña» en la preparatoria, porque tenía piernas largas, delgadas y velludas. Era el tipo de muchacho al que no le importaba cómo le dijeran, siempre y cuando supieran quién era, de modo que asumió el insulto. Desde entonces, se ha hecho al menos una docena de tatuajes siguiendo la temática de las arañas, y todos tienen la apariencia de que fueron obra de borrachos sentados encima de una secadora de ropa.

Adri mueve la cabeza de un lado a otro con cansancio y abre el maletero del auto de Araña, que está lleno de cajas de bebidas alcohólicas. Se da cuenta de que el otro auto está esperando como de costumbre donde termina el camino, a la orilla del bosque. El chofer permanece sentado para tener tiempo de advertirles si se acerca algún visitante inoportuno, pero el pasajero se baja del vehículo. Adri también lo conoce de muchos años y, a diferencia de Araña, en definitiva, no es ningún idiota. Eso es lo que lo vuelve peligroso.

Su nombre es Teemu Rinnius. No es alguien que se distinga por ser muy fornido ni muy alto, y su cabello está tan bien arreglado que sus mejores amigos le dicen «el contador», pero Adri lo ha visto pelear y sabe que la cabeza debajo de ese peinado está hecha de concreto. Patea tan duro que, en este pueblo, son los caballos los que tienen miedo de pararse detrás de él. Cuando era más joven, él y su hermano menor tenían tan mala fama que los cazadores bromeaban diciendo cosas como: «¿Sabes por qué nunca debes atropellar a los hermanos Rinnius cuando van en bicicleta? ¡Porque probablemente es tu bicicleta!». Pero ahora que es mayor ya no cuentan chistes sobre él, y si hoy en día alguien de fuera viene al pueblo y pregunta por Teemu Rinnius, hasta el niño más pequeño tiene la cautela para contestar: «¿Quién?».

Teemu no tiene puesta una chaqueta negra, no le hace falta. Abre la puerta trasera del auto y deja salir a dos perros. Se los compró a Adri cuando eran cachorros, de modo que si alguien pregunta qué está haciendo aquí esta noche, puede alegar que está pensando en comprar uno más. No tiene ningún calendario de entregas, ni horarios fijos; Adri recibe una llamada telefónica con dos horas de anticipación, y luego Teemu se aparece cuando ya ha oscurecido. Ella le dice «el mayorista», mitad con afecto, mitad con sorna. Ella es la minorista. Dos autos no pueden ir de puerta en puerta en Beartown dejando botellas de alcohol sin llamar la atención; en cambio, todos saben que los cazadores de la región acostumbran pasar por el criadero con regularidad para ver a los cachorros y tomar café. Es probable que vengan aquí con demasiada frecuencia, esos cazadores, en especial justo antes de los fines de semana. Pero si le preguntas a cualquiera de estos rumbos por Adri, todos dirán lo mismo: «Hace un café jodidamente bueno».

Los hombres con chaquetas negras siempre tienen dos autos, y Teemu nunca se sienta en el que transporta el alcohol. Hay investigaciones policiales que sostienen que él es el líder de «una violenta pandilla de vándalos conocida como la Banda, que son fanáticos del Club de Hockey de Beartown». Abundan las historias acerca de su influencia sobre los asuntos del club, de jugadores del primer equipo bien pagados pero con un mal desempeño, que han roto sus propios contratos de forma voluntaria; sin embargo, nunca ha habido ninguna evidencia de todo esto. Y, como es natural, no hay evidencia de que la Banda se dedique al contrabando organizado de bebidas alcohólicas o al comercio de autos y motos de nieve robados. Nunca ha habido siquiera evidencia alguna de que la Banda haya amenazado a alguien, como sí tienen que hacerlo por lo regular las redes criminales que hay en todos lados para confirmar sus credenciales de gente violenta. Las investigaciones policiales sostienen que la Banda no necesita amenazar a nadie, porque usan los partidos de hockey para hacerse publicidad como si fueran su escaparate. La teoría dice que cualquiera que haya visto a las chaquetas negras llenar la grada de pie en la arena de hockey, o que se haya enterado de lo que les han hecho a los aficionados de otros equipos que los retaron, comprendería la seriedad de la situación si esa gente tocara el timbre de su casa.

Sin embargo, es obvio que todas esas cosas son disparates. Rumores y exageraciones de citadinos que han visto demasiadas películas. Si les preguntas a casi todas las personas que viven en Beartown acerca de la Banda, lo único que responderán es: «¿Cuál banda?».

Cuando Adri levanta la última caja de botellas que queda en el maletero, nota que debajo de ella se encuentra una enorme hacha. Pone los ojos en blanco.

—Ay, Teemu, ¿es en serio? ¿No crees que es algo sospechoso que tengas un hacha en el maletero cuando todos los polis en el estado han visto las fotos del auto de esa concejala en Hed?

No hay muchas personas que se atrevan a usar ese tono con Teemu, pero a él parece divertirle:

—Piensa en esto, Adri: después de lo que pasó con el auto de esa pobre mujer en Hed, ¿no sería más sospechoso que NO trajéramos hachas en nuestros autos?

Adri rompe en carcajadas.

—Eres un idiota. Aunque en realidad no lo eres.

—Muchas gracias —dice Teemu con una sonrisa.

* * *

Cuando Ana se ha quedado dormida por las noches en la isla, Maya permanece despierta y escribe letras de canciones que hablan de odio. A veces sigue haciéndolo por tanto tiempo que termina escribiendo acerca del amor. No de ese tipo de enamoramiento loco y apasionado, sino del tipo que es aburrido y para toda la vida. No sabe por qué, pero durante este verano está pensando mucho en sus padres. Cuando eres adolescente deseas que carezcan de instinto sexual, pero en algún momento de nuestras vidas, los recuerdos más ínfimos de las muestras de afecto entre nuestros padres se graban en nuestro ADN. Los padres que se divorcian, como los de Ana, pueden hacer que un niño jamás crea en el amor eterno. En cambio, los padres que se mantienen juntos por toda una vida pueden hacer que un hijo lo dé por sentado.

Maya recuerda cosas muy insignificantes de su infancia y adolescencia. Como la manera en la que su mamá se ríe cuando ella describe la forma de vestir de su papá como «policía de civil en una fiesta de preparatoria». O la manera en la que, cada mañana, su papá agita el envase de leche prácticamente vacío y murmura: «Bienvenidos a nuestro intento del día de hoy de romper el Récord Mundial Guinness, en el que trataremos de preparar la taza de café más pequeña del mundo». La manera en la que su mamá pierde el control si hay calcetines tirados en el piso y la manera en la que su papá quisiera presentar ante un tribunal de crímenes de guerra a cualquiera que no seque el escurridor de trastes. La manera en la que su mamá se mudó de un lado a otro del mundo dos veces por el hockey de su papá y la manera en la que su papá, a escondidas, observa con admiración a su mamá cuando está en la cocina atendiendo llamadas de negocios. Como si ella fuera la persona más inteligente, divertida, obstinada y discutidora que jamás haya conocido, y todavía no pudiera creer del todo que ella sea suya.

La manera en la que Leo y Maya no supieron los nombres de sus padres por años, pues sólo se decían «querida» y «cariño». La manera en la que nunca han pronunciado la palabra «divorcio», ni siquiera cuando están peleados, porque saben que eso es como una bomba atómica, y si amenazas con eso una sola vez, en adelante todas las discusiones terminarán de la misma forma. La manera en la que ahora, de repente, parecen haber dejado de reñir por pequeños detalles; la manera en la que la casa se ha vuelto más silenciosa, la manera en la que apenas si pueden verse a los ojos después de lo que le pasó a Maya. La manera en la que no pueden armarse de valor para mostrarse qué tan destrozados quedaron por ello.

Los hijos notan cuando los padres se pierden el uno al otro de las formas más diminutas; puede ser algo tan insignificante como una sola palabra, por ejemplo «tu». Maya ahora les envía mensajes de texto todas las mañanas y finge que es para que sus padres dejen de preocuparse por ella, aunque en realidad sea al revés, pues está acostumbrada a que se refieran entre ellos como «mamá» y «papá». Como cuando dicen «Mamá no quiso decir en serio que estabas castigada por mil años, amor», o «Papá no destruyó tu muñeco de nieve a propósito, corazón, sólo se tropezó». Pero un día, de repente, casi como si fuera dicho de pasada, uno de ellos escribe: «¿Podrías llamar a tu mamá? Se preocupa mucho cuando no estás en la casa». Y la otra escribe: «Recuerda que tu papá y yo te amamos más que a nada en el mundo». Dos letras pueden revelar el fin de un matrimonio. «Tu». Como si ellos dos ya no se pertenecieran el uno al otro.

Maya está sentada en una isla en medio de un lago, en lo

profundo del bosque, y escribe canciones sobre todo esto porque no puede soportar estar en casa y verlo suceder.

CAMPO MINADO

Ustedes caminan sobre un campo minado
Cada palabra, una bomba, pero siguen andando
Hasta que se oye un «clic» suave debajo de un pie
Y entonces ya es muy tarde para intentar volver.

Lo peor de ser víctima es que ustedes son mis víctimas también
Y no puedo componerlos, aunque lo intentara una y otra vez
Como si yo hubiera muerto, pero ustedes son los enterrados
Como si él me hubiera roto, pero ustedes se derrumbaron.

* * *

Los hombres con chaquetas negras estrechan la mano de Adri y se van a sus autos, pero Teemu se queda donde está y enciende un cigarro. Adri se echa a la boca una porción de tabaco de mascar del tamaño del puño de un bebé. Ella tampoco es ninguna idiota, sabe muy bien quiénes son los que conforman la Banda y de lo que son capaces, pero ella es una persona pragmática.

Durante un verano hace varios años, Beartown sufrió una serie de robos a casas. Una pandilla llegaba de noche en furgonetas; una vez le pegaron a un anciano que intentó detenerlos y, en otra ocasión, un vecino llamó a la policía mientras robaban en una casa. Una solitaria patrulla se apareció tres horas después. Adri recuerda que, unos cuantos meses antes, hubo reportes de cacería ilegal de lobos en el bosque, no muy lejos de aquí, y la policía acudió en helicópteros con la Unidad Nacional Anticrimen y un equipo de fuerzas especiales. Cualquiera que sea tu opinión al respecto, cuando Adri ve que los lobos reciben mejor protección que los jubilados, le tiene más fe al criminal a su lado que a los criminales en el gobierno nacional y en el ayuntamiento. Esto no tiene nada que ver con la moral. En el fondo, la mayoría de la gente es como ella: pragmática.

Cuando la pandilla de ladrones volvió, los hombres con chaquetas negras los estaban esperando. Esa noche, todos los demás en Beartown cerraron sus puertas, subieron el volumen de sus televisiones, nadie hizo preguntas después. Ya no hubo más robos en las casas de los habitantes. Teemu es un lunático, y Adri no le discutiría eso a nadie, pero él ama este pueblo de la misma forma que ella. Y ama el hockey. Es por eso que, ahora, sonríe muy alegre:

—Benji va a jugar en el primer equipo este otoño, ¿no? ¡Debes estar condenadamente orgullosa! ¿Ya viste el calendario de juegos? ¿Tu hermano está emocionado?

Adri asiente. Ella sabe que, sobre el hielo, Benji es todo lo que Teemu quiere que un jugador de Beartown sea: duro, valiente, malicioso. Además, es de por aquí, un talento local, un chico típico del pueblo. Eso les encanta a los hombres como Teemu. Y sí, Adri ya vio el calendario de juegos, lo publicaron en internet esta mañana. Beartown se enfrentará al Club de Hockey de Hed en el primer partido del otoño.

—Va a jugar, si es que todavía hay un Club de Hockey de Beartown en el que pueda hacerlo —dice ella con una risa mordaz.

Teemu sonríe, pero su mirada se vuelve más difícil de descifrar.

—Confiamos en que Peter Andersson lo resolverá.

Adri lo mira con los ojos entrecerrados. Fue la Banda la que se aseguró de que Peter ganara la votación en la primavera y conservara su puesto de director deportivo; nadie puede probarlo, pero todos lo saben. Sin los votos de la Banda, Peter habría quedado fuera de la organización. Ahora el club ha perdido a casi todos sus patrocinadores, que dejaron a Beartown para irse a Hed, por lo que es claro que la Banda estaba tomando un gran riesgo. Ramona, la dueña de La Piel del Oso, acostumbra decir que «Teemu tal vez no sepa cuál es la diferencia entre lo que está bien y lo que está mal, pero, demonios, sabe cuál es la diferencia entre el bien y el mal». Tal vez tenga razón. La Banda tomó partido en contra de Kevin, el jugador estrella del equipo, y a favor de un director deportivo y su hija. Pero ésa podría convertirse en una peligrosa carga para el director deportivo si lleva el club de la Banda a la quiebra.

—¿De verdad todos ustedes confían en Peter? Vi su esquela en el periódico —señala Adri.

Teemu alza una ceja.

—Tal vez alguien estaba tratando de hacer una broma.

—¡O tal vez alguien de tu grada estaba tratando de enviar un mensaje!

Teemu se rasca la frente con falsa preocupación.

—Es una grada enorme. No puedo controlarlos a todos.

—Si Benji termina involucrado en todo esto, los voy a matar a todos ustedes.

De forma repentina, Teemu estalla en carcajadas que retumban entre los árboles.

—No hay muchas personas que me hablen de esa forma, Adri.

—Pues yo soy de las pocas —responde ella.

Teemu enciende otro cigarro con la colilla del último que se ha fumado.

—Fuiste tú quien le enseñó a tu hermano a jugar hockey, ¿no?

—Fui yo quien le enseñó a pelear.

El sonido de la risa de Teemu hace eco entre los árboles de nuevo.

—Si ustedes dos pelearan en este momento, ¿quién ganaría?

Adri baja la mirada. Su voz se vuelve más grave.

—Yo. Porque tengo una ventaja injusta. Benji no puede hacerles daño a las personas que ama.

Teemu asiente con admiración. Le da unas palmaditas a Adri en el brazo y dice:

—Sólo le pedimos una cosa a Benji en la pista. Lo mismo que les pedimos a todos.

—¿Que dé su mejor esfuerzo y se divierta? —sugiere ella con aspereza.

Teemu sonríe. Al final, ella también. Porque sabe lo que él quiere decir. Que gane. Eso es todo lo que cualquiera te pedirá en estos rumbos. Teemu le extiende un sobre a Adri y dice:

—Ramona se enteró de que Sune y tú crearon un equipo femenino para niñas de cinco años. Esto es del fondo.

Adri alza la mirada, sorprendida. «El fondo» es una pequeña caja con dinero en efectivo que Ramona tiene en La Piel del Oso para los clientes habituales que pierden sus empleos y no pueden pagar las cuentas. Todas las propinas terminan en esa caja, y la gente deja más propinas en La Piel del Oso de lo que podría creerse. Teemu siempre paga el doble por su cerveza, pues en cierta ocasión, cuando era más joven y había echado a uno de los novios más desagradables de su mamá, alguien pasó por su casa y le dio a su familia un sobre como éste. Teemu nunca dejó que alguien le pegara a su mamá de nuevo, y cuando tuvo la edad suficiente para construir la Banda, nunca olvidó la generosidad de los clientes regulares de La Piel del Oso. Ahora, él dice:

—Para bastones y patines. O lo que sea que las niñas necesiten.

Adri asiente, agradecida. Cuando Teemu se da la vuelta para regresar a su auto, ella lo llama en voz alta:

—¡Oye! ¡Dale una oportunidad a Peter Andersson! ¡Tal vez encuentre una forma de salvar al club!

Teemu cierra el maletero, con el hacha todavía ahí dentro.

—Le estoy dando una oportunidad a Peter. Si no fuera así, ya se habría ido del pueblo.

* * *

Peter está de pie afuera de su casa, pero suelta la perilla de la puerta, saca la llave de la cerradura y, ansioso, se vuelve hacia la calle. Richard Theo camina hacia él, vestido con un traje negro a pesar de que es pleno verano. Hasta donde Peter puede recordar, nunca se han hablado, pero desde luego que sabe muy bien quién es Richard Theo. Sabe cuál es la clase de posturas políticas que él representa, y esas posturas no le agradan a Peter. Son agresivas, enfrentan a la gente y, sobre todo, han sido varias las veces en las que Theo le ha dado a Peter la impresión de que él en realidad odia el hockey.

—Buenas noches, Peter, espero no molestar —dice Theo.

Hay algo de ominoso en su afabilidad.

—¿Puedo ayudarte en algo? —pregunta Peter, un poco confundido.

—No, pero yo puedo ayudarte a ti —responde Theo.

—¿Con qué?

La boca del político dibuja una sonrisa.

—Puedo salvar tu club de hockey, Peter. Puedo darte una última oportunidad de ser ganador.

12

Estoy lista para arder aquí dentro

A cualquier persona que dedique su vida a llegar a ser la mejor en una sola cosa, tarde o temprano le hacen la misma pregunta: «¿Por qué?». Pues si quieres convertirte en el mejor en algo, tienes que sacrificar todo lo demás. Cuando Mira conoció a Peter, esa noche en la capital, justo cuando Peter había perdido el partido de hockey más grande de su vida y entró al restaurante de los padres de Mira sintiéndose deshecho, eso fue lo que ella le preguntó: ¿por qué?

Peter nunca pudo contestar la pregunta de verdad, y esto la irritaba hasta volverla loca, pero muchos años después, cuando ya estaban casados y tenían hijos y toda una vida juntos, Mira leyó una cita centenaria de un alpinista, a quien le preguntaron: «¿Por qué quieres escalar el monte Everest?». El alpinista respondió desconcertado, como si la pregunta fuera inconcebible y la respuesta obvia: «Porque está ahí».

Mira lo entendió entonces, pues ¿por qué quiso ella ir a la universidad, cuando nadie más en su familia lo había hecho? ¿Por qué escogió una carrera en el derecho, cuando todos le habían dicho que sería demasiado difícil? ¿Por qué? Para averiguar si podía hacerlo. Porque quería escalar esa maldita montaña. Porque estaba ahí.

Así las cosas, ella sabe qué es lo que está pasando ahora, tal vez antes de que el propio Peter lo entienda. Ella está de pie detrás de la puerta principal, y alcanza a oír lo suficiente de su conversación con Richard Theo. Su esposo va a encontrar una forma de salvar su club y de volverse indispensable de nuevo. Como siempre lo hace. Mira está sentada en el vestíbulo hasta que oye que el Volvo arranca y, a través de la ventana, ve a Peter desaparecer. La botella de vino permanece sin abrir. Mira coloca las copas de vuelta en la alacena, la piel debajo de su anillo de boda se siente fría cuando va a acostarse. Transcurrirá una noche, y mañana ella se despertará e intentará fingir que todo está bien, a pesar de que sabe que cada día que pasa significa que la espera será todavía más larga para que llegue el año que entra.

* * *

Peter maneja solo durante horas, sin dirección alguna. Constantemente se hace las mismas preguntas: «¿Cuánto vale un club de hockey? ¿Para quién es? ¿Cuánto debe costar?». Y en algún lugar debajo de estas preguntas, hay otras interrogantes. «¿Qué puedo hacer aparte del hockey? ¿Qué tipo de hombre sería sin él?».

Nunca ha amado a nadie más que a Mira, y sabe que ella estaría muy feliz si él renunciara al hockey, pero en lo más profundo de su ser, ¿de verdad lo estaría? Ella se enamoró de un hombre con sueños y ambiciones, así que ¿con qué ojos lo miraría su esposa si los años tan sólo pasaran y él nunca llegara a ser alguien?

Cuando llega el alba, la luz se derrama sobre Beartown de la forma en que la mamá de Peter siempre la describía al hablar del verano: «Como si Dios Padre mismo estuviera vertiendo jugo de naranja sobre las copas de los árboles». Peter está sentado afuera del supermercado, con los ojos cerrados, haciéndose las mismas preguntas una y otra y otra vez.

Lo primero que Richard Theo le dijo anoche fue: «Mis posturas políticas no te gustan, ¿verdad?». Peter respondió con aire pensativo: «Con todo respeto, yo me aparto de lo que tú representas. Eres un populista». Theo asintió, al parecer sin ofenderse en absoluto: «Solamente eres un populista hasta que ganas, entonces eres parte de la clase dirigente». Cuando vio la mirada de aversión de Peter, añadió: «Peter, con todo respeto, la política se trata de darse cuenta de que el mundo es complicado, aunque gente como tú preferiría que fuera algo simple».

Peter movió la cabeza de un lado a otro. «Tú prosperas gracias a la discordia. Tus políticas crean conflictos y exclusión». El político sonrió de forma comprensiva. «¿Y el hockey? ¿Qué crees que les hace a todos los que no están dentro de ese mundo? ¿Siquiera me recuerdas de la escuela?». Peter se aclaró la garganta incómodo y murmuró: «Estabas en una clase varios grados por debajo de la mía, ¿no?». Richard Theo negó con la cabeza, sin expresar ira y sin juzgar, casi con resignación: «Estábamos en la misma clase, Peter».

Peter no sabe si Theo había planeado eso para descolocarlo; en ese caso, le funcionó. Cuando Peter bajó avergonzado la mirada al suelo, el político sonrió con satisfacción, y luego explicó en términos muy sencillos por qué había venido a ver a Peter: «Tengo algunos contactos en Londres. Sé qué compañía va a comprar la fábrica de Beartown».

«Ni siquiera sabía que la iban a vender...» exclamó Peter, pero el político se limitó a encogerse humildemente de hombros. «Es mi trabajo saber cosas que nadie más sabe, Peter. También sé muchas cosas sobre ti. Por eso estoy aquí».

* * *

A la mañana siguiente, Leo se despierta en una casa vacía. Su mamá dejó una nota en la mesa de la cocina: «Estoy en el trabajo, tu papá está en la arena de hockey, llama si necesitas algo. Hay

dinero extra en la encimera. ¡Te queremos! Mamá». Leo ya no es
un niño. Él también nota la palabra «tu». Tu papá. No es la media
naranja de mamá.

El muchacho entra a la habitación de su hermana mayor, cierra la puerta y se acurruca en el piso. Debajo de la cama están los
cuadernos de Maya, llenos de poemas y letras de canciones, y él
los lee a través de distintos tipos de lágrimas. A veces las de su
hermana, a veces las suyas. Maya nunca fue como otras hermanas mayores, que gritan y echan a sus hermanos menores de sus
habitaciones. Cuando Leo era más pequeño, podía entrar aquí.
Maya lo dejaba dormir en su cama cuando tenía miedo, cuando
escuchaban a escondidas a sus papás que estaban en la cocina y
los oían derrumbarse cuando hablaban de Isak. El piso alrededor
de la cama de Maya siempre fue el lugar más seguro para Leo.
Pero él ya creció, y Maya está pasando todo el verano con Ana en
el bosque. Leo acostumbraba pedirle consejo a Maya para todo,
por lo que ahora no sabe a quién hacerle preguntas, acerca de
qué se supone que un hermano menor debe hacer por su hermana mayor cuando ella es víctima de una violación. O qué puede
hacer por sus padres cuando están distanciándose. O qué puede
hacer con todo el odio.

En la última página de uno de los cuadernos debajo de la cama
de Maya, encuentra la letra de una canción llamada «El cerillo».
Con cuidado arranca la página del cuaderno y la mete en su bolsillo. Entonces se va rumbo a la playa.

Sigue rascándose todo el tiempo, con fuerza y hundiendo las
uñas. Jala las mangas más abajo, y cubre sus manos.

* * *

Esos días lluviosos podrían haber sido una oportunidad para que
las emociones en Beartown y Hed se enfriaran, pero William Lyt

se abrió paso a través de ellos entre gotas de sudor. Su entrenador le dijo alguna vez que nunca había visto a alguien jugar con «una necesidad tan grande de reafirmarse a sí mismo». Tal vez lo dijo como un intento de hacer que William hablara sobre sus complejos, pero William lo tomó como un cumplido.

Desde que era niño, Lyt luchó por llegar a ser el mejor amigo de Kevin otra vez. Lo fue cuando eran pequeños, cuando manejaban cochecitos de pedales afuera de la casa de Kevin y jugaban hockey con una pelota en el sótano de William. Entonces empezaron a jugar hockey, y Benji se apareció de repente. Desde entonces, Kevin ya nunca estuvo al lado de William en las fotos del equipo. Lyt hizo lo que pudo para quebrar a Benji, se burlaba de su ropa barata de segunda mano y lo llamaba «Trineo». Hasta que Benji lo golpeó en la cara con su trineo, lo que le costó a William tanto sus dientes incisivos como el respeto del vestidor. La madre de William exigió que Benji fuera castigado por «la agresión», pero el club no hizo nada.

Cuando fueron más grandes, William intentó eclipsar a Benji presumiendo de las chicas con las que alegaba que se había acostado y pintándose como un amigo más divertido en las fiestas que ese drogadicto trepador de árboles. Estaba mintiendo, por supuesto: permaneció virgen por más tiempo que la mayoría del equipo. Sin embargo, un día Kevin entró a los vestidores y gritó: «¡William! ¡Tus novias te están esperando allá afuera!». William se puso de pie, confundido, y salió de la habitación. El pasillo estaba vacío, pero en el suelo yacía un paquete de diez calcetines blancos. Kevin estalló en carcajadas burlonas: «¡Con esto tu mamá no tendrá que lavar CADA VEZ que te "acuestes" con una de tus "novias"!». William nunca olvidó la forma en la que todo el equipo se rio de él. En especial las risas de Benji. Durante años, William jugó llevando a cuestas una necesidad extrema de reafirmarse, ¿y ahora? El Club de Hockey de Hed representa para él un borrón y cuenta nueva, una oportunidad de por fin convertirse en líder. Jamás va a permitirse ser el muchacho de los calcetines otra vez.

Durante este verano, mientras llovía, había estado entrenando con pesas sin parar y mirando fijamente el video en internet de sus banderas rojas del Club de Hockey de Hed en llamas. Una y otra vez. Tenía la esperanza de encontrar una pequeña pista de la identidad del bastardo cobarde que lo publicó, y al final descubrió algo: la mano que sostenía el encendedor en el video era pequeña, como de un chico de secundaria, y cuando la manga de su camiseta se deslizó por su muñeca y más allá, parecía como si su antebrazo estuviera cubierto de arañazos.

William llama a los muchachos más grandes de su equipo. Compran cigarros y parten hacia la playa.

* * *

EL CERILLO

Si encierran en un cuarto sin luz a un niño que le teme a la
oscuridad
Si lo dejan ahí con su miedo más terrible pues la vida es una
maldita
Si estuvieras en ese cuarto y hallaras un cerillo en tu bolsillo y
nada más
Encenderías ese cerillo incluso si el cuarto oliera a gasolina

Son sólo unos grados los que separan a la lluvia de la nieve
Las casas se construyen hacia arriba, pero si arden se vienen
abajo

Tú me has mostrado tantas cosas que temo más que la muerte
Así que estoy lista para arder aquí dentro si lo hago a tu lado

* * *

Cuando el sol regresa a Beartown, la playa se llena otra vez de adolescentes que fingen que no están mirando fijamente los cuerpos de los demás. En un principio todo es felicidad y alboroto, pero, en poco tiempo, un silencio, fruto del temor, avanza con sigilo a lo largo de la orilla del agua. Dos muchachos trepan un árbol y cuelgan nuevas banderas del Club de Hockey de Hed. Entonces, William Lyt empieza a merodear entre las toallas en busca de su presa, se detiene frente a cada chico de secundaria que encuentra y le extiende un cigarro:

—¿Tienes un encendedor?

Nadie lo mira a los ojos. Agarra el brazo de cada muchacho y revisa si tiene arañazos. Es posible que ni siquiera el propio William sepa en realidad qué es lo que espera encontrar, pues ¿quién se atrevería a admitir algo ante él aquí? Sin embargo, quiere que al menos tengan miedo. Que no vuelvan a retar a su equipo. Por cada adolescente que dice no con la cabeza mientras tiene la mirada clavada en la arena, el corazón de William se siente un poco más ligero; por cada adolescente que no se atreverá a fumar durante todo el verano, William se siente un poco más grande.

Pero, entonces, se oye el sonido de un objeto que raspa contra otro. Primero una vez y luego, de inmediato, sucede de nuevo, y entonces se escucha un leve siseo cuando la llama se prende. Una voz aguda detrás de William dice:

—¡Yo tengo un encendedor!

Los dedos de Leo no tiemblan. Su manga se recorre. Los arañazos en su brazo resaltan con intensidad.

* * *

«¿A qué… a qué te refieres cuando dices que sabes muchas cosas sobre mí?», logró decir Peter anoche. Richard Theo contestó con despreocupación, casi animado: «Sé que el Club de Hockey de Beartown está a sólo tres meses de caer en la quiebra, cuando mucho, incluso si tu amigo Frac vende uno más de sus supermercados. Y sé que Sune, el entrenador de tu primer equipo, está enfermo».

Peter no hizo más que quedarse boquiabierto, mirándolo. Al inicio del verano, Sune empezó a tener problemas con su corazón; fue Adri Ovich quien lo encontró en el suelo de su casa adosada, cuando no se presentó a las clases de patinaje del recién formado equipo femenino infantil. Adri llamó a Peter desde el hospital, pero Sune les pidió a ambos que no le contaran a nadie más. Fue sólo «una pequeña contracción» de sus músculos cardiacos, y Sune no quería convertirse en «ningún jodido mártir».

Naturalmente, guardaron silencio; pero, a decir verdad, no fue sólo por Sune, Peter también tenía sus propias razones egoístas: no podía reclutar a un nuevo entrenador sin patrocinadores ni dinero, no podía convencer a los jugadores del equipo de que firmaran nuevos contratos sin un entrenador, y sin jugadores no había forma de que pudiera atraer aquí ni a patrocinadores ni a un nuevo entrenador.

«Como dije», afirmó ayer Richard Theo en voz baja, «mi trabajo es saber cosas. Tengo amigos en el hospital. Y también quisiera ser tu amigo». Entonces, con tranquilidad y de forma metódica, Richard le explicó su oferta a Peter: los nuevos dueños de la fábrica van a necesitar inversiones públicas para poder reconstruir la fábrica.

Theo puede arreglar esto. Pero los dueños también se dieron cuenta de que «necesitan tener el apoyo de los residentes locales», por lo que Richard los convenció de que «la forma más rápida de ganarse el corazón de esta gente es a través del hockey».

Peter se retorció, invadido por la desconfianza, e hizo lo posible para mantener su voz firme cuando contestó: «Por lo que he escuchado, los demás partidos no quieren colaborar contigo. ¿Por qué habría de creer que de verdad vas a lograr todo esto?». Theo respondió con serenidad: «Al día de ayer, la arena tenía un enorme adeudo por concepto de energía eléctrica, Peter. Si quisieras llamar y verificarlo, verás que ya está pagado. ¿Ésa es evidencia suficiente?».

Peter se sintió muy incómodo. «¿Por qué nuestro club? ¿Por qué no mejor hablas con el Club de Hed?». El político sonrió de nuevo: «Beartown es conocido por ser muy trabajador. Y lo que ustedes lograron hace veinte años, cuando todo el pueblo apoyó al club, hay mucho poder simbólico en algo así. ¿Qué era lo que ustedes decían? ¿No era "Beartown contra el mundo"?».

Peter gruñó, poniéndose a la defensiva: «Creí que no te gustaba el hockey». Theo se ajustó los gemelos de su camisa y respondió: «Mi posición política siempre será que el dinero de los contribuyentes debe destinarse a empleos y a asistencia médica, Peter, no al deporte».

Peter se rascó la cabeza e intentó no parecer impresionado cuando dijo con amargura: «Así que mejor vas a dejar que el dinero de los contribuyentes vaya a la fábrica, a cambio de que los nuevos dueños patrocinen el club de hockey. Y de esta forma, te convertirás en el político que salvó tanto los empleos como el hockey de Beartown. Y además parecerá que estás ahorrando dinero de los impuestos… que puede invertirse en servicios de asistencia médica… por Dios. Ganarías las siguientes elecciones gracias a todo esto».

Theo metió las manos en los bolsillos del pantalón de su traje, pero sin irradiar una sensación de petulancia. «¿Sabes, Peter?

Tenemos mucho en común. Es sólo que jugamos juegos diferentes. Para que yo pueda jugar el mío, necesito ganar la próxima elección. Para que tú puedas jugar el tuyo, necesitas un club».

* * *

William tiene dieciocho años, y es probable que pese el doble que el chico de doce años que está parado frente a él. Pero Leo no retrocede. Cruza su mirada con la de William, con ojos que parecen pensar que no tienen nada que perder.

Toda la playa está observando, e incluso si William no hubiera querido pegarle a un muchacho seis años menor que él, ahora no hay forma de que pueda dar marcha atrás. Su mano agarra a Leo del cuello, para mantener firme la cabeza del pequeño bastardo, pero entonces algo le pasa al chico de doce años: la estrangulación provoca pánico, su boca se abre por instinto cuando las uñas de William se clavan en la piel debajo de su mentón, Leo empieza a tener arcadas, sus ojos se humedecen. Sólo hay dos reacciones naturales: agarrar con desesperación las manos del agresor, o lanzar golpes con furia y lo más fuerte que se pueda, directo hacia arriba.

El primer golpe de Leo no se topa con otra cosa más que con el aire, pero intenta dar otro puñetazo salvajemente y le pega a William en la oreja. Nadie te lo dice antes de que te involucres en una pelea por primera vez, pero que te golpeen en la oreja es muy doloroso. William afloja la mano por una fracción de segundo, y Leo lo aprovecha. Golpea con todas sus fuerzas, impacta a William debajo de la mandíbula y oye cómo los dientes del muchacho de dieciocho años chocan entre sí con violencia. William debe haberse mordido la lengua, pues cuando se abalanza sobre Leo, la sangre le brota a raudales de la boca, y entonces todo ha terminado. William es demasiado grande como para que el chico de doce años tenga alguna posibilidad de ganar.

* * *

Peter negó con la cabeza una vez más, pero, esta vez, no tan desafiante. «Tú y yo no tenemos nada en común. A ti sólo te interesa el poder». Entonces el político se rio, por primera vez en toda la conversación: «¿En serio crees que eres una persona menos política que yo, Peter? En la primavera, cuando tu hija acusó a Kevin Erdahl de violación y los patrocinadores intentaron destituirte de tu puesto de director deportivo, ganaste la votación gracias a que esa… "Banda"… se puso de tu lado. ¿No es cierto?».

Pequeñas y frías gotas de sudor se desprendieron de los cabellos de la nuca de Peter y descendieron por su espina dorsal. «Eso no fue… yo no tenía ninguna influencia sobre… nunca pedí que…», balbuceó, pero Richard Theo rechazó sus objeciones: «Todo es una cuestión política. Todos necesitan aliados».

El pulso de Peter resonaba en sus oídos cuando preguntó: «¿Qué quieres de mí?». El político respondió con franqueza: «Cuando todo se haga oficial, tú participarás en una conferencia de prensa. Sólo sonríe para las cámaras y estrecha las manos de los nuevos dueños. A cambio, obtendrás una inyección de capital y el control absoluto sobre el club. Nadie interferirá con tu trabajo. Tendrás la oportunidad de construir un equipo ganador. Todo lo que quiero es tu… amistad. No es mucho pedir, ¿o sí?».

Theo sonrió de nuevo, y antes de que Peter tuviera tiempo de contestar, el político concluyó con su punto más importante: «Y un último detalle: obviamente, los nuevos dueños no quieren que los asocien con ninguna forma de violencia. Así que, cuando estés en la conferencia de prensa, tienes que distanciarte de la Banda. Y tienes que decir que vas a deshacerte de la grada de pie en la arena».

Peter no fue capaz de decir una sola palabra. Theo parecía haberlo previsto. Con amabilidad, explicó unas cuantas cosas más y, cuando se fue, Peter se quedó ahí, de pie, sin saber por cuánto tiempo.

Cuando al fin se subió a su auto y se adentró en la noche, un pensamiento retumbaba en su cabeza sin cesar: ¿control sobre el club? ¿Con un presupuesto adecuado? Peter ha sido acusado con frecuencia de verse a sí mismo como alguien que es, en cierta medida, «moralmente superior», y tal vez la gente ha tenido razón. Él considera que un club de hockey es más que un deporte, debe ser una fuerza incorruptible que nunca gobiernan ni el dinero ni la política.

Sin embargo, ¿cuántos de sus ideales está preparado para sacrificar? ¿Qué enemigos está preparado para echarse encima? Si obtiene el poder. Si puede ganar.

Peter va en camino de encontrar las respuestas.

* * *

Richard Theo se subió a su auto y manejó toda la noche hasta un pequeño aeropuerto donde acababa de aterrizar un amigo suyo. Theo estrechó la mano de su amigo, quien dijo, no muy contento:

—Más vale que esto sea digno de mi tiempo.

Theo se disculpó con docilidad.

—Es mejor no discutir ciertas cosas por teléfono.

—Okey —asintió su amigo.

Theo continuó hablando.

—Puedo garantizarles a nuestros amigos en Londres todas las inversiones políticas que necesiten en el terreno y en la fábrica. Pero, a cambio, necesito unas cuantas cosas. Hay una pandilla violenta de vándalos que le está haciendo daño al club. Un concejal no puede hacer mucho para detenerlos, pero un nuevo y poderoso patrocinador podría… bueno, tú me entiendes. Ejercer cierto grado de influencia.

Su amigo asintió.

—¿Otra vez estás con lo del club de hockey? ¿Por qué es tan importante para ti?

—Es simbólico —sonrió Theo.

—Entonces, ¿qué es lo que quieres? —preguntó su amigo.

—Los nuevos dueños tienen que poner una condición para su convenio de patrocinio: que el director deportivo del Club de Hockey de Beartown se distancie públicamente de los aficionados violentos y que se deshaga de la grada de pie en la arena.

—No parece gran cosa.

—No, no lo es. Pero es importante que venga directamente de parte de los dueños, no de mí.

Su amigo le dio su palabra. Se estrecharon las manos. El amigo abordó un avión.

Richard Theo se subió a su auto, y todo el camino de regreso estuvo pensando en que sólo alguien que jamás haya puesto un pie en Beartown diría que esto de lo que acababan de hablar no parecía «gran cosa». Es por eso que Theo siempre está un paso delante de todos los demás. La gente ya no se molesta en investigar primero.

* * *

—¡William! ¡William! —dice entre dientes uno de los muchachos del equipo, en algún lugar. Leo está demasiado aturdido para discernir de dónde viene la voz; está tirado boca arriba en el suelo y no puede ver nada a través de la lluvia de golpes que cae sobre él.

William alza su brazo una última vez, pero otro de sus compañeros de equipo lo sujeta y repite:

—¡William!

Por el rabillo del ojo, William ve que su amigo hace un gesto con la cabeza en dirección al camino que está atrás de la playa. Un auto se ha detenido ahí. Dos hombres con chaquetas negras se bajan del vehículo. No caminan hacia la playa, eso no es necesario. La Banda nunca se ha inmiscuido en las actividades de los adolescentes del pueblo, siempre ha habido una línea divisoria entre la seriedad del hockey en la categoría de los primeros equipos y la diversión del hockey de los equipos júnior. Pero William ya no es un jugador júnior, y esto ya no se trata nada más del hockey.

William suelta a Leo. Se pone de pie, titubeante. Los hombres con chaquetas negras no se mueven. William escupe sangre, y caen gotas de saliva roja sobre su camiseta.

—A la mierda con esto… —masculla en voz baja, para que nadie oiga el temblor en su voz.

Se da la vuelta y se va caminando. Sus compañeros de equipo lo siguen. Los hombres con chaquetas negras permanecen en el camino hasta que uno de los amigos de William entiende la indirecta, trepa al árbol y quita las banderas del Club de Hockey de Hed. Los hombres con chaquetas negras desaparecen sin decir una palabra, pero han dejado el punto en claro. No más Club de Hockey de Hed en territorio de Beartown.

Leo se sienta en su manta, sin tomarse la molestia de limpiarse la sangre de William del rostro. Siente tanto dolor en el cuello que está seguro de que algo se quebró. Uno de sus amigos le da palmaditas en el hombro, otro le da un cigarro. Leo nunca ha fumado en toda su vida, pero es imposible no empezar ahora. Duele de una forma terrible, y se siente increíblemente bien.

Leo no se echó para atrás al estar frente a William Lyt, y ya no hay más banderas rojas colgando de los árboles este verano. Quizás Leo podría haber quedado satisfecho con esto, pero, ahora, su corazón de doce años está latiendo en una frecuencia diferente, pues él ha descubierto algo. La adrenalina. La violencia. Se siente como una obsesión amorosa. Así que, a la mañana siguiente, la madre de William Lyt abrirá el buzón afuera de su casa y se encontrará con que está lleno hasta el tope de encendedores.

La gente como William Lyt no puede ignorar esa clase de provocación. La gente como Leo Andersson cuenta con ello.

13

Así que le dieron un ejército

«¡Todo tiene un precio, todos pagan con algo!». Ésas eran las palabras que salían con más frecuencia de la boca del esposo de Ramona cuando estaba vivo. Lo primero que preguntaba a cualquiera que hubiera comprado algo, ya fuera un auto nuevo o una tostadora usada, era: «¿Cuánto pagaste?». Y sin importar lo que le respondieran, decía con un gruñido: «¡Te vieron cara de tonto! ¡Yo podría haberlo conseguido por la mitad!». Ramona estaba harta de oír eso, pero lo que daría ahora por poder escucharlo una vez más. Él la amaba a ella y amaba el hockey, decía que el círculo central de la arena de hockey de Beartown era el anillo de bodas de ambos, así que no necesitaba tener uno en su dedo. Cuando la vida se tornaba dura, nunca decía «todo va a estar bien», sólo decía «pronto habrá hockey». Si alguien decía «es verano», lo corregía y decía «es la pretemporada». Reacomodaba las páginas de todos los calendarios para que el año empezara en septiembre, porque era entonces cuando empezaba su año, cuando Beartown jugaba su primer partido.

Ya han pasado once temporadas desde que abandonó a Ramona. Hoy, un vendedor de *telemarketing* está sentado en algún lugar, marcando un número sin que le importe en realidad de quién es.

—¿Habla Holger? ¿Cómo está usted el día de hoy, Holger? —dice el vendedor en voz alta cuando le contestan la llamada.

—Holger ha estado muerto desde hace once años. Y antes de eso tampoco estaba tan jodidamente bien, ¿sabes? ¿Qué es lo que quieres, muchacho? —responde Ramona, de pie junto a la barra, con su segundo desayuno en la mano.

El vendedor teclea con ansiedad en su computadora.

—¿Estoy hablando al pub La Piel del Oso?

—Así es —contesta Ramona.

—Ya veo... disculpe, pero Holger todavía aparece registrado en nuestros archivos como uno de los dueños...

—Sigue siendo nuestro pub. Sólo que soy yo la que hace todo el trabajo en estos días.

—Ah, qué es lo que dice aquí... ¿Es usted... «Ramona»?

—Sí.

El vendedor toma impulso de nuevo y dice en voz muy alta:

—¡Excelente! ¿Cómo está usted el día de hoy, Ramona?

—Muchacho, actualmente hay tecnología que puede ayudar a la gente como yo a averiguar el domicilio de la gente como tú.

—¿Pe... Perdón...?

—Ya me oíste.

A esto le sigue un breve silencio. Entonces, el vendedor finalmente se aclara la garganta y, por alguna razón no muy clara, se arma de valor para recitar, un poco demasiado rápido:

—¡Le estoy ofreciendo una suscripción a nuestros productos para el cuidado de la piel! Usted puede recibir en su casa ocho productos diferentes enviados por correo cada mes, pero puede escoger nada más los que quiera conservar y devolver los demás sin costo alguno...

—¿Ocho? —pregunta Ramona, después de un par de tragos prolongados a su desayuno.

—¡Así es!

—¿Y se supone que debo tener una opinión al respecto? Dime, muchacho, ¿de verdad crees que una persona tiene tanta piel?

En el guion que el vendedor sigue no hay una respuesta para preguntas como ésas, por lo que, en su lugar, intenta diciendo:

—Justo ahora tenemos una oferta muy atracti…

La voz de Ramona se escucha al mismo tiempo irritada y apenada, como si estuviera por decirle al vendedor que atropellaron a su gato, pero que, en realidad, fue un fastidio para ella porque la pequeña alimaña brincó para esquivarla las primeras dos veces que intentó arrollarla.

—La gente a la que llamas está muy ocupada tratando de mantener su vida en orden, muchacho. ¿Ocho productos diferentes para el cuidado de la piel? Las personas sólo quieren acabar bien su día.

El vendedor responde con una voz rasposa por las pastillas para la garganta y la resignación.

—Yo también.

—¿Ya desayunaste, muchacho? Es la cerveza más importante del día. Probablemente también es buena para la piel, es fuente de muchas vitaminas.

—Lo voy a probar —promete el vendedor.

—¿Sabes qué, muchacho? Si alguna vez pasas por Beartown, ven al pub por una cerveza, la casa invita.

El vendedor se ríe.

—¿«Beartown»? Ni siquiera sabía que hubiera un lugar que se llamara así.

Ramona cuelga el teléfono. «Todo tiene un precio», dijo Holger antes de abandonarla y, cuando lo enterraron, el pastor dijo lo mismo: «El precio que pagamos por el amor es el dolor, Ramona. Un corazón roto a cambio de un corazón completo». Estaba un poco ebrio en ese momento, desde luego, ese condenado sacerdote. Pero no por eso dejaba de estar en lo correcto. Todos pagan con algo, tanto la gente como las comunidades.

Hubo una época en la que todos los vendedores de *telemarketing* habían oído hablar de Beartown. «¿Beartown? Ustedes son los que tienen ese equipo de hockey, ¿verdad?».

* * *

En el jardín que está al pie de los edificios de apartamentos de alquiler en la Hondonada, varios niños juegan hockey usando la pared de una casa como portería y unas botellas de refresco como postes. Amat está de pie frente a la ventana de su habitación, observándolos. Él jugaba con sus mejores amigos, Zacharias y Lifa. En ese entonces era un juego sencillo. Cada uno con su bastón, una pelota de tenis, dos equipos.

Sin embargo, ahora tienen dieciséis años, casi unos hombres. La Hondonada se ha vuelto un peor lugar, a menos que hayan crecido lo suficiente para darse cuenta de la realidad de su entorno. Si quieres comprender la Hondonada, debes saber que todos los que viven aquí ven al resto de Beartown de la misma forma en la que el resto de Beartown ve a las grandes ciudades: «Para ellos, sólo existimos en la forma de encabezados negativos de un periódico».

Alguna vez, Lifa le dijo a Amat: «Te aman si eres bueno para el hockey, pero sólo dirán que eres de Beartown cuando ganes, cuando pierdas dirán que eres de la Hondonada». Lifa no ha jugado hockey desde hace muchos años; ha cambiado, se ha vuelto más duro. Ahora pasa el tiempo con la pandilla de su hermano, hace entregas en su motoneta llevando una mochila de cuyo contenido Amat no quiere saber nada. Se ven cada vez menos.

Zacharias pasa sus noches en casa jugando videojuegos en una computadora y duerme todo el día. Sus padres se quedan todo el verano en casa de unos parientes, y Zacharias bien podría residir en un país diferente, pues ahora vive toda su vida metido en la internet. Al inicio del verano, Amat lo llamaba por teléfono a diario y le preguntaba si quería acompañarlo a correr, pero Zacharias siempre trataba de convencerlo de que, en lugar de eso, jugaran videojuegos y comieran emparedados tostados, por lo que Amat dejó de llamarlo para no exponerse a la tentación de pasar el verano sin hacer nada. No hacer nada no te lleva a ningún lado, él lo sabe.

Así las cosas, Amat ha estado entrenando solo, poniendo unas pesas sobre su cama y levantándolas en una especie de *press* de banca rudimentario, haciendo flexiones de codos hasta llorar y corriendo a lo largo de la carretera hasta vomitar. Baja por las noches a la lavandería que comparten los inquilinos del edificio y practica sus regates conduciendo discos y pelotas con su bastón entre botellas de vidrio, más y más rápido. Fátima, su mamá, que trabaja en un hospital, llega tarde a casa casi todas las noches porque está ayudando a una amiga enferma, Amat no sabe quién es. No le dice que la extraña, porque no quiere romperle el corazón haciéndola sentirse culpable. Fátima es de esas personas que cuidan a todos los que la necesiten, y su hijo ya tiene la suficiente edad para formarse en la fila.

Sin embargo, esta noche no está entrenando. Tampoco duerme. Por las noches, los demás chicos de su edad en la Hondonada pasan el rato en «la Colina» a la orilla del bosque, que se eleva por encima del viejo yacimiento de grava. Amat puede verlos desde su balcón: cocinan *hot dogs* en parrillas y fuman hierba, hablan de tonterías y se ríen. Sólo están siendo… adolescentes.

Todo tiene un precio. Se dice que tienes que entrenar durante diez mil horas para volverte bueno de verdad en algo, así que ¿cuántas más le costará a Amat poder irse de aquí? Ahora ni siquiera tiene un equipo. Después de todo lo que sacrificó en la primavera por plantarse frente a todos y decir la verdad de lo que Kevin le había hecho a Maya, ya no le queda nada. Ni siquiera le importa al jodido papá de Maya.

Amat se pone un suéter, sale de su apartamento y se dirige a la Colina. La mayoría de los adolescentes que están alrededor de las parrillas lo conocen desde la infancia, pero aun así lo miran como si fuera un animal que había estado cautivo pero que acaba de brincar sobre la valla. Abochornado, se detiene y baja la mirada al suelo, hasta que alguien de repente se ríe y le extiende un cigarro por cuyo contenido prefiere no preguntar.

—Ten, superestrella, ¡es hora de la fiesta! —dice la chica que le pasó el cigarro, con una amplia sonrisa.

La chica es dulce. Y el humo también. Amat cierra los ojos y se deja llevar por la corriente, y cuando ella lo toma de la mano, piensa que, después de todo, tal vez puede quedarse aquí. Todo lo demás puede irse al demonio: el hockey, el club, las exigencias, la presión. Va a permitirse ser normal, tan sólo por una noche. Sigue fumando hasta que se sabotea él mismo y se desvanece en el aire nocturno.

Se descubre sosteniendo una cerveza, no sabe de dónde vino. Entonces, cuando una mano que sale de la nada le pega en el antebrazo con tanta fuerza que se le caen la cerveza y el porro, Amat grita:

—¡¿Qué carajos?!

Se vuelve por instinto y trata de empujar al idiota en el pecho.

Lifa, su amigo de la infancia, ahora es enorme. Su pecho no se mueve ni un milímetro. Agarra a Amat de su suéter y lo lanza con violencia colina abajo.

* * *

Frac, el alto y pesado dueño del supermercado, que casi siempre está de mejor humor que un labrador jugando con un aspersor de agua, se queda en estado de shock, con la mirada fija, cuando Peter le cuenta toda la historia. Están sentados en la oficina de Frac al fondo de la tienda, llena de carpetas con la contabilidad del Club de Hockey de Beartown. Frac es el último patrocinador importante que le queda al club, y está dedicando todo su tiempo a tratar de averiguar por cuántas semanas más puede mantener vivo al club sin la ayuda del gobierno municipal.

—No lo entiendo... ¿por qué querría Richard Theo que te distancies de... —se pone de pie y cierra la puerta antes de terminar la frase con un susurro—: ... la Banda?

Peter se talla las ojeras.

—Los nuevos dueños de la fábrica quieren patrocinar un «deporte familiar». Tiene mejor pinta en los medios. Le han dicho a Theo que quieren que desaparezca el «pandillerismo». Y después de lo que pasó con el hacha que clavaron en el auto de esa concejala, pues...

—Pero ¿cómo lo van a hacer? —pregunta Frac.

Peter cierra los ojos con cansancio.

—Tengo que decir en una conferencia de prensa que el club ha decidido deshacerse de la grada de pie.

—La Banda no son los únicos que ocupan esa grada...

—Lo sé, pero todos los que están en la Banda la ocupan. A Richard Theo no le preocupa lo que suceda, sólo le importan las apariencias.

Los ojos de Frac se abren por completo.

—Ese Theo es un cabrón muy listo. Todos saben que la Banda votó para que te quedaras en esa reunión del club en la primavera. De modo que, si TÚ te distancias de ellos en el periódico, será... más efectivo.

—Y Richard Theo recibirá todo lo que quiere: la fábrica, los empleos, el club de hockey. Puede llevarse el crédito por todo y no lo culparán de nada. Ni siquiera la Banda va a odiarlo, sólo van a odiarme a mí. Y le daremos todo lo que necesita para ganar la próxima elección del ayuntamiento.

—No puedes hacer eso, Peter, la Banda va a… Tú sabes cómo son… En esa pandilla hay varios bastardos dementes, ¡y el hockey es todo lo que algunos de esos locos tienen! —dice Frac.

Él lo sabe bien, pues algunos de los miembros de la Banda son empleados en su almacén. Trabajan duro y se aseguran de que todos los demás en su turno también lo hagan, y si alguien se mete a la tienda a robar, Frac no necesita llamar a ninguna empresa de seguridad, pues el problema será atendido y resuelto. A cambio, Frac programa sus turnos de modo que los muchachos nunca tengan que hacer uso de sus días de vacaciones para viajar a los partidos de visitante del Club de Hockey de Beartown; pero, aunque la policía se presente una semana después, intentando demostrar que los muchachos estuvieron involucrados en un «incidente de violencia pandilleril», sus nombres aparecerán por casualidad en la lista de turnos del almacén, justo en el mismo día y a la misma hora del supuesto incidente. «¿Pandilleros? Aquí no trabaja ningún pandillero», exclamará su patrón sin entender de qué le están hablando. «¿Banda? ¿Cuál Banda?».

Peter retuerce las manos.

—¿Qué otra opción hay, Frac? A Richard Theo sólo le importa el poder, y, por eso, poner el destino del club en sus manos y en las de un grupo de inversionistas desconocidos es… una locura. Pero siendo realistas, si no hacemos esto, el club estará muerto en tres meses.

—Puedo vender otro supermercado o pedir un préstamo con esta tienda como garantía —sugiere Frac.

Peter pone una mano pesada sobre el hombro de su amigo.

—No puedo pedirte que hagas eso, Frac, ya has hecho más que suficiente por el club.

Frac parece ofendido.

—¿El club? El club somos tú y yo.

El semblante serio de Peter se parte en una leve sonrisa.

—Suenas como Sune, cuando no paraba de insistir con lo mismo cuando éramos niños: «El club somos nosotros» —dice, imitando al viejo entrenador.

En su infancia, Frac y Peter odiaban el verano, pues la arena de hockey permanecía cerrada. Se volvieron mejores amigos en un estacionamiento vacío, junto con Jabalí y unos cuantos más, niños a los que no les llamaba la atención nadar en el lago o jugar a la guerra en el bosque. Jugaban hockey sobre el asfalto, con bastones viejos y una pelota de tenis, hasta que oscurecía, y entonces se arrastraban de vuelta a casa con las rodillas raspadas y diez victorias en las finales del Campeonato Mundial en sus corazones. Ahora, están sentados justo en el mismo lote del estacionamiento, pues fue aquí donde Frac construyó su primer supermercado. Él pone su mano sobre una vieja foto del equipo en la pared y le dice a Peter:

—No lo haría por el club, idiota, lo haría por ti. Cuando ganamos la medalla de plata hace veinte años y recibiste el disco al final del partido para que hicieras el último disparo, ¿te acuerdas quién te mandó ese pase?

¿Que si Peter se acuerda? Todos se acuerdan. Frac dio el pase, Peter falló el disparo. Quizás Frac sienta que ganaron la plata, pero Peter sólo siente que perdieron la medalla de oro. Fue su culpa. Pero ahora, Frac se seca los ojos con el dorso de la mano y dice en voz baja:

—Si tuviera cien oportunidades de hacerlo de nuevo, te pasaría el disco las cien veces, Peter. Vendería todas mis tiendas por ti. Eso es lo que haces cuando tienes una estrella en el equipo: confías en él. Le pasas el disco.

Peter clava la mirada en el suelo.

—¿Dónde puede alguien encontrar amigos tan leales como tú, Frac?

Frac se ruboriza de orgullo.

—En la pista de hielo. Sólo en la pista de hielo.

* * *

Un hombre de edad avanzada entra solo a La Piel del Oso arrastrando los pies. Ramona nunca lo había visto sin los otros cuatro que conforman a los cinco tíos. Parece como si hubiera envejecido la mitad de una vida entera, como si los años le hubieran caído encima, todos a la vez.

—¿Han venido los demás por aquí? —pregunta él, refiriéndose a sus grandes amigos con los que ha pasado cada día, hasta donde todos alcanzan a recordar.

Ramona dice que no con la cabeza y le pregunta:

—¿Has intentado llamarlos por teléfono?

El viejo se ve abatido.

—No tengo sus números.

Año tras año, día tras día, los cinco tíos han estado ya sea en las gradas de la arena para ver el hockey o sentados aquí en La Piel del Oso para hablar del hockey. Han utilizado el mismo calendario, en el que cada año empieza en septiembre. ¿Para qué necesitarían el número telefónico de los demás?

El tío permanece un rato de pie frente a la barra, sin saber qué hacer. Entonces se va a su casa. Sus amigos y él eran cinco hombres que se sentaban todos los días en un bar para platicar acerca de deportes. No van a querer convertirse en cinco hombres que se sientan todos los días en un bar sólo para beber.

* * *

Los jóvenes alrededor de las parrillas se han quedado callados. En muy poco tiempo, Lifa ha crecido y pasado de ser un don nadie a ser el tipo de persona con el que nadie de por aquí se mete. Ni siquiera tiene que alzar la voz.

—Cualquiera que le dé a Amat otra cerveza o cigarro jamás volverá a cocinar aquí. ¿Me entendieron?

Más abajo en la colina, Amat tose mientras se levanta con mucho esfuerzo de la grava, hasta ponerse de rodillas. Zacharias, nervioso, está de pie a una corta distancia detrás de él, tiene queso derretido sobre su camiseta. Cuando Lifa fue a su apartamento hace un rato y dijo que se había enterado de que Amat estaba en lo alto de la colina, Zacharias intentó convencer a Lifa de que mejor entrara y comiera un emparedado tostado, pero Lifa sólo se quedó mirándolo hasta que Zacharias fue por un pantalón y decidió mantener la boca cerrada.

—¡Sólo estoy divirtiéndome, Lifa! ¡Ocúpate de tus propios asuntos! —logra decir Amat.

Lifa cierra el puño, pero no lo usa. Sólo se va caminando, decepcionado, hacia los edificios de apartamentos de alquiler. Zacharias ayuda a Amat a ponerse de pie y murmura:

—Tú no eres así, Amat…

—¿Qué quieres decir con que «yo no soy así»? ¡No hay ningún «YO»! ¡Ni siquiera tengo un EQUIPO en el que pueda jugar!

Amat se da cuenta de lo patético que se oye. Lifa regresa subiendo por la colina, acompañado de un grupo de chicos que vienen detrás de él con bastones de hockey en las manos. Lifa pincha el hombro de uno de los chicos.

—¡Dile quién eres cuando estás jugando!

El chico se aclara la garganta con timidez y mira a Amat a través de su flequillo y susurra:

—Yo soy… tú.

Unas cuantas piedras de grava caen del cabello de Amat. Lifa clava el dedo índice en su pecho.

—¿Estás sintiendo lástima de ti mismo?

—Yo no sien… —empieza a decir Amat, pero Lifa lo interrumpe y apunta a su edificio de apartamentos:

—Zach y yo jugábamos hockey contigo en ese jardín todos los días. ¿Crees tú que nosotros lo disfrutábamos todo el maldito tiempo? ¿No crees que Zach hubiera preferido jugar videojuegos?

—Definitivamente —confirma Zach, al tiempo que limpia el queso de su camiseta con cuidado.

Los ojos de Lifa arden.

—Jugábamos contigo todas las noches porque podíamos ver lo jodidamente bueno que eras, Amat. Lo bueno que podías llegar a ser.

—Ahora ni siquiera tengo un EQUIPO, yo… —dice Amat entre gemidos, pero Lifa no lo deja seguir:

—¡Cállate! Vas a irte de aquí, y ¿sabes por qué? Porque ya sea que te rindas o no, estos chicos van a hacer lo mismo que tú hagas. ¡Así que tienes que ponerte a entrenar! Porque cuando seas un jugador profesional en la NHL y te entrevisten en la televisión, vas a poder contarles que eres de aquí. Que eres de la Hondonada, y que hiciste algo de provecho con tu vida. Y cada uno de los muchachos que viven en estos edificios de apartamentos lo sabrá. Y querrán ser como tú, no como yo. —Las lágrimas caen del rostro de Lifa, pero no hace ningún intento de ocultarlas—. ¡Cabrón egoísta! ¿Sabes lo que todos los demás de por aquí darían por tener tu talento?

Las manos de Amat tiemblan. Lifa se le acerca y lo abraza como si tuvieran ocho años de nuevo. Besa su cabello y susurra:

—Vamos a ir a correr contigo. Todos y cada uno de los lunáticos que están aquí van a ir a correr contigo todo el verano, si eso es lo que hace falta.

No está bromeando. Esa noche, Lifa corre de ida y vuelta a lo largo de la carretera al lado de Amat hasta que se desploma, y después de que Amat ha llevado a su amigo de regreso cargándolo en su espalda, Zacharias empieza a correr en sustitución de

Lifa. Cuando ya no puede más, se aparecen otros chicos. Dos docenas de jodidos lunáticos que le prometen a Amat que no van a fumar ni a beber mientras necesite a alguien con quien entrenar.

Dentro de diez años, cuando Amat esté jugando hockey de manera profesional, no habrá olvidado todo esto. Para entonces, algunos de los chicos que estaban aquí habrán muerto de sobredosis, otros habrán muerto de forma violenta, otros estarán en prisión y unos más tan sólo habrán arruinado sus vidas. Pero algunos tendrán una vida, vidas grandiosas y orgullosas. Y todos ellos sabrán que aquí, durante un solo verano, corrieron por una causa. Un reportero entrevistará a Amat en inglés para la televisión, le preguntará en dónde creció y él responderá: «Soy de la Hondonada». Y cada uno de esos lunáticos sabrá qué él se acuerda de ellos.

Amat no tenía un equipo. Así que le dieron un ejército.

14

Una persona forastera

Peter camina solo a través de Beartown. Por delante de la casa adosada donde perdió a su mamá y eludió el duelo de su papá, por delante de la arena de hockey donde encontró un nuevo hogar, a lo largo del lago y a través de los estacionamientos donde encontró a sus mejores amigos, Frac y Jabalí. Cuando le dieron a Peter un contrato como jugador profesional, jugó hockey con ellos la última noche antes de irse a Canadá, sobre el asfalto, con una pelota de tenis, tal y como cuando eran niños. Casi estaba paralizado por los nervios, así que sus amigos le dijeron: «Vamos, hombre, el hockey es un juego simple. Si haces a un lado toda la porquería que hay a su alrededor, las gradas y el público y las tablas de posiciones de los equipos y el dinero, entonces es algo simple. Cada uno con su bastón, dos porterías, dos equipos».

Obviamente fue Sune, su entrenador, quien les metió esa idea en la cabeza a punta de repeticiones. Siempre acudían a Sune para un buen consejo, sobre la vida y sobre el hockey por igual; el entrenador fue más como un padre para ellos de lo que sus verdaderos padres alguna vez lo fueron. Así que ahí es a donde Peter se dirige ahora. Atraviesa el pueblo, hacia la casa de su viejo entrenador, para contarle que le han dado una última oportunidad de salvar su club.

El viejo ha adelgazado bastante, como una secuela de sus

padecimientos del corazón; sus hombros se han hundido, la camiseta con el logotipo del oso le cuelga sobre el estómago más abajo que antes. Es soltero, no tiene hijos, es como un general muy entrado en años que ha vivido toda su vida al servicio del hockey. «¿Cuándo fue que se hizo tan viejo?», piensa Peter, y parece que Sune le está leyendo la mente, pues sonríe divertido y cansado, y le responde:

—Tú tampoco te ves como un fresco capullo de rosa que acaba de florecer, para que te lo sepas.

Un cachorro de perro ladra muy contento alrededor de los pies del viejo, y Sune le dice con irritación:

—¡Al menos finge que estás educado!

—¿Cómo estás? —pregunta Peter.

Sune le da unas palmaditas en el hombro de forma paternal y hace un gesto con la cabeza hacia las profundas ojeras debajo de los ojos de Peter.

—Te ves como me siento. ¿Qué puedo hacer por ti?

Entonces Peter le cuenta todo: cómo puede salvar al oso de la camiseta de Sune, pero sólo con la ayuda de un poderoso patrocinador del que no sabe nada y de un político en quien nadie confía. Y sólo si se deshace de la grada de pie y expulsa a la Banda, los hombres que salvaron su empleo en la primavera, de la arena de hockey.

Sune lo escucha. Entonces dice:

—¿Quieres una taza de café?

—Vine aquí para que me aconsejes —insiste Peter con impaciencia.

Sune niega con la cabeza y bufa:

—Tonterías. Cuando yo era tu entrenador y estabas por ejecutar un tiro libre penal, siempre ibas al banquillo para que todos creyeran que me estabas pidiendo consejo. Eso era muy amable de tu parte, una forma de mostrarle respeto a tu viejo entrenador, pero tú y yo sabíamos que ya habías tomado una decisión. Y ahora, ya tomaste una decisión también. Pasa a tomar algo de café, sabe horrible, pero está cargado.

Peter permanece tercamente donde está parado en el vestíbulo.

—Pero incluso si PUDIERA salvar el club… si no puedes entrenar al equipo, ¡entonces no tengo entrenador!

Sune sólo le responde con una estruendosa carcajada. Es hasta que Peter lo sigue a la cocina cuando se da cuenta de por qué. Los dos hombres no están solos. Hay una persona forastera sentada a la mesa de la cocina. Sune parpadea contento:

—Te presento a Elisabeth Zackell, tal vez la reconozcas. Vino hace rato para decirme que está aquí para quedarse con mi puesto.

* * *

Mira Andersson está sentada en los escalones afuera de su pequeña casa. Espera a un hombre que jamás llega. Sabe qué habría dicho la colega: «¡Hombres! ¿Sabes por qué nunca puedes confiar en los hombres? ¡Porque aman a los HOMBRES! ¡Nadie ama a los hombres tanto como los HOMBRES, Mira! ¡Ni siquiera pueden ver un deporte si las personas que están jugando no son HOMBRES! Hombres sudorosos y jadeantes luchando contra otros hombres, con diez mil hombres en las gradas, eso es lo que los hombres quieren. ¡Puedo apostar a que pronto inventarán una forma de porno que sólo muestre hombres, dirigida a hombres heterosexuales que no se excitan con otros hombres pero que creen que las mujeres no tienen las aptitudes requeridas para tener sexo!».

Muy a menudo, la colega hace reír a Mira. Como la vez en la que un tipo con traje, en medio de una reunión con un cliente, estornudó de forma estruendosa y desvergonzada, sin hacer el más mínimo intento por cubrirse la boca, y la colega exclamó: «¡Vaya con los hombres! ¡Imagínense si menstruaran! Es claro que son incapaces de mantener un solo fluido corporal dentro de ustedes en público».

Sin embargo, el día de hoy la colega no hizo reír a Mira, sólo hizo que se sintiera apenada. Durante el tiempo que han sido amigas, la colega no ha dejado de insistir en que deberían fundar su propia compañía juntas. Mira nunca ha necesitado en realidad inventar excusas, porque sólo ha sido una divertida fantasía, algo de qué hablar una vez cada pocos meses con un vino en caja y una cantidad creciente de arrogancia. Pero el día de hoy, la colega entró a la oficina de Mira armando un alboroto y agitando una hoja de papel en la mano. «¡El local está desocupado!». El local con el que habían soñado durante años, en una ubicación donde Mira y la colega podrían atraer sin problemas a varios de los clientes más grandes de la firma para la que trabajan ahora. El local que sería perfecto.

Sin embargo, Mira contestó como siempre lo hace: «Ahora no puedo, no con el trabajo de Peter y mis hijos, necesito estar al lado de Maya». La colega se inclinó sobre su escritorio: «Tú sabes que nuestros clientes nos seguirían. Tengo suficiente dinero ahorrado. Si no es ahora, ¿CUÁNDO?». Mira intentó inventar excusas, pero la única que se le ocurrió tenía que ver con el tiempo. Empezar una nueva empresa exigiría jornadas de trabajo de dieciséis horas, los siete días de la semana. ¿Cómo podría funcionar esto junto con las idas y venidas a los entrenamientos de hockey y a las lecciones de guitarra, y la venta de boletos de lotería, y los turnos como padres voluntarios en la cafetería de la arena de hockey?

La colega la miró a los ojos con mucha seriedad. «Eres cuatro mujeres distintas, Mira. Intentas ser todo para todos todo el tiempo. Una buena esposa, una buena mamá, una buena empleada. ¿Cuánto tiempo más vas a seguir así?».

Mira fingió estar estudiando con atención un documento importante en la pantalla de su computadora, pero al final se rindió y murmuró: «Dijiste cuatro mujeres. Esposa, mamá, empleada… ¿Cuál es la cuarta?». La colega se inclinó sobre el escritorio y apagó la pantalla, le dio unos golpecitos al vidrio con la punta de su dedo sintiendo tristeza, y dijo: «Ella, Mira. ¿Cuándo será el turno de esa mujer?». Mira se quedó viendo fijamente los ojos de su propio reflejo en el oscuro monitor.

Ahora, está sentada en los escalones afuera de su casa. Bebiendo vino. Esperando a un hombre que nunca llega.

* * *

Peter extiende la mano, y Elisabeth Zackell la estrecha como si en realidad no quisiera hacerlo. Su lenguaje corporal es extraño, como si dentro de ella estuviera sentada una Elisabeth Zackell mucho más pequeña intentando manejar a esta Elisabeth Zackell con una palanca de mando.

—Te vi jugar en los Juegos Olímpicos… —admite Peter.

Pareciera que Zackell no sabe qué hacer con esa información, por lo que Sune interviene:

—Por Dios, Peter, ¡frente a ti tienes a alguien con doscientos cuarenta y cuatro partidos internacionales! ¡Con medallas ganadas en Juegos Olímpicos y en Campeonatos Mundiales! ¡Y además tiene licencia de entrenadora! ¡Si fuera hombre ya estarías de rodillas ROGÁNDOLE para que se quedara con mi puesto!

Peter toma la taza de café, se deja caer en una silla junto a la mesa de la cocina y mira a Elisabeth Zackell como si quisiera pedirle disculpas.

—Pero si fueras hombre ya tendrías un trabajo en un equipo de élite, ¿no es así?

Zackell asiente con un leve gesto de cabeza.

—Nunca me han dado la oportunidad de entrenar a un buen equipo, así que en lugar de eso he decidido tomar un equipo malísimo y convertirlo en uno bueno.

Las cejas de Peter brincan de indignación, Sune estalla en carcajadas. Zackell no parece entender en absoluto qué es lo que dijo para merecer ambas reacciones.

—Ustedes son muy malos, ¿no es así?

Peter sonríe de mala gana.

—¿Cómo supiste que necesitábamos un nuevo entrenador? Sune ha sido muy discreto respecto de su enfermedad...

Peter se detiene cuando se da cuenta de la respuesta. Zackell no necesita decir «Richard Theo». Peter bebe de su café y entonces exclama, en parte para sí mismo:

—Es un hombre listo, ese Theo. Una mujer entrenadora...

—¿Tu hija es la muchacha que fue violada? —interrumpe Zackell.

Peter y Sune se aclaran la garganta, incómodos. Zackell parece confundida.

—¿No fue ella? Es decir, ¿la muchacha violada? ¿Por un jugador que ustedes dos formaron?

Peter responde en voz baja:

—¿Es por eso que estás aquí? ¿Como el golpe maestro de relaciones públicas de Richard Theo? Una mujer, entrenadora de hockey en el antiguo club del violador... a los medios les va a encantar.

Zackell se pone de pie con impaciencia.

—Yo no voy a hablar con los medios. Eso puedes hacerlo tú. Y no me importa en lo más mínimo el golpe de relaciones públicas de Richard Theo. Yo no estoy aquí para ser una entrenadora de hockey que es MUJER.

Peter y Sune se miran de reojo.

—¿Entonces qué quieres ser? —pregunta Sune.

—Entrenadora de hockey, nada más —responde Zackell.

Sune se rasca el estómago. Como siempre dice él, sólo fingimos que el hockey es complicado, porque en realidad no lo es. Cuando haces a un lado todas las tonterías que hay a su alrededor, es un juego sencillo: cada uno con su bastón. Dos porterías. Dos equipos. Nosotros contra ustedes.

Se escucha un sonido que proviene del jardín. Sune alza la mirada y esboza una amplia sonrisa, pero Peter está demasiado distraído con sus propios pensamientos como para reconocer el sonido al principio.

—Yo... —empieza a decir, tratando de sonar como un adulto, un director deportivo, un líder.

Pero el sonido lo interrumpe de nuevo. «¡Toc!». El niño que Peter fue, el soñador, habría reconocido ese sonido de inmediato. Mira a Sune con expresión interrogante. Se escucha un «¡toc-toc-toc!» que proviene del jardín.

—¿Qué es eso? —pregunta Peter.

—¡Ah, sí! ¿Será que se me olvidó mencionarlo? —sonríe Sune de forma socarrona, como lo haces cuando no has olvidado ni una maldita cosa.

Peter se pone de pie, sigue el sonido y sale por la puerta de la terraza. Una niña de cuatro años y medio está atrás de la casa de Sune, disparando discos contra la pared, con todas sus fuerzas.

—¿Te acuerdas de cuando venías aquí y hacías lo mismo, Peter? Ella es mejor de lo que tú eras. ¡Ya sabía leer la hora cuando llegó aquí! —le informa Sune muy contento.

Peter sigue el recorrido de los discos hacia la pared, y siente que esto lo arroja de regreso en el tiempo, una vida entera. De verdad que es un juego sencillo. La niña falla uno de sus disparos y se enfurece tanto que golpea la pared con su bastón, con todo lo que tiene. El bastón se quiebra, y es hasta entonces que voltea y divisa a Peter. Él ve cómo la niña se encoge por instinto. Toda la infancia de Peter se rompe en mil pedazos dentro de su pecho.

—¿Cómo te llamas? —susurra él.

—Alicia —responde ella.

Peter ve sus moretones. Él tenía unos parecidos. Sabe que ella sólo mentiría si le preguntara cómo se los hizo; los niños son increíblemente leales a sus padres. Así que Peter se pone en cuclillas y, con toda la desesperación de su infancia temblando en su voz, le promete:

—Puedo ver que estás acostumbrada a que te lastimen si haces algo mal. Pero el hockey nunca te va a tratar así. ¿Entiendes lo que te digo? El hockey nunca te va a lastimar.

La niña asiente. Peter va por otro bastón. Alicia sigue disparando discos. Detrás de los dos, Sune dice:

—Sé que ya tomaste la decisión de salvar el club, Peter. Pero es bueno recordarte para beneficio de quién lo estás salvando.

Peter pestañea hacia el viejo, más de lo necesario.

—Has entrenado al primer equipo de Beartown toda mi vida. ¿Así tan de repente estás preparado para cederle el puesto a una... extraña?

Peter esconde lo mejor que puede el hecho de que «extraña» no era la primera palabra en la que había pensado. La respiración de Sune se oye pesada cuando contesta:

—Siempre he deseado que el Club de Hockey de Beartown sea más que un club. No creo en objetivos ni en estadísticas, creo en señales y en símbolos. Creo que es más importante formar seres humanos que formar estrellas. Y tú opinas lo mismo.

—¿Y tú crees que esta Elisabeth Zackell que está en tu cocina piensa igual?

Sune sonríe, pero su mentón se mueve con lentitud hacia un lado.

—No, Elisabeth Zackell no es como nosotros. Pero tal vez eso es lo que el club necesita en este momento.

—¿Estás seguro? —pregunta Peter.

Sune jala del cinturón para levantarse los pantalones, la salud de su débil corazón ha hecho que le queden demasiado grandes. Es obvio que no quiere ceder su puesto, nadie querría hacerlo. Pero le ha entregado su vida al club, de modo que ¿qué clase de líder sería si no estuviera preparado para tragarse su orgullo cuando el club está en riesgo de morir?

—¿Cuándo demonios puedes estar seguro de algo, Peter? Todo lo que sé es que el oso debe simbolizar lo mejor de este pueblo, pero ahora hay gente por aquí que quiere enterrarlo como un símbolo de nuestras peores cualidades. Y si dejamos que esos bastardos se salgan con la suya, si dejamos que transfieran todo el dinero a Hed tan pronto como esto convenga a sus propósitos, entonces, ¿qué señales estamos mandando a los niños de este pueblo? ¿Que sólo éramos un club? ¿Que esto es lo que pasa si te atreves a plantarte y decir la verdad?

—¿Cuál es la diferencia entre Zackell y tú? —pregunta Peter.

—Ella es una ganadora —dice Sune.

Ambos hombres ya no pueden encontrar más palabras. Tan sólo permanecen ahí de pie y observan mientras Alicia dispara discos contra la pared. Toctoctoctoctoc. Peter va al baño, abre la llave del lavabo y se para frente al espejo sin mirarlo. Cuando sale, Zackell ya está alistándose para marcharse.

—¿A dónde vas? —pregunta Peter.

—Ya terminamos, ¿cierto? —responde Zackell, como si justo acabara de darse el puesto a sí misma.

—¿No crees que deberíamos platicar acerca del equipo? —señala Peter.

—Voy a preparar más café —dice Sune, y se abre paso entre los dos para entrar a la cocina.

—No tomo café —dice Zackell.

—¿No tomas CAFÉ? —dice Sune con un bufido.

—Te lo dije cuando llegué aquí.

—¡Creí que estabas bromeando!

Peter está de pie entre ambos, y se talla los párpados con las palmas de las manos.

—¡Hola! ¡El equipo! ¿Cuándo vamos a hablar del equipo?

Elisabeth Zackell luce como si la pequeña Elisabeth Zackell estuviera corriendo de aquí para allá dentro de la cabeza de la Elisabeth Zackell grande en busca del interruptor correcto.

—¿Qué equipo? —pregunta ella.

El juego podrá ser sencillo, pero la gente nunca lo es. Toc toc toc.

15

Vidar Rinnius

Dentro de poco, el personal en la escuela de Beartown tendrá su primera reunión de planeación, previa al semestre de otoño. Van a discutir los presupuestos y los planes educativos y la reconstrucción del gimnasio, como de costumbre. Pero entonces, un maestro preguntará por un estudiante llamado «Vidar», quien de repente apareció en la lista de alumnos de una clase. El director de la escuela, incómodo, se aclarará la garganta: «Sí, es un alumno que antes venía aquí, y que se está reincorporando. Apenas nos acaban de informar…». El maestro preguntará dónde había estado ese estudiante todo este tiempo, ¿acudía a otra escuela? «Bueno, Vidar ha estado en… un sistema educativo alterno», concederá el director. «¿Te refieres a la correccional de menores?», preguntará el maestro. «Creo que más bien es… un centro de rehabilitación», dirá el director. Parecerá que el maestro no entiende ni le importa cuál es la diferencia.

Un maestro más al fondo del salón susurrará: «Cargos por agresión con lesiones y delitos relacionados con drogas. ¡Intentó matar a un policía a golpes!». Otro maestro dirá con brusquedad: «¡Yo no quiero tener a ese sicópata en mi clase!». Alguien preguntará en voz un poco más alta: «¿No se supone que Vidar iba a estar encerrado mucho más tiempo?», pero no obtendrá una respuesta. Una persona más preguntará con nerviosismo: «¿Vidar?

¿Cuál es su apellido?». Las pestañas del director aletearán como las alas de un colibrí cuando responda: «Rinnius. Vidar Rinnius. Es el hermano menor de Teemu Rinnius».

* * *

Elisabeth Zackell se rasca la cabeza. Es difícil saber si su cabello fue diseñado por un estilista o es resultado de un error. Sale por la puerta de Sune con zapatos hechos para temperaturas heladas y pies al menos dos tallas más grandes, y enciende un cigarro. Peter la sigue, ahora visiblemente preocupado:

—¿Qué estás haciendo? —pregunta él.

Zackell, quien por lo visto no es muy buena para leer las intenciones de la gente, da por sentado que Peter se refiere al cigarro:

—¿Esto? Bueno… no sé. Soy vegana y no bebo ni alcohol ni café. Si no fumara, ninguna persona normal confiaría alguna vez en mí —dice ella, no como si fuera una broma sino como algo a lo que le ha dedicado mucho tiempo de reflexión.

Peter respira tan hondo que empieza a toser:

—¡No puedes nada más venir aquí y dar por hecho que obtendrás el puesto de entrenador sin decirme qué es lo que harías con nuestro EQUIPO!

Zackell llena su boca de humo y ladea la cabeza.

—¿El equipo que tienen justo ahora?

—¡Sí! ¡El equipo que entrenarías!

—¡Ah! ¿Tu primer equipo? Es pésimo. Un grupo de jugadores que ya vieron pasar su mejor época, que son demasiado viejos y demasiado malos como para que alguien más los quiera.

—Pero ¿puedes convertirlos en buenos jugadores? ¿Es eso lo que estás diciendo?

Zackell suelta una risita, que no es amistosa ni encantadora, sólo condescendiente.

—No, no, no, por todos los cielos, no hay forma de hacer que un equipo malísimo se vuelva bueno. No soy Harry Potter.

El humo del cigarro de Zackell llega a los ojos de Peter, quien pierde los estribos.

—Entonces, ¿qué estás haciendo AQUÍ? ¿Qué es lo que QUIERES?

Zackell extrae una hoja de papel arrugada de su bolsillo. Sopla el humo lejos de Peter, titubeante, como si no quisiera pedir perdón por fumar y en lugar de ello sólo lamentara que él no fume.

—¿Estás enfadado?

—No estoy… enfadado —dice Peter, tranquilizándose.

—Te ves como si estuvieras un poquito enfadado.

—No estoy enfa… ¡Sólo olvídalo!, ¿quieres?

—Me han dicho que no soy muy buena para tratar con… la gente. Sentimientos… y cosas por el estilo —concede Zackell, aunque su rostro sigue del todo inexpresivo.

—¡No me digas! ¡Quién lo hubiera pensado! —mascula Peter con sarcasmo.

Zackell le extiende la hoja de papel.

—Pero soy buena entrenadora. Y me han dicho que tú eres un buen director deportivo. Si tú puedes hacer que los nombres en esta lista me lo entreguen todo sobre la pista de hielo, yo puedo hacer un equipo ganador con ellos.

Peter lee los nombres: Bobo. Amat. Benji.

—Sólo son adolescentes… Uno de ellos apenas tiene dieciséis años… ¿Vas a construir el primer equipo con ellos?

—Ellos no van a construir el primer equipo. Lo van a llevar sobre sus hombros. Ése que ves ahí es el nuevo capitán del equipo —lo interrumpe Zackell.

Peter se queda mirándola a ella y luego al nombre al que apunta Zackell.

—¿A ÉL vas a nombrarlo capitán del equipo? ¿Del PRIMER EQUIPO?

Ella responde como si fuera la cosa más natural del mundo:

—No. Tú lo harás. Porque tú eres bueno tratando con las personas.

Entonces Zackell le da otro pedazo de papel. En él está escrito «Vidar». Peter le echa un solo vistazo y exclama:

—¡NI LO PIENSES!

—Así que ¿conoces a Vidar?

—¡¿CONOCERLO?! Él... él...

Peter empieza a temblar hasta que, de hecho, se pone a girar como un furioso temporizador de cocina. Sune está de pie en la entrada de la casa, con una taza de café. Zackell la rechaza, pero de todos modos el viejo se la da. Sune sonríe de forma burlona, en dirección a la nota.

—¿Vidar? Ah, ese muchacho... Probablemente no va a poder jugar en tu equipo. Por razones... geográficas.

Al responder, Zackell no está siendo petulante, sólo dice las cosas como son:

—Me han asegurado que pronto lo van a liberar.

—¿Del centro de rehabilitación? ¿Cómo es posible? —farfulla Sune.

Zackell no dice «Richard Theo». Sólo dice:

—Ése no es mi problema. Mi problema es que necesito un guardameta, y parece que él es el mejor guardameta de Beartown.

Peter se abraza a sí mismo con ira.

—¡Vidar es un DELINCUENTE y un... un... SICÓPATA! ¡Él NO va a jugar en MI equipo!

Zackell se encoge de hombros.

—No es tu equipo, es mío. ¿Me preguntaste qué es lo que quiero? Lo que quiero es ganar. Para eso no basta con unos cuantos jugadores viejos del primer equipo que nadie más quiere. Tienes que darme algo más que eso.

—¿Qué? —gruñe Peter, apoyándose desconsolado contra la pared de la casa.

Zackell vacía el humo del cigarro de su boca.

—Una pandilla de rufianes.

* * *

Teemu Rinnius entra a La Piel del Oso. Ramona se inclina sobre la barra y le da unas palmaditas afectuosas en la mejilla. Él lleva dos bolsas con víveres, una de ellas está llena, sobre todo, de cigarros. Cuando Holger la abandonó, Ramona dejó de salir. Teemu nunca la ha criticado por ello, sólo se ha asegurado de que nunca le falte nada. Así que ella muy rara vez critica las decisiones que Teemu ha tomado en su vida. Siempre se puede debatir acerca de cuestiones de moral, pero ambos saben que la mayoría de la gente sólo quiere llegar al final del día con bien. Es como dice Ramona: «Cada quien vadea a través de su propia mierda».

Teemu puede parecer casi inofensivo, con su cabello bien peinado y su barbilla afeitada a la perfección. Y Ramona puede parecer casi sobria, si llegas lo bastante temprano por la mañana.

—¿Cómo está tu mamá? —pregunta ella.

—Bien, muy bien —dice Teemu.

Su mamá siempre está cansada, Ramona lo sabe. Le gustan demasiado las pastillas para dormir y los hombres pendencieros. Cuando Teemu alcanzó la edad suficiente, pudo echar a los hombres por la puerta de la casa, pero nunca ha podido deshacerse de las pastillas. En sus ojos azules lleva a cuestas todas las vidas que desearía que su mamá pudiera haber tenido, y tal vez por eso Ramona se ha permitido apreciar a Teemu más que a los otros que han entrado y salido a tropezones de La Piel del Oso a lo largo de los años. Sin embargo, justo el día de hoy, esos ojos azules también brillan con algo más: esperanza.

—¡Vidar acaba de llamar! ¿Sabes qué dijo? —exclama él.

Hay investigaciones policiales que sostienen que Teemu Rinnius es altamente peligroso. Muchos dicen que es un delincuente. Pero hay un pub en Beartown donde siempre será un muchachito inseguro y ansioso y nada más.

—¿Qué es esto? ¿Un concurso de preguntas? ¡Escúpelo ya, muchacho! —espeta Ramona con impaciencia.

—¡Van a dejarlo salir! ¡Mi hermanito va a volver a casa! —ríe Teemu.

Ramona no sabe qué hacer con sus pies, y termina por dar dos vueltas en círculo bailando, antes de decir entre jadeos:

—¡Necesitamos un mejor whiskey!

Teemu ya puso una botella sobre el mostrador. Ramona le da la vuelta a la barra y lo abraza.

—Esta vez, vamos a cuidar mejor a tu hermano. ¡Esta vez no vamos a dejarlo ir!

La vieja barman y el joven buscapleitos se ríen. El día de hoy, ambos están demasiado felices como para preguntarse a sí mismos: ¿por qué están liberando a Vidar con tanta anticipación? ¿De quién es la mano que está girando la llave en la cerradura?

* * *

La política es una serie interminable de negociaciones y acuerdos, e incluso si los procesos con frecuencia son complicados, la razón siempre es sencilla: todos quieren que se les pague, de una forma u otra, de modo que la mayoría de las partes de todos los sistemas burocráticos funcionan de la misma manera: dame algo y yo te daré algo. Así es como construimos las civilizaciones.

Richard Theo le tiene mucho cariño a su auto; maneja muchos miles de kilómetros cada año. La tecnología podrá ser muy buena para muchas cosas, pero deja evidencias. Los correos, los mensajes de texto y los mensajes en los buzones de voz de los móviles son los peores enemigos de un político. Por eso Theo recorre largas distancias para hablar en voz baja de cosas que nadie jamás podrá demostrar.

Peter Andersson tiene razón. Theo llamó a Elisabeth Zackell porque se dio cuenta de su valor, en términos de relaciones públicas. Una mujer, entrenadora en un club conocido por su masculinidad violenta. Theo también entiende el valor de las victorias, de ganar, de modo que, cuando Zackell revisó la lista de los jugadores del primer equipo de Beartown, Theo le preguntó qué necesitaba. Ella respondió: «¿Antes que nada? Un guardameta. Hace dos años, aquí había un júnior con buenas estadísticas, Vidar Rinnius. Parece que hubiera desaparecido. ¿Qué le pasó?». Theo no sabe nada sobre hockey, pero entiende a las personas.

Fue sencillo averiguar en qué centro de rehabilitación se encontraba Vidar. A lo largo de los años, Theo ha sido un buen amigo de gente que trabaja para diversas autoridades y organismos públicos. Así que llamó por teléfono a Zackell y le preguntó: «La verdad, ¿cuánto deseas tener a Vidar?». Zackell respondió: «Si me prometes que estará disponible y encuentro otros tres jugadores buenos en Beartown, entonces podré ganar».

Richard Theo tuvo que cobrar unos cuantos favores personales. Le costó algunas promesas adicionales y varias decenas de kilómetros en su auto. Pero, dentro de poco, van a liberar a Vidar Rinnius mucho antes de lo esperado. No se violó ninguna ley, ni siquiera se torció ninguna regla, lo único que sucedió es que Richard Theo se hizo amigo del presidente del comité apropiado y, por casualidad, el caso pasó a un nuevo asesor, quien consideró que era necesario «reevaluar qué se requiere para el tratamiento de Vidar».

Vidar sólo tenía diecisiete años cuando fue arrestado por

agresión con lesiones y posesión de narcóticos, de modo que fue sentenciado a recibir tratamiento en un centro de rehabilitación. La burocracia puede ser algo complicado, es posible que se cometan errores y, la verdad sea dicha, ¿no debería reevaluarse de vez en cuando qué se requiere para dar tratamiento a los jóvenes? Considerando la grave escasez de lugares disponibles en los centros de rehabilitación, ¿no sería realmente irresponsable, desde un punto de vista político, dejar a un muchacho ahí dentro más tiempo de lo necesario?

En su dictamen, el nuevo asesor explicó que Vidar Rinnius había sido un jugador de hockey sobre hielo prometedor, antes de ser enviado al centro donde recibía su tratamiento, y que su rehabilitación hacia «una vida en beneficio de la sociedad» tendría más efecto si «el joven en cuestión tuviera la posibilidad de reanudar una ocupación fructífera en un entorno más abierto». Lo normal habría sido que su liberación se hubiera llevado a cabo de una forma más gradual, pasando por otros centros de rehabilitación, pero esto se puede reconsiderar si el muchacho tiene la posibilidad de acceder a «un hogar seguro y estable». Así las cosas, en la Hondonada apareció un apartamento desocupado, propiedad de la compañía inmobiliaria del municipio en Beartown, para Vidar. Como es lógico, Richard Theo no tuvo nada que ver con esto, pues habría significado corrupción. Y, desde luego, el asesor del caso de Vidar Rinnius no es de Beartown, eso se habría visto sospechoso. Pero daba la casualidad de que la suegra del asesor, quien tenía poco de haber fallecido, provenía de Beartown. La esposa del asesor había heredado una pequeña propiedad a la orilla del lago y, dentro de algunos meses, por pura coincidencia, se presentará una solicitud ante el municipio, pidiendo permiso para poder construir varias cabañitas de alquiler en ese terreno. Por lo regular, ese tipo de solicitudes son denegadas sin más, ya que no se permite construir tan cerca del agua, pero, justo en esta ocasión, el asesor tendrá la suerte de que le aprueben su solicitud sin ningún problema.

Una firma en una hoja de papel a cambio de otra firma en otra hoja de papel. La burocracia en acción. Elisabeth Zackell obtiene un guardameta, Teemu Rinnius obtiene a su hermano menor de vuelta y Peter Andersson obtendrá enemigos peligrosos. Y, al final, esto le dará a Richard Theo todo lo que necesita. Todos quieren que se les pague; la única diferencia entre todos nosotros es la moneda que preferimos.

* * *

Una vez que Peter se ha ido de la casa adosada, Sune y Zackell llevan caminando a la pequeña Alicia a su casa.

—¿Puedo volver mañana para disparar más discos? —pregunta la niña de cuatro años y medio.

Sune le asegura que sí puede hacerlo. El rostro de Zackell carece de expresión. Sune tuvo que decirle que no fumara frente a la niña. Parecía que a Zackell le costaba entender si era porque se consideraba de mala educación o porque la propia niña estaba intentando dejar de fumar y no quería verse tentada.

Alicia entra corriendo a su casa, y entonces Sune se vuelve hacia Zackell con el ceño fruncido.

—¿Estás hablando en serio acerca de incluir a Vidar en el equipo?

—Es un buen guardameta, ¿no es así? Revisé las estadísticas de su última temporada. ¿Son incorrectas?

—Es posible que Vidar sea el mejor guardameta que este pueblo haya tenido. Pero también ha tenido… problemas.

—¿Está disponible para jugar o no?

—Que esté disponible no significa que sea el apropiado —hace notar Sune.

La falta de comprensión por parte de Zackell es casi conmovedora.

—El hockey es el hockey. Si es bueno, es el apropiado. ¿Por qué está tan enfadado Peter con él?

Sune hace lo posible por contener la risa.

—Peter no está... enfadado.

—Parece enfadado.

—Vidar tiene problemas con... el control de sus impulsos. Le resulta difícil contenerse. Y a Peter no le gusta... la suciedad.

—¿La suciedad?

—Vidar... Bueno, por dónde empezar... Su hermano es...

—Un pandillero. El líder de «la Banda». He escuchado a la gente hablar de eso —interrumpe Zackell.

Sune se aclara la garganta.

—Sí... Bueno... No necesariamente hay una «Banda» por aquí... Todo lo han exagerado un poco en los medios. Pero sí... En fin... Una vez se desató una pelea entre aficionados afuera de la arena, después de un partido del primer equipo. Teemu estuvo involucrado en ella. El equipo júnior iba a jugar un partido justo después, pero cuando ese partido iba a empezar, Beartown no tenía guardameta porque Vidar estaba sentado a bordo de una patrulla. Había salido corriendo y se metió de lleno en la pelea, todavía con los patines puestos. En otra ocasión forzó la entrada a la arena de hockey y condujo su motoneta alrededor de las gradas. Estaba... bueno... un poco ebrio. También alguna vez se enteró de que Peter Andersson había estado hablando pestes de los «pandilleros» durante una reunión con la junta directiva, así que Vidar se pasó toda la noche yendo de aquí para allá robándose todos los discos. Y cuando digo «todos» me refiero a TODOS. Los discos que había en la arena, en la tienda de deportes, en los garajes de la gente del pueblo... Al día siguiente, tuvimos que pedirles a los espectadores que habían acudido a un torneo del equipo juvenil que fueran a sus casas y revisaran si tenían algún disco guardado por ahí para que los chicos pudieran jugar. Y en otra ocasión más Vidar golpeó a un árbitro en... sí... en sus partes nobles. A la mitad de un partido. Peter lo suspendió del club, de modo que Vidar se metió por la fuerza a la arena y defecó sobre el escritorio de Peter.

Zackell asiente, impasible.

—¿Y a Peter no le gusta la suciedad?

Sune se ríe entre dientes.

—A Peter le da una crisis nerviosa si alguien derrama café sobre su escritorio. Le está resultando difícil perdonar ese asunto de la mierda. No va a dejar que metas a Vidar en el equipo.

Zackell da la clara impresión de que no entiende en absoluto cómo está relacionado todo esto.

—¿Tienen un mejor guardameta en Beartown que Vidar?

—No.

—Yo entreno equipos de hockey. La única forma en la que sé hacerlo es tratar a todos de manera justa, no tratar a todos igual. Un buen jugador es un buen jugador.

Sune asiente.

—Caray. Peter y tú van a pelearse a cada rato.

—¿Eso es malo?

Sune sonríe.

—No, no. Para que un club esté vivo, tiene que estar lleno de gente que arda de pasión, y el fuego es resultado de la fricción...

—También los incendios forestales —señala Zackell.

—Estás echando a perder mi metáfora —suspira Sune.

—¿Eso era una metáfora? Perdón. No soy buena para...

—¿Tratar con la gente? ¿Los sentimientos? —dice Sune, tratando de adivinar.

—Andarme con rodeos. Yo necesito jugadores que simplemente... vayan por lo que quieren.

—Es por eso que necesitas a Peter. Él los motiva, tú los entrenas.

—Okey.

—Peter ni siquiera va a querer hablar con Vidar. Pero yo puedo hablar con el hermano del muchacho.

—¿Su hermano?

—Sí.

—¿Y los otros tres? ¿Benji, Bobo y Amat? ¿Peter va a hablar con ellos?

—No.

—¿No?

—Si quieres motivar a Benji, Bobo y Amat, no es con los chicos con quienes Peter debe hablar. Tiene que hablar con sus mamás y sus hermanas.

—Éste es un pueblo muy raro —declara Zackell.

—Ya nos lo han dicho —le asegura Sune.

16

Beartown contra el mundo

La noticia en el sitio web del periódico local se esparce con rapidez. Quizás porque no hay muchas otras noticias de las que hablar. Quizás porque, aquí, el hockey es más importante de lo que es en muchos otros lugares. O quizás porque el viento cambió de dirección en ese momento, sin que la mayoría de la gente siquiera se diera cuenta.

«Club de Hockey de Beartown, salvado por nuevo patrocinador. Peter Andersson, director deportivo, involucrado en negociaciones secretas», pregona el periódico. Dos renglones más abajo, aparece la siguiente revelación: «Fuentes indican que Elisabeth Zackell, jugadora de la selección nacional femenina, será la nueva entrenadora del primer equipo y, por lo tanto, la primera mujer en entrenar a un equipo en la historia del Club de Hockey de Beartown».

El periódico no dice de dónde obtuvo la información, sólo que fue de «una fuente confiable cercana al club».

* * *

Los políticos necesitan que haya conflictos para poder ganar elecciones, pero también necesitan aliados. Richard Theo sólo conoce dos formas de hacer que alguien a quien no le agradas pelee de tu lado de todos modos: un enemigo en común o un amigo en común.

El mismo día que Peter Andersson se reúne con Elisabeth Zackell, una reportera del periódico local llama por teléfono a otro político en el edificio del ayuntamiento. Pero es Richard Theo quien contesta:

—Me temo que la persona que estás buscando se fue de vacaciones, yo sólo pasaba por el pasillo y oí sonar el teléfono —dice con amabilidad.

—Ah… es que recibí un correo electrónico de su asistente pidiéndome que lo llamara… algo sobre «¡información acerca del Club de Hockey de Beartown!».

Theo posee una habilidad excepcional para hacerse el tonto. El hecho de que el asistente del otro político tenga como contraseña de su correo electrónico una palabrota seguida de «12345» es sólo una feliz coincidencia.

—¿Información acerca del Club de Hockey? Tal vez era sobre su nuevo patrocinador y su nueva entrenadora —sugiere Theo muy servicial.

—¿Qué? —exclama la reportera, sorprendida.

Theo finge que está titubeando.

—Perdón… Creí que eso ya era del dominio público… Qué tonto fui… Creo que probablemente ya dije más de la cuenta… De verdad que no soy la persona adecuada para estar hablando de esto…

La reportera se aclara la garganta.

—¿Podría… contarme un poco más?

—¿Puedo confiar en que no revelarás mi nombre en tu artículo? —pregunta Richard Theo.

La reportera se lo promete, y Theo dice con generosidad que

simplemente no quiere «robarle los reflectores a Peter Anders-son, ¡pues él es quien está haciendo todo el trabajo!».

Cuando la noticia aparece en la página de internet, Theo parte rumbo al supermercado, al llegar pregunta por el dueño y lo mandan al almacén.

Frac está inventariando sus mercancías, un viejo coloso del hockey que maneja un sucio montacargas, pero está vestido con un traje como de costumbre. Cuando Frac era joven, le costaba trabajo llamar la atención de las chicas, así que empezó a vestirse de forma más elegante que todos los demás muchachos. Cuando ellos llevaban camisetas, él usaba una chaqueta elegante, y cuando ellos iban a funerales vestidos de traje, él se aparecía con un frac. Así fue como se ganó su apodo.

—Me llamo Richard Theo —dice el político, a pesar de que no hace falta.

—Sé quién carajos eres, íbamos a la escuela juntos —gruñe Frac y se baja del montacargas de un brinco.

El político le extiende una enorme caja. El dueño del supermercado la toma con suspicacia.

—Quiero ayudar al Club de Hockey de Beartown —dice Theo.

—La gente de por aquí no quiere darle ninguna clase de control sobre el club a un político —responde Frac.

—¿A un político… o a ESTE político? —pregunta Theo de forma irónica.

La voz de Frac es recelosa, mas no hostil:

—Supongo que conoces tu propia reputación. ¿Qué quieres de mí?

—Quiero que nos ayudemos el uno al otro. Porque tú y yo tenemos un amigo en común, Frac, y creo que eso es más importante que tener enemigos en común.

Frac abre la caja, le echa un vistazo adentro e intenta aparentar indiferencia, pero no lo consigue.

—¿Qué… qué se supone que debo hacer con éstas?

—Todos dicen que eres el mejor vendedor en Beartown. Así que véndelas —dice Richard Theo.

El político mete las manos en los bolsillos de su costoso pantalón. Viste una camisa de un color blanco deslumbrante debajo de un chaleco gris, una corbata roja de seda, zapatos bien lustrados y relucientes. Nadie se viste así en Beartown, aparte de él y de Frac. El dueño del supermercado baja la mirada de nuevo hacia el interior de la caja. Aparte de su familia, sólo ama dos cosas: a su pueblo y a su club de hockey. De modo que, cuando Richard Theo se da la vuelta para irse, alcanza a ver por el rabillo del ojo la sonrisa de Frac.

La caja está llena de camisetas. Tienen escritas las palabras «BEARTOWN CONTRA EL MUNDO». Frac las vende todas en menos de una hora.

* * *

En toda relación hay un perdedor. Tal vez no queramos reconocerlo, pero uno de nosotros siempre obtiene un poco más y uno de nosotros siempre se rinde un poco más fácilmente.

Mira está sentada en los escalones afuera de su casa, aspirando oxígeno por la nariz, pero sus pulmones nunca se llenan. Estos bosques pueden asfixiar a una persona si anhela algo diferente, pero ¿cómo puedes mantener a una familia unida si sólo piensas en tu propia respiración? Mira ha recibido ofertas de mejores empleos, lejos de Beartown. En la firma en la que trabaja ahora le ofrecieron un puesto gerencial, pero le habría exigido jornadas de trabajo más largas y disponibilidad los fines de semana. Eso habría sido imposible, pues los fines de semana significan lecciones de guitarra y entrenamientos y juegos de hockey. Mira tiene que vender los programas de los partidos y servir café y ser la mamá de un par de chicos y la esposa de alguien.

Como es natural, la colega, cuya aversión a la monogamia raya en el fanatismo, sigue diciéndole: «¡No tienes por qué aguantar toda esa mierda!». Pero ¿qué es un matrimonio, si haces a un lado el enamoramiento? Una negociación. Por Dios, de por sí es difícil que dos personas se pongan de acuerdo en qué programa de televisión van a ver, ¿cómo van a forjar toda una vida juntos? Alguien tiene que sacrificar algo.

Peter se baja del Volvo con un ramo de flores en la mano. Mira puso una copa de vino adicional en las escaleras junto a ella. Banderas blancas. Al final ella sonríe, más que nada hacia las flores.

—¿Dónde las compraste a esta hora del día?

Peter se sonroja.

—Me las robé de un jardín. En Hed.

Él extiende la mano, toca la piel de su esposa, las yemas de los dedos de ambos hacen contacto con timidez.

* * *

Sólo es un club de hockey. Sólo es un juego. Sólo es una fantasía. Siempre habrá gente que intente decirle todo esto a Alicia y, desde luego, ella jamás los escuchará, maldita mocosa. Tiene cuatro años y medio, y mañana tocará de nuevo a la puerta de Sune. El viejo le enseñará a disparar discos de hockey contra el muro de su casa, cada vez con más fuerza. Las marcas en la pared serán como los dibujos de los nietos que otros viejos ponen en sus refrigeradores: minúsculos grabados en el tiempo que demuestran que alguien que amamos creció aquí.

—¿Cómo te está yendo en el kínder? —pregunta Sune.

—Los niños son unos tontos —dice la niña de cuatro años y medio.

—Pégales en la cara —le aconseja Sune.

La niña le promete que lo hará. Uno tiene que cumplir sus promesas. Pero, más tarde, cuando Sune la lleva caminando a su casa, el viejo agrega:

—Pero tienes que ser buena amiga de las niñas y los niños que no tienen amigos. Y tienes que defender a los que son más débiles. Incluso cuando sea difícil hacerlo, incluso cuando creas que es fastidioso, incluso cuando tengas miedo. Siempre debes ser una buena amiga.

—¿Por qué? —pregunta la niña.

—Porque, un día, serás la mejor. Entonces, tu entrenador te nombrará la capitana de tu equipo. Y, entonces, deberás recordar esto: se espera mucho de quien mucho ha recibido.

La niña todavía no sabe qué significa eso, pero se acordará de cada palabra. Todas las noches, hasta entonces, sueña con el mismo sonido: Toc. Toc. Toc-toc-toc. Su club perdurará, seguirá vivo. Es muy afortunada, pues nunca entenderá de verdad lo que sucedió este verano, lo cerca que estuvo el club de morir y cómo fue que sobrevivió. Y a qué costo.

* * *

Si vives con la misma persona el tiempo suficiente, con frecuencia descubres que, tal vez, al inicio de la relación, tuviste cien conflictos distintos, pero al final nada más tienes uno. Sigues cayendo de nuevo en la misma discusión, una y otra vez, aunque en diferentes formas.

—Hay un nuevo patrocinador… —empieza a decir Peter.

—El periódico ya publicó algo al respecto en internet, todos están hablando de eso —asiente Mira.

—Sé lo que quisieras decir —susurra Peter de pie frente a los escalones afuera de su casa.

—No. Porque no has preguntado —responde Mira, y bebe un sorbo de vino.

Peter tampoco pregunta ahora. En su lugar dice:

—Puedo salvar el club. Le prometí a Maya que yo...

Mira está agarrando los dedos de Peter con suavidad, pero su voz es implacable.

—No metas a nuestra hija en esto. Estás salvando el club por ti y sólo por ti. Quieres demostrarles a todos los que no creen en ti en este pueblo que están equivocados. Otra vez. Nunca vas a terminar de demostrárselos.

Peter rechina los dientes.

—¿Qué se supone que debo hacer? ¿Dejar que el club muera mientras la gente de por aquí...?

—No importa qué carajos opine LA GENTE... —lo interrumpe Mira, pero él también la interrumpe:

—¡Mi esquela apareció en el periódico! ¡Alguien me amenazó de muerte!

—¡Alguien NOS amenazó de muerte, Peter! ¿Por qué demonios puedes elegir en todo momento cuándo esta familia es un equipo y cuándo no?

Las lágrimas de Peter caen en el cabello de Mira. Él se pone de cuclillas frente a su esposa.

—Perdóname. Sé que no tengo derecho a pedirte más. Te amo. A ti y a los chicos... Más que a nada...

Ella cierra los ojos.

—Lo sabemos, cariño.

—Soy consciente de los sacrificios que has hecho por mi carrera en el hockey. Lo sé.

Mira esconde su desesperación detrás de sus párpados. Cada otoño, invierno y primavera, toda la familia vive siguiendo los dictados del hockey, se eleva al cielo cuando el equipo gana y cae de bruces cuando pierde. Mira no sabe si podrá soportar someterse a una temporada más. Aun así, se pone de pie y dice:

—¿Qué es el amor si no estamos preparados para hacer sacrificios?

—Querida, yo… —dice Peter, pero se queda mudo.

Mira tiene puesta una camiseta verde. Tiene impresas las palabras «BEARTOWN CONTRA EL MUNDO». Se muerde las mejillas, destrozada por aquello a lo que está renunciando, pero orgullosa de su elección.

—Frac pasó por aquí, está vendiendo estas camisetas en su tienda. Nuestros vecinos tenían una puesta cuando llegaron a su casa. Cielo santo, Peter, ambos tienen más de noventa años. ¿Qué clase de nonagenarios se pone una camiseta?

Ella sonríe. Peter pasea la mirada, abochornado.

—No sabía que Frac…

Mira toca su mejilla.

—Frac te quiere mucho. Por Dios, vaya que te quiere, cariño. Hay gente en este pueblo que te odia, y no hay nada que puedas hacer contra ello. Pero hay muchos más que te idolatran, y tampoco puedes hacer nada al respecto. A veces desearía que no fueras indispensable para ellos, que no tuviera que compartirte, pero, cuando me casé contigo, sabía que la mitad de tu corazón le pertenecía al hockey.

—Eso no es verdad… Por favor, querida… ¡Pídeme que renuncie y lo haré!

Mira no se lo pide. Le ahorra tener que revelar que está mintiendo. Eso es lo que haces si amas a alguien. Ella dice:

—Yo también soy una de esas personas que te idolatran. Y estoy en tu equipo, pase lo que pase. Ve a salvar a tu club.

Apenas si se puede escuchar la respuesta de Peter:

—El año que entra, querida… sólo dame una temporada más… el año que entra…

Mira le extiende la copa de vino. Está medio llena, o medio vacía. Besa a su esposo en los labios.

—Te amo —susurra él, su aliento mezclándose con el de su esposa. Ella le responde:

—Tienes que ganar, cariño. Si de verdad vas a hacer esto... ¡te pido que ganes!

Entonces, ella entra a su casa. Le envía un correo electrónico a la colega: «No puedo ocupar el local. No este año. Lo lamento». Luego se acuesta en su cama. Esa noche, tres mujeres duermen en esa cama. Nada más tres.

* * *

El reportero del periódico local llama a Peter por teléfono a altas horas de la noche y le pregunta sin rodeos:

—¿Puedes confirmar los rumores? ¿Es cierto que hay un nuevo patrocinador? ¿Puedes salvar el club? ¿Contrataste como entrenador a una mujer? ¿Aún está previsto que Beartown se enfrente a Hed en el primer partido de la temporada?

Peter responde de la misma forma a cada una de las preguntas, y después cuelga la llamada.

«Sí».

17

Huele sangre y empieza a arder

En la pared de la oficina de Richard Theo, junto a la imagen de la cigüeña, se encuentra una impresión del sitio web de la Federación de Hockey sobre Hielo. Es el calendario de juegos del Club de Hockey de Beartown, para la temporada que empezará en otoño. Primer partido: contra el Club de Hockey de Hed.

Una mosca se mete a través de la ventana abierta. Theo no la mata, la deja que zumbe por todos lados, cada vez más extraviada. Hace poco leyó un libro sobre terrorismo en el que un historiador hizo una comparación con una tienda de artículos de porcelana: una sola mosca no puede volcar la más pequeña taza de té por sí misma, pero una mosca que zumbe en la oreja de un toro hasta que el animal entre en pánico y embista furioso contra el interior de una tienda de objetos de porcelana puede devastar lo que sea.

Richard Theo no necesita una catástrofe, le basta con que haya un conflicto. Así que ha pasado mucho tiempo escuchándolos a todos. A la gente en el supermercado, en la ferretería, en el pub La Piel del Oso, en la Hondonada, en la Cima: a todos los miró a los ojos y, en lugar de expresar una opinión, les hizo preguntas. «¿Qué es lo que nosotros los políticos deberíamos hacer por ti?». «¿Cómo ves a Beartown en diez años?». «¿Cuánto pagaste de impuestos el año pasado? ¿Obtienes a cambio el justo valor por tu dinero?». De todo esto aprendió que a la gente de aquí le preocupan tres cosas: los empleos, los servicios de asistencia médica y el hockey.

Así las cosas, Richard Theo se sentó frente a su computadora y empezó a escribir. Durante todo el verano, el periódico local ha publicado artículos sobre los rumores de que van a cerrar el hospital de Hed, y Theo ha escrito comentarios repetidamente y de manera anónima, usando una media docena de cuentas falsas. Nunca se dedicó a esparcir odio, nunca buscó llamar la atención, sólo le echó, de forma discreta, más leña al fuego que ya ardía. Cuando una mujer embarazada muy preocupada se preguntaba qué iba a pasar con la sala de maternidad del hospital, una de las identidades anónimas de Theo le dijo: «¿Has sabido algo?». La mujer respondió: «Conozco a alguien que trabaja ahí, ella dice que la van a cerrar!!!». La identidad anónima de Theo le contestó a su vez: «Esperemos que el gobierno no suba el impuesto a la gasolina, o de lo contrario ni siquiera nos alcanzará el dinero para dar a luz en nuestros autos». Cuando un hombre desempleado, a quien acababan de despedir de la fábrica de Beartown, respondió: «exacto!! siempre somos los que vivimos en las zonas rurales los que terminamos sufriendo!!», otra de las identidades de Theo escribió: «¿Por qué todo nuestro dinero debe ir al hospital de Hed en lugar de que se abra una clínica nueva en Beartown?».

A la mujer y al hombre se les unieron más voces enfurecidas, el tono pronto se volvió más acalorado, y Theo se limitó a darle un empujoncito a la frustración general en la dirección adecuada cuando escribió: «Entonces, ¿las mujeres de los alrededores tendrán que dar a luz en sus autos, pero el ayuntamiento siempre parece tener suficiente dinero para apoyar al Club de Hockey de Hed?».

Los hospitales y el hockey no son financiados por el mismo presupuesto, ni siquiera son los mismos políticos los que toman esas decisiones, pero si planteas una pregunta que sea lo suficientemente difícil, siempre habrá un público receptivo para la respuesta más simple. Así que día tras día, en diferentes secciones de comentarios, Richard Theo ha estado haciendo lo que hace mejor: crear conflictos, poner una cosa en contra de otra. El campo contra las grandes ciudades. La asistencia médica contra el hockey. Hed contra nosotros.

Nosotros contra todos.

Y, ahora, más y más personas, de todas las edades y de todas partes del pueblo, están poniéndose camisetas verdes que dicen «BEARTOWN CONTRA EL MUNDO».

La política nunca tiene una cronología lineal; los grandes cambios no surgen de la nada, siempre hay una serie de pequeñas causas. A veces, la política significa encontrar a un entrenador de hockey para un club de hockey, a veces nada más significa contestar el teléfono cuando todos los demás políticos están de vacaciones. La reportera que llama a Richard Theo una segunda vez es la misma empleada temporal que marcó antes. En esta ocasión, está tratando de llenar las páginas, en medio de la sequía de noticias del verano, con preguntas de encuesta como: «¿De qué manera festejaron nuestras celebridades locales el inicio del verano?», y desde luego que Richard Theo es «tanto un político como una especie de celebridad», y desde luego que él fue muy servicial la última vez que hablaron. Como es lógico, Richard Theo no desaprovecha la oportunidad:

—De hecho, estaba en Hed, presenciando las celebraciones por el inicio del verano, ¿sí sabes que el ayuntamiento siempre patrocina las festividades ahí? Pero, desde luego, habría preferido celebrar el inicio del verano aquí en Beartown.

—¿Quiere decir que el ayuntamiento debería organizar una celebración del inicio del verano en Beartown? —pregunta la reportera.

—Creo que, en estos tiempos, los contribuyentes de Beartown tal vez están un poco preocupados por el hecho de que parece que todos los recursos del ayuntamiento van para Hed —dice Theo.

—¿Qué... qué quiere decir?

—Seguramente bastaría con que le eches un vistazo a las secciones de comentarios de tu propia página de internet —sugiere Theo.

La reportera cuelga y en poco tiempo encuentra las secciones de comentarios debajo de los artículos acerca del hospital. Para entonces, Richard Theo ya ha borrado todos sus comentarios, pero muchas otras personas ya han insistido en el punto: «Así que Beartown tiene que conseguir sus propios patrocinadores, ¿pero el AYUNTAMIENTO paga las cuentas de Hed? ¿Por qué sí hay dinero para el Club de Hockey de Hed pero no para el HOSPITAL?».

La reportera le marca a Theo de nuevo. Él dice con humildad que no ha estado involucrado «en las conversaciones relacionadas con el hospital», pero le sugiere a la reportera que, tal vez, mejor debería preguntarle al líder del partido mayoritario en el gobierno municipal. Así que la reportera lo llama por teléfono y el político contesta en su móvil, mientras está de vacaciones en España. La reportera va directo al grano:

—¿Por qué están mandando todos los fondos del ayuntamiento para el Club de Hockey de Beartown directamente al Club de Hockey de Hed? ¿No podría el Club de Hed encontrar sus propios patrocinadores para que, en su lugar, el municipio pueda invertir el dinero en el hospital?

Quizás el político se siente demasiado relajado, quizás incluso ha bebido una copa de vino, de modo que responde:

—Mira, querida, no estamos hablando del mismo dinero para nada, ¿sí me entiendes? ¡Son presupuestos totalmente distintos! En lo que se refiere al hockey, enfocamos los recursos del municipio donde creemos que pueden traer más beneficios y, hoy por hoy, eso es en el Club de Hockey de Hed y no en Beartown.

La reportera lo cita en internet, pero deja fuera las palabras «el Club de Hockey de». De manera que, ahora, el texto nada más dice: «hoy por hoy, eso es en Hed y no en Beartown». La sección de comentarios se inunda con rapidez: «Ajá! Como siempre Hed se queda con todo!! Qué se creen, que no pagamos impuestos en Beartown o qué?!». Luego: «Como alguien dijo antes, por qué hay dinero para el Club de Hockey de Hed pero no para clínicas en Beartown???». Y luego: «¿Qué creen los políticos que es más importante, el hockey o los servicios de asistencia médica?».

La reportera llama de nuevo al político en España y le pregunta:

—¿Qué cree USTED que es más importante? ¿El hockey o el hospital?

El político tose e intenta explicar:

—No es posible hacer ese tipo de comparaciones tan sencillas, ¿no crees? —Pero la reportera insiste, hasta que el político le espeta—: ¡Por el amor de Dios, seguro eres capaz de entender que yo opino que los hospitales son más importantes que el hockey!

La reportera lo cita de manera textual, y añade unas cuantas palabras para dar más contexto: «Mencionó esto cuando lo contactamos en su casa de veraneo en España». El artículo también menciona, de pasada, el hecho de que el político que posee una casa de veraneo en España reside en Hed y no en Beartown.

Cuando la reportera llama una vez más a Richard Theo y le

NOSOTROS CONTRA TODOS   187

pide una nueva entrevista, Theo le pregunta con afabilidad si querría llevarla a cabo en el edificio del ayuntamiento, considerando que Theo está trabajando el verano entero.

—Ser concejal en este municipio no es un trabajo, es un privilegio —agrega.

El siguiente artículo en el periódico local incluye una fotografía de Theo, a solas en el comedor desierto del edificio del ayuntamiento, trabajando de forma diligente. A la pregunta «¿hockey o asistencia médica?», Theo responde:

—Yo creo que los contribuyentes merecen una sociedad donde no tengan que elegir entre la asistencia médica y las oportunidades para el ejercicio y la recreación.

* * *

Dentro de poco aparecerá un nuevo artículo en la página de internet del periódico local. Nadie sabe en realidad cómo es que una reportera que sólo está bajo contrato durante el verano pudo sacar a la luz una noticia como ésta, pero, de repente, apareció documentación que demuestra que concejales prominentes sostuvieron conversaciones en secreto acerca del hospital de Hed durante toda la primavera. Ahí se afirma que tal vez sería posible salvar los empleos en una de las áreas del hospital, si se clausurara de inmediato otra área «que es más costosa». De alguna forma, el periódico logró averiguar a través de «una fuente confiable» que el área que «la élite de los políticos de la clase dirigente» preferiría salvar tiene más empleados que viven en Hed, mientras que el área que quieren clausurar tiene más empleados que viven en Beartown.

Mucho tiempo después, se revelará que esto no era cierto, pero para entonces ya no importará, pues este verano el encabezado es: «Más desempleo en Beartown».

———

La sección de comentarios hace lo que la sección de comentarios siempre hace: huele sangre y empieza a arder.

* * *

En algún punto de este verano, una mujer que se dedica a la política llega al taller mecánico de Jabalí para recoger su auto, que tuvo que ser reparado cuando la visibilidad a través del parabrisas se oscureció un poco, ya que, desafortunadamente, se apareció un hacha en el capó. Bobo lo reparó y lo pintó, pero, cuando la mujer va a sacar su cartera, el muchacho mueve la cabeza de un lado a otro y dice: «Ya está pagado». El muchacho no dice quién lo hizo, pero la mujer lo entiende. Se va manejando a su casa, todavía espantada por la sola idea de avistar a los hombres con chaquetas negras, pero no hay nada amenazante esperando afuera de su puerta. Sólo un magnífico ramo de flores. La tarjeta dice: «No tengas miedo, aún tienes amigos, ¡no vamos a dejar que las fuerzas de la oscuridad ganen! —Richard Theo».

La mujer lo llama para agradecerle. Richard Theo se comporta con humildad, dice que no quiere nada a cambio, y la mujer lo respeta por ello. Theo sonríe cuando cuelga la llamada. Con frecuencia tiene un plan, pero no siempre, a veces sólo es como un buen jugador de hockey: tiene reflejos rápidos. Esa tarde justo antes de las celebraciones por el inicio del verano, después de que los políticos de la clase dirigente se reunieron con Peter para hablar del Club de Hockey de Beartown, la insegura concejala estaba de pie en el pasillo, sin atreverse a salir. Richard Theo pasó a su lado, junto a la cafetera, y le preguntó:

—Te ves preocupada, ¿qué pasa?

La concejala representaba un partido político que se había distanciado públicamente de Richard Theo «en los términos más enérgicos posibles», pero unas cuantas palabras amables pueden ser más que suficiente. Ella admitió:

—Ay, no sé. Todos dicen que el Club de Hockey de Beartown se va a ir a la quiebra, ¡pero a mí ni siquiera me interesan los deportes! ¿Qué se supone que voy a responder si alguien me pide mi opinión?

Theo puso su mano en el hombro de la concejala y dijo:

—No es algo tan serio. Después de todo, al municipio todavía le queda otro club de hockey. ¡Sólo di que todos deberían mejor volverse aficionados del Club de Hockey de Hed!

La mujer salió del edificio del ayuntamiento y, cuando un aficionado de Hed la estaba grabando, dijo exactamente eso. Más tarde, se ganó un hacha clavada en el capó de su auto. Al día siguiente, los colegas de su partido no fueron para nada solidarios con ella, sólo le dijeron con brusquedad: «¿Cómo pudiste ser tan idiota como para decir que todos deberían volverse aficionados de Hed? ¿Justo en ESTE municipio?». Y ¿qué se supone que iba a responder? ¿Que Richard Theo le había sugerido que dijera eso? Se quedó callada, los colegas de su partido le gritaron y rompió a llorar cuando no la estaban viendo.

Esa noche Richard Theo fue a la oficina de la concejala, la escuchó y la consoló, incluso le pidió perdón. Ella tenía nuevos enemigos, así que necesitaba un amigo. Theo se ofreció a llevar su auto a un taller, le prometió que iba a pagar todos los daños, le dijo que no se preocupara. Llevó a la concejala a su casa en su propio auto y le dijo que lo llamara si se sentía amenazada en lo más mínimo, sin importar la hora que fuera. «No tienes por qué temer, tienes buenos amigos», le recordó. Y luego le prometió: «Me voy a asegurar de que el club castigue a esos rufianes que te atacaron. ¡Voy a hacer que se deshagan de la grada de pie en la arena de hockey!».

Ninguno de los colegas del partido de la mujer le preguntó

cómo estaba, ninguno de ellos le extendió una mano, así que tomó la única que le ofrecieron. La de alguien con buenos reflejos.

* * *

El político de la casa de veraneo en España se da cuenta de su error cuando lee el periódico. Enfurecido, interrumpe sus vacaciones y viaja de regreso a casa. En el aeropuerto, lo recibe Richard Theo.

—¿Qué haces aquí? —le pregunta el político.

—Quiero ayudarte —dice Theo.

El político se ríe de él.

—¡No me digas! Si nunca hemos estado exactamente... del mismo lado.

Pero siente curiosidad, y los artículos del periódico sobre el hospital lo han puesto en aprietos. Así que Theo lo invita a tomar un café y, entonces, le explica con cordialidad que «tú y yo queremos lo mejor para el municipio» y que «nadie gana nada con la intranquilidad y la discordia». Platican un poco sobre los artículos acerca del hospital, Theo lamenta que todo haya sido «expresado de una manera desafortunada». El político de la casa de veraneo en España dedica unos instantes a maldecir a «esos periodistas bastardos», tras lo cual Theo exclama de repente:

—¿Ya supiste del nuevo patrocinador del Club de Hockey de Beartown?

El político asiente, pero entonces gruñe:

—¡Sí! Parece que todos hablan de eso, ¡pero nadie parece saber quién es realmente ese misterioso «patrocinador»!

Theo se inclina hacia adelante y le revela:

—Es una empresa que va a comprar la fábrica de Beartown. Me contactaron, y puedo dejar que tú des la conferencia de prensa cuando el acuerdo se vuelva oficial. Habrá muchos empleos nuevos para el municipio.

El político balbucea:

—¿Cómo sabes…? Ni siquiera había oído algo sobre…

Theo explica sin rodeos que unos viejos amigos de su época en el banco de Londres le pasaron el dato. También le cuenta lo que los nuevos dueños de la fábrica esperan obtener del gobierno municipal: «Obviamente necesitan cierto grado de… buena voluntad política. Inversiones en… infraestructura». El político de la casa de veraneo en España entiende lo que esto significa: terrenos subvencionados, rentas reducidas, subsidios más o menos públicos para las renovaciones de la fábrica. Pero también entiende el valor de ser el político que puede prometer empleos nuevos en una conferencia de prensa.

—¿Por qué me estás diciendo todo esto? —pregunta con suspicacia.

—Porque no quiero ser tu enemigo —dice Theo, con una voz suave.

Al oír eso, el político suelta una carcajada.

—Tú eres un maldito comerciante, Richard. ¿Qué es lo que quieres?

Richard Theo responde con calma:

—Un asiento en futuras mesas de negociación. Basta con que nos nombres a mí y a mi partido durante la conferencia de prensa, abras la puerta a futuras cooperaciones, y entonces los demás partidos seguirán tu ejemplo.

—¿Quieres que yo limpie tu reputación política?

—Te estoy ofreciendo la oportunidad de ser el político que salve los empleos de Beartown.

El político de la casa de veraneo en España se hace el difícil, pero por dentro ya está convencido de aceptar la oferta. Así que le pone a Theo una sola condición:

—¡Todos los empleos nuevos en la fábrica tienen que ser para gente de Beartown! ¡No debe parecer que mi partido está favoreciendo todavía más a Hed justo ahora, bajo ninguna circunstancia!

Richard Theo le da su palabra. Que no vale gran cosa. No tiene nada en contra del político de la casa de veraneo en España; de hecho, son muy parecidos, y ése es el problema. El político conoce a toda la gente con dinero del municipio, pero también es conocido por ser un gran amante de los deportes que siempre ha hecho todo lo posible para respaldar a los clubes de hockey, y ésa es una combinación peligrosa. Richard Theo necesita un oponente que sea más fácil de vencer. De tal modo que cuando el político de la casa de veraneo en España va manejando rumbo a su casa, Theo llama de inmediato a su amigo en Londres.

—Ya está hecho. Los nuevos dueños van a obtener todo lo que necesiten. Sólo hay un pequeño detalle que acaba de presentarse...

Desde luego que los nuevos dueños de la fábrica entienden cuando Theo explica que, teniendo en cuenta los acalorados debates locales acerca del cierre del hospital, sería muy apreciado «entre los políticos locales» que los nuevos dueños prometieran que gran parte de los nuevos empleos serán adjudicados a trabajadores de Hed.

Para que nadie crea que sólo Beartown se está beneficiando con esto.

* * *

Una noche, al final del verano, Richard Theo toca a la puerta de una casa. La concejala parece sorprendida cuando abre. Invita a Theo a pasar, pero él sonríe a modo de disculpa y dice que «no quiere molestar». Puede ver a su esposo y a sus hijos adentro de la casa.

—Dentro de poco, los nuevos dueños de la fábrica van a hacer público el acuerdo. Van a anunciar que habrá nuevos empleos y que van a patrocinar el Club de Hockey de Beartown. Van a dar una conferencia de prensa junto con los políticos que hicieron posible este convenio —dice Theo.

La mujer no es lo bastante hábil en este juego como para entender en qué la afecta todo esto, así que sólo dice:

—Felicidades. Será un logro que podrás presumir en las próximas elecciones.

Theo sonríe con humildad.

—Yo no voy a estar en la conferencia. Pero obviamente tu partido sí estará, después de todo es el partido más grande en el municipio.

—No estoy tan arriba en la jerarquía como para poder participar en una conferencia de prensa. Especialmente después de... tú sabes, el hacha en mi auto —dice la mujer.

Theo se alegra de que en la voz de la mujer no sólo se escuche un tono de miedo, sino también de ira.

—¿Y si yo pudiera arreglar que tú estés ahí, junto al líder de tu partido?

—No podrías hacer eso... ¿o sí?

Ella se queda callada, pero Theo no dice nada, así que la mujer prosigue:

—¿Qué quieres de mí?

—Quiero ser tu amigo —dice él.

—¿Qué tengo que decir en la conferencia de prensa? —pregunta ella, con un poquito de entusiasmo de más.

—La verdad: que no sólo Beartown necesita empleos, sino también Hed. Un político responsable siempre piensa en todo el municipio.

La mujer mueve la cabeza de un lado a otro, sus párpados aletean.

—No puedo… Tú comprenderás que no puedo…

La mano de Theo, apacible y tranquilizadora, toca la de la concejala.

—Estás asustada. Relájate, nadie va a hacerte daño.

Ella puede ver en la mirada de Theo que está hablando en serio, y dice mientras respira con dificultad:

—Entonces, ¿quieres que exija que parte de los empleos de la fábrica se destinen a gente de Hed?

—La mitad —asiente Theo.

—¿Tienes alguna idea de cuánto me van a odiar en Beartown?

Richard Theo se encoge de hombros de manera pragmática.

—Sí, pero te van a amar en Hed. Y Hed tiene una población más grande. Si ya te odian en un lugar, entonces asegúrate de que te amen más en el otro. Uno no gana elecciones con el menor número posible de enemigos, sino con el mayor número posible de amigos.

—¿Esto es al menos legal? ¿Puedes incluso…? ¿Qué pasa si mi partido me expulsa?

—No me estoy explicando. Después de esto, no sólo vas a tener un lugar en tu partido. Vas a ser su líder.

Richard Theo también está hablando en serio cuando dice esto.

18

Una mujer

El verano en Beartown es capaz de hechizar a cualquiera: así como el aroma de unas rosas se vuelve más fuerte en una habitación en tinieblas, la luz es algo que se vuelve emocionalmente abrumador en un lugar tan acostumbrado a la oscuridad. De repente, el follaje rebosa a nuestro alrededor, el cielo está iluminado casi todo el día, las brisas cálidas se persiguen unas a otras alrededor de las esquinas de las casas como terneros que dejaron salir a pastar. Pero hemos aprendido a jamás confiar en el calor: es fugaz y poco fiable, y siempre nos decepciona. En esta parte del país, los árboles se desnudan con rapidez, dejan caer todas sus hojas de golpe, como si fueran un camisón de noche; en poco tiempo, los días se acortan y el horizonte se acerca. Más pronto de lo que imaginamos, el invierno cae encima con su albura que borra todos los colores de las demás estaciones, el mundo se convierte de nuevo en una hoja de papel en blanco, una sábana congelada y recién planchada cuando una mañana miramos por la ventana. Hemos sacado nuestros botes del lago, dejando partes de nosotros mismos en el fondo de esas embarcaciones. La gente que fuimos en julio, esa gente del verano, ahora descansará sobre una cama de madera, enterrada en lo profundo de la nieve, durante tantos meses que casi la habremos olvidado para cuando llegue la siguiente primavera.

Septiembre está en camino. Una época que pertenece a los que aman el hockey. Nuestro año empieza ahora.

* * *

Fátima y Ann-Katrin están por terminar su turno en el hospital. Cada doctor que pasa por ahí sólo quiere hablar del hockey; la revelación hecha por el periódico local de que existe un «nuevo patrocinador misterioso» que va a salvar al Club de Hockey de Beartown es el gran tema de conversación, tanto en Beartown como en Hed. «¡Qué TEMPORADA vamos a tener!», exclama una enfermera en la cafetería, y de inmediato empieza a reñir con una enfermera que apoya al otro equipo. «¡Hed debería haber conseguido ese nuevo patrocinador en lugar de Beartown! Este municipio no es lo suficientemente grande para dos equipos de hockey», dice una de ellas. «¡Ja! ¡Entonces mejor desaparezcan el club de Hed! ¡No pueden sobrevivir sin el dinero que les da el ayuntamiento!», sugiere la otra.

Al principio es una discusión amistosa, pero Fátima y Ann-Katrin han estado al tanto del hockey en estos pueblos el tiempo suficiente como para saber que esto llevará dentro de poco a un conflicto real, no sólo en el hospital sino en todos lados. Los mejores y los peores sentimientos de la gente hacia los demás explotarán cuando Beartown y Hed se enfrenten en la pista de hielo. Por estos rumbos, el deporte es mucho más que un deporte. En especial esta temporada.

Cuando Fátima y Ann-Katrin salen del hospital al final de su jornada, un hombre que tiene puesta la chaqueta de un chándal las espera en el estacionamiento.

—¿Peter? ¿Qué estás haciendo aquí? —pregunta Ann-Katrin sorprendida cuando avista, a la distancia, al director deportivo del Club de Hockey de Beartown.

—Tengo que pedirles algo —dice Peter.

—¿Qué? —pregunta Ann-Katrin.

—A sus hijos.

Fátima y Ann-Katrin se echan a reír, hasta que se dan cuenta de que el director deportivo no está bromeando.

—¿Se siente usted bien, Peter? —pregunta Fátima, preocupada.

Él asiente con seriedad.

—Como tal vez ya se habrán enterado, tenemos una nueva entrenadora. Y ella quiere construir el club… alrededor de sus muchachos.

Ann-Katrin intenta analizar el tono de la voz de Peter.

—¿Y tú no crees que eso sea una buena idea? —pregunta.

Las comisuras de los labios de Peter se elevan, pero baja la mirada.

—Siempre he tratado de construir un club de hockey que fuera… más que sólo un club de hockey. Quería que formara a jóvenes tanto como a jugadores de hockey. No quería que ganar fuera lo más importante. Pero… ahora tenemos un nuevo patrocinador. Y si no ganamos esta temporada… si no vencemos a Hed y ascendemos a la siguiente división… entonces no sé si seguiremos aquí el año que entra.

—Sólo di lo que viniste a decirnos —dice Ann-Katrin con impaciencia.

El pecho de Peter se eleva y desciende.

—Me temo que esta temporada el club va a exigirles más a sus hijos de lo que podría darles a cambio.

—¿Cómo es eso? —pregunta Fátima.

Peter se vuelve hacia ella:

—Hace un tiempo, Amat me detuvo cuando iba manejando por la carretera. Me preguntó si iba a poder jugar en el equipo júnior y yo… no fui muy amable con él…

—Todos tenemos nuestros malos momentos, usted no es peor que los demás —sonríe Fátima, pero Peter la interrumpe:

—Él me preguntó por el equipo júnior, Fátima, pero caray... no queremos a Amat en un equipo júnior. ¡Lo queremos en el primer equipo!

Fátima pasa saliva.

—¿Con... con todos los adultos?

Peter no hace ningún intento de esconderle la verdad.

—Esto va a exigirle muchísimo. Y todos los jugadores mayores que él se le van a ir encima con más fuerza de lo normal. Ha habido muchos antes que él que no soportaron pasar por todo esto. Ser el más joven del equipo, rodeado de adultos... no va a ser fácil para él.

La mirada en los ojos de Fátima es implacable.

—Nadie le prometió a mi hijo que iba a ser fácil.

Avergonzado, Peter desliza la palma de su mano sobre su barba de tres días.

—Debí haberle dicho a Amat que mi hija y yo todavía estamos en deuda y muy agradecidos con él por haber dado la cara para decir la verdad en esa reunión la primavera pasada...

Fátima niega con la cabeza.

—Usted puede darle las gracias, pero Maya no le debe nada a nadie. Nosotros somos quienes deberíamos pedirle perdón, todo el pueblo. En lo que se refiere a mi hijo, él sólo quiere jugar hockey. Así que jugará, si usted puede darle algún espacio donde hacerlo.

Peter asiente, agradecido. Entonces se vuelve hacia Ann-Katrin:

—No voy a mentirte...

—No te atreverías —sonríe Ann-Katrin.

Ella está casada con Jabalí, un amigo de la infancia de Peter, y ha visto a Peter crecer y madurar casi tan de cerca como a su esposo. Así que Peter le dice las cosas como son:

—Necesitamos a Bobo esta temporada. Nos faltan defensas. Pero para ser honesto, él no es lo suficientemente bueno para jugar a un nivel de competencia más elevado... Así que, si ganamos, si él nos ayuda a ascender a una división superior... entonces no va a tener ninguna oportunidad de conseguir un lugar en el equipo en la siguiente temporada. Esta temporada será la última para él. Le voy a exigir sangre, sudor y lágrimas, va a tener que darle prioridad al hockey por encima de todo lo demás, la escuela, las muchachas... todo. Pero, a cambio, nada más puedo ofrecerle un solo año.

Ann-Katrin respira por la nariz. Le duele el cuerpo. Visto en retrospectiva, Peter creerá que se veía delgada y exhausta porque había trabajado duro y hasta tarde. Como casi todos los demás, él no sabe nada de su enfermedad. Así es como debería ser, no quiere que sientan compasión por ella. Sin embargo, quiere ver a su hijo jugar hockey una última vez. Así que sonríe:

—¿Un año? Un año es una eternidad.

Su esposo, Jabalí, tuvo que dejar de jugar hockey después de haber sufrido demasiadas conmociones cerebrales. Los doctores lo obligaron, permaneció callado durante semanas, estuvo de luto por él mismo como si lo hubieran enterrado. Durante varios meses, ni siquiera pudo reunir el coraje para ir a la arena de hockey, pues sentía que había decepcionado a su equipo. ¡Que lo había decepcionado! Por no ser inmortal. Bobo heredó los hombros anchos y la fuerza bruta de su papá, pero también heredó la necesidad de ser parte de un grupo, ambos odian estar solos. Necesitan un contexto en el que se sientan amados y aceptados, de modo que, cuando Jabalí ya no tenía un vestidor a donde ir, fue como si le hubieran amputado una parte de su cuerpo. ¿Qué no habría dado por un año más? ¿Por un último partido? ¿Por un último instante en el que puedes sentir toda tu vida en tus entrañas, y los espectadores gritan lo más fuerte que pueden y todo está en juego?

Cuando Ann-Katrin llegue a su casa esta noche, apenas si podrá sostenerse en pie, y Jabalí la recogerá del auto, ese enorme, tonto y maravilloso pedazo de hombre la llevará cargando a la casa, y cuando esté demasiado cansada para bailar, él la hará girar en sus brazos, despacio y con ternura, sobre el piso de la cocina. Ella se quedará dormida con los labios de su esposo posados en su cuello, las manos aún enamoradas de su hombre debajo de su blusa. Bobo les leerá *Harry Potter* a su hermano y a su hermana en otra habitación. Mañana, a primera hora, Ann-Katrin irá a ver a su médico de nuevo.

¿Un año? ¿Qué no habríamos dado por un año más? Un año es una eternidad.

* * *

Cinco tíos viejos están sentados de nuevo en la barra de La Piel del Oso. Tienen algo nuevo sobre qué discutir.

—Pero ¿una mujer? ¿Como entrenadora de hockey? ¿De verdad será una buena idea? —pregunta uno de ellos.

—No puedo evitar pensar que todo este asunto de la equidad ha ido un poquito demasiado lejos —dice otro.

—¡Oh, cállate! Esa mujer probablemente ha olvidado más sobre el hockey de lo que ustedes alguna vez han sabido, viejos tontos seniles —protesta el tercero.

—¿Eso crees? No sabes cuál es la diferencia entre un bastón de hockey y tu bastón de anciano, ¡y durante toda la temporada anterior tuve que estar sentado como un perro guía diciéndote dónde estaba el disco! —se ríe el cuarto entre dientes.

—¡Ahora resulta que en estos días hay perros guía que hablan! No te basta con mentir diciendo que viste en persona el Campeonato Mundial de 1987 en Suiza —dice el quinto.

—¡SÍ estuve ahí! —insiste el cuarto.

—¡No me digas! Eso es impresionante, ¡considerando que ese campeonato se jugó en Austria! —señala el quinto.

Los cinco sueltan una carcajada. Entonces dice el primero, o tal vez el segundo:

—Pero ¿una mujer como entrenadora de hockey? ¿De verdad será una buena idea?

—Dicen que además se acuesta con otras mujeres. ¿En serio vamos a tener a una de esas personas en el pueblo? —pregunta el segundo, a menos que en realidad sea el primero.

El cuarto o el quinto refuta:

—Probablemente ya hay más aquí. Hoy día están por todas partes.

El primero bufa:

—Todo está muy bien si son discretos con lo que hacen, pero ¿por qué tienen que hacer ostentación de todo? ¿Ahora todo tiene que ser algo político?

El tercero, sentado en un banco, se inclina hacia adelante, y es difícil saber si es su asiento o su cuerpo el que cruje cuando le pide otra cerveza a Ramona. Mientras se la sirve, el tío dice:

—¿Les digo algo? Si esa nueva entrenadora le gana a Hed en el primer partido, por mí puede acostarse con MI esposa.

Se ríen otra vez, todos y cada uno de los cinco, tanto de los demás como con los demás.

Ramona les sirve algo para picar, viejos bastardos. Maníes para los que tienen cerebro de maní.

* * *

Peter toca el timbre de la casa adosada de la familia Ovich. La mamá de Benji le abre:

—¡Peter! ¡Pasa a comer! —le ordena la señora de inmediato,

como si Peter hubiera llegado tarde, a pesar de que no ha visto a la mujer en quién sabe cuánto tiempo.

Benji no está en su casa, lo que eleva los ánimos de Peter: no ha venido a ver al muchacho. Sus tres hermanas están sentadas en la cocina: Adri, Katia, Gaby. Su mamá les da un manotazo en la frente, una por una, por no haber puesto la mesa para su invitado con la suficiente rapidez.

—No voy a quedarme mucho tiempo, ya comí —intenta Peter, pero Adri lo agarra del brazo:

—¡Shh! ¡Si rechazas la comida de mi mamá eres más valiente de lo que creía!

Peter sonríe, al principio divertido, luego alarmado. Puedes bromear acerca de muchas cosas en la casa de la familia Ovich, pero no acerca de la comida. Así que Peter come, tres porciones más de las que puede soportar, más café y cuatro tipos diferentes de galletas, y le dan el resto en contenedores de plástico y papel aluminio para que se lo lleve a su casa. Contenta, Adri lo acompaña a la puerta.

—Tú tienes la culpa por venir a la hora de la cena.

Peter pone una mano sobre su estómago.

—Yo sólo quería platicar acerca de Benjamin.

—Nos dimos cuenta. Por eso dejamos que mamá platicara contigo de todo lo demás —dice Adri con una sonrisa todavía más amplia, pero se serena cuando ve la mirada de seriedad en los ojos de Peter.

—Tenemos una nueva entrenadora. Elisabeth Zackell.

—Ya me había enterado. Todos se enteraron. Hasta lo mencionaron en el periódico.

Peter le extiende una hoja de papel arrugada. Adri lee los nombres, ve el de su hermano, pero parece como si, de entrada, no lograra entender del todo el significado de los caracteres «(C)» que aparecen a un lado. Peter la ayuda:

—Quiere nombrar a Benji capitán del equipo.

—¿Del primer equipo? ¿Entre hombres adultos? Benji es...

—Lo sé. Pero esta Elisabeth Zackell no parece ser... ¿Cómo decirlo?... No hace las cosas de la misma forma que todos los demás... —dice Peter con resignación.

Adri sonríe.

—No, gracias a Dios. Pero ¿MI hermano, capitán del equipo? ¿La entrenadora tiene alguna idea de en lo que se está metiendo?

—Ella dice que no quiere un equipo, quiere una pandilla de rufianes. ¿Se te ocurre alguien que podría ser un mejor rufián que tu hermano?

Adri ladea la cabeza.

—¿Qué quieres de mí?

—Tienes que ayudarme a controlarlo.

—Nadie puede hacer eso.

Peter se rasca el cuello con nerviosismo.

—Nunca he sido bueno para tratar con las personas, Adri. Pero esta Elisabeth Zackell, ella es...

—¿Todavía peor? —sugiere Adri.

—¡Sí! ¿Cómo lo supiste?

—Sune me llamó por teléfono. Me dijo que ibas a aparecerte por aquí.

—Entonces, ¿dejaste que estuviera sentado durante toda la cena sin que hubiera necesidad? —exclama Peter.

—¿Me estás diciendo que la comida de mi mamá tiene algo de malo? —bufa Adri, con tanta fuerza que Peter retrocede con las manos en el aire, como si lo estuvieran asaltando en una película de vaqueros.

—Por favor, Adri, sólo te estoy pidiendo que me ayudes. Necesitamos a Benji para poder tener alguna posibilidad de ganar.

Adri examina la hoja de papel en su mano.

—Pero ustedes necesitan a un Benji que sea líder. Un rufián, no un lunático.

—Necesitamos a un Benji que no sea tan... tan Benji como de costumbre.

—Haré lo que pueda —promete Adri.

Peter asiente, agradecido.

—Y te necesitamos como entrenadora del equipo de las niñas, si es que todavía tienes ganas de hacerlo. No tengo para pagarte, y soy consciente de que es una tarea ingrata...

—Tiene sus recompensas —dice Adri.

Peter puede ver el fuego que arde dentro de ella. Sólo entiendes esto si eres una persona que respira hockey. Se despiden con un fuerte apretón de manos, el director deportivo y la hermana, el papá y la entrenadora del equipo femenino infantil. Pero antes de que Peter se vaya, Adri le pregunta:

—¿Quién te está dando el dinero? ¿Quién es este nuevo «patrocinador misterioso» del que habla el periódico? ¿Qué es lo que quieren?

—¿Quién ha dicho que quieran algo?

—Todas las personas que tienen dinero quieren algo, Peter. Especialmente cuando se trata del dinero y el hockey.

—No puedo contar nada hasta que sea algo oficial. Sí me entiendes, ¿verdad? —le ruega Peter.

La respuesta de Adri casi suena amenazante, pero en realidad es compasiva.

—Sólo no te olvides de quiénes apoyaron al club en los momentos más difíciles.

Adri no necesita mencionar a la Banda. Peter sabe a qué se refiere cuando habla de las personas que dieron su apoyo.

—Lo haré lo mejor que pueda —le promete.

A pesar de que ambos saben bien que eso nunca es suficiente en este pueblo.

19

La misma camiseta polo azul

Todavía hace calor cuando empieza el semestre de otoño en la escuela de Beartown. El sol brilla, las nubes flotan ligeras en lo alto del cielo, la temperatura sigue contando mentiras traicioneras acerca de prendas de manga corta y muebles de jardín, pero si has vivido aquí toda tu vida puedes sentir que el invierno se acerca. Dentro de poco, el frío congelará los lagos, los copos de nieve caerán tan pesados como unos guantes para horno y la oscuridad aterrizará sobre Beartown, como si el pueblo hubiera sido atacado por la retaguardia por un gigante furioso que echa todas las edificaciones en un saco negro para usarlas en su maqueta de tren a escala que tiene en el cuarto secreto de su sótano.

En Beartown, se siente como si cada año terminara en agosto; tal vez por eso es tan fácil amar un deporte que empieza en septiembre. Afuera del edificio de la escuela, alguien colgó unas banderas verdes en los árboles. A muchos les parecerá un gesto inocente, pero, para otros, es una provocación.

Esto no empieza aquí. Pero a partir de este punto, las cosas empeorarán.

* * *

Ana y Maya están paradas a cien metros de la entrada, respiran hondo tomadas de la mano. Durante todo el verano fueron libres, pero la escuela es otra clase de isla. No del tipo en el que puedes esconderte con tu mejor amiga, sino una adonde llegas porque las olas del mar te arrojaron a la playa contra tu voluntad después de algún terrible accidente. Aquí, todos los alumnos son náufragos, ninguno de ellos escogió la compañía de los demás, todos se limitan a intentar mantenerse con vida hasta que se acabe el semestre y puedan largarse de aquí.

—¿Estás segura de que no quieres que vaya por mi rifle? —pregunta Ana.

Maya suelta una carcajada.

—Bastante segura.

—No le dispararía a nadie. Al menos no en los órganos vitales —promete Ana.

—Puedes echarle un laxante al dispensador de leche en el comedor si alguien se comporta como un estúpido —dice Maya.

—Y quitar todos los focos de los sanitarios, y envolver todos los retretes con una película de plástico —asiente Ana.

—Eres una enferma —dice Maya entre risas.

—No dejes que los bastardos te vean llorar —susurra Ana.

—Jamás —responde Maya.

Entran a la escuela lado a lado. Las miradas les cortan la piel, el silencio amenaza con hacerles estallar las sienes, pero caminan con la frente en alto. Las dos contra el mundo. El recorrido hasta el casillero de Maya ni siquiera llega a cincuenta metros, pero nada en la vida volverá a asustarlas tanto como esto. Dos jovencitas que avanzan con paso firme directamente a través de una escuela llena de susurros, sin bajar la mirada ni una sola vez. No hay ni una maldita cosa nueva que puedas mostrarles a estas mujeres después de lo que ya han visto.

* * *

William Lyt marcha por el pasillo, rodeado por cuatro de sus compañeros de equipo. Tal vez no está buscando enemigos de forma intencional, tal vez da vuelta en una esquina y choca con Bobo sin querer. Pero la pelea es instantánea, casi por instinto dentro de su torpeza; en el estrecho pasillo, los jóvenes agitan los brazos en todas direcciones como si se hubieran tropezado con un enjambre de abejas. En la primavera pasada, después de que Amat se plantara al frente en la reunión en la arena de hockey y dijera que había visto a Kevin violar a Maya, unos cuantos de estos muchachos se dirigieron a la Hondonada cierta noche para castigarlo. Bobo estaba con ellos, pero cambió de bando en el último minuto. Si no hubiera recibido una cantidad inimaginable de golpes en lugar de su nuevo amigo, quizás habrían matado a Amat. Y esa pelea todavía no se acaba.

Alguien empuja a Bobo, quien cae hacia atrás en el pasillo. Todos gritan, pero Lyt y sus aliados guardan silencio de forma precipitada. Bobo yace en el suelo, un par de metros detrás de él Benji está de pie. No dice nada, sólo está parado ahí, con los ojos medio abiertos y el cabello despeinado, como si hubieran empezado la pelea junto a una banca donde hubiera pasado la noche durmiendo. Manos en los bolsillos, mirada arrogante, tan seguro de su propio efecto que ni siquiera pretende ser amenazante.

—¿Empezamos de una vez con esto, Lyt, o quieres ir primero por más de tus amigos? —dice Benji, como si nada más estuviera preguntándole a William Lyt si quiere un refresco mediano o uno grande para acompañar su hamburguesa.

Los amigos de Lyt lo observan de reojo, esperando que los guíe. La mirada de Lyt se cruza con la de Benji, pero no por mucho tiempo. Logra proferir un insulto, pero no suena especialmente convincente cuando mascula:

—Da igual, ya nos veremos las caras en la pista de hielo. ¡Suerte con su jodida entrenadora lesbiana! ¡Es perfecta para ustedes! ¡Siempre han jugado como niñitas!

Benji está parado sobre los dedos de sus pies, Lyt sobre sus talones. Cuando los maestros llegan a toda prisa por el pasillo, Lyt alza las manos con un poquito de sumisión de más, y finge que se va de ahí porque llegaron los maestros. Sin embargo, Benji no se mueve, no baja la mirada, y todos los que ven esto saben lo que significa para la jerarquía de poder en la escuela.

Uno de los alumnos que observa todo con mucha atención es Leo Andersson.

* * *

Maya y Ana están frente al casillero de Maya cuando oyen el alboroto de la pelea y los gritos. Es como si el edificio de la escuela hubiera sido construido de manera intencional con una acústica diseñada para que los sonidos siempre te encuentren, sin importar dónde estés, para que los estudiantes nunca puedan escapar de las vidas de los demás. Maya ve que el personal corre a toda prisa hacia el altercado, vislumbra a varios estudiantes de último año que se lanzan golpes entre sí de forma salvaje a lo lejos en un pasillo. Aunque se da cuenta de que es algo tonto en cuanto las palabras salen de sus labios, pregunta en voz alta:

—¿Y ahora por qué se están peleando?

Una chica de su misma edad se voltea a un par de metros de distancia, su voz destila desprecio cuando responde:

—No te hagas la tonta, mentirosa hija de…

Una de las amigas de la chica alcanza a detenerla antes de

que diga la última palabra. Como si eso importara. Maya se la queda viendo un instante de más. Los ojos de la chica están bien abiertos, sus uñas enterradas en las palmas de las manos cuando grita:

—¡Como si NO supieras por qué se están peleando! ¡Lo estás disfrutando! ¿Verdad? ¡Que todos los problemas en este maldito pueblo tengan que ver CONTIGO! ¡Maya Andersson, la princesita de todo Beartown!

Pronuncia el nombre de Maya como si estuviera escupiendo en su tumba. Las amigas de la chica se la llevan a jalones. Ella tiene un pin rojo del Club de Hockey de Hed en su mochila; su novio y su hermano mayor juegan ahí. Ambos eran amigos de Kevin Erdahl.

Maya y Ana permanecen donde estaban, apoyándose contra los casilleros con tanta fuerza que pueden sentir cómo vibran las puertas de metal al compás de los latidos de sus corazones. Esto nunca tendrá fin. Nunca. Maya suspira resignada:

—En serio, ¿por cuántas cosas pueden odiarme? O soy una víctima de violación, o soy una puta mentirosa, o soy... ¿una PRINCESITA?

Ana está de pie a su lado, con la mirada en el suelo; se aclara la garganta ruidosamente y sugiere:

—O sea... Si te sirve de consuelo, ¡yo sigo pensando que eres una burra totalmente común y corriente!

La boca de Maya lucha por permanecer solemne, pero al final no puede resistir y se parte en una amplia sonrisa.

—Eres una tonta...

—¡Dijo la burra! —resopla Ana.

Maya suelta una carcajada.

Porque nunca debes dejar que los bastardos te vean hacer lo contrario.

* * *

Bobo está arrastrándose por todos lados en el piso como un venado con sobrepeso. Amat llega corriendo, le extiende una mano y, junto con Benji, lo jalan del suelo entre gruñidos para que se ponga de pie.

—¿Cómo puedes ser tan pesado y tan fácil de derribar? —dice Amat con una sonrisa burlona.

Bobo, quien no es muy conocido que digamos por su agudo ingenio, logra contraatacar de forma inesperada:

—El peso de mi pito altera mi centro de gravedad.

Las risas de Amat y Benji hacen eco en el pasillo. Ellos son los únicos tres miembros de todo el equipo júnior de la temporada pasada que todavía siguen en el Club de Hockey de Beartown, pero, justo ahora, se siente como si con eso fuera suficiente.

—¿Ya supieron que hoy voy a entrenar con el primer equipo? —dice Amat emocionado.

Bobo asiente, pero, de pronto, parece estar confundido.

—¿Qué quiso decir Lyt con eso de «entrenadora lesbiana»?

Amat y Benji se lo quedan viendo, sorprendidos:

—¿No te enteraste de que el primero equipo de Beartown tiene una nueva entrenadora?

El rostro de Bobo irradia su incapacidad para entender lo que le dicen. En Beartown, los rumores podrán esparcirse con rapidez, pero no con la rapidez suficiente para que lleguen hasta él.

—Sí, pero ¿cómo está eso de que es lesbiana? ¿Vamos a tener una entrenadora LESBIANA?

Benji no dice nada. Pero Amat se aclara la garganta.

—Oye, Bobo… Dijimos «el primer equipo».

—¿Me estás diciendo que no soy bueno para estar con el primer equipo? —ruge Bobo.

Amat se encoge de hombros.

—Podría ser, si es que necesitamos un cono extra en los entrenamientos. De hecho, tus patines son más rápidos cuando no los tienes puestos…

Benji estalla en carcajadas y Bobo trata de pescar a Amat y darle un golpe, pero Amat es demasiado rápido para él, y por mucho.

Los tres están bromeando, pero, en lo más profundo de su interior, ninguno de ellos sabe si de verdad es lo bastante bueno. Si tienen alguna oportunidad de conseguir un lugar en el primer equipo. Y es que, ¿qué sería de ellos? ¿Si ya no pudieran ser jugadores de hockey?

* * *

La escuela se va llenando lentamente de estudiantes y de personal. Un nuevo semestre, expectativas y ansiedad por partes iguales, el reencuentro agridulce con todas las personas que quieres y con todas las personas que odias, sabiendo que es inevitable tener que respirar el mismo aire que unos y otros.

Jeanette, una joven maestra está sentada en la oficina del director haciendo un último intento por convencer al hombre vestido con una chaqueta elegante que se masajea las sienes frente a ella:

—¡Sólo deme una oportunidad! ¡Déjeme incluirlo como parte de las clases de Educación Física!

El director suspira.

—Por favor, Jeanette, después de todo lo que pasó en la primavera, lo único que quiero es hacer que esta escuela termine UN semestre sin escándalos ni atención de los medios, ¿y tú quieres enseñarles a los alumnos a pelear?

—Pero no es… Con mil demo… ¡Son artes marciales! —dice Jeanette con brusquedad.

—¿Cómo dijiste que se llamaban?

—MMA, o artes marciales mixtas —repite Jeanette con paciencia.

El director pone los ojos en blanco.

—¿«Artes»? Como que es un poquito exagerado llamar a eso un «arte», ¿no crees? No es como si pudieras montar una exposición de narices rotas, ¿o sí?

Jeanette junta las manos en su regazo. Tal vez para contenerse de arrojarle algo al director.

—Las artes marciales les enseñan a los alumnos disciplina y a tener respeto por sus propios cuerpos y los de los demás. Ya tengo un lugar donde puedo impartir clases, allá en el criadero de Adri Ovich, sólo déjeme preguntarles a los estudiantes si estarían interesados, y…

El director limpia sus lentes de forma más minuciosa de lo necesario.

—Lo lamento, Jeanette. Los padres se volverían locos. Ellos lo verían como que les estás enseñando a sus hijos a ser violentos. No podemos permitirnos más escándalos.

Se pone de pie para indicar que ya es momento de que Jeanette se retire de su oficina, pero, cuando abre la puerta, una mano casi lo golpea en la cara. Afuera hay un hombre de pie, que estaba a punto de tocar.

—Tengo la sensación de que va a ser un año muy largo —dice el director entre dientes.

Jeanette está de pie detrás de él, sin poder ocultar su curiosidad.

—¡Hola! —dice ella.

El hombre en la puerta sonríe.

—Creo… creo que hoy empiezo a trabajar aquí —dice él, presentándose.

—¡Sí! ¡Nuestro nuevo maestro de Filosofía e Historia!

—exclama el director mientras agarra unas hojas de papel de un estante y añade:

—Y Matemáticas y Ciencias Naturales y… ¿Francés? ¿Hablas francés?

Parece que el maestro en la entrada de la puerta querría protestar, pero Jeanette, con una sonrisa, le hace un gesto con el que le da a entender que es mejor que le siga la corriente. El director arroja una enorme pila de libros y papeles a los brazos del maestro.

—¡Bueno, manos a la obra! ¡Tu horario de clases está ahí encima de todo!

El maestro le agradece y se marcha por el pasillo. El director lo observa mientras se va y suspira.

—Recién titulado. Sé que debería estar contento de que haya venido aquí voluntariamente, pero, en el nombre de Dios, Jeanette, ¿cuántos años crees que tenga?

—¿Veinticinco? ¿Veintiséis? —intenta adivinar Jeanette.

—Y tú viste su aspecto.

—Yo no noté nada —miente Jeanette, con un rostro impasible.

—Toda la escuela está llena de hormonas, ¡y nosotros contratamos a un maestro que parece salido de una maldita *boy band*! Vamos a tener que encerrar a la mitad de las alumnas —masculla el director.

—Y tal vez a varias maestras… —dice Jeanette en voz muy baja, en medio de un ataque fingido de tos.

—¿Qué? —dice el director.

—¿Qué? —repite Jeanette haciéndose la inocente.

—¿Dijiste algo?

—¡No! ¡Tengo que irme ya a dar una clase!

El director murmura, no muy contento:

—Puedes poner un cartel que anuncie tus clases de artes marciales. ¡UNO, Jeanette!

Jeanette asiente y sale de la oficina del director. Coloca cuatro carteles y mira las caderas del maestro nuevo mientras camina detrás de él por el pasillo.

* * *

El maestro nuevo está en el salón de clases escribiendo en la pizarra mientras los estudiantes entran en tropel a la habitación en pequeños grupos. Cuando suena la campana, apenas si se puede escuchar entre los rechinidos de las sillas, el sonido de las mochilas que caen al piso y el parloteo entusiasta acerca de todo lo que pasó durante el verano y la pelea que se acaba de desatar en el pasillo.

Benji es el último de todos en entrar, y prácticamente nadie se fija en él. Su cabello sigue despeinado, su camisa de mezclilla está fajada a medias, como si acabara de ponerse el pantalón en un cuarto oscuro. Su apariencia es muy similar a la de aquella ocasión, no hace mucho tiempo, en la que se levantó de la cama en la cabaña de un campamento a medio camino entre Beartown y Hed, esa noche llena de Nietzsche y cervezas frías y manos cálidas.

El resto de los estudiantes en el salón están demasiado ocupados con los demás y con ellos mismos como para notar cuando el maestro nuevo se vuelve hacia la puerta y se queda sin aliento. Benji no es un joven que se sorprenda con facilidad, pero ahora se para en seco sintiendo un golpeteo intenso en el pecho por el shock.

El maestro tiene puesta la misma camiseta polo azul que vestía esa noche.

20

Espuma de afeitar en tus zapatos

Es difícil preocuparse por otras personas. De hecho, es extenuante, pues la empatía es algo complicado. Requiere que aceptemos que todos los demás también están viviendo sus vidas todo el tiempo. No tenemos ningún botón de pausa para que cuando todo se vuelva demasiado complicado podamos lidiar con ello, pero nadie más lo tiene.

* * *

Cuando la clase termina, los alumnos huyen a toda prisa y en desorden del salón como si estuviera en llamas, según es su costumbre. Benji parece ser el último por pura casualidad; sabe bien aparentarlo, sin esforzarse. El maestro está sudando por los nervios, una mancha de humedad se forma en el cuello de su camiseta polo azul.

—No... no sabía que todavía eres estudiante, Benjamin. De haberlo sabido... Creí que eras mayor. ¡Esto fue... fue un error! Podría perder mi empleo, no debimos habernos acostado... Yo no acostumbro... Tú sólo fuiste... sólo fuiste...

Benji se le acerca. Las manos del maestro tiemblan.

—Un error. Sólo fui un error —dice Benji, ayudándolo a terminar la oración.

El maestro asiente, lleno de angustia, con los ojos cerrados.

Benji mira fijamente sus labios por unos cuantos instantes. Para cuando el maestro abre los ojos, Benji ya se ha ido.

* * *

Como de costumbre, Bobo se va directo a casa después de la escuela, arroja su mochila en su habitación, se cambia de ropa y sale a ayudar a Jabalí, su papá, en el taller. Tal y como siempre lo hace. Pero, el día de hoy, no es Bobo quien está pendiente del reloj, sino Jabalí.

—Es suficiente, Bobo. ¡Ya vete! —dice su papá cuando llega la hora.

Bobo asiente aliviado y se quita su overol. Jabalí nota que le está empezando a quedar chico. Cuando Bobo va por su equipo de hockey, Jabalí duda por un buen rato si debería decir algo, tal vez porque no quiere que su hijo vea lo ilusionado que está. Las esperanzas de los padres pueden asfixiar a sus hijos con mucha facilidad. Pero, al final, no puede evitar preguntar:

—¿Nervioso?

Es una pregunta tonta; Bobo está tan nervioso como un gato con cola larga entre dos mecedoras. Hoy será su primer entrenamiento con el primer equipo, tiene dieciocho años, el hockey tiene una manera muy terminante de hacerles saber a los niños que se han convertido en adultos. El hijo dice que no con la cabeza, pero sus ojos asienten. Su papá esboza una amplia sonrisa.

—Mantén la cabeza agachada y la boca cerrada. Da tu mejor esfuerzo. Y ponte un par de zapatos que no te gusten.

Bobo abre la boca para hacer el sonido que, desde que era pequeño, siempre ha emanado de sus labios cuando no entiende algo:

—¿Eh?

—Los jugadores mayores del primer equipo van a llenar tus zapatos con espuma de afeitar mientras estés en la ducha. Al principio van a hacerte la vida un poco complicada, pero simplemente hay que aceptarlo. Recuerda que es una señal de que te respetan. Cuando NO se metan contigo, ahí es cuando tienes que preocuparte, porque eso significa que vas en camino de quedar fuera del equipo.

Bobo asiente. Parece que Jabalí está por darle unas palmaditas en el hombro, pero en lugar de eso se extiende para alcanzar una herramienta de la mesa de trabajo detrás de su hijo. Bobo se da la vuelta para ir a cambiarse los zapatos, pero Jabalí se aclara la garganta:

—Gracias por ayudarme hoy.

Bobo no sabe qué contestar. Él ayuda a su papá en el taller todos los días, pero su papá nunca se lo agradece. Sin embargo, ahora, Jabalí prosigue:

—Desearía que tuvieras una vida menos complicada. Que sólo tuvieras que pensar en la escuela y el hockey y las chicas y en lo que sea que piensen tus amigos. Sé que ha sido difícil tener que ayudar en el taller, y ahora todo este asunto de tu mamá que no…

Su voz se apaga. Bobo no termina la frase. Sólo dice:

—No hay problema, papá.

—Estoy muy, muy orgulloso de ti —dice Jabalí, con la cabeza metida debajo del capó de un Ford.

Bobo va por un par de zapatos viejos.

* * *

Amat es el tipo más pequeño en los vestidores. Se esfuerza lo más que puede para hacerse aún más pequeño; puede sentir las miradas de los jugadores mayores, y sabe que no lo quieren ahí. Bobo está sentado junto a él, y la situación es peor para él por lo grande que es. Los jugadores mayores, aquellos que no pudieron encontrar otros equipos cuando el club estuvo al borde de la quiebra el verano pasado y no piensan perder ahora sus lugares a manos de un grupito de júniors, maldita sea, empiezan a tratar a Bobo de inmediato como un blanco de ataque. Sólo son pequeños detalles, alguien lo golpea con el hombro, alguien más patea su equipo hasta el otro lado del suelo sin querer. Cuando empiezan a bromear a viva voz, Bobo intenta con desesperación hacer comentarios graciosos. Es demasiado obvio que está tratando de ganar su aceptación, y es justo por esa razón que sólo está empeorando las cosas. Amat intenta darle un codazo para hacer que se calle, pero Bobo está demasiado acelerado. Uno de los jugadores mayores gruñe:

—¿Así que ahora, encima de todo, vamos a tener a una mujer como entrenadora? ¿No podría encontrar el director deportivo otra forma de hacer ruido para sus relaciones públicas? ¿Ahora nos vamos a convertir en alguna especie de manifestación política?

—No hay manera de que haya conseguido el trabajo por sus propios méritos, ¡le dieron el puesto para cumplir con una cuota de género! —bufa otro jugador.

—¿Sabían que es lesbiana? —dice Bobo de repente, con un poquito de volumen de más en su voz.

Los jugadores mayores lo ignoran. Pero uno de ellos dice:

—Definitivamente es una chupahoyos. Se le nota con sólo verla.

—¿Eh? ¿Qué es una chupahoyos? Hmm… esperen… ¡Ah, ya entendí! Significa lesbiana, ¿verdad? ¡Ya lo entendí! —dice Bobo a gritos.

Nadie reacciona. Los jugadores mayores se limitan a seguir hablando:

—¿No puede un equipo de hockey ser nada más un equipo de hockey? ¿Ahora todo tiene que ser un asunto de política? ¡Es sólo cuestión de tiempo para que cambien el oso en nuestras camisetas por un jodido arcoíris!

Como por arte de magia, Bobo exclama de repente:

—¡Y nos obliguen a jugar con… algo así como… tutús de ballet!

Se pone de pie y hace una pirueta torpe, se tropieza con una banca, pierde el equilibrio y cae de espaldas sobre dos maletas con equipo de hockey. Y entonces, algo sucede: dos de los jugadores mayores se ríen a carcajadas. De él, no con él, pero mientras estén volteando a verlo, él devora con avidez su atención. Se pone de pie, hace una pirueta más, y uno de los hombres mayores finge estar hablando en serio cuando dice:

—Te llamas Bobo, ¿verdad?

—¡Sí! —dice el muchacho, ansioso.

Los demás jugadores, expectantes, sonríen de forma burlona, pues saben que el jugador mayor le está tomando el pelo a Bobo.

—Deberías mostrarle tu pito —sugiere él.

—¿Eh? —dice Bobo.

El jugador mayor apunta al muchacho con el dedo, de manera efusiva.

—A la nueva entrenadora. Es lesbiana. ¡Muéstrale tu pito! ¡Para que vea de lo que se está perdiendo!

—¡Deja salir a la anaconda de su jaula, Bobo! No eres un gallina, ¿o sí? —grita otro jugador, y en cosa de segundos todos juntos lo están animando a voces, como si el chico estuviera preparándose para intentar un salto de longitud.

—Pero… ¿no se… no se enojará? —pregunta un Bobo confundido.

—Nah, ¡sólo pensará que tienes buen sentido del humor! —responde con entusiasmo uno de los jugadores mayores.

Visto en retrospectiva, sería fácil decir que Bobo está loco. Pero cuando tienes dieciocho años en un vestidor lleno de hombres adultos que de repente te están dando ánimos, «no» es la palabra más difícil que hay en todo el mundo.

Así las cosas, cuando Elisabeth Zackell pasa caminando por el pasillo de afuera, Bobo sale de los vestidores de un brinco, tan desnudo como Dios lo trajo al mundo. Está previendo que la entrenadora va a escandalizarse. O al menos sobresaltarse. Ella ni siquiera alza una ceja.

—¿Sí? —pregunta.

Bobo se retuerce.

—Yo… bueno… Nos enteramos de que eres lesbiana, así que yo…

—¡BOBO QUERÍA MOSTRARTE SU PITO PARA QUE SUPIERAS DE LO QUE TE ESTÁS PERDIENDO! —grita alguien desde los vestidores, seguido de dos docenas de hombres adultos riéndose tonta e histéricamente.

Zackell apoya las manos en sus rodillas y se inclina al frente, con interés, hacia la entrepierna de Bobo.

—¿Eso? —pregunta ella, apuntando con curiosidad.

—¿Eh? —dice Bobo.

—¿Ése es el pito del que están hablando? Vaya. He visto mujeres con clítoris más grandes que eso.

Entonces se da la vuelta y camina hacia la pista de hielo, sin decir una palabra más. Todo el cuerpo de Bobo se ha ruborizado para cuando vuelve a los vestidores.

—Es… Bueno, ella dijo… Un clítoris no puede ser así de grande, ¿o sí? Digo… ¿Más o menos qué tan grande puede llegar a ser un clítoris? ¿Alguien sabe?

Los vestidores se sacuden por las risas de burla. Y se están riendo de él, no con él. Pero, aun así, Bobo sonríe abochornado pues, a veces, cualquier clase de atención puede sentirse como una forma de aprobación.

Amat se encoge dentro de su equipo de hockey al tiempo que mira a Bobo, ya sabe que esto va a terminar mal.

* * *

Cuando empieza la sesión de entrenamiento, los jugadores se reúnen apáticos alrededor del círculo central, con una actitud ostensible de arrogancia para mostrarle a Elisabeth Zackell que no es bienvenida. Parece que ella no entiende la indirecta en absoluto, sólo entra con seis baldes bajo el brazo.

—¿Para qué son buenos ustedes, aquí en Beartown?

Cuando nadie le responde, se encoge de hombros.

—He visto todos sus partidos de la temporada pasada, y por eso sé que ustedes son pésimos para casi todo. De verdad me ayudaría mucho saber para qué son buenos.

Alguien intenta bromear mascullando «para beber y tener sexo», pero ni siquiera esto provoca algo más que un gruñido ahogado del resto del grupo. Entonces, de pronto, alguien empieza a reír, pero no por el intento de broma sino por algo que está pasando sobre el hielo, detrás de Zackell. Bobo sale patinando del banquillo, con sus más de cien kilos de peso, vestido con una falda que se robó del almacén de los patinadores artísticos. Da tres piruetas seguidas, y recibe los aplausos y las ovaciones de los jugadores mayores en el círculo central. Elisabeth Zackell lo deja continuar, a pesar de que ya no se están riendo de Bobo sino de ella.

Pero cuando Bobo va a la mitad de su cuarta pirueta, las ovaciones se detienen súbitamente, y antes de que Bobo siquiera sepa qué lo golpeó, todo se oscurece. Cuando abre los ojos yace de espaldas sobre el hielo, apenas si puede respirar. Elisabeth Zackell está inclinada sobre él, sin expresión alguna en el rostro, y dice:

—¿Por qué nadie te ha enseñado a patinar como se debe?

—¿Eh?

—Pesas tanto como un transbordador, y te he visto sacar un hacha del capó de un auto. Si supieras patinar como es debido, jamás habría podido derribarte tan fácilmente. Y entonces no serías completamente inútil como jugador de hockey. Entonces, ¿por qué nadie te ha enseñado a patinar?

—No... no sé —jadea Bobo, todavía acostado boca arriba, con el pecho adolorido no como si le hubieran hecho una carga, sino como si lo hubieran atropellado.

—¿Para qué son buenos ustedes aquí en Beartown? —pregunta Zackell con absoluta seriedad.

Al principio Bobo no responde, así que Zackell se rinde y patina de regreso al círculo central. Entonces, el muchacho se levanta del hielo despacio y con mucho esfuerzo, se quita la falda y dice, con una voz que se escucha enojada y humillada al mismo tiempo:

—¡Para trabajar duro! En Beartown somos buenos para trabajar. La gente podrá decir muchas cosas malas de este pueblo... ¡pero sabemos TRABAJAR DURO!

Los jugadores mayores se retuercen. Pero nadie protesta. De modo que Elisabeth Zackell dice:

—¡Muy bien! Entonces así es como vamos a ganar. Vamos a trabajar más duro que todos los demás. Si tienen que vomitar, háganlo en estos baldes. Me han dicho que al director deportivo no le gusta la suciedad, por lo que supongo que no quiere vómito sobre el hielo. ¿Están familiarizados con esos ejercicios llamados «suicidios»?

Los jugadores gruñen con fuerza, lo que Zackell interpreta como un «sí». Coloca las cubetas sobre el hielo. El resto del entrenamiento consiste en terribles ejercicios de acondicionamiento físico. Patinar a máxima velocidad entre las vallas, luego movimientos rápidos laterales, luego luchas, trabajar, trabajar, trabajar. Para cuando han terminado la sesión, no hay ni una sola cubeta vacía. Y el único jugador que al final sigue de pie es Amat.

Como es natural, al principio los jugadores mayores intentan detenerlo, no de manera obvia, sino con pequeños trucos que parecen accidentes: un codo afilado cuando todos se amontonan, un jalón de camiseta justo cuando está por despegar, un patín discreto que le da un empujoncito al suyo para hacer que pierda el equilibrio. La mayoría de los jugadores sobre la pista de hielo pesan entre treinta y cuarenta kilos más que Amat, de modo que basta con apoyarse en él. No es culpa de Amat que lo hagan, no está intentando lucirse ni darse aires de importancia, simplemente es demasiado bueno. Hace que los demás parezcan lentos, y no pueden tolerarlo. Una y otra vez hacen que se tropiece y caiga, una y otra vez se levanta. Patina más rápido, lucha con más intensidad, ahonda más en sí mismo. La mirada en sus ojos se vuelve cada vez más negra.

Nadie sabe qué hora es; Elisabeth Zackell no da señales de haber terminado con ellos. Uno tras otro, los jugadores mayores se doblegan y se desploman. Pero mientras ellos están mirando hacia abajo, al hielo, Amat sigue patinando. Sin importar cuántas veces le ordene Zackell que patine de un extremo a otro de la pista, no puede hacer que se detenga por el agotamiento. Su camiseta está negra del sudor, pero aún sigue de pie. Bobo yace casi inconsciente sobre el hielo, y está lleno de orgullo y envidia cuando ve a su amigo trabajar, trabajar, trabajar.

Amat es el más joven del equipo. Cuando está parado en la ducha después del entrenamiento, los músculos de los muslos le tiemblan tanto que apenas si puede mantener el equilibrio. Pero cuando se arrastra hacia los vestidores con una toalla alrededor de la cintura, ve que sus zapatos están llenos de espuma de afeitar.

Y es entonces cuando todo esto vale la pena.

* * *

Cuando Elisabeth Zackell camina a través de la arena de hockey desierta, mucho después del final de la sesión de entrenamiento, nada más queda un jugador solitario sentado en los vestidores. Bobo es tan grande como una vaca lechera, pero aun así es tan pequeño como un erizo asustado. Tiene los ojos húmedos, y está mirando un par de zapatos en el suelo, que nadie llenó con espuma de afeitar. Lo único que los jugadores mayores le dijeron a voz en grito cuando salió de la ducha fue: «¡Muchas gracias por los ejercicios de acondicionamiento, muchachito de mierda! ¡"Somos buenos para trabajar"! ¿Cómo carajos puedes decirle algo tan jodidamente estúpido a un entrenador de hockey?».

Amat intentó consolarlo. Bobo se tomó la situación a risa, y Amat estaba demasiado exhausto para insistir. Cuando él y todos los demás ya se habían ido a casa, Bobo permaneció sentado en el mismo lugar, el joven más pequeño de todo el mundo.

—Apaga la luz cuando te vayas —dice Zackell, porque todo este asunto de las emociones no es lo suyo.

—¿Cómo puedes conseguir que te respeten? —pregunta Bobo entre sollozos, y Zackell parece sentirse extremadamente incómoda.

—Tienes… tienes mocos… por todos lados —dice ella, al tiempo que hace un gesto con la palma de la mano sobre todo su rostro.

Bobo se limpia la cara con la mano, y Zackell luce como si estuviera lista para acostarse en posición fetal y gritar por dentro.

—Quiero que me respeten. ¡Quiero que también llenen mis zapatos de espuma de afeitar! —dice Bobo.

Zackell gruñe.

—Uno no necesita ser respetado. No es tan importante como la gente cree.

Bobo se muerde los labios.

—Perdón por haberte enseñado mi pito —susurra él.

Zackell se esfuerza por sonreír.

—En tu defensa, no era un gran pito —dice ella, midiendo unos cuantos e insignificantes centímetros entre su pulgar y su índice.

Bobo empieza a reírse a carcajadas. Zackell mete las manos en sus bolsillos y le aconseja en voz baja:

—Tienes que ser útil para el equipo, Bobo. Entonces te respetarán.

Zackell se va caminando sin esperar a que le haga más preguntas. Bobo se quedará despierto en la noche, acostado en su cama, preguntándose qué quiso decir la entrenadora.

De camino a casa, el muchacho pasa por el supermercado. Compra espuma de afeitar para que su papá no vaya a estar triste. Cuando Jabalí ve los zapatos arruinados en el vestíbulo, le da un abrazo a su hijo. Eso no pasa muy seguido.

21

Yace en el suelo

Sune camina despacio por la arena de hockey, respirando con dificultad por la nariz. Extraña su trabajo como entrenador a cada instante, pero, ahora, apenas si puede subir por las gradas. El hockey se vuelve más joven mientras que todos los que están involucrados con él envejecen, y cuando termina con nosotros nos descarta sin ningún sentimentalismo en absoluto. Así es como se mantiene vivo y se desarrolla, por el bien de las nuevas generaciones.

—¡Zackell! —grita Sune, falto de aliento, cuando avista a la mujer que le quitó su puesto.

—¿Sí? —responde ella mientras sale de los vestidores.

—¿Cómo sentiste el entrenamiento de hoy?

—¿Cómo «lo sentí»? —pregunta Zackell, como si fueran palabras en un idioma extranjero.

Sune se apoya contra una pared y esboza una débil sonrisa.

—Me refería a que… no es fácil ser entrenador de hockey en este pueblo. Especialmente no si eres… tú sabes.

Sune quiere decir «si eres mujer». A lo que Zackell responde:

—No es fácil ser entrenador de hockey en ningún lado.

Sune asiente con pena.

—Supe que uno de los jugadores te enseñó su… sus… genitales…

—Apenas —revira Zackell.

Sune tose desconcertado.

—¿Apenas... apenas si te enseñó sus genitales?

—Apenas si podrían considerarse genitales —corrige Zackell, alzando la mano y extendiendo los dedos pulgar e índice sin dejar mucho espacio entre ellos.

—Oh, eso es algo como... tú sabes, los muchachos, a veces pueden... —intenta decir Sune, con la mirada en sus rodillas.

Zackell parece estar enfadada.

—¿Cómo supiste que alguien me enseñó sus genitales?

Sune malinterpreta sus palabras, pues cree que está molesta por el tema de los genitales.

—Si quieres puedo hablar con los muchachos, entiendo que te sientas ofendida, pero...

—No hables con mis jugadores. YO hablo con mis jugadores. Y la única persona que decide si me siento ofendida soy yo.

Sune alza una ceja.

—Presumo que no te ofendes muy seguido, ¿cierto?

—Sentirse ofendida es una emoción.

Pareciera que Zackell está hablando de herramientas cuando dice eso. Sune mete las manos en los bolsillos y murmura:

—No es fácil ser entrenador en Beartown. Especialmente si las cosas empiezan a salir mal. Créeme, tuve tu trabajo toda una vida antes de que vinieras aquí. Y hay gente en este pueblo a la que no le va a gustar que un entrenador de hockey... luzca como tú.

El viejo mira en lo profundo de los ojos de la mujer y puede ver esa cualidad que a él siempre le faltó: a ella no le importa. En el fondo, a Sune siempre le importó. Quería agradarles a los jugadores, a los aficionados, a las viejas y a los viejos en La Piel del Oso. A todo el pueblo. Pero Elisabeth Zackell no teme a las opiniones, pues sabe lo que todos los entrenadores exitosos saben: les va a agradar cuando gane.

—Voy por algo de comer —dice ella, con un tono de voz que no suena amistoso ni hostil.

Sune asiente. Sonríe de nuevo. La deja con una reflexión final:

—¿Te acuerdas de esa niñita, Alicia, la que disparaba discos en mi jardín? Hoy vino a la arena de hockey, siete veces. Se escapó del kínder para ver la sesión de entrenamiento del primer equipo. La llevé de regreso a la escuela, pero se escapó de nuevo. Va a seguir haciendo eso todo el otoño.

—¿No podrían encerrar a los niños? —pregunta Zackell, tal vez sin entender del todo el punto al que Sune quiere llegar, de modo que el viejo aclara:

—Los niños dan por sentadas todas las cosas con las que crecen. Después de haberte visto entrenar al primer equipo, Alicia dará por sentado que las mujeres hacen esas cosas. Cuando tenga la edad suficiente para jugar en un primer equipo, tal vez no existan mujeres entrenadoras de hockey ni hombres entrenadores de hockey. Simplemente… personas que entrenan equipos de hockey.

Esto significa algo para Sune. Algo importante. No sabe si significa algo para Elisabeth Zackell pues, la verdad, no lo parece; de hecho, sólo parece que la entrenadora quiere irse a comer algo. Pero, a pesar de todo, el hambre también es algo que se siente.

Y justo antes de que Zackell salga por la puerta, algo resplandece en sus ojos, algo que realmente le importa, así que pregunta:

—¿Cómo van las cosas con mi guardameta? ¿Ese tal Vidar?

—Voy a hablar con su hermano —promete Sune.

—¿No habías prometido también que Peter iba a hablar con las hermanas de Benjamin Ovich? —pregunta Zackell.

—Así es… —dice Sune, sorprendido.

—Entonces, ¿por qué no vino Benjamin al entrenamiento de hoy?

—¿No vino? —exclama Sune.

———

Ni siquiera se le había ocurrido que Benji podría no acudir a la sesión de entrenamiento. Los niños no son los únicos que dan las cosas por sentado.

* * *

Un hombre vestido con una camiseta polo azul está sentado en el interior de una cabaña ubicada en un campamento. Tiene clases pendientes que preparar, un trabajo para el que estudió por varios años, pero no consigue hacer nada. Está sentado en su pequeña cocina, con un libro de filosofía en la mesa frente a él, la mirada fija hacia afuera por la ventana, esperando ver a un joven con ojos tristes y alma salvaje. Pero Benji no viene. Está perdido. Hoy el maestro lo miró a los ojos y le dijo que él había sido un error, a pesar de que quien se equivocó fue el maestro.

Todos en este pueblo saben que Benji es peligroso, porque él es quien golpea más fuerte. Sin embargo, al parecer son muy pocos los que perciben que todo en Benji hace justo eso —golpear más fuerte— todo el tiempo. Incluido su corazón.

* * *

En casa de mamá Ovich, Gaby, una de las hermanas de Benji, entra en la habitación del muchacho. Los dos hijos de Gaby juegan con Legos esparcidos por todo el piso. Gaby podrá decir muchas cosas duras de su hermanito, pero no hay mejor tío en todo el mundo que él. Sus hijos crecerán y dirán que esta habitación en la casa de la abuela, la habitación de su tío, era el lugar más seguro en todo el universo. Nada malo podía pasarles ahí, nadie se atrevería a hacerles algo, pues su tío los protegería contra todo y contra todos. En cierta ocasión, uno de los niños le dijo a Gaby: «¡Mamá! ¡Hay fantasmas en el guardarropa de tío Benji, y se esconden ahí porque le tienen miedo!».

Gaby sonríe, y justo está por salir de la habitación cuando se da cuenta. Da media vuelta y les pregunta a sus hijos:

—¿De dónde sacaron esos Legos?

—Estaban en las cajas de los regalos —responden los niños, sin una preocupación en el mundo.

—¿Cuáles regalos?

Los niños se ponen a la defensiva, como si los hubieran acusado de robo.

—¡Los regalos en la cama de tío Benji! ¡Tenían unas tarjetas con nuestros nombres, mamá! ¡Eran para nosotros!

En ese momento suena el timbre de la casa. Gaby no camina para ver quién es. Corre hacia la puerta principal.

* * *

Adri, la hermana mayor, abre la puerta. Amat, el compañero de equipo de Benji, está de pie afuera. El muchacho no está preocupado sino hasta que ve lo preocupada que se pone Adri, pero es que ella se da cuenta de todo al instante.

—¿Está Benji? —pregunta Amat, a pesar de que ya sabe la respuesta.

—¡Carajo! —responde Adri.

Gaby llega corriendo al vestíbulo a toda prisa, gritando:

—¡Benji les dejó regalos a los niños!

Amat se aclara la garganta con nerviosismo:

—Benji no fue al entrenamiento. ¡Sólo quería asegurarme de que estuviera bien!

Amat dice las últimas palabras mientras Adri se aleja. Ella ya pasó corriendo junto a él, rumbo al bosque.

A veces, Benji se salta las sesiones de entrenamiento, pero nunca la primera de la temporada. Sus pies están muy desesperados por volver a estar sobre el hielo, sus manos extrañan su bastón, su cerebro extraña volar por toda la pista. No se perdería la oportunidad de jugar hoy, no cuando Beartown va a enfrentarse con Hed en la primera jornada del torneo. Algo anda mal.

* * *

Ramona está de pie detrás de la barra de su bar, como siempre lo ha estado, con el menor número posible de cambios de estado de ánimo. Ha visto a este pueblo florecer, pero, en años recientes, también lo ha visto recibir palizas. La gente de Beartown es capaz de trabajar, pero necesita algún lugar donde hacerlo. Es capaz de luchar, pero necesita algo por que luchar.

Lo único con lo que puedes contar en cualquier pueblo, sea grande o pequeño, es con que habrá gente dañada. Esto no tiene nada que ver con el lugar, sólo con la vida, ya que puede quebrantarnos. Si eso pasa, es fácil encontrar el camino que lleva a un bar; todas las barras pueden convertirse en sitios tristes en un santiamén. Alguien que no tiene a qué más aferrarse, puede aferrarse a un vaso con un ligero exceso de fuerza; alguien que está cansado de caer puede esconderse en el fondo de una botella, pues no puedes caer mucho más bajo desde ahí.

Aquí, Ramona ha visto almas frágiles ir y venir. Algunas han seguido adelante, otras se han hundido. A algunas les ha ido bien y otras, como Alan Ovich, se marcharon al bosque.

Ramona tiene la edad suficiente para no brincar de alegría cuando las cosas van bien o para no sepultarse cuando las cosas van mal; y sabe lo fácil que es tener expectativas nada realistas acerca de un equipo de hockey en un otoño como el que están viviendo ahora. Porque el deporte no es la realidad, y cuando la realidad es un infierno necesitamos historias, pues nos hacen sentir que, si tan sólo llegamos a ser los mejores en algo, tal vez todo lo demás también cambiará y las cosas empezarán a salir como queremos.

Sin embargo, Ramona no podría decirlo. ¿Las cosas cambian en algún momento? ¿O sólo nos acostumbramos a ellas?

* * *

Lo último que Alan Ovich hizo antes de tomar su rifle y marcharse al bosque fue dejarles regalos a sus hijos sobre sus camas. Nadie sabe por qué se le ocurriría a alguien hacer algo así, pero tal vez tenía la esperanza de que lo recordaran de esa forma. Que podía internarse lo suficientemente lejos en el bosque como para que sus hijos creyeran que sólo los había abandonado, de modo que pudieran fantasear con que su papá en realidad era un agente encubierto que tuvo que irse porque lo habían llamado para una misión secreta, o era un astronauta que había viajado al espacio. Quizás tenía la esperanza de que, a pesar de todo, pudieran tener una infancia.

Pero no fue así. Adri, la mayor, nunca podrá explicar cómo supo dónde estaba su padre. Sólo presintió a dónde se había ido. Tal vez por eso ella les agrada a los perros, pues posee una sensibilidad aumentada para ciertas cosas, que la gente normal no tiene. Adri nunca gritó «¡papá!» mientras se movía entre los árboles; los hijos de un cazador no hacen eso, aprenden que por lo regular todos los hombres en el bosque son papás de alguien, de manera que, si quieres encontrar al tuyo, debes llamarlo a voces por su nombre como si fueras cualquier persona. Desde luego, Adri nunca se convirtió en cualquier persona, no del todo; ella nació con algo de la esencia de Alan dentro de ella. Él no pudo internarse lo suficientemente lejos en el bosque como para que ella no fuera capaz de encontrarlo.

* * *

Un pub puede ser un lugar sombrío, pues, vista en su totalidad, la vida siempre nos da más ocasiones para sentir dolor que para celebrar, más bebidas en funerales que brindis en bodas. Sin embargo, Ramona sabe que, a veces, un pub también puede ser otras cosas: pequeñas grietas en los bloques de piedra que llevas en tu pecho. No siempre debe ser el mejor lugar sobre la faz de la tierra, basta con que no siempre tenga que ser el peor.

Las últimas semanas han estado llenas de rumores. Se dice que van a vender la fábrica, y Beartown es un pueblo que se ha endurecido lo suficiente por los cierres de sus negocios para saber que esto bien puede significar una bancarrota. Es fácil llamar «cínica» a esta actitud, pero el cinismo no es más que una reacción química resultado de muchas decepciones. Ya no son sólo los hombres jóvenes en La Piel del Oso los que hablan de desempleo; ahora todos están preocupados. En una comunidad pequeña, la pérdida de cualquier empleador es un desastre natural, todos conocen a alguien que ha resultado afectado, hasta que al final te toca a ti.

Tal vez sea fácil llamar «paranoicos» a los habitantes cuando insisten en decir que los políticos enfocan todos los recursos en Hed y que les importa un carajo si Beartown siquiera sobrevive una generación más; pero lo peor de la paranoia es que la única forma de probar que no estás paranoico es que se demuestre que tenías razón.

* * *

Algunos niños jamás logran escapar del todo de sus padres; son guiados por sus brújulas, ven a través de sus ojos. Cuando suceden cosas terribles, la mayoría de la gente se convierte en olas, pero unos cuantos se vuelven rocas. Las olas se lanzan hacia adelante y hacia atrás cuando llega el viento, pero las rocas, inmóviles, sólo reciben los impactos, a la espera de que la tormenta pase.

Adri era apenas una niña, pero le quitó el rifle a su papá y se sentó en un tocón sosteniendo la mano de Alan en la suya. Tal vez fue el shock, a menos que se estuviera despidiendo de manera consciente, tanto de él como de ella misma. Tras esto, Adri se convirtió en alguien diferente. Cuando se puso de pie y marchó de regreso a Beartown a través del bosque, no gritó pidiendo ayuda, presa del pánico; caminó, de forma resuelta, rumbo a las casas de los mejores y más fuertes cazadores, para que pudieran ayudarla a cargar el cuerpo. Cuando su mamá se desplomó entre gritos en el vestíbulo, Adri la sostuvo, pues, para entonces, ella ya había terminado de llorar lo que tenía que llorar. Estaba lista para ser la roca. Lo ha sido desde entonces.

Katia y Gaby eran hijas de su mamá, pero Adri y Benji eran hijos de su padre. Creadores de conflictos, individuos que encuentran guerras. Así que, desde entonces, cada vez que Adri se dirige al bosque para buscar a su hermanito, ella sabe que lo encontrará, como si él tuviera imanes debajo de su piel. Eso no es lo que ella teme. Lo que teme, en cada ocasión, es que esté muerto. Los hermanos menores nunca saben las cosas por las que hacen pasar a sus hermanas mayores. La ansiedad, escondida detrás de los ojos; las palabras, escondidas detrás de otras palabras; las llaves de los armarios de armas, escondidas debajo de las almohadas por las noches.

Benji no está sentado en un árbol. Yace en el suelo.

* * *

Elisabeth Zackell entra a La Piel del Oso. Ya pasó mucho tiempo desde la hora de la cena, pero se sienta en una esquina y Ramona le sirve un enorme plato de papas sin que tenga que pedírselo.

—Gracias —dice la entrenadora de hockey.

—No sé qué otra cosa coman los vegetarianeses como tú, además de papas. Pero hay hongos deliciosos en los bosques de los alrededores del pueblo. ¡Pronto será la temporada! —contesta Ramona.

Zackell alza la mirada. Ramona asiente con seriedad. Tratándose de la dueña del bar, los sentimientos tampoco son lo suyo, pero ésta es su forma de decir que espera que la entrenadora de hockey se quede en Beartown por un tiempo.

* * *

El cuerpo de Benji está inmóvil, sus ojos abiertos, pero su mirada está ausente. Adri todavía puede recordar cómo se sentía la mano de su papá al sentarse en el tocón cuando era niña. Lo fría que estaba esa mano, lo quieta y sin un pulso que le palpitara por dentro.

Con cuidado y delicadeza, sin hacer un solo ruido, la hermana mayor se acuesta en el suelo junto a su hermano menor. Su mano en la de él, tan sólo para sentir el calor y el latido en su interior.

—Un día de estos me vas a matar. ¡No te acuestes en el suelo cuando te estoy buscando, cerebro de mosquito! —susurra ella.

—Perdón —susurra Benji.

No está borracho ni drogado. Hoy no está huyendo de sus sentimientos. Eso hace que Adri se preocupe aún más.

—¿Qué pasó?

Los últimos rayos de luz del verano rebotan en las lágrimas que se aferran a las pestañas de Benji.

—No es nada. Solamente… un error.

Adri no le responde. Ella no es la hermana que habla de corazones rotos, tan sólo es la hermana que va por su hermano al bosque y lo lleva de vuelta a casa. Espera hasta que se acercan a la orilla del pueblo antes de decir:

—La nueva entrenadora está pensando en nombrarte capitán del equipo.

Entonces, Adri ve algo en los ojos de Benji que no había visto en muchos años.

Su hermano tiene miedo.

* * *

Zackell casi ha terminado de cenar cuando Ramona regresa a su mesa y pone una botella de cerveza frente a ella.

—De parte de la clientela habitual —dice Ramona.

Zackell voltea a ver a los cinco tíos en la barra.

—¿Ellos?

Ramona dice no con la cabeza.

—Sus esposas.

En la esquina más alejada del bar están sentadas cinco mujeres de edad avanzada. Cabellos grises, bolsos de mano sobre la mesa, manos arrugadas que sostienen firmemente sendos vasos de cerveza. Han vivido en Beartown toda su vida, éste es su pueblo. Algunas tienen hijos y nietos que son empleados en la fábrica, algunas trabajaron ahí ellas mismas. Las tías podrán tener cuerpos ya viejos, pero visten camisetas nuevas. Todas iguales. Verdes, con cuatro palabras escritas en ellas, como un grito de batalla:

BEARTOWN
CONTRA
EL
MUNDO

22

Capitán del equipo

En Beartown no hay un auténtico otoño, sólo un rápido parpadeo antes del invierno. La nieve ni siquiera tiene la cortesía
de dejar que las hojas se descompongan en paz. La oscuridad
llega con rapidez, pero, al menos, estos meses han estado llenos
de mucha luz: un club que luchó y sobrevivió. Un hombre que
puso una mano reconfortante en el hombro de una niña asustada de cuatro años y medio. Un deporte como el hockey que se
convirtió en más que un juego. Cerveza en la mesa de una persona forastera. Camisetas verdes que decían que estamos juntos, pase lo que pase. Chicos que soñaron en grande. Amigos
que formaron un ejército.

Por desgracia, no es eso lo que recordaremos dentro de algunos años. Muchos de nosotros volveremos la vista atrás a estos meses y recordaremos… el odio. Porque, para bien o para
mal, así es como funcionamos: siempre definimos las diferentes
épocas por sus peores momentos. Por eso recordaremos el odio
mutuo entre dos pueblos. Recordaremos la violencia, pues apenas acaba de empezar. Desde luego que no hablaremos de ella,
aquí no acostumbramos hacer eso. En su lugar hablaremos de los
partidos de hockey que se jugaron, para no tener que hablar de
los funerales que hubo entre ellos.

* * *

La oscuridad se ha posado de manera confortable sobre Beartown y Hed, al tiempo que una delgada figura se abre camino a través del bosque. Ha comenzado a hacer frío, los días todavía no dicen nada, pero las noches son honestas, no esconden las temperaturas heladas detrás de los rayos del sol. La figura de alguien tirita, apura sus pasos tanto por los nervios como para mantener el calor.

La arena de hockey de Hed no tiene alarmas, y el edificio es antiguo y está lleno de puertas traseras que alguien podría olvidar cerrar con llave. La figura no tiene ningún plan detallado respecto de cómo va a meterse por la fuerza a la arena, sólo una idea vaga de caminar en silencio alrededor de la fachada del edificio e intentar abrir cada una de las manijas de las puertas. Esto no le resulta, pero tiene mejor suerte con la ventana de un baño. Se las arregla para abrirla, aunque requiera toda la potencia de que son capaces unos brazos de doce años.

Leo trepa por la ventana para introducirse en el edificio, corre a través de la oscuridad. Ha jugado bastantes partidos de visitante en la arena de hockey de Hed para saber dónde están los vestidores. El primer equipo tiene sus propios casilleros. La mayoría no indican quién es su dueño, pero varios jugadores están demasiado enamorados de sus propios nombres como para poder resistir la oportunidad de escribirlos en los rótulos que se encuentran en la parte superior. Leo usa la linterna de su móvil para encontrar el casillero de William Lyt. Entonces, hace lo que vino a hacer.

* * *

Adri, Katia y Gaby Ovich golpean la puerta de La Piel del Oso después de la hora de cerrar. Ramona grita «¡MI ESCOPETA ESTÁ CARGADA!», que es su forma particular de decir «Me temo que ya cerramos»; pero, de todas maneras, las hermanas Ovich entran al pub y Ramona pega un brinco cuando las ve a las tres.

—¿Y ahora qué hice? —pregunta entre jadeos.

—Nada, sólo queremos pedirte un favor —dice Katia.

—¿Nada? Cuando ustedes tres entran juntas por esa puerta, una anciana no puede evitar pensar que le van a dar de trompadas. Por el amor de Dios, sí se dan cuenta de eso, ¿verdad? —lloriquea Ramona, agarrándose el pecho de manera teatral.

Las hermanas sonríen socarronamente. Y Ramona también. Sirve cerveza y whiskey sobre la barra y les da unas palmaditas en la mejilla a cada una de ellas con afecto.

—Hace mucho tiempo que no las veo. Siguen siendo demasiado bellas para este pueblo.

—No vas a conseguir nada con halagos —dice Adri.

—Por eso Dios nos dio los licores fuertes —asiente Ramona.

—¿Cómo has estado? —pregunta Gaby.

Ramona bufa:

—Estoy empezando a envejecer. Y déjenme decirles que está del carajo. Te duele la espalda y vas perdiendo la vista. No tengo nada en contra de morir, pero todo este asunto de hacerse vieja, ¿de verdad es necesario?

Las hermanas sonríen. Ramona deja de golpe su vaso vacío sobre la barra y prosigue:

—¿Y… entonces? ¿Qué puedo hacer por ustedes?

—Necesitamos un empleo —dice Adri.

Cuando las hermanas Ovich salen de La Piel del Oso, su hermano menor Benjamin está apoyado contra una pared. Adri le tira el cigarro de la mano, Katia le baja y le acomoda el cuello de su chaqueta con brusquedad, Gaby se lame los dedos y los usa para peinar el cabello de su hermanito. Lo insultan y le dicen que lo aman, todo en la misma oración, como sólo ellas pueden hacerlo. Entonces lo meten por la puerta a empujones. Ramona está de pie detrás de la barra, esperándolo.

—Tus hermanas me dicen que necesitas un empleo.

—Eso parece —masculla Benji.

Ramona puede ver con claridad la mirada de Alan Ovich en los ojos de su hijo.

—Dicen que andas muy inquieto, que necesitas mantenerte ocupado en algo. No pueden impedir que termines en la barra de un bar, pero al menos pueden tratar de asegurarse de que termines del lado correcto de esa barra. Le dije a Adri que darte empleo como barman podría ser como dejar que un perro vigile un filete, pero ella no es del tipo de persona con la que se pueda razonar, esa hermana tuya. Y Katia juró y juró que tenías experiencia atendiendo detrás de una barra, en su taberna en Hed. ¿Es el lugar al que los Rojos le dicen «El Granero»?

Benji asiente. Ramona les dice «los Rojos» a la gente de Hed.

—Ya no soy bienvenido ahí porque surgieron ciertos conflictos estéticos entre… los nativos y yo —explica Benji.

Ramona no necesita arremangar la camiseta en el brazo del joven para saber que, debajo, se encuentra el tatuaje de un oso. La dueña del bar tiene debilidad por los muchachos que aman este pueblo más de lo que debería permitirles su sentido común.

—¿Puedes llenar un vaso con cerveza sin derramarla?

—Sí.

—¿Cómo hay que responder si alguien te pide que le fíes un trago?

—¿Con una bofetada?

—¡Estás contratado!

—Gracias.

—Ni lo digas. Sólo estoy haciendo esto porque les tengo miedo a tus hermanas —resopla ella.

—Todas las personas listas les tienen miedo —sonríe Benji.

Ramona hace un gesto hacia los estantes en las paredes.

—Tenemos dos tipos de cerveza, un tipo de whiskey y el resto es más que nada decoración. Tienes que lavar los vasos y limpiar, y si hay una pelea NO vayas a involucrarte, ¿me oíste?

Benji no se opone, lo que es un buen comienzo. El muchacho despeja el patio trasero de una pila de madera y láminas de metal que estuvo ahí por meses. Es fuerte como un buey y puede mantener la boca cerrada. Los dos rasgos de personalidad favoritos de Ramona.

Cuando es hora de apagar las luces y cerrar con llave, Benji la ayuda a subir por la escalera que lleva a su apartamento. Todavía hay fotos colgadas de Holger, su esposo, por todos lados. Él y el Club de Hockey de Beartown, su primer y su segundo amor, banderas y gallardetes de color verde en todas las paredes.

—Puedes preguntarme lo que quieras ahora —dice Ramona con afabilidad, dándole palmaditas al joven en la mejilla.

—No hay nada que quiera preguntarle —miente Benji.

—Estás preguntándote si tu papá acostumbraba venir a La Piel del Oso. Si se sentaba en la barra de allá abajo antes de que... se marchara al bosque.

Las manos de Benji desaparecen en los bolsillos de su pantalón de mezclilla, su voz vuelve a tener la edad de un niño.

—¿Cómo era? —pregunta el muchacho.

La vieja mujer suspira.

—No era uno de los mejores. No era uno de los peores.

Benji se vuelve hacia la escalera.

—Voy a sacar la basura. Nos vemos mañana en la tarde.

Pero Ramona lo toma de la mano y susurra:

—No tienes que convertirte en alguien como él, Benjamin. Tendrás sus ojos, pero creo que puedes llegar a ser alguien más.

Benji no siente vergüenza de llorar frente a ella.

* * *

A temprana hora de la mañana siguiente, Elisabeth Zackell asoma la cabeza en la oficina de Peter Andersson, quien está luchando contra una máquina de café *espresso*. Zackell lo observa atenta. Peter presiona un botón y empieza a fluir agua café de la parte inferior de la máquina. Peter entra en pánico y presiona todos los botones, al mismo tiempo que extiende el brazo para alcanzar un rollo de toallas de papel con una sorprendente habilidad acrobática, mientras mantiene el equilibrio sobre un pie frente a la máquina que está derramando el líquido.

—Y luego dicen que yo soy la rara por no tomar café… —hace notar Zackell.

Peter levanta la mirada, en medio de una especie de baile moderno para limpiar oficinas mientras maldice de una manera que Zackell considera, con mucha razón, que no es normal en él.

—Con un cara… Me lleva la…. Esto es una mier…

—¿Mejor regreso más tarde? —pregunta Zackell.

—No, no… Yo… Este maldito aparato es toda una pesadilla, pero… ¡fue un regalo de mi hija! —admite Peter, abochornado.

Zackell no ofrece ninguna reacción.

—Regreso más tarde —declara ella.

—¡No! Yo… Perdón… ¿En qué puedo ayudarte? ¿Te pagaron tu sueldo como corresponde? —pregunta Peter.

—Es sobre unas cuerdas —dice Zackell, pero Peter ya se lanzó a dar un discurso para defenderse:

—Es el nuevo patrocinador, nuestro acuerdo todavía no ha…

terminado de negociarse. ¡Pero todos ya deberían haber recibido su sueldo!

Peter se seca el sudor de la frente. Pero Zackell insiste:

—No estoy aquí por mi sueldo. Estoy aquí para hablar de cuerdas.

—¿Cuerdas? —repite Peter.

—Necesito cuerdas. Y un rifle de *paintball*. ¿Hay algún lugar aquí cerca donde los pueda comprar?

—¿Un rifle de *paintball*? —le hace eco Peter una vez más.

Zackell explica, con voz monótona, pero no impaciente:

—El *paintball* es un juego en el que se simula una guerra, que se juega en un campo especialmente diseñado. Dos equipos se disparan pequeñas bolas de pintura entre sí con rifles especiales. Necesito uno de esos rifles.

—Sé lo que es el *paintball* —le asegura Peter.

—No lo parecía —dice Zackell en defensa propia.

Peter se rasca el cabello, manchándose la frente de café sin darse cuenta. Zackell le ahorra el pánico que tal vez le habría provocado si se lo hubiera dicho.

—Probablemente tengan cuerdas en la ferretería, frente a La Piel del Oso.

—Gracias —dice Zackell, y ya está afuera en el pasillo antes de que Peter tenga tiempo de decirle en voz alta:

—¿Para qué quieres las cuerdas? No vas a colgar a nadie, ¿verdad?

Peter se ríe la primera vez que lo dice. Entonces vuelve a decirlo, esta vez con genuina preocupación en su voz:

—¡ZACKELL! NO VAS A COLGAR A NADIE, ¿VERDAD? ¡YA TENEMOS SUFICIENTES PROBLEMAS!

* * *

David, el antiguo entrenador de Benji, decía que Benji llegaría tarde a su propio funeral. Si sus compañeros no hubieran comprobado que el número 16 estaba sobre la pista de hielo, bien podría haber estado acostado durmiendo en los vestidores al inicio de los partidos. A veces faltaba a los entrenamientos, a veces se aparecía drogado o borracho. Pero, el día de hoy, llega a tiempo a la arena de hockey, se cambia de inmediato y va directo a la pista de hielo. Elisabeth Zackell se vuelve hacia él, como si estuviera sorprendida de que un jugador de hockey se apareciera en una sesión de entrenamiento de hockey. Benji respira hondo y se disculpa, tal y como aprendes a hacerlo si tienes hermanas mayores que golpean con fuerza:

—Perdón por no haber venido al entrenamiento de ayer.

Zackell se encoge de hombros.

—No me importa si vienes a los entrenamientos.

Benji nota que hay cinco cuerdas gruesas de varios metros de largo sobre el hielo. Zackell está empuñando un rifle de *paintball*; la ferretería de Beartown no tenía ninguno, pero la ferretería de Hed logró encontrar uno en su almacén. Varias manchas pequeñas de colores esparcidas sobre el plexiglás en una esquina de la pista revelan que Zackell ya ha estado practicando disparar las duras bolitas de pintura.

—¿Qué estás haciendo? —pregunta Benji, desconcertado.

—¿Qué haces tú aquí tan temprano? —revira Zackell.

Benji mira el reloj, llegó justo a tiempo para el entrenamiento, pero los únicos otros jugadores sobre la pista son Amat y Bobo. Benji gruñe:

—Mi hermana dice que estás pensando en nombrarme capitán del equipo. Es una mala idea.

Zackell asiente sin parpadear.

—Okey.

Benji espera a que Zackell diga algo más. No lo hace. Entonces, el muchacho pregunta:

—¿Por qué yo?

—Porque eres un cobarde —le responde Zackell.

A Benji lo han llamado de muchas formas en su vida, pero jamás le habían dicho así.

—Ésa es una gran mentira.

Ella asiente.

—Puede ser. Pero te estoy asignando lo que más temes en tu vida: hacerte responsable de otras personas.

Los ojos de Benji se oscurecen. Los de Zackell permanecen inexpresivos. Amat está detrás de ellos, sus patines se mueven inquietos, hasta que al final pierde la paciencia y se le sale decir:

—¡Se supone que el entrenamiento debería estar empezando ahora! ¿No podría ir usted por los demás a los vestidores?

Zackell se encoge de hombros con indiferencia.

—¿Yo? ¿Por qué debería importarme?

Benji la mira con los ojos entrecerrados, cada vez con mayor frustración. Mira de nuevo el reloj. Entonces sale de la pista.

* * *

Muchos de los jugadores mayores en el vestidor de Beartown apenas se han puesto a medias su equipo de hockey cuando entra Benji.

—El entrenamiento empieza ahora —dice él.

Algunas personas se hacen escuchar sin tener que alzar la voz. Aun así, varios de los jugadores mayores malinterpretan a Benji al principio y contestan:

—¡A esa vieja no le importa si estamos a tiempo o no!

La respuesta de Benji es breve, pero el silencio que le sigue es ensordecedor:

—A mí sí.

El poder es la habilidad de hacer que otros hagan lo que uno quiere. Cada uno de los hombres en ese vestidor podría haber despojado al chico de dieciocho años de su poder con sólo permanecer sentado en las bancas. Pero él les da treinta segundos, y cuando se va caminando de regreso a la pista, ellos se ponen de pie y lo siguen.

Éste no es el momento en el que Benji se convierte en su capitán. Tan sólo es el momento en el que todos, incluido él, se dan cuenta de que ya lo es.

* * *

Benji no quiere liderar a su equipo, pero de todos modos lo hace. Allá en Hed se encuentra William Lyt, quien no quiere otra cosa más que ser el líder de su equipo, pero no se lo permiten. Esto no es justo, pero los deportes no son justos. El jugador que entrena más tiempo no siempre llega a ser el mejor, y el jugador que se merece que lo nombren capitán del equipo no siempre es el más apropiado para el puesto. Se dice con frecuencia que el hockey no es un deporte de apreciación: «Sólo contamos los goles». Desde luego, esto no es estrictamente cierto. El hockey lo cuenta todo, está lleno de estadísticas, y aun así es imposible de predecir. Se rige demasiado por cosas que no son visibles. Por ejemplo, un término que se emplea a menudo para describir a los jugadores talentosos es el de «cualidades de liderazgo», a pesar de que es un concepto que no se puede medir en absoluto, teniendo en cuenta que está basado en cosas que no se pueden enseñar: carisma, autoridad, afecto.

Cuando William Lyt era pequeño y nombraron a Kevin Erdahl capitán del equipo, William alcanzó a oír cuando el entrenador le dijo a Kevin: «Puedes obligar a la gente a que te obedezca, pero nunca podrás obligarlos a que te sigan. Si quieres que jueguen para ti, tienen que quererte».

Quizás nadie quería más a Kevin que William, y él hizo todo lo que pudo para que ese cariño fuera correspondido. Su lealtad fue inquebrantable, incluso después de la violación; siguió a Kevin al Club de Hockey de Hed mientras que Benji, el mejor amigo de Kevin, permaneció en Beartown. William reunió a sus muchachos y entre todos le dieron una golpiza a Amat, por delatar a Kevin, y a Bobo, por intentar proteger al delator.

Cuando Kevin se largó de aquí de forma repentina, William se quedó en Hed, decepcionado pero fiel. Tiene el mismo entrenador que en Beartown, David; él fue quien convenció a William y a casi todos sus antiguos jugadores de que se cambiaran de club. No lo hizo defendiendo a Kevin, sino echando mano del argumento más simple que el deporte puede ofrecer: «Sólo nos interesa el hockey. No la política. Lo que pasa afuera de la pista se queda afuera de la pista».

William le creyó, y en lo más profundo de su ser tenía la esperanza de que, ahora que Kevin y Benji estaban fuera del equipo, tal vez David por fin valorara su lealtad. Pero no hubo ninguna muestra de gratitud, ni una sola palabra de aliento. Aún sigue siendo ignorado.

Así las cosas, hoy, cuando William entra a los vestidores, abre su casillero y ve lo que alguien dejó en el fondo, suceden cosas que ninguna estadística puede medir. Hay un encendedor. Igual a los que alguien usó para llenar el buzón de William el verano pasado, igual al que Leo tenía en la playa.

Al mismo tiempo, uno de sus compañeros de equipo entra por la puerta y dice:

—¡Carajo, Lyt! ¿Supiste lo de Benji? ¡La nueva entrenadora de Beartown lo nombró CAPITÁN DEL EQUIPO!

23
—

Todo lo que sea necesario para
lo único que importa

La gente afirma que el liderazgo se trata de tomar decisiones difíciles, decisiones desagradables e impopulares. «Haz tu trabajo», les dicen todo el tiempo a los líderes. Como es lógico, la parte imposible de ese trabajo es que un líder sólo puede seguir liderando mientras alguien lo siga, y la reacción de la gente ante el liderazgo siempre es la misma: si tu decisión me beneficia, eres justo; si la misma decisión me perjudica, eres un tirano. La verdad acerca de la gente en general es tan sencilla como insoportable: rara vez queremos lo que es mejor para todos. En la mayoría de los casos, queremos lo que es mejor para nosotros.

Peter está agobiado por sus pensamientos cuando apaga su computadora de la oficina, coloca las carpetas en sus estantes y baja por los escalones que llevan a la pista de hielo. Se sienta en la grada de pie, en uno de los extremos de la pista. A cierta distancia, Fátima está haciendo labores de limpieza. Peter le hace señas con la mano, pero ella nada más le contesta asintiendo con un gesto breve. No quiere llamar la atención, debe terminar de limpiar antes de que empiece la sesión de entrenamiento del primer equipo; no quiere que Amat se avergüence frente a sus compañeros.

«Como si ese muchacho alguna vez se hubiera avergonzado de su mamá», piensa Peter.

En muchos sentidos, Fátima es más una habitante típica de Beartown que el propio Peter: callada, orgullosa, muy trabajadora y con absolutamente cero tolerancia a las tonterías. Al principio del verano, cuando las cuentas bancarias del club estaban vacías, Peter se dio cuenta de que no le habían pagado el sueldo a Fátima, pero, cuando la llamó por teléfono, ella sólo dijo: «No se preocupe, Amat y yo nos las arreglaremos». Peter sabía que Amat todavía andaba por ahí recolectando latas para venderlas al final de ciertos meses, por lo que le dijo a Fátima, lleno de vergüenza: «No puedes estar sin que te paguen, el club tiene el deber de…». Pero Fátima lo interrumpió: «¿El club? También es mi club. Es el club de mi muchacho. Y nos las arreglaremos». Se requiere ser una persona especial para decir eso, y un club especial.

Ya es otoño, y Fátima recibió su sueldo. Peter también. Esta mañana intentó pagar las cuentas, y como su computadora le estaba dando problemas, llamó por teléfono al banco. El hombre al otro lado de la línea estaba confundido: «Esas cuentas ya están pagadas». No nada más una. Todas. Richard Theo no había hecho promesas vacías; el patrocinador había depositado algo de dinero, a pesar de que la conferencia de prensa todavía no se había llevado a cabo. Peter va a poder salvar a su club. Pero, entonces, ¿por qué lo atormenta tanto la ansiedad?

Empieza el entrenamiento del primer equipo. Todos los que están allá abajo en la pista de hielo dan por hecho que las luces se encenderán en la arena todos los días, que el club pagará los salarios de todos, que el público acudirá en tropel a los partidos. En el mundo del hockey, el dinero siempre es algo que se supone que estará ahí. En este deporte, nunca crecemos de verdad; sobre el hielo, seguimos siendo los mismos niños que sólo quieren jugar: un disco, unos cuantos amigos, ¡enciendan las luces! ¡Juguemos!

Pero Peter sabe cuál es el precio. Está sentado en él. Tan sólo es madera y metal, tabaco de mascar pisoteado en el suelo y pasamanos desvencijados. Pero cuando los hombres con chaquetas negras saltan aquí, en la grada de pie, hacen que esta parte de las tribunas se meza, y, cuando cantan, hacen que el techo de la arena se eleve aún más. «¡Somos los osos, somos los osos, somos los osos, los osos de Beartown! ¡SOMOS... LOS... OSOS! ¡SOMOS...!».

Cuando las cosas van bien, ése es un muro poderoso en el que te puedes apoyar; cuando no, es una fuerza terrorífica que puedes tener en tu contra. A lo largo de los años, nadie en el club ha criticado más a la Banda que Peter. Cuando ellos se liaban a golpes, él trató de meter cámaras de vigilancia en la arena; cuando algunos jugadores muy bien pagados que habían tenido un desempeño poco satisfactorio de repente querían romper sus contratos, él intentaba demostrar que los chicos de Teemu los habían amenazado. Durante años hubo hombres trajeados en la sala de juntas que regañaban a Peter porque estaba siendo «provocador de manera innecesaria», cuando en realidad ellos también tenían miedo. Dejaban que la Banda usara la violencia para gobernar este pueblo, siempre que eso favoreciera los objetivos de los hombres trajeados. Pero ¿y ahora? Ahora, Peter tiene la oportunidad de finalmente deshacerse de la Banda, pero titubea. ¿Por qué? ¿Porque siente que está en deuda con ellos, pues votaron para que él permaneciera en el club? ¿Porque es un cobarde? ¿O esto tiene que ver con Richard Theo? ¿Será que Peter sólo tiene miedo de intercambiar la influencia de los pandilleros por la de los políticos? ¿Quiénes son peores: los tatuajes en el cuello o los trajes con corbatas?

Durante sus primeros años como director deportivo, Mira le recordaba que «no somos una familia que huya de una pelea». Ella siempre tuvo la piel más gruesa que él, la abogada irascible tenía más hambre de victoria que el director deportivo amante de la diplomacia. Pero, ahora, Peter es el que busca pelea, y Mira la que vacila. Richard Theo tal vez tiene razón: tal vez Peter sólo es un ingenuo. El mundo es complicado, pero él desearía que fuera algo simple.

Cuando él jugaba en Canadá, su entrenador decía: «Ganar no lo es todo. ¡Es lo único!». Pero a Peter le hacía falta ese instinto asesino. Cuando su equipo iba ganando con una gran ventaja durante los entrenamientos, él bajaba el ritmo porque no quería humillar a sus oponentes. La filosofía del entrenador era: «Siempre mantén tu pie sobre el cuello del enemigo», pero Peter no era capaz de hacerlo. Con ganar ya era suficiente, no necesitabas aplastar a nadie. Entonces sucedió que, en un entrenamiento, sus oponentes le dieron la vuelta a una desventaja de 5-0. «¡Espabílate!», gritó el entrenador. Pero Peter nunca lo consiguió.

Tal vez por eso falló ese disparo en la final, hace veinte años, y tal vez por eso ahora tiene miedo de cumplir la promesa que le hizo a Richard Theo. Hay un límite para el número de enemigos al que una persona puede sobrevivir. Peter sabe que tiene que hacer su trabajo; es sólo que no está seguro de qué trabajo es ése.

Peter ve a Elisabeth Zackell sobre la pista de hielo. Desearía ser más como ella. La entrenadora no quita su pie del cuello de nadie.

* * *

Elisabeth Zackell divide a los jugadores en dos equipos y ata juntos con una cuerda a los que son compañeros. Si un jugador se cae, todo el equipo se cae.

—¿¿QUÉ CLASE DE JODIDO EJERCICIO PARA VIEJAS ES ÉSTE?! —aúlla uno de los jugadores mayores cuando un compañero que se estaba tropezando lo derriba y hace que se golpee con fuerza contra el hielo, pero a Zackell no le importa.

Los jugadores tienen que trabajar hasta que aprendan a colaborar y patinar juntos, como una sola entidad. Los hacen sudar y vomitar, no por última vez. Es hasta que el propio Amat cae de rodillas que Zackell los deja desatar las cuerdas. Entonces, ella va por su rifle de *paintball*. Uno de los jugadores mayores dice entre dientes:

—A esa maldita vieja le dio alguna especie de derrame cerebral…

Tal vez Zackell lee sus labios, ¿cómo saberlo? Pero ella dice:

—Tengo entendido que se habla mucho de «viejas». Supongo que les preocupa empezar a jugar como «viejas» si los entrena una.

Los jugadores se retuercen. Algunos todavía están vomitando en los baldes. Zackell dispara una bola de pintura al travesaño de una de las porterías, lo que hace que el metal cante y la dura bolita explote dejando una mancha amarilla.

—Alguna vez entrené a un equipo de muchachas. No eran buenas para lidiar con los rebotes enfrente de la portería y no querían bloquear los disparos, porque tenían miedo de sentir dolor. Así que les pedí que se desnudaran e intentaran patinar desde la línea central hasta la portería y tocaran el travesaño, mientras yo les disparaba con un rifle de *paintball*. Cada vez que lograran llegar, se ganaban una cerveza fría. ¿Saben qué fue lo que me dijeron?

Nadie responde, por lo que Zackell se contesta a sí misma:

—Me dijeron «vete al demonio». Pero, obviamente, ellas eran… viejas. Y ustedes, ¿qué son?

Los hombres en la pista de hielo se la quedan viendo, pero Zackell se limita a esperar. Pasa un minuto. Algunos de los hombres sueltan una risita nerviosa, pero ella permanece de pie, inmóvil, con el rifle de *paintball* en la mano.

—Estás… estás bromeando, ¿verdad? —pregunta alguien al final.

—No creo. Me han dicho que no soy buena para eso del… humor —les informa Zackell.

Entonces, otro jugador se pone de pie. Suelta su casco sobre el hielo, se quita la camiseta y las protecciones hasta que queda con el torso desnudo.

—¿Con eso basta, o también tengo que enseñar el pito? —pregunta Benji.

—Así está bien —responde Zackell y dispara una bola de pintura que pasa silbando justo a un lado del cuello del muchacho.

Todos los demás jugadores se agachan, pero Benji no espera ni un instante, ya está patinando directo hacia la portería. La primera vez que toca el travesaño, Zackell logró atinarle dos veces; la segunda vez y la tercera, a ella le da tiempo para disparar el doble de bolitas de pintura. Según el hombre que le vendió el rifle, las bolas se mueven a una velocidad de noventa metros por segundo, por lo que le recomendaron a Zackell de forma encarecida que sólo les disparara a personas que usaran vestimentas protectoras a una distancia de cuando menos diez metros. La piel de Benji está desnuda. Zackell le dispara una vez en la espalda y el muchacho se estremece de dolor mientras la pintura le escurre por el omóplato.

Los jugadores mayores contemplan lo que sucede, al principio como si no pudieran creer lo que ven, y luego con una fascinación que va creciendo. Finalmente, alguien grita un número, nadie recuerda si era «ocho» o «nueve» pero, después, todo el equipo va contando cada vez que Benji toca el travesaño. Acaban vociferando a todo pulmón cuántas cervezas se ha ganado el muchacho. CATORCE. QUINCE. DIECISÉIS. Zackell vuelve a cargar el rifle, Benji arranca de nuevo. Ninguna persona normal se comportaría así. Ése es el punto. Zackell no quiere un capitán de equipo que sea normal.

En un momento dado, Zackell le dispara a Benji justo en la clavícula, y entonces ve en los ojos del chico de lo que es capaz. «Con éste puedo ganar lo que sea», se dice a sí misma en silencio. Él no deja de patinar y ella no deja de disparar hasta que Benji se ha ganado una caja entera de cervezas. La entrenadora va por ella al banquillo. Al tiempo que se la entrega al muchacho, le dice:

—Cualquiera que sienta el peso de la responsabilidad no es libre, Benjamin. Por eso tienes miedo.

Para ser alguien que es mala para eso de los sentimientos, esta vieja no es tan mala, después de todo. Amoratado, con escozor en el cuerpo y manchado de pintura, Benji camina rumbo a los vestidores. Ahí, reparte las cervezas a cada uno de sus compañeros de equipo. Incluso Amat se bebe una, no se atrevería a rechazarla.

Benji va a ducharse solo. Lo hace por un buen rato. Cuando regresa, la cerveza se terminó y sus zapatos están llenos de espuma de afeitar.

* * *

Peter Andersson está de pie detrás de las vallas mientras Zackell recoge sus cuerdas.

—Tienes unos… métodos de entrenamiento muy interesantes. ¿Realmente hacen que los jugadores sean mejores? —pregunta Peter con tanta diplomacia como le es posible, mientras hace todo lo que puede para no hiperventilar al ver las manchas de pintura por toda la pista.

—¿Mejores? ¿Cómo voy a saberlo? —responde Zackell con despreocupación.

—Debes tener alguna razón para usar estos… métodos, ¿no? —dice Peter.

Él tiene una migraña. Richard Theo le había prometido «control absoluto» sobre este club, pero, de hecho, no siente tenerlo para nada.

—Los entrenadores de hockey no sabemos tanto acerca de lo que hacemos como nos gusta aparentar; más que nada apostamos. Creí que ya lo sabías —responde Zackell.

Peter siente cómo se tensan los músculos de su espalda.

—Tienes una… visión extraña de lo que es el liderazgo.

Zackell se encoge de hombros.

—Si los jugadores piensan que soy una idiota, tendrán algo de qué hablar entre ellos. A veces, un equipo necesita un enemigo que los una.

Peter la observa mientras se aleja. Casi podría jurar que Zackell tenía una leve sonrisa en el rostro cuando hizo este último comentario. Entonces, Peter va por los productos de limpieza y pasa varias horas fregando y quitando la pintura de la pista de hielo.

En lugar de hacer esto, quizás debería haberse ido a su casa, haber bebido vino con su esposa, haberse quedado dormido en su cama. Pero Mira y él todavía no se han reconciliado de verdad. Sólo dejaron de discutir, y eso no es lo mismo. No se gritan, pero en realidad tampoco se hablan. Toda la familia se está volviendo más y más callada, como una habitación que se ha vuelto tan desordenada que parece más cómodo tapar la puerta con un muro de ladrillos que enfrentarse al problema. Peter se da cuenta de que se está ideando tareas en el trabajo, de modo que pueda llegar a casa después de que todos hayan conciliado el sueño.

Pasa despierto la mitad de la noche leyendo el manual de instrucciones de una máquina de café en vez de llamar a la hija que se la regaló y confesarle que ya no tiene idea de qué es lo que está haciendo. De por quién está luchando en realidad.

* * *

El entrenador del primer equipo del Club de Hockey de Hed se llama David. No se ha cortado su cabello pelirrojo en meses, y su rostro está pálido como el yeso, pues, incluso en un hermoso día de verano, el sol no llega hasta el cuarto de videos en la arena de hockey. Le está entregando a su trabajo todo lo que tiene; debe hacerlo. Su novia está embarazada, y el Club de Hockey de Hed es el trampolín para que su carrera ascienda a una división superior, si es que gana.

David nunca quiso entrenar a este primer equipo, él quería entrenar al primer equipo de Beartown. Ahí, formó a un grupo de muchachitos hasta que se convirtieron en jugadores júnior; entonces estaban destinados a ganar el campeonato nacional de su categoría y a convertirse en el núcleo del primer equipo: Kevin y Benji sobre la pista de hielo, David en el banquillo. Todo ello estuvo muy cerca de suceder. Pero sólo muy cerca.

David no se fue de Beartown porque defendiera las violaciones. Al menos no es así como él lo ve. Ni siquiera sabe si Kevin es culpable; el muchacho nunca fue condenado por crimen alguno, y David no es abogado ni oficial de policía. Es un entrenador de hockey. Si los clubes de hockey empiezan a juzgar a los jugadores por cosas por las que ni siquiera los juzgó un tribunal, ¿dónde terminaría esto? Al hockey se le debe permitir ser el hockey. La vida fuera de la arena debe mantenerse separada de la vida dentro de ella.

Así las cosas, David no se fue de Beartown por aquello de lo que acusaron a Kevin, sino porque Peter Andersson se aseguró de que el muchacho fuera arrestado el mismo día que iban a jugar la final del campeonato. Lo que significó que todo el equipo fuera castigado, no nada más Kevin. David no podía tolerarlo. Así que se cambió de club, y se llevó a casi todos los mejores jugadores de Beartown con él.

No se arrepiente de su decisión. El único arrepentimiento con el que carga tiene que ver con Benjamin Ovich. Ese muchacho simbolizaba todo lo que David esperaba de un equipo, pero, a la hora de la verdad, el entrenador no se acercó a él. Cuando todos los demás se fueron a Hed, Benji permaneció en Beartown y, la primavera pasada, David lo vio besándose con otro chico. Benji no está al tanto de que David lo sabe, y es evidente que nadie más está enterado. Si David es honesto consigo mismo, tiene la esperanza de que ninguna otra persona lo descubra jamás. Éste no es el tipo de lugar donde desearía que se revele algo así sobre un jugador de hockey, ni siquiera alguien a quien tendrá como oponente este otoño.

¿Está David orgulloso de sí mismo? Definitivamente no. Entonces, ¿por qué no va a la casa de Benji, se sincera con él y le dice que se avergüenza de haber sido tan mal líder que el muchacho no se sintió lo bastante seguro como para contarle su verdad? ¿Por qué David no se disculpa con él? Es probable que sea por la misma razón por la que todos cometemos nuestros errores más estúpidos. Es difícil admitir que nos hemos equivocado. Y es más difícil hacerlo entre más grande haya sido el error.

David nunca se ha jactado de ser una buena persona, pero se ha convencido a sí mismo de que hace todo lo que puede por el bien del hockey. El equipo, el club y el deporte van primero. Nunca va a dejar que esto se convierta en una cuestión política. Ni siquiera ahora.

Tocan a la puerta de su oficina. William Lyt está de pie en la entrada.

—¿Ya supo que nombraron a Benji capitán del equipo de Beartown? —ruge el enorme delantero.

El entrenador asiente.

—Esto es Hed. No Beartown. No te preocupes por lo que ellos estén haciendo.

William está temblando en el umbral de la habitación, incapaz de irse a pesar de que, por la mirada de su entrenador, es claro que esta discusión se ha terminado.

—¿Alguien en nuestro equipo va a usar el número dieciséis esta temporada? —pregunta William.

No lo está diciendo como si fuera una acusación. Tan sólo le está pidiendo a su entrenador que lo quiera. Y ése es el problema: el cariño es como el liderazgo. Pedirlo no sirve de nada.

—Eso no es algo que deba importarte —dice David con frialdad.

El dieciséis era el número de Benji en Beartown. David se niega a dárselo a alguien en Hed.

—¿Quién va a ser el capitán de nuestro equipo? —pregunta William, poseído por la envidia.

David responde a la pregunta que el muchacho realmente quiere hacer:

—Eres demasiado joven, William.

Ésta es una forma muy particular de romper el corazón de alguien, cuando un jugador de hockey puede ver en los ojos de su entrenador que en realidad quiere a alguien más.

—¿Habría dicho lo mismo si yo fuera Benji?

David es sincero. Mueve la cabeza de un lado a otro.

William Lyt entra a la pista de hielo, con una necesidad de reafirmarse a sí mismo más violenta que nunca. David finge que no entiende, pero desde luego que lo comprende muy bien. No es ninguna casualidad que sea tan exitoso como entrenador, sabe lo que sus palabras pueden lograr. Todo el tiempo, mientras los chicos iban creciendo, observaba cómo William competía contra Benji en todo, sin ganar una sola vez. David sabe que la envidia es un sentimiento terrible, pero también puede servir como una gran motivación. Así que la distribuye en pequeñas dosis, a propósito, pues el liderazgo consiste en manipular emociones para lograr resultados. David sabe que lo que hace es peligroso, sabe que quizás William odia tanto a Benji que va a lastimarlo durante el partido. Pero todos los mejores equipos de hockey tienen a alguien que juega al límite, y a veces lo rebasa. William da lo mejor de sí cuando está lleno de odio.

David todavía quiere a Benji, más que a cualquier otro jugador que haya entrenado, y sigue avergonzado por el hecho de que el muchacho no se haya atrevido a confiarle su secreto. Quizás, algún día, David pueda compensar aquello de alguna forma, como ser humano. Pero esos sentimientos pertenecen a la vida fuera de la arena de hockey, y ésta es la vida dentro de ella. Aquí, Benji es un oponente. Si William cruza el límite durante el partido, que así sea. Si Benji resulta lesionado, entonces Benji resulta lesionado. David es un entrenador de hockey, está haciendo su trabajo. Está haciendo todo lo que sea necesario para lo único que importa.

Ganar.

* * *

Cuando cae la oscuridad, Benji está levantando pesas, a solas, en el cobertizo que está en el criadero. Antes de levantar la barra, se quita su reloj de pulsera. Está viejo y desgastado, es pesado y suena cuando lo agita, en realidad no le sienta bien. Pero se lo regaló David. No se han dicho una sola palabra desde que el entrenador se cambió de club, pero Benji aún va a todos lados con ese reloj.

* * *

William Lyt hace flexiones de codos hasta que sus brazos le duelen tanto como todo lo demás. Se duerme con el encendedor que estaba dentro de su casillero en la mano. Sabe quién lo dejó ahí. Quizás William no está pensando en hacerle daño a Benji, no todavía; pero eso no significa que no pueda hacerle daño a alguien más.

24

Pero el oso que lleva dentro acaba de despertar

Ramona baja por la escalera desde su apartamento con pasos pesados, envuelta en una nube de insultos, para ver quién está llamando a golpes a la puerta de La Piel del Oso después de la hora de cerrar. Está esperando toparse con un borrachín, pero se encuentra con algo distinto.

—¿Qué estás haciendo aquí, viejo tonto? ¡Deben haber pasado al menos cuarenta años desde la última vez que te apareciste en mi puerta para tratar de acostarte conmigo en mitad de la noche! ¡No te resultó en ese entonces y no te va a resultar ahora! —le espeta a Sune al tiempo que se abotona su bata.

Sune se ríe con tanta fuerza que asusta al cachorro que está a su lado.

—Necesito un buen consejo, Ramona. O tal vez dos.

Ramona lo deja entrar y le deja un tazón con agua al perrito, quien lo vacía y empieza a mordisquear el mobiliario.

—¿Y entonces? —gruñe ella.

—Quiero que hables con Teemu Rinnius de mi parte —dice Sune.

Si se lo hubiera pedido cualquier otra persona, Ramona se habría hecho la tonta diciendo «¿Cuál Teemu?». Pero no con Sune. El viejo ha dedicado toda su vida a lidiar con muchachos problemáticos que tienen talento para el hockey, mientras que

Ramona ha dedicado la suya a lidiar con muchachos problemáticos que carecen de ese talento.

—¿Acerca de qué?

—Del club.

—Creí que habías dejado de ser el entrenador. ¿Qué tienes que ver con el club?

—Me han conservado por las mujeres. Soy el atractivo visual.

Ramona suelta entre carcajadas una década entera de humo de cigarro. Entonces se pone seria:

—Hay rumores, Sune. En el periódico hablan de un «nuevo patrocinador» y de que el director deportivo está participando en «reuniones secretas». Ese tipo de cosas ponen nerviosos a Teemu y a sus muchachos. Éste es su club.

—No es nada más de ellos —la corrige Sune.

Él no puede evitar pensar en la clase de pueblo de pesadilla que es éste cuando se trata de intentar mantenerlos contentos a todos. Si el club se hubiera ido a la quiebra, le habrían echado la culpa de ello a Peter, y ahora que logró rescatar sus finanzas, de todos modos le siguen tirando mierda. Ramona pone tres vasos de whiskey sobre la barra. Uno para Sune, dos para ella.

—Y ¿qué opinas de la nueva entrenadora? De vez en cuando viene aquí a comer papas —dice ella.

—¿Zackell? No sé. Esa mujer está loca. En todo caso, parece que no le importa un comino lo que piense Peter Andersson...

—Ése es un buen comienzo —comenta Ramona con una amplia sonrisa.

—... pero sospecho que Teemu y sus muchachos no sienten tanto entusiasmo por tener a una mujer como entrenadora —hace notar Sune.

Ramona bufa.

—Ellos aman su club. Tú lo sabes. Les preocupa que la hayan nombrado entrenadora como alguna especie de truco de relaciones públicas. No quieren que los hagan quedar en ridículo, y no quieren ver una multitud de agendas políticas mezcladas con el hockey.

Sune pone los ojos en blanco.

—«Agendas» ¿Así es como les dicen ahora? ¿Acaso las mujeres no pueden acostarse con quien ellas quieran?

—¡Ja! No hay NADIE que entienda mejor a las lesbianas que yo, ¡en lo que a mí respecta, se ganaron la lotería! No se puede razonar con los hombres, ¡así que bien puede una deshacerse de ellos!

—Y entonces, ¿cuál es el problema con Zackell?

—El problema es que los muchachos creen que Peter Andersson y los patrocinadores y los políticos la están controlando, y no quieren otro entrenador que sea como…

Ramona se contiene. Sune no.

—¿Que sea como yo? ¿Débil?

Sune sabe lo que la gente dice de él. Que dejó que los patrocinadores y los políticos se apoderaran del Club de Hockey de Beartown en los años recientes, y dejó que hundieran el club sin oponer resistencia. La gente tiene razón. Sune envejeció, ya estaba demasiado cansado para discutir. Tenía la esperanza de que el hockey fuera suficiente para mantener al club estable, tanto en lo económico como en lo moral, pero se equivocó en ambos casos.

—No era mi intención criticarte —murmura Ramona.

—Nah, tienen razón. Desearía haberle dado a este pueblo más cosas que lo alegraran. Pero Zackell no es como yo.

—¿En qué sentido?

—Ella es de esas personas que sí ganan.

—¿Estás aquí para que te dé un consejo? Los muchachos necesitan pruebas.

Sune suspira.

—En ese caso, dile a Teemu que en cuanto dejen salir a su

hermano menor del centro de rehabilitación, debería irse directo a la arena.

Ramona se queda sin habla. Y eso no es nada fácil de hacer.

* * *

Peter llega tarde a su casa otra vez. Mira está sentada a la mesa de la cocina con su computadora; hoy llegó temprano del trabajo para preparar la comida de sus hijos, lavar y limpiar. Ahora está trabajando de nuevo, sin que sus jefes la vean; le dedica a esto más horas que cualquiera de sus colegas, pero, aun así, pronto será conocida en la oficina como «la que siempre se va temprano a su casa». Ser madre puede ser como desaguar los cimientos de un chalé o arreglar un techo: cuesta tiempo, sudor y dinero, y, cuando has terminado, todo se ve exactamente igual que al inicio. No es el tipo de cosas por las que recibes elogios. Pero quedarse una hora extra en la oficina es como colgar una hermosa pintura o instalar una nueva lámpara de techo: todos lo notan.

Peter le habla a su esposa, ella le habla a él, pero sin mirarse a los ojos. ¿Cómo te fue hoy? Bien, y ¿a ti? Bien. ¿Ya cenaron los chicos? Sí, hay sobras en el refrigerador. ¿Podrías llevarlos mañana a la escuela? Es que tengo que ir temprano a la arena. Ella dice «Por supuesto», a pesar de que querría gritar «Y ¿qué hay de mi trabajo?». Él dice «Gracias», a pesar de que querría susurrar «Siento que me estoy ahogando». Ella dice «No hay de qué», cuando querría exclamar «¡Auxilio!». Ninguno de los dos dice una palabra más, a pesar de que ambos están pensando «Extraño lo que éramos juntos». Peter se va de la cocina sin pasar las yemas de sus dedos por el cabello de su esposa. Ella permanece sentada sin respirar sobre la nuca de su esposo.

* * *

Ramona se queda viendo a Sune.

—¿Es una broma o algo por el estilo?

—No. Elisabeth Zackell no tiene sentido del humor.

—¿Está pensando en dejar que Vidar juegue hockey de nuevo? ¿Qué dice Peter al respecto?

—A ella no le importa lo que Peter piense.

Ramona suelta una risita. Los hermanos Rinnius siempre han sido un poco más cercanos a ella que todos los demás muchachos en La Piel del Oso. Teemu le compra sus víveres cada semana; Vidar hacía su tarea en este lugar. Hace muchos años, justo después de que Holger falleciera, los hermanos oyeron a alguien decir que Ramona había «empezado a olvidar cosas, podría ser Alzheimer». No era eso, sólo era un corazón roto absolutamente común y corriente, pero los muchachos leyeron en internet que uno puede retrasar el proceso de envejecimiento del cerebro mediante ejercicios, por lo que empezaron a obligarla a que resolviera crucigramas. Le traían uno nuevo cada mañana. Se ponía a decir improperios en voz alta y los amaba de manera incondicional por esto. Así pues, Ramona dice ahora:

—Entonces, ¿a Vidar no le importa defecar en un escritorio y a Zackell no le importa lo que Peter piense? Esto no va a terminar bien.

—No —admite Sune.

Ramona se rasca debajo del mentón con uno de los vasos de whiskey.

—No es típico de ti ir en contra de Peter.

—No —concede Sune.

—¿Por qué? ¿De verdad es tan especial, esa entrenadora?

Sune suspira hondo, haciendo que los vellos de su nariz se mezan de manera salvaje.

—O ganamos o desaparecemos, Ramona. Vidar era un guardameta fantástico y si todavía lo es, entonces estoy listo para correr el riesgo con su… personalidad.

—Cuando el diablo envejece, se vuelve todo un creyente —sonríe Ramona.

—¿Podrías encargarte de que Teemu lleve a Vidar al entrenamiento? —pregunta Sune.

Ramona alza una ceja.

—Óyeme bien, viejo tonto, ¿recuerdas cómo jugaba Vidar al hockey? ¡Tenías que sacarlo a rastras de la pista cuando había acabado el entrenamiento! Y, ahora, él ha estado ENCERRADO por… Demonios… ¡No vas a poder mantenerlo alejado de la arena sin importar qué tan bien armado estés!

Ramona no dice lo que está pensando: que ella misma llevará a Vidar a la arena de hockey, arrastrándolo si es necesario. Jamás pudo salvar de verdad a Teemu, era una persona con demasiada furia para poder cambiar. Pero, quizás, Vidar aún pueda tener una vida distinta, y Ramona no está dispuesta a dejar pasar esa oportunidad de nuevo, incluso si le cuesta la vida.

Sune asiente y le da un sorbo a su whiskey. El trago hace que los ojos se le humedezcan.

—Okey.

Se queda callado. Ramona resopla.

—¿Algo más?

Sune se avergüenza de lo transparente que es.

—Quiero pedirte una cosa más. No es por el club, sólo es por mí. Hay una niña pequeña que se llama Alicia, de cuatro años y medio, vive allá en…

—Sé quién es la chiquilla —dice Ramona con un tono sombrío, no porque conozca a la niña sino porque todos los dueños de los bares locales conocen a los adultos que viven en la misma casa que Alicia.

—¿Podrías ayudarme estando al pendiente de ella?

Ramona sirve más whiskey.

—¿Estás seguro de que no estás aquí para seducirme y llevarme a la cama? Lo estás haciendo mejor ahora que en el pasado.

—Me daría un ataque cardiaco antes de que tuvieras tiempo de desabrocharte el sostén, pero gracias por la oferta —sonríe Sune.

Ramona bebe de su trago. Entonces dice afligida:

—No estoy hablando por nadie en este pueblo, Sune. Pero Peter es mi muchacho, él también lo es. Así que pídele, por su propio bien, que se acuerde de quiénes han dado la cara por Beartown. Sin importar lo que exija el nuevo patrocinador.

Sune asiente. Sabe que ella se está refiriendo a la grada de pie de la Banda en la arena. Es difícil guardar secretos en este pueblo.

—Haré todo lo posible —dice él.

Nunca será suficiente.

* * *

Peter se detiene afuera de la habitación de Leo. El chico tiene doce años, casi es un adolescente. Peter recuerda cuando nació, ese instante abrumador en el que oyó a su hijo llorar por primera vez. Cuando le permitieron cargar ese frágil cuerpo desnudo, sostener su cabecita, sus ojos cerrados con fuerza y los gritos lastimeros... y cuando el llanto cesó. La primera vez en la que Peter se dio cuenta de que ese pequeño ser se quedó dormido profundamente en sus brazos. ¿Qué es lo que estamos dispuestos a hacer por nuestros hijos, justo en ese momento? ¿Qué es lo que no estamos dispuestos a hacer?

Pero los años pasan a toda prisa. Los padres tienen que vivir en el ahora; los directores deportivos nunca pueden hacerlo. Los padres tienen que aprovechar el momento, pues las infancias son como pompas de jabón: sólo tienes unos cuantos segundos para disfrutarlas. Pero los directores deportivos tienen que pensar en el siguiente partido, en la siguiente temporada, más allá, hacia delante, hacia arriba.

Peter tiene dos bastones de hockey en una mano, una pelota de tenis en la otra. Leo lo volvía loco al pedirle una y otra vez que jugaran en la entrada del garaje. «¡Papá! ¿Puedes mover el auto? ¡Papá! ¿Podemos jugar? ¿Papá? ¡Aunque sea un ratito! ¡Que gane el que meta primero cinco goles!». Peter acostumbraba estar sentado con el control remoto en la mano viendo la grabación de un partido o batallando con una pila de carpetas y una calculadora de bolsillo mientras trabajaba en el presupuesto, y le contestaba «Tienes que hacer tu tarea primero». Para cuando la tarea estaba hecha, ya era demasiado tarde. «Mañana», prometía el papá. «Okey», contestaba el hijo. Los hombres podrán estar ocupados, pero los chicos no dejan de crecer. Los hijos quieren la atención de sus papás justo hasta el instante en el que los papás quieren la atención de los hijos. A partir de entonces, todos estamos condenados a desear habernos quedado dormidos a su lado más seguido, mientras sus cabezas todavía cabían en nuestro pecho. A desear haber pasado más tiempo sentados en el suelo mientras ellos todavía jugaban ahí. A desear haberlos abrazado mientras todavía nos dejaban hacerlo.

Ahora, Peter toca a la puerta de Leo, y el chico de doce años responde sin abrir:

—¿Mmm?

—Moví... el auto de la entrada —dice el papá, esperanzado.

—¿Ah, sí?

—Sí... O sea, pensé que tal vez quisieras... ¿quisieras jugar?

Peter sujeta la pelota de tenis con tanta fuerza que el sudor de su mano deja pequeñas manchas en el fieltro verde. La respuesta de Leo es implacable:

—Tengo que hacer mi tarea, papá. ¡A lo mejor mañana!

Peter casi abre la puerta. Casi se lo pide de nuevo. Pero en lugar de hacerlo, deja los bastones en el armario. Entonces se sienta solo en el sofá, con la pelota en la mano, y se queda dormido.

* * *

Mira cierra su computadora portátil. Se asoma a la habitación de Leo. Él finge estar dormido, ella finge creerle. Pasa por la sala, le pone una manta encima a Peter, se detiene como si fuera a quitarle el cabello de la frente. Pero no lo hace.

Se sienta a solas en los escalones afuera de la casa, mira las mismas estrellas que podría haber mirado en cualquier otro lugar del mundo. Hoy, en el trabajo, la colega le dio un sobre; la remitente era una mujer mayor que tanto Mira como la colega habían idolatrado durante varios años, una alta ejecutiva y genio de las inversiones que le dio un giro a su vida y creó una gran fundación de beneficencia, promocionada por artistas y actores, y financiada con montos multimillonarios. Mira y la colega conocieron a la mujer en un congreso el año pasado, lograron captar su atención y, cuando se despidieron, la mujer le dio a Mira su tarjeta de presentación y le dijo: «Siempre estoy en búsqueda de gente inteligente, que tenga fuego en la sangre. Si alguna vez necesitas un empleo, contáctame». Mira no tomó la oferta en serio, tal vez no se atrevió a hacerlo, dejó que quedara como un pequeño sueño insignificante. Sin embargo, el sobre de hoy contenía una invitación a un magno congreso, organizado por la fundación de la mujer, que se celebrará dentro de un par de semanas en Canadá.

—¿Por qué nos estará invitando a que vayamos? ¿Querrá contratar nuestra firma? —preguntó Mira sin aliento.

Fue hasta entonces cuando vio la envidia en la mirada de la colega. Mira revisó la invitación de nuevo y se dio cuenta de que sólo mencionaba su nombre. La colega intentó sentirse orgullosa, pero sonó como una niñita que está a punto de perder a su amiga más talentosa que ella a manos del ancho y vasto mundo exterior.

—Sólo te invitó a ti, Mira. No quiere contratar nuestra firma. Quiere contratarte a ti.

Mira se sienta en los escalones afuera de la casa, con el sobre en la mano, mirando las estrellas. Son las mismas estrellas que pueden verse en Canadá. Una vez se mudó ahí para que Peter pudiera jugar en la NHL, con los mejores del mundo. Sabe lo que él le respondería si ella le dijera que quiere acudir al congreso. «¿De verdad tienes que ir justo ahora? Hay muchas cosas que están pasando con el club, querida. Tal vez el año que entra, ¿qué te parece?».

Mira jamás podrá explicarlo. Peter jamás entenderá que ella también tiene su propia NHL.

* * *

Ramona llama por teléfono a Teemu. Su conversación es breve, pues ninguno quiere que el otro alcance a oír sus debilidades. Ramona no menciona que desea que Vidar tenga una vida mejor que la de Teemu, Teemu no menciona que desea lo mismo. Entonces Ramona le pide un favor a Teemu y permanece despierta, esperando, hasta que él le regresa la llamada y le dice que todo está listo.

Teemu permanece de pie afuera de una pequeña casa en otra parte del pueblo, hasta que se apagan las luces en las habitaciones de los niños. Cuando le consta que sólo los adultos están despiertos, no toca el timbre ni la puerta, nunca sabrán cómo se metió. Sólo se queda parado en la cocina, mientras ellos intentan agarrarse de la encimera y tratan de atrapar los vasos que sus manos temblorosas acaban de tirar. Puede ver que saben quién es él, de manera que todo lo que tiene que hacer es levantar una maleta de hockey, soltarla sobre la mesa y preguntar:

—¿Aquí vive Alicia?

Los adultos asienten, aterrados. Teemu les anuncia:

—De ahora en adelante, el fondo de La Piel del Oso pagará todo el equipo de hockey de Alicia cada año, mientras ella quiera seguir jugando. No sé si la niña tenga algún hermano o hermana en esta casa, pero ahora tiene un grupo de hermanos. Y el próximo adulto que la lastime va a tener que explicarnos por qué lo hizo, a todos y cada uno de nosotros.

No necesita esperar a que le respondan. Cuando se va de la casa, ninguna de las personas que dejó atrás se atreve a moverse durante varios minutos, pero, al final, alguien lleva la maleta a la habitación de Alicia. La niña de cuatro años y medio está profundamente dormida, soñando con el sonido de discos que se estrellan contra una pared. Por mucho tiempo, de ahora en adelante, no tendrá más moretones que los de los impactos en la pista de hielo. Jugará hockey a diario y, algún día, llegará a ser la mejor.

Quizás la niña esté durmiendo como un lirón esta noche. Pero el oso que lleva dentro acaba de despertar.

25

La canción de mamá

William Lyt es como todos los demás adolescentes: siempre balanceándose en el límite entre el orgullo desmesurado y el abismo. Hay una chica que le gusta, está en el mismo salón, la primavera pasada ambos habían acudido a una fiesta y ella lo besó en la mejilla estando ebria; él todavía sueña con eso. Así que, cuando hoy la ve frente al casillero de la chica, la fachada de William se desmorona y le pregunta:

—Hola… Oye… ¿Quisieras…? O sea… ¿Te gustaría hacer algo? ¿Después de la escuela? ¿Tú y… yo?

Ella lo mira con repulsión.

—¿Hacer algo? ¿Contigo?

Él se aclara la garganta.

—¿… Sí?

Ella resopla.

—¡Ja! ¡Yo soy de Beartown, y para algunos de nosotros eso significa algo! ¡Espero que Benji TE HAGA PEDAZOS en el partido!

No es sino hasta que ella se va caminando que Lyt ve que la muchacha tiene puesta una camiseta verde con las palabras «BEARTOWN CONTRA EL MUNDO». Sus amigas llevan camisetas iguales. Cuando pasan junto a Lyt, una de ellas gruñe:

—¡Kevin Erdahl es un maldito violador, y tú no eres mejor que él!

William Lyt permanece de pie donde estaba; se siente estigmatizado. Durante toda su vida ha intentado hacer lo que es correcto. Ir a todos los entrenamientos, amar a su capitán, obedecer a su entrenador. Ha seguido todas las reglas, ha hecho lo que le han indicado, se ha tragado su orgullo. Benji siempre ha hecho exactamente lo opuesto. Y, aun así, ¿quién es al que todos aman?

¿Cómo podría William Lyt sentir otra cosa que no sea odio, debido a todo esto?

Cuando da vuelta, ve que Leo está de pie en el extremo opuesto del pasillo. El chico de doce años acaba de presenciar el punto más bajo de William, y la sonrisa de burla del pequeño bastardo desgarra la piel del muchacho de dieciocho años por todas partes. William se mete corriendo a un sanitario, se golpea a sí mismo en los muslos con los puños hasta que le brotan lágrimas en los ojos, se rasca como un maniaco hasta que los brazos sangran debajo de sus uñas.

* * *

Cuando terminan las clases, Maya y Ana se cambian de ropa, se ponen sus chándales y se van a correr en el bosque. Fue idea de Ana, lo cual es extraño, pues Maya siempre ha detestado correr, y aunque Ana ha corrido en el bosque toda su vida, nunca lo ha hecho de forma específica como un ejercicio. Nunca en círculos. De todos modos, durante este otoño Ana está obligando a Maya a que salga, pues sabe que, aun cuando Kevin ya no está en Beartown, todavía tienen que reclamar las cosas que él les robó: el crepúsculo. La soledad. El valor de tener puestos unos audífonos cuando está oscuro, la libertad de no tener que voltear a ver por encima del hombro todo el tiempo.

Sólo corren donde hay farolas. No dicen nada, pero ambas están pensando lo mismo: los chicos nunca reparan en la luz, ése no es un problema que sea parte de sus vidas. Cuando ellos le tienen miedo a la oscuridad es porque les temen a los fantasmas y a los monstruos, pero cuando las chicas le tienen miedo a la oscuridad, es porque les temen a los chicos.

Corren un gran trayecto. Resisten más de lo que habían creído. Sin embargo, se detienen de forma súbita a cierta distancia de la casa de Ana, junto al sendero para correr que serpentea alrededor de la Cima. Es el tramo de sendero más iluminado en todo Beartown, pero eso es irrelevante. Ahí fue donde Maya sostuvo la escopeta contra la cabeza de Kevin.

Maya respira de forma acelerada. No se atreve a dar un paso más. Ana pone su mano reconfortante en la de su amiga.

—Mañana lo intentaremos de nuevo.

Maya asiente. Se van caminando de regreso a la casa de Ana. Afuera de la puerta principal, Maya miente y le dice a Ana que todo está bien, que puede irse a su casa sola; lo hace porque Ana está luchando con todas sus fuerzas para hacer que todo vuelva a la normalidad, y Maya no podría soportar decepcionarla.

Sin embargo, cuando se queda sola, se sienta en un tocón y empieza a llorar. Le envía un mensaje de texto a su mamá. «¿Podrías recogerme por favor?».

En un momento como ése, no hay madre, en este bosque o en ningún otro, que conduzca más rápido entre los árboles.

* * *

Nadie sabe con exactitud de dónde proviene la violencia; por eso alguien que se pelea puede encontrar siempre una justificación razonable: «No deberías haberme provocado». «Pero si ya sabes cómo me pongo». «¡Es tu culpa, te lo merecías, te lo buscaste!».

A los doce años, Leo Andersson nunca ha tenido novia. Cuando una chica dos años mayor que él lo aborda frente a su casillero en la escuela, siente un torrente de emociones que lo embriaga, con una fuerza que jamás volverá a experimentar de nuevo.

—Te vi en la playa cuando le hiciste frente a William Lyt. ¡Fue muy valiente de tu parte! —dice ella con una sonrisa.

Leo tiene que agarrarse de la puerta de su casillero al tiempo que ella se va. Cuando él está almorzando, ella se sienta en la misma mesa. Esa tarde, después de la última clase, ella se aparece en el pasillo y le pregunta si quiere acompañarla hasta su casa.

Por lo regular, uno de sus padres recoge a Leo en la escuela para que tenga tiempo de llegar a los entrenamientos de hockey. Pero sus papás han estado metidos en sus propios mundos a últimas fechas y, de todos modos, Leo no piensa jugar hockey este otoño. Ahora quiere ser algo más, no sabe qué, pero, cuando esa chica lo mira, él piensa: «Quiero ser el tipo de persona que ella piensa que es valiente». Así que les envía un mensaje de texto a sus padres diciéndoles que va a ir a casa de un amigo. De cualquier manera, sólo se sentirán aliviados de no tener que ir por él.

La chica y Leo toman el camino que pasa por un túnel, ubicado debajo de la carretera que separa la escuela del área residencial que está al otro lado. Él respira hondo y se arma de valor para extender su mano y tomar la de ella. El túnel está oscuro, ella se escapa de sus dedos y sale corriendo. Él se la queda viendo sorprendido, oye cómo los zapatos de la chica golpean contra el concreto. Entonces llegan otros sonidos, de otros zapatos. Entran caminando a la oscuridad desde ambas direcciones. Uno de ellos es el hermano mayor de la chica. Leo no notó la camiseta roja que ella tenía puesta debajo de su chaqueta.

El gobierno municipal construyó este túnel hace muchos años, después de que los grupos de padres ejercieran una fuerte presión para que sus hijos no tuvieran que cruzar la carretera, que era muy transitada. El túnel mantendría seguros a los chicos. Pero ahora, en lugar de ello, se ha convertido en una trampa.

* * *

Cuando Mira recoge a Maya, su hija finge que todo está bien de nuevo. Ha empezado a ser muy hábil para esto. Dice que se torció el tobillo cuando Ana y ella estaban trotando, y Mira está feliz. ¡Feliz! Porque un tobillo torcido es algo muy normal. Es parte de la vida normal de una chica de dieciséis años.

—¿Tienes ganas de hacer algo? Podríamos ir a Hed a tomar un café —sugiere Mira, quien ha entrenado muchos años haciendo frente al rechazo, como es propio de la madre de una adolescente; pero su corazón le da un vuelco cuando su hija responde de manera inesperada:

—Okey.

Beben café. Platican. Incluso se ríen, como si todo esto fuera algo usual; y, desde luego, es Mira quien lo echa a perder. Porque no puede evitar preguntar:

—¿Cómo va… la terapia? ¿O con… la sicóloga? No sé cuál es la diferencia, pero… sé que no quieres hablar con tu papá ni conmigo, pero sólo quería que supieras que… puedes hacerlo si quieres.

Maya hace girar la cuchara en su café, a veces en el sentido de las manecillas del reloj y a veces en el sentido contrario, por turnos.

—No te preocupes, mamá. Me siento bien.

Mira querría creerle de verdad. Intenta mantener su voz firme.

—Tu papá y yo hemos estado platicando. Voy a trabajar menos por un tiempo, para poder estar un poco más en la casa...

—¿Para qué? —exclama Maya.

Mira parece confundida.

—¡Creí que eso te alegraría! Que estuviera... más en la casa.

—¿Por qué habría de alegrarme? —pregunta Maya.

Mira se retuerce.

—No he sido una buena madre, corazón. Me he concentrado demasiado en mi carrera, debería haber pasado más tiempo con Leo y contigo. Ahora, tu papá tiene que enfocar todos sus esfuerzos en el club durante las próximas semanas, y por eso...

—¡Papá siempre ha enfocado todos sus esfuerzos en el club! —la interrumpe Maya.

Mira parpadea.

—No quiero que me recuerdes como una mamá ausente. Especialmente no ahora. Quiero que sientas que tienes una... mamá normal.

Entonces, Maya suelta la cuchara. Se inclina sobre la mesa.

—Ya no digas más, mamá. ¿Sabes algo? ¡Estoy condenadamente orgullosa de tu carrera! Todos los demás podrán haber tenido mamás normales, pero yo tuve un modelo a seguir. Todas las demás mamás tienen que decirles a sus hijos que pueden llegar a ser lo que quieran cuando sean grandes, pero tú no necesitas decirlo, porque cada día me lo demuestras.

—Corazón, yo... —empieza a decir Mira, pero la voz se le quiebra.

Maya seca las lágrimas de su madre y susurra:

—Mamá, tú me enseñaste que no tengo por qué tener sueños si puedo tener metas.

* * *

Quizás William Lyt no quiere herir a nadie. Existe una clase particular de personas que disfrutan de lastimar a otros, pero no es seguro que William sea una de esas personas. Tal vez, algún día, él mismo reflexionará acerca de todo esto, por qué nos convertimos en lo que somos. A menos que se vuelva uno de esos tipos que sólo van por la vida inventando excusas para su conducta violenta: «No deberías haberlo provocado». «Tú sabes cómo se pone». «Tú te lo buscaste».

Sus amigos están con él, pero no tiene su apoyo incondicional. No lo siguen porque sientan afecto o admiración, como cuando seguían a Kevin y a Benji; sólo lo acompañan porque es fuerte. Así que tiene que aplastar a cualquiera que lo rete, pues que te falten al respeto es como chispas en un bosque en verano: si no apagas las brasas a pisotones de inmediato, el fuego se esparcirá hasta que te encuentres rodeado.

Sus muchachos se detienen en los extremos del túnel. William entra. No había necesidad de que esto se saliera de control, pues William empieza diciendo:

—No eres tan jodidamente rudo ahora, ¿verdad?

Si Leo hubiera parecido asustado, esto podría haber terminado ahí. Si el chico de doce años tan sólo hubiera tenido el sentido común de comenzar a temblar y ponerse de rodillas y pedirle piedad a William. Pero no es William quien ve el miedo en los ojos de Leo, es Leo quien lo ve en los ojos de William. Así que el chico de doce años dice en tono burlón:

—¿Qué tan rudo eres tú, pequeño Wille? ¡Ni siquiera te atreves a pelear contra Benji! ¿Vas a usar un pañal cuando juegues contra Beartown o qué?

Es posible que Leo no sepa por qué dice esto. O que no le importe. La chica lo engañó, y él cargará por el resto de su vida con una furia oscura en sus entrañas que le recordará cómo se sintió cuando ella se fue corriendo y él se dio cuenta de que ellos habían planeado esto, y cómo deben haberse reído mientras lo hacían. Y hay algo singular acerca de la violencia, acerca de la adrenalina, acerca de las diferentes frecuencias en el corazón de ciertas personas.

Leo saca algo de su bolsillo y lo arroja al suelo frente a William Lyt. Es un encendedor. William empieza a lanzar golpes de inmediato y su puño se estrella contra el rostro de Leo, tan pesado como un leño. Leo se desploma y rueda por el suelo apoyándose en las rodillas y las manos para que la sangre no le entre a los ojos. Sabe que no hay forma de que pueda pelear contra William y ganarle. Pero hay varias formas para evitar perder. Leo alcanza a ver que William tiene lágrimas de ira en los ojos, mientras se prepara para contraatacar. Es lo bastante rápido como para esquivarlo a tiempo y, con el impulso del mismo movimiento, lanza una patada con todas sus fuerzas que le pega a William en la entrepierna. Entonces, Leo se pone de pie y lo golpea lo más fuerte posible.

Eso tal vez habría sido suficiente si Leo fuera más grande y pesado, y William más pequeño y ligero. Pero los puñetazos de Leo son débiles, la mitad de ellos no dan en el blanco, y William solamente se tambalea. Los muchachos en los extremos del túnel permanecen inmóviles. Los dedos de William agarran la camiseta de Leo y se cierran como una pinza. Entonces, el muchacho de dieciocho años le da un cabezazo al chico de doce años en la nariz. Leo cae al suelo, cegado. ¿Y entonces? Santo Dios.

Entonces William Lyt no deja de patearlo.

* * *

La canción de mamá

Me preguntaste «¿Soy buena madre?», buscabas todo el tiempo
la misma, la misma respuesta, cuando debiste haber sabido
  que...
Eras la fuerza que había dentro
Eras todo lo que yo podía llegar a ser
Me enseñaste el valor de un «perdón», pero sólo retrocediste para
  tomar impulso
Me enseñaste la humildad del llanto, pero no me dejaste
  disculparme por tener un pulso
No me vestiste con prendas frágiles, tú me entregaste la
  armadura completa
Me enseñaste que las hijas no tienen por qué tener sueños si
  podemos tener metas.

* * *

Los muchachos en los extremos del túnel están de pie, en silencio.
Quizás algunos sienten que deberían intervenir, gritar que ya es
suficiente, que el chico sólo tiene doce, con un carajo. Pero es
fácil insensibilizarse, puedes ver algo que sucede justo enfrente
de ti, sin que tenga más efecto que si lo estuvieras viendo en una
película. Quizás te asustas, y tienes tiempo de pensar «qué suerte
que no soy yo», o estás tan conmocionado que te paralizas.

¿Podría William haber matado a Leo en ese túnel? Nadie lo sabe.
Porque alguien lo detiene.

* * *

Jeanette, la maestra, tiene una infinidad de pequeños malos hábitos, y hace todo lo posible por esconderlos, tanto de los alumnos como de sus colegas en la escuela. Se truena los nudillos

cuando está nerviosa, empezó a hacerlo cuando, de niña, jugaba en el equipo femenino infantil de Hed. Con los años comenzó a practicar boxeo, y luego artes marciales; tiene muchas costumbres extrañas que le quedaron de esa época. Hace estiramientos cuando se siente inquieta y, cada mañana, antes de las clases, realiza ejercicios de calentamiento en el salón como si se estuviera preparando para una pelea. Por un tiempo fue buena, buena de verdad. Tal vez incluso podría haber llegado a ser la mejor. Durante un solo y maravilloso año fue luchadora profesional, pero casi nadie en este pueblo lo sabe, pues Jeanette se lesionó y las cosas resultaron como siempre: o eres la mejor o eres una más del montón. Estudió para ser maestra y el fuego en su pecho se extinguió, al igual que el instinto asesino que se requiere. Tenía un entrenador que le dijo: «Jeanette, debes querer entrar al ring a destrozar el sueño de otra chica, de lo contrario no tienes nada que hacer aquí». Tal vez era verdad, ella desearía que no lo fuera, pero tal vez el deporte es precisamente así de despiadado.

No extraña la presión ni el estrés, nada más la adrenalina. No hay nada en una vida ordinaria que pueda sustituir eso, ese miedo vivificante que sentía cuando subía al ring y sólo eran ella y su oponente. Tú contra mí. Aquí y ahora.

Ella intenta encontrar otras formas de obtener algún gozo. Con frecuencia, trabajar como maestra se siente como una causa perdida, pero, de vez en cuando, se presentan pequeños instantes resplandecientes que hacen que las largas horas de trabajo y el salario humillante valgan la pena: cuando logra establecer un vínculo con alguien. Tal vez incluso salvar algo. No hay muchos trabajos que te den la oportunidad de hacer eso.

En las tardes, cuando las clases han terminado, Jeanette sube por la escalera usada por los limpiachimeneas para llegar al techo. Ahí arriba, detrás de un conducto de ventilación justo por encima del comedor, un maestro puede tener acceso a una vista que abarca casi todo Beartown y fumar un cigarro sin que nadie lo vea. Éste es el peor de los hábitos.

Ella puede ver el túnel desde ahí, el que se construyó debajo de la carretera para mantener seguros a los estudiantes. Ve a Leo y a la chica cuando entran caminando al túnel. Sólo la chica sale de allí, corriendo. Jeanette ve a William y sus muchachos aproximándose desde ambas direcciones. Deja caer su cigarro y se precipita hacia la escalera. Ésta es una escuela pequeña en un pueblo pequeño, pero el edificio parece interminable si lo atraviesas corriendo presa del pánico.

* * *

Mira y Maya llegan a casa. Cuando Maya entra a su habitación, Mira ve los boletos de conciertos en su pared. Aún recuerda el primero de todos esos conciertos, quizás todavía con más claridad que su hija, y cómo Maya y Ana llevaron los boletos en sus bolsillos durante semanas. Compraron una sombra de ojos a escondidas y se la aplicaron en exceso, y recortaron sus shorts de mezclilla hasta que quedaron demasiado reveladores. Mira las dejó afuera del concierto y les hizo prometer que iban a salir inmediatamente del recinto en cuanto el evento terminara, ellas se lo prometieron y se rieron. Sólo eran unas niñas, pero Mira sabía que las había perdido, aunque fuera en una pequeña medida, justo ahí y en ese momento. Se fueron corriendo hacia el escenario, tomadas de la mano, junto con cientos de otras chicas gritando, y esa primera vez que pruebas la libertad es algo que nunca le podrás quitar a una persona. La música transformó a Maya y a Ana, e incluso si más adelante en sus vidas escogieron estilos de música diferentes por completo, y no hacían otra cosa que discutir sobre qué era «música para drogadictos» y qué era «música hecha con pitidos», todavía tenían algo en común: la música rescató algo dentro de ellas que de otra forma podría haberse perdido.

Imaginación, poder, una pequeña chispa resplandeciente en sus pechos que siempre les recordaba: «¡No dejes que los bastardos te digan qué debes ser, sigue tu propio camino, baila horrible y canta con fuerza y conviértete en la mejor!».

Ahora Maya tiene dieciséis, besa a su mamá en la mejilla y entra a su habitación. Su mamá está sentada en la cocina, pensando en todas las noticias de las que se ha enterado en años recientes acerca de muchachas que fueron pisoteadas y aplastadas hasta morir en conciertos, acerca de terroristas que hicieron explotar bombas en estadios. ¿Qué habría pasado si Mira hubiera sabido todo esto en ese entonces? ¿Habría dejado que las chicas fueran al concierto? Nunca en la vida. ¿Cómo puedes volver a hacer eso alguna vez cuando sabes que todo el mundo quiere hacerle daño a tu hija?

* * *

Jeanette se preguntará por siempre qué habría sucedido si hubiera llegado más rápido al túnel. ¿Habría sido más fácil para William dar marcha atrás? ¿Habría sentido Leo menos odio? ¿Habrían podido los muchachos en los extremos del túnel admitir ante sí mismos que las cosas habían llegado demasiado lejos?

Jeanette jala el pesado cuerpo de William para hacerlo un lado. Él tiene suerte, la reconoce lo bastante rápido como para contenerse de tratar de golpearla también a ella. La mirada de Jeanette es salvaje, no es la de una maestra, es la de una luchadora. William respira con dificultad, y ni siquiera está mirando a Leo cuando logra decir:

—¡Él empezó! ¡Se lo estaba buscando!

Jeanette siempre se sentirá avergonzada de lo que hace a continuación. No tiene excusa alguna. Pero todo lo que pasó en la primavera, la violación y el silencio hacia una de las chicas en la propia escuela de Jeanette y las repugnantes facetas que esta comunidad exhibió con posterioridad, todo esto dejó a Jeanette llena de vergüenza e ira. No está sola, todo este pueblo está furioso. Ve lo mismo en William Lyt, es sólo que él está furioso por razones diferentes a las de ella. Las personas rara vez desquitamos nuestra ira con aquellos que se lo merecen, la desquitamos con quien sea que tengamos más cerca.

—¿Qué dijiste? —sisea Jeanette.

—¡Él se lo estaba buscando! —repite William Lyt.

Jeanette lo patea en el costado de su rodilla con tanta fuerza que el cuerpo del muchacho se desvanece, cae como si le hubieran dado un disparo. El equilibrio de Jeanette es tan perfecto, que ya está plantada con ambos pies para cuando William impacta en el suelo; está tan relajada que bien podría haber empezado a silbar.

Pero cuando se da cuenta de lo que acaba de hacer, siente que sus pulmones se le cierran. Su entrenador de artes marciales le insistía una y otra vez: «Nunca pierdas el control. No dejes que tus sentimientos tomen el volante, Jeanette. ¡Porque si eso pasa, ahí es cuando harás cosas realmente estúpidas!».

* * *

Mira llora desconsolada en la cocina, escondiendo la cara en su suéter para que su hija no la oiga. Del otro lado de la puerta, su hija está acostada en su cama, entre paredes cubiertas de boletos de conciertos, llorando con fuerza debajo de los cobertores para que su mamá no pueda oírla. Está agradecida por el hecho de que sea tan fácil engañar a los padres. De que ellos deseen tanto que seas feliz que crean en ti incluso cuando estás mintiendo.

Maya sabe que su mamá y su papá necesitan poder recobrar el control de sus vidas, a su manera. Y también recuperar lo que Kevin les quitó. Su mamá necesita sentir que es lo suficientemente buena, su papá necesita salvar a su club de hockey, porque ellos necesitan sentir que son capaces de tener éxito en algo. Levantarse, devolver los golpes, ganar. No deben convertirse en personas que le temen a la oscuridad, porque entonces no será posible que sobrevivan juntos. Su hija puede oírlos cuando discuten, incluso cuando no pronuncian una palabra. Donde antes había dos copas de vino en la cocina, ahora sólo ve una. Sabe que su papá está llegando a casa cada vez más tarde, lo ve de pie afuera de la puerta, titubeando cada vez por más tiempo antes de entrar. Se fija en los sobres con las invitaciones a los congresos a los que su mamá nunca pregunta si puede acudir. Maya sabe que, si sus padres llegaran a divorciarse, dirán que no fue culpa de ella. Ella sabrá que están mintiendo.

Fue a ella a quien Kevin resquebrajó. Pero ellos fueron los que se derrumbaron.

* * *

William Lyt se incorpora cojeando.

—Tienes suerte de que no le pegue a las mujeres... —dice jadeante.

—¡Te aconsejo que no lo intentes! —responde Jeanette, a pesar de que la voz de la razón dentro de su cabeza está gritando «¡CIERRA LA BOCA, JEANETTE!».

—Voy a denunciarte, vas a... —empieza a decir Lyt, pero Jeanette le responde espetándole:

—¿Y qué vas a decir?

Es una idiota, lo sabe, pero es una mujer furiosa en un pueblo furioso, y pareciera que las reglas normales ya no aplican por estos rumbos. Los muchachos en los extremos del túnel se han echado para atrás. No son peleadores, sólo unos abusadores, sólo son rudos cuando tienen la ventaja de su lado. William es diferente, Jeanette puede verlo, tiene algo dentro de él que lo hace ser peor. El muchacho escupe en el suelo, pero no dice nada más. Cuando se da la vuelta y se va, quizás siente temor de haber matado a Leo a golpes, o quizás su cerebro lo está reprimiendo y está inventando excusas: «No debería haberme provocado. Él sabía lo que iba a pasar».

Cuando el túnel ha quedado desierto, Jeanette se inclina sobre Leo. Su rostro está ensangrentado pero su respiración es uniforme y, para sorpresa de Jeanette, sus ojos están abiertos. Tranquilos y presentes. William lo pisoteó y lo pateó, pero algo debe haberlo contenido, pues el rostro de Leo no está deshecho. No hay nada roto, su cuerpo está cubierto de moretones, pero se pueden esconder debajo de la ropa, al igual que los arañazos, y la hinchazón alrededor de sus ojos y su nariz le va a permitir mentirle a su mamá y decirle que le pegaron en el rostro con una pelota durante una clase de educación física.

—Usted no debió haber hecho eso —le dice el chico a la maestra.

—No, no debí —concuerda ella.

Lo interpreta como un gesto de consideración, pero ésa no es la intención de Leo.

—¿Nunca ve documentales sobre la naturaleza? Los animales salvajes siempre son más peligrosos cuando están heridos —dice Leo entre pequeñas gárgaras, sintiendo el sabor a sangre en la boca.

En cuanto los golpes dejaron de lloverle encima, el chico de doce años comenzó a pensar en cómo podría vengarse. Pudo percibir que William eligió pisotearlo en los muslos en lugar de hacerlo en las rótulas, que apuntó a las partes más suaves de su cuerpo en lugar de tumbarle los dientes, le hizo moretones en el hombro en lugar de intentar romperle el brazo. Leo no considerará la misericordia de William como un acto de benevolencia, sólo como un acto de debilidad. William se las va a pagar.

Cuando el chico de doce años se levanta con dificultad hasta ponerse de pie, Jeanette dice de manera diligente:

—Tenemos que reportar esto a...

Leo mueve la cabeza de un lado a otro.

—Me tropecé. William estaba tratando de ayudarme a levantarme. Y si usted dice algo distinto, ¡voy a declarar que la vi patear a un estudiante!

La maestra debería protestar y, en retrospectiva, será fácil juzgarla por no haberlo hecho. Pero, en este bosque, aprendes a mantener la boca cerrada, para bien o para mal. Ella sabe quién es la hermana mayor de Leo, conoce sus razones para estar furioso. Si Jeanette lo reporta, a la escuela o a la policía, él jamás volverá a confiar en ella. Y entonces, nunca tendrá la oportunidad de conectar con él. Así que prefiere decirle:

—Hagamos un trato. Yo no le reporto esto a nadie, si tú vas al criadero de Adri Ovich. ¿Sabes dónde queda?

El muchacho asiente, sin arrogancia. Se limpia la sangre de la nariz con su manga.

—¿Por qué?

—Ahí tengo un club de artes marciales.

—¿Quiere enseñarme a pelear?

—Quiero enseñarte a NO pelear.

—No quisiera ser grosero, pero usted parece muy mala para eso de no pelear —le hace notar Leo.

Jeanette sonríe apenada. Leo empieza a irse a rastras de ahí, lenta y dolorosamente, pero cuando ella intenta ayudarlo, él le aparta el brazo. No de forma agresiva, pero tampoco como el inicio de alguna clase de negociación. El muchacho sabe lo que la maestra está intentando hacer, está intentando salvarlo.

No logrará hacerlo.

26

¿De quién será ese pueblo?

Intentas ser un buen padre o madre, de todas las formas posibles, pero nunca sabes cómo. No es un trabajo difícil. Es un trabajo imposible. Peter está afuera de la habitación de su hija, con un par de baquetas en la mano. Ella era su niñita, su trabajo era protegerla, pero ahora ni siquiera puede verla a los ojos porque siente una gran vergüenza.

Cuando ella era pequeña, ambos se acostaban en una cama demasiado estrecha, en una de esas noches en las que se sentía como si ellos dos fueran los últimos seres humanos sobre la faz de la Tierra. La chiquilla dormía contra su cuello, y él apenas si se atrevía a respirar. El corazón de Maya latía como el de un conejo y el de su padre le seguía el ritmo; él era tan feliz que se sentía aterrado, tan entero que sólo podía pensar en los fragmentos en caso de que su vida se destruyera de nuevo. Nuestros hijos nos vuelven vulnerables. Ése es el problema con los sueños: llegas a la cima de la montaña y descubres que te dan miedo las alturas.

Ahora, Maya tiene dieciséis años. Su papá está afuera de su habitación, demasiado cobarde como para llamar a la puerta. Cuando ella era pequeña, él siempre le decía «Calabacita». A ella nunca le gustó el hockey, por lo que, cuando se enamoró de la guitarra, Peter aprendió a tocar la batería, sólo para poder hacer música con su hija en el garaje. Con el paso de los años esto ocurría cada vez menos, desde luego, porque él siempre estaba muy ocupado. El trabajo, la casa, la vida. Comienzas a decir «mañana» con mayor frecuencia. Cuando Maya llegaba con las baquetas, él le preguntaba: «¿Ya hiciste tu tarea?».

Sin embargo, ahora es él quien sostiene las baquetas en su mano. Toca a la puerta de su hija con timidez. Casi como si tuviera la esperanza de que ella no alcance a oírlo.

—¿Mmm? —gruñe ella.

—Sólo quería ver si… ¿tienes tu guitarra? ¿Te gustaría… que toquemos un ratito en el garaje?

Ella abre la puerta. Su compasión lo hace pedazos.

—Estoy estudiando, papá. ¿A lo mejor mañana?

Él asiente.

—Claro, Calabacita, claro. Mañana…

Ella le da un beso en la mejilla y cierra la puerta. Apenas si puede verla a los ojos. Él está tratando de encontrar una forma de ser su papá otra vez, pero no sabe cómo. Uno nunca sabe cómo.

* * *

Esa noche los miembros de la familia Andersson están lo más alejados entre sí como se puede estar dentro de una pequeña casa. Maya está acostada en su cama, tiene los audífonos puestos con un volumen alto. Mira está sentada en la cocina, ocupada con sus correos electrónicos. Peter está sentado en el baño, la puerta cerrada con seguro, la mirada fija en su móvil.

Leo esconde los moretones en su cuerpo debajo de un chándal grueso, y achaca la hinchazón de su rostro a un supuesto balonazo recibido en la clase de Educación Física. Tal vez le creen. O sólo quieren creerle. Esta noche, todos están atrapados en su propia angustia, y por eso nadie oye cuando Leo abre su ventana y sale de la casa a hurtadillas.

* * *

Peter llama por teléfono a Richard Theo, quien contesta al tercer timbrazo.

—¿Sí? —pregunta el político.

Peter intenta pasar saliva a pesar de que su boca está seca, lo único que se traga es su orgullo.

—Quiero preguntarte algo acerca de nuestro... acuerdo —dice él.

Peter susurra, sentado en el baño, pues no quiere que su familia lo oiga.

—¿Cuál acuerdo? —pregunta el político, con más prudencia que cualquiera que hable de ese tipo de cosas por teléfono.

Peter respira despacio.

—Podría ser difícil... conseguir un carpintero en Beartown. En esta época del año.

Ésta es su forma de pedirle al político que no lo obligue a demoler la grada de pie en la arena. Que no lo obligue a confrontarse con la Banda. No ahora. Pero el político responde:

—No sé de qué estás hablando. Pero... SI ES QUE tuvimos un acuerdo, tú y yo, entonces habría esperado que cumplieras con tu parte de ese acuerdo. Sin excepciones. ¡Eso es lo que hacen los amigos!

—Me estás pidiendo que haga algo... peligroso. Tú sabes que a los políticos de por aquí les han dejado hachas en el capó del auto, y yo... yo tengo una familia.

—Yo no te estoy pidiendo que hagas nada. Pero tú eres un deportista, y no creí que los deportistas defendieran a pandilleros violentos —le contesta Richard Theo de manera burlona.

Después de que el político al otro lado de la línea ha colgado, Peter mantiene el móvil junto a su oído por un buen rato.

Todavía puede ver su esquela enfrente de él si cierra los ojos.
Va a poder salvar a su club, pero ¿a qué clase de peligros está
exponiendo a su familia? Va a poder darle un equipo de hockey
a este pueblo. Pero ¿de quién será ese pueblo?

* * *

Se dice que «los pequeños orificios hunden grandes barcos».
Pero, en ocasiones, no lo bastante rápido para algunos hombres. Richard Theo hace una llamada a Londres. Entonces, los
nuevos dueños de la fábrica envían un correo electrónico al
director deportivo del Club de Hockey de Beartown. El contenido del correo es simple: como nuevo patrocinador, exigen
garantías de que Peter Andersson «en verdad tenga la intención
de mantener su promesa de crear una arena más apta para toda
la familia, que únicamente tenga gradas con asientos». Nadie
menciona nada acerca de «la Banda» o de unos «pandilleros».
El correo nunca llegará al buzón de Peter, desde luego se trata
de un error inocente: el remitente escribió su apellido con una
«s» en lugar de dos.

Si alguien llegara a hacer preguntas más adelante, todos estarán confundidos: Peter afirmará que él nunca recibió el correo,
el patrocinador dirá que negoció a través de «intermediarios», y
entre más difícil sea obtener respuestas directas acerca de lo que
sucedió en realidad, más convencida estará la gente de que todos
los involucrados están escondiendo algo.

Por supuesto, nadie tendrá que explicar con exactitud cómo
fue que una copia de ese correo terminó de repente en manos
del periódico local. La reportera se remitirá a «una fuente confiable». Una vez que la noticia se difunda, no importará de dónde vino.

Al final, nadie podrá demostrar de quién fue la idea de demoler
la grada de pie en la arena de hockey.

* * *

Los miembros de la Banda siempre se dan un abrazo cuando se encuentran y cuando se despiden, con los puños cerrados apretando la espalda del otro. Algunas personas ven esto como una señal de violencia. Pero, para ellos, no lo es.

Teemu Rinnius todavía vive en casa de su mamá. Las investigaciones policiales sostienen que se debe a que no puede comprarse su propia casa con los ingresos ilícitos con los que se mantiene a sí mismo, y Teemu deja que todos lo crean. La verdad es que no puede dejar a su mamá sola. Alguien tiene que llevar las cuentas en su casa. Hay muchos chistes acerca de las actividades criminales de los hermanos Rinnius, como, por ejemplo: «¿Qué es un triatlón para los hermanos Rinnius? ¡Ir caminando a la piscina y regresar a casa en bicicleta!». O: «Los hermanos Rinnius están sentados a bordo de un auto. ¿Quién va manejando? ¡La policía!». Cuando Vidar se convirtió en el guardameta del equipo juvenil de hockey, alguien en las gradas bromeó entre risas: «Por supuesto que en esa familia llegan a ser buenos guardametas, ¡si agarran lo que sea!». Sólo contaron esa broma en una ocasión. Di lo que quieras de los hermanos Rinnius, pero la materia en la que obtenían mejores calificaciones en la escuela era Matemáticas. Ellos han estado llevando las cuentas toda su vida: cuántas pastillas quedan en los frascos que están en el baño, cuántas horas ha dormido su mamá. Cuando atraparon a Vidar y lo encerraron, esa responsabilidad recayó sólo en Teemu. En ese entonces fue todavía más difícil pues, cuando se llevaron a su hijo menor al centro de rehabilitación, todo lo que su mamá quería hacer era dormir más tiempo y más profundo. Vidar siempre fue su pequeño bebé, sin importar qué diabluras hiciera.

Ahora, Teemu está sentado a la mesa de la cocina de su mamá, ella está armando un estrépito con sartenes y ollas y él no está acostumbrado a eso. Su mamá ríe con ganas, ha pasado mucho tiempo desde que lo hizo por última vez. Cuando Teemu le contó que iban a liberar a Vidar antes de tiempo, ella limpió toda la casa en una oleada de felicidad. La mañana siguiente fue la primera en varios años que Teemu contó el mismo número de pastillas en los frascos por dos días seguidos.

—Mi bebé, mi bebé —canta su mamá llena de contento junto a la estufa.

Ella jamás preguntó por qué van a liberar a Vidar, o quién lo dispuso, pero esa inquietud se está comiendo vivo a Teemu. Se dice a sí mismo que sólo quiere las mismas cosas que quieren todos los hombres simples: tener a su hermano menor en casa, hacer feliz a su mamá, vivir una vida sencilla. Pero eso no es verdad: también tiene que protegerlos, ésa siempre ha sido su responsabilidad y su obsesión.

—¡Mi bebé, mi bebé, viene a casa de mamá! —tararea su madre.

La mente de Teemu empieza a divagar. La Banda nunca fue tan coordinada ni tan organizada al estilo militar como la gente creía. Todos dicen «¿Cuál banda?» o «¿Teemu? ¿Cuál Teemu?» si un extraño hace preguntas, pero esto no es del todo una actuación. Él no es ningún dictador. En el fondo, las chaquetas negras sólo son un grupo de amigos que se mantienen juntos debido a dos sencillos afectos: el que sienten por el hockey y el que sienten entre ellos. Los políticos y los peces gordos en la junta directiva y los periodistas dicen muchas sandeces sobre «los pandilleros» cuando les conviene a sus propósitos, pero esos cerdos codiciosos no aman al club ni al pueblo como lo hacen los miembros de la Banda.

Los dos mejores amigos de Teemu, «Araña» y «Carpintero», pueden pelear como animales salvajes. Sin embargo, ellos nunca atacan a gente inocente, y cuando cayó sobre el bosque la peor tormenta en un siglo hace unos cuantos años, fueron ellos dos quienes visitaron casa por casa para quitar los árboles de los jardines y arreglar techos y ventanas sin pedir que les pagaran un solo centavo. ¿Dónde estaban los periodistas y los miembros de la junta directiva en ese momento? Las investigaciones policiales describen a Araña y a Carpintero como «pandilleros», pero, hasta el día de hoy, no pueden pasar caminando frente a una de esas casas sin que los inviten a pasar a tomar una taza de café. Teemu no es ningún chiquillo, sabe que sus muchachos no tienen un corazón de oro. Pero tienen su propia clase de honor.

Araña sufrió de acoso escolar cuando era niño; nunca quería ducharse después de la clase de Educación Física, y un grupo de muchachos en su salón pensó que eso significaba que era gay, así que lo arrojaron a la ducha y le dieron una golpiza con toallas mojadas retorcidas. El peor insulto que conocían era «maricón», la cosa más débil que un chico podía ser. Así que, desde entonces, Araña odia dos cosas: a los maricones y a los abusadores.

Hace seis o siete años, la policía retuvo a la Banda después de un juego de visitante. Vidar, el hermano menor de Teemu, quien tenía sólo doce años en ese entonces, estaba sentado solo en un McDonald's, y una pandilla de aficionados del equipo contrario iba hacia allá. Cuando Araña se dio cuenta, se le escapó a la policía. Ni perros, ni caballos, ni un equipo táctico especial pudieron detenerlo. Vidar y él se defendieron de diez oponentes dentro del McDonald's durante veinte minutos. Araña mandó a cuatro tipos al hospital y Vidar, con sus doce años, rompió una silla y usó las patas como armas. Ya desde entonces era un guerrero.

Carpintero es diferente. Proviene de una familia tradicional, vive en los límites de la Cima, trabaja en la empresa de su papá. Sin embargo, por dentro carga con las mismas cosas que Araña. Cuando Carpintero era adolescente, su prima fue violada por un bastardo infeliz mientras estaba de vacaciones. Al enterarse, Teemu se robó un auto, manejó toda la noche y alcanzó a llegar al aeropuerto justo a tiempo para impedir que Carpintero abordara un avión, pues pensaba viajar allá y enfrentarse al país entero. Lloró de rabia en los brazos de Teemu, con los puños cerrados sobre la espalda de su amigo.

Ahora, Carpintero tiene una novia, ella tiene un buen empleo administrativo en la compañía inmobiliaria del municipio, y acaban de tener una hija. En la primavera pasada, fue Carpintero quien convenció a Teemu de que la Banda debía ponerse del lado de Maya Andersson y no del de Kevin Erdahl. «No me importa si terminamos en la división más baja de todo el mundo, de todos modos, ahí estaré apoyando al equipo en nuestra grada, ¡pero yo no voy a apoyar a un violador!», dijo Carpintero. Entonces la Banda tomó una decisión, y hoy están lidiando con las consecuencias.

Votaron para que Peter Andersson permaneciera en el club, y ahora se han enterado de que esa rata ha conseguido patrocinadores que quieren deshacerse de la grada de pie. El teléfono de Teemu no ha parado de sonar. Los muchachos quieren ir a la guerra.

—¡Pero no entiendo por qué mi BEBÉ no puede vivir en la casa de su propia MADRE! —repite súbitamente la mamá de Teemu, y esto lo arranca con brusquedad de sus meditaciones.

—¿Qué? —mascula Teemu.

Su mamá arroja un sobre de la compañía inmobiliaria del municipio sobre la mesa.

—¡En esa carta dice que a Vidar le asignaron su propio apartamento! ¿Qué sentido tiene eso? ¡Él tiene una MADRE!

Es hasta ese momento cuando, en la mente de Teemu, las piezas del rompecabezas encajan.

* * *

Cuando el hombre trajeado sale del edificio del ayuntamiento y abre la puerta de su auto, de repente hay una figura de pie detrás de él. Richard Theo se sobresalta, pero no se sorprende. Recobra la compostura con rapidez y pregunta:

—¿Quién eres?

Entonces, Teemu Rinnius da dos pasos adelante. No le pone un dedo encima a Theo, pero termina lo bastante cerca como para que ambos sientan el aliento del otro y el temor físico afecte al político. Eso nos sucede a todos, a los que no podemos pelear, no importa que tengamos dinero o poder o sepamos que en un tribunal se nos puede hacer justicia. Nadie puede protegernos en un estacionamiento a oscuras durante esos segundos que un hombre como Teemu tarda en agredirnos hasta dejarnos inconscientes. Nosotros lo sabemos. Él también. Así que dice:

—Tú sabes quién soy. Mi hermano menor, Vidar, ha estado encerrado, y de pronto lo van a soltar. No entendía por qué, pero entonces me enteré de que la nueva entrenadora del club de Beartown lo quiere en el equipo. Ningún club de hockey podría sacar a mi hermano de ese centro de rehabilitación. ¡Pero a lo mejor un político sí!

El pulso de Richard Theo se acelera, pero logra mantener la voz firme.

—Me temo que no sé de qué estás hablando.

Teemu lo observa de forma ominosa, pero al final retrocede, lo deja respirar un poco. Alza un dedo a manera de advertencia, para dejarle saber al político que él no es la única persona en Beartown que es buena para reunir información:

—Mi mamá recibió una carta de la compañía inmobiliaria del municipio. Le asignaron un apartamento a mi hermano. Revisamos quién presentó la solicitud. Fuiste tú.

Richard Theo asiente con afabilidad.

—Es mi trabajo ayudar a los habitantes del municipio. A todos…

Desde luego, el hecho de que la dirección del correo de Richard haya aparecido en el registro de la compañía inmobiliaria pudo haber sido un error. A menos que Theo asumiera que era un mensaje que Teemu encontraría al final. Después de todo, su amigo Carpintero tiene una novia que trabaja en la oficina de la compañía inmobiliaria.

Teemu gruñe:

—¡Si quieres jugar con alguien, soy la persona equivocada! ¿Qué quieres de mi familia?

Richard Theo se hace el tonto. Es algo valiente de su parte.

—No soy el tipo de hombre que les pida cosas a los demás. Especialmente no a las personas que pertenecen a esta… ¿cómo les dicen a ustedes? ¿«La Banda»?

—¿Cuál banda? —pregunta Teemu.

Su rostro ni siquiera se endurece, ha tenido años para practicar esa falsa actitud impasible, que impresiona al político. Así que Theo alza las manos y dice:

—Okey, lo admito. Sé quién eres. Y creo que tú y yo podemos llegar a ser amigos, Teemu.

—¿Por qué?

—Porque tenemos mucho en común. No siempre hacemos lo que deberíamos, hacemos lo que tenemos que hacer. En los medios me pintan como alguien peligroso y malvado, sólo porque no sigo todas las reglas que la clase dirigente ha creado para detener a los hombres como nosotros. Creo que puedes identificarte con eso.

Teemu escupe al suelo.

—Tu traje cuesta un mes de salario de una persona normal.

Theo piensa en lo que Teemu le acaba de decir.

—Tú no eres una mala persona, Teemu. Cuidas a tus amigos, a tu familia y deseas una vida mejor para tu hermano. ¿No es así?

Teemu ni siquiera parpadea.

—Ve al grano.

—La cosa está así: yo no me hago ilusiones acerca de lo que es la sociedad, y tú tampoco. Pertenecemos a círculos distintos, somos personas diferentes, pero velamos por nuestros intereses de la misma forma.

—Tú no sabes nada sobre mí —dice Teemu.

Es entonces cuando el político tiene la osadía de sonreír.

—Tal vez no. Pero vi muchas películas de terror cuando era pequeño, y por eso sé que el monstruo siempre es más horrible y terrorífico justo antes de que puedas verlo. Nuestra imaginación siempre es mucho más aterradora que aquello de lo que realmente somos conscientes. Creo que has construido tu Banda de la misma manera. Ustedes no son tantos como la gente cree, y dejan que la imaginación de las personas los haga más terribles de lo que son en realidad.

Las cejas de Teemu se hunden. El único gesto que se permite.

—No existe ninguna banda.

El político dice con un tono de seguridad:

—Claro, claro. Pero todos necesitamos amigos, Teemu. Pues los amigos se ayudan entre ellos.

—¿Con qué?

Richard Theo le responde en voz baja:

—Tu grada de pie en la arena.

* * *

Leo camina a través de Beartown, sin saber en realidad a dónde va. La hinchazón y los moretones resultado de la agresión en el túnel lo hacen ir más despacio, pero tiene que moverse, tiene que salir a respirar el aire nocturno y demostrarse a sí mismo que no tiene miedo.

Al principio dirige sus pasos hacia la Cima, hacia la casa de William Lyt, como un niño que se quemó con una estufa pero no puede abstenerse de tocarla de nuevo. Sin embargo, todas las casas están en silencio y a oscuras, así que, mejor, se va caminando hacia el centro del pueblo. Varios hombres están parados fumando afuera de La Piel del Oso. Entre ellos, Carpintero y Araña. Leo permanece en las sombras e imita su lenguaje corporal, enciende un cigarro e intenta fumar como ellos lo hacen. Quizás el chico de doce años tiene la esperanza de que, si puede verse como ellos, también puede convertirse en alguien como ellos: el tipo de persona con quien nadie se mete.

* * *

Richard Theo no da ninguna señal de autocomplacencia cuando dice «grada de pie». Aun cuando, en un parpadeo, consigue toda la atención de Teemu.

—¿Qué hay de… la grada de pie? —pregunta Teemu, como si no lo supiera ya.

Richard Theo se toma su tiempo para contestar.

—Se rumora que el nuevo patrocinador quiere demolerla.

La máscara de Teemu se resquebraja, el odio brilla a través de las grietas.

—Si Peter Andersson TOCA siquiera nuestra grada, va a…

Teemu se contiene de forma repentina. El político repite, con un tono de afabilidad en su voz:

—Como dije: quiero ser tu amigo.

—¿Por qué?

Por fin, el político va directo al grano:

—Porque en la primavera, los miembros del Club de Hockey de Beartown votaron para decidir si Peter Andersson podía seguir siendo el director deportivo, y tú te aseguraste de que él ganara. Yo soy un político. Entiendo el valor de un hombre que puede hacer que otras personas voten de la forma que él quiera.

Teemu entrecierra los ojos y lo mira con escepticismo.

—¿Así que piensas convencer a Peter de que no toque esa grada?

La mentira del político llega sin ningún esfuerzo:

—No. Peter se niega a escuchar a los políticos. Se niega a escuchar a quien sea. Quiere controlar el club él solo. Pero yo puedo hablar con los nuevos patrocinadores. Son personas razonables, y entenderán el valor de un... grupo de aficionados entusiastas. ¿O no es eso lo que ustedes son?

Teemu se muerde el interior de la mejilla, pensativo.

—¿Qué va a pasar con Peter?

—Yo no sé nada sobre el hockey, pero a veces los clubes despiden a los directores deportivos, ¿no es así? ¡El viento puede cambiar de dirección con rapidez!

—Más te vale que el viento nunca cambie de dirección en contra de mi hermano —dice Teemu entre dientes.

Richard Theo hace una reverencia cortés.

—Puedo darte lo que quieres: tu grada, tu club y un equipo de Beartown en el que jueguen muchachos de Beartown. ¿Podemos ser amigos?

Teemu asiente despacio. El político se sube a su auto.

—Entonces, ya no te quito tu tiempo, Teemu, pues supongo que tienes asuntos pendientes en Hed esta noche.

Los párpados de Teemu se estremecen. Richard Theo disfruta este momento. Si quieres conseguir algo de una persona, tienes que entender qué la motiva, y Teemu es un protector. De niño peleaba con hombres adultos en la cocina de su casa para proteger a su mamá; cuando era adolescente creó la Banda para proteger a su hermano menor, pero eso no es todo. Es fácil creer que a él ni siquiera le gustan los deportes, que sólo es una excusa para la violencia y un medio para sus actividades criminales. Pero si miras en sus ojos cuando habla del Club de Hockey de Beartown, verás que este pueblo es su hogar. Esa grada de pie en la arena es el único lugar donde no tiene preocupaciones, donde no está agobiado por el sentimiento de responsabilidad sobre todos los que lo rodean. El hockey es su mundo de fantasía, tal como lo es para los directores deportivos y los entrenadores y los jugadores. Y la gente como Teemu siempre va a proteger sus lugares más felices con todas sus armas más peligrosas. Así que dice entre gruñidos:

—¿De qué estás hablando? ¿Por qué tendría yo asuntos pendientes en Hed?

Richard Theo sonríe.

—Creí que ya habías visto el video.

En ese momento, el móvil de Teemu vibra en su bolsillo cuando recibe un mensaje de texto. Luego otro. Y luego uno más.

* * *

Leo todavía sigue escondido entre las sombras del otro lado de la calle, cuando los hombres afuera de La Piel del Oso reciben tantos mensajes de texto, uno tras otro, que sus teléfonos suenan como máquinas de *pinball*. Todos juntos miran el mismo video. Leo no puede ver de qué se trata, pero puede oírlos hablar de ello. Uno de los hombres dice: «¡Esos putos lamepitos de Hed van a morir!». Otro mira su propio móvil y responde con voz áspera: «Teemu acaba de mandarme un mensaje. Ya vio el video. Dice que vayamos por los muchachos». A Leo no le toma ni un minuto encontrar el video con su teléfono. Todos en la escuela ya han empezado a hacerlo circular, y Leo comprende lo que va a pasar ahora. Corre directo hacia el bosque. Si se apresura, tal vez alcance a llegar a Hed antes que la Banda.

Va a haber una pelea.

* * *

Teemu Rinnius camina hacia el criadero en la oscuridad. Adri lo ve a través de la ventana, no trae botellas consigo y viene solo.

—¿Tu hermano está aquí? —pregunta Teemu.

Adri reconoce la mirada en sus ojos.

—Está allá arriba, en el techo —dice ella.

Teemu sonríe de buen humor.

—Estaba pensando en invitarle una cerveza. ¿Quieres acompañarnos?

Adri mueve la cabeza de un lado a otro con lentitud.

—Si termina herido voy a matarte.

Teemu finge que no entiende.

—¿Herido? ¿Por tomar una cerveza?

Adri alza la mano, la detiene junto a la barbilla de Teemu.

—Ya me oíste.

Teemu sonríe. Adri entra a la casa. Sabe qué va a pasar esta noche. Desearía que Benji no se involucrara en la pelea, pero eso es preferible a que esté acostado boca arriba en el bosque, susurrando acerca de «errores». Adri revisa que la llave del armario de las armas esté debajo de su almohada, y entonces se acuesta en su cama.

Benji está sentado en el techo del cobertizo, fumando bajo las estrellas. Teemu sube por la escalera y se asoma para mirar por encima del borde del techo.

—¿Quieres una cerveza, Ovich?

Hay algo en la forma en la que lo dice, una risita contenida.

—¿Qué? ¿Ahora? —pregunta Benji, sintiéndose más sobrio de inmediato.

Teemu sostiene su móvil y reproduce un video que se volvió viral en internet:

—Alguien está quemando una camiseta de Beartown en la plaza de Hed.

—¿Y por qué debería importarme? —pregunta Benji.

Teemu ya empezó a descender por la escalera cuando responde, muy seguro de que Benji bajará después de que él lo haga:

—Es mi oso el que está en el frente de esa camiseta, Ovich. Y es tu apellido el que está en la parte de atrás.

Su voz no suena furiosa. Casi se oye divertida. Si alguien hubiera visto a Benji bajar del techo, habría comprendido por qué: Teemu lo entiende, ambos están cortados con la misma tijera.

—¿Qué tienes en mente? —sonríe Benji.

—Estaba pensando en invitarte una cerveza. Me han dicho que tienen buena cerveza en Hed.

27

Odio y caos

Teemu y Benji pasan el letrero del pueblo, caminan con tranquilidad y sensatez, sin prisa alguna. Se detienen en la plaza principal de Hed. En el suelo yacen los restos de la camiseta quemada. El lugar está a oscuras, pero no necesitan encender ninguna luz para saber que hay ojos que los están observando desde todas las ventanas. Los dos caminan de ida y vuelta por la calle principal de Hed, cada uno con una botella de cerveza en la mano. Torsos desnudos, sus tatuajes de un oso brillan como antorchas en la noche. Esperan hasta estar seguros de que su gente ya se comunicó por teléfono, se sacudió el sueño de encima y echó tubos de metal en los maleteros de sus autos. Entonces, los dos salen de Hed caminando con calma, se internan unos doscientos metros en el bosque, hasta que alcanzan un claro. Ahí los esperan seis sujetos con chaquetas negras. Quince minutos después, más del doble de hombres llegan desde Hed. Eso no importa, pues de entre los veinte tipos de Hed no todos saben pelear, y Teemu sólo tiene de su lado a hombres que sí saben hacerlo. Trajo a Araña y a Carpintero y a todos sus mejores muchachos.

Sobre todo, trajo a Benji.

Una pelea en un bosque oscuro no es algo organizado ni coreografiado. No es más que odio y caos. No es lugar para un juego de pies ensayado o movimientos elegantes, sólo mantente de pie, sobrevive y asegúrate de que tantos de tus oponentes como sea posible terminen en el suelo sin que te derriben. Jamás retrocedas, sigue desplazándote hacia adelante, no hay reglas ni banderas blancas. Puede ser que mates a alguien sin haber tenido la intención de hacerlo, puedes dar una patada de más o pegarle a alguien donde no deberías haberlo golpeado. Sabías en lo que te estabas metiendo cuando viniste aquí, y ellos también. Es una experiencia aterradora para cualquiera, si no has peleado sintiendo miedo, entonces nunca has peleado con tu igual. Tienes que buscar en lo más profundo de tu interior y encontrar algo ahí, algo terrible, algo que esté fuera de control. Tu más verdadero yo.

La violencia es la cosa más fácil y más difícil de entender en el mundo. Algunos estamos dispuestos a usarla para obtener poder, otros sólo en defensa propia, algunos todo el tiempo, otros para nada. Pero hay otro tipo de personas, que no son como los demás, que parecen pelear sin un propósito en absoluto. Tal vez son más animales que el resto de nosotros, o más humanos, pero puedes preguntarle a quien haya mirado directamente a un par de ojos como ésos cuando se oscurecen, y te darás cuenta de que pertenecemos a especies distintas. Nadie puede saber de verdad si a esas personas les falta algo que los demás tienen, o viceversa. Si hay algo que se apaga dentro de ellos cuando cierran los puños, o si hay algo que se enciende.

Casi todas las peleas se ganan o se pierden mucho antes de que empiecen; el cerebro debe estar trabajando y el corazón debe estar dando de golpes antes de que tus manos puedan hacer lo mismo. Y sentirás miedo. Si no es miedo de que te peguen, entonces de ser vencido; si no es miedo al dolor, entonces a la humillación y la vergüenza; si no es miedo de resultar herido, entonces de herir a alguien más. Por eso aparece la adrenalina, la defensa biológica del cuerpo: garras afuera, cuernos abajo, pezuñas arriba, colmillos expuestos.

¿Y el primer golpe? No decide nada, no dice nada sobre ti. Los demás, en cambio, lo revelan todo. Cualquiera puede lanzar un puñetazo, por ira o por miedo o por puro instinto. Pero golpear la mandíbula de una persona adulta con todas tus fuerzas es como estrellar tu puño contra un muro de ladrillos, y cuando oyes el crujido de los huesos que ceden debajo de tus dedos, algo sucede. Cuando el enemigo se dobla, se tambalea hacia atrás y ves el miedo en sus ojos, cuando tal vez incluso alza una mano temblorosa implorando clemencia... ¿qué es lo que haces entonces? ¿Le pegas una vez más? ¿En el mismo lugar, todavía más duro? Eso te hace una clase diferente de persona. Porque la mayoría no puede hacerlo.

Nadie que te haya visto lanzar ese segundo golpe volverá a pelear contigo alguna vez.

* * *

Teemu y Benji van primero, lado a lado. Los cuerpos alrededor de ellos se agachan. El primer hombre que arremete contra Benji parece haberlo escogido, pero fue una mala decisión; el hombre es más alto, más grande y más pesado, pero nada de eso importa aquí. Una vez que Benji ha conectado el primer puñetazo, sujeta al hombre con su otra mano, para poder pegarle una vez más justo en el mismo lugar, todavía más duro.

Benji no siente nada cuando lo suelta y la cabeza del hombre se estrella contra el suelo con un golpe sordo, como un niño al que se le cae un bollo de canela en una playa. Antes, Benji sentía algo de verdad, la adrenalina, el arrebato, a veces incluso una especie de felicidad. Pero algo se ha roto; Benji ha rebasado un límite.

Se detiene a medio movimiento. Se da tiempo de pensar en

algo, y uno no puede hacer eso. No en el bosque, no en la oscuridad, no cuando ellos están armados. Alguien se le acerca desde atrás, en diagonal, y hace un *swing* con un tubo de metal apuntando a sus rodillas, Benji se da cuenta demasiado tarde de que quizás los hombres de Hed pierdan una pelea esta noche, pero van a ganar un partido de hockey.

No conocemos a las personas sino hasta que conocemos sus más grandes miedos.

Benji oye el grito, cuán fuerte es; oye el grito antes de sentir el dolor. Espera que su cuerpo se doble, que la rodilla ceda por el impacto del tubo. Tiene tiempo de pensar en que no sólo se perderá del partido contra Hed, perderá una carrera entera. Después de toda una vida en la pista de hielo sin lesiones serias, su rodilla jamás volverá a quedar en perfecto estado, no hay ninguna posibilidad de ello; tiene tiempo de pensar en que lo más extraño de todo es que no siente miedo, no está afligido. Le da igual. ¿Cuántos años entrenando, cuántas horas? El juego le importa un carajo. Permanece de pie, inmóvil; darse cuenta de lo poco que eso significa para él lo deja sin aliento. Pero aún sigue de pie. Le lleva varios segundos advertir que está ileso. Que el tubo de metal no dio en el blanco.

Por el rabillo del ojo alcanza a ver a un chico no mayor de doce años, quien, lleno de terror, está agitando algo de forma salvaje e indiscriminada a su alrededor. El hombre que estaba intentando pegarle a Benji con el tubo de metal cae al suelo. Fue su grito lo que se oyó, no el de Benji. El chico sostiene una rama gruesa. Las lágrimas corren por sus mejillas.

Benji lo reconoce. Leo Andersson, el hermano menor de Maya Andersson. Alguien le pega al chico de doce años en el ojo, lo que lo hace tambalearse hacia atrás, y Benji se descubre a sí mismo pensando que esto no está bien. No se da la vuelta y pelea, en lugar de eso toma al muchacho del brazo y corre. Sube por la cuesta, se adentra en el bosque, se aleja entre los árboles. Puede oír los gritos detrás de él, sabe que los hombres de Hed van a difundir la historia de cómo Benji Ovich huyó de una pelea. El muy cobarde. A él no le importa. Leo forcejea con él durante los primeros pasos, pero, en poco tiempo, él también corre en la oscuridad.

Leo llega a conocer a Benji esta noche. Conoce sus miedos. Benji no teme pelear, no teme que le den una paliza, ni siquiera teme morir. Sólo le aterra esto: darse vuelta y ver que lastimen a un chico de doce años y sentirse responsable de él. Cualquiera que sienta el peso de la responsabilidad no es libre.

Corren durante todo el trayecto de vuelta a Beartown. Leo jadea, pero no se detiene hasta que lo hace Benji. Al chico de doce años le duele un pie, piensa que tal vez se le metió una piedra en su tenis, entonces mira hacia abajo y descubre que le falta el tenis. Debe haberlo perdido durante la pelea, corrió todo el tiempo sin que la adrenalina le permitiera notarlo. Los dedos de sus pies están sangrando.

—Me llamo Leo And…

La respiración de Benji es serena, como si acabara de tomar una siesta vespertina junto a una ventana bañada por el sol.

—Lo sé, eres el hermano de Maya Andersson.

La voz de Leo se transforma con rapidez:

—No me vayas a dar ningún jodido sermón acerca de que no debería pelear, porque yo…

Benji alza una mano de forma abrupta.

—Tú eres su hermano. Aparte de ella, probablemente no hay nadie más por aquí que tenga más derecho de querer pegarle a alguien en la cara.

Leo empieza a respirar más despacio, asiente con gratitud.

—No tenía pensado... Me había escondido en el bosque, sólo quería ver la pelea... pero no viste al tipo que traía el tubo, él iba a...

Benji sonríe.

—Si él hubiera apuntado a mi cabeza no habría habido ningún problema, ahí arriba ya no quedan muchas cosas que puedan estropearse. Pero si estaba planeando pegarme en las rótulas, te debo una por haberte asegurado de que no lo hiciera. ¿Cómo está tu ojo?

—No es nada serio...

Benji le da unas palmaditas en el hombro.

—Eres un chico duro, Leo. Cuando seas mayor te darás cuenta de que eso es algo bueno y malo a la vez.

Leo escupe al suelo y repite las palabras que oyó decir a los hombres afuera de La Piel del Oso, se sienten bien en su boca:

—¡Son unos putos bastardos lamepitos! ¡Putos! ¡William Lyt y sus jodidos amigos y todos sus jodidos aficionados en Hed! ¡Cuánto los odio!

Benji parpadea con tristeza al oír cada palabra, pero no de forma tal que el chico lo note.

—Se está haciendo tarde. Deberías irte a tu casa.

—¿Podrías enseñarme a pelear como tú? —pregunta Leo con admiración.

—No —responde Benji.

—¿Por qué no?

El mentón de Benji se cae, y el nudo en su pecho se aprieta. Puede ver que Leo idolatra su habilidad para lastimar a otras personas. Benji no sabe a quién odia más por ello.

—No es algo que tengas dentro de ti, Leo —dice en voz baja.

El muchacho se quiebra. No sólo su voz, todo él.

—¡KEVIN VIOLÓ A MI HERMANA! ¡¿QUÉ CLASE DE HOMBRE SOY SI NO...?!

Entonces Benji abraza al muchacho y le susurra en el oído:

—Yo también tengo hermanas, y si alguien le hubiera hecho a alguna de ellas lo que Kevin le hizo a Maya yo también estaría lleno de odio.

Desesperado, Leo responde con la voz entrecortada:

—Si Kevin hubiera violado a una de tus hermanas, lo habrías matado...

Benji sabe que tiene razón. Así que le dice la verdad:

—Entonces no te conviertas en alguien como yo. Porque una vez que lo hayas hecho, es muy tarde para cambiar.

28

Homosexual de mierda

A la mañana siguiente, Ana y Maya se detienen a cien metros de la escuela. Han empezado a hacer esto todos los días. Se convirtió en un ritual para cargarse de energía, que les proporciona una especie de blindaje. Ana se aclara la garganta y pregunta con total seriedad:

—Okey... ¿tener diarrea todos los días por el resto de tu vida, o POR SIEMPRE tener que ir al baño con la puerta abierta?

Maya se ríe a carcajadas.

—¿Qué problema tienes con la mierda en estos días? ¿Sólo piensas en eso?

—¡Contesta la pregunta! —exige Ana.

—Es una pregunta tonta —hace notar Maya.

—¡TÚ eres la tonta! Diarrea o tener la puerta abierta... SIEMPRE abierta. No importa a dónde vayas al baño. ¡Por el resto de TU VIDA!

—Tengo una clase justo ahora —dice Maya con un bufido.

Ana resopla.

—¡Cómo es posible que hayamos jugado este juego toda la vida sin que hayas entendido las reglas! ¡Tienes que responder! O sea, ¡de ESO se trata!

Maya dice que no con la cabeza de manera burlona, Ana la empuja, Maya se ríe e intenta devolverle el empujón, pero Ana brinca para hacerse a un lado con tanta agilidad y rapidez que Maya se cae. Ana se sienta sobre ella, le agarra ambas manos y brama:

—¡Responde antes de que estropee tu maquillaje!

—¡Diarrea! ¡DIARREA, carajo! —dice Maya, riendo y gritando por partes iguales.

Ana la ayuda a ponerse de pie. Se dan un abrazo.

—Te quiero, mensa —susurra Maya.

—Tú y yo contra el mundo —susurra Ana.

Entonces están listas para un día más.

* * *

Se siente un aleteo en algún lugar entre el estómago y el pecho, como una bandera agitándose en medio de una tormenta, en esos primeros instantes cuando nos enamoramos. Cuando alguien nos mira, esos días después del primer beso, cuando todavía es nuestro pequeño secreto imposible de comprender. Que tú me deseas. Eso es una vulnerabilidad, no hay nada más peligroso.

Para cuando empieza el día de clases en la escuela, alguien ha escrito tres palabras con un rotulador rojo en el casillero de Benji: «¡Corre, Benji, corre!». Porque saben que eso hizo anoche. Benji ha sido invulnerable por tanto tiempo en este pueblo, que la más mínima grieta en su armadura va a ser aprovechada de forma implacable por sus enemigos. Benji se alejó corriendo de una pelea. Huyó. No es la persona que todos creían. Es un cobarde.

Lo están observando cuando llega, esperan una reacción cuando lea las palabras, pero es como si ni siquiera las viera. Tal vez por eso empiezan a preguntarse si de verdad lo habrá entendido. Así las cosas, cuando transcurre una jornada escolar completa sin que Benji exhiba la más mínima señal de arrepentimiento o vergüenza, alguien grita «¡VAMOS, BENJI! ¡CORRE! ¡CORRE!» cuando pasa caminando por la cafetería. William Lyt y sus muchachos están sentados en una mesa en el rincón más alejado. Es imposible saber quién gritó, pero Benji se vuelve y hace lo que le dijeron.

Corre. Directo hacia ellos. A toda velocidad, con los puños cerrados. Otros estudiantes se arrojan a un lado para quitarse de su camino, las mesas se vuelcan, las sillas vuelan. Cuando Benji frena de golpe a medio metro de distancia de William Lyt, uno de los muchachos de Lyt se ha lanzado debajo de la mesa, otros dos están prácticamente sentados uno en el regazo del otro, uno más se movió hacia atrás con tanta fuerza que se golpeó la cabeza contra la pared.

Sin embargo, William Lyt no ha movido un solo músculo. Está sentado como una estatua, los ojos bien abiertos, su mirada fija en la de Benji. Y Benji se ve a sí mismo en él. Él también ha rebasado un límite. La cafetería está en silencio, pero los dos muchachos de dieciocho años pueden oír los latidos del otro. Tranquilos, expectantes.

—¿Te duelen los pies, Ovich? Supimos que corriste todo el trayecto desde el bosque —gruñe Lyt.

Al principio, Benji parece pensativo. Entonces se quita los zapatos. Luego, ambos calcetines, y los deja caer en el regazo de Lyt.

—Aquí tienes, William. Tu única oportunidad de tener un trío.

La mandíbula de Lyt se tensa, y pronuncia su respuesta con los dientes más apretados de lo que hubiera deseado.

—Están sudorosos. Como los de un cobarde.

Lyt trata de no voltear a ver el reloj de Benji, pero falla en su intento. Sabe quién se lo dio, y Benji sabe que él lo sabe, por lo que la envidia corroe a William cuando Benji sonríe de manera burlona.

—De hecho, te estuve buscando A TI en el bosque, William. Pero nunca te atreves a participar en peleas en las que los números estén parejos, ¿no es cierto? Sólo eres duro en los videos. Por eso tu equipo nunca confía en ti.

En las mejillas de William arden pequeñas motas de vergüenza.

—Ni siquiera sabía que iba a haber una pelea, estaba en mi casa, no fui YO el que quemó la camiseta —bufa Lyt.

—No, no eres lo bastante hombre como para hacer eso —responde Benji.

Se vuelve y deja la cafetería, y es hasta entonces que William Lyt grita algo. Benji no oye qué es, las únicas palabras que alcanza a captar son:

—¡… HOMOSEXUAL DE MIERDA!

Benji se detiene, para que nadie vea cómo cae directo al abismo que acaba de abrirse debajo de él. Mete las manos en los bolsillos para que nadie las vea temblar. No se da la vuelta para que Lyt no se dé cuenta de lo que está pasando dentro de él cuando pregunta:

—¿Qué… dijiste?

Lyt lo repite, alentado por esa ventaja inesperada:

—¡Dije que tu entrenadora es una asquerosa homosexual de mierda! ¿Te sientes orgulloso? ¿De jugar en un equipo de porquería con los colores del arcoíris?

Benji cierra su chaqueta, para que no se vea su pulso a través de la camisa. Lyt grita algo más, sus muchachos ríen. Benji sale caminando al pasillo, y entre la multitud ve una camiseta polo. El día de hoy es verde. Los ojos del maestro son suplicantes, como si quisiera decir «Perdón», pero sabe que la palabra se queda muy corta.

Entonces Benji siente un aleteo dentro de él. Una bandera que se suelta de su asta en una tormenta. Benji no puede dejar que alguien lo haga sentirse tan débil, no en esta temporada. Se va de la escuela caminando despacio a propósito, pero tan pronto como está fuera del alcance de la vista de todos, empieza a correr. Se interna directo en el bosque. Estrella el puño en cada árbol junto al que pasa.

* * *

Un muchacho más joven se detiene frente a otro casillero, en la misma escuela. Doce años. Cubierto de moretones. Ayer agarró la rama de un árbol y se lanzó a una pelea sin dudarlo, para romperle las piernas a alguien que estaba tratando de lastimar a Benjamin Ovich. Ese tipo de cosas no pasan desapercibidas en este pueblo.

Hoy algo está colgando de su casillero. Al principio, el muchacho cree que es una bolsa de basura. No podría estar más equivocado. Es una chaqueta negra. Sin logotipos ni emblemas ni símbolos, sólo una chaqueta negra absolutamente común y corriente. No significa cualquier cosa. Significa todo. Es demasiado grande para Leo, porque quieren que sepa que no podrá convertirse en uno de ellos sino hasta que sea mucho mayor. Pero ellos la colgaron en su casillero para que todos en la escuela reciban el mensaje.

Ahora tiene hermanos. Ustedes no pueden tocarlo nunca más.

* * *

Se requiere una enorme confianza para pelear al lado de alguien. Es por eso que las personas violentas aprecian tanto la lealtad y son tan sensibles a la menor señal de traición: si emprendes la retirada y te vas corriendo, me expones al peligro, me haces parecer débil. Así que Benji sabe que ha decepcionado a Teemu y a la Banda. Y eso jamás lo toleran.

Aun así, se tranquiliza después de estar unas cuantas horas en el bosque, y camina de regreso al pueblo. Se seca las lágrimas de las mejillas y se limpia la sangre de los nudillos. No puede dejar que nadie crea que algo anda mal con él, todo debe seguir como de costumbre. Incluso cuando las camisetas polo azules lo han destrozado por completo, incluso cuando sabe que la Banda quizás quiera castigarlo por haber huido de la pelea en el bosque. Porque ¿a dónde iría si no tuviera Beartown?

Así que se va a trabajar, se para detrás de la barra en La Piel del Oso y sirve cerveza. Entre más se abarrota el bar de gente, más evita hacer contacto visual con otras personas. Varios de los tipos que se encontraban en el bosque están aquí: Araña, respecto de cuya inteligencia Ramona dice que «Es tan listo como un puré de papa, ese muchacho». Pero es leal; en el bosque, Benji lo vio plantado todo el tiempo atrás y a un lado de Teemu, no porque Araña tuviera miedo, sino porque estaba cuidando el flanco de su líder. Araña fue acosado en la escuela durante toda su infancia y adolescencia porque era larguirucho y no muy astuto, pero en la Banda se convirtió en alguien valioso. No puedes comprar esa clase de lealtad.

Junto a Araña está sentado su opuesto, desde el punto de vista del físico: un hombre bajo de estatura y sin cuello, ancho como una casa y con una barba tan espesa como la piel de una nutria. Le dicen «Carpintero» porque a eso se dedica, porque su papá se dedicaba a eso. En una ocasión, alguien le preguntó a Carpintero si no deseaba que le hubieran puesto un apodo más imaginativo, pero Carpintero sólo resopló y dijo: «¿Eres puto o algo así?». Si es más listo que Araña lo oculta muy bien, pero, en la escuela, él estaba en la misma clase que Gaby, la hermana de Benji, y ella acostumbra decir: «No será un genio, pero no es mala persona». El primer amor de Carpintero es la diversión: cerveza, hockey, amigos, chicas. Beber, bailar y pelear. Si llega a presentarse algún lío, él estará ahí sin detenerse a pensar en las consecuencias, y si hay una invitación a una pelea en el bosque nunca titubea.

Sin embargo, Araña y Carpintero también tienen otros amigos que difícilmente podrían considerarse peleadores profesionales, y casi parecen ver las riñas como un pasatiempo en común. Como el golf. Uno de los tipos que trabajan con Carpintero es tan amable, que si te lo encuentras un martes te desea un buen fin de semana, por si no te vuelve a ver antes del viernes. Otro tiene cuatro gatos. ¿Cómo podría alguien con cuatro gatos ser peligroso? Pero él lo es.

Los hombres que forman la Banda no son individuos extremosos; lo que los hace peligrosos es tan sólo el hecho de que se mantienen unidos. Contra todo, a través de lo que sea, los unos para los otros. Benji recuerda un libro que leyó, escrito por un periodista que decía, en relación con los deportes y la violencia, que «cada grupo numeroso al que no perteneces es una amenaza».

En Beartown hay hombres que crecieron con Teemu pero que, ahora, trabajan en oficinas; se visten con camisas blancas en lugar de chaquetas negras, pero si Teemu los llama, todavía acuden. Uno de ellos se convirtió en papá y empezó a estudiar en la universidad para darle una mejor vida a su hijo, y cada mes recibía una aportación del fondo de La Piel del Oso cuando su préstamo estudiantil no era suficiente. Otro tiene una hermana en la gran ciudad; un día su novio le dio una golpiza, y la policía dijo que no podía hacer nada. Un tercero tiene un tío cuya imprenta era extorsionada por una pandilla a cambio de protección. Teemu los apoyó a todos ellos. Ahora, la hermana está felizmente casada con un mejor hombre, el tío jamás volvió a recibir visitas indeseadas. Si alguna vez Teemu llega a llamar a esos hombres, ellos se presentan. Por eso aprecian la lealtad, y son tan sensibles a la traición.

Ni Araña ni Carpintero miran en su dirección en este momento, pero Benji es consciente de que, si quieren hacerle daño esta noche, jamás van a advertírselo antes.

* * *

Maya y Ana se van por caminos separados después de la escuela. Ana miente y dice que tiene que vigilar a sus perros, aunque en realidad va a ver cómo está su papá. Se siente avergonzada. Maya miente y dice que va a salir a correr, aunque piensa irse a casa y acurrucarse debajo de los cobertores. Se siente avergonzada por otras razones. Ellas son como hermanas, jamás se habían ocultado secretos. Pero Kevin también resquebrajó algo que había entre ellas.

* * *

Ya casi es hora de cerrar en La Piel del Oso cuando la multitud en un extremo del bar se separa con discreción. El bar se vuelve un poco más callado, no tanto como para que los extraños lo noten, pero lo bastante como para que Benji se dé cuenta.

—Dos cervezas —dice Teemu, y se lo queda viendo a los ojos.

Benji asiente y se las sirve. Teemu observa las manos del muchacho, no están temblando. Benji respeta la situación en la que se encuentra, pero no siente miedo. Teemu agarra una de las cervezas, deja la otra sobre la barra. Pasa un buen rato antes de que Benji entienda lo que eso significa. Entonces toma la otra cerveza despacio con la mano, y Teemu se inclina sobre la barra y toca el vaso de Benji con el suyo en un brindis. Para que todos lo vean.

—Eres uno de nosotros, Ovich. Pero ya no podemos llevarte con nosotros allá afuera al bosque. Ayer cometí un error. Podrías haber terminado herido, y te necesitamos en la pista de hielo.

—Un muchachito se apareció en el bosque... Leo...

Teemu sonríe de manera socarrona.

—Lo sabemos. Es un chiquillo rudo. Si no te lo hubieras llevado de ahí, habría seguido peleando hasta que lo mataran.

—Es sólo un chico —dice Benji.

Teemu estira su cuello, y algo cruje dentro de él.

—Los chicos se convierten en hombres. Si los polis empiezan a hacerle preguntas a Leo…

—¡… él no va a decirles nada! —promete Benji.

—Contamos con eso —le asegura Teemu.

Benji puede darse cuenta de que a Teemu le parece gracioso que el hijo del director deportivo sueñe con poder correr a toda velocidad a través del bosque, vestido con una chaqueta negra. Que Peter haya tratado por años de frenar la influencia de la Banda sobre el club de hockey, pero, ahora, ni siquiera puede contener la influencia de la Banda sobre su propio hijo. Teemu se inclina sobre la barra y hace chocar de nuevo su vaso con el de Benji.

—¿Supiste que mi hermanito va a volver a casa? ¡Y tu entrenadora piensa dejarlo jugar! ¡Tú y mi hermanito! Y ese Amat, el que es tan rápido como una comadreja después de un enema de chile. ¡Y Bobo, ese enorme cabeza dura! Ustedes no son como los jugadores más viejos, esos jodidos mercenarios avariciosos, ¡la mayoría de ellos ni siquiera quiere vivir en Beartown! ¡Sólo quieren irse de aquí! ¡Pero ustedes son un equipo de Beartown formado por muchachos de Beartown!

Antes de que termine la noche, Araña, Carpintero y una docena más de chaquetas negras también han brindado con Benji. Ahora, él es uno de ellos. Podrías creer que eso facilitaría las cosas cuando se revelen sus secretos. Pero ocurrirá justo lo contrario.

29

Ella lo mata en ese lugar

La ansiedad es algo extraño de verdad.

Maya se va caminando sola a su casa; por fuera es como el acero, pero por dentro es un castillo de naipes. Todo lo que se necesita es la más leve de las brisas. Hoy fue la fila del comedor. La multitud. Alguien retrocedió y se topó con ella por accidente; ella no sabe cómo se llama el chico, y él ni siquiera se dio cuenta. Apenas si se rozaron. No fue culpa de él. Pero Maya cayó de vuelta al infierno en un instante.

Cuando Ana y ella eran pequeñas, contaban mariposas todo el verano. Ahora es diferente, Maya las cuenta de una forma distinta. Sabe que las mariposas mueren cuando las hojas caen.

La ansiedad. Vaya cosa tan peculiar. Casi todas las personas saben cómo se siente, y aun así ninguno de nosotros puede describirla. Maya se observa a sí misma en los espejos y se pregunta por qué la ansiedad no puede verse por fuera. Ni siquiera en una radiografía, ¿cómo es eso posible? ¿Cómo es que algo que nos martillea tan terriblemente duro por dentro puede no aparecer en las imágenes como cicatrices oscuras, grabadas a fuego en nuestros esqueletos? ¿Cómo puede no ser visible en el espejo el dolor que ella siente? Se ha vuelto muy hábil para fingir. Va a la escuela, se sienta en las clases, hace su tarea. Toca la guitarra, tal vez eso ayuda, a menos que sólo sea su imaginación. Tal vez sus dedos sólo necesitan mantenerse ocupados. Les ha echado un vistazo a los libros que su papá lee sobre «entrenamiento mental», que hablan acerca de que el cerebro tiene que gobernar al cuerpo; pero, a veces, lo opuesto tal vez sea la única forma de sobrevivir. Ha visto a adultos deprimidos hacer lo mismo: mantenerse en movimiento, ejercitarse y limpiar y renovar sus cabañas veraniegas. Pensar en cosas que los obliguen a levantarse por la mañana: flores que hay que regar, encargos que hay que hacer, cualquier cosa para no tener tiempo de pensar en cómo se sienten. Como si tuviéramos la esperanza de que la actividad física, los pequeños rituales cotidianos, puedan arrullar la ansiedad hasta que se duerma.

Maya ha aprendido a dominar su propia piel, a no dejar que estalle por el fuego que está devastándola por dentro. Se imagina que, si puede engañar a todos los demás, al final podrá engañarse a sí misma. Pero el detalle más pequeño es capaz de hacerla retroceder: una lámpara parecida a la que Kevin tenía en el rincón de su habitación, o el breve crujido de una tabla del piso que suena como cuando alguien por fin subió por las escaleras en la casa de los padres de Kevin, después de que ella pasó toda una vida gritando. Puede tener varias semanas seguidas en las que todo está bien, pero de repente llega un sonido o un aroma, y otra vez está ahí de regreso. En la cama de Kevin. Con las manos alrededor del cuello de Maya, y la fuerza abrumadora del muchacho oprimiendo su boca.

El chico en la fila del comedor nada más la rozó, eso no fue nada para él, pero para ella fue como una llamarada. Mantuvo el ataque de pánico dentro de ella como una bomba.

Cuando la gente habla de una violación, siempre lo hace en tiempo pretérito. Ella «fue». Ella «sufrió». Ella «pasó por».

Pero ella no pasó por esto, todavía sigue padeciéndolo. Ella no fue violada, aún sigue siendo violada. Para Kevin duró unos cuantos minutos, para ella nunca se termina. Siente que va a soñar con el sendero para correr cada noche de su vida. Y, en cada ocasión, ella lo mata en ese lugar. Despierta con las uñas enterradas en las palmas de sus manos y un grito en el interior de su boca.

La ansiedad. Vaya tirana invisible.

* * *

La estación de policía de Hed está sobrecargada de trabajo y le falta personal, como todas las demás estaciones en las comunidades pequeñas. Es fácil burlarse de lo retardados que son los tiempos de respuesta de los servicios de urgencia y de las investigaciones que parecen no tener fin, como si el personal estuviera haciendo todo eso a propósito. Pero, por estos rumbos, los oficiales de policía no son distintos de cualquier otro profesional: si les das un poco de tiempo y la oportunidad de hacer su trabajo, van a hacerlo. Si les das un grupo de aficionados al hockey vestidos de rojo que se aparecen en el hospital golpeados y amoratados, los oficiales harán las preguntas correctas. Si les das un bosque que conocen, al final encontrarán algo en él.

—¡Por aquí! —grita uno de ellos, después de que han pasado más de una hora peinando el claro donde, de acuerdo con sus indagaciones, tuvo lugar la pelea.

El policía le arroja algo a uno de sus colegas.

Un tenis. Justo de la talla de un chico de doce años.

* * *

Leo está sentado en los escalones afuera de su casa. Maya parece sorprendida.

—¿Por qué estás sentado aquí?

—Perdí mis llaves —masculla él.

Maya lo mira con los ojos entrecerrados y de manera suspicaz. Nota que Leo tiene puestos un par de tenis viejos y desgastados.

—¿Dónde están tus tenis nuevos?

—Ya no me gustan —miente su hermano.

—¡Estuviste dándole la lata a mamá durante MESES para que te los comprara!

Maya espera que su hermanito le discuta, pero sólo permanece sentado ahí, con la mirada en el suelo. Tiene el rostro hinchado, un ojo amoratado, les ha dicho a todos que una pelota lo golpeó en la cara durante una clase de Educación Física, pero nadie vio que eso sucediera. Y hoy Maya oyó rumores en la escuela sobre una chaqueta negra colgada en el casillero de Leo.

—¿Estás… bien? —pregunta ella con cautela.

Él asiente.

—No le digas a mamá que perdí mis llaves —le pide.

—No voy a delatarte —susurra ella.

Se han hecho muchas cosas malas el uno al otro, pero jamás se han delatado. Fue ella quien le enseñó esto, una noche cuando tenía doce años y había ido a su primera gran fiesta; llegó a su casa mucho más tarde de lo que había prometido, pero evitó que sus padres la descubrieran porque tocó a la ventana de Leo y entró por ahí a la casa. «Tú y yo no nos delatamos», le dijo a su somnoliento hermanito en ese entonces, y él fue lo bastante listo para darse cuenta de que, algún día, él mismo se beneficiaría de ese acuerdo.

* * *

Entrada la noche, un oficial de policía está de pie junto a la puerta. Peter lo conoce, el hijo del oficial jugaba hockey en el mismo grupo que Leo. Quizás por eso las palabras del policía tienen un matiz de remordimiento cuando dice:

—Lamento molestarte tan tarde, Peter, pero hubo una pelea en el bosque a las afueras de Hed. Varias personas sufrieron lesiones de consideración. La Banda estuvo involucrada en esto.

Peter saca una conclusión equivocada.

—Sabes muy bien que el club no tiene nada que ver con la Banda, si tú…

El oficial de policía lo interrumpe entregándole un tenis.

—Encontramos esto en el lugar de la pelea.

Peter toma el tenis de su hijo, lo sostiene con una mano temblorosa. ¿Cuándo fue la última vez que sostuvo un tenis que su hijo había perdido? ¿Cuando Leo tenía dos años? ¿Tres? ¿Cómo fue que sus pies crecieron tanto?

El policía dice con pena:

—No habría sabido de quién es si mi hijo no hubiera estado insistiéndome por semanas que quería unos tenis exactamente iguales a éste. Le dije que eran demasiado caros para un niño de doce años, y me gritó que era un estúpido porque «¡TODOS tienen esos tenis!». Le pedí que me nombrara un solo chico que los tuviera, y me dijo «¡Leo!».

Peter intenta mantener su voz firme. En verdad son tenis demasiado caros para un chico de doce años. Mira y Peter se los compraron a Leo el verano pasado porque se sentían culpables por… todo.

—Yo… Es un modelo de tenis muy común… Seguramente hay muchos chicos de doce años que tienen…

El policía extiende algo más. Un pequeño manojo de llaves.

—También encontramos esto. Si me cerraras la puerta en la cara, sospecho que podría abrirla de nuevo.

Peter ya no protesta más. Toma las llaves. Asiente en silencio.

—Leo tendrá que presentarse en la estación para un interrogatorio —dice el oficial de policía.

—Sólo tiene doce años… —logra decir Peter.

El policía se compadece de él, pero no da marcha atrás.

—Peter, esto es serio. Los muchachos de Hed ya han peleado antes con la Banda, pero esto fue distinto. Tres de ellos siguen en el hospital, con lesiones de gravedad. Se van a vengar, y entonces la Banda se va a vengar. Esto no es ningún juego. ¡Tarde o temprano alguien va a terminar muerto!

Peter sostiene el tenis y las llaves, y los presiona de forma inconsciente contra su pecho.

—Yo… Leo es sólo… ¿Al menos puedo llevarlo a la estación yo mismo?

El oficial de policía asiente.

—Tu esposa es abogada, ¿no?

Peter entiende a qué se refiere. Esto le provoca terror. Una vez que la patrulla se ha ido, Peter no abre la puerta de la habitación de su hijo de manera normal. La abre de una patada.

Un instante después, padre e hijo están de pie gritándose el uno al otro, cara a cara, pero nunca se había creado una distancia más grande entre ellos.

Y el oficial de policía tiene razón. Alguien va a morir. Dentro de poco.

* * *

Maya se encierra en el baño. Oye a su papá gritándole a Leo, luego a su mamá gritándole a su papá que deje de gritar, luego ambos se gritan entre ellos discutiendo acerca de quién tiene más derecho a gritar. Se sienten asustados, furiosos, impotentes. Los padres siempre se sienten así.

Maya ha visto fotos de sus papás, antes de que tuvieran hijos. En ese entonces eran jóvenes y felices; ya no se ríen así, ni siquiera en las fotos. Se amaban tanto que se anhelaban el uno al otro, las yemas de los dedos de su papá acariciando el flequillo de su mamá, su mamá que podía poner de punta los vellos en los brazos de su papá con una sola mirada. Los hijos tienen una reacción puramente biológica en contra del amor que sus padres sienten entre sí, pero cuando lo ven desvanecerse, se odian a sí mismos.

Maya está sentada en el piso del baño, abre y cierra la puerta de la secadora, clic clic clic. El sonido casi se presta para meditar. Hasta que ve la camiseta que está dentro. Es de Leo. Sólo él sería lo bastante tonto como para echar una camiseta de algodón en una secadora de tambor, pues su hermano nunca lava la ropa, no sabe cómo se hace. Maya saca la camiseta, las manchas de sangre todavía son visibles. Sabe lo que él ha hecho, ella quemó sus propias prendas después de esa noche en la casa de Kevin, pues nadie en su casa lo habría entendido. Leo ha estado en una riña, y Maya sabe por quién se peleó.

Maya oye que su papá grita más fuerte: «¿Quieres jugar a los gánsteres en el bosque con PANDILLEROS? ¿Te has vuelto LOCO?». Leo le contesta, también a gritos: «¡Al menos ellos están haciendo ALGO! ¿Qué carajos haces TÚ? ¡Tú sólo dejas que esos jodidos lamepitos de Hed PISOTEEN A TODO NUESTRO PUEBLO!». Entonces su mamá grita, con más fuerza que todos: «¡NO USES ESA CLASE DE LENGUAJE EN MI CASA!».

Clic clic clic. Maya abre y cierra la secadora. Sabe que su familia no está discutiendo por unas palabras, o por la riña, o por el pueblo de alguien. Están discutiendo por ella. Todos lo hacen.

Maya contaba mariposas con Ana, y hablaban del «efecto mariposa»; el aleteo de una mariposa puede tener un efecto tan devastador en nuestro universo que la pequeñísima corriente de aire que ese aleteo crea puede causar un huracán al otro lado del mundo. Maya ve ahora que un pueblo entero se está hundiendo en la estela que dejó atrás su decisión. Ella es la causa, y todas las peleas y toda la violencia son el efecto. Si ella no hubiera estado aquí, si no hubiera conocido a Kevin, si no hubiera entrado a la habitación del muchacho en esa fiesta, si no hubiera estado ebria, si no hubiera estado enamorada, si tan siquiera hubiera dicho que sí, si no se hubiera resistido. Así es como piensa, así es como funciona la culpa. Si tan sólo no hubiera existido, entonces nada de esto habría pasado.

Su papá grita: «¡No te hemos criado para que seas un buscapleitos!». En respuesta, Leo ruge: «¡ALGUIEN EN ESTA FAMILIA TIENE QUE PELEAR, CARAJO, Y TÚ ERES DEMASIADO COBARDE!».

Maya oye un portazo. Se da cuenta de que es su papá quien salió hecho una furia. Cegado por el dolor.

* * *

Esa noche, Maya escribe una canción que jamás cantará. Se llama «Escúchame».

> *Cada uno de los hombres que conozco, cada padre, hijo y*
> *   hermano*
> *Siempre estas manos cerradas en un puño. Esa idea, ¿de dónde*
> *   la sacaron?*
> *Siempre esta violencia, siempre un bloque cuadrado y huecos con*
> *   forma redonda*
> *La absurda noción que les vendieron, de que queremos que se*
> *   peleen por nosotras*
>
> *Si quieres hacer algo por nosotras*
> *Baja un arma por mí*
> *Cierra las fauces del infierno por mí*

Sé un amigo por mí
Traten de ser buenos hombres por mí

Presumen todas las cosas que harán por mí
Así que, ¿cuándo dejarán de destruir por mí?
¿Quieres saber qué puedes hacer por mí?
Empieza por escucharme

Su mamá está de pie afuera de la puerta del baño, le pregunta a Maya con un susurro si está bien. Maya miente: «Sí». Su mamá dice: «Tenemos que ir a Hed. Para… atender un asunto». Como si Maya no lo entendiera. De modo que Maya responde: «No hay problema, tengo que estudiar, nos vemos al rato».

Cuando su mamá va por Leo con actitud firme a su habitación, él no protesta. Ya está vestido para salir y se pone sus tenis nuevos. Se van a la estación de policía, la puerta se cierra detrás de ellos y Maya permanece sentada en el piso del baño, sin poder respirar. Se levanta con una necesidad de aire desesperada y llena de pánico. De pronto, tiene que salir de la casa, irse del pueblo. Sólo conoce un lugar para esto, y sólo una amiga. Así que le envía un mensaje de texto a Ana, con una palabra y nada más: «Isla?».

Maya empieza a empacar una mochila y mete su móvil en su bolsillo trasero. No necesita esperar una respuesta, ella sabe que Ana acudirá. Ana nunca la abandonaría.

30

Ellos no son de esas personas
que tienen un final feliz

Desde luego que Ana acudirá. No puedes cultivar una amistad como la de ellas. Pero hay otras cosas que tampoco puedes cultivar: los padres son un tipo de vegetación que no puedes escoger, con raíces profundas en las que tus pies se enganchan, de una forma tal que sólo los hijos de un adicto pueden comprender.

Ana ya está en el bosque cuando suena su teléfono. Es Ramona. La vieja mujer es dura, pero jamás cruel, ha hecho muchas llamadas de éstas a través de los años y siempre habla usando el mismo tono: con compasión pero sin condescendencia. Dice que el papá de Ana «bebió hasta encontrarse con la puerta de salida», lo que significa que alguien se vio obligado a echarlo de La Piel del Oso y no está en condiciones de irse a su casa por sí solo. «Está empezando a hacer frío», dice Ramona, para no tener que avergonzar a Ana diciéndole que su papá se vomitó encima y necesita ropa limpia. Ella sabe que la muchacha lo entiende. Durante medio siglo, Ramona ha visto a muchos tomar hasta destruirse a sí mismos y ha aprendido que algunos niños necesitan ver las peores facetas del alcohol para mantenerse alejados de él.

Así que, Ramona dice: «Tu papá necesita compañía de camino

a casa, Ana», y Ana se detiene en el bosque, asiente y susurra: «Voy para allá». Siempre va. Nunca lo abandonaría.

La ansiedad. Vaya que nos posee, pero no deja ningún rastro.

Ana no llama a Maya, porque Maya tiene padres perfectos. Una mamá que nunca abandona a su familia y un papá que nunca se ha vomitado encima de borracho. Son como hermanas, Maya y ella, pero lo único que nunca han tenido en común es esa vergüenza. Ana no puede soportar la idea de que Maya vea a su papá en ese estado.

* * *

Maya pasa toda la noche sola, sentada en la isla. Mirando su teléfono. Al final llega un mensaje de texto, pero no es de Ana. Otro número anónimo, de nuevo. Todavía le siguen llegando mensajes, pero ha dejado de contárselo a Ana, ya no quiere entristecer a su amiga. Ahora es el secreto de Maya: «Chupas el pito por 300 coronas??», dice el mensaje. Ni siquiera está segura de si los que le escriben saben por qué lo siguen haciendo. Bien podría ser alguien en Hed que quiere hacerla pedazos, o alguna chica de la escuela que la odia, o un grupo de muchachitos que apostaron entre ellos para ver quién se atreve a enviarle un mensaje de texto a «esa chica que Kevin Erdahl violó». Eso es todo lo que Maya será por siempre para esas personas. Víctima, puta, mentirosa, princesa.

En el verano, Ana enterró una costosa botella de vino aquí; un vecino mayor de edad en la Cima se la regaló a su papá, porque él le dio algo de carne después de una cacería. Ana no tuvo el corazón para tirar la botella a la basura, pero tampoco se atrevió a dejarla en la cocina de la casa entre todos los fragmentos del corazón de su papá. Así que la escondió aquí. Maya la desentierra y se la bebe hasta terminársela. No le importa si está siendo egoísta; estar ebria no trae alivio o paz, sólo amargura. «Siempre confío en que vendrás», piensa ella sobre su mejor amiga. «También confié en ti cuando Kevin estaba aplastándome en la cama. Mi mejor amiga vendrá, pensé, ¡porque mi mejor amiga nunca me abandonaría!». Maya arroja la botella de vino vacía contra un árbol. La botella se rompe, y uno de los pedazos de vidrio vuela de regreso y le hace una cortada en el brazo. Gotas de sangre brotan de la herida. Ella no siente nada.

* * *

Últimamente, Ana ha soñado todas las noches que se está sofocando en un ataúd, alguien está sentado en la tapa así que no puede abrirlo, y sin importar qué tan duro lo golpee, nadie la oye. No le ha contado esto a su mejor amiga, pues Maya parece estar sintiéndose un poco mejor y Ana no quiere perturbarla. Tampoco le cuenta nada acerca de los mensajes de texto, pues pareciera que Maya ya no está recibiendo ninguno, y Ana no quiere recordarle lo horribles que son. Ping, ping. Fotos de miembros de chicos. A veces cosas peores. No sabe qué clase de satisfacción enferma obtienen con hacer esto, o si acaso la ven como un ser humano. Tal vez sólo es un animal. Un producto que se consume.

No es así como Ana creyó que sería su vida de adolescente. Todos los adultos dicen que debes disfrutar de tener dieciséis años, que es la mejor época de tu vida. No para Ana. Ella amó su infancia, cuando su mejor amiga era feliz y su papá era un héroe invulnerable e inmaculado a quien podía idolatrar. Cuando Ana era pequeña, de unos cuatro o cinco años, dos hombres que conducían motos de nieve desaparecieron en una tormenta invernal al norte del pueblo. El personal de rescate llamó a los mejores cazadores locales, aquellos que conocían el terreno; el papá de Ana empacó sus cosas y partió en medio de la noche. Ana había estado de pie en la puerta, rogándole que no saliera. Había oído acerca de la tormenta en la radio, y tenía la edad suficiente para saber que los papás no siempre volvían a casa de cosas como ésa. Pero su papá se puso en cuclillas, tomó la cabeza de Ana con sus manos y susurró:

—Tú y yo no somos de esas personas que abandonan a la gente a su suerte.

Uno de los hombres extraviados murió congelado, pero el otro sobrevivió. Fue el papá de Ana quien lo encontró. Un par de inviernos después, cuando Ana acababa de cumplir seis años, estaba jugando junto al lago apenas pasado el crepúsculo cuando oyó un grito. Una niña de su misma edad estaba en el agua, helada hasta los huesos. Todos los niños de Beartown saben cómo moverse por el hielo para ayudar a alguien que cayó a través de él, pero eso no significa que todos los niños se atreverían a hacerlo solos en la oscuridad. Ana no titubeó ni por un instante.

Su papá ha hecho muchas cosas estúpidas en su vida, pero crio una hija que salvó la vida de la hija de alguien más. Cuando Ana llegó a su casa, estaba empapada y helada y con los labios azules, pero cuando su mamá gritó horrorizada «Pero ¿qué pasó?», la pequeña sólo esbozó una amplia sonrisa y dijo: «¡Me encontré una mejor amiga!».

Unos cuantos años después, su mamá los abandonó. No pudo soportar el bosque y la oscuridad y el silencio. Ana se quedó. Su papá y ella jugaban a las cartas y se contaban chistes y, a veces, cuando él estaba de muy buen humor, la hacía brincar de un susto. Él era excelente para esto; podía ocultarse por un buen rato detrás de una puerta en un cuarto a oscuras, sólo para salir de su escondite saltando y gritando y provocar que Ana soltara un chillido y se riera hasta quedarse sin aire.

Siempre lo ha amado, incluso cuando él estaba triste. Tal vez siempre lo estuvo, en lo más profundo de su ser. Ana no sabe si él entristeció cuando su mamá lo abandonó o si su mamá lo abandonó porque él ya se sentía así. Algunas personas simplemente tienen una esencia llena de tristeza. Su papá se sentaba en la cocina a solas, bebiendo y llorando, y Ana se compadecía de él, porque debe ser algo terrible: poder llorar sólo cuando estás ebrio.

Ella pensaba que tenía dos papás, uno bueno y uno malo, y decidió que su trabajo era asegurarse de que, cuando su papá malo saliera por la noche, no dañara tanto su cuerpo como para que su papá bueno no pudiera usarlo a la mañana siguiente.

Ahora, lo encuentra atrás de La Piel del Oso. Está sentado, durmiendo contra una pared. Durante unos cuantos instantes terribles, Ana no siente el pulso de su papá y el pánico la invade. Le da de cachetadas en la mejilla hasta que, de repente, tose y abre los ojos. Cuando la vislumbra, balbucea:

—¿Ana?

—Sí —susurra ella.

—¿Te… te… asusté?

Ella intenta sonreír. Él se queda dormido de nuevo. Se requiere toda la fuerza de la hija de dieciséis años para levantar el torso del papá, de modo que pueda quitarle la camisa cubierta de vómito y ponerle otra limpia. Tal vez la mayoría de la gente no se habría tomado la molestia, pero Ana sabe que su papá bueno está ahí dentro. El papá que le leía cuentos después de que su mamá se largó del pueblo y que sabía que hay otras canciones de cuna aparte del whiskey. Ana quiere que su papá se despierte mañana temprano vestido con una camisa limpia. Ella pone el brazo de su papá encima de sus hombros y le ruega con un susurro que se ponga de pie.

—Ya nos vamos a la casa, papá.

—¿Ana…? —dice él con dificultad.

—Sí. Todo está bien, papá. Sólo estás pasando una mala noche. Mañana todo estará mejor.

—Perdón —solloza él.

Esto es lo peor. Las hijas no tienen ninguna defensa en contra de esa palabra. Él se tropieza, y ella también.

Pero alguien alcanza a sujetarla.

* * *

La voz de Mira hace eco por toda la estación de policía. ¿Cómo puedes establecer una línea divisoria entre la abogada y la mamá cuando el chico tiene doce años? Ella no le gritó a Leo en el auto de camino a la estación, pues Peter ya había gritado lo suficiente por los dos. Por todos. De modo que ahora es ella quien alza la voz para desahogar toda su angustia y su impotencia con los oficiales de policía.

Peter está en una habitación junto a Leo, hundido en una silla. Su hijo está sentado con la espalda derecha y una actitud conflictiva, mientras que su papá está encogido, sin aire ni energía. ¿Cuándo fue la última vez que le había gritado a Leo? ¿Hace varios años? El papá de Peter se peleaba todo el tiempo, y Ramona le dijo alguna vez a Peter, en La Piel del Oso: «La cosa con los papás y la violencia es igual que con los papás y el alcohol, o ustedes los hijos pelean y beben todavía más, o no lo hacen para nada». En una ocasión, Peter intentó explicarle algo parecido a Leo: «Yo no creo en la violencia, Leo, porque mi papá me pegaba si derramaba aunque fuera un poco de leche. Eso no me enseñó a no derramar la leche, sólo me enseñó a tenerle miedo a la leche». No sabe si Leo lo entendió. No sabe qué más decir. Esta noche llamó a su hijo de varias formas terribles, pero a Leo ni siquiera parece importarle. Absorbió el regaño de sus padres sin pestañear y, cuando la policía le plantea sus preguntas al muchacho, su papá se queda helado, y tiembla como si las ventanas estuvieran abiertas. Ahí y en ese momento, se da cuenta de que está perdiendo a su hijo de doce años.

Leo jugaba hockey porque su papá amaba el hockey. El chico nunca se enamoró de ese deporte, pero se unió al equipo porque le gustaba el sentimiento de pertenencia y compañerismo. Peter puede ver que, ahora, su hijo ha encontrado esas mismas cosas en un lugar terrible. Cuando la policía le pregunta qué pasó en el bosque durante la pelea, Leo contesta: «No sé de qué están hablando». Cuando la policía pregunta cómo fue que su tenis y sus llaves terminaron ahí, el chico responde: «Estaba trepando a los árboles, tal vez se me cayeron». La policía le pregunta si vio a alguien de la Banda en la pelea. «¿Cuál banda?», replica el muchacho. La policía le muestra una fotografía de Teemu Rinnius. Leo dice: «No sé quién es. ¿Cómo dijeron que se llamaba?».

El chico está perdido, Peter lo sabe. Porque Peter le tiene miedo a la leche, y Leo no le teme a nada.

* * *

Benji sale con la basura por la puerta trasera de La Piel del Oso, es su mano la que sujeta a Ana. Cuando los levanta a ella y a su papá, ella empieza a llorar. Se quiebra en todas partes al mismo tiempo. Benji la abraza, ella entierra su rostro en el pecho de Benji y él le da unas palmaditas en su cabello.

Ella no dice nada acerca de lo acostumbrada que está a sostener a su papá. Benji no dice nada acerca de que él nunca tuvo la oportunidad de sostener al suyo.

—¿Por qué todos beben tanto? —solloza Ana.

—Porque eso hace que todo guarde silencio —responde Benji con honestidad.

—¿Como qué?

—Toda la mierda en la que no puedes dejar de pensar.

Ana suelta a Benji despacio y pasa los dedos por el cabello de su papá, cuya cabeza se balancea al ritmo de sus ronquidos. Ella dice, con voz tan baja que es casi como un poema:

—Debe ser terrible que sólo puedas soportar sentir las cosas cuando estás borracho.

Benji levanta al fornido cazador del suelo, rodeando su propio cuello con uno de los brazos del señor.

—Supongo que eso es mejor que nada...

Entonces lleva al papá de Ana a su casa, mitad cargándolo, mitad arrastrándolo, mientras ella camina a su lado y finalmente se arma de valor para preguntarle:

—¿Odias a Maya?

—No —responde Benji.

Él no se hace el tonto, entiende la pregunta, y por eso Ana se enamora de él. Ella aclara su pregunta:

—No me refiero a si la odias porque la violaron. Me refiero a si... ¿la odias por existir? Si ella no hubiera estado ahí esa noche... aún lo tendrías todo, tu mejor amigo y tu equipo y... Tu vida era perfecta. Lo tenías todo. Y ahora...

Por el tono de voz de Benji, se nota que no quiere agradarle a Ana, pero tampoco está siendo hostil.

—Si odiara a alguien, debería ser a Kevin.

—¿Y lo odias?

—No.

—Entonces, ¿a quién odias? —pregunta Ana, pero ella lo sabe.

Benji odia su propio reflejo. Ana también. Porque ellos deberían haber estado ahí. Deberían haberlo impedido. Las vidas de sus amigos no deberían haberse ido al infierno. Siempre debieron haber sido las vidas de Ana y Benji. Porque ellos no son de esas personas que tienen un final feliz.

———

Es difícil reprocharle a Ana, justo por esa razón. Todas las personas tienen momentos en los que su piel anhela la caricia de alguien más de una forma tal que ese anhelo se vuelve insoportable.

Están en casa de Ana. Benji acaba de acostar a su papá en la cama y la ha ayudado a vaciar la cocina de botellas; es imposible enfadarse con una chica de dieciséis años por el hecho de que sus sentimientos lleguen a ser demasiados como para que su cerebro tenga tiempo de ponerlos en orden.

Benji toca muy fugazmente el hombro de Ana y dice, de forma casi inaudible:

—No debemos terminar como nuestros padres.

Benji camina hacia la puerta y Ana corre detrás de él, lo toma del brazo y presiona su cuerpo contra el suyo. Su lengua toca los labios de Benji, ella toma la mano de él y la guía debajo de su blusa. Ana no sabe por qué lo odiará más después: porque no la deseó o porque fue muy gentil cuando se lo hizo saber.

Benji no la empuja para alejarla; podría haber arrojado a un hombre adulto hasta el otro lado de la cocina, pero apenas si toca a Ana cuando se le escabulle. La mirada de Benji no es iracunda, es comprensiva, y, por Dios, cómo lo odiará Ana por ello. Por el hecho de que ni siquiera la dejó sentir que fue rechazada, sólo la hizo sentir que se compadecía de ella.

—Perdón, pero tú no quieres… Esto no es lo que tú quieres, Ana… —susurra él.

Benji cierra la puerta principal detrás de él sin hacer ruido cuando se va. Ana se queda sentada en el piso, temblando por las lágrimas. Llama por teléfono a Maya. Su amiga contesta al décimo timbrazo.

—¿Aaaaana? ¿Qué caraaaajos? ¡Vete al diablo se acabó tu estúpido vino para que lo sepas! ¡No VINISTE! ¡Dijiste que vendrías a la isla, pero no VINISTE!

Ana lo pierde todo cuando se da cuenta de que Maya está ebria. Cuelga la llamada y sale corriendo de la casa a toda velocidad.

Es increíblemente difícil reprocharle lo que está por suceder. Pero también es muy, muy fácil.

* * *

La política es algo difícil de entender. Tal vez nadie la entiende, no por completo. Rara vez sabemos por qué la burocracia de una sociedad funciona como lo hace, pues la corrupción no se puede demostrar cuando bien puede echársele la culpa de todo a la incompetencia. Suena el teléfono de una estación de policía, un oficial y una funcionaria entran en otra habitación. Mira está furiosa y dispuesta a pelear, pero cuando el oficial regresa le informa que Leo es libre de irse a su casa. «Considerando la edad del muchacho». Mira le dice a voces que eso es justo lo que ha estado gritando durante más de una hora, pero entonces se da cuenta de que eso es lo que ellos quieren. Van a fingir que fue ella, la abogada, quien logró convencerlos. Pero ella puede oír que eso no es verdad. Alguien hizo una llamada telefónica.

Cuando Mira, Peter y Leo salen de la estación de policía, Peter ve un auto que reconoce. Le dice a Mira que ella y Leo se adelanten; Mira entiende lo que esto significa, pero se hace la tonta. Peter espera hasta que su esposa y su hijo se hayan perdido de vista, antes de caminar hacia el auto negro. Toca en la ventanilla, y el hombre vestido con un traje negro abre la puerta.

—Hola, Peter, qué sorpresa toparme contigo —dice el político.

Peter se asombra de que alguien pueda mentir con tanta naturalidad.

—Mi hijo estaba siendo interrogado por la policía acerca de

una pelea de pandilleros, pero de repente se les acabaron las preguntas. Supongo que tú no sabes nada de esto, ¿verdad? —le espeta Peter.

Él no puede esconder sus sentimientos; ni la ira ni la preocupación ni sus defectos como padre. Richard Theo lo desprecia en silencio por ello.

—Por supuesto que no —dice con afabilidad.

—Pero déjame adivinar: ¿tienes muchos amigos? —pregunta Peter enfurecido.

Richard Theo se sacude la saliva de Peter de la manga de su chaqueta.

—Tú también tienes amigos, Peter. Dentro de poco te informarán de la fecha y el lugar de la conferencia de prensa en la que se presentará a los nuevos dueños de la fábrica. Ahí estarán presentes políticos, representantes de la comunidad empresarial local, todos los sectores importantes de este municipio. Como tu amigo, apreciaría que tú también estuvieras ahí.

—¿Y ahí es donde tengo que distanciarme de la Banda?

Richard Theo finge estar horrorizado.

—Te distancias de la VIOLENCIA, Peter. ¡La violencia que parece estar atrayendo a tu propio HIJO!

Peter siente que le falta el aire.

—¿Por qué estás tan interesado en enfrentarte a la Banda?

Theo responde:

—Porque ellos reinan con ayuda de la violencia. Una democracia no puede permitir eso. Hay que combatir a todos aquellos que se vuelven poderosos por haber peleado físicamente para abrirse camino hasta llegar a la cima. Porque hay una cosa de la que siempre puedes estar seguro cuando se trata del poder, Peter: nadie que lo haya obtenido lo deja ir de forma voluntaria.

Peter detesta el sonido de su propia voz cuando pregunta:

—¿Y yo qué gano con todo esto?

—¿Tú? Tú obtienes el control del club. Puedes gastar el dinero de los patrocinadores como tú quieras. ¡Incluso te dejarán escoger a un miembro de la junta directiva!

—¿Un miembro de la junta directiva?

—A quien tú quieras.

La mirada de Peter deambula por sus zapatos. Pero al final susurra:

—Okey.

Dentro de poco, él estará ahí, en esa conferencia de prensa. Diciendo todo lo que debe decirse. No hay vuelta atrás. Ahora es él contra la Banda.

Richard Theo se aleja de ahí en su auto, sin sentirse malvado, sólo pragmático: un hombre como Teemu Rinnius puede influir en la manera en la que la gente vota en unas elecciones. Richard Theo tiene que darle algo a cambio. Lo único que le importa a Teemu es su grada de pie en la arena. Richard no puede dársela si no se la quitan primero.

* * *

Ana no sale por la puerta para hacerle daño a alguien, es sólo que no soporta permanecer en su casa. Ni siquiera tiene la intención de seguir a Benji a través del bosque, simplemente da la casualidad de que avista su camiseta blanca delante de ella, entre los árboles; él camina despacio, como si sus pies todavía no estuvieran de acuerdo con el resto de su cuerpo. Ana es buena para rastrear animales, lo hace por instinto, de modo que sigue al muchacho. Tal vez nada más quiere saber a dónde se dirige, si va a ver a una chica. Ana tiene tiempo de decirse a sí misma que quizás eso haría que se sintiera mejor, si lo viera con alguien que es diez niveles más atractiva que ella. La noche cae con celeridad, pero Ana sigue el fulgor rojizo de su cigarro, el humo dulce que él va dejando.

A medio camino entre Beartown y Hed, Benji se desvía y sigue un camino de grava que lleva hasta el campamento. Se detiene frente a una de las cabañas, toca a la puerta. Ana reconoce al hombre que abre. Es un maestro de la escuela. En el futuro, Ana ni siquiera recordará qué pensó o sintió cuando ve que Benji envuelve el cuerpo del hombre con el suyo y lo besa.

Es fácil reprocharle a Ana todo lo que hace ahora. Ella siente dolor, pero, quizás, todos sienten dolor. Jamás se ha sentido más sola, y la soledad lleva a todas las personas a tomar malas decisiones, pero, tal vez, sobre todo, a las personas que tienen dieciséis años. Ana saca su teléfono y les toma fotografías a Benji y al maestro. Luego, las publica en internet.

Y todo se va al infierno.

31

La oscuridad

¡TOC!

Siempre hablamos de los secretos como si fueran pertenencias personales. «Mi» secreto. Pero sólo lo son mientras se mantengan fuera del alcance de todos los demás. No podemos casi perderlos, o los perdemos del todo o no los perdemos en absoluto. En cuanto se escapan y salen al mundo, se convierten en un terremoto, una avalancha, un tsunami. Puede que nada más se requiera un comentario imprudente, un pensamiento fugaz o algunas fotos publicadas en internet por alguien con el corazón herido, pero eso es lo que hace que las piedras rueden y que la nieve se desprenda y que el muro de agua se vuelva insalvable antes de que nos demos cuenta de cómo sucedió, y, a partir de ese momento, no podemos contener absolutamente nada. Es como atrapar el aroma de agosto e intentar mantenerlo dentro de tus manos ahuecadas. Ahora, todos saben lo que se supone que nadie debía saber.

Esto despierta a Benji.

«¡TOC!». Un solo golpe, pero es tan duro que las paredes de la cabaña se sacuden. Luego, silencio. El maestro, somnoliento, se da vuelta en la cama, pero Benji ya está afuera de la recámara, agachado mientras se dirige hacia la puerta. No sabe por qué, pero, en el futuro, recordará que ya estaba lleno de pavor. Sabía muy bien cuando vino aquí, cuando se besaron en la entrada de la puerta, que era algo estúpido.

Algún día se dará cuenta de que fue porque estaba enamorado. Por eso no fue más cuidadoso. Abre la puerta de la cabaña, echa un vistazo afuera, pero quien sea que esté esperando en la oscuridad, no se deja ver. Está a punto de volverse adentro cuando ve de dónde provino el ruido.

Toc.

Como el sonido de un disco de hockey estrellándose contra una pared, o un corazón latiendo en un tórax, o un cuchillo cuando lo clavan en la puerta de madera de una cabaña en un campamento. En una simple hoja de papel alguien ha escrito cuatro letras, la última es una «O», dibujada como una mira telescópica. Ahí es donde el cuchillo se enterró en la madera.

PUTO

* * *

Ana deambula por el bosque como si tuviera fiebre. Este año, la nieve cae con premura, antes de lo esperado y en gran cantidad, incluso para esta parte del país: una tormenta otoñal viene en camino. Es muy fácil subestimar el poder del frío, lo rápido que puede matarte. Es un asesino de voz suave, que te susurra que puedes sentarte y descansar por un rato si te sientes cansado. Te engaña haciéndote creer que estás sudando, te alienta para que te quites la ropa. La nieve y las temperaturas bajo cero pueden provocar las mismas alucinaciones que el sol abrasador en un desierto.

Ana sabe todo esto, pues siempre se ha sentido más a gusto en el bosque que en el pueblo. Más ardilla que humana, como Maya le dice para fastidiarla. Cuando Ana estaba entre los árboles dejaba atrás la realidad, el tiempo se detenía, y lo que pasaba aquí jamás podía afectar la vida en el pueblo. Eso es lo que siempre le gustaba imaginarse, y es por ello que todo el peso de lo que acaba de hacer no le cae encima sino hasta que casi ha llegado a su casa. No es sino hasta que alcanza la puerta que el pánico se apodera de ella, por completo y de manera implacable, y el pecho le duele tanto que pierde la respiración. Es muy fácil creer que lo que publicamos en internet sólo es como alzar la voz en una sala, cuando en realidad es como gritar desde el techo de tu casa. Nuestros mundos de fantasía siempre tienen consecuencias en la realidad de los demás.

Ana saca su teléfono y borra las fotos de Benji y el maestro, pero es demasiado tarde. Ya ha esparcido su secreto como cenizas en el mar, y eso jamás se puede recuperar.

* * *

Nuestras reacciones espontáneas rara vez son nuestros momentos de mayor orgullo. Se dice que el primer pensamiento de una persona es el más honesto, pero, en la mayoría de los casos, esto no es verdad. Por lo general, es sólo el más estúpido. ¿Por qué otra razón hay cosas que se nos ocurren demasiado tarde?

* * *

Peter aporrea la puerta de La Piel del Oso temprano por la mañana. Ramona abre una ventana en el apartamento de la planta alta, vestida con una bata y mucha ira.

—¡Más te vale que el bar esté ardiendo en llamas, muchacho! ¡Mira que despertar a la gente decente a esta hora del día!

Pero ella se ablanda, pues Peter también fue alguna vez un

muchachito. Tantas veces lo llamó por teléfono para que viniera al bar y se llevara a su papá en estado de ebriedad a su casa, que el propio Peter apenas si ha tocado la bebida desde entonces. Su vida entera ha sido moldeada por el hecho de que todavía intenta arreglarlo todo. Hacer felices a todos. Ocultar los errores de otras personas. Hacerse responsable. Ahora, él confiesa:

—Dentro de poco habrá una conferencia de prensa, Ramona. La fábrica tendrá nuevos dueños, extranjeros, ellos son el «patrocinador misterioso» del club de hockey del que todos hablan. Y yo tendré que estar ahí y decirles a los reporteros que voy a demoler la grada de pie y... a deshacerme de los pandilleros.

Es posible que Ramona esté conmocionada, pero si lo está no lo demuestra. Enciende un cigarro.

—¿Y eso qué tiene que ver conmigo?

Peter se aclara la garganta.

—Van a dejarme escoger a un miembro de la junta directiva. A quien yo quiera.

—Estoy segura de que Frac hará un excelente papel —bufa Ramona.

—Frac preferiría que fueras tú. Y yo también —responde Peter.

Una pequeña bocanada de humo emerge de una de las fosas nasales de Ramona, la única señal de que está sorprendida.

—¿Te pegaste en la cabeza, muchacho? Tú sabes que yo... ¿Después de lo que quieres hacerles a Teemu y a los muchachos? ¡Ellos son MIS muchachos! La grada de pie es... ¡También es SU maldito club!

Peter está de pie con la espalda derecha, aunque su voz se hunde.

—Estoy haciendo todo lo que puedo por el bien del club. Pero alguien me dijo que nadie entrega el poder de forma voluntaria. Por eso, si de verdad voy a tratar de convencerme a mí mismo de que estoy haciendo esto por razones desinteresadas, tengo que poner a alguien en la junta directiva que no siempre estará de acuerdo conmigo. Alguien que va a luchar en mi contra.

Ramona sigue fumando en silencio.

—Si los dos vamos a pelear por lo que creemos, entonces, al final, uno de nosotros va a perder su puesto.

Peter asiente.

—Pero si los dos peleamos por lo que es mejor para el club, entonces el club gana.

Ramona se aprieta más su bata. Piensa por un buen rato. Entonces frunce el ceño.

—¿Vas a querer el desayuno?

—¿Qué clase de desayuno? —pregunta Peter.

Ramona gruñe.

—Probablemente tengo algo de café en algún lado. O lo que sea que ustedes los abstemios beban.

Así es como Ramona consigue un asiento en la junta directiva del Club de Hockey de Beartown. Sin embargo, los interrumpen antes de que tengan tiempo de terminar esta discusión. El teléfono de Peter suena primero. Es Frac al otro lado de la línea quien pregunta: «¿Ya supiste lo de Benjamin?». Así es como Ramona se entera. Ella cargará con la vergüenza de su reacción por el resto de su vida, y Peter también, pues el primer pensamiento de ambos es: «¡No, por Dios! ¿Ahora esto también?».

Nuestra reacción espontánea es, a menudo, la más estúpida.

* * *

Descubrir la verdad acerca de la gente es como un fuego, es algo devastador e implacable. La verdad sobre Benji arde a través de Beartown y Hed, y todos los que alguna vez tuvieron la más mínima razón para tenerle envidia o aborrecerlo ahora pueden ver la grieta en su armadura. Ahí es donde clavan sus puñales, con todas sus fuerzas, todos y cada uno de ellos.

Pocas personas se habrían atrevido a decirle algo a Benji cara a cara, así que tienen que hacer lo que la gente siempre hace: hablar de él, no con él. Hay que deshumanizarlo, convertirlo en un objeto. Hay mil formas de llevar esto a cabo, pero ninguna es más sencilla que la que casi siempre usamos: quitarle su nombre.

De modo que, cuando «la verdad» se esparce, nadie escribe «Benjamin» o «Benji» en los móviles y en las computadoras. La gente escribe «el jugador de hockey». O «el estudiante». O «el joven». O «el marica».

Algunos dirán después que no odian a los homosexuales, sólo odian a Benji. Muchos afirmarán que: «Simplemente nos sorprendió que, de entre todas las personas, fuera él…». Unos más sugerirán que: «Si tan sólo hubiera habido alguna especie de… señal… tal vez uno podría haber manejado esto mejor».

Algunos ofrecerán profundos análisis culturales acerca de que el mundo del deporte, y en especial el mundo del hockey, simboliza unos ideales masculinos tan profundamente arraigados que el shock se vuelve más grande en ese contexto. Otros sostendrán que las reacciones para nada fueron tan fuertes como «los medios» quisieran creer. Que todo ha sido exagerado.

Quizás una voz diga: «Uno no tiene nada en contra de ellos, por supuesto», y otro más añadirá: «Uno simplemente no quiere que todo el pueblo… esté lleno de gente como ellos». Algunos más murmurarán: «Tal vez lo mejor sería que el muchacho se mudara, por su propio bien, pues de todos modos aquí no hay nada para él, ¿cierto? Sería mejor para él si se fuera a una ciudad grande. Digo, por su bien. No es porque yo tenga algo en contra de esa clase de gente. Para nada. Pero… tú sabes».

Es probable que algunas de las bromas en internet sean sólo

eso, bromas; ésa será su excusa. «Siempre lo supe, mi mamá hizo un pastel de merengue para mi fiesta de cumpleaños cuando estaba en la primaria, ¡y Benji sólo se comió los plátanos!». Otros sólo hacen insinuaciones: «¡Me pregunto qué es lo que él y Kevin hacían en los vestidores cuando todos los demás ya se habían ido a sus casas!».

Todo lo que se suma después sólo es más de lo mismo. Mensajes de texto enviados con móviles de prepago y comentarios anónimos en internet: «Marica». «Invertido». «Mariposón». «Puto». «Asqueroso!!!». «Eso no es natural eres un enfermo!». «¡Siempre lo supimos!». «No hay lugar para putos en Beartown!!». «Vamos a encontrarte y a quitarte tu tatuaje con una navaja! El Oso no es ningún jodido símbolo gay!». «No queremos violadores ni maricas en Beartown!». «Estás enfermo igual que Kevin!». «Probablemente también eres un maldito pedófilo! Espero que te contagies de SIDA!!». «¡Ojalá te mueras!». «Vete de aquí si quieres vivir!!!». «La próxima vez, el cuchillo no terminará enterrado en la puerta sino en tu cuerpo!».

* * *

Maya está en su casa, sentada frente a su computadora. Lee todo lo que los bastardos escriben acerca de Benji, recuerda todo lo que escribieron sobre ella. Nada ha cambiado, todo está empezando de nuevo. El papá de Maya acostumbraba escuchar un disco viejo de un señor mayor que cantaba acerca de que todo tiene grietas, porque así es como entra la luz. Maya mira las fotos de Benji y el maestro una y otra vez, pero no tiene la mirada puesta en ellos dos. El verano pasado, cuando se encontraba en la isla con Ana, Maya estaba reproduciendo música en el móvil de su amiga, algo con guitarras y voces tristes; entonces, Ana gritó: «¡Nada de música para drogadictos en mi isla!», Maya sostuvo el teléfono fuera del alcance de Ana mientras se reía tontamente, y gritó: «¡Nada de música de "pum-pum-pum" en el bosque, eso es contaminación ambiental!». Ana intentó arrebatarle el teléfono, Maya la esquivó de un brinco, pero se tropezó y el teléfono se le cayó y se estrelló contra una piedra. El cristal del lente de la cámara se agrietó; no fue gran cosa, sólo lo suficiente para que, a partir de entonces, todas las fotos de Ana tuvieran una pequeña línea en una de las esquinas superiores.

Maya creyó que Ana se iba a enfadar, pero nada más se rio y dijo: «Ahora voy a ver esa grieta en cada foto que tome, ¡vas a estar en todas mis fotos, burra!».

Maya amó a su mejor amiga por esto, pero ahora está sola, sentada frente a su computadora, mirando las fotos de Benji y el maestro una y otra vez, y todo lo que puede ver es esa pequeña línea en una de las esquinas superiores. La misma línea en cada imagen.

Una pequeña grieta, casi invisible. Por donde sale toda la oscuridad.

* * *

Dentro de mucho tiempo, ninguno de nosotros podrá demostrar con exactitud quién dijo qué, o de dónde provenían en realidad las diferentes fotografías que terminaron en internet. Pero todos pueden ver las imágenes de Benji besando al maestro. A muchos no les importa, pero se quedan callados, de modo que sólo los demás se alcanzan a oír. Y ésa será su excusa: a ellos LES IMPORTA y eso es todo. Les importa el pueblo, el equipo de hockey, el propio Benjamin. Les importa la escuela. Les importan LOS NIÑOS.

Un grupo de padres le habla por teléfono al director y le exige una reunión. Maggan Lyt, la madre de William, es una de ellos. Ella pertenece al consejo de padres de familia, sólo está haciendo su trabajo.

—Esto no es nada personal —hace notar en la reunión—, no tenemos mala voluntad en contra de nadie, sólo somos padres y madres de familia preocupados.

Pero ella afirma que el maestro desde luego que debe ser despedido. No porque él sea… diferente, ¡por supuesto que no! ¡Pero no podemos tolerar que haya tenido relaciones sexuales con un estudiante! ¡No después de todo lo que ha pasado! ¿Primero la violación y ahora esto? Desde luego que no importa si es un muchacho o una muchacha, todos deben ser tratados igual, ¿no es así?

Una cosa siempre se conecta con otra. Cuando nos conviene.

—¿Cómo podremos sentirnos seguros con ese maestro educando a nuestros hijos si no conocemos su… agenda? —cuestiona un padre.

Cuando el director pregunta exactamente a que se refiere el padre con la palabra «agenda», Maggan Lyt le espeta:

—¡Usted sabe exactamente a qué nos referimos!

—Oiga, ¿qué hay de ESTO? —grita otro padre, y arroja una hoja de papel en el escritorio del director.

—¡Estaba puesto en un tablón de anuncios en el pasillo! Es decir, esa maestra, Jeanette, ¡¿va a enseñarles a los alumnos a PELEAR?! —añade Maggan Lyt.

—Son… artes marciales… ella les ofrece a los alumnos entrenarlos para… —intenta decir el director, pero lo interrumpen, como era predecible:

—¡VIOLENCIA! ¡Entrenarlos para la violencia! ¡Así que un maestro tiene relaciones sexuales con sus alumnos y otra maestra quiere pelear con ellos! ¿Qué clase de escuela está dirigiendo usted aquí, exactamente?

Entonces, Maggan Lyt dice:

—¡Voy a llamar a los concejales!

———

Y lo hace. El primero que le contesta es Richard Theo.

* * *

Maya golpea la puerta de la casa de Ana con tanta fuerza que los perros ladran como si estuviera por derribar la fachada entera. Ana le abre, pálida y sin vida, destrozada y llena de odio a sí misma. Pero Maya está demasiado enfadada como para contener su furia, por lo que sólo grita:

—¡FUISTE TÚ QUIEN TOMÓ LAS FOTOS! ¿CÓMO PUDISTE HACER ESO?

Ana jadea de forma histérica, solloza y se sorbe la nariz de forma tal que apenas si puede pronunciar las palabras:

—No fue… ¡Lo besé, Maya! ¡Lo BESÉ! Podría haberme dicho que él era… Podría haberme dicho ALGO porque yo sólo… yo sólo creí que tenía una novia, pero él… ¡Lo besé! Yo… Si tan sólo me hubiera dicho que era…

Maya no la deja terminar, sólo mueve la cabeza de un lado a otro y escupe en el espacio de suelo entre ella y su mejor amiga, quien entonces deja de serlo.

—Eres igual que todos los demás en este pueblo, Ana. En cuanto no obtienes lo que quieres, crees que tienes derecho a hacerles daño a otras personas.

Ana llora con tanta fuerza que no puede mantenerse de pie. Se desploma en la entrada de la puerta. Maya no la sujeta, ya está marchándose de ahí.

* * *

Tal vez sea cierto lo que todos dicen, tal vez esto no es nada personal. Tal vez sólo sea la gota que derramó el vaso para algunas personas que han sentido por mucho tiempo que viven con la espalda contra la pared. Los empleos desaparecen, los políticos son unos corruptos, el hospital va a cerrar y la fábrica cambia de dueños. Los reporteros sólo se aparecen por aquí cuando pasa algo malo, y lo único que quieren es representar a los habitantes del pueblo bajo una luz negativa, como gente llena de prejuicios que vive en el atraso. Tal vez algunas personas de por aquí sienten que hay demasiado politiqueo al mismo tiempo. Demasiados cambios que le son impuestos a la gente trabajadora, que ya ha soportado bastante. Tal vez esto ni siquiera tiene nada que ver con Benji o el maestro o Elisabeth Zackell o alguien más. Tal vez las personas que escriben en internet son sólo unos «huevos podridos aislados». Tal vez nadie pretendía hacer daño, «al calor de la batalla la gente puede reaccionar de forma exagerada, eso es todo». Tal vez explicaremos esto diciendo que «eran demasiadas cosas sucediendo a la vez, era una cuestión compleja, a la gente se le debe permitir tener sentimientos».

Siempre son los sentimientos de los agresores los que vamos a defender. Como si fueran ellos los que necesitaran de nuestra comprensión.

La noticia de que un maestro de la escuela tuvo «una relación seria con un estudiante» y ahora «está suspendido a la espera de una investigación» llega hasta el periódico con rapidez. En un principio, la sección de comentarios es cautelosa, pero las preguntas llegan pronto: «Y ustedes creen que esto es una coincidencia?? Primero esa entrenadora y ahora un maestro??». Nadie dice «mujer», nadie dice «homosexual». Todos dicen «gente como ésa» o «ese tipo de personas». Alguien escribe: «¡Uno tampoco puede protestar, porque entonces te pintan como si fueras el malo de la película! Pero a uno se le debe permitir reaccionar por el bien de los NIÑOS ¿no creen? ¿En qué tipo de pueblo queremos vivir? ¿Por qué tenemos que ser alguna clase de experimento para todo?».

La mayoría ni siquiera menciona a Benji. Eso hace las cosas más fáciles. Sin embargo, aparece una fotografía. La primera vez que se publica es en una cuenta anónima, nadie recuerda de dónde, y tan pronto como la imagen empieza a circular, la cuenta es borrada. Nadie pregunta de dónde vino la foto, los rumores se dispersan en todas direcciones, pero eso da igual. Lo único que importa es lo que muestra la foto.

Es un casco de hockey, que parece haber sido fotografiado sobre una banca en un vestidor. En un costado del casco puede verse la imagen del oso, el logo del Club de Hockey de Beartown. Hay un arcoíris pintado a su alrededor. Alguien escribe desde el anonimato: «¡Creo que se ve genial! A mí ni siquiera me gusta el hockey, ¡pero pienso que deberíamos aprovechar la oportunidad de hacer algo simbólico con todo el club para mostrar nuestro apoyo! ¡Como un gesto político que vaya de la mano con el hockey sobre hielo!».

Entonces, la foto se esparce más allá de Beartown, y un periódico en una gran ciudad la publica en su sitio web con el titular: «Jugador de hockey se declara homosexual; ¡ésta es la maravillosa muestra de apoyo de su club!».

Para cuando las respuestas empiezan a llegar, Richard Theo ya apagó su computadora portátil. Ha cerrado la ventana después de dejar salir las últimas moscas; hace frío afuera, y pronto morirán congeladas. Pero tuvieron su verano, cumplieron con su propósito.

Al tiempo que Richard deja su oficina, alguien ya está escribiendo en internet: «Beartown no va a convertirse en un jodido pueblo del arcoíris, y el Club de Hockey de Beartown no va a convertirse en un jodido equipo arcoíris! La Banda jamás dejará que eso pase!».

Cuando resulta que la imagen es falsa, manipulada con un programa de computadora común y corriente, los reporteros de todo el país empiezan a llamar por teléfono al director deportivo del Club de Hockey de Beartown para preguntarle: «¿Por qué no quieren mostrar su apoyo al jugador homosexual? ¿Por qué se distancian de los cascos que llevan la bandera del arcoíris?».

Peter Andersson intenta explicarse, sin saber qué es lo que en realidad quiere decir. Todo sucede muy rápido. Al final ya no se atreve a contestar su teléfono.

Sin embargo, cuando la reportera del periódico local llama a Richard Theo y le pregunta qué opina de toda la «agitación» que rodea al Club de Hockey de Beartown, por supuesto que Theo tiene la respuesta más simple de todas:

—Yo considero que uno no debe mezclar el hockey y la política. Sólo dejen a los muchachos jugar.

Esa frase se escuchará más y más seguido en los próximos días. «¡Sólo dejen a los muchachos jugar!». Esto significará algo distinto para distintas personas.

*　*　*

Maya llega a su casa, donde todo lo que se oye son los suaves sonidos de un ratón de computadora y un teclado. Leo está sentado en su cuarto, tan cerca de la pantalla que el mundo desaparece, como de costumbre. Maya envidia su ruta de escape.

—¿Qué haces? —pregunta ella, tontamente.

—Estoy jugando —responde él.

Ella permanece en el umbral de la habitación por unos instantes, abre la boca para preguntar algo, pero no sale nada. Así que cierra la puerta y se va rumbo a la cocina. Tal vez él puede oír en los pasos de su hermana que algo anda mal, a menos que los hermanos menores tan sólo sepan cosas que los demás pasan por alto, porque, sin apartar la mirada de la computadora, dice en voz alta:

—¿Quieres jugar?

32

Entonces toma el rifle y se marcha al bosque

El hockey es el deporte más sencillo del mundo si estás sentado en las gradas. Siempre es muy fácil decir qué es lo que todos deberían haber hecho, cuando sabemos que lo que hicieron no funcionó.

Peter se dirige a la arena de hockey, con una sola cosa en mente. Su teléfono sigue sonando, pero dejó de contestarlo. Le marca a Benji, pero Benji no responde. Peter abre el buzón de su correo electrónico. Es un alud.

Peter se dobla hacia adelante, cegado por una migraña, no puede respirar. Por unos cuantos minutos teme que le esté dando un derrame cerebral. Todavía puede recordar con mucha claridad los abominables correos y mensajes de texto que llegaron después de que Maya denunció a Kevin ante la policía. Ahora está comenzando de nuevo. Todo está sucediendo otra vez.

La mayoría no usa las palabras tal cual, en su lugar utiliza palabras como «distracción» y «politiquería». «¡Simplemente no queremos distracciones ni politiquerías en el club estando tan cerca del partido contra Hed, Peter!». Todos tienen buenas intenciones, desde luego. Nadie tiene nada en contra de Benjamin, por supuesto. «Pero, por el bien del muchacho, ¿tal vez sería mejor si él se tomara… una pequeña pausa? Tú sabes lo sensibles... algunas personas... NOSOTROS no, ¡pero hay OTROS que podrían reaccionar de forma negativa, Peter! ¡Sólo estamos pensando en lo que es mejor para el MUCHACHO!». Naturalmente. «¡Sólo dejen a los muchachos jugar!», repiten varias personas.

Pero no se refieren a todos los muchachos.

Sin embargo, uno de los correos es diferente. Lo envió uno de los padres del equipo infantil y tiene una fotografía adjunta, tomada en los vestidores del primero equipo, pero la imagen no es de Benji. Muestra a Elisabeth Zackell, quien parece estar inclinándose hacia adelante y examinando los... genitales de Bobo. Podrá haber sido una broma inofensiva cuando sucedió, pero alguien del primer equipo tomó una foto. Nadie sabe cómo se propagó, el caso es que hay otro correo con la misma imagen, de otro padre de familia. Y entonces aparece uno más. «Primero maestros que se acuestan con sus alumnos, luego maestras que enseñan a sus alumnos a pelear, y ahora ESTO???!!!».

Los correos electrónicos que llegan después siguen la misma progresión de siempre: primero, correos que expresan preocupación. Luego, correos llenos de odio. Luego, correos que contienen amenazas. Al final, un correo anónimo: «Si esa perra y ese marica participan en un solo entrenamiento más del equipo de Beartown ustedes se van a meter en serios problemas!!!».

Es muy fácil ser un sabio si ves las cosas en retrospectiva, el hockey es algo muy sencillo desde las gradas. Si Peter no hubiera tenido una hija que fue pintada como la enemiga del club de hockey entero la primavera pasada, quizás habría reaccionado mejor ahora. O quizás peor. Pero sus instintos corren desaforados en todas direcciones, así que termina por imprimir la foto de Zackell y Bobo, encuentra a la entrenadora abajo en el hielo y grita:

—¡Zackell! ¿Qué demo…? ¿Qué es ESTO?

Zackell está sola en la pista, disparando discos, patina con tranquilidad hacia la valla y le echa un vistazo a la imagen.

—Ésa soy yo. Y ése es Bobo. Y esa cosita es un pene.

—Pero tú… Esto es… ¿Qué es lo que…?

Zackell da unos golpecitos en el hielo con su bastón. Se encoge de hombros.

—Tú sabes cómo es esto. Los equipos de hockey ponen a prueba los límites cuando tienen un nuevo entrenador. Esto es entre ellos y yo.

Peter se agarra la cabeza como si se le hubiera roto, la hubiera armado de nuevo usando pegamento y estuviera esperando a que se secara.

—Pero Zackell… esto ya no es nada más entre ustedes. ¡Alguien publicó la foto en internet! ¡Todo el pueblo va a…!

Imperturbable, Zackell examina la cinta con la que está envuelto su bastón.

—Yo soy entrenadora de hockey. No soy el alcalde. Los problemas del pueblo son los problemas del pueblo. Aquí dentro sólo nos dedicamos a jugar hockey.

Peter suelta un gruñido.

—La sociedad no funciona así, Zackell. La gente va a interpretar esto como que… Las personas no están acostumbradas a… Primero el asunto de Benji y ahora esto, contigo y ese…

—¿Pene? —sugiere Zackell, tratando de ayudar.

Peter le lanza una mirada fulminante.

—¡Hemos recibido una amenaza! ¡Tenemos que cancelar el entrenamiento de hoy!

Pareciera que Zackell no lo oyó, y en su lugar pregunta:

—¿Qué ha pasado con Vidar? ¿Mi nuevo guardameta? ¿Piensas dejarlo jugar?

—¿Oíste lo que dije? ¡Nos han amenazado! ¡Vidar no importa! ¡Tenemos que cancelar el entrenamiento!

Zackell se encoge de hombros.

—Sí te oí. No estoy sorda.

Ella regresa a la pista, como si Peter ya hubiera terminado de hablar. Entonces, Zackell sigue disparando discos con toda calma. Peter sube e irrumpe en su oficina, y llama por teléfono a los jugadores del primer equipo. Todos le contestan, menos Benji. Peter les explica la amenaza en el correo electrónico. Todos los jugadores comprenden la situación. Ni uno solo de ellos se queda en su casa.

Cuando empieza la sesión de entrenamiento, el equipo se reúne en la pista frente a Zackell. Ella golpetea el hielo con su bastón y dice:

—¿Se enteraron de que el club recibió una amenaza?

Ellos asienten. Ella les aclara:

—Si yo los entreno y Benjamin juega con nosotros, aparentemente nos vamos a «meter en serios problemas». De modo que, si no quieren entrenar hoy, no habrá ninguna represalia en contra de ustedes.

Nadie se mueve. Se han dicho muchas cosas malas acerca de este equipo, pero no se asustan con facilidad. Zackell asiente.

—Muy bien. Entiendo que hay muchas… emociones involucradas en este momento. Pero somos un equipo de hockey. Jugamos hockey.

Los jugadores mayores están a la espera de que Zackell les exija saber quién publicó la foto de ella y Bobo en internet. Ella ni siquiera lo menciona. Quizás eso le gana el respeto de los jugadores porque, al final, uno de ellos dice a voces:

—¡Más que nada vinimos aquí por la cerveza!

La risa que sigue a este comentario es liberadora. Incluso Bobo luce un poco menos abochornado.

* * *

Son sólo palabras. Combinaciones de letras. ¿Cómo podrían hacerle daño a alguien?

Benji está en el criadero de Adri, los perros juegan en la nieve alrededor de sus pies. A ellos no les importa, y Benji desearía que a nadie más le importara. Él no quiere cambiar el mundo, no quiere que nadie tenga que adaptarse a él, sólo quiere jugar hockey. Entrar a un vestidor sin que el lugar guarde silencio porque la gente ya no se atreve a contar ciertas bromas. Sólo quiere todas las cosas de siempre: bastones y hielo, un disco y dos porterías, el deseo de ganar, de luchar. Nosotros contra ustedes, con todo lo que tenemos. Pero, ahora, eso se acabó. Benji ya no es uno de ellos.

Quizás algún día podrá encontrar las palabras idóneas para esa sensación de ser diferente. Lo física que es. La exclusión es una forma de cansancio que se abre camino devorándote hasta llegar adentro de tu esqueleto. La gente que es como todos los demás, que pertenece a la norma, a la mayoría, no es capaz de comprenderlo. ¿Cómo podrían?

Benji ha oído todos los argumentos, ha estado sentado junto a adultos, en las gradas y en los autobuses camino a torneos, que dijeron «no hay homosexuales en el hockey sobre hielo». La gente contaba chistes, los de costumbre, «¡los globos son para los niños y los putos son para los leones!», pero eso no era lo que más afectaba a Benji. Lo que le dolía más eran las pequeñas trivialidades gramaticales, cuando «puto» era empleado como un insulto, una forma de valorar. «¡Juegan como putos!». «¡Puto árbitro!». «¿Por qué no funciona esta puta cafetera?». Cuatro pequeñas letras para describir debilidad, estupidez, algo que no operaba como era debido. Algo defectuoso.

Desde luego que había adultos que nunca decían esa palabra. En su lugar, algunos de ellos decían otras cosas. Ni siquiera pensaban en ello, pero Benji conservó pequeños fragmentos de conversaciones por años. «A ésos no les interesa el hockey, ¿sabes? ¿Cómo funcionaría siquiera? ¿Con el vestidor y todo los demás? ¿Vamos a tener tres vestidores diferentes, sólo por si acaso?». Las personas que decían esto eran padres de familia ordinarios, gente amable y generosa que hacía todo lo que podía por el equipo de hockey de sus hijos. No votaban por partidos políticos extremistas, no le deseaban la muerte a nadie, jamás habrían soñado con ser violentos. Sólo decían cuestiones sabidas por todos, como: «Probablemente ésos no se sienten como en casa en el mundo del hockey, probablemente les gustan otras cosas, ¡hay que tener en mente que el hockey es un deporte duro!». A veces se expresaban de forma directa: «¡El hockey es un deporte de hombres!». Decían «hombres», pero Benji, ya desde que era niño y se sentaba a su lado en silencio, entendía que en realidad querían decir «hombres de verdad».

Son sólo palabras. Sólo letras. Sólo un ser humano.

Hoy Benji no entrena con su equipo, porque sabe que ya no es uno de ellos. No sabe quién debería ser ahora. Y no sabe si eso es lo que quiere.

* * *

Cuando empieza el entrenamiento, Sune está sentado en las gradas. Peter se desploma en el asiento de al lado.

—¿Denunciaste la amenaza a la policía? —pregunta Sune.

—No saben si es algo serio o no. Pudo haber sido algún muchachito.

—Trata de no preocuparte.

—No sé qué voy a hacer… —reconoce Peter con impotencia.

Sune no le ofrece ningún consuelo, nunca lo hace. Él exige que la gente se haga responsable.

—¿No sabes qué VAS a hacer o qué DEBERÍAS hacer, Peter?

Peter suspira.

—Tú sabes a qué me refiero. Es una situación complicada como para tratar de manejarla… Zackell y el equipo…

Sune asiente en dirección al hielo.

—Ellos eligieron venir. Deja a los muchachos jugar.

—Y luego, ¿qué hay de Benjamin? ¿Cómo voy a ayudarlo?

Sune se ajusta el borde de su camiseta sobre el vientre.

—Puedes empezar por dejar de creer que es él quien necesita ayuda. Son todos los demás los que la necesitan.

Peter responde con brusquedad, sintiéndose ofendido:

—No vengas a decirme que YO tengo prejui…

Sune bufa:

—¿Por qué sigues involucrado en este deporte, Peter?

Peter respira profundo.

—No sé cómo dejarlo.

Sune asiente.

—Me digo a mí mismo que todavía sigo aquí porque el hielo es el único lugar que conozco donde todos son iguales. Allá adentro no importa quién seas. Todo lo que importa es que puedas jugar.

—Tal vez haya igualdad sobre el hielo. Pero no en el deporte en general —objeta Peter.

—No. Y eso es culpa nuestra. Tuya y mía y de todos los demás.

Peter extiende los brazos a los lados.

—Pero entonces, ¿qué se supone que debemos hacer?

Sune alza una ceja.

—Asegurarnos de que al próximo chico que diga que es distinto de alguna forma, le respondan con un encogimiento de hombros. Le diremos: «¿Ah, sí? Pues eso no importa, ¿cierto?». Y, quizás, algún día no haya jugadores de hockey homosexuales y mujeres entrenadoras de hockey. Sólo personas que juegan y entrenan hockey.

—La sociedad no es así de simple —dice Peter.

—¿La sociedad? ¡La sociedad somos nosotros! —responde Sune.

Peter se masajea los párpados.

—Por favor, Sune… He estado recibiendo llamadas de reporteros durante horas… Yo… Caray, tal vez tienen razón. Tal vez deberíamos hacer algo simbólico por Benjamin. Si pintáramos nuestros cascos… ¿crees que eso ayudaría?

Sune se reclina contra el asiento.

—¿Tú crees que eso es lo que Benjamin quiere? El escogió no decirle esto a nadie. Algún canalla reveló su secreto. Estoy seguro de que, ahora, muchos periodistas quisieran convertirlo en un símbolo, y muchos chiflados del otro bando van a querer desahogar todo su odio con él. Y ninguno de los dos bandos sabe una maldita cosa sobre el hockey. Van a transformar cada partido que él juegue en un campo de batalla entre sus agendas en conflicto, en un circo político, y tal vez eso es lo que él teme más: convertirse en una carga para el equipo. Una distracción.

Peter responde con brusquedad y frustración:

—Y entonces, ¿qué crees TÚ que Benjamin quiere que hagamos?

—Nada.

—¡Tenemos que hacer al…!

—¿A ti te importa su sexualidad? ¿Cambia la manera en la que lo ves?

—¡Por supuesto que no!

Sune le da unas palmaditas a Peter en el hombro.

—Soy un viejo bastardo, Peter. No siempre sé qué está bien y qué está mal. Benji ha hecho muchas tonterías afuera de la arena a través de los años, se ha peleado y ha fumado drogas y Dios sabe qué más. Pero es muy buen jugador, con mil demonios. Ahora, tú y todos los demás han dicho lo mismo en cada ocasión: «Esto no tiene nada que ver con el hockey». ¿Por qué tendría ESTO algo que ver con el hockey? Deja que el muchacho viva su vida. No lo obligues a convertirse en un símbolo. Si no estamos cómodos con su sexualidad, entonces no es él quien tiene un maldito problema, ¡somos nosotros!

Peter se sonroja y pasa saliva.

—Yo… no quise decir…

Sune se rasca el cabello que todavía le queda.

—Los secretos abruman a las personas. ¿Te imaginas cómo debe haber sido cargar con esa verdad acerca de ti mismo durante toda tu vida? El hockey era su refugio. La pista de hielo tal vez era el único lugar donde realmente se sentía igual que los demás. No le quites eso.

—Entonces, ¿qué hago?

—Déjalo que se gane su lugar en el equipo sólo con base en sus habilidades para el hockey, como todos los demás. Ahora lo van a tratar distinto en todos lados. No dejes que eso le pase aquí, con nosotros.

Peter guarda silencio por un buen rato. Entonces responde:

—Siempre has dicho que deberíamos ser «más que sólo un club de hockey», Sune. ¿No es exactamente eso lo que deberíamos ser ahora?

Sune pondera esto último. Al final susurra apenado:

—Puede ser. Como dije, Peter, soy un viejo. No sé qué carambas digo la mitad del tiempo.

* * *

Benji no es su papá. No hace lo que Alan Ovich hizo. No deja ningún regalo, no da señales ni signos.

Su mamá y sus hermanas lo llaman por teléfono, leyeron las mismas cosas en internet que todos los demás y están preocupadas. Así que Benji les dice que todo está bien. Él es bueno para eso. Va al criadero de Adri, pues uno de los perros estaba enfermo anoche; ella llegó tarde a su casa de la veterinaria y todavía está dormida.

Benji cierra la puerta de la planta baja, justo con la fuerza suficiente para despertar a su hermana de su sueño ligero, y vuelve a quedarse dormida de inmediato. Adri sólo duerme profundamente de verdad si sabe que su hermanito está en casa, de lo contrario sólo dormita con ansiedad y un ojo abierto. Benji saca la basura, dobla sus sábanas y las coloca con esmero en un armario, como su hermana siempre le insiste hasta el cansancio que lo haga. Entonces sale a ver a los perros y a acariciarlos. También están durmiendo cuando sube por la escalera sin hacer ruido, pues sabe con exactitud cuáles escalones crujen y cuáles no, como si fuera un niño que participa en el juego de rayuela más lento del mundo.

Con mucho cuidado, desliza su mano debajo de la almohada de Adri y toma la llave. Besa a su hermana dormida en la frente por última vez. Baja en silencio al armario de las armas.

Entonces toma el rifle y se marcha al bosque.

* * *

Después de que el entrenamiento ha terminado, Zackell está en el estacionamiento fumando un cigarro. Peter sale, se detiene junto a ella y pregunta:

—¿Realmente quieres a Vidar en el equipo?

Ella suelta el humo por la nariz.

—Sí.

Peter suspira:

—Entonces organiza una prueba abierta. Anuncia que cualquier persona que no tenga un contrato con otro club puede participar. Si Vidar es lo suficientemente bueno, puede jugar. ¡Pero tiene que ganarse su lugar con sus aptitudes para el hockey, como todos los demás!

Peter abre la puerta para regresar adentro, pero Zackell alcanza a preguntar:

—¿Por qué estás tan molesto con Vidar? ¿Es normal enfadarse tanto si alguien defeca sobre tu escritorio?

Peter reprime un reflejo nauseoso cuando piensa en el regalito que le dejó Vidar. El teclado de la computadora de Peter terminó con mierda entre las teclas, y eso no es del tipo de cosas que puedas eliminar con facilidad, ni del teclado ni de tus recuerdos. Peter agita la cabeza.

—No es posible confiar en Vidar. Un equipo debe poder contar con su guardameta, pero Vidar es completamente impredecible. Egoísta. Uno no puede armar un equipo con egoístas.

—Entonces, ¿por qué cambiaste de idea? —pregunta Zackell.

Peter no sabe qué decir. Así que responde con honestidad.

—Quiero que seamos un club que haga mejores a las personas. Tal vez podemos hacer que Vidar sea un mejor individuo. Tal vez también que nosotros mismos lleguemos a serlo.

Los copos de nieve dan piruetas en el aire, y Peter tiene mucho miedo de haberse dado cuenta de esto demasiado tarde. Benji quizás jamás regrese. Porque puedes decir muchas cosas de Benjamin Ovich, pero nunca fue egoísta.

* * *

Alguien afirmará que esto le pasó a una persona. Será una mentira. Diremos que «cosas como ésta no son culpa de nadie», pero desde luego que sí lo son. En lo más profundo de nuestro ser, sabremos cuál es la verdad. Esto fue culpa de mucha gente. Fue culpa nuestra.

33

No se despierta

Benji se ha internado más que nunca en el bosque cuando por fin se detiene. La nieve sigue cayendo, los copos rozan su piel con timidez antes de derretirse con rabia por su calor corporal y fluir a través de los vellos de sus antebrazos. La temperatura bajo cero colorea sus mejillas, sus dedos se entumecen alrededor del rifle, el vaho que sale de su boca forma nubes cada vez más pequeñas. Hasta que al final no respira en absoluto.

Hay un largo periodo de silencio. Entonces, un solo disparo hace eco entre los árboles.

* * *

En Beartown, enterramos a nuestros seres queridos a la sombra de nuestros árboles más hermosos. Es una niña quien encuentra el cuerpo, pero no camina con tranquilidad a través de Beartown como lo hizo Adri cuando encontró a su papá, Alan Ovich, hace tantos años. Esta niña corre.

* * *

Amat y Bobo están sentados en los vestidores. Recordarán estos momentos como su última conversación, su última carcajada estridente, antes de que se enteraran de que alguien había muerto.

Entonces sentirán que realmente jamás podrán reír con tanta fuerza de nuevo.

—¿Qué es lo que las chicas encuentran sexy? —pregunta Bobo.

Dice esto como dice todas las cosas: como si su cerebro fuera una cafetera encendida en la que a alguien se le olvidó poner la jarra, de modo que sus pensamientos caen de forma directa sobre la placa de metal caliente y salpican por todos lados.

—¿Cómo voy a saberlo? —sonríe Amat, con una expresión de impotencia.

No hace mucho, Bobo preguntó si era verdad que los lentes de contacto estaban hechos con medusas. En otra ocasión reflexionó: «Sí sabes que es de mala suerte dejar tus llaves sobre una mesa, ¿verdad? Pero si alguien toma prestadas mis llaves y las deja sobre una mesa cuando yo ni siquiera estoy ahí, ¿de todos modos yo tendré mala suerte?». La primavera pasada quería saber: «¿Cómo sabes si tienes un pene bonito?». El otro día en la escuela le preguntó a Amat: «¿Qué tan largos deben ser unos shorts?», y luego dijo, casi de inmediato: «Tú sabes, en un vacío como en el espacio, si lloras ahí… ¿en qué dirección se mueven tus lágrimas?».

—Oí que algunas chicas en la escuela dijeron que un actor era sexy porque tenía «un mentón definido y pómulos salientes». ¿Cómo sabes si tienes esas cosas?

—Estoy seguro de que tú los tienes —responde Amat.

—¿Tú crees? —dice Bobo, esperanzado.

Su rostro es tan amorfo como una papa cocida en exceso, pero de todos modos Amat asiente para ser amable.

—Estoy seguro de que tú eres sexy, Bobo.

—Gracias —dice Bobo, claramente aliviado, como si pudiera tachar esto de su lista de cosas por las que tiene que preocuparse. Entonces pregunta:

—¿Alguna vez has sido el mejor amigo de alguien?

Amat suelta un quejido.

—Ay, Bobo, por favor… Sí… por supuesto que he tenido un mejor amigo.

Bobo mueve su enorme cabeza de un lado a otro.

—No, no, me refiero a que si tú HAS SIDO el mejor amigo de alguien. He tenido muchos mejores amigos, pero creo que yo jamás he sido el mejor amigo de alguien más. ¿Entiendes a qué me refiero?

Amat se rasca la oreja.

—¿Te digo la verdad? Casi nunca entiendo de qué diablos estás hablando…

Bobo empieza a reírse a carcajadas. Amat también. La risa más fuerte, la risa más maravillosa, la última risa por mucho tiempo.

* * *

«Nunca estás solo en el bosque». Todos los niños de por aquí aprenden eso. Benji se detiene de forma súbita cuando ve al animal aparecerse, a diez metros de distancia. Benji lo mira directo a los ojos. Ha cazado en estos bosques toda su vida, pero ésta es la primera vez que ha visto un oso así de grande.

Benji ha estado caminando contra el viento, el animal no ha percibido su olor. El oso está lo bastante cerca para sentirse amenazado y Benji no tiene oportunidad de huir. Todos los niños de por aquí aprenden las mismas cosas cuando son pequeños: «¡No corras, no grites, si el oso va hacia ti échate al suelo, acurrúcate y finge que estás muerto, y protege tu cabeza con tu mochila! ¡No pelees hasta que estés seguro de que no tienes otra opción!».

El rifle tiembla en las manos de Benji, no debería dispararlo. El corazón y los pulmones de la bestia están protegidos por sus hombros poderosos; sólo los cazadores extremadamente hábiles tienen alguna posibilidad de dispararle a un oso y vivir para contarlo. Benji debería tener más sentido común. Pero su corazón está martilleando, oye su propia voz rugir desde lo más profundo de su ser y, entonces, dispara al aire. O directo al oso, no lo recuerda. Y el animal desaparece. No se aleja corriendo, no se escabulle internándose en el bosque, tan sólo… desaparece. Benji permanece de pie sobre la nieve y el bosque devora el eco del disparo hasta que no queda nada más que el viento, y no sabe si está soñando. Si en realidad fue un oso o su imaginación, una amenaza verdadera o una inventada. Camina hacia el lugar donde el animal debería haber estado parado, pero no hay huellas en la nieve. Aun así, todavía puede sentir su mirada, como cuando te despiertas temprano por la mañana y, sin tener que abrir los ojos, sabes que la persona que durmió a tu lado está observándote.

Benji respira con agitación. Tomar la decisión de morir y, luego, desistir de llevarla a cabo conlleva una sensación de invencibilidad. De tener el poder sobre ti mismo. El muchacho se va a su casa con la sensación de que su cuerpo no le pertenece, sin saber quién lo habitará ahora.

Pero, al menos, se va a su casa.

* * *

Amat y Bobo todavía se están riendo. Pero Bobo deja de hacerlo de manera repentina, antes de que Amat tenga tiempo de darse cuenta de lo que ha sucedido. A Bobo siempre le han dicho que es lento de ideas, se sabe todos los chistes de memoria: «Ese muchacho no podría servir agua de una bota aunque tuviera agujeros en la punta y las instrucciones en el tacón», y «Bobo es tan estúpido que no podría escribir su nombre orinando en la nieve». Pero eso no significa que su cerebro no esté ocupado, su mamá siempre dice que sólo funciona de una forma distinta a los demás.

Así pues, Bobo ha estado esperando esto. Por fuera, tal vez ha parecido un atolondrado, pero, por dentro, se ha preparado para este instante desde que su mamá se lo llevó al bosque y le contó que estaba enferma.

La niña corre a través de Beartown, entra por la puerta de la arena de hockey, hace ademanes de manera frenética a las personas que le preguntan a dónde va. Algunos la reconocen, es la hermana menor de Bobo, quizás alguien incluso se dio cuenta y murmuró: «Ay, no…».

Para cuando su hermanita se planta en la entrada de la puerta de los vestidores y solloza: «¡No se despierta, Bobo! ¡Papá fue por un auto y mamá no se despierta aunque le grite!», Bobo ya ha lidiado con su propio dolor. Sus lágrimas caen en el cabello de su hermanita, pero, más que nada, está llorando por ella. La niña demostró una gran fortaleza cuando corrió a través del pueblo; ahora, está destrozada, y no hay nadie en quien confíe tanto como en su hermano mayor.

Es hasta entonces que la niña se siente lo bastante segura, en los brazos de Bobo, como para atreverse a estallar en un millón de fragmentos. Ella siempre acudirá a su hermano cuando esté triste, durante toda su vida; él está de pie, abrazándola, y sabe que debe tener la fuerza suficiente para cargar ahora con esa responsabilidad.

Amat los rodea a los dos con sus brazos, pero Bobo no lo percibe. Ya está preguntándose cómo va a poder encontrar un árbol lo bastante hermoso para que su mamá duerma debajo de él. En ese momento y en ese lugar, se convierte en adulto.

* * *

Adri Ovich se despierta de una terrible pesadilla. Desesperada, busca a tientas debajo de su almohada y siente el pulso latir en sus sienes cuando su mano por fin se cierra alrededor de la llave. Respira con tanta fuerza que le duele. Baja por las escaleras y encuentra a su hermano menor durmiendo en el sofá de la planta baja. El rifle está en el armario de las armas, como si nada hubiera sucedido.

Lo besa en la frente. Se sienta en el suelo, al lado de su hermano, durante horas. Nunca puede realmente dejar de vigilarlo.

34

Agredir a un caballo en servicio activo

Dentro de muchos años, quizás no sabremos cómo llamar a este relato. Diremos que era una historia acerca de la violencia. Del odio. De antagonismo y diferencias y comunidades que se despedazaron a sí mismas. Pero eso no será verdad, al menos no del todo.

También es otro tipo de historia.

* * *

Vidar Rinnius está en el último año de su adolescencia. El dictamen de su sicólogo sostiene que el muchacho «tiene un deficiente control de sus impulsos», pero la mayoría de la gente sustituiría «tiene un deficiente» por «carece del». Siempre terminaba involucrado en peleas: a veces él y Teemu, su hermano mayor, defendían a su mamá, y a veces los dos se defendían de manera mutua. Y si no había nadie a quién defender, se peleaban entre ellos. Y eso del control de sus impulsos es verdad, Vidar jamás ha podido contenerse. Para el momento en que a otras personas apenas se les está ocurriendo una idea del tipo «Me pregunto qué pasaría si…», Vidar ya lo habría hecho. Alguna vez, su entrenador en el equipo infantil dijo que por esa razón era tan buen guardameta. «¡No sabes cómo NO detener esos discos!». Todos dicen que el problema de Vidar es que «no piensa», pero en realidad sucede lo contrario. Su problema es que no puede parar de pensar.

Tenía doce años cuando se dio cuenta de que estaba solo. En esa ocasión, viajó con Teemu y sus amigos a otro pueblo, cuando el primer equipo de Beartown iba a jugar un partido de visitante en aquella localidad. Después del partido, Teemu le dijo a Vidar que fuera al McDonald's y los esperara ahí, porque tenía el presentimiento de que iban a terminar involucrados en una pelea. Vidar estaba comiendo cuando un grupo de aficionados del equipo contrario irrumpió en el local. Teemu y la Banda habían sido retenidos por la policía, Vidar estaba solo, sentado en un rincón, vestido con los colores equivocados, y los aficionados del equipo contrario sabían quién era él. Durante el partido habían visto al chico de doce años vociferando insultos en contra de su club y haciéndoles gestos con el dedo medio. «No eres tan rudo sin tu hermano, ¿eh?» gritaron al tiempo que arremetían en contra de él.

Fue entonces que Vidar se dio cuenta de que estaba solo. Todos lo estamos. Nacemos solos, morimos solos y peleamos solos. Así que Vidar peleó. Creyó que iba a morir, vio a gente adulta salir del restaurante de hamburguesas, él no era más que un niño, pero nadie trató de ayudarlo. El personal corrió hacia la cocina, no sabía cuántos enemigos había, pero sabía que no tenía ninguna oportunidad de vencerlos. De todos modos empezó a repartir golpes y patadas. Entonces, Araña apareció de la nada; Vidar lo recuerda como si hubiera brincado a través de una ventana, pero ¿quién podría saberlo? Araña lo defendió como si fueran hermanos, y, después de este incidente, en eso se convirtieron. Fue entonces cuando Vidar se dio cuenta de que no tienes por qué estar solo. No siempre. No si tienes una banda.

Cuando Vidar tenía dieciséis años, habían acudido a otro juego de visitante. A Araña lo habían encontrado culpable de varios delitos menores y estaba en libertad condicional. Vidar y él se quedaron en un parque mientras el resto de la Banda siguió adelante, pues Araña también tenía una mente que jamás guardaba silencio y, al igual que Vidar, había descubierto que, a veces, todo se movía más lento si consumía las drogas idóneas. La policía montada se apareció al doblar una esquina, vio a los dos pandilleros sospechosos, Araña entró en pánico y se echó a correr. Traía drogas en sus bolsillos, Vidar también. Vidar podría haber corrido más rápido que Araña, pero Araña estaba bajo libertad condicional y Vidar carecía del control de sus impulsos. No pudo contenerse de proteger a alguien a quien quería.

Así las cosas, mientras Araña corría en una dirección, Vidar corrió en la otra: hacia los policías. Tras esto, los cargos presentados en su contra fueron muchos y muy variados, Vidar ni siquiera puede recordarlos todos. Posesión de drogas, está seguro de ése. Resistirse con violencia y agredir a un servidor público, sospecha que también. Y luego, estaba la cuestión de que golpeó al caballo de un policía directo en la mandíbula. A Vidar nunca le han gustado realmente los caballos. ¿Agredir a un caballo en servicio activo? ¿Cuánto tiempo te encierran por esto?

Así fue como terminó en el centro de rehabilitación, y fue ahí donde conoció a «Baloo». Él trabajaba en ese lugar, y le decían así porque tenía el mismo tamaño y la misma postura corporal que el oso de *El libro de la selva*. Cuando se hicieron amigos, fue bastante natural que a Vidar, con su cuerpo delgado y su cabello negro, empezaran a apodarlo «Mowgli». Tal vez eso lo ayudó, que le dieran un nombre diferente. Tal vez entonces podía fingir ser otra persona.

Baloo no hablaba mucho, pero se dio cuenta de que Vidar tenía mucha energía que necesitaba desahogar de una manera positiva para no explotar de una forma negativa. Cuando se enteró de que el chico jugaba hockey, consiguió prestado equipamien-to de guardameta y, cada vez que los explosivos en la cabeza de Vidar estallaban en un arranque impulsivo de ira por cualquier cosa, Baloo sugería con toda la calma del mundo: «Tranquilo, Mowgli, mejor vamos al sótano». En el sótano había un almacén, con la suficiente amplitud para que Baloo pudiera pararse junto a una pared y arrojar pelotas de tenis con todas sus fuerzas hacia Vidar, quien se ubicaba al otro extremo de la habitación. Después de algunos meses, Baloo colocó un nuevo piso, lo bastante liso para parecerse al hielo, de modo que pudiera disparar discos de hockey auténticos.

Ambos jugaban tan seguido como podían y, a veces, Baloo incluso rompía las reglas y jugaba con Vidar por las noches. Lo hacía con la esperanza de que esto ayudara a Vidar a aprender a no romper todas las demás reglas. Las definiciones de «trata-miento» y «castigo» siempre están cambiando, y Baloo hacía lo que podía para darles una forma permanente. Rara vez pronun-ciaba muchas palabras, pero, de todos modos, fue él quien pro-testó de forma más airada cuando liberaron a Vidar. «¡Todavía no está listo!», alegó Baloo. A nadie le importó. Vidar tenía un amigo poderoso en algún lado, alguien que se aseguró de que todos los documentos que se requerían se materializaran de re-pente. Así pues, cuando Vidar se fue del centro de rehabilitación, Baloo se limitó a susurrarle con tristeza: «Quédate en la pista de hielo, Mowgli. ¡Concéntrate en el hockey!».

* * *

Maya y Leo están sentados frente a la computadora, ella recor-dará esto como si hubieran estado jugando por días. Contiene las palabras tanto como le es posible, pero, al final, no puede evitar decir:

—No vuelvas a pelearte por mí. Sé que me quieres, pero no

pelees en mi nombre. Pelea por otras cosas, si quieres. Pero no por mí.

—Okey —le promete su hermano menor.

No hablan mucho después de decir esto. Pero, a veces, Leo falla en algo y se enfada tanto que se pega en el muslo y grita: «¡IDIOTA!», y entonces Maya se ríe con tantas ganas que la garganta empieza a dolerle. La vida es como en los viejos tiempos por unos pequeños instantes. Sencilla.

Entonces, Maya logra algo en el juego, e incluso el propio Leo queda impresionado, por lo que voltea para chocar los cinco con su hermana. Ella no alcanza a reaccionar a tiempo, y la mano de Leo le pega a Maya en el hombro.

Maya brinca de forma repentina con un ímpetu tal que vuelca la silla, como si Leo la hubiera quemado con algo. Su hermana se queda de pie respirando con dificultad, los ojos bien abiertos, y se maldice a sí misma; intenta fingir que no pasó nada, pero Leo ya lo comprendió. A veces, los hermanos menores hacen eso. Difícilmente alguien ha tocado a Maya desde la violación. No importa que Leo sea su hermano, el miedo no es un sentimiento lógico, el cuerpo reacciona con independencia del cerebro.

Leo apaga la computadora.

—Ve por tu chaqueta —dice con determinación.

—¿Por qué? —pregunta Maya con pena.

—Voy a mostrarte algo.

* * *

Cuando Vidar sale del centro de rehabilitación, Teemu, Carpintero y Araña están esperándolo afuera, a bordo de un auto. Teemu tiene que darle un empujón a Araña para que deje de abrazar a Vidar. Sin embargo, el muchacho jamás pondrá un pie en el apartamento que le asignó la compañía inmobiliaria del municipio.

—Tengo que quedarme a vivir en casa. Tengo que ayudarte a llevar las cuentas —le dice a su hermano.

Teemu le da un beso en la cabeza.

¿Qué es lo primero de lo que Vidar quiere hablar? ¡El Club de Hockey de Beartown! ¿Cómo luce el equipo? ¿Qué jugadores tenemos este año? ¿Vamos a ganarle a Hed? Él es el aficionado más entusiasta del equipo; y, aparte de la cocina de su mamá, el lugar que más añora es la grada de pie en la arena. Teemu no puede dejar de darle palmaditas a su hermano en el hombro, y ni siquiera le cuenta a Vidar que, este año, no tiene que estar en la grada; que, esta vez, ¡tendrá una oportunidad de jugar! Teemu no dice nada porque no quiere poner nervioso a su hermano y, por unos cuantos minutos, su propia felicidad es pura y sin complicaciones. No la quiere arruinar.

Entonces, Vidar pregunta por Benji Ovich. La última vez que los muchachos hablaron con Vidar le contaron que la nueva entrenadora había nombrado a Ovich capitán del equipo; estaban muy emocionados en ese entonces, pues consideraban a Benji como uno de ellos. Un muchacho de Beartown que daba la cara, que recibía un golpe y daba tres en respuesta. Pero cuando Vidar menciona su nombre, tanto Araña como Carpintero se quedan callados. Sus ojos se endurecen, sus palabras todavía más:

—Nos enteramos de algo sobre él…

Vidar los escucha. Los muchachos ni siquiera pueden obligarse a sí mismos a usar el nombre de Benji, hablan de él como si hubiera muerto. Tal vez así fue, al menos en parte, la persona que ellos creían que era. Él ya no es uno de ellos.

Quizás Vidar es distinto a los demás miembros de la Banda, porque a él no le importa con quién demonios se acuesta la gente, nunca le ha importado. Pero los hombres con chaquetas negras no están hablando de sexualidad, Vidar lo sabe, sino de confianza y lealtad. Benji ha fingido ser algo que no es. Es un farsante, no es de fiar, y Araña y Carpintero creen que ha deshonrado a la Banda.

—¡Estábamos dispuestos a defenderlo y apoyarlo, y todo este tiempo quería darnos por el culo! —espeta Araña.

Vidar no dice nada. Cuando tenía doce o trece años, poco tiempo después de que Araña se peleara por él en el McDonald's, Vidar le preguntó: «¿Somos pandilleros?». Araña, muy serio, dijo que no con la cabeza y respondió: «No. Somos soldados. Yo estoy dispuesto a luchar por ti y tú estás dispuesto a luchar por mí. Si no podemos confiar el uno en el otro al mil por ciento, no tenemos nada. ¿Sí me entiendes?». Vidar lo entendió. Los miembros de la Banda se han mantenido juntos todas sus vidas, y uno no construye ese tipo de amistad sin sacrificios complejos.

Tienen distintas razones para odiar a Benji. Algunos sienten asco y otros se sienten traicionados; algunos nada más están preocupados por lo que los aficionados de los equipos contrarios van a cantar ahora sobre ellos. Varios tienen el oso tatuado en el cuello, y ¿cuánto debes amar algo para hacer eso? Así que Vidar no dice nada. Él sólo está contento de poder ir a su casa, de que todo vuelva a la normalidad.

Y cuando Teemu se inclina hacia adelante y susurra: «La nueva entrenadora va a llevar a cabo una prueba abierta del primer equipo para ti. ¡Si eres lo suficientemente bueno vas a poder jugar!», la alegría de Vidar canta tan fuerte dentro de su cabeza que ni siquiera puede pensar en otra cosa.

* * *

Esto no es más que un deporte.

Los perros en el criadero empiezan a ladrar a la distancia cuando los hermanos se aproximan, pero Adri, medio dormida, sale y los hace callar. Leo y Maya se detienen, intimidados.

—¿Está Jeanette aquí? O sea… nuestra maestra de la escuela… Se supone que ella tiene un club de artes marciales… ¿El club está aquí? —pregunta Leo.

—Llamarlo un «club» podría ser un poco optimista. Pero ella está en el granero —resopla Adri y bosteza al tiempo que se rasca el cabello, que parece lana de alambre de acero.

Leo asiente pero no se mueve, las manos en los bolsillos pero mirando con interés a los perros.

—¿De qué raza son?

Adri frunce el ceño, sus ojos van de Leo a Maya, intenta averiguar qué están haciendo aquí. Quizás se da cuenta, porque ella también tiene hermanas. Así que dice:

—¿Te gustan los perros?

Leo asiente.

—Sí, pero mamá y papá no me dejan tener uno.

—¿Quieres ayudarme a darles de comer? —pregunta Adri.

—¡SÍ! —exclama Leo, quien parece estar más feliz que un cachorro con dos colas.

Adri mira con afabilidad a Maya.

—Jeanette está en el granero, puedes ir para allá.

Así pues, Maya entra sola al granero. Jeanette está entrenando con un saco de arena y se detiene a medio movimiento, tratando de no parecer sorprendida. Maya luce como si ya estuviera arrepintiéndose de haber venido. Jeanette se limpia el sudor de la frente y pregunta:

—¿Quieres probar las artes marciales?

Maya se frota las palmas de las manos.

—La verdad no sé muy bien qué es eso. Mi hermano me trajo aquí arrastrando.

—¿Por qué? —pregunta Jeanette.

—Porque tiene miedo de que lastime a alguien.

—¿A quién?

Maya se quiebra cuando admite:

—A mí misma.

En un caso así, ¿por dónde empiezas? Jeanette observa a la muchacha y, al final, elige la opción más sencilla: se sienta en el tapete. Después de una eternidad, Maya se sienta frente a ella, a un metro de distancia. Jeanette se le acerca, la muchacha se estremece, así que se detiene. Le explica con delicadeza:

—En el futuro, oirás a la gente decir que las artes marciales representan la violencia. Pero, para mí, representan afecto. Confianza. Porque, si tú y yo vamos a entrenar juntas, tenemos que confiar la una en la otra. Porque nos prestamos nuestros cuerpos mutuamente.

Cuando Jeanette extiende su mano y toca a la muchacha, es la primera vez desde Kevin que alguien distinto a Ana roza a Maya sin que se sobresalte. Cuando Jeanette le muestra cómo luchar, cómo dejar que le hagan un agarre y cómo zafarse de él, Maya tiene que aprender a que la sujeten sin entrar en pánico. A pesar de todo, le sucede una vez, echa la cabeza hacia atrás y golpea a Jeanette en el rostro.

—No hay problema —dice Jeanette, sin preocuparse por la sangre en el labio y el mentón.

Maya mira de reojo el reloj en la pared. Han estado luchando durante una hora, libres de pensamientos y, ahora, ella está sudando tanto que, si de sus ojos fluye algo, ni siquiera ella misma lo sabe.

—Yo sólo... a veces tengo tanto miedo de que mi vida nunca vaya a estar bien... —dice Maya, con la voz entrecortada.

Jeanette no sabe qué responder, ni como maestra ni como ser humano, así que contesta lo único que se le ocurre decir como entrenadora:

—¿Estás cansada?

—No.

—Entonces, ¡hagámoslo de nuevo!

Maya no sana dentro de ese granero. No construye ninguna máquina del tiempo, no cambia el pasado, no recibe la bendición de poder perder la memoria. Pero volverá aquí todos los días y aprenderá artes marciales y, algún día, dentro de poco, estará de pie en una fila del supermercado, en el momento en el que un extraño la roce por accidente al pasar caminando junto a ella. Y ella no se sobresaltará. Éste será el más grande de todos esos pequeños sucesos, y ni una sola persona se dará cuenta. Pero, ese día, ella se irá caminando del supermercado a su casa como si se dirigiera a alguna parte. Esa noche acudirá a entrenar de nuevo. Y a la siguiente también.

Esto no es más que un deporte.

* * *

Ana está sentada en lo alto de un árbol, no muy lejos del criadero. Ve a Maya y a Leo caminar rumbo a su casa a través del bosque. Ha estado siguiéndolos, no sabe por qué, sólo quiere estar cerca de Maya de alguna forma. Todo se siente demasiado frío sin ella.

Sólo están separadas unos cuantos metros de distancia cuando Maya pasa por debajo de ella, al nivel del suelo. Quizás Ana podría haber gritado algo, podría haber bajado del árbol y podría haberle rogado y suplicado a su mejor amiga que la perdonara. Pero ésta no es ese tipo de historia. Así que Ana sólo permanece sentada, allí en lo alto, y ve a su amiga irse.

* * *

Al día siguiente, Vidar toma el autobús a la escuela. Muchos saben quién es él, así que nadie se atreve a sentarse a su lado. No hasta que una muchacha unos cuantos años más joven se sube en una parada, en las orillas de la Cima. Tiene el cabello despeinado y los ojos tristes, y se llama Ana.

Lo primero que Vidar nota es lo hermosos que son los tobillos de esa muchacha, como si no estuvieran hechos para caminar sobre los pisos, sino para correr a través de los bosques y sobre las rocas. Lo primero que Ana nota es el cabello negro de Vidar, tan fino que cuelga sobre la piel de su rostro como gotas de lluvia sobre el vidrio de una ventana.

Dentro de muchos años, quizás diremos que ésta era una historia acerca de la violencia. Pero no será verdad, al menos no del todo.

También es una historia de amor.

35

Pero sólo si eres el mejor

En Beartown se va a llevar a cabo una conferencia de prensa. Es el peor momento posible para algunas personas, cuando se siente que el pueblo entero va camino a una implosión provocada por cien conflictos diferentes; pero, desde luego, para otras, es el mejor momento posible. Por ejemplo, para Richard Theo.

Los representantes de los nuevos dueños de la fábrica llegan en avión desde Londres; el periódico local les toma fotografías cuando estrechan, llenos de contento, la mano del político de la casa de veraneo en España frente a la fábrica. Peter Andersson está de pie a su lado, como es su obligación; la voz le tiembla y su mirada está clavada en el asfalto, pero promete «medidas duras en contra del pandillerismo».

El político de la casa de veraneo en España está tan orgulloso que su camisa casi está por reventar. Inicia la conferencia de prensa mencionando a su estimado y humilde colega, Richard Theo: «Merece nuestro agradecimiento por su gran servicio al municipio. Sin los contactos de Richard y su trabajo diligente durante meses, ¡este convenio no habría llegado a buen puerto!». Luego, el político menciona, con un poco menos de humildad, lo importante que él fue para este arreglo. Los ingresos por impuestos serán enormes, explica el político, y lo más importante: «¡Los empleos en Beartown están a salvo!».

Cuando la concejala a su lado abre la boca de forma repentina, el político de la casa de veraneo en España está tan sorprendido que, al principio, no tiene tiempo de reaccionar. Ella dice:

—Y no sólo en Beartown, desde luego. Después de consultarlo con los nuevos dueños de la fábrica hemos alcanzado un amplio acuerdo, ¡en el que también se le dará prioridad a la mano de obra en Hed! Ésta es una de las condiciones, si el ayuntamiento va a apoyar económicamente a la fábrica, ¡TODO el municipio debe beneficiarse!

Los reporteros toman notas, fotografías y videos. El político de la casa de veraneo en España se queda viendo a la mujer, ella cruza su mirada con la de él. El político no puede hacer nada, pues ¿qué va a decir? ¿Que no piensa darle ningún empleo a Hed? Además, él se enfrentará a unas elecciones dentro de poco. Está temblando de rabia y su sonrisa para las cámaras se vuelve forzada, pero cuando le preguntan acerca de los empleos se ve obligado a decir:

—Una política responsable obviamente tiene que involucrar a… todo el municipio.

Cuando dice esto, está de pie pero un poco encorvado, mientras que la concejala se siente como si hubiera crecido varios centímetros de estatura.

Dentro de algunos meses, a primeras horas de una mañana, un sobre yacerá encima de los escalones frente a la puerta principal de la concejala, y los documentos que contiene mostrarán cómo fue que el político de la casa de veraneo hizo negocios inmobiliarios en España con dinero sucio. Es verdad que, con el tiempo, se revelará que el político es del todo inocente, pero Richard Theo no necesita evidencias, sólo dudas. Los encabezados a propósito de «tratos oscuros» serán enormes; la nota en la que por fin se aclare su inocencia consistirá en unas cuantas líneas insignificantes en una de las últimas páginas del periódico local. Para entonces, la carrera del político ya se habrá terminado, después de que los colegas de su partido acordaran de manera unánime que «el partido no puede permitirse ningún escándalo». El político será reemplazado por una colega que parece tener muchos enemigos en Beartown, pero aún más amigos en Hed.

* * *

Benji no se aparece en los entrenamientos del equipo. No llama a nadie, no responde cuando alguien lo llama. Pero cierto día, ya caída la noche, cuando la mayoría de las luces de la arena están apagadas y los vestidores vacíos, él está a solas en la pista de hielo, vestido con pantalones de mezclilla y patines, con un bastón en la mano. Vino aquí para disparar discos, como lo ha hecho antes un millón de veces, y para ver si esto todavía sigue sintiéndose igual. Si todo puede volver a ser como de costumbre. Pero su mirada se ha quedado clavada en la imagen del oso en el círculo central. Alguien entra deslizándose a la pista y se detiene junto a él. Elisabeth Zackell.

—¿Tienes pensado jugar en el partido contra Hed? —pregunta ella sin expresar sentimiento alguno.

Benji pasa saliva de forma titubeante, con la mirada aún puesta en el oso.

—No quiero ser un… problema. Para el equipo. No quiero que sientan que…

—Eso no es lo que te pregunté. ¿Vas a jugar o no? —insiste Zackell.

Benji cierra los ojos con rapidez, los abre despacio.

—No quiero ser una carga para el club.

—¿Planeas tener sexo con alguien en los vestidores?

—¿Qué rayos…? ¿Qué?

Zackell se encoge de hombros.

—¿No es eso lo que la gente cree? ¿Que los gays tienen problemas de disciplina? ¿Qué tal si todos empiezan a tener sexo con los demás en los vestidores?

Benji frunce el ceño.

—¿Dónde diablos escuchaste eso?

—¿Planeas tener sexo con alguien en los vestidores, sí o no?

—¡Claro que no, carajo!

Zackell se encoge de hombros de nuevo.

—Bueno, entonces no eres ninguna carga. El hockey es el hockey. La gente podrá decir lo que quiera de ti afuera de la arena, pero aquí adentro eso no importa. Si eres bueno, eres bueno. Si anotas goles, anotas goles.

Benji no parece convencido.

—La gente me odia. A ti también. Probablemente es demasiado para ellos, que tú y yo seamos… tú sabes. Tal vez podrían haber convivido con UNO… pero dos en el mismo equipo, eso es… demasiado para la gente.

Zackell suena desconcertada.

—¿A qué te refieres?

Las cejas de Benji se mueven nerviosamente.

—Que tú eres… gay.

—No soy gay —responde Zackell.

Benji se la queda viendo.

—Todos creen que eres…

—La gente cree muchas cosas. Están demasiado obsesionados con sus emociones.

Benji la mira boquiabierto por un buen rato. Entonces empieza a reír. No puede evitarlo.

—En serio, Zackell, mira que todo habría sido mucho más

fácil para ti en este pueblo si tan sólo les hubieras contado a todos que no eres…

—¿Cómo tú?

—Sí…

Zackell resopla.

—Yo pienso que no tienes ninguna obligación de contarles a todos con quién quieres tener relaciones sexuales, Benjamin. Y creo que yo tampoco la tengo.

Benji raspa el hielo de la pista con la cuchilla de sus patines. Reflexiona por un buen rato antes de atreverse a preguntar:

—¿Alguna vez has deseado ser hombre?

—¿Por qué habría de desearlo? —pregunta Zackell.

Benji mira el oso en el hielo. Intenta encontrar las palabras adecuadas.

—Para que fueras entrenador de hockey y no una entrenadora.

Zackell agita la cabeza despacio, pero, por una vez en la vida, no parece del todo impasible.

—Probablemente algunas veces mi papá llegó a desear que yo hubiera sido niño.

—¿Por qué?

—Porque él sabía que siempre tendría que ser el doble de buena que los hombres para ser aceptada. Y ahora, lo mismo aplica para ti. Vas a ser juzgado de manera diferente. La gente que me odia tal vez me deje entrenar a un equipo a pesar de todo, pero sólo si ganamos. Y tal vez te dejen jugar, pero sólo si eres el mejor. Ya no basta con que seas bueno y nada más.

—Es tan jodidamente injusto —susurra Benji.

—La injusticia es un estado mucho más natural en el mundo que la justicia —contesta Zackell.

—¿Tu papá decía eso?

—Mi mamá.

Benji pasa saliva con dificultad.

—No sé si pueda ser capitán del equipo.

—Okey —responde Zackell.

Entonces ella da media vuelta y lo deja, sin decir más. Como si no hicieran falta.

Benji se queda solo en el círculo central. Al final va por una pila de discos que está junto a la valla y los deja caer sobre el hielo, uno por uno, quizás por última vez. Este deporte nunca queda satisfecho con poder ser sólo una parte de ti, tienes que sacrificar demasiado, hay demasiadas cosas que sólo sabes si has pasado toda tu vida aquí dentro. Cuánto te duelen los pies cuando patinas por primera vez después del verano. Cuánto apestan tus guantes al final de la temporada. El sonido que se oye cuando clavas la cuchilla en el hielo con fuerza al dar una zancada en una esquina de la pista, o cuando disparas un disco contra el plexiglás. Cómo cada arena de hockey tiene su propio y particular eco. Cómo canta cada impacto cuando las gradas están vacías. Cómo se siente tan sólo poder jugar. Cómo late tu corazón.

Toc toc toc toc toc.

* * *

Esa primera mañana en la que Ana se sienta junto a Vidar, ninguno de los dos dice una sola palabra. Ana está demasiado agobiada por la culpa y la pérdida como para poder hablar. Durante toda su infancia había ido a la escuela acompañada de Maya, y la soledad es todo un shock. Duerme mucho más tiempo que de costumbre, pues tiene la esperanza de despertarse y darse cuenta de que el error de su vida fue un sueño. Eso nunca sucede.

Sin embargo, la segunda mañana, Ana se sienta junto a Vidar de nuevo, y justo cuando el autobús está aproximándose a la escuela ella le lanza una mirada; él finge que está ocupado con su móvil, pero ella puede notar que él la está viendo de reojo. Él es de esas personas que no pueden evitarlo.

—¿Qué estás jugando? —pregunta Ana.

—¿Qué? —murmura él, como si apenas acabara de fijarse en ella.

Ana no es tan fácil de engañar.

—Ya me oíste.

Él empieza a reír, hace eso cuando se pone nervioso. Pronto descubrirá que, cuando Ana se pone nerviosa, en lugar de reírse hace bromas sarcásticas. Si hubieran pasado toda una vida juntos, quizás se habrían convertido en la pareja más antipática con la que uno podría encontrarse en un funeral: alguien que no puede dejar de hacer bromas y alguien que no puede dejar de reírse tontamente.

—*Minecraft*. Estoy jugando *Minecraft* —dice él.

—¿Tienes siete años, o qué? —pregunta Ana.

Él se ríe:

—Esto me ayuda a no… Tengo problemas para controlar mis impulsos. Mi sicólogo dice que el *Minecraft* es bueno para mí. Puedo concentrarme mejor cuando… juego.

El autobús se detiene. Los estudiantes salen en avalancha. Ana no aparta su mirada de él.

—Tú eres el hermano menor de Teemu Rinnius, ¿no? ¿Eras tú el que estaba en la cárcel?

Vidar se encoge de hombros.

—Era más como un campamento de verano.

—¿A qué te refieres con eso de que no puedes concentrarte? ¿Tienes alguna clase de síndrome o algo así?

—No sé.

Ana sonríe.

—Entonces, ¿sólo eres un chiflado común y corriente?

Vidar suelta una carcajada.

—¡Hay gente que dice que soy un sicópata! ¡No deberías estar hablando conmigo!

Ana lo contempla de arriba abajo con detenimiento. Su cabello negro cae alrededor de sus ojos.

—Pareces demasiado amable como para ser un sicópata —dice ella.

Él frunce el ceño.

—¡Ten cuidado! ¡Tal vez traiga un cuchillo!

Ella resopla.

—Si trajeras un cuchillo no te tendría miedo, ni aunque yo fuera una barra de pan.

Vidar se enamora perdidamente de ella, pues él es de esas personas que no saben cómo contenerse.

36

¿Los sicópatas no salen a caminar, o qué?

Cierto día, temprano por la mañana, Elisabeth Zackell lleva a cabo su prueba abierta. Acuden unos cuantos jugadores, algunos júniors que no tienen otro lugar donde jugar, pues Beartown no pudo armar un equipo para ellos esta temporada, y algunos jugadores mayores a quienes otros clubes dejaron ir y ahora no tienen contrato. Ninguno de ellos está cerca de ser lo bastante bueno para tener cabida en el equipo de Zackell, pero no importa; sólo están ahí como extras, para que el club pueda decir que fue una prueba abierta. Vidar es el único jugador de interés, pero Zackell tiene que empezar por ir a buscarlo, pues no se aparece en la pista. Lo encuentra en el almacén del conserje.

—¿Puedo ayudarte? —pregunta ella.

—¿Tienen una sierra que pueda usar? —dice Vidar.

—¿Para qué? —responde Zackell.

Vidar le enseña su bastón de guardameta.

—¡Esto está demasiado largo!

Durante todas esas noches en las que estuvo encerrado en el centro de rehabilitación y jugaba con Baloo, Vidar necesitaba poder disparar las pelotas y los discos al otro lado del sótano después de haber parado los tiros de Baloo. En el sótano, Vidar no podía usar patines, por lo que recortó el extremo superior de su bastón con una sierra, para que tuviera la longitud ideal. Por accidente serró el bastón de más y quedó demasiado corto, pero Vidar descubrió entonces que esto hacía que pudiera enviar pases con más fuerza y más precisión. Lo único que tienes en exceso cuando estás encerrado es tiempo, así que Vidar empezó a experimentar con diferentes longitudes y formas de ponerle cinta al bastón. Terminó por envolverlo sin dejar una protuberancia en el extremo superior como lo hacen la mayoría de los guardametas, lo que le permitía tener un mejor agarre.

Zackell encuentra una sierra para Vidar, sin entender lo que él está haciendo. Pero cuando Vidar está satisfecho con su bastón y entra a la pista, detiene un disco y lo dispara sin ningún esfuerzo enviándolo de un extremo al otro del hielo.

—¿Puedes hacer eso de nuevo? —pregunta Zackell.

Vidar asiente. Zackell pone al muchacho en una portería y ella va y se coloca en la otra.

—¡Mándame un pase! —le grita.

Y él lo hace. El disco atraviesa toda la pista, directo hasta la punta del bastón de la entrenadora. Esto quizás no sonará como gran cosa si no te interesa el hockey, pero Zackell sabe que la mayoría de los guardametas en la liga de Beartown no podrían hacer que un disco impactara contra el agua de un océano incluso si se cayeran de un barco. «Ese muchacho será nuestro guardameta cuando no tengamos posesión del disco, pero también será un jugador extra cuando esté en nuestro poder», piensa Zackell. Y así ella puede ganar.

—Ponte en la portería —ordena.

Él obedece. Ella empieza a disparar un disco tras otro, y es buena tiradora, pero, aun así, él lo detiene todo. Deja que los demás jugadores en la prueba abierta intenten anotar, pero ni uno solo de ellos puede meter un gol. Hace que dos de ellos disparen al mismo tiempo, luego tres, desde diferentes ángulos. Vidar no deja pasar prácticamente nada. Sus reflejos son excepcionales.

Zackell mira a su alrededor en las gradas. Hasta arriba, en una esquina, está sentado Peter Andersson. Lo más lejos posible de él, en el lado opuesto, se encuentra Teemu Rinnius, en su grada de pie. Araña y Carpintero están parados junto a él. Teemu trata de ocultar lo orgulloso que se siente, pero no lo logra. Araña y Carpintero ni siquiera lo intentan.

Zackell se vuelve hacia Vidar y grita:

—¡Tomen una pausa para hidratarse!

Los demás jugadores dejan de disparar. Vidar se quita el casco, su cabello negro sudoroso está pegado con firmeza a su rostro. Le da la espalda a Zackell y toma su botella de agua. Entonces, ella toma impulso y dispara un cañonazo que golpea al muchacho con fuerza, directo en la espalda. Vidar se estremece y voltea, y entonces Zackell lanza de inmediato otro disparo, que pasa silbando a un metro de la cabeza desprotegida del muchacho.

Teemu grita: «¡NO!» desde la grada, pero Vidar no titubea, ya partió a toda velocidad hacia Zackell. Nadie sobre la pista de hielo tiene tiempo de darse cuenta de lo que está por suceder, de modo que, si Teemu no conociera tan bien a su hermano, es posible que Zackell no hubiera salido de la arena con vida. Vidar se arroja encima de ella intentando darle de puñetazos salvajes con sus manos enguantadas; Teemu arranca desde la grada, patea la puerta del banquillo para poder brincar sobre la valla y meterse a la pista. Sus botas se resbalan sobre el hielo, pero logra agarrar la camiseta de su hermano y usa todas sus fuerzas para derribarlo sobre el hielo y sujetarlo. Araña y Carpintero vienen unos cuantos pasos detrás, se necesita a los tres para impedir que Vidar se levante y mate a Zackell a golpes.

—¡¡¡¿¿¿ESTÁS COMPLETAMENTE LOCA???!!! —le grita Teemu a Zackell, pero la mujer entrenadora no está asustada ni por asomo, está sonriendo de oreja a oreja.

—¿Puedes prometerme que se va a presentar puntualmente a todos los entrenamientos y que va a jugar todos los partidos?

Vidar todavía está luchando con frenesí para liberarse de las manos de sus amigos, que siguen sujetándolo con fuerza. Teemu le lanza una mirada fulminante a Zackell.

—¡Podrías haberlo matado! ¡Él…! ¡TÚ podrías haber muerto! ¡Él podría haberte MATADO!

Zackell asiente con alegría.

—¡Exacto! ¡A Vidar le importa un carajo que yo sea mujer, de todos modos iba a matarme! ¿Verdad? ¡Para él sólo soy una entrenadora de hockey! ¿Me prometes que se presentará puntualmente a todos los entrenamientos?

Teemu la mira con los ojos entrecerrados. Es evidente que esta mujer está loca.

—¿Quieres decir que tiene un lugar en el equipo?

Zackell bufa.

—¿Un lugar en el equipo? ¡Voy a construir el equipo entero alrededor de él! ¡Lo convertiré en un jugador profesional!

Teemu pasa saliva con dificultad y responde de forma seca:

—Okey. Prometo que vendrá puntualmente a los entrenamientos.

Zackell asiente y se va de la pista de inmediato. Aquí ya terminó su labor. Los demás jugadores en la prueba abierta sólo recibirán un mensaje breve diciéndoles que no son lo bastante buenos para entrar a su equipo. Ella es honesta, imparcial y despiadada. Igual que el deporte.

Dentro de la pista, Vidar por fin se calma. Yace boca arriba sobre el hielo, exhausto y sudoroso. Teemu se sienta a su lado. Vidar se vuelve hacia él con escepticismo y masculla:

—¿Qué carajos, Teemu, estás llorando?

—No estoy llorando, maldita sea —gruñe Teemu y aparta el rostro.

—Parece que estás…

—¡DÉJAME EN PAZ! —grita Teemu, y golpea a Vidar en el brazo con tanta fuerza que su hermano menor gime al tiempo que se acurruca sobre el hielo, mientras Teemu se pone de pie y sale caminando de la arena de hockey.

* * *

Elisabeth Zackell entra de un salto con los pies juntos a la oficina de Peter Andersson.

—¿Viste la prueba? —exclama ella.

—Sí —dice Peter.

—¿Puede jugar? —pregunta Zackell.

—¿Puedes controlarlo? —pregunta Peter.

—¡No! ¡Ése es el punto! —dice Zackell con júbilo.

Ella luce feliz. Esto le provoca un dolor de cabeza a Peter.

* * *

Afuera, en el estacionamiento, se encuentra un viejo Saab. Teemu sale de la arena de hockey, enciende un cigarro, camina solo hacia el auto, se sienta del lado del acompañante y cierra la puerta. Cuando está seguro de que nadie lo ve, apoya la frente sobre el tablero y cierra los ojos.

No está llorando.

Déjenlo en paz.

* * *

A la mañana siguiente, Ana se sienta otra vez junto a Vidar en el autobús. Él está jugando *Minecraft*, pues tiene que concentrarse para no ponerse demasiado nervioso y atreverse a preguntarle:

—Voy a jugar en el primer equipo del club de Beartown. ¿Quieres ir a ver?

Ana suena desconfiada.

—No sabía que jugabas hockey. Creí que eras un pandillero, como los demás en la Banda.

Ella dice «la Banda» sin temor. Nadie más en este pueblo hace eso. La réplica de Vidar es tímida, casi dolida:

—¿No te gustan los pandilleros?

Ana resopla.

—No me gustan los jugadores de hockey.

Él se ríe. Maldita sea, cómo lo hace reír. Pero antes de que el autobús se detenga en la escuela, él dice con seriedad.

—La Banda no son pandilleros.

—Entonces, ¿qué son? —pregunta Ana.

—Hermanos. Cada uno de ellos es mi hermano. ¡Ellos dan la cara por mí y yo doy la cara por ellos!

Ella no lo juzga por eso. Porque, ¿quién no querría tener hermanos?

* * *

Mira lleva a Maya a la escuela en su auto. No le pregunta por qué ya no la acompaña su amiga Ana, está demasiado contenta de que Maya la deje llevarla hasta la escuela sin avergonzarse. Hace tan sólo unos seis meses, su hija siempre le exigía que la dejara bajarse a varios cientos de metros de distancia, de manera que pudiera caminar el último tramo sola. Pero, ahora, le permite a Mira llegar hasta donde se detiene el autobús frente a la escuela. Maya se inclina sobre el asiento, la besa en la mejilla y dice:

—¡Gracias! ¡Nos vemos al rato!

Son palabras demasiado insignificantes para poner de cabeza a una mujer adulta, pero significan todo si eres la mamá de alguien. Mira se va sintiéndose en las nubes.

Maya, en cambio, entra caminando sola a la escuela. Va sola por sus libros, se sienta sola en las clases, come su almuerzo sola. Ésta es su elección porque, si no puede confiar en su mejor amiga, entonces, ¿en quién puede confiar?

Ana entra a la misma escuela, no muy lejos detrás de Maya. Tener que ver a tu mejor amiga todos los días y saber que ya no lo es puede hacerte sentir una especie muy particular de frío. Acostumbraban despedirse con un saludo secreto que inventaron cuando eran niñas: puño arriba-puño abajo-palma de la mano-palma de la mano-mariposa-dedo de gancho-pistolas-manos de jazz-minicohete-explosión-trasero contra trasero-adiósperras. Todos estos nombres se le habían ocurrido a Ana. Al final, después de chocar retaguardia contra retaguardia, ella siempre alzaba los brazos en el aire y gritaba: «… y Ana les dice ¡ADIÓS, perras!».

Ahora, Maya entra a la escuela sin siquiera notar que Ana está detrás de ella. Ana se odia a sí misma, quizás todavía más por lo que le hizo a Maya que por lo que le hizo a Benji, así que éste es su último acto de amor. Hacerse invisible.

Maya desaparece por el pasillo. Ana permanece de pie, inmóvil, destrozada. Pero Vidar le extiende la mano.

—¿Estás bien?

Ana lo mira. Hay algo en él que la hace responder con honestidad, así que dice:

—No.

El muchacho se pasa los dedos por su cabello como un maniaco y murmura:

—¿Quieres irte de aquí?

Ana sonríe con tristeza.

—¿Para ir a dónde?

Vidar se encoge de hombros.

—No sé.

Ana ve a su alrededor en el pasillo. Odia este lugar. Se odia a sí misma estando aquí. De modo que pregunta:

—¿Quieres dar un paseo?

—¿Un paseo? —repite Vidar, como si fuera una palabra en un idioma extranjero.

—¿Los sicópatas no salen a caminar, o qué? —pregunta Ana.

Él se ríe. Los dos se marchan de la escuela y caminan lado a lado en el bosque durante horas, y ahí es donde Ana se enamora de él. Por todos sus gestos torpes, bruscos y nerviosos. Él se enamora de ella, porque es invencible y frágil al mismo tiempo, como si estuviera hecha de cascarones de huevo y de acero. Él intenta besarla, porque no puede contenerse, y ella le devuelve el beso.

Si hubieran pasado toda una vida juntos, se habrían convertido en una pareja extraordinaria.

* * *

Tras la conferencia de prensa, el encabezado del periódico local dice así: «Empleos nuevos. ¡Pero la mitad, reservados para trabajadores de Hed!».

El artículo contiene numerosas citas de distintos políticos. La mayoría están conmocionados cuando el reportero les exige una respuesta, así que intentan contestar de manera neutral para evitar provocar a cualquiera de los bandos. El único que se distingue es, desde luego, Richard Theo. Logra hacer que su declaración suene espontánea, a pesar de que la ha preparado de forma minuciosa: «¿Qué opino de la adjudicación de cuotas en la fábrica? A mí no me gusta ninguna clase de cuotas. Yo pienso que los empleos en Beartown deben ser para la gente de Beartown». No son palabras incendiarias, pero viajan con rapidez.

En cuestión de horas, «¡Los empleos en Beartown son para la gente de Beartown!» se repite como un eslogan, no sólo en internet, sino también en el pub y alrededor de las mesas durante la cena. A la mañana siguiente, aparece una nota que alguien dejó sobre el capó del auto del político que posee una casa de veraneo en España.

Para que la nota no saliera volando, el remitente la fijó con un hacha. De no hacer esto, las notas pueden salir volando con demasiada facilidad cuando el viento cambia de dirección.

Inmediatamente después de la conferencia de prensa, Peter empieza a llamar a varios especialistas en construcción. Todos le contestan, todos están disponibles para trabajar, hasta que les cuenta en qué consiste el trabajo que hay que hacer: demoler la grada de pie en la arena. Entonces, de repente algunos alegan que no tienen tiempo después de todo, otros que no están «capacitados para llevar a cabo esa obra». Otros sólo cuelgan el teléfono. Unos cuantos más lo explican en términos inequívocos: «¡Por el amor de Dios, Peter, tenemos familias!». En una de las empresas a las que Peter llama, le responde un carpintero al que le dicen «Carpintero». Cuando Peter explica por qué está llamando, Carpintero se ríe con ganas. Y de manera burlona.

Más tarde, ese mismo día, Mira encuentra una caja para mudanzas afuera de la casa de la familia Andersson. La mayoría de las personas que la hubieran abierto habrían creído que estaba vacía, pero ella sabe que no es así. La inclina despacio hacia un costado y oye el pequeño cilindro de metal rodando en el fondo de la caja. Lo ve brillar bajo la luz reflejada en las ventanas de las recámaras de sus hijos.

Un cartucho de rifle.

37

De lo que somos capaces

La mayoría de nosotros no sabemos de qué cosas terribles somos capaces. ¿Cómo podríamos saberlo antes de que alguien nos provoque lo suficiente? ¿Quién podría imaginarse lo peligrosos que podemos llegar a ser antes de que alguien amenace a nuestra familia?

Mira está de pie, escondida en las sombras. Ha seguido a Teemu desde el supermercado; él lleva una bolsa con víveres en cada mano, una de ellas está llena, más que nada, de cigarrillos. Entra a La Piel del Oso. Cuando sale, se encuentra solo y la calle está desierta. Mira no sabe qué clase de demonios toman posesión de ella para atreverse a marchar al frente en ese momento.

—¡Teemu Rinnius! —gruñe ella, oyéndose más amenazante de lo que se siente por dentro.

Él se vuelve.

—¿Sí?

Mira se le acerca tanto que Teemu puede sentir su aliento. Ella sostiene una caja para mudanzas desarmada. En la planta alta encima de La Piel del Oso se abre apenas una ventana y una mujer vieja se asoma para ver qué pasa afuera, pero Mira está demasiado exaltada para notarlo.

—¿Sabes quién soy? —pregunta Mira.

Teemu asiente, con su rostro a cinco centímetros del de ella.

—Eres la esposa de Peter Andersson.

La cabeza de Mira retrocede, sólo un poquito, pero su voz aumenta de volumen:

—¡Soy la madre de Leo Andersson y Maya Andersson! ¡Y soy abogada! Así que tal vez te tenga miedo, como todos los demás, pero hay una cosa que debes tener muy en claro: ¡si acosas a mi familia una vez más, yo voy a acosar a TU familia!

Mira arroja la caja para mudanzas al suelo, en el espacio que hay entre los dos. Teemu alza una ceja:

—¿Estás amenazándome?

Mira asiente.

—¡Puedes estar seguro de que eso es lo que estoy haciendo, Teemu Rinnius! ¡Y puedes darles mi recado a todos los pobres diablos cobardes de tu pequeña «banda», de que la próxima vez que dejen un cartucho de rifle en la entrada de mi garaje voy a metértelo en la cabeza!

Teemu no le responde, sus ojos no revelan nada en absoluto. Quizás Mira debería haberse sentido satisfecha con esto, pero está más allá del punto en el que eso siquiera es posible. Así que saca algo de su bolso. Frascos de pastillas vacíos. Los sostiene de manera burlona frente a él.

—Ustedes fueron a la casa de mi familia, así que yo fui a la casa de tu familia, Teemu. Éstos estaban en el bote de la basura de tu madre. Son medicamentos controlados. ¿Tú mamá tiene una receta para medicinas como éstas? Porque si no, está rompiendo la ley. Sobre todo, su proveedor está rompiendo la ley. Y ése eres tú, ¿verdad, Teemu? ¿Qué crees que va a pasar cuando yo arremeta en tu contra?

Teemu parpadea con lentitud, en parte fascinado. Pero cuando da un paso hacia Mira, ella retrocede. Pues eso es lo que hacen todos. Las palabras de Teemu son una orden:

—Vete de aquí. Ahora.

Mira baja la cabeza de forma involuntaria. Va a maldecirse muchas veces por haberlo hecho, pero no sabemos de qué somos capaces hasta que alguien nos provoca lo suficiente. Ella se va de la calle, tratando de no echarse a correr cuando se dirige de vuelta a su auto, y casi lo logra.

* * *

Allá en el criadero, Adri está alimentando a sus perros. Hoy no viene ningún auto con el maletero lleno de bebidas alcohólicas. Tampoco hay cazadores que pasen por aquí para tomar café. Ella no sabe si es porque no quieren o porque no se atreven. En estos rumbos, nunca es fácil saber si las personas quieren decir algo y se quedan calladas, o si simplemente se quedan calladas porque no saben qué decir.

Así las cosas, Adri llama por teléfono a su amiga Jeanette, quien todavía está en la escuela revisando exámenes y trabajos escolares. Durante toda su infancia, siempre era Jeanette quien llamaba a Adri para preguntarle si quería jugar, nunca al revés. Pero, ahora, Adri pregunta:

—¿Quieres venir a entrenar?

Jeanette va de inmediato. Levantan pesas y golpean el saco de arena hasta que ya no pueden levantar los brazos. Jeanette no le promete a Adri que todo va a estar bien, pues no sabe si alguna vez lo estará. Pero se queda con ella y entrena por el tiempo que Adri quiere seguir haciéndolo y, cuando el camino permanece desierto, sin señales de autos ni de cazadores, Jeanette no puede evitar pensar que, quizás, es mejor así. Porque puede ver en los ojos de Adri que si alguien llegara a venir aquí y dijera cosas indebidas de su hermano, a esa persona tendrían que llevársela cargando.

* * *

Teemu todavía está parado afuera de La Piel del Oso, la ventana en la planta alta sigue abierta. La voz de Ramona viaja con lentitud:

—Hay rumores de que ustedes le dieron una chaqueta negra a Leo Andersson en la escuela, Teemu. Pero al papá de Leo le dan un cartucho de rifle. ¿Cuál es la lógica detrás de todo esto?

Teemu se oye seguro de sí mismo, pues él tiene un hermano con quien sólo comparte a la misma mamá.

—Quizás es porque sabemos que los hombres no tienen que ser igual de bastardos que sus padres.

Esto es una excusa, Ramona es muy consciente de ello; apaga su cigarro en el alféizar de la ventana.

—Si fuiste tú quien dejó ese cartucho, entonces no sabría realmente qué pensar de ti...

Teemu la interrumpe con un tono que no usa con nadie más, un tono de voz avergonzado y de disculpa:

—No fui yo. Pero no puedo controlar a cada...

Ahora Ramona lo interrumpe a él, y su voz podrá ser cualquier cosa, menos amorosa:

—¡No intentes eso conmigo! Tal vez no puedas controlar todo lo que hacen tus muchachos, pero, con un demonio, ¡sabes muy bien que NINGUNO de ellos haría algo que hubieras prohibido expresamente!

—Yo... —empieza a decir Teemu, pero Ramona no le da la oportunidad de concluir:

—Tú y yo no nos juzgamos el uno al otro, Teemu. Jamás lo hemos hecho. Pero los niños son las únicas personas que no tienen que hacerse responsables de nadie más que de ellos mismos.

Los demás tenemos que hacernos responsables también de las cosas que hacemos que sucedan. Tú eres un líder. La gente te sigue. Así que, sinceramente, si no puedes hacerte responsable de las acciones de tus seguidores, entonces en realidad sólo eres un monstruo.

* * *

Mira jamás les menciona el cartucho de rifle ni a Peter ni a sus hijos ni a nadie más. Pero cuando regresa a su casa, dos de sus vecinos, una señora de edad avanzada y un señor todavía mayor, vestidos con camisetas verdes, están sentados sobre unas viejas sillas plegables en la entrada de su garaje. Su puerta principal está abierta, la luz está encendida en el vestíbulo, y Mira puede ver que el rifle de caza del señor está apoyado contra una pared ahí dentro. El señor es viejo y lento, quizás el rifle ni siquiera está cargado, pero eso no importa. La señora asiente hacia Mira y dice:

—Entra y duerme un poco, Mira. Nosotros sólo pensábamos sentarnos aquí un rato a ver pasar los autos.

El señor abre un termo y mascula:

—Hay rumores de que a algunas compañías de mudanzas les han dado información equivocada y han estado yendo últimamente a domicilios que no eran los correctos. Pero eso no va a pasar de nuevo en esta manzana.

Pequeñas palabras. Un pequeño gesto. Pero eso es todo lo que se necesita para expresar que también vivimos aquí. Y nadie se mete con nosotros.

* * *

Teemu está afuera de la arena, meditabundo. Beartown está a oscuras, la única oficina que todavía tiene la luz encendida es la

de Peter. ¿Qué es lo que uno hace por su club? ¿Por su pueblo?
¿A quién le pertenece? ¿A quién le permites vivir en él? Teemu
termina por llamar a Araña y le pregunta:

—¿Quién dejó la caja para mudanzas afuera de la casa de
Peter?

Araña, sorprendido, se aclara la garganta.

—Normalmente no quieres saber quién hace qué. Por lo regular tú… ¿Qué es lo que siempre dices…? «Yo les haré saber
cuando se hayan pasado de la raya».

Es verdad. Ésa es la forma en la que la Banda protege a Teemu. En un juicio, nadie puede culparlo de lo que no sabe. Pero,
ahora, él dice:

—Se pasaron de la raya. No vuelvan a hacerlo.

La barba de tres días de Araña raspa su teléfono.

—No… no fuimos nosotros. Fueron unos cuantos chicos, los
mocosos de la grada de pie. ¡Carajo, Teemu, tú sabes cómo están sintiéndose todos! Los chicos oyen a sus papás hablar de que
todos los empleos se están yendo para Hed, y luego nos oyen a
nosotros hablar de que Peter va a derribar la grada de pie. ¡Los
chicos sólo estaban tratando de impresionarte! ¡Creyeron que
eso iba a ponerte contento!

Teemu cubre sus ojos con la palma de su mano y deja escapar
un profundo suspiro.

—No seas demasiado duro con ellos. Sólo asegúrate de que
no vuelva a suceder.

Araña se aclara la garganta de nuevo.

—¿Nada más este asunto de la caja o… cualquier cosa en contra de esa familia…?

La voz de Teemu se vuelve más severa:

—No atacamos a la gente del club. Nosotros seguiremos
aquí cuando esos bastardos hayan desaparecido, y en este

momento debemos mantenernos de pie, pero no atacamos a la gente del club.

—Entonces, ¿qué va a pasar con la grada de pie?

Teemu lo admite por primera vez:

—Tuve un encuentro con... un político. Un amigo. Él va a devolvernos nuestra grada. Y nosotros continuaremos en pie mucho tiempo después de que Peter Andersson se haya ido de este pueblo.

* * *

Cuando cae la oscuridad, Benji está sentado en el techo del cobertizo en el criadero. Apaga su cigarro y, finalmente, toma una decisión. Entonces camina solo a través de Beartown. No se esconde entre las sombras, camina en medio de la luz de las farolas en las calles. No ha ido a la escuela, apenas si alguien lo ha visto desde que se enteraron de que él era... tú sabes. Sin embargo, está aquí, ahora, caminando al descubierto.

Quizás esto es algo estúpido. Pero, tarde o temprano, tiene que confrontarlos a todos. Éste es un pueblo demasiado pequeño para tener muchos escondites y, además, ¿a dónde podría irse? ¿Qué haces cuando sólo quieres que todo sea como de costumbre? Pues vas a trabajar. Esperas lo mejor.

Cuando Benji entra a La Piel del Oso, el bar guarda silencio. Un extraño no lo habría notado, sólo habría escuchado los mismos susurros y discusiones y vasos tintineantes de siempre. Pero cada célula del cuerpo de Benji puede oír que el oxígeno se desvanece de la habitación como si alguien lo hubiera succionado. Permanece de pie, sin moverse. El solo hecho de haber venido aquí puede parecer una locura, pero Benji nunca fue de la clase de niños que se acuestan en sus camas y tienen miedo de los monstruos y de los fantasmas. Él prefería abrir todas las puertas,

voltear todos los colchones, decirles que vinieran de una vez por
él si de todos modos se lo iban a llevar.

Eso era mejor que sólo esperar.

Un grupo de hombres que están en una mesa al fondo de La Piel
del Oso se ponen de pie. Primero uno, luego todos. Chaquetas
negras. Nadie se termina su cerveza, dejan sus vasos medio llenos para mandar un mensaje. Todos los demás se apartan cuando
ellos caminan hacia la puerta, pero ninguno de estos hombres
toca a Benji. Ni siquiera lo miran. Sólo pasan junto a él, salen del
bar y se marchan, con pasos airados. En un lapso de dos minutos,
una docena más, jóvenes y viejos, algunos con chaquetas negras
y otros sin ellas, algunos con chalecos de caza y otros con camisas
blancas, han hecho lo mismo.

* * *

Los sentimientos son complicados. Las acciones son simples.

Vidar es una de las personas que están sentadas en la mesa al
fondo del bar. Cuando era más joven, le preguntó a Araña por
qué odiaba tanto a los maricas. Araña le respondió, sin asomo de
duda: «¡Porque es algo repugnante! Los hombres son hombres
y las mujeres son mujeres, ¡pero eso es sólo un jodido sexo intermedio que alguien inventó! ¿Sabías que hay investigaciones
acerca de ellos? Les falta algo en sus cerebros, alguna sustancia,
¿y sabes quiénes tampoco tienen esa sustancia? Los pedófilos y la
gente que tiene sexo con animales y otras mierdas parecidas. ¡Es
una enfermedad, Vidar, no son como nosotros!».

Vidar no creyó en eso entonces. No cree en eso ahora. Pero
cuando Araña y Teemu y los demás se ponen de pie y salen, Vidar

hace lo mismo. Porque aprendió, desde que era un niño, que los soldados se mantienen unidos. No tiene que odiar a Benji, sólo tiene que querer a sus hermanos. Esto es algo complicado y a la vez no es complicado en absoluto.

* * *

Mucho tiempo después de la hora de cerrar, Ramona y Benji todavía están sentados en la barra. Sólo ellos dos.

—Esto es… La gente tiene mucha mierda en la cabeza… Tal vez ni siquiera se trataba de ti… —dice Ramona con vacilación, pero ella sabe que el muchacho sabe que está mintiendo.

—Dejaron sus cervezas. No quieren tomar con gente como yo —susurra Benji.

Sus palabras son como ramitas secas, se quiebran con la más mínima presión. Ramona suspira.

—Son muchas cosas las que están pasando a la vez, Benjamin. Una mujer entrenadora, esos malditos políticos, los patrocinadores que interfieren con la forma en la que se maneja el club… la gente se pone nerviosa. Todo está cambiando. No te odian a TI… es que… la gente sólo necesita un poco de tiempo para poder digerirlo todo.

—Me odian a mí —corrige Benji.

Ramona se rasca debajo del mentón con su vaso de whiskey.

—Teemu y los muchachos te veían como uno de ellos, Benjamin. Eso es lo que está haciendo que la situación sea peor. Algunos de ellos tal vez creían… no sé… creían que cosas como éstas sólo pasaban en la televisión. Que hombres así… bueno, nada más vivían en las grandes ciudades y… tú sabes… se vestían de cierta forma. Han pasado todas sus vidas dando por hecho que eso era algo que podías identificar en una persona a primera vista. Pero tú eras… como ellos. Bebieron contigo, pelearon juntos, gritaron tu nombre en las gradas de la arena. Tú eras un símbolo, demostraste que uno de ellos podía liderar a este equipo, a este pueblo… cuando sentían que todos los demás bastardos querían complicarles la vida todo el tiempo. Tú eras el dedo medio levantado que le enseñaban a todo el mundo. Tú eras el rufián que demostró que no tenían que adaptarse, que aun así podían ganar, que aquí afuera, en el bosque, podemos enfrentarnos a todos los que quieran agredirnos.

—No quiero… No le he pedido a nadie que le dé importancia a esto… Yo sólo quiero que todo sea como siempre ha sido.

Ramona agarra la cabeza de Benji con fuerza, usando ambas manos. Hasta que se siente como si sus orejas fueran a desprenderse. Entonces, ella dice con un rugido:

—No tienes nada de que disculparte, muchacho. ¿Me oíste? ¡NADA! No estoy defendiendo a NINGUNO de los hombres que salieron por la puerta esta noche. Sólo digo que… el mundo gira rápido. No seas tan duro con nosotros a la hora de juzgarnos cuando… bueno, sólo pido que no nos juzgues con demasiada severidad. Todo está cambiando con tanta velocidad que algunos de nosotros no siempre podemos mantener ese ritmo. Estamos aquí sentados y oímos acerca de «adjudicación de cuotas» para toda clase de cosas, y es fácil preguntarse cuándo nos tocará a nosotros. ¿Cuándo es nuestro turno? No defiendo a nadie, muchacho, sólo digo que algunas personas de por aquí sienten que los están atacando por todos lados. Que todos les dicen que su forma de vida está mal. Nadie quiere que lo obliguen a cambiar.

—No estoy obligando a nadie a que haga nada, maldita sea… ¡Sólo quiero que todo vuelva a la normalidad!

Ramona suelta al muchacho. Suspira. Sirve más whiskey.

—Lo sé, muchacho. Las cosas son como son. Sólo tenemos que encontrar una nueva normalidad. Ahora, hay dos tipos de gente: unos necesitan más tiempo y otros necesitan más sentido común. Para el segundo grupo no hay esperanza, pero quizás debemos esperar para ver cuántos hay en el primer grupo, antes de que comencemos a machacársela hasta que se les grabe en la cabeza.

Benji evita la mirada de Ramona.

—¿Tú también estás decepcionada de mí?

Ramona empieza a reír a carcajadas y termina tosiendo humo.

—¿Yo? ¿Porque quieres acostarte con varones? Mi querido chicuelo, siempre he sentido mucho aprecio por ti. Yo te deseo que tengas una vida feliz. Sólo puedo lamentar que quieras acostarte con varones porque, hay una cosa que puedo decirte aquí y ahora: es imposible ser feliz con los hombres. ¡No son otra cosa más que un maldito montón de problemas!

38

El partido

Se va a celebrar un partido de hockey. El Club de Hockey sobre Hielo de Beartown contra el Club de Hockey sobre Hielo de Hed. El resto del país apenas si es consciente de que se va a llevar a cabo, a nadie le importa excepto aquí. Y aquí, a todos les importa.

Algunas personas no pueden entender las cosas a menos que las hayan experimentado por sí mismas. Una mayoría aplastante de la población de la Tierra vivirá toda su vida creyendo que un partido de hockey sólo es un partido de hockey. Que sólo es un jueguito tonto. Que no significa nada.

Todos ellos son afortunados. No tienen que pasar por todo esto.

* * *

¿Qué harías por tu familia? ¿Qué no harías?

Jabalí jamás ha tenido tarjetas de presentación, pero si las tuviera, habría cuatro cosas escritas en ellas: «Jugador de hockey. Mecánico de autos. Padre de tres hijos. Esposo de Ann-Katrin». Ella todavía canta en su cabeza, todavía baila sobre sus pies, jamás le permitirá que deje de hacerlo. Termina su jornada de trabajo en el taller, igual que en un día normal, aunque las cosas nunca volverán a ser normales. Cuando entra en la casa, Bobo, su hijo mayor, está lavando los trastes. Fue Bobo quien acudió a la funeraria y organizó el funeral y la cremación. Entonces se encargó de todo lo demás. La cena está sobre la mesa, sus hermanos menores ya están comiendo, Bobo ya limpió y lavó ropa. Todo lo que su mamá acostumbraba hacer. Jabalí pasa saliva con dificultad cuando se sienta a la mesa, para que sus hijos más pequeños no lo vean resquebrajarse. Entonces le dice a Bobo:

—Deberías irte a jugar en el partido.

Bobo susurra:

—Me necesitan aquí… todavía queda ropa por lavar y…

—¡Harry Potter! —exclama en voz alta su hermanito, aunque su hermana lo manda callar.

—Sí, voy a leerles *Harry Potter* esta noche. Como siempre lo hago —les promete Bobo, pestañeando al tiempo que mira hacia abajo, al fregadero.

Jabalí mastica, también pestañeando mientras tiene la vista fija en su plato.

—Esta comida está sabrosa. Muy rica.

—Gracias —susurra Bobo.

No dicen una palabra más, sino hasta que los niños ya se fueron a lavarse los dientes. Entonces, Jabalí se pone de pie, lava su plato y abraza a Bobo mientras le susurra una orden en el oído:

—Yo puedo leerles ese condenado Barry Totter esta noche. Tengo que aprender a hacerlo. ¿Oyes lo que te estoy diciendo?

Bobo asiente en silencio. Jabalí lo toma de las mejillas y dice:

—Tú y yo vamos a superar esto, porque de lo contrario mamá nunca nos perdonaría. Así que vete ya a jugar tu partido; mamá estará observándote desde donde quiera que esté. ¡Ni siquiera los ángeles o Dios o quien sea podrían impedirle ver el primer partido de su hijo mayor en el primer equipo de Beartown!

———

Bobo empaca su maleta. Cuando sale por la puerta, Jabalí cree que sus otros hijos van a rogarle y a suplicarle que también los deje ir al partido. Pero no lo hacen. En su lugar, se paran sobre la escalera, con sus bastones de hockey y una pelota de tenis, y le preguntan:

—¿Quieres jugar, papá?

Entonces, Jabalí ve a su hijo mayor marcharse rumbo a su primer partido con el primer equipo, y después juega al hockey con sus otros dos hijos en el garaje. Los tres luchan y sudan y persiguen esa pelota durante horas. Como si eso fuera lo único que importara. Porque, en estos instantes, lo es. Y ése es el punto.

* * *

¿Qué harías por tu familia?

En su casa, Peter Andersson va de habitación en habitación antes de irse. Mira está sentada en la cocina, con su computadora y una copa de vino.

—¿Quieres ir al partido? —pregunta él sin esperanzas.

—Tengo que trabajar —responde ella, como era de esperar.

Se miran a los ojos. Al menos hacen eso. Él continúa recorriendo su casa, y toca a la puerta del cuarto de Maya:

—¿Te gustaría…? Yo… Ya me voy al partido —susurra él.

—Tengo que estudiar, papá. ¡Buena suerte! —exclama ella desde el otro lado de la puerta.

Tanto la hija como la mamá dicen estas cosas para hacerle más fáciles las cosas a Peter. Le están dando la oportunidad de que se imagine que todo está bien. También toca a la puerta de la habitación de Leo, pero el chico no está en casa. Ya se fue a Hed. Está planeando ver el partido en la grada de pie.

Peter sabe que debería detenerlo. Castigar a su hijo. Pero ¿cómo lo haces cuando siempre le has insistido una y otra vez que te acompañe a los partidos de hockey?

* * *

Ana está de pie frente al espejo, intentando escoger qué ropa ponerse. No tiene idea de cómo debería lucir. Ha ido a mil partidos de hockey, pero nunca a uno en el que haya jugado Vidar. Es una fantasía tonta, pero quiere que él voltee hacia las gradas y su mirada se pose en ella. Y se dé cuenta de que ella está ahí por él.

Su papá va tropezándose por toda la cocina, en la planta baja. Vuelca algo y, luego, vuelca otra cosa más. Ella puede oírlo decir palabrotas. Esto le duele a Ana en lo más profundo de su ser, todo el alcohol que él ingiere. Se viste a toda prisa, sin haber escogido las prendas tan cuidadosamente como lo había planeado, pues quiere alcanzar a salir de su casa antes de que su papá se ponga tan borracho que necesite ayuda. No quiere dejar que la versión mala de su padre le robe el partido. No el día de hoy.

Cuando Ana llega hasta la puerta principal, él la llama a voces. Lo primero que se le ocurre es fingir que no lo oyó, pero hay algo en su voz que la hace detenerse de golpe. Es demasiado clara, demasiado firme; esto no es muy común. Ella voltea; su papá está recién bañado, peinado y vestido con una camisa limpia. Detrás de él, la cocina está aseada y ordenada. Hay botellas en el cubo de reciclaje, él vació su contenido en el fregadero.

—Que te diviertas en el partido. ¿Necesitas dinero? —pregunta él con cautela.

Ella se queda viendo a su papá bueno por un largo rato. El papá malo pareciera estar muy lejos en este instante.

—¿Cómo te sientes? —susurra ella.

—Quiero intentarlo de nuevo —responde él, también con un susurro.

Ya ha prometido esto antes. Eso no le impide a Ana creer en él. Ella vacila sólo por un instante, y entonces dice:

—¿Quieres ir a caminar?

—¿No vas a ir al partido?

—Preferiría pasear contigo, papá.

De modo que eso es lo que hacen. Mientras dos pueblos enteros se dirigen a un partido de hockey, un papá y su hija salen a pasear en ese bosque que siempre ha sido de los dos. Él, ella y los árboles. Una familia.

* * *

Bobo atraviesa Beartown en su bicicleta cargando una mochila de piedra invisible. Llega tarde al punto de reunión, pero a nadie le importa, y Zackell apenas si parece haberse dado cuenta de que él se presentó. Amat se sienta junto a Bobo en el autobús del equipo, que tiene por destino Hed, pero no sabe qué decir. Así que ambos guardan silencio.

El estacionamiento frente a la arena de hockey de Hed está hasta el tope de gente, ya hay largas filas a pesar de que todavía falta mucho para que empiece el partido. La arena va a estar llena, ambos pueblos están en ebullición, el odio ha tenido mucho tiempo para crecer. Esto va a ser una guerra. El autobús está en silencio. Todos los jugadores luchan contra sus demonios personales.

Es hasta que todos los miembros del primero equipo se han bajado del autobús y han entrado a la arena, han caminado por el pasillo, han cerrado la puerta detrás de ellos y se han instalado en los vestidores, que uno de los jugadores mayores se pone de pie. Entonces, camina con un rollo de cinta en la mano hasta donde está Bobo.

—¿Cómo se llamaba tu mamá? —pregunta el jugador mayor.

Bobo alza la mirada, sorprendido. Pasa saliva con mucho esfuerzo.

—¿Mi mamá? Ann… Ann-Katrin. Se llama… Se llamaba… Ann-Katrin.

—¿Con «K» o con «C»? —dice el jugador mayor.

—Con «K» —susurra Bobo.

El jugador mayor escribe «Ann-Katrin» en un pedazo de cinta. Lo pega en la manga de la camiseta de Bobo. Entonces repite el proceso y coloca el nuevo pedazo de cinta en su propia manga. El rollo de cinta le da la vuelta en silencio a todo el vestidor. El nombre de la mamá de Bobo está en el brazo de cada jugador.

* * *

Amat sale a la pista de hielo. Como lo ha hecho mil veces durante toda su infancia y adolescencia, empieza a patinar dando vueltas y vueltas y vueltas para calentar. Normalmente no oye nada, se ha vuelto bueno para eso, sin importar cuánta gente haya en las gradas. Todo se convierte en ruido de fondo, y él se desvanece al entrar en una zona de concentración que hace que cualquiera que esté del otro lado de las vallas sea irrelevante. Pero el día de hoy es diferente. Algo se abre paso a través de los murmullos y los gritos: su nombre. Unas cuantas personas, en algún lugar, lo están coreando. Cada vez con mayor intensidad. Una y otra vez. Hasta que Amat alza la mirada. Entonces, los vítores se hacen más fuertes.

En lo más alto de una esquina se encuentra un grupo de idiotas brincando sobre sus asientos. No están ahí para dar ánimos a uno de los equipos, están ahí para apoyar a un solo jugador. Porque él es de la Hondonada. Ellos cantan la verdad más sencilla, más hermosa y más importante que hay para él:

«¡AMAT! ¡UNO DE NOSOTROS! ¡AMAT! ¡UNO DE NO-
SOTROS! ¡AAAMAT! ¡UNO DE NOSOTROS!».

* * *

Fátima llega sola a la arena de hockey en Hed, pero tiene dos
boletos en la mano. Ve el partido con un asiento vacío junto al de
ella, el asiento de Ann-Katrin. Cuando Amat entra a la pista de
hielo se pone de pie y grita de júbilo y, cuando entra Bobo, grita
de júbilo con el doble de fuerza. Ella hará esto en cada partido en
el que jueguen Bobo o sus hermanos menores. A donde quiera
que vayan en la vida, siempre habrá una mujer chiflada en las
gradas que gritará por dos con todas sus fuerzas.

* * *

¿Por qué amamos los deportes de equipo? ¿Por qué deseamos
tanto ser parte de un grupo? Para algunas personas, la respuesta
es muy sencilla, un equipo es una familia. Para cualquiera que
necesite otra, o cualquiera que nunca haya tenido una.

Vidar Rinnius amaba jugar hockey cuando era niño, como todos
los demás chicos. Pero, a diferencia de todos los demás chicos,
amaba las gradas todavía más. Siempre se había prometido a sí
mismo que, si algún día se veía obligado a elegir, jamás escogería
la pista por encima de la grada de pie. Le dijo esto a Teemu cuando
era pequeño, y Teemu sonrió y le contestó: «Éste es nuestro club,
recuérdalo muy bien. Cuando todos los jugadores hayan cambiado de equipo, cuando los directores deportivos y los entrenadores
se hayan ido a clubes que les paguen más, cuando los patrocinadores nos fallen y los políticos se hayan vendido, nosotros seguiremos aquí. Y cantaremos todavía más fuerte. Porque, de todas
maneras, nunca fue su club. Siempre ha sido nuestro».

Hoy Vidar se sentó en el autobús del equipo, su equipamiento está en los vestidores, pero él no se encuentra ahí. Se pone una chaqueta negra y sube a la grada de pie, se planta junto a su hermano y grita: «¡SOMOS LOS OSOS! ¡SOMOS LOS OSOS! ¡SOMOS LOS OSOS, LOS OSOS DE BEARTOWN!».

Teemu voltea a verlo. Tal vez querría decirle a su hermanito que regrese a los vestidores, que en la pista de hielo lo espera una vida mejor. Pero la Banda es su familia y el club les pertenece. Así que le da un beso a su hermano en la cabeza. Carpintero y Araña abrazan a Vidar con los puños cerrados. Y entonces cantan, más alto, con más tenacidad:

«¡Somos los osos! ¡Somos los osos!».

* * *

Amor y odio. Alegría y tristeza. Ira y perdón. El deporte conlleva la promesa de que esta noche podemos tener todo eso. Sólo el deporte puede hacerlo.

En uno de los extremos de la arena, en la grada de pie de los aficionados de Hed, el volumen sube hasta que nada puede penetrar la muralla de ruido. Su canto tiene una buena dosis de alegría por el mal ajeno. Si en un futuro, dentro de varios años, le preguntas a la mayoría de la gente en la grada, desde luego se limitarán a toser sintiéndose un poquito abochornados y murmurarán: «Así son las cosas en el hockey… No era con la intención de hacerle daño a nadie… solamente es algo que cantas al calor de la batalla… ¡Tú sabes cómo es esto! ¡Sólo es un juego de hockey!». Claro que sólo es eso. Nosotros apoyamos a nuestro equipo, ustedes apoyan al suyo, y aprovechamos la más mínima debilidad que les encontremos. Si podemos dar un golpe bajo lo hacemos, lo que sea que pueda lastimarlos a ustedes, desequilibrarlos. Porque nosotros sólo queremos lo mismo que ustedes: ganar. Así que los aficionados en las gradas de Hed cantan las cosas más simples, malignas y detestables que se les puedan ocurrir.

El mejor jugador del Club de Hockey de Beartown era Kevin Erdahl. Él violó a Maya Andersson, la hija del director deportivo del club. El mejor amigo de Kevin, Benjamin Ovich, es homosexual. ¿Qué esperábamos? ¿Que no corearan nada acerca de todo esto? ¿Esa gente que nos odia?

Sus voces no suman miles, están muy lejos de llegar a eso, pero, en una arena de hockey pequeña con un techo no muy alto, el silencio de muchos puede hacer que el canto de unos cuantos suene como si todos estuvieran gritando las mismas palabras. Los aficionados de rojo se vuelven hacia la grada de Beartown, hacia la Banda, y rugen: «¡Maricones! ¡Putas! ¡Violadores!».

Es fácil decir que simplemente deberías ignorarlo. No dejar que te afecte. Es un juego de hockey y nada más. Sólo son palabras. No significan nada. Pero cántalas las veces suficientes, grítalas lo bastante fuerte, repítelas, repítelas, repítelas. Hasta que devoren la piel de tu oponente y lleguen a lo más profundo de su ser. Cien brazos rojos apuntando al otro extremo de la pista, directo hacia los aficionados de verde. Sus palabras retumban contra el techo y hacen eco en las paredes. Otra vez. Otra vez.

«¡Maricones! ¡Putas! ¡Violadores! ¡Maricones! ¡Putas! ¡Violadores!».

MARICONES

PUTAS

VIOLADORES

39

Violencia

Allá en las gradas con asientos de la arena, Peter Andersson no puede evitar oír los cantos. Trata de ignorarlos, pero es imposible. Se inclina hacia la fila de adelante, le da unos golpecitos a Sune en el hombro y pregunta:

—¿Dónde está Benji?

—No se ha presentado —responde Sune.

Peter se reclina en el respaldo de su asiento. El rugido de los aficionados de Hed se eleva hasta el techo, las palabras rebotan allá arriba y el eco se lanza de regreso hacia abajo y le cae encima como si fuera aceite hirviendo. Querría ponerse de pie y gritar él también, gritar lo que sea. Sólo es un maldito partido de hockey, y ¿qué valor tiene ese partido ahora? ¿Qué ha sacrificado Peter por esto? ¿Por qué cosas ha hecho pasar a su familia? ¿A su hija? ¿Cuántas malas decisiones ha tomado un hombre cuando su esposa se queda en casa y su hijo preferiría estar con unos pandilleros antes que con su padre? Si el Club de Hockey de Beartown no gana este partido después de todo lo que Peter ha hecho, entonces ¿cuánto vale él? Ha vendido sus ideales, ha puesto en riesgo todo lo que ama. Si el club pierde ahora contra Hed, todo está perdido. No hay otra forma de verlo.

«¡Maricones! ¡Putas! ¡Violadores!».

Peter observa en silencio a los que gritan en la grada de pie de Hed y les desea lo peor, a todos y cada uno de ellos. Si Beartown toma la delantera esta noche y tienen la oportunidad de aplastar a esa gente y destruir cada pizca de su deseo de levantarse de la cama el día de mañana, Peter tiene la ferviente esperanza de que su club no quite el pie de sus cuellos. Ni siquiera por un segundo. Quiere verlos sufrir.

* * *

En algún punto, casi todas las personas toman una decisión. Algunos ni siquiera lo notamos cuando sucede, la mayoría no puede planearlo de antemano, pero siempre hay un instante en el que tomamos un camino en lugar de otro, lo cual tiene consecuencias para el resto de nuestras vidas. Esto determina en qué individuos nos convertiremos, tanto a los ojos de los demás como a los nuestros. Tal vez Zackell tenía razón cuando dijo que cualquiera que sienta el peso de la responsabilidad no es libre. Porque la responsabilidad es una carga. La libertad es un placer.

Benji está sentado en el techo de uno de los cobertizos del criadero, sigue con la mirada el camino de los copos de nieve hacia el suelo. Sabe que el partido está por comenzar, pero él no está ahí. No puede explicar por qué, nunca ha sido capaz de justificar o racionalizar sus acciones. A veces hace cosas estúpidas por instinto, a veces no las hace por la misma razón. A veces se preocupa muy poco por las cosas, a veces demasiado.

Sus tres hermanas, Adri, Katia y Gaby están sentadas a su lado, arriba en el techo. Abajo en el suelo está sentada su mamá, en una silla cuyas patas fueron enterradas de manera no muy firme en la nieve. Ella haría, y ha hecho, casi cualquier cosa por sus hijos, pero subir por una escalera para sentarse en el techo helado de un cobertizo y terminar con las asentaderas empapadas es algo que está en algún lugar más allá de su límite.

La familia Ovich siempre ha amado el hockey, aun cuando sus integrantes no han amado las mismas cosas acerca de él. Adri amaba tanto jugarlo como verlo en partidos, Katia amaba jugarlo pero no verlo, Gaby jamás jugó y sólo lo ve cuando juega Benji. Su mamá pregunta todo el tiempo con irritación: «¿Por qué tienen que ser tres periodos? ¿No basta con dos? ¿Esas personas nunca cenan o qué?». Sin embargo, si le das una fecha y un partido de hace diez años, puede decirte si su hijo anotó o no. Si luchó con ganas. Si se sintió orgullosa o enfadada. A menudo fueron ambas cosas.

Las hermanas se retuercen incómodas al lado de su hermano menor. Está haciendo frío, y no sólo por la temperatura congelante.

—Si no quieres que vayamos al partido, entonces no iremos —dice Gaby en voz baja.

—Si de verdad, de verdad, de verdad no quieres que lo hagamos… —aclara Katia.

Benji no sabe qué decir. Más que nada, después de todo lo que ha sucedido, se detesta a sí mismo por haber puesto a su familia en esta situación. No quiere ser una carga para ellas, no quiere que tengan que luchar por él. Alguna vez, la mamá de otro muchacho le dijo: «Puede que no seas un ángel, Benjamin. Pero por Dios, nunca te ha hecho falta un ejemplo masculino que seguir. Todas tus mejores cualidades provienen del hecho de que fuiste criado en una casa llena de mujeres». Benji siempre sostendrá que estaba equivocada, porque hizo que sonara como si su mamá y sus hermanas fueran mujeres totalmente ordinarias. No lo son, no para él. Sus hermanas hicieron todo lo que pudieron para reemplazar a su papá: le enseñaron a su hermanito a cazar, a beber y a pelear. Pero también le enseñaron a nunca confundir ser amable con ser débil, o el amor con la vergüenza. Por ellas se odia a sí mismo ahora. Porque de no ser por él, ni siquiera estarían considerando no ir a Hed.

Al final, es Adri quien mira su reloj y dice:

—Te amo, hermanito. Pero voy a ir al partido.

—¡Yo también voy! —exclama su mamá desde allá abajo, en la nieve.

Porque ella y Adri tienen la edad suficiente para acordarse de cómo era la vida antes de Beartown. Los demás hijos eran demasiado pequeños, pero Adri recuerda de qué huyó su familia y qué encontraron aquí. Un lugar seguro para construir un hogar. Éste es su pueblo. Benji le da unas suaves palmaditas a Adri en la mano y susurra:

—Lo sé.

Adri lo besa en la mejilla y le susurra que lo ama en dos idiomas diferentes. Cuando baja por la escalera, Katia y Gaby titubean, pero terminan por seguirla. Van al partido por la misma razón por la que podrían haberse quedado en casa: por su hermano y por su pueblo. Desearían que Benji jugara, pero saben que nada de lo que digan lo hará cambiar de parecer. Después de todo, es un miembro de esta familia, y se dice que hay mulas que describen a otras mulas afirmando: «¡eres terca como un Ovich!».

Benji permanece sentado en el techo hasta que su mamá y sus hermanas se han ido en el auto. Fuma completamente a solas. Entonces baja del techo, va por su bicicleta y se marcha a través del bosque. Pero no se dirige a la arena de hockey de Hed.

* * *

Cuando los niños empiezan a jugar hockey, les dicen que todo lo que tienen que hacer es tratar de dar lo mejor de sí. Que con eso basta. Todos saben que es mentira. Todos saben que este juego no se trata de divertirse; no se mide en términos de esfuerzo, sólo de resultados.

Los jugadores del Club de Hockey sobre Hielo de Beartown entran a la pista con el nombre de una madre en sus brazos, y, a pesar de que para ellos es un juego de visitante, una gran parte de las gradas está llena de camisetas verdes con las palabras «BEARTOWN CONTRA EL MUNDO». Algunos hombres con chaquetas negras despliegan una pancarta sobre una de las gradas de pie, muy parecida a la grada que van a demoler en su propia arena, y las palabras en la pancarta van dirigidas tanto a Peter Andersson como a los aficionados de Hed: «¡Vengan por nosotros si creen que son tan rudos!».

El partido da inicio abajo en la pista. El volumen es insoportable, la gente empieza a quedarse sorda por unos instantes y los jugadores del Club de Hockey de Beartown hacen todo lo que pueden. Luchan por sus vidas. Dan todo lo que tienen. Absoluta, total y definitivamente su mejor esfuerzo. Pero Vidar está en las gradas, y nadie sabe dónde está Benji. El guardameta y el capitán. Quizás Beartown merecería ganar, quizás habría sido justo que tuvieran un final de cuento de hadas, pero el hockey no se mide en esos términos. El hockey sólo cuenta los goles.

Hed anota uno. Luego otro. Luego otro y otro más.

Los cánticos desde la grada roja son ensordecedores. Aun así, Peter no los oye. El repiqueteo que escucha en sus oídos es el sonido de su corazón que está rompiéndose en mil pedazos.

*   *   *

En el campamento, el maestro ya empacó sus cosas. Sus maletas están dentro de su auto. Sin embargo, todavía sigue sentado a la mesa que está en la cocina de la pequeña cabaña, mirando hacia afuera por la ventana mientras espera, con la ilusión de que alguien con ojos tristes y corazón salvaje se aparezca de entre los árboles. Cuando por fin ve a Benji, ha aguardado tanto tiempo que al principio cree que se lo está imaginando. Su corazón da un vuelco cuando oye el sonido de la puerta que se abre y se da cuenta de que sus ojos están posados en los labios de Benji. Es entonces cuando el maestro se pone de pie e intenta ordenar todas las palabras que lleva por dentro.

—Traté… traté de escribirte algo —dice a manera de disculpa, con un torpe gesto hacia una pluma y una hoja de papel en blanco sobre la mesa.

Benji no dice nada. Hace frío adentro de la cabaña, pero el maestro está vestido con una fina camisa blanca de lino. La tela cae libremente por sus caderas, arrugada con la misma despreocupación de un cabello alborotado un domingo por la mañana. El maestro huele a piel tibia y a café recién preparado. Benji abre la boca, pero nada sale de ella. Mira a su alrededor en la cabaña, todas las prendas han desaparecido, todas las pertenencias personales han sido removidas. Tal vez el maestro interpreta esta mirada como una acusación, y por eso murmura con vergüenza:

—No soy tan valiente como tú, Benjamin. Yo no soy de esas personas que se quedan a pelear.

En la puerta principal todavía puede verse la marca profunda que dejó el cuchillo enterrado en la madera. Benji extiende la mano, toca la piel del maestro una última vez. Susurra:

—Lo sé.

El maestro sostiene la mano de Benji contra su mejilla, por unos instantes muy breves, cierra los ojos y dice:

—Llámame si alguna vez quisieras… si alguna vez quisieras vivir en otro lugar. Tal vez las cosas entre nosotros podrían haber sido diferentes… en algún otro lugar.

Benji asiente. Tal vez podrían haberlo sido, en algún otro lugar. Tal vez podrían haber sido algo más.

Cuando el maestro se sube a su auto, se descubre a sí mismo pensando en la cita de un filósofo: «El hombre es la única criatura que se niega a ser lo que es». Trata de recordar quién la escribió. ¿Quizás fue Albert Camus? Ocupa su mente con esto mientras maneja a través de Beartown, se aleja por el camino y sale del bosque, porque si se concentra lo suficiente en esas palabras, todos los demás sentimientos no pueden abrumarlo e impedirle ver la ruta delante de él.

A una gran distancia detrás del auto, Benjamin Ovich se sube a su bicicleta y parte en otra dirección. Quizás algún día será libre. Pero no hoy.

* * *

Justo cuando el Club de Hockey de Hed anota el 4-0, al final del segundo periodo, cuatro muchachos se mueven con sigilo por las gradas. Dos por cada uno de los lados largos de la pista. Sólo son chicos de secundaria, por eso recibieron esta misión, porque nadie sospecharía de ellos. Ni siquiera tienen puestas camisetas rojas, para no llamar la atención. Cargan bolsas de basura metidas de contrabando para este propósito el día de ayer, ya caída la noche, durante un entrenamiento del equipo juvenil. Los muchachos van a arrojar el contenido de las bolsas al enemigo. Cuando sea el momento apropiado, cuando las almas de los aficionados de Beartown estén a punto de quebrarse, para empujarlos al precipicio.

Muchas personas en la grada de pie roja dirán que esto sólo es parte del juego, sólo es algo simbólico, sólo es un partido de hockey. Tal vez incluso «sólo una broma». Simplemente es el tipo de cosas que haces para dañar a tus oponentes y sacarlos de sus casillas. Conquistarlos. Destruirlos. Aniquilarlos.

Los muchachos han logrado avanzar de manera furtiva por los costados de la pista, acercándose demasiado a la grada de pie de Beartown, hasta que alguien por fin los descubre. Pero ya es muy tarde para entonces. Los muchachos sacan dildos y otros juguetes sexuales de las bolsas, uno tras otro, cientos de ellos. Una lluvia de vibradores cae sobre los hombres con chaquetas negras, golpeando sus cuerpos encorvados como si fueran misiles. Y, desde la grada roja al otro lado de la pista, los cánticos retumban de nuevo, más llenos de odio, más amenazantes:

¡MARICONES! ¡PUTAS! ¡VIOLADORES! ¡MARICONES! ¡PUTAS! ¡VIOLADORES! ¡MARICONES! ¡PUTAS! ¡VIOLADORES!

* * *

Podemos decir lo que queramos de Teemu Rinnius, porque él dice de nosotros lo que se le antoja. En su experiencia, las discusiones acerca de la violencia convierten a casi todas las personas en unos hipócritas. Si le preguntas, te dirá que la mayoría de los hombres y las mujeres no son personas violentas, y que cree que se debe a que su «moralidad» se los impide. Teemu tiene una palabra para ellos: «Mentirosos». ¿De verdad no serían violentos si pudieran? ¿Cuando otros conductores los fastidian en el tráfico? ¿Cuando la gente los fastidia en el trabajo? ¿Cuando la gente fastidia a sus esposas en el pub, a sus hijos en la escuela o a sus padres en el hogar de ancianos? ¿Cuántos miles de veces sueña el ciudadano promedio dueño de una casa adosada y de un labrador con ser una de esas personas a quien nadie se atreve a molestar? Teemu está convencido de que la ausencia de violencia en el interior de la gente ordinaria no tiene nada que ver con la moralidad; si pudieran hacerle daño a alguien, lo harían. La única razón por la que no son violentos es porque la violencia no es una opción para ellos.

No pueden pelear, no conocen a nadie con la fuerza o la superioridad numérica o la influencia. Si lo hicieran, se bajarían de su auto y arremeterían en contra del imbécil que está tocando su bocina, le darían una paliza al papá que insultó a su familia en la reunión de padres, empujarían contra la pared a ese camarero petulante y lo obligarían a que se comiera la cuenta. Teemu está seguro de ello.

Cuando Vidar y él eran pequeños, los hermanos aprendieron a odiar una frase más que todas las demás palabras. Los llamaban de muchas formas: «¡Bastardos pobretones!». «¡Ladrones!». Pero «hijos de puta» era lo que más les afectaba. Y eso se les notaba, de modo que los niños en la escuela usaban esa expresión más que las otras. Teemu y Vidar tienen la misma madre, pero son hijos de padres distintos, y cuando uno de los hermanos es rubio y el otro tiene cabello negro, eso es una invitación abierta en cada patio de escuela. Terminaban peleando hasta que todos cerraran la boca, pero algunas palabras nunca dejan de hacer eco en tu interior. Hijos de puta. Hijos de puta. Hijos de puta. Puta. Puta. Puta.

Ahora, Teemu y Vidar están parados en una grada, junto a Araña y Carpintero. Araña, a quien le propinaron una paliza con toallas mojadas en una ducha y lo llamaron «maricón» cuando era pequeño. Carpintero, quien, cuando era adolescente, iba a subirse a un avión para pelear con cualquiera que se topara en el país donde habían violado a su prima, si no hubiera sido porque Teemu se lo llevó a rastras de vuelta a su casa.

No son ningunos santos, no tienen un corazón de oro, la mayoría de las peores cosas que se dicen de ellos son verdad. Pero, cuando Carpintero fue a ver a Teemu en la primavera para decirle que la Banda debía ponerse en contra de Kevin Erdahl, el mejor jugador que su amado club había visto jamás, Teemu estuvo de acuerdo con él porque sabía cómo le decían a Maya Andersson en la escuela.

Y, ahora, los aficionados de rojo al otro lado de la pista corean a todo pulmón: «¡MARICONES! ¡PUTAS! ¡VIOLADORES!».

Los aficionados de Hed no saben nada de todo esto. Sólo están intentado gritar las peores ofensas que se les puedan ocurrir, cualquier cosa que crean que va a lastimar, que sacará de quicio a todos los que tengan un oso en el pecho. Y su estrategia tiene éxito. Cuando la lluvia de dildos cae encima de los hombres con chaquetas negras, ocho de ellos empiezan a descender por las gradas de inmediato. Se quitan sus chaquetas, y ocho hombres vestidos con camisas blancas se ponen esas chaquetas y ocupan sus lugares. Los guardias de seguridad nunca se fijan en Teemu, Vidar, Araña, Carpintero y cuatro hombres más cuando desaparecen por un pasillo, atraviesan una puerta y bajan al sótano.

La violencia no es una opción para la mayoría de las personas. Pero la Banda no es como la mayoría de las personas.

* * *

Leo Andersson tiene doce años, y jamás olvidará cuando oyó que Teemu Rinnius se volvió hacia Araña y le dijo: «Reúne a los muchachos. Sólo los del círculo interno». Y cómo Teemu dio una señal casi invisible con una leve inclinación de cabeza y cómo otros siete hombres partieron de inmediato detrás de él. El núcleo duro, la unidad central dentro de la Banda, los más peligrosos de todos ellos.

Leo vio a varios hombres ponerse las chaquetas negras que

los otros ocho se habían quitado y bloquear la vista de los guardias mientras el círculo interno dejaba la grada y corría hacia una puerta en un pasillo a oscuras, junto al almacén del conserje. Debajo de la arena de hockey de Hed hay un sótano, la mayoría de la gente ni siquiera sabe que existe, pero, hace un par de semanas, hubo un problema con las luces del techo, por lo que el club de Hed trajo a un grupo de electricistas a la arena. Uno de ellos tuvo que bajar al sótano porque dijo que ahí había un cortacircuito, lo que al conserje no le pareció sospechoso en ningún momento. El electricista tuvo cuidado de no enseñar su tatuaje de un oso.

Leo Andersson no olvidará jamás cuánto deseó haber podido ir con ellos a ese sótano. Algunos chicos sueñan con convertirse en jugadores profesionales de hockey, ven los partidos de pie en las gradas y desean poder estar sobre la pista de hielo. Pero unos cuantos muchachos tienen otros sueños. Otros ídolos.

* * *

Caminan a través del pasillo en el sótano de la arena. Ocho en total. Los más duros de entre todos ellos. Nada debería poder detenerlos, pero, aun así, alguien lo hace. Está parado solo en medio de su camino. No tiene amigos que lo acompañen, no tiene un arma, y metió el mango de una escoba a través de las asas de las puertas que están detrás de él, para que nadie pueda abrirlas desde el otro lado. Benji se ha encerrado en un pasillo con los ocho hombres, por su propia voluntad.

Él no quería venir aquí. Es sólo que preferiría no estar en ningún otro lugar.

Benji fue en su bicicleta desde el campamento hasta la arena de hockey de Hed atravesando la nieve con el viento en sus ojos.

Cuando entró de manera sigilosa al edificio, el partido había llegado a los minutos finales del segundo periodo, todos tenían los ojos puestos en el hielo. Benji volteó hacia arriba para revisar el marcador. 4-0 a favor de Hed. Oyó los cantos, vio el mar rojo de odio en un lado de la arena y las chaquetas negras en el otro. Vio la lluvia de dildos. Mientras todos los demás observaban la escena en estado de shock, Benji se limitó a mirar a su alrededor buscando un camino para bajar a través de las gradas. En cuanto Teemu y Vidar y los otros seis se quitaron sus chaquetas, Benji ya sabía a dónde iban.

Él ha estado antes en ese sótano. Ha jugado cientos de partidos de visitante y torneos en la arena de hockey de Hed desde que era niño, y nadie es mejor que Benji para encontrar rincones solitarios en las arenas de hockey donde uno puede fumar un poco de hierba en paz.

Por eso él sabe que se puede usar el sótano para recorrer todo el trayecto que va desde una grada de pie hasta la otra. Aparecerse en medio de donde está el enemigo. Como una bomba.

Teemu se detiene a medio camino a través del sótano. Los hombres a su alrededor también. Carpintero y Araña están parados delante de los demás y a un lado de Teemu, y su hermano Vidar está al otro lado. Teemu observa fijamente al muchacho de dieciocho años que está bloqueando el estrecho pasillo y le da una sola oportunidad:

—Quítate del camino, Benji.

Benji mueve despacio la cabeza de un lado a otro. Está vestido con unos tenis rotos, pantalones de chándal grises y una camiseta blanca. Casi se ve diminuto.

—No.

La voz de Teemu es implacable:

—No voy a decírtelo dos veces…

La voz de Benji tiembla, ellos nunca habían oído que lo hiciera.

—Es a mí a quien ustedes quieren moler a golpes. A nadie más. Así que empiecen. Aquí estoy. Algunos de ustedes van a pasar sobre mí, eso lo sé. Pero algunos de ustedes no lo harán.

El silencio que sigue tiene garras afiladas. La voz de Teemu suena apagada por unos instantes, pero luego dice entre dientes:

—Te tratamos como a uno de los nuestros, Benji. Eres un maldito... mentiroso...

Benji responde con los ojos llenos de humedad:

—¡Soy un maldito PUTO! ¡Di las cosas como son! ¿Quieres agredir a alguien? ¡Aquí me tienes! Si ustedes suben a las gradas de Hed, el árbitro va a dar por terminado el partido antes de tiempo y entonces Hed va a ganar. ¿No te das cuenta de que eso es lo que ellos quieren? Si quieres darle una buena paliza a un maricón, ¡AQUÍ estoy! ¡Golpéame A MÍ!

Los nudillos de Teemu están blancos cuando responde:

—Quítate del camino. No me obligues a...

La voz de Benji se quiebra:

—¿A qué? ¡Si quieres pelear, pelea! Ustedes son ocho, ¡así que estamos bastante parejos! Pero si suben a las gradas de Hed, el partido se terminó, aunque nosotros podemos ganarles a esos bastardos. ¿Entiendes lo que te digo? ¡YO PUEDO GANARLES!

Benji no está mirando fijamente a Teemu en este momento. Está mirando a Vidar. Ambos jugaron juntos hace unos cuantos años, pero Kevin era el mejor amigo de Benji en ese entonces y Vidar nunca le agradó a Kevin, pues no se podía confiar en él. Kevin exigía un guardameta que obedeciera órdenes, y Vidar nunca lo hacía; y aunque Benji quizás se parecía más a Vidar que cualquier otro jugador en el equipo, Benji siempre le era leal a Kevin ante todo y hasta la muerte. A su vez, Vidar siempre fue leal, ante todo, a su hermano y a la Banda. Nunca platicaron de esto, nunca se hicieron amigos, pero, quizás, se respetaban el uno al otro. Así que, ahora, Benji dice:

—¿Me oyes, Vidar? Si tú y yo jugamos en el tercer periodo podemos vencer a esos cabrones. Si quieres, sube y pelea en las gradas, ¡pero podemos GANARLES a esos bastardos si salimos a jugar! Rómpeme los dientes a golpes si eso te hace sentir mejor, puedo jugar sin dientes, joder. Pero yo quiero… realmente quiero… ¡yo sólo quiero ganar! Váyanse al carajo… váyanse al carajo todos ustedes, mañana me voy del pueblo si eso es lo que quieren. Me salgo del club de inmediato si ustedes…

La voz de Benji se apaga. Pero los demás hombres no responden. Ni siquiera se mueven. Así que Benji se golpea con los puños cerrados en el pecho y grita con desesperación:

—¡Estoy parado justo aquí! Las puertas están bloqueadas, de modo que, si quieren hacerme algo, ¡háganlo YA para que yo pueda salir a jugar! ¡Porque yo puedo vencer a esos bastardos!

La gente habla de silencios en los que podrías oír un alfiler caer al suelo. En este pasillo, y en este momento, uno podría oír una brizna de paja caer en una bola de algodón. Esta historia casi nunca volverá a ser contada por nadie, ni en Beartown ni en Hed. Pero los hombres que estuvieron aquí sabrán por siempre que ellos eran ocho y Benji estaba solo, y que fue él quien bloqueó las puertas.

Transcurre un minuto. O quizás diez. Sólo Dios sabe.

—Está bien —dice Teemu con lentitud.

Pero no se lo dice a Benji. Se lo dice a su hermano.

—¿Está bien? —susurra Vidar.

Teemu contesta con un rugido:

—¿Qué haces ahí parado? El último periodo ya va a empezar, ¡corre a cambiarte, imbécil!

El rostro de Vidar se parte en una sonrisa. Le lanza una última mirada a Benji y asiente, y Benji le devuelve el gesto. Entonces Vidar se va por el pasillo, hacia los vestidores de Beartown. Unos cuantos segundos después, dos miembros de la Banda dan media vuelta y se van caminando despacio detrás de él. Y luego otros dos.

Sólo quedan Carpintero y Araña de pie junto a Teemu. Benji no se mueve. Teemu aspira profundamente y con furia por la nariz y susurra:

—Joder… Fuimos a beber juntos. Peleaste a mi lado…

Benji no intenta limpiarse las lágrimas.

—Vete al diablo, Teemu.

Y, entonces, el líder de la Banda inclina la cabeza. Sólo por un breve instante.

—Eres un bastardo muy duro, Benji, nadie puede negarlo. Pero no vamos a dejar que este pueblo se convierta en… tú sabes… banderas de arcoíris por todos lados y demás mierdas por el estilo…

—Yo nunca pedí nada de eso —solloza Benji.

Teemu mete las manos en los bolsillos. Asiente. Eso basta para hacer que Araña y Carpintero también den la vuelta y se marchen. Benji no sabe si todavía lo odian, pero al menos lo dejan a solas con Teemu.

Las manos de Teemu están cerradas en un puño. Las de Benji también.

* * *

Sólo es un partido de hockey. Una arena repleta de gente, dos vestidores llenos de jugadores, dos equipos enfrentándose entre sí. Dos hombres en un sótano. ¿Por qué nos importa esa clase de cosas?

———

Quizás porque esto aclara todas nuestras preguntas más difíciles: ¿Qué nos hace gritar de felicidad a viva voz? ¿Qué nos hace llorar? ¿Cuáles son nuestros recuerdos más felices, nuestros peores días, nuestras más profundas decepciones? ¿Al lado de quiénes estuvimos? ¿Qué es una familia? ¿Qué es un equipo?

¿Cuántas veces en la vida somos felices por completo?

¿Cuántas oportunidades tenemos de amar de manera totalmente incondicional algo que casi no sirve de nada?

* * *

El pasillo está desierto, pero, aun así, los dos hombres sienten como si estuvieran parados con las espaldas contra la pared. Teemu todavía tiembla de ira y Benji tan sólo tiembla, por mil razones diferentes. Teemu tiene la vista clavada en el piso, respira con pesadez y dice:

—Los periódicos escriben sobre ti. Hay reporteros que le hablan por teléfono a la gente del pueblo y le hace preguntas acerca de ti. Malditos cabrones de los medios con sus jodidas ideas políticas, tú sabes qué es lo que quieren, ¿verdad? Quieren hacer que alguno de nosotros diga algo estúpido para poder mostrar que sólo somos unos palurdos idiotas y prejuiciosos. Para poder irse de regreso a la gran ciudad y subirse a su pedestal y sentirse moralmente superiores…

Las mejillas de Benji sangran por dentro donde se las mordió. Dice con un susurro:

—Lo siento…

Los nudillos de Teemu se tornan rojos de nuevo, con lentitud, cuando la sangre vuelve a fluir en ellos. Él responde:

—Éste es nuestro club.

—Lo sé —le contesta Benji.

Los puños de Teemu se abren despacio. Se masajea las mejillas con las palmas de las manos.

—Dices que puedes ganarles a esos bastardos… pero en este momento vamos perdiendo 4-0. Así que… si ustedes ganan este partido, te invito una cerveza después del juego.

El rostro de Benji está húmedo, pero sus ojos arden cuando responde:

—Creí que no tomabas con gente como yo.

El suspiro que emerge de los pulmones de Teemu llena todo el lugar, rebota contra las puertas cerradas, hace eco en el techo bajo del pasillo.

—Carajo, Benji. ¿Ahora tengo que tomar con TODOS los malditos maricas? ¿No puedo empezar con uno?

40

Siempre es justo. Siempre es injusto

No es fácil hablar frente a otras personas. Los mejores entrenadores de hockey no necesariamente tienen talento para ello. Hablar en público es una cualidad extrovertida, pero la capacidad de comprender las tácticas y la voluntad de someterse a toda una vida de noches mirando videograbaciones de partidos viejos quizás requieren una personalidad introvertida. Desde luego, es posible compensarlo mostrando tus sentimientos. Pero si ni siquiera eres bueno para esto de los sentimientos, entonces ¿qué rayos puedes decir?

Justo antes de que empiece el tercer periodo, Peter se pone de pie. No puede quedarse sentado en las gradas, no sabe a dónde va o por qué, pero se dirige al único lugar que de verdad entiende: los vestidores. Como es natural, se obliga a detenerse en el pasillo; él es el director deportivo, no le corresponde irrumpir en ese espacio para ver a los jugadores. Ése es el trabajo de la entrenadora. Está seguro de que Zackell se encuentra ahí dentro justo ahora, en medio de un discurso apasionado que le está recitando al equipo acerca de cómo pueden darle la vuelta a la situación. De que ellos tienen la capacidad para hacerlo, de que tienen que decirse a sí mismos que todavía están 0-0, ¡de que sólo necesitan anotar rápido un gol para meterse en la pelea de nuevo!

Sin embargo, cuando Peter dobla la esquina ve a Zackell de pie junto a la puerta que da al estacionamiento. Está fumando un cigarro, a solas. Todo el equipo está sentado en los vestidores, a la espera.

—¿Qué crees que estás haciendo? —bufa Peter.

—¿Qué? ¡No puedo fumar adentro! —dice Zackell, poniéndose a la defensiva.

—¡Van perdiendo 4-0! ¿No vas a decirle nada al equipo? —le exige Peter.

—¿Crees que ellos no saben que van perdiendo 4-0? —pregunta Zackell.

—Con mil demo… Tienes que… Ellos necesitan… ¡Tú eres una entrenadora! ¡Ve adentro y di algo inspirador! —ordena Peter.

Zackell termina su cigarro. Se encoge de hombros. Murmura resignada:

—Bueno. Está bien. Okey.

Justo cuando Zackell llega a los vestidores, un joven viene corriendo hacia ella desde la dirección opuesta. Vidar Rinnius.

—¿Puedo jugar? —dice jadeante.

Zackell se encoge de hombros.

—Claro, ¿por qué no? Las cosas difícilmente podrían ponerse peor.

Más o menos un minuto después de que Vidar entra brincando de contento a los vestidores para ponerse su equipamiento de guardameta, otro joven más llega por el pasillo. No corre, camina con tranquilidad, se detiene frente a Zackell. Pregunta con cortesía, de la forma en que lo haces si tienes hermanas:

—¿Necesitas otro jugador?

Zackell frunce el ceño.

—¿Planeas tener sexo con alguien en los vestidores?

Benji intenta descifrar si está bromeando o no. Es imposible saberlo.

—No —responde él.

—Okey —dice ella.

Cualquier entrenador normal habría tachado a Benji de la alineación cuando no se presentó para jugar en el primer periodo. Pero Zackell no es normal. Juzgó que, si bien Benji no estuvo ahí, seguía siendo mejor que los demás. Algunas personas lo entenderían, la mayoría no. Ella se hace a un lado, él entra a los vestidores. El lugar ya se encontraba en silencio antes de que él llegara, y ahora está todavía más callado.

Sus compañeros de equipo están sentados ahí, dos docenas de miradas clavadas en el piso y, por primera vez, Benji no sabe qué hacer ahí dentro. Dónde debería sentarse, cómo debería empezar a desvestirse, no porque él esté incómodo sino porque le preocupa que alguien más se sienta así. Ahora, él es diferente.

Se quita los tenis, pero no va más allá. Entra corriendo al sanitario y cierra la puerta de golpe detrás de él, pero, aun así, todos pueden oírlo vomitar en el lavabo. Le lloran los ojos, y se agarra al borde del lavabo con tanta fuerza que el soporte en la pared empieza a crujir. Si hubiera habido una manera de huir justo en ese instante, quizás la habría aprovechado, pero sólo hay un camino para salir de ahí. Entonces, ¿quién quiere ser? Todo el mundo tiene momentos en los que esto se decide. Cuando hacemos una elección.

Benji se limpia el rostro, abre la puerta y regresa a los vestidores. Esto es el gesto más pequeño posible, y todos sus compañeros de equipo siguen en silencio cuando emerge del sanitario, pero, cuando vuelve a su lugar, sus tenis están llenos de espuma de afeitar. No sólo sus tenis. El calzado de todos los jugadores. Cada par debajo de cada banca. Porque los hombres a su alrededor quieren que Benji sepa que no es distinto de los demás. No aquí dentro.

Benji se sienta en la banca. Se quita su camiseta de manera titubeante. De repente, una voz se alza por encima del silencio, proveniente desde una dirección inesperada, enfrente de Benji.

—¿Cómo sabes si eres sexy? —pregunta Amat.

Benji está sentado con el torso desnudo y la cabeza ladeada.

—¿Qué?

Amat está rojo de la cara. Todos lo miran fijamente, jamás se había sentido más apenado, pero sigue adelante:

—O sea… lo que quiero decir es… ¿Cómo puedes saber qué es lo que a las chicas les parece sexy de los chicos? ¿O qué es lo que a los chicos les parece sexy de… los chicos?

Las cejas de Benji se hunden.

—¿Qué demonios estás preguntando en realidad, Amat?

Amat se aclara la garganta.

—Tú te has duchado conmigo, así que deberías ser un experto. ¿Yo soy sexy?

Antes de que Benji tenga tiempo de contestar, Amat sonríe de manera socarrona:

—No estoy preguntando por mí. Estoy preguntando por mi mejor amigo.

Junto a él, Bobo se estremece como si alguien le hubiera dado un electroshock. Es un pequeño gesto que un joven hace por otro, pero puedes afrontar muchas cosas en la vida si tienes un mejor amigo. Todavía más si alguien te permite ser su mejor amigo. Así que Bobo tose y logra decir:

—Sí, o sea… Benji… Me preguntaba cómo… tú sabes. ¿Cómo puedes saber si eres… atractivo?

Benji mira a Bobo, luego a Amat, y luego a Bobo otra vez. Entonces mueve la cabeza de un lado a otro.

—¡Nunca en mi vida he volteado a ver a NINGUNO de ustedes dos en la ducha!

El vestidor estalla en carcajadas por todos lados, pero uno de los jugadores mayores permanece serio y pregunta con brusquedad:

—Y ¿qué hay de los demás, eh? ¿Vas a decirnos que no has volteado a ver ni a uno solo de nosotros en la ducha?

Benji frunce el ceño.

—Carajo, preferiría mirar a las chicas que mirarlos a ustedes.

Los hombros del jugador mayor se hunden levemente.

—Mmm… De hecho, me siento un poco ofendido por lo que acabas de decir.

—Y uno aquí intentando mantenerse en forma, caray —masculla otro, decepcionado.

Bobo y Amat sonríen de oreja a oreja. Las cosas son casi como de costumbre. Pero el semblante de Benji es más solemne, y apunta al brazo de Bobo.

—Yo también quisiera uno de esos. Si te parece bien.

Bobo escribe «Ann-Katrin» en un pedazo de cinta y lo pega alrededor del brazo de Benji. Las letras no se leen con claridad, pues la mano de Bobo estaba temblando.

* * *

Elisabeth Zackell está afuera de los vestidores con Peter. Ella gruñe descontenta, pero Peter gesticula con firmeza para darle a entender que tiene que decirle algo al equipo. Así que Zackell suelta un suspiro, entra caminando y silba con fuerza para que los hombres guarden silencio.

—Okey… Me han informado que se espera de los entrenadores que den un discurso inspirador en situaciones como ésta. Así que… bueno… ustedes van perdiendo 4-0.

Los hombres se la quedan viendo, y ella les devuelve la mirada. Entonces prosigue:

—Sólo estoy verificando que lo sepan. ¡CUATRO a cero! Pero más que eso, no sólo van perdiendo, además han jugado pésimo. ¡Así que sólo un montón de completos idiotas creería que ustedes tienen alguna posibilidad de ganar este partido!

Los hombres mantienen la boca cerrada. Zackell se aclara la garganta. Entonces, añade:

—En fin. Sólo quería decir que me he dedicado al hockey toda mi vida. Y nunca me había encontrado con un montón de idiotas más grande que ustedes.

Y luego los deja solos. Peter está parado en el pasillo y la mira alejarse hacia la pista. Jamás había escuchado un mejor discurso pronunciado en unos vestidores.

* * *

Dentro de los vestidores, todos permanecen sentados. Benji voltea a ver el reloj en la pared, ya deberían estar allá afuera sobre el hielo, pero nadie se mueve. Al final, Amat le da una patada a Benji en un patín y le dice:

—Están esperando.

—¿Qué cosa? —pregunta Benji.

—A ti.

Benji se pone de pie. Los demás hacen lo mismo.

Entonces, los jugadores del equipo de hockey sobre hielo de Beartown siguen a su capitán a través de la puerta, y Benjamin Ovich no entra caminando a la pista. La toma por asalto.

* * *

Las tres hermanas Ovich llegan a la arena de hockey de Hed con su mamá. Entran caminando con el lenguaje corporal de mujeres que han visto cosas mucho peores en lugares todavía más fríos. No tienen miedo.

Pero la arena está llena, cada asiento está ocupado, todos saben quiénes son, aunque la mayoría finge no saberlo. La gente susurra, apunta hacia ellas, pero nadie las mira a los ojos. Quizás algunos sienten vergüenza, mientras que otros tan sólo no saben qué decir. Tal vez a muchos les gustaría hacerlo, pero es difícil ser el primero en ponerse de pie.

Y, entonces, cinco personas lo hacen.

Los tíos. Tienen puestas las camisetas verdes que dicen «BEAR-TOWN CONTRA EL MUNDO» y, mientras van subiendo por las escaleras, se fastidian unos a otros burlándose de lo jodidamente viejos que se han vuelto. Uno de ellos toma a la mamá de Benjamin Ovich del brazo y la guía al asiento que él estaba ocupando. Los demás tíos les dejan sus lugares a las hermanas. Cuando Adri pasa junto a uno de ellos, el viejo le aprieta la mano con gentileza y le susurra:

—Dile a tu hermano que la gente que grita más fuerte tal vez sea la que más se oye. Pero no son la mayoría. Nosotros somos muchos más.

Las esposas de los cinco tíos están sentadas en los lugares de al lado. Una de ellas tiene una nevera portátil junto a sus pies. Es obvio que uno no puede traer cosas como ésas a un partido de hockey, pero, cuando el guardia de seguridad en la entrada de la arena le preguntó que llevaba dentro de la nevera, ella le contestó con absoluta seriedad: «Mi gato». Cuando el guardia empezó a protestar, una de las tías se inclinó hacia él y le susurró: «Está muerto, pero no le vayas a decir nada, pobrecita». El guardia abrió la boca, pero, entonces, la tercera tía lo agarró del brazo y le preguntó: «¿Tienen tomates frescos? Pero no quiero de esos tomates belgas que normalmente les surten, ¡quiero tomates de verdad! ¡Y tengo un cupón de descuento!». La cuarta tía exclamó muy alegre: «¡Cuánta gente hay aquí! ¿Qué película van a proyectar esta noche? ¿Una con Sean Connery?». Y antes de que la quinta siquiera tenga tiempo de empezar su rutina ensayada en la que dice «Va a nevar esta noche, ¡puedo sentirlo en mis rodillas!», el guardia ya suspiró, se rindió y las dejó entrar, con todo y la nevera. Ahora, las tías sacan varias cervezas y las comparten con la mamá y las hermanas de Benji; entonces, nueve mujeres de tres generaciones distintas brindan entre sí y beben las cervezas. Cinco tíos están de pie en los escalones de al lado, como una guardia de honor.

* * *

Un café no es gran cosa. No realmente.

Todo el mundo recordará los cantos de la grada de pie de Hed: «¡Maricones! ¡Putas! ¡Violadores!». Muchos creerán que la grada entera coreaba esto porque eso parecía, a la distancia es difícil diferenciar a las personas. Por ello la totalidad de los que están en la grada de pie serán objeto de críticas, aunque de ninguna manera todos cantaban, porque vamos a querer chivos expiatorios, y para quien desee ponerse a sermonear será muy fácil decir que «la cultura no es sólo lo que fomentamos, sino también lo que permitimos».

Sin embargo, cuando todo el mundo está gritando puede ser difícil alcanzar a oír a los que se oponen y, una vez que una avalancha de odio empieza a rodar, es complicado saber quién es responsable de detenerla.

Así las cosas, cuando una muchacha vestida con una camiseta roja que tiene la imagen de un toro en el pecho deja su lugar en la grada de pie, pasa junto a los guardias y se planta en la escalera junto a una sección de las gradas con asientos, nadie se da cuenta al principio. Pero la mujer ama el Club de Hockey de Hed tanto como la gente que está gritando, ha sido aficionada del equipo toda su vida, y esa grada de pie también le pertenece. Pararse en la zona de las gradas con asientos, entre los aficionados compradores de *hot dogs* de quienes siempre habla pestes, es su protesta silenciosa.

Un hombre con camiseta verde, sentado a poca distancia, avista a la mujer y se pone de pie. Sube caminando rumbo a la cafetería, compra dos cafés servidos en vasos desechables, baja de regreso y le da uno a la mujer. Están de pie uno al lado del otro, una roja y un verde, y beben en silencio. Un café no es gran cosa. Pero, a veces, en realidad sí lo es.

Tras unos cuantos minutos, más camisetas rojas han salido de la grada de pie. En poco tiempo, las escaleras del área de las gradas con asientos están llenas. El canto de «¡Maricones! ¡Putas! ¡Violadores!» aún hace eco con fuerza, pero, ahora, la gente que lo corea ha quedado expuesta. De modo que todos pueden ver que no son tantos como creíamos. Nunca lo son.

* * *

Hay un jugador en el Club de Hockey de Hed que se llama Filip. Es el más joven del equipo, pero va en camino de convertirse en el mejor. Esta historia no se trata de él; de hecho, su participación es tan breve que fácilmente podríamos haber olvidado mencionarlo en absoluto.

Sin embargo, justo antes del inicio del tercer periodo, sale de la pista. William Lyt y algunos de los demás jugadores le dicen a gritos que se quede, pero Filip camina a través del túnel de los jugadores, sube por la escalera que va hacia las tribunas y avanza todo el trayecto hasta la grada de pie. Todavía tiene puestos sus patines y agarra su bastón con la mano. Marcha directo hasta donde está el aficionado de Hed más grande, más fuerte y más tatuado que puede encontrar, lo interrumpe en medio de «¡MARICO…!», lo agarra de su camiseta y dice:

—Si gritan eso una vez más, no voy a seguir jugando.

Filip sólo tiene diecisiete años, pero todos los que saben algo acerca de hockey pueden ver lo bueno que va a llegar a ser. El aficionado de Hed se lo queda viendo con una mirada salvaje en los ojos, pero Filip no da marcha atrás. Apunta con el dedo hacia los aficionados de rojo que están parados en las escaleras de las gradas con asientos y dice:

—Si gritas eso una vez más, voy a plantarme ahí con ellos por el resto del partido.

Se va de regreso a la pista, dejando un silencio pesado detrás de él. Filip no es ingenuo, el mundo no ha cambiado, sabe que van a entonar las mismas palabras en otros partidos. Pero no el día de hoy. Cuando llega al banquillo, alguien ruge a viva voz:

«¡Hed! ¡Hed! ¡Hed!».

«¡A GANAR! ¡A GANAR! ¡A GANAR!», responde con un grito el resto de las gradas.

Esto es lo único que corean durante el resto del partido. Al final, la grada de pie está llena de nuevo, cantando con la fuerza suficiente para volar el techo de la arena.

* * *

El hockey es algo sencillo. Es, al mismo tiempo, el deporte más justo y más injusto del mundo.

Beartown anota un gol. Y luego otro. Cuando reducen la desventaja a 4-3 y sólo van perdiendo por un gol cuando restan veinte segundos en el reloj para que se acabe el partido, todos saben ya lo que va a suceder. Pueden sentirlo en el ambiente. Esto sólo puede terminar de una manera. Como en los cuentos de hadas.

Benji recibe el disco, se mete a toda velocidad en la zona de Hed, finta un disparo, pero le pasa el disco a Amat. Todos los jugadores de Hed creen que el propio Benji va a tirar, sólo uno de los hombres de rojo sabe que él no es así de egoísta.

William Lyt conoce a Benji.

Amat arremete de forma directa contra la portería de Hed, sus muñecas se sienten ágiles y su equilibrio es perfecto cuando hace el disparo. Parece muy sencillo, debería haberse convertido en un héroe, ése habría sido el final perfecto. Pero William ya vio venir la situación. Se tira al hielo de la pista cuan largo es, el disco choca contra su casco, luego contra el poste de la portería, antes de rebotar hacia las vallas. Filip recupera el disco y lo empuja fuera de su zona defensiva. El disco se desliza burlonamente más allá de los bastones extendidos de los jugadores de Beartown y, entonces, todo ha terminado.

El silbatazo final resuena sin piedad alguna. Los aficionados de rojo explotan en un rugido de alegría y William Lyt termina enterrado debajo de una pila de compañeros felices. Los jugadores de verde se desploman al mismo tiempo con desesperanza, y en las tribunas hay personas sentadas, con osos en sus camisetas, que se quedaron atónitas sin entender lo que pasó.

Hed gana. Beartown pierde.

El hockey es algo sencillo. Siempre es justo. Siempre es injusto.

41

Si no retroceden

El vestidor del Club de Hockey de Beartown está en silencio. Sólo hay dos formas en las que los equipos perdedores se cambian de ropa: de inmediato o para nada. O les lleva cinco minutos irse de la arena, o les lleva varias horas. Esta vez, nadie puede reunir la energía suficiente para siquiera irse arrastrando a la ducha.

Peter Andersson entra a la habitación. Los mira y sabe de forma exacta cómo se sienten. Desea con desesperación haber tenido algo inspirador que decirles, de manera que termina murmurando:

—Bueno, muchachos... fue un partido muy duro. Pero perdieron, y yo quisiera que ustedes...

Uno de los jugadores mayores resopla por la nariz y lo interrumpe:

—Con todo respeto, Peter, no intentes decirnos que sólo debemos «olvidar esto» o cualquier otro cliché desgastado. Si no tienes nada útil que decir, sería mejor que hicieras lo que siempre haces: ¡mantener la boca cerrada e ir a esconderte en tu oficina!

Esto es un desafío abierto. Ellos no lo respetan. Peter permanece de pie en la puerta con las manos en los bolsillos. En su vida, la gran mayoría de las veces ha hecho lo que le dijeron. Había ido a esconderse en su oficina. Se había convencido a sí mismo de que él es el director deportivo, no el entrenador, y no es su trabajo ser respetado por los jugadores. Pero el día de hoy no es como todos esos otros días, por lo que cierra los puños dentro de los bolsillos y exclama:

—¿Olvidar esto? ¿OLVIDARLO? ¿Crees que quiero que OLVIDEN esto? ¡Lo que quiero es que lo RECUERDEN!

Con eso consigue la sorprendida atención de todos. Por lo general, ni siquiera acostumbra levantar la voz, pero, ahora, apunta con el dedo a cada uno de los jugadores, empezando por el mayor y siguiendo por orden de edad hasta llegar a Benji, Bobo, Vidar y Amat, y dice con un rugido:

—El día de hoy, ustedes son unos perdedores. El día de hoy, CASI lo logran. Recuerden con exactitud cómo se siente eso. ¡Para que ustedes y yo nunca más tengamos que volver a sentirnos así! ¡NUNCA!

Quizás podría haber dicho algo más, pero, justo en ese momento, el sonido de un golpeteo monótono se está propagando a través de las paredes de la arena, y todos en el vestidor alzan la mirada. Al principio se oye como un tambor, luego como si alguien estuviera pateando una puerta; en poco tiempo, crece hasta convertirse en un estruendo, y sólo Peter sabe de dónde proviene. Ha oído esto antes, pero eso fue hace veinte años, durante una temporada mágica cuando un pueblo entero vivía y moría con las victorias y las derrotas de un equipo de hockey. En ese entonces, Peter oyó ese sonido en todas las arenas.

—Salgan y vuelvan a la pista —le dice al equipo.

Ellos obedecen. Peter no los acompaña, sabe que no es bienvenido.

Los jugadores del Club de Hockey de Beartown regresan a la pista de hielo. Ahora, casi todas las gradas están vacías y han apagado las luces del techo. Sin embargo, un grupo de hombres con chaquetas negras todavía sigue en uno de los extremos de la pista, negándose a quedarse callados. Saltan de arriba abajo, sus pies retumban en la madera. Ni siquiera suman cien, pero cantan como si fueran diez mil: «¡No retrocedemos si no retroceden! ¡No retrocedemos si no retroceden! ¡No retrocedemos si no retroceden!» corean a viva voz, una y otra vez.

Para hacerles saber a todos que ellos todavía están aquí. Para recordarles lo que significa el club. Que es un privilegio, no un derecho.

Al final, todo el primer equipo de Beartown está sobre la pista y se une a los cantos. «¡NO RETROCEDEMOS SI NO RETROCEDEN! ¡NO RETROCEDEMOS SI NO RETROCEDEN!». El resto de la arena está desierto y a oscuras; de todos modos, nadie más habría sido bienvenido. Esto es entre el equipo y sus aficionados más cercanos: una familia.

Peter permanece solo en los vestidores, con las manos en los bolsillos. Entonces se va de la arena de hockey y camina todo el trayecto hasta su casa en Beartown a través del bosque, aspirando profundamente el invierno que ya viene en camino y sintiéndose más que nunca como un perdedor. Todo se le está yendo de las manos: sus hijos, su matrimonio, su club.

¿Ha valido la pena? ¿Cómo se supone que podemos saberlo de antemano?

* * *

Los entrenadores de Beartown y de Hed se encuentran en el cuarto de los árbitros después del partido. Platican como lo hacen los entrenadores, con cortesía, pero no de manera amistosa.

—Buen partido —dice David, vestido de rojo.

—Ustedes ganaron. Así que sólo ustedes jugaron un buen partido —responde Zackell, vestida de verde.

David sonríe. Están cortados con la misma tijera, él y ella.

—¿Cómo les está yendo a tus muchachos? —dice él.

—¿A mis muchachos o a uno de ellos en particular? —responde ella con otra pregunta.

David intenta encontrar algo que hacer con sus manos.

—Benjamin. Me preguntaba cómo le está yendo a Benjamin.

—Nos enfrentaremos a ustedes de nuevo en diciembre. Para entonces jugará el partido completo —contesta ella.

David sonríe de forma abierta. Ésa no es una respuesta a su pregunta, pero es la manera que Zackell tiene de decir que no piensa perder la próxima vez que se encuentren. Ella es, antes que nada, una entrenadora de hockey, igual que David.

—¡Buen partido! —repite él.

Extiende la mano, pero ella no da ninguna señal en absoluto de que esté considerando estrecharla. En cambio, dice:

—Ese Filip, el defensa de tu equipo, podría llegar a ser realmente bueno.

David se yergue con orgullo. Filip fue el peor jugador y el más pequeño del equipo durante su infancia, pero David siguió dándole oportunidades, y ahora ha crecido hasta convertirse en una estrella.

—Sí. Sólo tiene que… —empieza a decir David, pero Zackell lo interrumpe:

—No dejes que suba a las gradas de nuevo. No dejes que se involucre en cuestiones políticas.

David asiente en señal de acuerdo. Zackell y él en verdad están cortados con la misma tijera. Saben que Filip tiene el potencial para llegar a ser el mejor, pero, también, que no tiene nada que ganar si se pelea con los aficionados. El deporte de élite no tolera ese tipo de distracciones. Los jugadores sólo deben jugar. El hockey sólo debe ser el hockey.

—Esta noche se movía un poco más lento de lo normal, pero tal vez está un poco rígido después de los entrenamientos de pretemporada —dice David.

—Le duele la cadera —responde Zackell sin rastro de duda.

—¿Perdón?

—La cadera derecha. Está compensado de más, observa su espalda cuando esté parado sin moverse y verás que se inclina hacia un lado. No te ha dicho nada porque tiene miedo de decepcionarte.

—¿Cómo lo sabes? —pregunta David.

—Yo hice lo mismo cuando tenía su edad.

David titubea por un buen rato antes de preguntar:

—¿Quién era tu entrenador?

—Mi papá.

La expresión del rostro de Zackell no cambia en lo más mínimo cuando dice esto. David se rasca el cuello, desconcertado.

—Gracias. Voy a hablar con Filip…

Zackell saca un pedazo de papel de su bolsillo, garabatea un número telefónico.

—Éste es el número de un fisioterapeuta. Es el mejor para ese tipo de lesiones. Lleva a Filip, salúdalo de mi parte.

Entonces, Zackell sale caminando de la habitación. David le dice en voz alta:

—¡Te llamaré cuando consiga trabajo en un equipo de primer nivel! ¡Puedes ser mi entrenadora asistente!

La respuesta de la mujer desde el pasillo es tan obvia como llena de seguridad:

—¡Tú puedes ser MI entrenador asistente!

A la mañana siguiente, David llevará a Filip con el fisioterapeuta, les tomará todo el día hacer el viaje de ida y vuelta en auto. Dentro de unos cuantos años, Filip contará en varias entrevistas cómo fue que David siguió llevándolo una vez a la semana por el resto de la temporada. «¡El mejor entrenador que he tenido! ¡Salvó mi carrera!». El fisioterapeuta trabaja para uno de los clubes de hockey más grandes del país, que reclutará a Filip el siguiente año. David conseguirá el puesto como entrenador de ese mismo club al mismo tiempo.

Elisabeth Zackell se postulará para el mismo puesto, no lo conseguirá.

Siempre es justo. Siempre es injusto.

* * *

Ya es tarde cuando suena el timbre de la casa de David. Su novia embarazada abre la puerta. Benji está de pie afuera.

Cuando David baja por la escalera pierde el aliento por un solo instante, y toda la infancia y adolescencia del muchacho pasan por su mente tan rápido como un parpadeo: Benji y Kevin, los mejores amigos, el salvaje y el genio. Por Dios, cuánto los amaba David a los dos. ¿Alguna vez volverá a sentir lo mismo que sentía al ser su entrenador?

—¡Ven, pasa! —dice David muy contento, pero Benji dice que no con la cabeza.

Ahora, él tiene dieciocho años. Un hombre. Cuando él y Kevin eran niños, David empleaba cien formas diferentes de motivarlos y, quizás, ninguna era más extraña que el hecho de que él les prestaba su reloj de pulsera. David recibió ese reloj de su papá y los chicos se maravillaban con él, de manera que, cuando uno de los dos había tenido un partido o un entrenamiento excepcionalmente bueno, podía tomarlo prestado. Ahora, Benji sostiene el reloj en la mano y se lo ofrece a David.

—Dáselo a tu hijo. La verdad, no me sienta bien.

La primavera pasada, justo después de que David se fuera del Club de Hockey de Beartown, vio a Benji besando a otro muchacho. El entrenador quería decirle muchas cosas en ese entonces, pero no se le ocurrió cómo hacerlo; así que dejó el reloj de su papá sobre la lápida en la tumba del papá de Benji, junto con un disco en el que David escribió «Sigues siendo el bastardo más valiente que conozco».

—Yo… —susurra David, pero eso es todo lo que emerge de sus labios.

Benji deja el reloj en la palma de la mano de su antiguo entrenador, los dedos de David se cierran con fuerza alrededor del metal. Su novia llora en silencio por él.

—Voy a conservar el disco, con eso es suficiente —dice Benji.

David querría abrazarlo. Es extraño que uno pueda olvidar cómo hacerlo.

—Lamento todo lo que has tenido que soportar —susurra él de forma sincera.

Benji se muerde la mejilla.

—Eres el mejor entrenador que he tenido —responde él con la misma sinceridad.

«Entrenador». No dice «persona» o «amigo». Sólo «entrenador». Esto nunca dejará de dolerle a David.

—Siempre habrá una camiseta con el número dieciséis para ti, en todos mis equipos… —le promete David.

Él ya sabe cuál será la respuesta de Benji antes de que él la diga:

—Yo sólo tengo un equipo.

Y, entonces, el muchacho se adentra en la oscuridad y desaparece. Como de costumbre.

* * *

Un par de días después, Beartown juega su siguiente partido. Es otro encuentro como visitante, pero las camisetas verdes y las chaquetas negras hacen el viaje, y se oye el mismo canto testarudo durante todo el partido: «¡No retrocedemos si no retroceden! ¡No retrocedemos si no retroceden! ¡No retrocedemos si no retroceden!».

Beartown gana el partido 5-0. Amat es un torbellino, Bobo lucha como si fuera el último partido de su vida, Benji es el mejor jugador sobre la pista. En un punto hacia el final del partido, Vidar está cerca de pelearse con un jugador del equipo contrario, pero Benji patina tan rápido como puede por toda la pista para sujetar a su guardameta e impedir que lance un golpe.

—¡Si te peleas te van a suspender! ¡Te necesitamos! —exclama Benji.

—¡Está diciendo puras estupideces! —grita Vidar, apuntando al otro jugador.

—¿Qué dijo? —pregunta Benji.

—¡Que tú eres un maricón!

Benji se lo queda viendo por un buen rato.

—Soy maricón, Vidar.

Vidar golpea con furia el oso en su pecho.

—¡Pero eres NUESTRO maricón!

Benji baja la mirada al hielo y deja salir un largo suspiro. Es el cumplido más disfuncional que jamás haya recibido.

—¿Ya podemos jugar hockey?

—Okey —masculla Vidar.

Y, entonces, juegan. Benji anota dos goles. Vidar no deja que le metan ni uno solo. Cuando, esa noche, Benji llega a La Piel del Oso, hay una cerveza esperándolo sobre la barra. Se la bebe, Vidar y Teemu Rinnius están de pie a su lado, bebiendo cada uno la suya. Logran hacer que se sienta casi como algo normal. Quizás algún día lo será.

42

Lo toman por asalto

En Beartown, enterramos a nuestros difuntos a la sombra de nuestros árboles más hermosos. Guardamos luto en silencio, hablamos en voz baja y, a menudo, parece que sentimos que es más fácil hacer algo que decir algo. Tal vez es así porque, en este lugar, viven tanto personas buenas como personas malas, y eso nos vuelve complicados, pues no siempre es tan jodidamente fácil ver la diferencia. A veces, somos ambas cosas al mismo tiempo.

* * *

Bobo trata de anudarse la corbata, en realidad nunca ha logrado aprender a hacerlo, siempre parece quedarle demasiado larga o demasiado corta. En uno de sus intentos falla de una forma tan estrepitosa que sus hermanos menores se echan a reír. De entre todos los días, consigue hacerlos reír el día de hoy. Ann-Katrin habría estado muy orgullosa de él por ello.

Sus tres hijos son muy diferentes. Bobo nunca entenderá cómo es que tres hermanos pueden terminar así. Los mismos genes, la misma crianza, el mismo hogar. Aun así, personas del todo distintas. Se pregunta si su mamá pensó lo mismo, o si se vio reflejada en la misma proporción en cada uno de ellos. Hay muchas cosas que Bobo debería haberle preguntado. La muerte nos hace eso, es como una llamada telefónica, siempre nos damos cuenta de qué deberíamos haber dicho justo cuando hemos colgado. Ahora sólo hay un contestador lleno de recuerdos al otro lado de la línea, fragmentos de una voz que se va volviendo cada vez más débil.

Jabalí entra a la habitación e intenta ayudar a Bobo con la corbata, pero el resultado no es mucho mejor. Siempre era Ann-Katrin quien anudaba las corbatas, tanto de su esposo como de su hijo, cuando la familia tenía que acudir a un funeral. Entonces, Bobo se la amarra como si fuera una cinta para la cabeza, y sus hermanitos estallan en carcajadas. Se la deja puesta así todo el trayecto hasta el funeral, nada más porque esto los hace reír.

El pastor habla; nadie en la familia oye en realidad lo que se está diciendo, a pesar de que están sentados al frente, tan cerca entre sí como les es posible. A Ann-Katrin siempre le gustó esto, que su familia fuera como un pequeño rebaño en el que unos buscaban el calor de otros. Ella acostumbraba decir: «¿Una casa más grande? ¿Para qué querríamos una casa más grande? ¡Si de todos modos siempre estamos todos juntos en la misma habitación!».

Una vez que todo ha terminado, la gente se acerca a Jabalí e intenta resumir a su esposa. Eso no es posible, ella era demasiadas cosas: una talentosa enfermera en el hospital, una colega muy apreciada que siempre estaba dispuesta a ayudar, una amiga querida y leal. El gran amor en la vida de un hombre y la única madre que tendrán tres hijos muy diferentes entre sí.

Sólo es una persona la que están enterrando, pero ella fue muchas más mujeres para los que se quedaron atrás.

Todas las personas en esa iglesia desearían haberle hecho más preguntas. La muerte nos hace eso.

* * *

Es como si, ahora, Peter y Mira estuvieran viviendo de forma paralela, no juntos. Tras el funeral salen de la iglesia uno al lado del otro, pero hay cierta distancia entre ellos, lo bastante amplia para que sus manos no se rocen por accidente. Cada uno se sube a su auto, pero ninguno de los dos mete la llave en el encendido. Ambos están derrumbándose, en extremos opuestos del estacionamiento.

Es terrible tener que depender de otras personas, siempre lo han sabido. Una noche de verano, hace unos cuantos años, estaban sentados en los escalones afuera de su casa; en las noticias se mencionó un accidente de tráfico en el que dos niños pequeños habían perdido la vida y, en ese instante, Mira y Peter revivieron su propio duelo. Nunca dejas de perder a un hijo. Mira le susurró a Peter: «Por Dios... eso me dolió tanto, cariño... cuando Isak falleció, si hubiera tenido que lidiar con todo ese sufrimiento sola... me habría quitado la vida». Quizás ella y Peter lograron mantenerse juntos a través de todo lo que tuvieron que pasar porque no confiaban en que podrían soportar existir sólo para sí mismos. De tal manera que todo el tiempo estaban en busca de otras cosas por las cuales vivir: su pareja, los hijos, un trabajo con un propósito, un club de hockey, un pueblo.

Peter mira a través del parabrisas y ve que su esposa todavía sigue sentada en su auto, así que se baja del suyo y camina hasta donde está ella, abre la puerta del acompañante y dice con timidez:

—Deberíamos ir a su casa, querida, para estar con Jabalí y sus hijos.

Mira asiente con esfuerzo y se limpia el delineador de los pequeños pliegues en la piel junto a los ojos. Cuando Isak falleció, Jabalí viajó de inmediato con Frac, el otro amigo de la infancia de Peter, todo el trayecto hasta Canadá. Sabían que Peter y Mira se encontrarían en estado de shock, así que Frac ayudó con todos los arreglos prácticos, los papeles y los documentos y el seguro. En un principio, Jabalí más que nada estuvo sentado en los escalones frente a la casa sin saber qué hacer. Ni siquiera había estado en el extranjero antes. Sin embargo, dio la casualidad de que notó que el pasamanos de la escalera estaba roto, y los pasamanos en Canadá son iguales a los de Beartown, así que fue por herramientas y lo reparó. Luego siguió reparando cosas por varios días.

—¿Tu auto o el mío? —susurra Peter ahora.

—El mío —dice Mira, y quita su bolso de mano del asiento del acompañante.

Ella maneja hasta la casa de Jabalí y sus hijos. A medio camino extiende su brazo con cautela sobre la palanca de cambios y Peter toma su mano. La sostiene con firmeza.

Fátima, la madre de Amat, ya se encuentra ahí. Está en la cocina preparando comida, y Mira la ayuda. Amat también está en la casa de Jabalí; va con Bobo y sus hermanos, y dice la única cosa que a un adolescente se le puede ocurrir decirle a un amigo que acaba de perder a su mamá:

—¿Jugamos hockey?

Van por bastones y un disco. Bobo se amarra la corbata alrededor de la cabeza otra vez, toma a sus hermanos menores de la mano y se van caminando al lago. La superficie está congelada, el mundo es blanco y ellos juegan como si nada más importara.

* * *

Peter encuentra a Jabalí en el taller, ya regresó a trabajar. Sus manos necesitan mantenerse ocupadas para impedir que su corazón se rompa todavía más.

—¿Hay algo que pueda hacer? —pregunta Peter.

Jabalí está sudoroso y distraído, por lo que murmura:

—El techo se dañó durante la tormenta, ¿podrías echarle un vistazo?

El duelo puede hacerle eso a una persona, hacer que se olvide de que su amigo tiene el pulgar en medio de la mano y ni siquiera pudo reparar su propio pasamanos en Canadá. Pero Peter quiere mucho a Jabalí, de la forma en que los niños quieren a sus mejores amigos, así que va por una escalera y sube al techo.

Mientras está sentado allá arriba, sin tener la más pálida idea de por dónde comenzar, ve una caravana de autos que se aproxima a través del bosque. Al principio, Peter cree que son parientes de Jabalí, pero, cuando los vehículos se detienen, se baja de ellos un grupo de hombres jóvenes.

Teemu y Vidar son los primeros, seguidos de Araña y Carpintero y, después, de una docena más de hombres con chaquetas negras. Por lo general, sus autos y sus motos de nieve se reparan aquí, al igual que los de sus padres. Si un soplador de nieve o una máquina usada en la industria forestal o incluso una tetera sufren una avería por estos rumbos, la gente se los trae a Jabalí. Así que ellos están aquí, ahora que es él quien está averiado. Teemu entra al taller, estrecha la mano manchada de aceite del mecánico y dice:

—Lamentamos tu pérdida, Jabalí. ¿En qué te podemos ayudar?

Jabalí se limpia el sudor y la suciedad del rostro.

—¿Con qué cuentas?

—Con un carpintero, un electricista, algunos muchachos que sólo son fuertes y otros que son unos buenos para nada —dice Teemu.

Jabalí esboza una débil sonrisa.

Peter sigue sentado en el techo cuando Carpintero y Araña suben por la escalera. Se miran entre sí, Peter respira hondo y admite:

—No sé nada sobre techos. Ni siquiera sé por dónde empezar…

Carpintero no dice nada. Sólo le muestra a Peter lo que hay

que hacer. Entonces, los tres pasan varias horas trabajando juntos. Cuando por fin bajan, quizás vuelvan a ser enemigos, pero se han tomado un respiro allá arriba, en el techo. La muerte también puede hacernos eso.

* * *

Teemu entra en la cocina. Se frena de golpe cuando ve a Mira. Los músculos de la mandíbula de la abogada se tensan y sus puños se cierran con tanta rapidez que Fátima, por puro instinto, se planta en medio de los dos sin saber quién corre más peligro. Sin embargo, Teemu da un paso atrás, deja que sus hombros caigan e inclina la cabeza, haciéndose tan pequeño como sea posible.

—Sólo quiero ayudar —pide él.

Porque, a veces, es más fácil hacer algo que decir algo. Entonces, Fátima y Mira se miran de reojo. Mira asiente con un leve gesto y Fátima pregunta:

—¿Sabes cocinar?

Teemu responde que sí con la cabeza. Fátima sabe quién es su mamá, se da cuenta de que el muchacho tuvo que aprender a preparar comida a temprana edad. Le pide que pique las verduras, y él lo hace sin protestar. Después, Mira lava los trastes y Teemu los seca. No hacen las paces, pero se toman una pausa. Lo complicado acerca de las personas buenas y las personas malas es que la mayoría de nosotros podemos ser ambas cosas al mismo tiempo.

* * *

Es muy fácil poner tus esperanzas en la gente. Creer que el mundo puede cambiar de la noche a la mañana. Nos manifestamos después de un atentado, donamos dinero después de un desastre natural, abrimos nuestros corazones en internet. Sin embargo, por cada paso hacia adelante, siempre damos un paso casi del mismo tamaño hacia atrás. Visto a lo largo del tiempo, cada cambio es tan lento que apenas si puede notarse cuando está sucediendo.

Suena la campana en la escuela de Beartown. Las clases empiezan. Pero Benji está parado, con pies de cemento, a cien metros de la entrada. Sabe quién es él ahora a los ojos de todo el mundo, un partido de hockey no va a cambiarlo. Tal vez lo acepten sobre la pista, siempre y cuando sea el mejor, pero, ahora, siempre tendrá que darles mucho más que el resto. Siempre tendrá que estar agradecido tan sólo por el hecho de que le permitan ser parte. Porque él no es uno de ellos. Jamás volverá a serlo.

Sabe que la gente todavía escribe cosas negativas sobre él, dice cosas negativas, hace bromas. No importa quién sea él, qué tan bueno sea para un deporte, cuánto pelee, qué tan duro juegue. A los ojos de los demás, sólo seguirá siendo una cosa. Cierta clase de personas siempre tomarán todo lo que alguna vez logre y lo reducirán a las mismas cuatro letras. Como la hoja de papel en la puerta de la cabaña en el campamento, donde la letra «O» era una mira telescópica con un cuchillo enterrado en el centro, precedida por una «P», una «U» y una «T». Eso es todo lo que ahora le permiten ser.

Benji da media vuelta para irse caminando en la dirección opuesta. Por primera vez en su vida le tiene miedo a la escuela. Sin embargo, hay una joven de pie a poca distancia, que está a la espera. No lo toca, pero, aun así, la voz de ella detiene sus pasos:

—No dejes que los bastardos te vean llorar, Benji.

Benji se frena, los ojos bien abiertos.

—No puedo soportarlo… ¿Cómo…? ¿Cómo lo haces?

La voz de Maya es más débil que sus palabras:

—Simplemente entras. Con la cabeza en alto y la espalda derecha, y miras a los ojos a cada uno de los bastardos hasta que sean ellos los que bajen la mirada. No somos nosotros los que estamos mal, Benji.

Benji se oye resquebrajarse cuando pregunta:

—¿Cómo pudiste aguantarlo? La primavera pasada… después de todo lo que… ¿Cómo pudiste soportarlo?

La mirada de Maya es dura, su voz frágil.

—Me niego a ser una víctima. Soy una sobreviviente.

Maya se dirige hacia la escuela. Benji titubea una eternidad antes de seguirla. Ella lo espera. Camina a su lado. Los pasos de ambos son lentos, quizás parezca que se mueven despacio, pero no entran en ese pasillo a hurtadillas. Lo toman por asalto.

43

Estamos por todos lados

Este año los días se desdibujan y se entremezclan en Beartown, tal vez no tenemos fuerzas para ordenar ni el tiempo ni los sentimientos. En algún punto, el otoño se termina y llega el invierno, pero apenas si lo notamos. El tiempo simplemente transcurre, la mayoría de nosotros estamos ocupados tratando de levantarnos de la cama todas las mañanas.

* * *

Mira sigue yendo al trabajo, pero nunca se siente de verdad como si lo hiciera. Llega cada vez más tarde, se va a su casa cada vez más temprano, sabe que nadie va a mencionar su nombre la próxima vez que se hable de un ascenso a un puesto gerencial. No viaja al congreso al que la invitaron. No tiene la energía suficiente para pensar a futuro, sólo intenta llegar al final del día, configurada en modo de supervivencia de forma permanente.

Como siempre, es la colega quien le dice la verdad. Cierta tarde, Mira escoge por accidente la sala de juntas equivocada para una llamada telefónica, y entra a mitad de una reunión de planeación mientras la colega está presentando un plan estratégico para un cliente importante. Mira se detiene en el umbral de la sala y observa las notas de la colega en el tablero sobre la pared. Son brillantes, como siempre, pero si Mira hubiera estado involucrada, habrían sido todavía mejores. Aguarda afuera después de la reunión, y cuando la colega sale, Mira dice:

—Ésa es mi área de especialidad, ¡tú lo sabes! ¡Podría haberte echado una mano con la presentación! ¿Por qué no me pediste ayuda?

La colega no parece enfadada. No intenta herir a Mira. Sólo está siendo sincera:

—Porque te has rendido, Mira.

* * *

En lo más profundo de nuestro ser, la mayoría de nosotros desearíamos que todas las historias fueran sencillas, porque queremos que la vida real también lo sea. Pero las comunidades son como el hielo, no como el agua. No fluyen de forma repentina en nuevas direcciones sólo porque se lo pides, cambian centímetro a centímetro como los glaciares. En ocasiones, no se mueven en absoluto.

Nadie confronta a Benji en la escuela. ¿Quién se atrevería? Pero, cada día, su teléfono se llena de mensajes de texto enviados por números anónimos y, cada vez que abre su casillero, alguien ha metido una nota en el resquicio de la puerta. Todas las palabras de siempre, las mismas viejas amenazas; se acostumbra a esto con rapidez. Se vuelve muy bueno para fingir que no pasa nada, y aquellos que quieren hacerle daño interpretan esto como que la tiene demasiado fácil, que no está siendo castigado con la suficiente dureza, no está sufriendo tanto como debería, de modo que necesitan pensar en algo más.

Cierto día, William Lyt viene a la escuela con una camiseta que tiene la imagen de una mira telescópica en el pecho. Es tan pequeña y discreta que sólo Benji la nota. La hoja de papel clavada en la puerta de la cabaña, esa mañana cuando todo el mundo acababa de descubrir la verdad, tenía la misma mira dibujada en

el círculo de la «O» en la palabra «PUTO». Benji arrancó la hoja
y la destruyó de inmediato, nunca apareció en ningún lugar de
internet, por lo que sabe que la persona que la puso ahí es la única
que sabe qué aspecto tenía.

William Lyt quiere que sepa quién fue. Quiere que Benji re-
cuerde el cuchillo. No basta con ganar un partido de hockey.

Benji lo mira a los ojos. Están parados en un pasillo a unos
cuantos metros de distancia, en un día común de un largo semestre de otoño, y todos los demás estudiantes, sin tener idea de
lo que está sucediendo, pasan junto a ellos en masa entre clases,
camino a la cafetería o al comedor. Es un instante que sólo existe
para los dos muchachos: uno de un equipo rojo, uno de un equipo
verde, un toro y un oso. Tarde o temprano, uno de los dos va a
terminar destrozando al otro.

Los equipos de la liga juegan dos veces con cada uno de los
otros equipos por temporada, un partido de local y un partido
de visitante. El Club de Hockey de Beartown ganará el resto de
sus enfrentamientos hasta entonces, y el Club de Hockey de Hed
vencerá en todos sus juegos. El calendario de partidos está en una
cuenta regresiva inexorable hacia su nuevo choque. Esta vez, en
la arena de Beartown.

Todos los deportes son cuentos de hadas, por eso nos adentramos
tanto en ellos. Así que, como es lógico, éste sólo puede terminar
de una manera.

* * *

Maya falta a la escuela sin justificación, pero escogió de manera
cuidadosa un día en el que casi no tiene clases. Incluso cuando
rompe las reglas, apenas si lo hace. Se sube a un autobús y viaja
por muchas horas, a un pueblo que está más allá de una distancia
razonable para ir y venir a diario. Entonces entra a un edificio

de ladrillos enorme con una carta en la mano y, en la recepción, pregunta por una abogada. Cuando pasa a la oficina de su mamá, Mira vuelca su café por la sorpresa.

—¿Qué haces aquí, corazón?

Maya no había estado en la oficina de Mira desde que era pequeña, pero le encantaba venir aquí. Otros niños se aburrían con los lugares de trabajo de sus padres, pero a Maya le gustaba ver a su mamá concentrada en algo. Verla arder de pasión. Esto le enseñó a la hija que hay adultos que trabajan en algo que les importa, no sólo en algo por lo que les pagan. Y eso es una bendición.

Maya parece estar preocupada cuando deja la carta en el escritorio de su mamá, temerosa de hacer que su madre se sienta abandonada.

—Es de… una escuela de música. Presenté mi solicitud de ingreso… Sólo era… Sólo quería saber si era lo suficientemente buena. Les envié un video donde toco mis propias canciones y…

La mamá mira la carta de su hija, le basta con ver el remitente en el sobre para comenzar a sorberse la nariz. Mira estudió con ahínco mientras crecía para que la aceptaran en una escuela de gran prestigio académico, soñaba con estudiar leyes a pesar de que nadie en su familia había ido siquiera a la universidad. Quería reglas y estructuras, seguridad y poder escalar posiciones en una carrera profesional. Deseaba las mismas cosas para sus hijos: una vida en la que uno sabe qué puede esperar, libre de decepciones. Pero las hijas nunca son como las madres, así que Maya se enamoró de la actividad más libre y con menos reglas que se le pudo ocurrir. La música.

—Te aceptaron. Desde luego que te aceptaron —dice Mira entre sollozos, tan orgullosa que no puede ni ponerse de pie.

A Maya también se le escapan unas lágrimas.

—Puedo empezar en enero. Sé que la escuela está muy, muy

lejos y tendré que pedir dinero prestado, yo entendería si no quieres...

Su mamá se limita a mirarla fijamente.

—¿Si no quiero? Por supuesto que yo... Corazón... ¡Jamás he estado más contenta por ti!

Se abrazan, y Maya logra decir:

—Quiero hacer esto sólo por mí misma, mamá. Algo sólo para mí. ¿Me entiendes?

Mira la entiende. Mejor que nadie.

Al día siguiente, Mira se presenta en la oficina más temprano que los demás. Cuando la colega llega al trabajo, Mira está sentada en la silla de su amiga. La colega alza las cejas, Mira baja las suyas:

—¡Nunca vuelvas a decirme que me he rendido! ¡Todo lo que hago es NO rendirme!

La colega esboza una sonrisa amplia y susurra:

—¡Mantén el pico cerrado y factura algo!

Las dos renuncian esa misma mañana. En la tarde firman el contrato de alquiler del local con el que habían soñado y echan a andar su propia compañía.

* * *

La gente de Beartown nunca ha sido del tipo que se manifiesta en las calles. No participan en desfiles, expresan sus opiniones de otras formas. Esto puede ser difícil de entender para las personas de fuera, pero hay muy pocas coincidencias en esta comunidad. Si algo parece obra de la casualidad, por lo general no lo es.

El Club de Hockey de Beartown juega varios partidos de local al principio de la temporada, con la grada de pie intacta, y Peter está esperanzado, quizás de manera ingenua, en que su excusa de que no hay nadie dispuesto a demolerla haya sido suficiente. Sin embargo, al final los nuevos dueños de la fábrica envían un correo electrónico en términos muy claros: «Si el club no lleva a cabo acciones firmes para deshacerse de la presencia de los pandilleros conocidos como "la Banda", no tendremos más opción que cancelar nuestro convenio de patrocinio».

Así que, cuando el público llega a uno de los partidos de local al comienzo del invierno, hay guardias de seguridad parados frente a dos cintas que acordonan la grada de pie.

Este año, todos tienen que tomar decisiones difíciles. Peter elige un camino, por la supervivencia del club. Y entonces, la Banda elige una respuesta, por su propia supervivencia.

Peter está sentado en lo más alto de las gradas, y aguarda a que empiecen a gritarle. Espera a medias que alguien llegue corriendo y le dé un golpe en la cara. Pero nadie mira siquiera en su dirección. La arena está repleta pero no hay pancartas, no hay letreros. Todos se comportan como si sólo se tratara de un partido común y corriente.

Cuando este pueblo se decide a escoger un bando, las cosas que suceden son tan pequeñas que podrías no darte cuenta incluso si las tuvieras justo enfrente. La mayoría del público que acude al hockey aquí es gente ordinaria y decente que jamás defendería el uso de la violencia. Muchos de ellos, en la privacidad de sus hogares, se quejan de la Banda, de cómo «los vándalos» le dan una mala reputación al club y ahuyentan tanto a jugadores como a inversionistas. Sin embargo, escoger un bando en un conflicto rara vez se trata de junto a quién te plantas, casi siempre se trata de contra quién te plantas. Esta comunidad podrá tener sus conflictos internos, pero siempre permanece unida en contra de los intrusos.

Si una empresa con mucho dinero quiere comprar una fábrica y tomar el poder sobre nuestros empleos, no podemos detenerla; pero si creen que pueden comprar nuestro club y controlar nuestra forma de vida, eligieron al pueblo equivocado contra el cual pelear. Para muchos, la Banda quizás simbolice la violencia, pero, para los vecinos que recibieron ayuda para retirar los árboles caídos en sus jardines y después les invitaron una cerveza en La Piel del Oso también simboliza otras cosas. Para ellos, la Banda es un pequeño grupo de personas que se niegan a dejar que alguien los pisotee, y que no cambian para adaptarse a las exigencias del poder, el dinero y la política. Tienen sus defectos, cometen errores, pero, para otras personas en Beartown, es fácil simpatizar con ellos. Sobre todo en tiempos como éstos.

Eso no está del todo bien. Tampoco está del todo mal. Simplemente es lo que es.

Le lleva un buen tiempo a Peter notar las chaquetas negras, están esparcidas por toda la arena, en diferentes secciones de las gradas con asientos. Desde luego había contado con ello, pero son muchas más que antes. Varios cientos. Hasta que Peter observa a cada persona con detenimiento, se da cuenta del por qué: no es sólo la Banda. Son jubilados, padres de niños pequeños, trabajadores de la fábrica, cajeras del supermercado y empleados de la compañía inmobiliaria del municipio. No es una marcha, no es una manifestación ruidosa, y si Peter les hubiera preguntado de forma directa habrían fingido que no entendían de qué estaba hablando: «¿Qué? ¿A qué te refieres? ¡No, no, no, es sólo una coincidencia!». Por supuesto que Peter no tiene ninguna prueba, pues las chaquetas son de marcas distintas y materiales diferentes. Pero todas son del mismo color. Y hay muy pocas coincidencias en Beartown.

Nadie se sorprendió cuando él acordonó la grada el día de hoy, pues alguien se aseguró de que la noticia llegara con anticipación hasta las personas idóneas. Él sabe quién fue. Las únicas personas a las que Peter tenía que contarles de esto por adelantado eran los miembros de la junta directiva del club. Necesitaba su aprobación para contratar guardias de seguridad adicionales. Peter hizo su elección, y Ramona respondió. Él le dio un lugar en la junta directiva para que ella tomara las decisiones que considerara mejores para el club. Ahora, él tiene que asumir las consecuencias.

Durante el intermedio entre el primer periodo y el segundo, un hombre joven se pone de pie entre los asientos de la grada más lejana. Está bien vestido y bien peinado, no parece ser una persona violenta, si a alguien cerca de él le preguntaran, es obvio que habría contestado: «¿Quién, él? No, no lo conozco. ¿Cómo dijiste que se llamaba? ¿Teemu Rinnius? ¡Jamás había oído hablar de él!».

Baja tranquilo y ecuánime hasta el frente de las gradas, se pasea a lo largo de las vallas y entonces da vuelta hacia arriba rumbo a la grada de pie acordonada. Ahí se encuentran dos guardias de seguridad, pero no hacen ningún intento por detenerlo. Teemu atraviesa el acordonamiento y sube por la grada de pie, deambula a través de ella con despreocupación, incluso se detiene en medio para atarse el cordón de un zapato. Lanza una mirada hacia el lado contrario de la arena, busca a Peter Andersson entre el mar de gente. Entonces cruza la grada de pie y desciende por el otro costado, y se va a comprar un café como si nada hubiera sucedido, a pesar de que todos lo saben. Teemu acaba de decirle a Peter que ésta es su grada, y puede reclamarla cuando quiera.

Unos cuantos minutos después empiezan los cantos. Al principio sólo se oyen desde la grada con asientos en el extremo opuesto de la arena; entonces, como si estuvieran obedeciendo una orden, varios hombres que están unas cuantas filas debajo de Peter también empiezan a rugir. Luego, las voces vienen desde la derecha y, luego, desde la izquierda. Nadie mira a Peter a los ojos, pero los hombres con chaquetas negras cantan sólo para él: «¡Estamos por todos lados! ¡Estamos por todos lados! ¡Estamos por todos lados! ¡Si nos quieres ven por nosotros! ¡Porque estamos por todos lados, todos lados, todos lados, estamos por todos lados!».

Cantan esto diez veces. Entonces, se levantan de sus asientos y cambian a «¡No retrocedemos si no retroceden!». Luego permanecen de pie callados por completo, disciplinados y resueltos a mostrar lo silenciosa que se vuelve la arena en ese momento. Y cuánto extrañarían todos el apoyo de la Banda si llega a desaparecer.

Entonces, como si respondieran a una señal inaudible, empiezan a cantar de nuevo y, esta vez, toda la arena se les une. Jóvenes y viejos, chaquetas negras, camisas blancas y camisetas verdes: «¡Somos los osos, somos los osos, somos los osos, LOS OSOS DE BEARTOWN!».

El Club de Hockey sobre Hielo de Beartown gana el partido 7-1. Superan con facilidad a sus oponentes. El canto en las gradas es ensordecedor, el público es un muro verde a ambos lados de la pista. En la arena hay un sentimiento clamoroso de unidad, justo en ese instante. Nosotros contra todos. Beartown contra el mundo.

Peter jamás se había sentido tan solo en su vida.

* * *

A la mañana siguiente, aparece en el periódico una entrevista con el político local Richard Theo. La reportera le pregunta qué opina de la decisión del Club de Hockey de Beartown de deshacerse de la grada de pie, y Theo contesta: «El Club de Hockey sobre Hielo de Beartown es el club de la gente. No le pertenece a una élite o a la clase dirigente, le pertenece a la gente ordinaria, decente y trabajadora de este pueblo. Voy a hacer todo lo que pueda para convencer al director deportivo de que deberían conservar la grada de pie. Nuestros aficionados hacen una enorme contribución al ambiente que hay en los partidos. ¡Éste es el club de la gente!».

Un par de horas después, Peter recibe otro correo electrónico de los nuevos dueños de la fábrica. Han cambiado de idea. Repentinamente, han sido «convencidos de que la grada de pie tiene un gran valor para la comunidad local». Es así como Peter se da cuenta de que ha sido engañado desde el principio, todo este tiempo.

Al anochecer, está sentado a solas en la cocina de su casa, esperando el sonido de una llave en la cerradura. Ese sonido nunca llega. Mira se queda en su trabajo hasta muy entrada la noche. Para cuando llega, él ya está dormido en el sofá. Ella lo cubre con una manta. Sobre la mesa hay una botella de vino y dos copas.

44

Tormenta e ímpetu

Es demasiado tarde por la noche para que haya luces encendidas en la arena, pero Elisabeth Zackell todavía está disparando discos cuando llega Bobo. Cuando salió de su casa, él no sabía si la entrenadora se encontraría ahí, pero tenía la esperanza de que así fuera. Ya les leyó *Harry Potter* a sus hermanos y logró que se quedaran dormidos, ya hizo la limpieza y lavó la ropa. Entonces empacó sus cosas y vino aquí. Fue algo instintivo. No puede dormir, su cerebro se niega a dejar de pensar y sólo conoce un lugar donde todo guarda silencio.

—¿Puedes enseñarme a patinar? —le dice en voz alta a Zackell.

Ella se vuelve hacia él. Jamás había visto a un joven más necesitado de huir de la realidad.

—¿A qué te refieres? —pregunta ella.

—¡Cuando nos conocimos preguntaste por qué nadie me había enseñado a patinar!

Esto no es una afirmación, es una súplica. Zackell se apoya en su bastón, pensativa.

—¿Por qué te gusta el hockey?

Bobo se muerde el labio inferior.

—¿Porque es… divertido?

—Ésa no es una respuesta lo suficientemente buena —dice ella.

Él respira con pesadez. Lo intenta de nuevo:

—Yo… Sé quién soy cuando juego hockey. Sé qué es lo que se espera de mí. Todo lo demás es simplemente… muy difícil. Pero el hockey es… es sólo… Yo sé quién SOY aquí…

Zackell da unos golpecitos con su bastón en el hielo, no del todo insatisfecha.

—Okey. Entonces, supongo que será mejor que te enseñe a patinar.

Bobo entra a la pista de hielo, se dirige hacia ella, se detiene y pregunta:

—¿Por qué te gusta a ti el hockey?

Ella se encoge de hombros.

—A mi papá le gustaba el hockey. A mí me gustaba estar con mi papá.

Bobo frunce el ceño.

—Y ¿por qué le gustaba el hockey a tu papá?

—Él decía que el hockey es una orquesta sinfónica. A él le gustaba la música clásica. *Sturm und Drang.*

—¿Es una banda? —pregunta Bobo, y Zackell se ríe con ganas, algo inusual en ella.

—Significa «tormenta e ímpetu». Mi papá reproducía las mismas piezas musicales para mí, una y otra vez, y me decía: «Son todas las emociones al mismo tiempo, Elisabeth, ¿puedes oírlo? *¡Sturm und Drang!*». Él sentía lo mismo por el hockey. Tormenta e ímpetu. Todo el tiempo.

Bobo piensa en esto por un buen rato. Al final pregunta:

—Y ¿por qué estás aquí por las noches disparando discos?

Ella sonríe.

—Porque es divertido.

Entonces, Zackell le enseña a patinar. Tras varias horas, Bobo le pregunta si cree que, algún día, él podría llegar a ser un jugador de hockey bueno de verdad. Ella niega con la cabeza y responde:

«No. Pero podrías ser un entrenador respetable, si se te ocurre alguna forma de ser útil al equipo».

Bobo yace despierto el resto de la noche, pensando en ello. En el entrenamiento del día siguiente sale directo de los vestidores, patina lo más rápido que puede a través de la pista y le hace una carga a Benjamin Ovich con todas sus fuerzas. Benji se levanta confundido y se queda viendo a Bobo:

—¿Qué cara…?

De inmediato, Bobo golpea a Benji en las piernas con su bastón. Los ojos de Benji se oscurecen.

—¿Cuál es tu problema?

Bobo no le responde, sólo le da un bastonazo a Benji en las piernas otra vez. El resto del equipo observa la escena sin saber qué hacer. Bobo perdió a su mamá, cualquiera podría perder la razón por algo así, pero todos saben que Benji no va a tolerar que le peguen de nuevo.

—Ya no sigas, Bobo… —dice Amat con delicadeza, pero Bobo golpea a Benji una vez más.

Nadie tiene tiempo de detener a Benji. Bobo es uno de los jugadores más pesados del equipo, pero Benji lo envía directo contra la valla, tira sus guantes al hielo y vuela hacia él con las manos cerradas en un puño.

—¿QUÉ CREES QUE VAN A HACER LOS DEMÁS? —grita Bobo.

Benji se detiene, sorprendido.

—¿Qué?

—¿Qué crees que van a hacer los demás? Cada equipo con el que nos enfrentemos tratará de provocarte, ¡QUIEREN que te pelees! ¡Quieren que te castiguen con una expulsión temporal!

Benji se queda mirando a Bobo junto con el resto del equipo. Amat murmura:

—De hecho, tiene razón, Benji. La gente va a gritarte cosas cada vez peores hasta que encuentren algo que les funcione. No debes reaccionar. Ni tú ni Vidar. Ustedes dos son demasiado importantes para el equipo.

Benji respira con furia por la nariz. Pero, al final, se serena y ayuda a Bobo a incorporarse.

—Okey. Sigue intentándolo, entonces.

En cada entrenamiento de ahí en adelante, Bobo trata de encontrar formas cada vez más creativas de provocar tanto a Benji como a Vidar. A veces tiene éxito y llega a su casa con los ojos morados, a pesar de que sus dos compañeros saben que es justo eso lo que pretende. Con el tiempo, se revela que ése es el talento particular de Bobo en la vida: fastidiar a la gente hasta volverse insoportable.

* * *

Cierta mañana en la que Benji abre su casillero, hay varias notas en el fondo, como de costumbre. Pero una de ellas no es como las demás. Sólo una palabra: «Gracias». Al día siguiente hay otra, con una letra distinta, que dice: «Ayer le conté a mi hermana que soy bisexual». Unos cuantos días después aparece una tercera nota, de nuevo con una letra diferente, en la que se puede leer: «No le he dicho nada a nadie, pero cuando lo haga no diré que soy gay, diré que soy como tú!». Entonces, alguien le envía un mensaje de texto anónimo: «Todos hablan d ti t ven como un símbolo espero ke entiendas lo importante ke eres para to2 nosotros los ke no nos atrevemos a decir nada!!!!!!».

Son sólo algunas pequeñas notas y mensajes. Son sólo palabras. Sólo voces anónimas que quieren que sepa lo que él significa ahora.

Benji las tira al mismo bote de la basura donde tira todas las demás notas. Porque no sabe qué se siente peor. Las amenazas o el afecto. El desprecio o las expectativas. El odio o la responsabilidad.

También recibe otro tipo de mensajes de texto. Siempre empiezan de la misma manera: «¡Hola! No sé si me dieron el número correcto, ¿tú eres el jugador de hockey homosexual? Soy periodista y quisiera tener una entrevista…». Una mañana, Benji y sus hermanas se van caminando al lago, perforan el hielo y tiran su móvil por ese hoyo. Entonces, más a la distancia, hacen varios agujeros, se dedican a pescar y a beber cerveza, y guardan silencio por el resto del día.

Cuando el Club de Hockey de Beartown juega su siguiente partido de visitante, los rumores sobre Benji ya se han esparcido también hasta ese pueblo. En cada lugar donde juegue de ahora en adelante, habrá gente que le grite las cosas más despreciables que se les puedan ocurrir para desequilibrarlo. Pero Benji no sucumbe ante las presiones, en vez de eso anota goles. Entre más le gritan, mejor se vuelve. Después del partido, Bobo lo abraza y exclama con alegría:

—¡Si te odian estás haciendo algo bien! ¡Eres el mejor! ¡Jamás te odiarían tanto si no fueras el mejor!

Benji intenta sonreír. Fingir que no pasa nada. Pero no puede realmente dejar de preguntarse por cuánto tiempo tendrá que ser el mejor. Cuánto tiempo pasará antes de que alguien lo deje tan sólo jugar.

* * *

Ana y Vidar son el tipo de historia de amor en la que ninguno de los dos sabe en verdad cómo debe comportarse, de modo que sólo terminan yendo a dar paseos por el bosque todos los días. La nieve se vuelve más profunda, lo mismo que su amor.

Cierto día, al caer la tarde, Vidar la toca, y ella empieza a llorar de forma histérica. Cuando él no entiende por qué, ella le cuenta acerca de Benji. De cómo fue que todos se enteraron de ello, de la fotografía y de la furiosa reacción de Maya.

—¡No te merezco, soy una persona horrible! ¡Debo ser una sicópata! —grita Ana.

Vidar se planta frente a ella y bien podría haber estado desnudo cuando responde:

—Yo también.

¿Cómo podría alguien evitar enamorarse todavía más de él en ese momento? Quizás haya personas que lo sepan. Ana no es una de ellas.

A la mañana siguiente, cuando llegan a la escuela, Ana espera hasta que avista a Benji. Cuando él abre su casillero, varios pedacitos de papel se caen al suelo, y Ana se da cuenta de lo que está escrito en ellos, sabe cuánto odio de otras personas Benji tiene que llevar ahora en su interior.

—Tengo que... —le dice a Vidar con un susurro.

Vidar intenta detenerla, pero no es posible. De repente, Ana ya está caminando por el pasillo. Benji alza la mirada, sorprendido, e intenta esconder los pedacitos de papel.

—Sé que me odias, pero... —empieza a hablar Ana, pero es todo lo que logra decir antes de que las lágrimas empiecen a caer y la voz se le quiebre.

—¿Por qué habría de odiarte? —pregunta Benji, y es hasta entonces que Ana se da cuenta de que Maya no le ha dicho nada a nadie, ni siquiera a él.

—Fui yo... fui... quien tomó esa foto tuya y de... ¡Fui yo! Todo lo que has tenido que soportar es por mi culpa... ¡Fui YO!

Su rostro se contrae formando arrugas de vergüenza que nunca se disiparán del todo. Su cuerpo entero tiembla. Entonces se va corriendo de ahí, de la escuela, lejos, lejos, lejos. Benji se queda de pie donde estaba y, por un instante, su mirada se cruza con la de Vidar. El guardameta hace lo que nunca: titubea.

—Ella... —empieza a decir Vidar, pero Benji lo interrumpe.

—Está bien. Ve con ella.

Así que Vidar hace justo eso. Corre tras ella, no la alcanza sino hasta que están a un kilómetro de distancia, Ana es tan rápida y tan fuerte que él ni siquiera tiene una oportunidad de hacer que ella reduzca su velocidad, de manera que corre a su lado. Directo hacia el bosque, hasta que ninguno de los dos puede respirar o pensar más. Entonces se desploman en la nieve y se quedan ahí.

Vidar no dice una sola palabra. Esto es lo más lindo que un hombre haya hecho alguna vez por Ana.

* * *

Maya está sentada sola en el comedor, como todos los días. Pero, de manera inesperada, alguien se sienta frente a ella, como si lo hubiera invitado. Alza la mirada. Benji apunta al plato de Maya:

—¿Te lo vas a terminar, o puedo comérmelo?

Maya sonríe.

—No debería estar en la misma mesa contigo. Tienes mala reputación.

Benji parece impresionado.

—¡Auch! Qué cruel eres.

—Perdón —se ríe ella.

A veces uno tiene que reírse de las cosas malas, así es como haces que se vuelvan soportables. Benji sonríe de manera socarrona. Entonces dice:

—Deberías perdonar a Ana.

—¿Qué?

—Me contó que ella fue quien publicó esas fotos mías y… y… mías y…

Su voz se rinde al final de la frase. Es invenciblemente fuerte e inconcebiblemente débil, al mismo tiempo. En ocasiones, Maya siente que él le recuerda mucho a Ana.

—¿Por qué debería perdonarla? ¡Lo que te hizo fue algo horrible! —dice ella con brusquedad.

—Pero ustedes son como hermanas. Y las hermanas se perdonan —logra decir Benji.

Porque él tiene hermanas. Maya ladea la cabeza y le pregunta:

—¿Tú has perdonado a Ana?

—Sí.

—¿Por qué?

—Porque la gente comete errores, Maya.

Maya come su almuerzo sin decir nada más. Pero, después de la escuela, camina a través de Beartown, toca a una puerta y, cuando Ana abre, Maya dice de inmediato:

—Ponte tu ropa para correr.

Ana no pregunta por qué.

Eso salva su amistad.

45

Cerezo

Siempre que gestamos a alguien que es bueno de verdad para un deporte, en un pueblo tan pequeño y tan lejos en lo profundo del bosque, la gente de Beartown dice que es como poder ver un cerezo floreciente en medio de un jardín congelado.

Peter Andersson fue nuestro primer cerezo, así que, cuando recorrió todo el trayecto hasta llegar a la NHL, no nos importó que sólo hubiera jugado un puñado de partidos antes de que su carrera se arruinara por las lesiones. Él estuvo ahí. Uno de nosotros había llegado hasta la cima del mundo. En ese entonces, Peter transformó a todo el pueblo, nos condenó a una vida entera de sueños interminables e imposibles.

* * *

Zacharias tiene dieciséis años. Es fácil olvidar a personas como él en historias como ésta. La mayoría de la gente sólo lo conoce como «el amigo de Amat». Saben quién es Amat porque es bueno para el hockey, y el hockey es lo único que cuenta aquí. La vida de Zacharias es una de esas que sólo transcurren en segundo plano.

Amat y él crecieron junto con Lifa, quizás nunca ha habido por estos rumbos tres muchachos que fueran más distintos entre ellos; y, aun así, se convirtieron en mejores amigos. A los padres de Zacharias nunca les agradó Lifa, en especial cuando empezó a ser visto con los «bandidos», que es como los padres de Zacharias llamaban a todos aquellos en la Hondonada que no parecían tener un trabajo al cual presentarse. Pero Amat, Dios santo, los padres de Zacharias lo idolatraban. Cuando empezó a jugar en el primer equipo, ellos se sentían tan orgullosos como si él hubiera sido su propio hijo. Como si desearan que lo fuera. Y es imposible que un muchacho como Zacharias no se fije en cosas como ésas.

Zacharias jugó hockey hasta la primavera pasada, a pesar de que era el peor jugador en cada equipo del que fue parte y, en realidad, ni siquiera le gustaba. Iba a los entrenamientos por sus padres y aguantó por Amat. Cuando le avisaron que no iba a haber equipo júnior esta temporada, se sintió aliviado, pues esto le dio una excusa para dejar de jugar hockey. De todos modos, en realidad él sólo quería sentarse en su cuarto frente a su computadora. Así las cosas, cuando, cierto día, su mamá y su papá llegaron a casa, muy emocionados por una «prueba abierta» en el Club de Hockey de Beartown, Zacharias se sintió abrumado por la ansiedad.

—¡Tienes que ir!

Zacharias jamás ha podido explicarles a sus padres cuánto *bullying* ha sufrido durante su infancia y su adolescencia. Por todo: su peso, su apariencia, su domicilio. Ellos nunca lo han visto de esa forma. Ellos pertenecen a la misma generación de Peter Andersson, la de los sueños imposibles. Zacharias masculló:

—Las cosas no funcionan así, mamá, uno no puede nada más ir y presentarse…

Pero su papá lo interrumpió:

—¡Es una prueba abierta! ¡Cualquiera puede acudir! ¡Y ahora la fábrica está patrocinando al Club de Hockey de Beartown! Sólo dile a la entrenadora que….

—¿Que qué, papá? ¿Que debería dejarme jugar porque mi

papá trabaja en la fábrica? —espetó Zacharias, y se arrepintió de inmediato.

El Club de Hockey de Beartown fue fundado por trabajadores de la fábrica, y los trabajadores de mayor edad todavía lo ven como el club de la fábrica. Ahora que los nuevos dueños han prometido más empleos para la gente que no tiene uno y más trabajo para la que sí, y, además, han comenzado a patrocinar al club, el papá de Zacharias ha empezado a abrigar la esperanza de que todo será otra vez como en los viejos tiempos. Un pueblo acaudalado, un equipo en la primera división, empleos permanentes, tal vez incluso una oportunidad para que la familia deje el apartamento en la Hondonada y compre una casita adosada. Nada enorme, nada ostentoso, sólo una habitación extra y una cocina un poco más grande. Una calefacción que sea más confiable durante el invierno.

—Perdóname, papá… No era mi intención… —dijo Zacharias en voz baja.

Los ojos de su papá seguían brillando de felicidad. Significaría mucho para él y para su mamá ver a Zacharias jugar con el oso en su pecho de nuevo. Así que Zacharias fue a la prueba abierta, por supuesto que lo hizo.

Dio todo lo que tenía. No estuvo ni cerca de ser lo suficientemente bueno. Al final, ni siquiera recibió una palmada en el hombro de parte de la entrenadora, ella sólo dijo: «Lo lamento, tenemos a todos los jugadores que necesitamos, pero gracias por venir», sin siquiera voltear a verlo otra vez.

Cuando llegó a su casa, parecía que sus padres estaban luchando por contener las lágrimas. Dentro de muchos años, mirará las cosas en retrospectiva y se dará cuenta de qué clase de infinita declaración de amor fue ésa: ellos fueron tan incapaces de advertir lo malo que era para el hockey que quedaron en verdad decepcionados.

Esa noche, su mamá discutió con él de nuevo por los videojuegos de computadora. Él trató de explicarle lo bueno que se había vuelto para jugar, que lo hacía por internet, que podía medirse contra los mejores. Que, incluso, lo habían invitado a participar en un torneo en otra ciudad.

—¿Un torneo? ¿De eso? ¡Es un videojuego, Zacharias, eso no es un deporte! —bufó su mamá.

Zacharias pasó toda la noche jugando, pero esas palabras le desgarraban el pecho.

* * *

Alicia ni siquiera tiene cinco años, y los niños de esa edad no deberían ser tan buenos para escaparse de un kínder como lo es ella. «¡No podemos hacernos responsables de esto! ¡No somos una cárcel!», protestó el personal cuando Sune la trajo de vuelta por algo así como la vigésima vez. «Ella siente como si lo fuera», respondió Sune. Alicia lo adoraba porque él entendía.

Él siguió recorriendo a pie con ella el trayecto desde la arena hasta el kínder todos los días, y ella siguió escapándose para ir a ver los entrenamientos. Cualquier entrenamiento. El primer equipo, el equipo infantil, los patinadores artísticos, no importaba cuál. En cuanto la pista quedaba vacía, aunque fuera por un minuto, ella se ponía sus patines y empezaba a jugar. ¿Cómo puedes detener eso?

Uno de esos días en los que Sune la llevó arrastrando de vuelta al kínder, el personal se compadeció de él y lo invitó a que pasara a tomar una taza de café. Al final, todos se dieron cuenta de que era más fácil que Sune simplemente fuera por Alicia al kínder en la mañana, se la llevara a la arena y regresara con ella al kínder por la tarde para tomarse un café en la escuela.

Cierto día, al final del otoño o al inicio del invierno, el personal le contó que las instalaciones del kínder estaban llenas de moho, que se habían quejado repetidas veces con el ayuntamiento, pero les dijeron que no había ningún local adecuado que pudieran usar como alternativa. Sune volteó a ver a Alicia. Reflexionó acerca de la situación, con detenimiento y de forma metódica. Entonces volvió a la arena de hockey, subió a la oficina de Peter Andersson y le preguntó:

—¿Realmente necesitas esta oficina?

—¿Perdón? —dijo Peter.

Sune hizo un gesto que abarcó la planta alta de la arena.

—¡Casi todas las oficinas están vacías! ¡Aquí sólo somos tú, Zackell y yo! ¿Quién más? ¿Unos cuantos empleados de oficina temporales? ¿El conserje?

—No hay nadie más. Nosotros... nosotros somos el club... —dijo Peter.

Sune tomó papel y pluma del escritorio de Peter y empezó a dibujar, como en una de esas pizarras donde trazaba sus tácticas de hockey.

—Derribamos estas paredes. Instalamos una ventilación apropiada. ¡Es totalmente viable!

—Perdón, pero ¿de qué estás hablando? —preguntó Peter.

—¡Más que un club! ¡Podemos construir algo más que un club! —retumbó Sune.

Al día siguiente, fue a visitar a los políticos con su plan para construir un kínder dentro de la arena de hockey. La mayoría de ellos tiene dudas, algunos se burlan de forma abierta, pero hay uno que ve el potencial de inmediato. Cuando todos los demás concejales dicen no, este político acude a una reunión de padres de familia en el kínder y moviliza una campaña de correos electrónicos que, al final, convence a los demás políticos de restructurar el presupuesto. Sune obtiene el dinero para construir el primer kínder en una arena de hockey sobre hielo de todo el país. Ese invierno, los niños pasan tanto tiempo jugando en patines como con zapatos. Dentro de muchos años, Alicia dirá que fueron todas esas horas extra de práctica las que la convirtieron en una jugadora tan rápida y con tan buena técnica.

Para entonces, ella habrá olvidado que el político que fue a la reunión de padres de familia se llamaba Richard Theo. Pero, en la siguiente elección, habrá muchos padres con niños pequeños en este pueblo que se acordarán de él.

«Esto no es más que un deporte». Es lo que nos seguimos diciendo a nosotros mismos.

* * *

Cierto día, Amat llama por teléfono a Zacharias ya entrada la noche.

—¿Qué haces? —pregunta Amat.

—En el *gaming* —responde Zacharias.

Amat acostumbraba burlarse de él por usar esa palabra. «*Gaming*» en lugar de «jugar videojuegos», como si Zacharias estuviera intentando hacer que sonara igual que… un deporte.

—¿Quieres salir un rato? —pregunta Amat.

—¿Salir? ¿Ahora? ¡Allá afuera está tan frío como el culo de un oso polar!

Amat se ríe.

—Te apuesto a que los culos de los osos polares no son fríos para nada. ¡Sólo sal!

—¿Por qué?

Amat pasa saliva.

—Porque estoy tan nervioso por el partido contra Hed que no puedo dormir. Sólo sal.

Así que Zacharias sale. Por supuesto que lo hace. Caminan alrededor de la Hondonada mientras se congelan y platican, como cuando eran pequeños y no tenían otro lugar a donde ir.

—¿Cómo te va con el *gaming*? —pregunta Amat.

—Ya, déjame en paz —masculla Zacharias dolido.

—¡No, en serio! Anda, cuéntame… Yo… Mira, sólo necesito hablar de cualquier cosa que no sea el hockey.

Zacharias permanece enfadado por un tiempo, pero, al final, dice:

—Me está yendo bien. Muy bien, de hecho. Me invitaron a un torneo…

—¿Puedo ir contigo a ver? —pregunta Amat de inmediato.

Zacharias no puede describir lo orgulloso que se siente por esa pregunta, de modo que sólo gruñe:

—Claro.

Entonces, añade con enojo:

—¡Pero no puedes ir si dices las mismas tonterías que dicen mis papás! ¡Que esto no es un deporte de verdad simplemente porque no es hockey!

Amat murmura lleno de culpa:

—¿Eso dicen tus papás?

Zacharias patea la nieve.

—Su sueño es tener un hijo como tú, Amat. El hockey es lo único que cuenta en este pueblo.

Amat no responde. No tiene nada que decir.

* * *

Maya llega al granero que está en el criadero de perros. Jeanette entrena con el saco de arena ahí dentro, pero Ana, recelosa, se detiene en la entrada de la puerta.

—¿Ella puede entrenar también? —pregunta Maya.

Jeanette se echa a reír, sin aliento y sorprendida.

—¡Por supuesto! ¡Si somos tres, esto pronto será un club de verdad!

Jeanette no está preparada para lo que sucederá a continuación, ninguna de ellas lo está, ni siquiera la propia Ana. Pero cuando Jeanette le muestra un agarre que ella y Maya han estado practicando, y Maya intenta recordar con exactitud cómo tiene que retorcer todas sus extremidades para liberarse de ese agarre y al final se rinde, Ana pregunta:

—¿Puedo probar?

Jeanette vacila.

—Esto es... algo avanzado. Tal vez deberíamos empezar con algo más sencillo, ¿qué te parece?

—¿Al menos podría intentarlo? —insiste Ana.

Así que Jeanette la deja intentarlo porque, a veces, tienes que dejar que ciertas personas fallen para que aprendan. El único problema con esa teoría es que Ana no falla. Jeanette le enseña el movimiento, Ana lo imita a la perfección al primer intento. Jeanette le muestra un movimiento más difícil y, luego, otro todavía más complicado, y Ana logra hacerlos todos al segundo o tercer intento.

Después de veinte minutos, Jeanette está jadeando con las palmas en las rodillas, pero Ana apenas si parece cansada. El antiguo entrenador de Jeanette acostumbraba hablar de la «inteligencia corporal-kinésica», de cómo es que ciertos practicantes de artes marciales parecen tener el equivalente al oído absoluto de los músicos: cuando ven algo, sus cuerpos saben cómo hacer lo mismo por puro instinto. Ana jugó hockey por unos cuantos años cuando era pequeña, pero nunca había entrenado artes marciales. Aun así, su constitución física parece haber sido creada para esto. Creció en el bosque, corría en superficies irregulares, saltaba y escalaba. Junto con su papá, que es cazador y pescador, ha rastreado animales pesados, les ha disparado y se los ha llevado arrastrando desde que era niña. Ha quitado nieve con una pala y ha cavado zanjas y ha perforado agujeros en el hielo del lago. Es fuerte, flexible, perseverante y más dura que una chuleta de cerdo servida en La Piel del Oso.

Jeanette levanta y sostiene las palmas de la mano y dice:

—Pégame con todas tus fuerzas.

—¿En serio? —pregunta Ana.

Jeanette asiente.

—¡Lo más fuerte que puedas!

Maya está sentada en el piso, y jamás olvidará que vio cuando esto sucedía. Ana golpea con un movimiento explosivo, tan rápido y tan fuerte que Jeanette se tambalea hacia atrás. Jeanette y Maya se echan a reír. Ana ni siquiera entiende qué tiene de especial lo que acaba de hacer, pero Jeanette ya está haciendo planes para su carrera.

Las tres mujeres dentro del granero están empapadas de sudor; el paisaje en el exterior está ultracongelado, cubierto de nieve y sumido en la oscuridad.

Pero todo el pueblo huele a cerezo.

* * *

Un día, temprano por la mañana, suena el timbre en la casa de los padres de Zacharias. Amat está afuera de pie. La mamá de Zacharias parece feliz y frustrada. Primero viene la felicidad:

—¡Amat, qué gusto verte! Felicidades por haber entrado al primer equipo, estamos muy orgullosos de ti. Y pensar que te tuvimos corriendo aquí en nuestro apartamento durante tantos años, ¡no sabes cuánto te presumimos con los vecinos! ¡Tu mamá debe sentirse muy orgullosa de ti!

Sin embargo, antes de que Amat tenga tiempo de responder, ella pasa directo a la frustración:

—Lo siento, Zacharias no está aquí. Se fue a jugar videojuegos con unos amigos. ¡A varias horas de distancia! ¿Te imaginas? ¿De qué le puede servir eso?

Amat respira hondo, porque quiere mucho a los padres de Zacharias, pero les dice con firmeza:

—Zach no está jugando videojuegos con «unos amigos». Es un gran torneo. Se clasificó dejando atrás a miles de jugadores. Deberían ir conmigo a verlo.

El papá de Zacharias está de pie más atrás en el vestíbulo. No quiere ofender a Amat, pero no puede evitar soltar un resoplido:

—Es un buen detalle de tu parte que quieras defenderlo, Amat, pero jugar videojuegos no es un deporte de verd…

Amat clava la mirada en él.

—Desde que éramos niños, Zach y yo hemos competido para ver quién se convertiría primero en jugador profesional. Él me va a ganar. Y si no están ahí para ver cuando eso suceda, se van a arrepentir por el resto de sus vidas.

Amat da media vuelta y baja por las escaleras antes de que ellos tengan tiempo de contestar.

Cuando Zacharias entra al enorme centro de convenciones donde se llevará a cabo el torneo, ubicado a varias horas de distancia de Beartown, Amat ya está ahí para verlo. No es un gran ejército, pero es un ejército al fin y al cabo.

El piso donde todas las computadoras se encuentran acomodadas en una línea está rodeado por elevadas tribunas con asientos, llenas de espectadores; hay pantallas colgando del techo y música retumbando en las bocinas.

—Es… casi es como en el hockey —admite sorprendido el papá de Zacharias.

La mamá de Zacharias y él alcanzaron a Amat en la estación

de trenes. En vez de ir en tren, los tres viajaron en auto. Los padres ingresaron al lugar con renuencia, en realidad no entendían nada de todo esto; pero, antes de que el torneo termine, la gente a su alrededor aclamará y aplaudirá lo que Zacharias ha hecho. Cuando él gane, Amat gritará con fuerza y sus papás seguirán su ejemplo. Un extraño en la fila de adelante volteará y le preguntará a la mamá de Zacharias:

—¿Lo conoce?

—¡Es mi hijo! —exclamará la mamá de Zacharias.

El extraño asentirá impresionado y dirá:

—¡Debe estar más que orgullosa de él!

Esto no es tan importante. No es más que un deporte. Un deporte diferente.

*   *   *

La propia madre de Mira Andersson le dijo alguna vez: «Lo más difícil de tener una familia es que nunca terminas con todos los quehaceres». Mira no puede dejar de pensar en esto del todo mientras la colega y ella decoran su oficina, cuando están a la caza de clientes e intentan reclutar personal, negocian con el banco y se preocupan por el dinero. El teléfono de Mira suena todo el tiempo. Observa la foto de sus hijos en su escritorio, con las mismas preguntas silenciosas de siempre: ¿Por el bien de quién tienes una carrera? ¿Valen la pena todos los sacrificios? ¿Cómo lo puedes saber de antemano?

Peter Andersson llega a un hogar vacío. Mira está en el trabajo, sus hijos están afuera en algún lugar con sus amigos. Peter se cocina algo y come a solas frente a un partido de hockey en la televisión. Su teléfono está en silencio. Hace muchos años, cuando aceptó el puesto de director deportivo, odiaba su sonido cuando timbraba, porque nunca dejaba de hacerlo. Ni siquiera cuando estaba de vacaciones. Ahora lo extraña.

Maya Andersson mete la llave en la cerradura y entra al vestíbulo. Su papá se levanta del sofá e intenta no mostrar la alegría que siente por no tener que estar solo en casa. Maya está exhausta después de su entrenamiento de artes marciales, pero, cuando ve la expresión en el rostro de su papá, de todos modos va por su guitarra. Tocan tres canciones en el garaje. Entonces, la hija pregunta:

—¿Mamá ya te contó? ¿De... la escuela de música?

Peter parece sorprendido, y luego, apenado.

—Nosotros... Tu mamá y yo... no hemos tenido mucho tiempo para hablar últimamente.

Maya le trae la carta de la escuela.

—Puedo empezar en enero. Está algo lejos, tendría que mudarme y pedir dinero prestado, pero... mamá dijo que estaba bien.

Peter fracasa en su intento por no romperse en mil pedazos.

—Yo sólo quiero que seas... que seas feliz, Calabacita... ¡que seas feliz y nada más! —logra decir él.

—¿Sabes algo, papá? Eso es todo lo que yo quiero para ti también —susurra su hija.

Leo Andersson camina solo a través de Beartown. No se dirige a algún sitio en particular, no tiene un plan, sólo deambula por ahí. Cuando sea adulto, recordará este invierno como aquél en el que anheló sentir pasión por algo. Todos los demás parecían tener algo que amaban de forma incondicional: su papá tenía su club, su mamá tenía su nueva firma y Maya tenía su música. Leo quería algo que fuera suyo. Tal vez lo encontrará. Tal vez ésa sea una historia para otra ocasión.

Sin embargo, cuando llega a su casa esta noche, su mamá

todavía está en el trabajo y su hermana mayor está acostada durmiendo. Su papá está sentado en la sala viendo la televisión. Leo cuelga sus prendas de abrigo, considera irse directo a su cuarto como cualquier otra persona que justo acaba de convertirse en adolescente, pero, en lugar de eso, esta noche se dirige a la sala. Se sienta al lado de su papá. Ven un partido de hockey juntos.

—Oye… Yo… Espero que sepas cuánto te quiero —dice su papá durante una pausa entre periodos.

—Lo sé, papá, lo sé —sonríe Leo abiertamente y bosteza, como si lo diera por sentado.

Es entonces cuando Peter tiene la esperanza de que, tal vez, ha hecho algo bien como padre después de todo. Los dos están dormidos en el sofá cuando Mira llega a casa. Los cubre con unas mantas.

Nunca terminas con todos los quehaceres si tienes una familia.

46
Diremos que fue un accidente de tránsito

¿Alguna vez has visto a un pueblo derrumbarse? El nuestro lo hizo. Porque a veces es tan sencillo odiarse unos a otros que parece inconcebible que en alguna ocasión hagamos otra cosa que no sea eso.

Éste ha sido un relato acerca de arenas de hockey y de todos los corazones que laten alrededor de ellas. Acerca de personas y deportes y de cómo a veces se turnan para llevarse a cuestas entre sí. Acerca de nosotros, gente que sueña y que lucha. Algunos se enamoraron, a otros los destrozaron; tuvimos días muy buenos y algunos días muy malos. Beartown se regocijó, pero también empezó a arder. Se oyó un terrible estruendo.

Algunas muchachas hicieron que nos sintiéramos orgullosos; algunos muchachos nos convirtieron en algo grandioso. Un auto atravesó la noche a exceso de velocidad. Diremos que fue un accidente de tránsito, pero los accidentes ocurren por casualidad, y sabremos que éste podríamos haberlo prevenido. Éste será culpa de alguien. Será culpa de muchas personas. Será culpa nuestra.

* * *

El hockey es el hockey. Un juego. Sólo es una fantasía.

———

Cuando el invierno llega a Beartown y a Hed, el cielo está oscuro cuando vas camino al trabajo y cuando regresas a casa. El personal de los servicios de urgencias en el hospital de Hed mata el tiempo como lo hacen todos los demás: hablan de hockey.

Todos esperan con ansias el siguiente partido. Algunos apoyan al equipo rojo y otros al equipo verde, hay personal médico que apenas si puede hablarse entre sí. A medida que la temporada ha ido avanzando y ambos equipos han ganado todos sus demás encuentros, el siguiente partido entre el Club de Hockey de Beartown y el Club de Hockey de Hed se ha vuelto cada vez más importante. El equipo que venza podría tener la oportunidad de ascender a una división superior. El que pierda quizás ni siquiera exista para la siguiente temporada. Las cosas pueden cambiar así de rápido.

Tratamos de decirnos a nosotros mismos que el hockey sólo es el hockey, pero, por supuesto, nunca lo es. Un doctor masculla que «el dinero está destruyendo al deporte». Una enfermera da un largo discurso en la cafetería acerca de cómo «los peces gordos en la asociación inventan nuevas licencias con obligaciones económicas imposibles para los clubes pequeños, los agentes están succionando el mercado hasta dejarlo seco, los patrocinadores hacen lo que quieren, ¡los partidos se deciden en las salas de juntas y no en la pista de hielo!». Alguien lee en voz alta un artículo de un periódico en el que un periodista de deportes, muy lejos de aquí, predice que, dentro de unos cuantos años, equipos como Beartown y Hed terminarán como filiales de los equipos grandes. «¿Filiales? ¡Como si fuéramos unos jodidos esclavos de las grandes ciudades!». Alguien más gruñe: «Si tan sólo hubieran desaparecido al club de Beartown, habríamos podido concentrar todos nuestros esfuerzos en un solo club...», a lo que otra persona responde: «¿Por qué tendríamos que desa-

parecer NOSOTROS? ¿Por qué no desaparecen USTEDES?».
El personal del hospital empieza a discutir, a enemistarse, igual
que todos los demás por estos rumbos.

Pero, entonces, algo sucede, como siempre pasa donde ellos la-
boran: llega una alerta, ha ocurrido un accidente, gente herida
viene en camino. Se olvidan de los partidos de hockey y las lealtades a un club. Todos en la sala de urgencias trabajan juntos,
luchan juntos, se convierten en un equipo.

Harán absolutamente todo lo posible por salvar las vidas de cada
una de las personas que las ambulancias traigan esta noche. No
será suficiente.

* * *

Si Ana y Vidar hubieran sido una historia de amor común y corriente, quizás habrían vivido toda una vida juntos. Quizás habrían tenido tiempo para hartarse el uno del otro, terminar su
relación, o quizás habrían tenido tiempo para enamorarse cientos
de veces de la misma persona. Una vida ordinaria es larga si la
vives junto con alguien más.

Pero lo que sucede cuando eres un adolescente poco común es
que, a veces, sólo quieres ser un adolescente común. Ana está acostada en su cama, Vidar yace en silencio a su lado. Para Vidar, ella
es como el *Minecraft*: puede concentrarse cuando Ana está con él.

—¿Quieres acompañarme a una fiesta? —susurra ella.

—¿Qué?

—Ya me oíste.

—¿Qué clase de fiesta?

—Esta noche habrá una fiesta en una cabaña del campamento.
Me enteré en la escuela. No tienes que ir. Pero yo… sólo quiero
ir a una fiesta y sentirme… normal. Sólo por un rato.

—Okey —dice Vidar.

—¿Okey? —repite Ana.

—¿Estás sorda o qué? ¡OKEY! —dice él con una amplia sonrisa.

Ella ríe. Se dan un beso. Esto se siente como algo perfectamente normal. Perfectamente normal y perfectamente maravilloso.

Los dos van a la fiesta. Se siente como algo normal, al menos por un rato. Pero, entonces, Vidar va al sanitario, y el muchacho que se le acerca a Ana en la barra es de Hed, así que no sabe quién es ella. Tal vez ni siquiera sabe quién es Vidar.

Ana intenta ser amable, rechaza con cortesía la bebida que el muchacho le ofrece y quita la mano que él le pone encima de su cadera. El muchacho de Hed le muestra con orgullo el tatuaje de un toro en su brazo, le cuenta que tal vez pueda jugar en el primer equipo en la siguiente temporada. Ana lo aleja de un empujón cuando empieza a susurrarle cosas al oído. Ella intenta irse de ahí. Él la agarra del brazo y se echa a reír:

—¡Ya, relájate! ¡No seas tan estirada! ¡Disfruta un poco la vida!

El muchacho envuelve la cintura de Ana con sus brazos. Ni siquiera tiene tiempo de ver a Vidar que se acerca caminando a través de la habitación, no ve la mirada oscura en sus ojos ni su ceño fruncido mientras se abre paso entre la multitud. Vidar no se da cuenta de a quiénes lanza contra las paredes o a quiénes arroja sobre las mesas a su alrededor. Pero Ana lo ve. Ella sabe lo fácil que sería apartarse de la situación, dejar que el muchacho de Hed sepa que tocó a la chica equivocada. Que buscó pelea con el chico equivocado. Habría sido tan sencillo. Pero Ana jamás ha hecho nada que sea sencillo en toda su vida.

Así pues, Ana se retuerce para escapar del abrazo del joven, inclina su torso hacia atrás y le da un cabezazo. Oye que algo cruje cuando su frente se estrella contra la nariz del muchacho, quien cae con un grito al suelo. Ana siente que hay sangre goteando de su rostro, no sabe de quién es.

Los amigos del muchacho están parados a un par de metros de distancia, están tan conmocionados como todos los demás, así que Ana sabe que sólo tiene un par de segundos para actuar. Ve a Vidar irrumpiendo a través de la muchedumbre, con una mirada asesina en sus ojos, y Ana hace la única cosa que puede hacer, considerando que ella es quien es y que ama a alguien como él: toma impulso y golpea a Vidar directo en el rostro.

Toda la habitación se queda en silencio. Ana lo golpea una vez más de inmediato, todavía más fuerte, y Vidar se tambalea hacia atrás. Entonces ella lo agarra del brazo y se precipita hacia la puerta. Se lo lleva arrastrando al bosque y corre hasta que nadie que estuviera en la fiesta pueda encontrarlos.

—¿CUÁL ES TU PROBLEMA? —grita Vidar cuando Ana por fin se detiene entre los árboles.

Ella casi se siente culpable cuando ve la hinchazón en el rostro de Vidar, pero le espeta:

—¿Sabes cuál es mi PROBLEMA? ¡Los chicos! ¡Todos los malditos CHICOS! ¡¡¡Ustedes son mi problema!!!

—¿Y ahora qué hice?

Entonces, Ana llora de rabia.

—¡Ibas a matarlo! Si no te hubiera sacado de ahí lo habrías asesinado a golpes y te habrían enviado a la cárcel y yo…

Ana respira con dificultad, por las lágrimas furiosas y reprimidas. Vidar está parado frente a ella, con un labio partido y un ojo que se hincha un poco más con cada respiración.

—Sólo estaba tratando de… ayudarte…

—¿Qué les pasa a ustedes los chicos? ¿Por qué creen que queremos que peleen por nosotras todo el tiempo? ¿Por qué creen que tienen que hacer todo de manera violenta? ¿Cuál es su maldito problema?

—No… no sé —reconoce él.

Ana se echa a reír.

—Te amo.

—¿Por eso me golpeaste?

—¡Sí!

Vidar se rasca por encima del ojo.

—¿Tienes que amarme de esa forma tan… dura?

—¡No quiero que me pongas en un jodido pedestal! —dice ella con brusquedad.

—¿Un qué?

—¡No quiero que te pelees por mí! ¡No quiero que hagas cosas por mí! Sólo quiero que creas en mí. ¡No quiero que me lleves a ningún lugar, quiero que me apoyes para que yo pueda llegar por mí misma!

—Okey.

—¿Cómo que «okey»?

—Okey… Yo… Okey, eso es todo. Okey. Yo… ¡también te amo!

—¡Eres un idiota!

A Ana le duele tanto la mano que sólo quiere acurrucarse y aullar. Él la guía hasta un montón de nieve y hace que meta el puño en él. Ella suelta un grito. Él intenta explicarle:

—No debes golpear así con la mano, tienes que… —empieza a decir, pero ella bufa:

—¡No te atrevas a decirme cómo carajos tengo que pegarte!

—Okey.

Es posible que haya historias de amor más normales. Quizás.

Al día siguiente, Vidar va al entrenamiento de artes marciales de Ana. No dice nada, sólo mete seis paletas de madera que arrastra desde el jardín, y las apila una encima de la otra para formar unos escalones rudimentarios. Entonces va y se para en ellos.

—¿Qué es eso? —pregunta Ana, irritada.

—Una grada —responde Vidar.

—¿Para quién? —dice ella.

—Para mí —le contesta él.

Ella empieza a reír, pero él está hablando en serio.

—Yo me planto si tú te plantas —dice él.

Entonces, ella deja de reírse y lo besa. De todos modos, las historias de amor normales nunca tuvieron ningún atractivo para ella.

* * *

¿Cómo empezó? Nunca dejaremos de discutir acerca de ello.

Tal vez empezó con ese muchacho de Hed que intentó ligar a una chica de Beartown en una fiesta y terminó con la nariz rota. Quizás él era rencoroso.

O tal vez empezó mucho antes, en ese primer partido de hockey al inicio del otoño, cuando los aficionados de Hed corearon cosas horribles sobre Benjamin Ovich. Quizás algunas personas de Beartown no pudieron dejar eso atrás, en especial después de que Hed ganó el partido.

O tal vez empezó una mañana de otoño o invierno, cuando alguien dejó un cuerno de toro ensangrentado afuera de las puertas de la arena en Hed. Ni siquiera era sangre verdadera, probablemente sólo fue una ocurrencia estúpida de algunos adolescentes ebrios, pero no todos en Hed lo interpretaron así.

Cierta noche, no mucho tiempo después, un muchacho de Beartown hacía fila en una pizzería de Hed. Su novia era de Hed y estaba esperándolo en su apartamento. Unos cuantos chicos de Hed estaban más atrás en la fila, y empezaron a corear esas mismas palabras. Uno de ellos se inclinó hacia adelante y las vociferó directo en la oreja del muchacho de Beartown. Otro más gritó que debería largarse a su casa, acostarse «con gente de su propia clase» y «¡dejar a las mujeres de Hed en paz!». El muchacho de Beartown se volvió y les dijo que se fueran al demonio, y los chicos de Hed le arrancaron las pizzas de las manos. El personal alcanzó a interponerse entre ellos antes de que hubiera algún problema serio, pero, quizás, así fue como empezó.

A menos que haya empezado con todos los rumores a propósito del hospital y la fábrica, cuando todo se volvió una pelea por los empleos. Hubo un tiempo en el que a la gente le preocupaba que los políticos intentaran fusionar Hed y Beartown para conformar un solo pueblo que fuera más grande; pero, ahora, a todos les preocupa que quizás ni siquiera haya suficiente espacio para dos pueblos pequeños.

Poco tiempo después del incidente con el cuerno de toro afuera de la arena y el altercado en la pizzería, los equipos infantiles de la categoría de nueve años del Club de Hockey de Hed y el Club de Hockey de Beartown se enfrentaron en un torneo, en cierto lugar a varias decenas de kilómetros de distancia. El partido estaba muy igualado, los pequeños estaban exaltados y, cuando uno de los chicos de nueve años de Hed empezó a corear «¡Maricones! ¡Putas! ¡Violadores!», se desató una pelea entre tantos niños que sus padres tuvieron que meterse de un brinco a la pista para ayudar al árbitro a detener la trifulca. Un papá de Hed y un papá de Beartown trataron de separar a sus hijos, y uno de los papás sintió que el otro estaba sujetando a su hijo con demasiada fuerza. Los papás gritaron algo, luego comenzaron a empujarse y, en poco tiempo, eran los niños quienes intentaban hacer que los adultos dejaran de pelear, en lugar de que fuera al revés.

Más o menos al mismo tiempo, dos señores de edad avanzada empezaron a reñir en la sala de espera en el hospital de Hed, porque uno de ellos creyó que estaba teniendo que esperar por más tiempo para recibir atención médica que el otro. El segundo hombre masculló: «Malditos bastardos de Beartown, construyan su propio hospital y dejen de venir aquí a aprovecharse de nuestros servicios de salud».

Tal vez nada de esto habría importado si no hubiera ocurrido todo durante el mismo otoño e invierno. Tal vez esto no habría escalado si no hubiera habido una oportunidad natural para que todas estas personas se encontraran en la misma arena de hockey una vez más, antes de que terminara el año. Pero, por supuesto, sí había tal oportunidad. Otro partido de hockey entre Hed y Beartown.

Una mañana, poco antes del partido, dos hombres viajan en auto desde Hed hasta la fábrica de Beartown para pedir empleo. Han estado sin trabajo durante mucho tiempo, ambos tienen hijos y, cuando los nuevos dueños de la fábrica les ofrecieron una entrevista, fue como un regalo caído del cielo. Estacionan su vehículo afuera de la fábrica. Cuando regresan después de la entrevista, el auto está destrozado. Le abollaron todas las puertas y metieron una rama enorme a través del parabrisas. Desde luego que no hay testigos, a pesar de que hay varios hombres con chaquetas negras parados a poca distancia. En el asiento del conductor, entre los trozos de vidrio, yace una hoja de papel que dice: «¡Los empleos en Beartown son para la gente de Beartown!».

Tal vez así fue como empezó.

A menos que empiece poco tiempo después de ese incidente, cuando un pequeño grupo de hombres de Hed se reúnen para discutir cómo vengarse. Quieren hacerle daño a la Banda. Quieren quitarles a las chaquetas negras algo que amen. «Quisiera prenderles fuego a sus malditas casas...», masculla uno de los hombres de Hed durante esa reunión. Quizás no lo está diciendo en sentido literal. Pero uno de sus amigos responde: «Entonces, eso es lo que haremos».

47

Una historia de amor que jamás olvidaremos

Es difícil guardar un secreto en los vestidores. Todo tipo de secretos.

En la arena de Hed, la tensión en los entrenamientos va aumentando de forma gradual. Todos los que se encuentran ahí dentro han dejado de referirse a los habitantes de Beartown como personas, prefieren utilizar con más y más frecuencia expresiones como «los verdes». O «los oseznos que van a ser sacrificados». O «los hijos de perra». O «los putos bastardos». Quizás todos tenían la expectativa de que William Lyt fuera la voz más fuerte de entre todas, pero, por alguna razón, se está volviendo cada vez más silencioso.

Cuando sus compañeros de equipo le preguntan por qué está tan callado, dice que sólo trata de «concentrarse en el hockey». No tiene una mejor respuesta. Es una cosa extraña la que le está sucediendo este otoño e invierno: entre más empezaron a odiarse todos los demás, más cansado se sentía él mismo. Ha estado enojado por tanto tiempo, enojado en los entrenamientos, enojado en la escuela, enojado en su casa, que, al final, quizás simplemente no tenía fuerzas para seguir sintiéndose así. «¡Concéntrate en el hockey!», dijo su mamá dándole unas palmaditas con cariño en la cabeza. Así que eso hizo.

Se distancia más y más del resto del equipo, entrena con más ahínco por su cuenta. Conoce a una chica de Hed y empieza a pasar sus tardes con ella. Cierto día David, el entrenador, lo llama a su oficina. Le entrega un pedazo de papel con el número de teléfono de un cazatalentos que trabaja para uno de los clubes de élite, varias divisiones por encima de la de Hed. «Tienen interés en ti, quieren que los llames». Al tiempo que William se queda mirando el pedazo de papel, David le da la vuelta a su escritorio y pone sus manos en los hombros del muchacho. «He visto que últimamente te has enfocado más en el hockey, William, que has hecho a un lado todas esas otras tonterías que pasan afuera de la pista, el parloteo y las peleas y demás… ¡Eso es bueno! Por eso este club está interesado. Puedes llegar a ser alguien, William, ¡puedes llegar muy lejos! Pero tienes que saber que lucharé por que sigas jugando para mí. ¡Creo que la próxima temporada ya estarás listo para ser capitán!».

Entonces, David dice algo terrible. Algo que destruye por completo a un joven que tiene miedo de mostrar sus sentimientos: «Estoy orgulloso de ti, William». William sale directo de la oficina y le habla por teléfono a su mamá.

Es difícil guardar un secreto en los vestidores, así que todos felicitan a William cuando regresa. Se siente orgulloso, desde luego, pero también nota que los demás dejan de hablar cuando él está cerca. Se da cuenta de que están hablando de algo que no quieren que él oiga.

Después del entrenamiento, hay dos autos estacionados afuera de la arena; a bordo de ellos se encuentran algunos hombres jóvenes con tatuajes de un toro y sudaderas con capucha. Dos compañeros de equipo de William, unos que son lo bastante jóvenes como para querer pelear y no tan buenos jugadores como para tener algo que perder, se van caminando directamente hacia esos autos.

—¿A dónde van? —pregunta William.

Uno de los muchachos se vuelve.

—Entre menos sepas mejor, William. Eres demasiado importante para el equipo como para que te involucres en esto. ¡Te necesitamos en la pista!

—¿Qué carajos están planeando hacer? —pregunta William confundido.

Los hombres con tatuajes de un toro no le contestan, pero uno de los chicos del equipo está demasiado entusiasmado para contenerse. Así que exclama con un grito:

—¡¡¡Vamos a ver qué tan bien arde la piel de un oso!!!

Los autos se van. William se queda ahí parado. Solo.

* * *

En el futuro, cuando la policía los interrogue, los hombres de Hed tendrán mil excusas. Alguien dirá que no era su intención prenderle fuego a todo el edificio, tan sólo creyeron que la puerta empezaría a arder y que tendrían tiempo de apagar las llamas antes de que fuera demasiado tarde. Otro dirá que nada más querían dejar «una marca», uno más dirá que se suponía que sólo era «una broma». Ninguno de ellos sabía que encima de La Piel del Oso se encontraba un apartamento. Que Ramona estaba dormida allá arriba.

* * *

Maggan Lyt recoge a su hijo en la arena de hockey de Hed, tal y como lo hace después de cada entrenamiento. Trae emparedados y batidos de proteína; mete la maleta con el equipo de su hijo en el maletero, reproduce la música favorita de William durante todo el camino a casa. Pero él no dice una sola palabra.

—¿Qué pasa? —pregunta su mamá.

—Nada… no es nada. Sólo… estoy nervioso por el partido —murmura William.

Él finge que esto es verdad, Maggan finge que le cree. No quieren herir los sentimientos del otro. Comen su cena y escuchan mientras el papá de William les cuenta sobre su día en el trabajo, ríen con la hermana de William cuando ella les cuenta de su día: hoy, en la escuela, desenroscó las tapas de los saleros en la mesa donde almuerzan los maestros, ¡así que las tapas se cayeron cuando los maestros intentaron echarle sal a su comida! William le enseñó a hacer eso. Maggan intenta regañarla, pero la risa de su hija es tan contagiosa que no tiene el corazón para hacerlo.

Este día William observa a sus padres más que de costumbre mientras comen y charlan. Él sabe muy bien lo que la gente del pueblo piensa de su familia, que su papá es «tan tacaño que llora cuando tiene que cagar», y que su mamá es «la loca que sólo vive para ser chofer y asistente de su hijo jugador de hockey». Tal vez sea verdad, pero hay otras cosas acerca de ellos que también son ciertas. Jamás les han regalado nada, han tenido que luchar por todo y quieren darles a sus hijos lo que ellos nunca tuvieron: poder sobre sus propias vidas, sin tener que batallar a diario. Es posible que algunas veces hayan ido demasiado lejos, pero William está más que dispuesto a perdonarlos. Este mundo no está hecho para la gente amable. La gente amable termina explotada y aplastada. William sólo tiene que mirar a su alrededor en Beartown para darse cuenta de eso.

Después de la cena, William ve dibujos animados en la habitación de su hermana. Cuando ella nació, los doctores dijeron que había algo mal en ella. Pero no lo había, sólo es especial. La gente quiere describirla con el nombre de su condición, pero William se niega a hacerlo. Ella es quien es. La persona más bondadosa que él conoce. Cuando se queda dormida, William baja al sótano para entrenar a solas levantando pesas. Sin embargo, aquellas palabras lo están carcomiendo: «¡¡¡Vamos a ver qué tan bien arde la piel de un oso!!!». No puede apartarlas de su mente. Así que se pone su chándal y le dice a su mamá que va a salir a correr. Maggan Lyt tiene la esperanza de que sea porque su hijo está nervioso.

Una vez que la puerta se cierra detrás de él, ella se va directo a la cocina. Siempre está preocupada por sus hijos; cada vez que William no está en casa, ella canaliza sus ansiedades preparando comida. «Podrás decir lo que quieras de Maggan Lyt, ¡pero es buena cocinera!», opina la gente, y Maggan no se ofende por el hecho de que siempre comiencen a hacer una descripción de ella con la frase «Podrás decir lo que quieras». Ella sabe quién es. Lucha por todo lo que tiene. Al final termina haciendo una ensalada de pasta, y luego una ensalada de papa. «Nadie puede preparar tantas ensaladas diferentes que en realidad no son ensaladas como tú, mamá, ¡puedes convertir cualquier vegetal en una comida poco saludable!», acostumbra decir William con una amplia sonrisa.

Ella permanece despierta hasta que él vuelva a casa. Está preocupada todo el tiempo.

William corre a través de Beartown. De repente, se da cuenta de que está vestido con el chándal rojo que tiene el toro en el pecho. Hasta él entiende qué clase de estúpida provocación es esto por aquí, justo ahora. Da media vuelta para irse corriendo a su casa a cambiarse de ropa, pero se detiene cuando percibe el olor. Le pica en las fosas nasales.

Algo está ardiendo.

* * *

Ramona no se despierta por el humo, se despierta porque alguien está tirando de ella. Es posible que Ramona se haya bebido uno o dos bocadillos de medianoche, así que reacciona como siempre lo hace cuando alguien la saca de su sueño: agita los brazos y grita obscenidades y busca un objeto pesado para usarlo como arma.

Sin embargo, cuando ve las llamas lamiendo las paredes y oye los gritos que llegan desde la calle, abre bien los ojos y se descubre mirando fijamente los de Elisabeth Zackell.

Quizás la entrenadora de hockey sea mala para eso de los sentimientos, pero sigue siendo capaz de ponerse nerviosa. Esta noche no podía dormir, estaba pensando demasiado acerca del partido que pronto jugarán contra Hed, así que salió a trotar. Vio a unos cuantos hombres que huían a toda prisa de La Piel del Oso, vio que el fuego cobraba fuerza. La mayoría de la gente tal vez habría llamado a los bomberos y habría esperado afuera en la calle. Una persona normal no se habría metido corriendo a un edificio en llamas. Pero, por supuesto, Elisabeth Zackell no es una persona normal.

Cuando Zackell se desploma en la calle, tosiendo y jadeando en busca de aire, Ramona está junto a ella, vestida sólo con un camisón, y mascula:

—¿Esto es lo que haces por un plato de papas, muchacha? ¿Qué habrías estado dispuesta a hacer si te hubiera servido algo de carne?

Zackell tose y se echa a reír.

—De hecho, tengo que admitir que está empezando a gustarme la cerveza. Las vitaminas son muy importantes.

La gente llega corriendo desde todas direcciones, pero nadie es más rápido que Teemu. Se arroja a la nieve y envuelve a Ramona con sus brazos.

—Ya, ya, chicuelo, tranquilízate. Todos están vivos. Sólo fueron unas cuantas llamas... —susurra Ramona, pero él puede sentir que ella tiembla.

—¡Todas tus fotos de Holger...! —exclama Teemu, y se pone de pie.

Ramona tiene que detenerlo. El chicuelo la quiere tanto, que ella tiene que sujetarlo para impedir que se meta corriendo al fuego para rescatar las fotografías de su difunto esposo.

Sin embargo, no puede sujetar a Teemu con la fuerza suficiente para impedirle hacer lo que sucede a continuación. Nadie puede.

* * *

Todo Beartown se despierta por el incendio. Los gritos se propagan por el pueblo más rápido que unos tambores, más rápido que unas sirenas. Suenan todos los teléfonos, se abren todas las puertas.

Benji y sus hermanas vienen a toda prisa por la calle. Sus hermanas corren hacia La Piel del Oso. La gente empezó a formar una cadena humana para pasarse cubetas con agua, hay autos que se detienen por todos lados con bidones y mangueras en el maletero.

Sin embargo, Benji se queda de pie, inmóvil, pues cae en la cuenta de que esto no es una coincidencia. Nunca lo es. Así que busca a un perpetrador, y todo lo que puede ver es el chándal rojo. William Lyt está parado a una corta distancia detrás de todos los demás, más cerca del bosque, solo y conmocionado, con la mano sobre la boca.

Benji corre a toda velocidad hacia él. Por un instante, William cree que se le va a ir encima, pero Benji se detiene de golpe, como si se hubiera dado cuenta de algo. Hay gente corriendo de un lado a otro en la calle, sirenas que se oyen a la distancia y vienen en camino a través del bosque. Benji se vuelve hacia William y dice entre dientes:

—Tú y yo. Ahora. Va en serio. Sin amigos, sin armas. Sólo tú y yo.

Quizás William podría haber protestado, podría haber tratado de tranquilizar a Benji y explicarle que él no tenía nada que ver con el incendio. Pero Benji está demasiado alterado en este momento como para creer eso, y tal vez William sigue odiándolo demasiado como para dar marcha atrás. Así que tan sólo susurra:

—¿Dónde?

Benji lo piensa por un instante.

—El sendero para correr en la Cima. No hay gente, el terreno es plano y el lugar está iluminado.

William asiente con frialdad.

—¿Lo dices para que después no tenga excusas?

Las acciones de Benji siempre han sido peores que sus palabras. Por esa razón su respuesta está especialmente cargada de implicaciones.

—No habrá un «después» para ti, William.

Corren hacia el sendero. A través de todo el pueblo. Han hecho esto mil veces en el pasado; cuando jugaban en el mismo equipo de hockey, competían en todos los entrenamientos. Benji nunca podía dejar que William fuera el mejor en algo, incluso le quitó cosas que Benji ni siquiera quería. Ahora, mientras corren con la nieve hasta los tobillos, son los mismos niños de nuevo. Incluso hay poco más de un metro de distancia entre ellos, como si Kevin todavía estuviera corriendo en medio de los dos.

* * *

Cuando llegan al sendero para correr en la Cima, se detienen y recuperan el aliento por unos segundos; de sus bocas emergen densas nubes. Entonces William, aún vestido con su chándal rojo, se abalanza contra Benji, quien está de pie esperando, sin moverse, con su camiseta verde y las manos cerradas en un puño. Sin amigos, sin armas, sólo ellos dos. Un toro contra un oso.

* * *

Araña y Carpintero encuentran a Teemu afuera de La Piel del Oso. Su primer instinto es ayudar a apagar el fuego, proteger a la gente. Este pub es su hogar, más de lo que sus propios hogares alguna vez lo hayan sido. Pero Araña le susurra en el oído a Teemu:

—Sabemos quiénes fueron, son esos bastardos de Hed. La mamá de la novia de Carpintero los vio por la ventana de su cocina. Dejaron su auto cerca del supermercado. ¡Si nos vamos ya, podemos alcanzarlos!

Cuando los hombres con chaquetas negras se apartan de la multitud que está afuera de La Piel del Oso y corren hacia el Saab de Teemu para ir a cazar al enemigo a través del bosque, casi nadie se fija en ellos. El único que los ve es un joven adolescente. Leo Andersson. Se dedica a seguirlos.

* * *

William y Benji no se tienen piedad. Sus golpes son frenéticos y ambos son tan fuertes que, tras unos cuantos segundos, sus rostros ya están ensangrentados. William grita cada vez que lanza un puñetazo y lo conecta, por el cansancio y la ira a partes iguales. Es más alto que Benji, la única ventaja que Benji jamás pudo quitarle; William puede pegarle con un movimiento hacia abajo, mientras que Benji tiene que hacer un movimiento hacia arriba, lo que requiere un mayor esfuerzo. Se tiran golpes de forma salvaje durante lo que parece una eternidad, hasta que el ácido láctico los obliga a retroceder, faltos de aliento, la sangre corriendo por su piel. Benji ha perdido un diente, William apenas si puede ver con su ojo derecho.

—¿Estabas enamorado de él? —gruñe William de repente.

—¿QUÉ? —grita Benji y escupe sangre en la nieve.

Están parados a unos metros de distancia entre sí, con sus pulmones subiendo y bajando. William pone las manos sobre las rodillas. Tiene un dedo roto, su nariz está sangrando como si fuera un grifo. Baja el tono de su voz, al tiempo que el dolor y el cansancio se apoderan de él.

—¿Estabas enamorado de Kevin? —dice entre jadeos.

Benji guarda silencio por varios minutos. Tiene sangre en el cabello y en las manos, es imposible saber de dónde está sangrando y dónde sólo se ha manchado.

—Sí.

Es la primera vez en toda su vida que Benji lo reconoce. William cierra los ojos y, cuando intenta respirar por la nariz, siente cómo le palpita.

—Si lo hubiera sabido, no te habría odiado tanto —susurra él.

—Lo sé —dice Benji.

William endereza la espalda. Permanece de pie con las manos a los lados, la chaqueta de su chándal está hecha jirones y empapada de sudor.

—¿Te acuerdas de ese verano cuando éramos pequeños y llovió durante todo un mes sin parar? ¿Cuando se inundó la arena?

Benji parece sorprendido, pero asiente con lentitud.

—Sí.

William se limpia la nariz con el dorso de la mano.

—Durante el verano, Kev y tú siempre estaban en el bosque, pero cuando llovía, los dos venían a mi casa y me preguntaban si podíamos jugar hockey en mi sótano. No sé por qué no iban a la casa de Kev, pero…

—Los papás de Kev renovaron su casa ese verano —le recuerda Benji.

William asiente en reconocimiento.

—Cierto, fue por eso. Durante ese mes jugamos hockey en mi sótano todos los días. Y en ese entonces éramos amigos. Tú eras buena onda. No nos metíamos el uno con el otro.

Benji escupe más sangre en la nieve.

—Dormíamos sobre colchones en el piso para poder empezar a jugar en cuanto nos despertáramos…

La sonrisa de William está cargada de oportunidades perdidas y años desaprovechados.

—Cuando otras personas de nuestra edad platican de su infancia, siempre parecen recordar que el sol brillaba todo el tiempo. Lo único que yo recuerdo es que todo el tiempo esperaba que lloviera.

Benji permanece de pie, inmóvil. Al final se sienta en la nieve. William no sabe si Benji está llorando. No sabe si se nota que él mismo lo está haciendo.

Entonces, los dos hombres se van, cada uno por su lado. No como amigos, no como enemigos. Simplemente se marchan por caminos diferentes.

* * *

Ya es tarde cuando Maya y Ana por fin terminan su entrenamiento en el club de artes marciales. Demasiado tarde en opinión de la madre de Maya, pero, aun así, recoge a su hija sin refunfuñar. También le ofrece a Ana llevarla en su auto, pero Ana dice que no moviendo la cabeza con el gesto de quien guarda un secreto, y Maya dice para fastidiarla:

—Va a verse con Viiiiiidar…

Esto hace a Mira muy feliz, pues ése es el tipo de cosas que hacen las mejores amigas de dieciséis años, comunes y corrientes. Molestarse una a la otra mencionando a algún chico. Maya se sube al Volvo, le dice adiós a Ana con la mano a través de la luneta.

Vidar está a la espera en el lindero del bosque. Ana y él caminan tomados de la mano a través de la noche. Vidar silba y tararea, no puede dejar de tamborilear en su muslo con los dedos y, si hubieran pasado toda una vida juntos, quizás a Ana habría empezado a irritarle la falta de control de sus impulsos. Pero, justo ahora, le encanta que todas las emociones de Vidar vivan dentro de él de la misma forma: en el instante.

Si hubieran tenido toda una vida juntos, quizás habrían salido a hacer caminatas en otros lugares. Quizás bajo los rayos del sol, en algún otro país. Quizás se habrían mudado de aquí y habrían vuelto a empezar en alguna otra parte, se habrían convertido en adultos y habrían construido un hogar. Quizás habrían tenido hijos, habrían llegado a la edad madura y habrían envejecido juntos. Ana se para de puntillas para besarlo. El teléfono de Vidar suena. Ella percibe el olor a humo.

Cuando Ana ve la expresión repentina de terror en el rostro de Vidar y él sale disparado, no intenta detenerlo. Corre a su lado.

* * *

Un auto blanco viaja a exceso de velocidad por el camino. Los hombres de Hed que van a bordo apenas si son unos hombres, poco más que unos muchachitos. ¿Por eso podemos perdonarlos? ¿Qué edad debemos tener para ser responsables de nuestros actos, aun cuando las consecuencias terminen siendo inconcebiblemente más terribles de lo que habíamos pensado?

———

Cuando el Saab aparece en el espejo retrovisor y los hombres del auto blanco se dan cuenta de que los están persiguiendo, entran en pánico. Aceleran y el Saab detrás de ellos hace lo mismo, el conductor del auto blanco aparta la mirada del camino y, un segundo después, los faros de un tercer auto brillan a través del parabrisas y lo deslumbran. Es un enorme Volvo, que va en la dirección opuesta.

El auto blanco patina sobre la nieve, los hombres de Hed que van a bordo gritan. Las llantas pierden el agarre sobre el camino. Miles de kilos de metal alzan el vuelo, sólo por un instante, y flotan silenciosos en la oscuridad. Entonces ocurre un choque espantoso, y suena un estruendo tan terrible que jamás dejaremos de oírlo.

* * *

Mira y Maya van sentadas en el Volvo, justo acaban de irse del criadero cuando suena el teléfono de Mira. Es Peter. Ya se ha ido corriendo al pueblo.

—¡HAY UN INCENDIO EN LA PIEL DEL OSO! ¡¡¡NO SÉ DÓNDE ESTÁ LEO!!! —ruge.

Para llegar al criadero hay que manejar un buen trecho internándose en el bosque. Sólo hay dos rutas para que un auto vaya de regreso a Beartown: por un lado, está el sinuoso camino ordinario de grava que usa la gente común, pero también existe una vereda entre los árboles, apenas transitada y sin iluminación, que los cazadores emplean de manera ocasional. La vereda lleva directo al camino principal que corre entre Beartown y Hed.

Nunca una madre y una hermana han viajado por esa vereda más rápido que en esta noche.

———

Unos cuantos minutos después, el Volvo sale del bosque derrapándose y con el motor rugiendo, y toma el camino principal. A poca distancia por detrás, un viejo viene conduciendo desde Hed y toca su bocina con irritación. A Mira no podría importarle menos. Pisa el acelerador.

Entonces, Mira ve el auto blanco que viene directo hacia ellas, a exceso de velocidad. Maya grita antes de que Mira tenga tiempo de reaccionar. El conductor del auto blanco pierde el control del volante y el auto patina sobre el camino. Mira da un frenazo, conduce el Volvo hacia la cuneta y se arroja sobre el asiento del acompañante para proteger a su hija. El auto blanco pierde el agarre sobre el camino, despega y se estrella contra un árbol.

* * *

Leo Andersson corre a través del bosque. Toma un atajo entre los árboles para alcanzar a llegar antes que los autos. Pero no es lo suficientemente rápido. Gracias a Dios.

No es lo suficientemente rápido.

* * *

Hay un viejo que es cliente habitual de La Piel del Oso; acostumbra sentarse con otros cuatro viejos a discutir acerca de hockey. Su vista no es buena y, a veces, los otros viejos sustituyen sus anteojos por unas gafas de lectura baratas, de ésas que uno puede comprar en una estación de servicio, para hacerle creer, cuando se las ponga, que se ha quedado ciego. Ramona suele espetar: «Si de verdad se queda ciego, ¿cómo rayos va a saberlo?».

El viejo tiene puestos sus anteojos esta noche, pero, de todos modos, no ve bien en la oscuridad. Intentó decírselo al personal del hospital. Su esposa no estaba en casa al anochecer, hace mucho tiempo que sus hijos se mudaron a comunidades más grandes en búsqueda de mejores empleos y barras de sushi y lo que sea que los jóvenes quieran de las grandes ciudades, y el viejo se despertó con un dolor en el pecho. Así que se subió a su auto y manejó desde Beartown hasta Hed, y pasó varias horas sentado en el hospital sólo para que le dijeran que no había nada de qué preocuparse. Tal vez nada más se trataba de una indigestión. «¿Alguna vez ha considerado beber menos alcohol?», preguntó el doctor. «¿Alguna vez ha considerado una lobotomía?», preguntó el viejo, y regañó al doctor por hacerlo esperar tanto tiempo. ¡No ve bien en la oscuridad! ¡Le había prometido a su esposa que no iba a manejar de noche! «Nos falta personal», dijo el médico. El viejo se fue indignado de ahí. «¿Qué clase de hospital de mierda es éste, eh?».

Para colmo, mientras va manejando de regreso a Beartown desde Hed, una loca en un Volvo se aparece de repente cuando sale derrapando del bosque y se mete al camino justo enfrente de él. Es evidente que ella había decidido tomar un atajo hacia el pueblo; el viejo frena y toca su bocina y le hace señales con las luces, pero a la loca no le importa, desde luego. Así es como conduce la gente estos días.

El Volvo va tan rápido que, en poco tiempo, el viejo sólo puede ver sus luces traseras. El viento cargado de nieve sopla con fuerza contra el parabrisas. El camino está envuelto en la oscuridad. El viejo empieza a soltar palabrotas y, esforzando la vista, mira al frente con los ojos entreabiertos a través de sus anteojos. Ni siquiera ve con exactitud lo que sucede a continuación, no tiene una sola oportunidad de reaccionar. La loca del Volvo frena de repente y da un bandazo hacia el costado del camino. Dos autos se aproximan desde la otra dirección: quizás el viejo tiene tiempo de ver que el primero de ellos es blanco. Ese auto se despega del piso, vuelca y choca con violencia brutal contra un árbol. El auto que viene detrás es un Saab, quizás el viejo tiene tiempo de darse cuenta. Es claro que el Saab estaba persiguiendo al auto blanco, pues frena con brusquedad y patina sobre toda la calzada, se detiene atravesado en medio del camino y Teemu, Araña y Carpintero abren las puertas de golpe y salen rápido del vehículo. El viejo quizás los reconoce de La Piel del Oso.

El viejo frena. Pero está nevando. El camino está a oscuras. Incluso si los frenos hacen todo lo que está en su poder, tal vez nadie podría haberse detenido a esta distancia, en este clima. Tal vez no es culpa de nadie. Tal vez es culpa de todos. El viejo no lleva puesto el cinturón de seguridad, maneja un auto viejo, tiene ojos viejos. Pasa junto al Volvo y, entonces, tuerce el volante con todas sus fuerzas y esquiva el Saab.

No tiene tiempo de ver qué es lo que golpea. En ningún momento oye el ruido sordo de un impacto contra el capó de su vehículo. Ya se ha pegado en la cabeza con el volante y ha perdido la conciencia.

* * *

Mira se lanza fuera del Volvo, rodea el auto corriendo y jala a Maya del asiento del acompañante. Eso es lo primero que la madre piensa: ¡Aleja a tu hija del camino! ¡Protégela! Las dos se abrazan con fuerza en la cuneta cuando una tercera persona las rodea firmemente con los brazos, como si creyera que, en caso de soltarlas, lo abandonarían para siempre.

Esa persona es Leo.

* * *

Ana y Vidar corren a través del bosque, más rápido de lo que en realidad cualquiera de ellos es capaz. Si hubieran vivido toda una vida juntos, quizás habrían disfrutado competir entre sí. Si hubieran tenido hijos, tal vez nunca habrían dejado de discutir acerca de cuál de ellos era el más rápido.

Los dos oyen el estruendo que proviene del camino que está allá abajo, cambian por instinto de dirección y corren a toda prisa hacia el ruido. Vidar oye la voz de Teemu, luego la de Araña y la de Carpintero, que gritan «¡Llamen a una ambulancia!» y «¡Cuidado!».

Las yemas de los dedos de Vidar y Ana tienen tiempo de tocarse con suavidad una última vez. La suya no es una historia de amor común y corriente. Puede que se hayan amado por un tiempo más corto que muchos de nosotros, pero amaron con más fuerza que la mayoría.

—¡Está ardiendo! —grita Ana cuando llegan al camino.

Al otro lado, pueden ver que un auto se estrelló de forma violenta contra un árbol, la parte delantera se aplastó envolviendo el tronco. La gente que está dentro se encuentra inconsciente, hay humo escapándose por los resquicios en el capó. Ana grita de nuevo:

—¡ESTÁ ARDIENDO! ¡ESTÁ ARDIENDO!

Entonces se echa a correr. Vidar intenta detenerla, pero ya está fuera de su alcance. Porque ella fue criada por un papá que le decía: «Tú y yo no somos de esas personas que abandonan a la gente a su suerte».

Así que ella atraviesa el camino y corre hacia el auto blanco en llamas. El viejo que está manejando de regreso desde el hospital de Hed no ve hacia qué se dirige sino hasta que es demasiado tarde. Pasa junto al Volvo y vira bruscamente para rodear el Saab, frena lo más fuerte que puede. Ana está en medio del camino.

———

Vidar corre, grita, pero todo sucede demasiado rápido. Así que Vidar se lanza hacia adelante y empuja a Ana para sacarla del camino. Porque él es de esas personas que no tienen control de sus impulsos. No puede contenerse de salvar la vida de la persona a quien ama.

Ana rueda hasta caer en la cuneta, se pone de pie en la nieve y suelta un aullido, pero la persona a quien ama no está ahí para oírlo. El auto del viejo patina con demasiada velocidad, golpea de lleno y el cuerpo se estrella contra el capó. Vidar Rinnius muere de la misma forma en la que vivió. En el instante.

La suya fue una historia de amor que jamás olvidaremos.

48

¡Dios mío! ¡Dios mío! ¡Dios mío! ¡Mi bebé!

¿Alguna vez has visto a un pueblo derrumbarse? El nuestro lo hizo.

¿Alguna vez has visto a un pueblo levantarse? El nuestro también lo hizo.

¿Alguna vez has visto personas que por lo general no pueden ponerse de acuerdo en una sola maldita cosa, sea de política, religión, deportes o algo más, llegar corriendo desde todas direcciones para ayudarse unos a otros a apagar un incendio en un viejo pub? ¿Los has visto salvarse la vida unos a otros? Nosotros lo hicimos. Tal vez tú habrías hecho lo mismo. Tal vez no eres tan diferente de nosotros como crees.

Hicimos absoluta y definitivamente todo lo que pudimos. Esa noche dimos todo lo que teníamos. Pero, aun así, perdimos.

En Beartown abundan los árboles hermosos. A veces decimos que es porque crece uno nuevo cada vez que enterramos a alguien. Por eso los anuncios de un nacimiento están listados junto a las esquelas en el periódico local, para que nunca se nos acaben ni los árboles ni las personas.

———

Eso no importa.

No queremos un árbol nuevo. Ni a otra persona. Sólo queremos a ESA persona de vuelta.

* * *

—¡Dios mío! ¡Dios mío! ¡Dios mío! —grita la mamá de Vidar cuando se derrumba en los brazos de los hombres que están de pie en su cocina, ahogados en lágrimas.

Los hombres se quedaron sin palabras. Caen en la misma oscuridad que ella. La mamá de Vidar yace en el piso y grita con desesperación:

—¡Mi bebé! ¿Dónde está mi bebé? ¿Dónde está mi bebé dónde está mi bebé dónde está mi bebé?

* * *

Malditos mocosos.

¿Cuántas veces piensa esto una mamá mientras sus hijos crecen? «Malditos mocosos». ¿Cuánto tiene que regañarlos? ¿Cada cuánto tiene que decirle a un muchachito que haga siquiera el más pequeño y sencillo de los encargos? Como, por ejemplo, atarse los cordones de sus zapatos. «¡Átate los zapatos!», dice ella. Pero ¿acaso el niño la escucha? Por supuesto que no. «¡Átate los zapatos antes de que te tropieces!», dice ella. «¡Vas a caerte y te vas a lastimar!». Te vas a hacer daño. Maldito mocoso.

Esa noche, Leo no se ató los zapatos de la forma adecuada. Si lo hubiera hecho, habría sido unos cuantos segundos más rápido entre los árboles, al salir del bosque, sobre el camino. Habría estado ahí cuando llegó el auto. Sólo unos cuantos segundos. Sólo el cordón de un zapato y un nudo mal atado.

Así que, Mira se queda dormida en la cama de Leo esa noche, y él no la obliga a irse de ahí; y qué regalo tan maravilloso es ése para una madre cuando viene de un adolescente. Los dos se despiertan cuando Maya entra con sigilo y se mete en la cama junto a ellos. Mira sostiene a sus hijos con tanta fuerza que no pueden respirar.

Malditos mocosos.

Malditos malditos malditos mocosos.

* * *

Cuando Vidar era pequeño, no parecía temerle a nada. Todos los demás niños tenían pesadillas y querían dejar la lámpara encendida por las noches, pero él no. Cuando Teemu y él compartían una habitación y tenían literas, Vidar insistía en dormir en la cama de abajo. Le llevó a Teemu varios meses entender el motivo. Una noche se despertó y oyó que Vidar estaba llorando, así que bajó de un brinco y lo obligó a que le explicara por qué. Al final, el niñito, de no más de cinco o seis años en ese entonces, dijo que estaba convencido de que había monstruos horribles que venían a la casa por las noches. «Entonces, ¿por qué demonios quieres dormir en la cama de abajo?», preguntó Teemu. «¡Para que los monstruos me atrapen a mí primero y tú tengas tiempo de escapar!», respondió Vidar entre sollozos.

No podía contenerse. Nunca pudo.

Cuando la muerte nos pone la vida de cabeza a los que seguimos en este mundo, el camino de vuelta a la normalidad es inconcebiblemente largo. El duelo es un animal salvaje que nos arrastra tan lejos hacia el interior de la oscuridad que creemos que jamás podremos volver a casa. Que jamás nos reiremos de nuevo. Duele de una forma tal, que en realidad nunca puedes darte cuenta de si en verdad ya pasó o si sólo te acostumbras.

Ana permanece sentada toda la noche en el suelo, afuera del cuarto de Vidar, en el hospital. Teemu y su mamá están sentados a ambos lados de ella. Sostienen las manos de Ana o, quizás, ella sostiene las de ellos. Tres personas amaban tanto a Vidar Rinnius que no habrían dudado en cambiar lugares con él si hubieran podido. Ése no es un mal logro para cualquier persona. Algún día tal vez puedan pensar en eso sin derrumbarse.

Un muchacho ha muerto esta noche. Uno de los tíos también. Una mamá, un hermano y una novia están sentados en un hospital, una tía llega a su hogar en un espacio que jamás dejará de sentirse vacío. Dos hombres de Hed irán a prisión por haber provocado un incendio premeditado, uno de ellos jamás podrá volver a caminar después del choque del auto en el bosque, y algunos de nosotros jamás creeremos que eso esté cerca de ser suficiente castigo.

Algunos diremos que fue un accidente. Otros, que fue un homicidio. Algunos opinarán que sólo fue culpa de esos hombres, otros dirán que hay más responsables. Que fue culpa de mucha gente. Que fue nuestra culpa.

Es muy fácil hacer que las personas se odien unas a otras. Eso es lo que hace que el amor sea imposible de comprender. El odio es tan sencillo que siempre debería ganar. Es una pelea desigual.

* * *

Araña y Carpintero y los hombres con chaquetas negras se quedan sentados en la sala de espera del hospital durante casi veinticuatro horas seguidas. Están rodeados de hombres y mujeres, viejos y jóvenes, con camisas blancas y camisetas verdes. Permanecen aquí mucho tiempo después de que los doctores salen con expresiones sombrías y estrechan cada mano y dan sus condolencias, como si Vidar no fuera a estar realmente muerto sino hasta que salgan por las puertas del hospital.

Nadie en cualquiera de los dos pueblos sabrá qué decir. A veces es más fácil hacer algo. Cuando los autos se van del hospital de Hed, Teemu y su mamá viajan hasta atrás en el convoy, de modo que, al principio, no entienden por qué todos reducen la velocidad. No hasta que miran los árboles.

Alguien ha limpiado la nieve de las ramas deshojadas y ha colgado en ellas delgadas cintas de tela a lo largo de todo el camino. No es gran cosa, sólo pedazos de tela que el viento agita en un bosque. Pero las cintas son de dos colores que van alternados. Rojo. Verde. Rojo. Verde. Para que las familias que van a bordo de los autos sepan que no sólo Beartown está de luto.

Cuando Teemu y su mamá llegan a su casa, hay una persona sentada en los escalones que ha estado esperándolos.

—¿Mira? ¿Es Mira Andersson la que está ahí? —pregunta la mamá de Teemu.

Teemu se baja del auto, pero no dice nada, Mira tampoco. Ella sólo se pone de pie y entra a la casa con ellos, va directo a la cocina, empieza a limpiar y a preparar comida. Teemu lleva a su mamá a su recámara, se sienta junto a ella hasta que las pastillas le conceden el alivio del sueño.

Teemu regresa a la cocina. Mira le extiende el cepillo para trastes sin una palabra. Él lava, ella seca.

49

Cada uno con su bastón.
Dos porterías. Dos equipos.

La vida es algo extraño. Dedicamos todo nuestro tiempo a tratar de controlar sus diferentes aspectos y, aun así, somos moldeados en gran medida por cosas que suceden más allá de nuestro alcance. Jamás olvidaremos este año, ni lo peor ni lo mejor de él. Jamás dejará de influir en nosotros.

Algunos nos mudaremos a otros sitios, pero la mayoría permaneceremos aquí. Éste no es un lugar sin complicaciones, pero cuando te conviertes en adulto, te das cuenta de que ningún lugar lo es. Dios sabe que Beartown y Hed tienen muchos defectos y carencias, pero esos defectos y carencias nos pertenecen. Éste es nuestro rincón del mundo.

Ana y Maya entrenan en el granero que está en el criadero. Hora tras hora. Las cosas no están bien, jamás volverán a estarlo para ninguna de ellas, pero, a pesar de todo, encontrarán una manera de poder levantarse cada mañana. Cuando Ana se derrumba y sólo grita y llora, Maya sostiene a su mejor amiga con firmeza y le susurra en el oído: «Sobrevivientes, Ana. Sobrevivientes. Somos sobrevivientes».

Cierto día, temprano por la mañana, en cuanto el sol apenas se ha asomado sobre el horizonte después de una ardua lucha, se oye un toquido en la puerta de un taller mecánico. Estamos en pleno invierno, al final de una infancia, y cuando Bobo abre la puerta, se encuentra con Benji, Amat y Zacharias, que están afuera de pie. Se van al lago con bastones y un disco, y juegan juntos una última vez. Como si todo esto sólo fuera un juego y nada más importara.

Dentro de diez años, Amat será jugador profesional y se batirá en arenas gigantescas. Zacharias también será un jugador profesional, pero frente a una computadora. Bobo será papá.

* * *

Para cuando terminan de jugar en el lago, ya casi está oscuro de nuevo. Entonces, Benji agita la mano en un breve gesto hacia ellos y les grita adiós. Como si fueran a verse mañana.

* * *

El Club de Hockey de Hed se enfrenta al Club de Hockey de Beartown por segunda ocasión en esta temporada, en un partido que lo significa absolutamente todo y no significa absolutamente nada.

En la cocina de una residencia en la Cima, Maggan Lyt prepara una ensalada de pasta y una ensalada de papas. Las vacía en enormes tazones y las cubre de manera cuidadosa con una película de plástico. Ella no sabe si es buena o mala persona; sabe que la mayoría de la gente da por sentado que son buenos, pero ella jamás lo ha hecho. Siempre se ha visto a sí misma, antes que nada, como una luchadora. Por el bien de su familia, por el bien de sus hijos, por el bien de su pueblo. Incluso cuando este pueblo no quiere tener nada que ver con ella. A veces, la gente buena hace cosas malas con buenas intenciones, a veces sucede lo contrario.

Se lleva sus ensaladas y maneja a través del pueblo, pasa por la arena de hockey y sigue por el camino. Se detiene afuera de la casa de la familia Rinnius y toca a la puerta.

Podrás decir lo que quieras de Maggan Lyt. Pero ella también es la mamá de alguien.

* * *

Se acerca la hora en la que iniciará el partido en la arena, todos los jugadores deberían estar en sus respectivos vestidores, pero, a pesar de ello, William Lyt va por el pasillo en la dirección opuesta. Se detiene en la entrada de la puerta y espera hasta que Amat y Bobo lo ven.

—¿Tienen más de ésos? —pregunta William con voz suave.

Amat y Bobo parecen confundidos, pero uno de los jugadores mayores entiende a qué se refiere William. Va por un brazalete de luto, idéntico a los que todos los jugadores de Beartown ya tienen puestos en sus brazos, y se lo extiende a William, quien se lo coloca sobre la manga de su camiseta y asiente agradecido.

—Yo… siento mucho su pérdida. Todo nuestro equipo lo siente.

Los jugadores de Beartown responden asintiendo con un gesto breve. Mañana se odiarán otra vez. Mañana.

* * *

Benji está de pie afuera de la arena de hockey por un buen rato. Fuma a la sombra de unos cuantos árboles, con los pies hundidos en la nieve. Ha jugado hockey durante toda su vida, por muchas razones diferentes, por muchas personas diferentes. Algunas cosas exigen todo de nosotros; escoger este deporte es como escoger un instrumento de música clásica: es demasiado difícil para que sólo sea un pasatiempo. Nadie se despierta una mañana y, sólo por obra de la casualidad, ya es violinista o pianista de clase mundial; lo mismo aplica a los jugadores de hockey, se necesita una vida entera de obsesión. Es del tipo de cosas que absorben tu identidad entera. Al final, un hombre de dieciocho años está parado afuera de una arena de hockey pensando: «¿Quién puedo ser si no soy esto?».

Benji no juega en este partido. Ya está muy lejos cuando empieza.

* * *

El entrenador del Club de Hockey de Hed busca a la entrenadora del Club de Hockey de Beartown en un pasillo. Elisabeth Zackell parece sorprendida, David hace un gesto en dirección a un tímido chico de diecisiete años detrás de él, que viene caminando con su maleta al hombro. David tiene todo un discurso preparado en su cabeza, algo que se supone que debe sonar adulto y comprensivo y perfectamente apropiado, a la luz de todas las cosas terribles que han sucedido. Pero sus labios se niegan a dejarlo salir. Quiere ser sensible, o al menos sonar sensible, pero, a veces, es más fácil hacer las cosas que decirlas. De modo que asiente hacia el chico de diecisiete años:

—Éste es… nuestro guardameta reserva. Creo que puede llegar a ser condenadamente bueno con el entrenador o entrenadora correcto y… bueno… él no pasa mucho tiempo en la pista con nosotros. Así que si quisieras…

—¿Qué? —pregunta Zackell sin quitarle la vista al chico de diecisiete años, que se niega a alzar la mirada del suelo.

David se aclara la garganta.

—Llamé a la asociación. Considerando las circunstancias, están dispuestos a darnos un permiso especial para una transferencia.

Zackell alza las cejas.

—¿Me estás dando un guardameta?

David asiente.

—Todos dicen que eres buena con los guardametas. Creo que puedes convertirlo en un jugador fantástico.

—¿Cómo te llamas? —pregunta Zackell, pero el guardameta sólo murmura algo inaudible hacia el piso.

David tose con incomodidad.

—Los muchachos del equipo le dicen «Murmullo» porque siempre habla así, con murmullos.

David tiene razón. El chico llegará a ser un guardameta condenadamente bueno, y jamás dirá una palabra más de lo necesario. A Elisabeth Zackell le agrada de inmediato. Él viene de Hed, pero jugará en Beartown durante casi veinte años; jamás lo hará en ningún otro club y, algún día, será más un oso a los ojos de los aficionados que cualquier otro jugador. Sin embargo, jamás portará el número 1, pues ése era el número de Vidar. En su lugar, escribirá «1» en su casco, y las chaquetas negras siempre lo aclamarán todavía con más fuerza por ello.

Ahora, David estrecha su mano, y el chico de diecisiete años entra a los vestidores. David arrastra los pies, abochornado, y al final se arma de valor para preguntarle a Zackell:

—¿Cómo está Benji?

El labio inferior de Zackell tiembla de forma casi imperceptible. Su voz se estremece, apenas un poco.

—Bien. Creo que estará… bien.

Ella también reservará una camiseta con el número 16 en todos sus equipos, mientras sea entrenadora. David y ella se miran a los ojos y Zackell dice:

—Dennos batalla allá afuera en la pista esta noche.

—¡USTEDES dennos batalla! —sonríe David.

Es un partidazo. La gente hablará de él durante muchos años.

* * *

Teemu llega solo al criadero, lleva un sobre con él. Sube al techo por la escalera para unirse a Benji. Teemu vacila, y entonces se sienta junto a él.

—¿Vas a ir al partido? —pregunta Teemu.

La respuesta de Benji no es desafiante. De hecho, casi se escucha feliz.

—No. ¿Y tú?

Teemu asiente. Jamás dejará de ir a ver el hockey. Algunas personas podrían pensar que, ahora, el deporte le recordaría demasiado a su hermanito; pero, en realidad, durante largos periodos de la vida de Teemu, éste será uno de los pocos lugares donde podrá soportar acordarse de Vidar. Donde eso no le cause dolor.

—Estás pensando en irte de aquí, ¿verdad? —pregunta Teemu al final.

Benji parece sorprendido.

—¿Cómo lo sabes?

Los ojos de Teemu resplandecen por un instante.

—Te ves como esperaba que Vidar se viera algún día. Como si solamente estuvieras pensando en... irte.

Teemu luce como si la más ligera ráfaga de viento pudiera romper su cuerpo en mil pedazos. Benji le extiende un cigarro.

—¿A dónde te habría gustado que se fuera Vidar?

Teemu deja escapar el humo por la nariz.

—A cualquier lugar donde pudiera haberse convertido en... algo más. ¿Qué planeas hacer?

Benji le da una calada profunda a su cigarro.

—No lo sé. Sólo quiero averiguar quién soy si no soy jugador de hockey. No creo poder hacer eso si me quedo aquí.

Teemu asiente con semblante serio.

—Eres un gran jugador de hockey.

—Gracias —dice Benji.

Teemu se levanta presuroso, como si tuviera miedo de que la conversación termine en un lugar para el que no está preparado. Deja el sobre en el regazo de Benji.

—Araña y Carpintero leyeron algo en internet sobre un «Fondo del Arcoíris» que recauda dinero para… tú sabes… personas que son perseguidas y encarceladas y mierdas por el estilo en otros países, porque son…

Se queda callado. Benji mira el sobre y susurra:

—¿Como yo?

Teemu aparta la mirada. Apaga su cigarro y tose.

—Bueno… Los muchachos decidieron que querían que el dinero que teníamos en el fondo de La Piel del Oso fuera para… eso. Así que quisieron dártelo.

Benji pasa saliva, se siente destrozado.

—¿Así que ustedes quieren que yo le dé el dinero a ese Fondo del Arcoíris porque soy uno de ellos?

Teemu ya empezó a bajar por la escalera, pero se detiene y mira a Benji a los ojos cuando dice:

—No. Queremos que les des el dinero porque eres uno de nosotros.

* * *

Ramona camina con pesadez por todos lados en el interior de La Piel del Oso bebiendo su desayuno y dirigiendo a los trabajadores con la otra mano y con muchas palabrotas. Peter Andersson entra al lugar y luce como el muchachito que alguna vez fue, cuando venía a llevarse a su papá en estado de ebriedad a su casa.

—¿Cómo va todo? —pregunta él, observando las renovaciones a su alrededor.

Ramona se encoge de hombros.

—Esto huele mejor después del incendio que como olía antes.

Peter esboza una leve sonrisa. Ella también. Todavía no están listos para reír, pero al menos han empezado a moverse en la dirección correcta. Peter respira tan profundo que sus pupilas se estremecen antes de decir:

—Esto es para ti. En tu calidad de miembro de la junta directiva del Club de Hockey de Beartown.

Ramona mira la hoja de papel que Peter deja sobre la barra, sin decir nada. Tiene una buena idea de lo que es, así que se niega a tocarlo.

—Hay todo un montón de fulanos con chaquetas elegantes en la junta directiva, ¡dáselo a uno de ellos!

Peter mueve la cabeza de un lado a otro.

—Te lo estoy dando a ti. Porque tú eres la única persona de la junta directiva en quien confío.

Ella le da unas palmaditas en la mejilla. Alguien abre la puerta de La Piel del Oso. Peter voltea y ve a Teemu en la entrada. Los dos hombres alzan las palmas de las manos hacia el otro por instinto, como para mostrar que ninguno de ellos quiere tener problemas.

—Puedo… volver más tarde —ofrece Teemu.

—¡No, no, de todos modos ya me iba! —insiste Peter.

Ramona les resopla a ambos.

—Cállense ustedes dos. Siéntense y tomen una cerveza. Yo invito.

Peter se aclara la garganta.

—Podría tomar un café.

Teemu cuelga su chaqueta.

—Yo también.

Peter alza su taza en un vano intento por brindar. Teemu hace lo mismo.

—¡Ay, ustedes, los hombres! —masculla Ramona con irritación.

Peter mira abajo hacia la barra cuando dice:

—No sé si esto mejora o empeora las cosas, pero creo que Vidar podría haber llegado lejos como jugador de hockey. Tal vez hasta la cima. Él era bueno de verdad.

—Era aún mejor como hermano —dice Teemu.

Entonces sonríe. Ramona también. Peter se aclara la garganta.

—Es una pérdida terrible…

Teemu hace girar su taza de café, contempla las pequeñas olas en la superficie.

—Tu esposa y tú perdieron a su primer hijo, ¿no?

Peter respira hondo y cierra los ojos.

—Sí. Isak.

—¿Alguna vez se supera?

—No.

Teemu gira su taza. Vuelta tras vuelta.

—Entonces, ¿cómo carajos soporta uno seguir viviendo? —pregunta él.

—Luchas con más fuerza —susurra Peter.

Teemu brinda con él de nuevo. Peter vacila por algunos instantes, antes de decir al final:

—Sé que tú y tus muchachos siempre me vieron como un enemigo de la Banda. Tal vez tenían razón en hacerlo. Yo no creo que la violencia deba tener cabida en torno al deporte. Pero yo… bueno, quiero que sepas que… entiendo que no todo en la vida es sencillo. Sé que el club también es de ustedes. Lamento esas veces en las que… fui demasiado lejos.

Las uñas de Teemu tintinean tristemente contra la porcelana de la taza de café.

—La política y el hockey, Peter, tú lo sabes. No deberían mezclarse.

Peter respira profundo por la nariz.

—No sé si esto te sirva de algo, pero… ese Richard Theo me engañó. Él sólo está haciendo que la gente como tú y yo se enfrente, y así ganar poder. Y la gente como él no nada más quiere tener el control del club de hockey, quiere tener el control de todo el pueblo…

Teemu se rasca distraído su barba de tres días, un hombre al que ya no le queda nada que perder.

—Si nos quieren, van a tener que venir por nosotros.

Peter asiente. Todavía no sabe a qué le teme más: a los rufianes con tatuajes o a los rufianes con trajes y corbatas. Se pone de pie, le agradece a Ramona el café. Ella todavía sostiene la hoja de papel en la mano, pero espera a que Peter se haya ido antes de leerla.

Es la carta de renuncia de Peter. Ya no es el director deportivo del Club de Hockey sobre Hielo de Beartown. Ya no trabaja ahí.

Ramona empuja la hoja de papel sobre la barra. Teemu la lee. Bebe de su café y dice:

—Peter es un imbécil. Pero mantuvo al club con vida. Y eso nunca lo olvidaremos.

—No hay un imbécil en este planeta que no tenga alguien que lo ame —le contesta Ramona.

Ella alza su vaso, Teemu alza su taza, brindan en silencio. Entonces él se va al partido. Esta noche cena ensalada de pasta y ensalada de papa con su mamá.

* * *

Richard Theo trabaja solo en su oficina, en el edificio del ayuntamiento. Afuera, las banderas ondean a media asta. Quizás le importa, quizás no. Quizás se arrepiente de algunas de las cosas que ha hecho, quizás sólo se dice a sí mismo que, al final, él habrá hecho más el bien que el mal en este mundo. Porque Richard Theo está convencido de que sólo alguien con poder puede influir en las decisiones políticas, así que no basta con tener buenas intenciones, primero tienes que ganar.

En las próximas elecciones del ayuntamiento, Theo prometerá inversiones en mejores medidas de protección contra incendios en los edificios antiguos que están en el corazón de Beartown, en las inmediaciones del pub La Piel del Oso. También prometerá reducir el límite de velocidad en el camino entre Beartown y Hed, para que ese trágico accidente automovilístico jamás se repita. Hará campaña a favor de «la ley y el orden», «más empleos» y «mejor asistencia médica». Será conocido como el político que construyó el kínder en la arena de hockey y el político que salvó tanto las finanzas del Club de Hockey de Beartown como los empleos en la fábrica. Tal vez incluso salvó el hospital de Hed.

Desde luego, la gente de este pueblo se dará cuenta algún día de que los nuevos dueños jamás tuvieron la intención de mantener la fábrica aquí. La mudarán a algún lugar donde los precios de las propiedades sean todavía más baratos y los salarios todavía más bajos, en cuanto ésa se vuelva la opción más rentable. Para Richard Theo, eso no tendrá importancia. Porque, antes de las próximas elecciones, se filtrarán varios documentos al periódico local que muestran que los principales concejales han estado malversando el dinero de los contribuyentes durante años; que subsidios y préstamos ocultos han terminado en los bolsillos de los «peces gordos» en las juntas directivas de los clubes de hockey; y que se hicieron «inversiones ilegales» para apoyar la construcción de un hotel con salones para reuniones, en conexión con la candidatura presentada por el ayuntamiento para ser sede del

Campeonato Mundial de Esquí. Dentro de muy poco estallará un escándalo acerca de que «políticos locales influyentes» fueron sobornados por «empresarios acaudalados».

No importa que la concejala que actualmente es la líder del partido más grande jamás haya estado involucrada en la malversación de fondos, de todos modos terminará obligada a pasar toda la campaña electoral contestando preguntas sobre corrupción. Su esposo y su hermano trabajan en una de las empresas señaladas en el escándalo de soborno. Más adelante se demostrará que son del todo inocentes, pero ya será muy tarde para entonces pues, una vez que la palabra «corrupción» aparezca las suficientes veces junto al nombre de la concejala en los titulares del periódico, la mayoría de las personas llegará a la misma conclusión: «Seguramente ella también es una corrupta. Es igual a todos los demás».

Del otro lado se encuentra Richard Theo, y él ni siquiera tiene que ser perfecto, basta con que sea diferente. Así que él ganará la próxima elección, porque eso es lo que hacen los hombres como él. Pero no vencerá en la siguiente, porque los hombres como él tampoco lo hacen.

Hoy se va del edificio del ayuntamiento un poco más temprano de lo que acostumbra. Esta noche tiene un largo viaje por delante, manejará hasta la casa de su hermano en la capital. Mañana, el sobrino de Richard Theo cumplirá seis años y, desde que el niño era un recién nacido, Richard lo ha llamado todas las noches para leerle un cuento para dormir a través de la línea telefónica. Los cuentos casi siempre tratan de animales, pues a Richard y al chiquillo les encantan los animales.

Mañana, en el cumpleaños de su sobrino, irán al zoológico. A ver a los osos y a los toros. Tal vez incluso a las cigüeñas.

* * *

Mira Andersson y su colega están en su nueva oficina. Está abarrotada de cajas y el espacio disponible es estrecho; se sienten estresadas y exhaustas. Lograron llevarse a varios clientes grandes, pero están teniendo muchos más problemas para reclutar personal competente. Nadie quiere arriesgarse a trabajar para una empresa nueva, en especial no en esta parte del país.

Así las cosas, cuando alguien toca a la puerta, la colega tiene la esperanza de que sea uno de entre todos los abogados que ella entrevistó que ha regresado para decirle que cambió de parecer. La colega, alegremente, abre la puerta de golpe, pero quien está afuera es el esposo de Mira.

—¿Peter? ¿Qué estás haciendo aquí? —exclama Mira desde más adentro en la habitación.

Peter pasa saliva y restriega las sudorosas palmas de sus manos en sus pantalones de mezclilla. Tiene puesta una camisa blanca y una corbata.

—Yo… Probablemente esto les sonará estúpido, pero leí en internet… O sea… En la actualidad muchas empresas tienen un «departamento de RH». O «Recursos Humanos», creo que eso es lo que significa. Es… Ellos se encargan del reclutamiento y la capacitación y el bienestar del personal. Yo…

La lengua se le pega al paladar. La colega trata de contener la risa, sin mucho éxito, pero va por un vaso de agua para Peter. Mira pregunta con un susurro:

—¿Qué estás tratando de decir, cariño?

Peter se tranquiliza.

—Creo que yo podría ser bueno para eso de los «recursos humanos». Es como construir un equipo. Mantener unido a un club. Sé que no tengo la experiencia idónea para su firma, pero tengo… otro tipo de experiencia.

La colega se rasca la cabeza.

—Perdón, Peter, pero no entiendo. ¿Qué estás haciendo aquí? ¿No está jugando Beartown un partido en este momento?

Peter restriega las manos en sus pantalones de nuevo. Ve a Mira a los ojos.

—Renuncié a mi puesto en el Club de Hockey de Beartown. Estoy aquí buscando empleo.

Mira fija la vista en él por un buen rato. Parpadea con frenesí. Se rodea firmemente con sus brazos y se seca con cuidado debajo de los ojos.

—De entre todos los lugares posibles, ¿por qué quieres trabajar justo aquí? —susurra ella.

Peter se yergue.

—Porque quiero que tengamos algo más que un matrimonio. Quiero que nos ayudemos el uno al otro a convertirnos en mejores personas.

* * *

Cuando dos equipos, uno rojo y uno verde, por fin entran patinando a la pista de hielo para jugar su partido esta noche, faltan varias personas tanto en la pista como en las gradas, personas que todo el mundo siempre ha dado por hecho que estarían presentes. Pero todos los demás se encuentran aquí, gente de dos pueblos y con mil historias diferentes. A pesar de ello, en la arena de hockey en Beartown reina un silencio absoluto. Las gradas con asientos están repletas, pero nadie habla, nadie aplaude ni canta ningún estribillo. En una de las gradas de pie hay una multitud de personas vestidas de verde y, en medio de esa multitud, se halla un grupo inmóvil de hombres con chaquetas negras. No corean nada. Es como si quisieran hacerlo, pero no tuvieran fuerzas, sus pulmones están vacíos y se les agotó la voz. Aun así, de repente un canto asciende hacia el techo. Su canto.

«¡Sooomooos los osos! ¡Somos los ooosos! ¡Sooomooos los osooos…!».

Viene desde el extremo opuesto de la arena, desde la otra grada de pie. Son los aficionados vestidos de rojo quienes lo están coreando. Todos los fanáticos de Hed crecieron odiando al Club de Hockey de Beartown, y mañana lo harán de nuevo. No dejarán de pelear entre ellos, el mundo no va a cambiar, todo seguirá siendo como de costumbre.

Sin embargo, sólo por hoy, por una sola vez, sus voces tristes se elevan para corear el canto de sus oponentes, como una muestra de respeto:

«¡LOS OSOS DE BEARTOWN!».

Es una sola y breve señal de reverencia. Sólo son palabras. Tras esto, la arena de hockey se queda más callada que nunca, y entonces se siente que jamás volverá a estar en silencio. Al principio no hay ni un solo ruido, y luego es imposible oír algo, excepto una explosión de orgullo y amor cuando un pueblo entero quiere decirles a todos que todavía sigue aquí, que todavía sigue en pie, que todavía se trata de Beartown contra el mundo. Cuando las personas en las gradas verdes, incluidas las chaquetas negras, comienzan a cantar, lo hacen con tanta fuerza que se oirá hasta el cielo. Para que él sepa cuánto lo extrañan.

Y, entonces, hacemos lo que siempre hacemos por estos rumbos. Jugamos hockey.

* * *

La mamá de Maya lleva a su hija en auto a la estación de trenes. La mamá espera junto a la entrada, mientras la hija sube por la escalera y camina por el andén, hasta que avista lo que estaba buscando. Él está sentado en una banca.

—Benji… —dice ella en voz baja, a cierta distancia, como si estuviera llamando a un animal al que no quiere asustar.

El muchacho alza la vista, sorprendido.

—¿Qué haces aquí?

—Buscándote —dice Maya.

—¿Cómo supiste que estaba aquí?

—Tus hermanas me dijeron.

Los labios de Benji dejan ver una sonrisa radiante.

—Mis hermanas… No se puede confiar en ellas.

—¡Pero para nada! —se ríe Maya.

Las mangas de su chaqueta le quedan un poquito cortas, este año creció en estatura sin que la chaqueta se diera cuenta. En sus antebrazos pueden verse dos tatuajes recién hechos. Uno es de una guitarra, el otro, de una escopeta.

—Me gustan —asiente Benji.

—Gracias. ¿A dónde vas? —pregunta ella.

Él pondera su respuesta durante un largo rato.

—No sé. Sólo… a algún otro lugar.

Ella asiente. Le entrega una hoja de papel con un breve texto escrito a mano.

—Me aceptaron en una escuela de música. Voy a mudarme en enero. No sé si volverás aquí antes, así que… sólo quería darte esto.

Mientras él lee, ella ya empezó a caminar de regreso al auto de su mamá. Cuando él termina con el texto, la llama en voz alta:

—¡MAYA!

—¿QUÉ? —le contesta ella con un grito.

—¡NO DEJES QUE LOS BASTARDOS TE VEAN LLORAR!

Ella ríe con lágrimas en los ojos.

—¡JAMÁS, BENJI! ¡JAMÁS!

Tal vez nunca volverán a encontrarse, así que ella escribió las cosas más grandes que siente por él en esa hoja de papel.

> *Te deseo mucho valor*
> *Te deseo sangre que entre en ardor*
> *Un corazón que lata con demasiada fuerza*
> *Sentimientos que te compliquen la existencia*
> *Un amor que no seas capaz de controlar*
> *Que vivas aventuras con toda intensidad*
> *Espero que puedas salir de aquí*
> *Espero que seas de esas personas que tienen un final feliz*

* * *

Mañana, el sol ascenderá sobre nuestro pueblo otra vez. Por más increíble que parezca.

Una joven llamada Ana ahondará en su interior, lo bastante profundo como para encontrar la fuerza para seguir viviendo. Porque la gente como ella siempre hace eso, de alguna forma. Dentro de algunos meses, a muchos kilómetros de distancia en una gran ciudad, ella competirá en su deporte por primera vez. En los vestidores, Jeanette le da un beso en la frente. Maya está de pie junto a ellas, golpea las manos enguantadas de Ana con los puños y susurra: «¡Te quiero, tonta!». Ana sonríe con tristeza y responde: «Y yo a ti, boba». Tiene los mismos tatuajes que Maya en sus antebrazos. Una guitarra. Una escopeta. El papá de Ana está afuera de los vestidores. Sigue intentándolo.

Cuando Ana sube al ring para enfrentar a su oponente, una sección del público se pone de pie, como si estuvieran obedeciendo una orden. No profieren ningún grito, pero están vestidos con chaquetas negras, y cada uno de ellos pone su mano encima de su corazón, por un breve instante, cuando ella voltea a verlos.

—Y ésos, ¿quiénes son? —pregunta sorprendido el árbitro.

Ana pestañea hacia el techo. Se imagina el cielo más allá.

—Ésos son mis hermanos y mis hermanas. Ellos se plantan si yo me planto.

Cuando empieza la pelea, Ana sólo tiene una oponente en el ring. Eso no importa, podrían haber sido cien contra ella. No habrían tenido una sola oportunidad.

Y el sol sale. Mañana lo hará otra vez.

Un muchacho de la Hondonada llamado Amat, a quien todos creían demasiado pequeño y débil como para ser realmente bueno en el hockey, correrá a lo largo de la carretera hasta alcanzar la NHL. Se convierte en un jugador profesional sobre el hielo y Zacharias, su amigo de la infancia, se convierte en jugador profesional frente a la pantalla de una computadora. Algunos de los muchachos y muchachas con los que crecieron terminarán mal, algunos se irán de este mundo demasiado pronto, pero algunos encontrarán el camino para llegar a tener una vida propia. Una vida grandiosa y orgullosa. Ninguno de ellos olvidará de dónde viene.

Un papá llamado Jabalí sigue reparando autos en un taller, luchando por sus hijos, viviendo un día a la vez. Visitan la tumba de Ann-Katrin todas las mañanas. Bobo, su hijo mayor, el que puede sacar hachas de los capós de los autos pero aún no ha aprendido a patinar bien, con el tiempo llega a ser buen amigo de una entrenadora de hockey que es mala para eso de los sentimientos. Zackell lo designa como su entrenador asistente. Y él lo hace muy bien.

Ramona reconstruye su pub. Cuando se reinaugura, todos en Beartown y una buena cantidad de bastardos de Hed hacen fila durante horas para poder entrar, comprar una cerveza y dejar su cambio en un sobre, en el que están escritas las palabras «El fondo». La entrenadora de hockey de Beartown come papas gratis durante todo el próximo año. Aunque tiene que pagar su cerveza; esto no es una jodida beneficencia, ¿sabes?

En una esquina están sentadas cinco tías. En la barra están sentados cuatro tíos. Esto no siempre es fácil. Pero si les dices eso, te responderán que no se supone que deba serlo.

Alicia, de cuatro años y medio de edad, cumplirá cinco. Todos los días está en la arena de hockey, pero seguirá yendo de vez en cuando al jardín de un viejo a disparar discos contra la pared de su casa junto al patio, y, algún día, será la mejor.

Cuando llega la primavera, tres hombres se reúnen una tarde de domingo en el estacionamiento afuera del supermercado. Peter, Frac y Jabalí. Ahora tienen un poco menos de cabello y vientres un poco más grandes que la última vez que jugaron juntos hace veinte años, pero traen consigo sus bastones de hockey y una pelota de tenis. Sus esposas y sus hijos se plantan frente a una portería, ríen y les gritan retos descarados a sus papás cuando ellos se plantan frente a la otra. Entonces, las familias empiezan a jugar, como si nada más importara.

Porque es un juego simple, si haces a un lado toda la porquería que hay a su alrededor y sólo conservas las cosas que hicieron que nos enamoráramos de él en un principio.

Cada uno con su bastón. Dos porterías. Dos equipos.

Nosotros contra ustedes.